BASTEI LÜBBE

Bücher von MARGARET WEIS und TRACY HICKMAN
im BASTEI-LÜBBE-Taschenbuchprogramm:

DIE VERGESSENEN REICHE:
21 210 Band 1 Himmelsstürmer
20 238 Band 2 Elfenstern
20 248 Band 3 Feuersee
20 260 Band 4 Drachenmagier
20 273 Band 5 Drachenelfen

DIE SAGA VON DUNKLEN SCHWERT:
20 159 Band 1 Kind des Todes
20 161 Band 2 Sohn der Verbannten
20 171 Band 3 Der Weg nach Merlion
20 173 Band 4 Der Fluch der Wahrheit
20 183 Band 5 Der Engel des Untergangs
20 185 Band 6 Der Herrscher von Merlion

DIE ROSE DES PROPHETEN:
20 200 Band 1 Das Buch der Götter
20 202 Band 2 Das Buch Quar
20 212 Band 3 Das Buch der Unsterblichen
20 214 Band 4 Das Buch Akhran
20 225 Band 5 Das Buch der Nomaden
20 228 Band 6 Das Buch Promenthas

MARGARET WEIS & TRACY HICKMAN

DIE VERGESSENEN REICHE

DRACHEN ELFEN

Fantasy-Roman

Ins Deutsche übertragen
von Eva Eppers

BASTEI
LÜBBE

BASTEI-LÜBBE-TASCHENBUCH
Band 20 273

Erste Auflage:
Januar 1996

Published by arrangement with
Bantam Books, a division of
Bantam Doubleday Dell
Publishing Group, Inc.

Deutsche Lizenzausgabe 1996
Bastei-Verlag Gustav H. Lübbe
GmbH & Co., Bergisch Gladbach
Originaltitel: The Hands of Chaos
Lektorat: Stefan Bauer
Titelbild: Keith Parkinson
Umschlaggestaltung:
Quadro Grafik, Bensberg
Satz: KCS GmbH,
Buchholz/Hamburg
Druck und Verarbeitung:
Brodard & Taupin,
La Flèche, Frankreich
Printed in France

ISBN 3-404-20273-2

Der Preis dieses Bandes
versteht sich einschließlich der
gesetzlichen Mehrwertsteuer.

Unserer Herausgeberin
AMY STOUT
– für Rat, Hilfe, Zuspruch, Unterstützung
und Titelvorschläge, –
liebevoll gewidmet.

Denn dieser mein Sohn war tot
und ist wieder lebendig geworden;
er war verloren und ist gefunden worden.

Lukas 15, 24

Einführung in die vier Reiche

Man nennt mich Haplo.

Der Name bedeutet einsam, allein. Meine Eltern gaben ihn mir als eine Art Prophezeiung – sie wußten, sie würden früher oder später den Tod finden in diesem Ghetto, in welches man mein Volk, die Patryn, verbannt hat – das Labyrinth, ein finsterer Ort todbringender Magie.

Ich wurde ein Läufer – einer, der das Labyrinth bekämpft. Das Glück stand mir bei. Es gelang mir, das Letzte Tor zu erreichen und den Durchgang zu erzwingen, auch wenn mich der Versuch beinahe das Leben gekostet hätte. Wäre nicht dieser Würste stehlende Hund gewesen, der hier neben mir sitzt, könnte ich heute nicht diesen Bericht niederschreiben. Der Hund gab mir den Lebenswillen zurück, als ich aufgeben und sterben wollte.

Er hat mich gerettet.

Der Hund gab mir den Willen zu leben, doch mein Fürst Xar gab mir einen *Grund* zu leben, ein Ziel.

Xar war der erste Patryn, dem die Flucht aus dem Labyrinth gelang. Er ist alt und mächtig, meisterlich bewandert in der Runenmagie, die sowohl den Patryn wie auch unseren Feinden, den Sartan, ihre gottähnliche Kraft verleiht. Xar floh aus dem Labyrinth, doch nur, um sogleich dorthin zurückzukehren. Kein anderer hat je den Mut aufgebracht, dies zu tun, und bis heute wagt er täglich sein Leben, um den unseren in ihrem Kampf beizustehen.

Mittlerweile sind viele von uns dem Labyrinth entronnen. Wir leben im Nexus, den wir in eine wunderschöne Stadt verwandelt haben. Aber sind wir auch geläutert, wie unsere Kerkermeister es planten?

Ein ungeduldiges Volk, lernten wir Geduld in jener harten Schule. Ein selbstsüchtiges Volk, lernten wir Selbstaufopferung, Loyalität. Vor allem lernten wir jedoch zu hassen.

Es ist das Ziel meines Fürsten Xar – unser Ziel –, die Welt zurückzuerobern, die man uns entrissen hat, über sie zu herrschen, wie es bestimmt war, und an unseren Feinden furchtbare Rache zu nehmen.

Die vier Reiche waren ursprünglich eine Welt, ein herrlicher, blaugrüner Planet. Sie gehörte uns und den Sartan, denn wir verfügten über die Macht der Runenmagie. Die anderen, *minderen* Rassen, die wir als die Nichtigen bezeichnen – Menschen, Elfen und Zwerge –, verehrten uns als Götter.

Aber die Sartan argwöhnten, wir Patryn wollten sie überflügeln. Die Waagschalen der Macht neigten sich zu unseren Gunsten. Voller Zorn heckten die Sartan einen tückischen Plan aus. Indem sie von ihrer Runenmagie Gebrauch machten – basierend auf der unendlichen Variabilität der Omniwelle –, teilten die Sartan die Welt und verbannten uns in ein grausames Exil.

Sie schufen vier neue Welten aus den Trümmern der alten, jede aus einem der in ihr enthaltenen Elemente: Luft, Feuer, Stein, Wasser. Als Verbindung fungieren die magischen Todestore, die jene im Besitz der Runenmagie ungefährdet passieren können. Der Plan sah vor, daß die vier Welten sich gegenseitig unterstützen sollten: Pryan, die Welt des Feuers, versorgt Abarrach, Welt aus Stein, mit Energie; Abarrach liefert Erze und Mineralien nach Chelestra, der Welt aus Wasser, und so weiter. Koordiniert und in Gang gehalten werden sollte alles von einer wundersamen Maschine, dem Allüberall, von den Sartan auf Arianus konstruiert.

Aber das phantastische Projekt war ein Fehlschlag. Aus

einem unerfindlichen Grund ging auf jeder der vier Welten die Zahl der Sartan zurück, sie schwanden dahin. Jede Dependance rief die andere zur Hilfe, doch es kam keine Antwort. Überall hatte man die gleichen Probleme.

Ich entdeckte dies, weil ich von Xar den Auftrag erhalten hatte, jede dieser Welten zu bereisen. Als Spion, um herauszufinden, was aus unseren alten Gegnern geworden war. So stattete ich der Reihe nach allen vier Reichen einen Besuch ab. Der vollständige Bericht findet sich in meinen Aufzeichnungen, die unter der Bezeichnung *Die Todestordiarien* bekannt sind.

Was ich entdeckte, stellte eine große Überraschung dar. Die gewonnenen Erkenntnisse veränderten mein Leben – und nicht zum Besseren. Als ich aufbrach, kannte ich alle Antworten. Jetzt stehe ich da mit den Fragen.

Fürst Xar gibt die Schuld an meiner Verwirrung einem Sartan, der mir auf meinen Reisen begegnete. Ein Sartan, der unter dem Namen eines Nichtigen lebt – Alfred Montbank.

Anfangs stimmte ich mit meinem Herrn überein. Ich beschuldigte Alfred, war überzeugt, daß er mich manipulierte. Inzwischen bin ich nicht mehr so sicher. Ich zweifle an allem – an mir selbst und an Fürst Xar, den ich doch liebte wie einen Vater.

Im folgenden ein kurzer Abriß dessen, was ich erlebt habe.

ARIANUS

Mein erster Besuch galt der Welt in den Lüften, Arianus. Sie besteht aus schwebenden Kontinenten, angeordnet auf drei Ebenen. Das Niederreich ist die Heimat der Zwerge, und dort, auf Drevlin, erbauten die Sartan die große und erstaunliche Maschine, das Allüberall. Doch bevor sie das Wunderwerk in Betrieb nehmen konnten, begannen sie zu sterben. Von Panik ergriffen, versetzten sie ihre jungen Leute in einen schlafähnlichen Zustand, in der Hoffnung, wenn sie erwachten, wäre die Krise gemeistert.

Doch nur einer der Sartan überlebte – Alfred. Er wachte auf und mußte feststellen, alle anderen – Freunde, Verwandte – waren tot. Die Erkenntnis machte ihm angst. Er fühlte sich verantwortlich für das Chaos, das in seiner Welt herrschte – die Nichtigen, sich selbst überlassen, standen natürlich wieder einmal am Rand eines Krieges jeder gegen jeden. Zudem fürchtete er sich, seine Identität preiszugeben. Seine Runenmagie verlieh ihm die Macht eines Halbgottes; falls die Nichtigen nun auf den Gedanken kamen, ihn zu zwingen, seine magischen Kräfte für ihre zerstörerischen Zwecke einzusetzen? Alfred verleugnete seine Macht, gebrauchte sie nicht einmal zu seinem Schutz. Daraus erklärt sich, daß Alfred, wann immer er sich bedroht fühlt, statt zu kämpfen schlicht in Ohnmacht fällt.

Der Hund und ich erlitten Schiffbruch in den Stürmen, die über Drevlin tobten; es fehlte nicht viel, und wir wären umgekommen. Unsere Rettung verdankten wir einem Zwerg namens Limbeck. Die Zwerge von Arianus sind Sklaven des Allüberall, dienen ihm sinnlos, wie die gewaltige Maschine ihrerseits sinnlos rattert, stampft und produziert. Doch Limbeck ist ein Revolutionär, ein Freidenker. Die Zwerge lebten zu der Zeit unter der Tyrannis einer starken Elfennation, die auf der Mittelwelt von Arianus eine absolutistische Herrschaft errichtet hatte. Die Elfen kontrollierten die Versorgung der gesamten Welt mit Wasser – Trinkwasser von dem rätselhaften Allüberall.

Die Menschen, ebenfalls im Mittelreich ansässig, haben fast während ihrer ganzen Geschichte wegen dieses Monopols mit den Elfen Krieg geführt. Auch als ich dort war, gingen die Feindseligkeiten weiter, und so ist es bis heute – mit einem bedeutsamen Unterschied. Ein Elfenprinz ist aufgestanden, der Frieden will, Einigkeit der Völker. Dieser Prinz hat mit Gleichgesinnten eine Rebellion in Gang gebracht, aber das einzige Resultat – bis jetzt – ist ein noch größeres Chaos.

Es gelang mir durch Beeinflussung Limbecks, die Zwerge zu einer Revolte gegen Menschen und Elfen zu bewegen.

Und als ich Arianus verließ, nahm ich ein Kind mit mir – einen dem König der Menschen untergeschobenen Knaben namens Gram. Der Junge hatte das Rätsel des Allüberall gelöst. Sobald die Maschine in Betrieb gesetzt ist und ihre Aufgabe erfüllt, wie von den Sartan ursprünglich vorgesehen, wird mein Fürst seine Macht entfalten und mit der Eroberung der anderen Welten beginnen.

Gerne hätte ich noch einen weiteren Nichtigen eingeladen, mich zu begleiten – einen Menschen, Hugh Mordhand. Ein Assassine, Meister seines Fachs, war Hugh einer der wenigen Nichtigen, die mir begegnet sind, den ich als vertrauenswürdigen Bundesgenossen hätte akzeptieren können. Leider starb er im Kampf mit Grams Vater, dem machtlüsternen Mysteriarchen Sinistrad. Und wen bekam ich als Reisegefährten?

Alfred. Doch ich greife vor.

Alfred ... Er war Kammerdiener bei Prinz Gram, und in dieser Eigenschaft lief er mir auf Arianus über den Weg. Ich schäme mich, es einzugestehen, doch Alfred wußte längst, daß ich ein Patryn war, bevor ich merkte, daß sich hinter seiner bescheidenen Maske ein Sartan verbarg. Als ich es herausfand, wollte ich ihn töten, doch hatte ich genug damit zu tun, selbst am Leben zu bleiben ...

Aber das ist eine lange Geschichte.* Genug zu wissen, daß ich mich gezwungen sah, Arianus zu verlassen, ohne meine Rechnung mit dem einzigen Sartan zu begleichen, der mir dort in die Hände gefallen war.

PRYAN

Die nächste Welt, die wir besuchten, der Hund und ich, war Pryan, Welt des Feuers. Pryan ist eine gigantische Welt, eine hohle Kugel aus Stein, von einer Größe, die nahezu jedes

* ›Himmelsstürmer‹, Band 1 der Reihe *Die vergessenen Reiche*. (Bastei-Lübbe 28 198)

Begriffsvermögen übersteigt. Die Sonne steht in der Mitte des Hohlkörpers; Leben und Vegetation existieren an der Innenseite der Hülle. Wegen der fehlenden Rotation scheint Pryans Sonne unablässig – es gibt keine Nacht. Dementsprechend dicht und üppig ist der Pflanzenwuchs, so daß die meisten der Bewohner nie den Boden erblicken. Städte sind in den Kronen riesiger Bäume erbaut, deren undurchdringlich verwobenes Geäst ganze Seen birgt, sogar Ozeane.

Einer der ersten, der mir auf Pryan vor die Füße stolperte, war ein schwachsinniger alter Zauberer und sein Drache, letzterer eine Art Kindermädchen für den Alten. Der Zauberer nennt sich Zifnab (in lichten Momenten, wenn er nicht gerade mal wieder vergessen hat, wie er heißt!) und ist allem Anschein nach vollkommen verrückt. Nur daß es Momente gibt, da man ahnt, sein Wahnsinn hat Methode. Er weiß zuviel, der wunderliche Kauz; weiß zu gut Bescheid über mich, über alles. Weiß Bescheid, doch stellt sich dumm.

Auf Pryan wie auf Arianus leben die Nichtigen in Fehde miteinander. Die Elfen hassen die Menschen, die Menschen mißtrauen den Elfen, und die Zwerge empfinden für beide Verachtung. Ich muß es wissen, schließlich lud mir das Schicksal eine aus Elfen, Menschen und einem Zwerg zusammengewürfelte Gruppe auf den Hals. Nichts als Gezänk und Streit. Ich hatte es bald leid und ging meiner Wege. Vermutlich haben sie sich inzwischen gegenseitig umgebracht. Oder die Tytanen haben sie getötet.

Die Tytanen.

Das Labyrinth hat viele schreckliche Kreaturen hervorgebracht, aber nichts ist mit den Tytanen vergleichbar. Gigantische, menschenähnliche Wesen, blind, mit geringer Intelligenz – eine Schöpfung der Sartan, die sie als Hüter über die Nichtigen setzten. Solange die Sartan lebten, waren die Tytanen willfährige Helfer. Doch wie überall schwand auch auf Pryan die Rasse der Sartan dahin. Die Tytanen blieben ohne Führung, ohne Anweisungen. Nun irren sie in großer Zahl umher und stellen allen Nichtigen, denen sie begegnen, diese merkwürdigen Fragen:

»Wo sind die Zitadellen? Was sollen wir tun?«

Wenn sie keine Antwort erhalten, verfallen die Kreaturen in Raserei und töten die bedauernswerten Nichtigen. Niemand vermag diesen furchtbaren Geschöpfen zu widerstehen, denn sie verfügen über eine primitive, jedoch unglaublich machtvolle Form der Runenmagie der Sartan. Tatsächlich hätten sie sogar mir beinahe ein unrühmliches Ende bereitet, aber das ist ebenfalls eine andere Geschichte.*

Und wie lautet die Antwort auf ihre Frage? *Wo* sind die Zitadellen? *Was* sind die Zitadellen? Es gelang mir, wenigstens einen Teil der Antwort zu finden.

Die Zitadellen sind leuchtende Städte, von den Sartan nach ihrer Ankunft auf Pryan gegründet. Aus den Aufzeichnungen, die sie hinterließen, konnte ich entnehmen, daß der Zweck der Zitadellen darin bestand, Energie von Pryans immer scheinender Sonne zu speichern und diese Energie zu den anderen Welten zu transmittieren, durch das Todestor und mittels der Funktion des Allüberall. Doch das Todestor blieb verschlossen, das Allüberall ließ seine Erbauer im Stich. Die Zitadellen sind leer, verlassen. Ihr Leuchten wird schwächer, wenn es nicht erloschen ist.

ABARRACH

Die Welt aus Stein war mein nächstes Ziel.

Und es war auf dieser Reise, daß ich meinen unwillkommenen Reisegefährten aufgabelte: Alfred, den Sartan.

Alfred hatte den Versuch gewagt, das Todestor zu durchschreiten, auf der Suche nach Gram, dem Jungen, den ich von Arianus mitgebracht hatte. Aber der Mann ist nicht fähig, einen Schritt zu tun, ohne über seine eigenen Schnürsenkel zu stolpern. Er verfehlte seinen Bestimmungsort und landete auf meinem Schiff.

* ›Elfenstern‹, Band 2 der Reihe *Die vergessenen Reiche*. (Bastei-Lübbe 28 201)

An diesem Punkt machte ich einen Fehler. Alfred war in meiner Gewalt. Ich hätte auf der Stelle umkehren und ihn meinem Fürsten ausliefern müssen. Xar besaß die Macht, ihm nach und nach qualvoll alle seine Geheimnisse zu entreißen.

Doch mein Schiff war eben erst auf Abarrach angelangt. Es widerstrebte mir, so bald wieder die Rückreise durch das Todestor anzutreten – jedesmal ein physisch und psychisch erschöpfendes Unterfangen. Und, um die Wahrheit zu sagen, ich wollte Alfred eine Zeitlang um mich haben. Während der Fahrt durch das Todestor hatten wir – ungewollt – die Körper getauscht. Für eine kurze Weile fand ich mich in seinem Bewußtsein gefangen, mit seinen Gedanken, Ängsten, Erinnerungen, und er sich in meinem. Jeder von uns kehrte in seinen eigenen Körper zurück, doch ich weiß, ich war nicht ganz derselbe – obwohl es lange dauerte, bis ich soweit war, mir diese Tatsache einzugestehen.

Der Vorfall bewirkte, daß ich meinen Feind kennen und verstehen lernte, und das machte es schwer, ihn weiter zu hassen. Außerdem, wie sich herausstellte, brauchten wir einander, um zu überleben.

Abarrach ist eine furchtbare Welt. Kalter Fels außen, innen geschmolzener Stein und Lava. Die Nichtigen, die sich mit den Sartan dort angesiedelt hatten, konnten in dieser Hölle nicht lange überleben. Es bedurfte unserer vereinten magischen Kräfte – Alfreds und meiner –, um uns vor der sengenden Hitze der feurigen Meere zu schützen, vor den giftigen Dämpfen in der Luft. Doch es wandeln Lebende in den düsteren Grotten Abarrachs.

Und die Toten.

Dort, in Abarrach, entdeckten Alfred und ich degenerierte Nachkommen seines Volkes, der Sartan. Und dort fanden wir die tragische Antwort auf das Rätsel ihres Aussterbens in den anderen Welten. Die Sartan Abarrachs befaßten sich mit der verwerflichen Kunst der Nekromantie. Sie erweckten ihre Toten zu einem abscheulichen Scheinleben und machten sie zu Sklaven. Von Alfred erfuhr ich, daß diese

Arkan-Disziplin bereits von den Ahnen verboten wurde, weil man herausfand, daß für jeden auferstandenen Toten ein Lebender vor der Zeit stirbt. Entweder hatten die Sartan von Abarrach dieses Tabu vergessen – oder ignorierten es.

Aufgewachsen im Labyrinth, hielt ich mich für hart, auch von den schlimmsten Greueln nicht aus der Fassung zu bringen. Aber die wandelnden Toten Abarrachs verfolgen mich immer noch in meinen Träumen. Ich versuchte mir einzureden, Nekromantie wäre eine wertvolle Gabe für meinen Fürsten. Eine Armee von Toten ist unüberwindlich, unbesiegbar. Mit einer solchen Streitmacht könnte mein Fürst leicht die anderen Welten erobern, ohne das Blut unseres eigenen Volkes zu vergießen.

Ich hätte beinahe selbst als Wiedergänger auf Abarrach geendet. Die Vorstellung, wie mein unbeseelter Körper stumpfsinnig Frondienste verrichtet, flößte mir Entsetzen ein. Auch anderen sollte dieses Schicksal erspart bleiben. Ich faßte den Entschluß, Fürst Xar zu verschweigen, was ich auf jener trostlosen Welt entdeckt hatte. Das war mein erster Akt der Rebellion.

Es sollte nicht der einzige bleiben.

Abarrach bescherte mir noch ein Erlebnis, schmerzlich, beunruhigend, verwirrend, aufwühlend, doch es erfüllt mich mit Ehrfurcht, wann immer ich daran denke.

Auf der Flucht vor unseren Verfolgern stolperten Alfred und ich in einen Raum, das Sanktuarium. Die dort wirksame Magie versetzte mich in die Vergangenheit und wieder in einen anderen Körper, den Körper eines Sartan. Damals wurde mir das Wissen um die Existenz einer höheren Macht zuteil. Ich erfuhr, daß ich *kein* Halbgott war, wie ich immer geglaubt hatte; daß die Magie, die mir zu Gebote stand, nicht alles vermochte. Eine andere, stärkere Macht existiert, eine wohlwollende Macht, die nur das Gute will, Ordnung und Frieden. In dem Körper jenes unbekannten Sartan sehnte ich mich danach, mit dieser Macht in Verbindung zu treten, doch ehe ich es vermochte, drangen andere Sartan – unsere neugefundene Wahrheit fürchtend – in das Gemach, und wir wurden niedergemacht. Alle, die wir dort versammelt waren, kamen zu Tode. Das Wissen um uns und unsere Erkenntnis geriet in Vergessenheit, bis auf eine geheimnisvolle Prophezeiung.

Als ich zu mir kam, in der Gegenwart, in meinem eigenen Körper, konnte ich mich nur unvollständig an das erinnern, was ich gesehen und gehört hatte. Und ich bemühte mich sehr, auch das wenige zu verdrängen. Ich wollte nicht akzeptieren, daß ich – verglichen mit dieser Macht – ebenso schwach war wie jeder Nichtige. Alfred mußte wieder herhalten, den ich beschuldigte, mich getäuscht, mir etwas vorgespiegelt zu haben. Er leugnete, wie nicht anders zu erwarten. Schwor hoch und heilig, er hätte das gleiche erlebt wie ich.

Ich weigerte mich, ihm zu glauben.

Wir entkamen nur um Haaresbreite aus dem Hexenkessel Abarrach.* Es war ein Bruderkrieg entbrannt, die Sartan bekämpften sich untereinander auf gräßliche Art, indem sie die Lebenden in Lazare verwandelten – Leichname, deren Seele auf ewig in der leblosen Hülle gefangen ist. Im Unterschied zu den versklavten Toten sind die Lazare gefährliche Wesen, denn sie besitzen Vernunft und Ehrgeiz – düsteren, furchtbaren Ehrgeiz.

Ich war froh, einem solchen Ort den Rücken zu kehren. Im Sog des Todestores gab ich Alfred Gelegenheit, sich davonzumachen. Er hatte mir immerhin das Leben gerettet. Und ich hatte genug von Tod, Schmerz, Leiden; das Grauen Abarrachs wirkte nach. Nur zu gut wußte ich, was Xar mit Alfred tun würde, wenn er ihn in seine Gewalt bekam.

CHELESTRA

Ich kehrte allein in den Nexus zurück und sandte Xar meinen Bericht über Abarrach in Form einer schriftlichen Botschaft,

* ›Feuersee‹, Band 3 der Reihe *Die vergessenen Reiche.* (Bastei-Lübbe 28 205)

denn ich fürchtete, wenn ich ihm von Angesicht zu Angesicht gegenüberstand, würde ich die Wahrheit nicht verhehlen können. Doch auch so durchschaute mich Xar. Er kam zu mir, bevor ich bereit war, wieder aufzubrechen, und strafte mich. Fast wäre es mein Tod gewesen, aber ich verdiente die Züchtigung. Der körperliche Schmerz, den ich erduldete, war leichter zu ertragen als die Qual meines schlechten Gewissens. Es endete damit, daß ich Xar alles erzählte, was ich auf Abarrach vorgefunden hatte. Ich berichtete ihm von der Nekromantie, dem Sanktuarium, von der höheren Macht.

Der Fürst vergab mir. Ich fühlte mich geläutert, befreit. Alle meine Fragen waren beantwortet. Was Xar wollte, wollte auch ich. Unsere Ziele waren dieselben. Ich gehörte ihm. Die Reise nach Chelestra trat ich voller Zuversicht an – fest entschlossen, das Vertrauen des Fürsten neu zu gewinnen. Kurz bevor ich aufbrach, geschah etwas Merkwürdiges. Der Hund – mein ständiger Begleiter, seit er mir im Labyrinth das Leben gerettet hatte – verschwand. Ich suchte nach ihm, denn obwohl er manchmal eine rechte Plage ist, habe ich mich daran gewöhnt, ihn um mich zu haben. Er war fort. Es tat mir leid, und ich wunderte mich, aber nicht lange. Ich hatte Wichtigeres zu bedenken.

Chelestra ist eine Wasserwelt. Die äußere Hülle besteht aus Eis, doch ins Innere von Chelestra plazierten die Sartan eine Sonne, die das Wasser erhellt und erwärmt.

Der Plan der Sartan sah vor, daß sie den Lauf dieser Sonne kontrollierten, aber sie mußten entdecken, daß sie nicht die Macht hatten. Daher folgt die Sonne einer erratischen Bahn, bringt mit sich Wärme und Leben, während hinter ihr alles zurücksinkt in Kälte und Finsternis, bis sie – irgendwann – wiederkehrt. Die Nichtigen Chelestras leben auf sogenannten Meermonden. Auch Sartan gibt es auf Chelestra, aber das fand ich erst später heraus.

Meine Ankunft auf Chelestra war nicht sonderlich vielversprechend. Die *Himmelsstürmer* tauchte ins Wasser und begann prompt auseinanderzubrechen. Zu meinem größten

Erstaunen, da Runenmagie das Schiff umhüllt wie ein Panzer und nur wenige Einflüsse – ganz sicher nicht gewöhnliches Meerwasser – stark genug sind, die mächtigen Schutzzauber außer Kraft zu setzen.

Zu meinem Unglück handelte es sich nicht um gewöhnliches Meerwasser.

Es blieb mir nichts anderes übrig, ich mußte das Schiff verlassen. Orientierungslos schwamm ich in einem unendlichen Ozean, in dem es kein Unten gab und kein Rettung verheißendes Oben. Ich war überzeugt, ertrinken zu müssen, entdeckte jedoch – überrascht und erleichtert –, daß sich das Wasser atmen ließ wie Luft. Ich machte außerdem die Feststellung – erheblich weniger beglückt –, daß das Wasser die schützenden Runen auf meiner Haut auslöschte, bis ich schließlich hilflos war wie ein Nichtiger.

Auf Chelestra fand ich weitere Beweise für die Existenz einer höheren Macht. Diese allerdings sucht nicht das Gute zu bewirken, sondern ist abgrundtief böse. Sie nährt sich von Angst, Entsetzen, ergötzt sich an den Qualen derer, die ihr ausgeliefert sind. Chaos, Haß, Zerstörung – allein dahin geht ihr Sinnen und Trachten.

Manifestiert in der Gestalt riesiger Drachenschlangen, gelang es der bösen Macht beinahe, mich zu ihrem Werkzeug zu machen. Meine Rettung verdankte ich drei Nichtigenkindern, deren eines – Alake, eine Menschenprinzessin – später in meinen Armen starb. Ich erkannte die wahre Natur des Bösen und daß es darauf aus war, *alles* zu vernichten, einschließlich meines Volkes.

Ich stellte mich ihm entgegen, in dem Wissen, daß ich nicht obsiegen konnte. Diese Macht ist unsterblich. Sie lebt in jedem von uns. Wir haben sie erschaffen.

Zuerst glaubte ich, in diesem Kampf alleine zu stehen, doch unerwartet bekam ich Hilfe – von meinem Freund, meinem Feind.

Alfred hatte es gleichfalls nach Chelestra verschlagen; ungefähr zur selben Zeit, als ich Schiffbruch erlitt, erwachte er in einem Mausoleum, ähnlich dem auf Arianus, wo die

Letzten seines Volkes in ihren gläsernen Sarkophagen ruhten. Aber die Sartan in dem Mausoleum von Chelestra lebten – unter ihnen der Rat der Sieben, Initiator der Großen Teilung.

Bedroht von den Drachenschlangen, unfähig, sich ihrer zu erwehren, weil das Meerwasser ihre Magie unwirksam machte, sahen die Sartan keinen anderen Ausweg, als einen dringenden Hilferuf zu den anderen Welten zu senden und sich in einen schlafähnlichen Zustand zu versetzen, um so die Ankunft der Ihrigen zu erwarten.

Der einzige, der kam – und das durch puren Zufall –, war Alfred.

Unnötig zu sagen, daß er nicht den Erwartungen des Rats entsprach.

Das Haupt des Rats, Samah, ist das charakterliche Ebenbild meines Fürsten (auch wenn keiner von beiden mir für den Vergleich Dank wüßte!). Beide sind sie stolz, rücksichtslos, ehrgeizig. Beide glauben, ihnen gehörte die größte Macht im Universum. Der Gedanke, es könnte eine überlegene Macht geben, einen Stärkeren, liegt beiden fern. Samah fand heraus, daß Alfred nicht nur an eine solche höhere Macht glaubte, sondern tatsächlich nahe daran gewesen war, mit ihr zu kommunizieren – in seinen Augen Ketzerei. Er setzte alles daran, Alfred zu zerbrechen, seinen Glauben zu erschüttern. Es war, als versuchte man mit den Fäusten in Brotteig zu schlagen. Alfred weigerte sich zu widerrufen; weigerte sich, Samahs Alleinherrschaftsanspruch zu akzeptieren.

Ich muß zugeben, fast tat Alfred mir leid. Endlich hatte er Überlebende seines Volkes gefunden, nur um feststellen zu müssen, daß er ihnen nicht trauen konnte. Er stieß sogar auf ein furchtbares Geheimnis aus Samahs Vergangenheit.

Mit der Hilfe eines unvermuteten Bundesgenossen (mein eigener Hund!) stolperte Alfred buchstäblich in eine geheime Bibliothek der Sartan. Aus den Schriften ging hervor, daß auch Samah und der Rat von jener höheren Macht wußten.

Die Große Teilung war nicht unvermeidlich gewesen. Man hätte, im Zusammenwirken mit dieser Macht, auf eine friedliche Koexistenz mit den Patryn hinarbeiten können.

Doch Samah wollte keinen Frieden. Er wollte eine Welt nach seinen Vorstellungen – ausschließlich nach seinen Vorstellungen. Also arbeitete er auf die Große Teilung hin, doch bald erwiesen seine ausgeklügelten Pläne sich als fehlerhaft; was er neu zusammenzufügen versuchte, zerfiel ihm unter den Händen.

Alfred entdeckte die Wahrheit. Alfred stellte eine Bedrohung für Samah dar.

Alfred war es auch – der unterwürfige, tolpatschige Alfred mit seinen Ohnmachtsanfällen bei der leisesten Erwähnung des Wortes ›Gefahr‹ –, der mir im Kampf gegen die Drachenschlangen zur Seite stand.* Er rettete mein Leben, das Leben der Nichtigen und sehr wahrscheinlich auch das seiner undankbaren Landsleute.

Trotzdem – oder vielleicht gerade deswegen – verurteilte Samah Alfred zu einem furchtbaren Los. Er verbannte Alfred und Orla, die Frau, die ihn liebt, ins Labyrinth.

Nun bin ich der einzige, der das ganze Ausmaß der Gefahr kennt, der wir uns gegenübersehen. Die böse Macht in Gestalt der Drachenschlangen strebt nicht danach, uns zu beherrschen – nichts derart Konstruktives. Leid, Schmerz, Chaos, Angst – das ist ihr Ziel. Und sie werden es erreichen, außer wir tun uns zusammen und finden einen Weg, sie aufzuhalten. Denn die Drachenschlangen sind mächtig, viel mächtiger als irgendeiner von uns. Mächtiger als Samah. Mächtiger als Xar.

Davon muß ich den Fürsten überzeugen – keine leichte Aufgabe. Schon jetzt hält er mich für einen Abtrünnigen, einen Verräter. Wie soll ich ihm beweisen, daß meine Loya-

* ›Drachenmagier‹, Band 4, der Reihe *Die vergessenen Reiche* (Bastei-Lübbe 28 210)

lität ihm gegenüber, meinem Volk gegenüber niemals größer war als heute?

Und Alfred? Was wird aus Alfred? Der gutherzige, entschlußlose und unbeholfene Sartan wird im Labyrinth nicht lange überleben. Ich könnte dorthin zurückkehren, um ihn zu retten – falls ich den Mut aufbringe.

Denn ich muß es mir selbst eingestehen – ich habe Angst.

Ich habe mehr Angst als je zuvor in meinem Leben. Das Böse ist stark, unglaublich mächtig, und ich stehe ihm allein gegenüber, wie mein Name es sagt.

Allein, bis auf einen Hund.

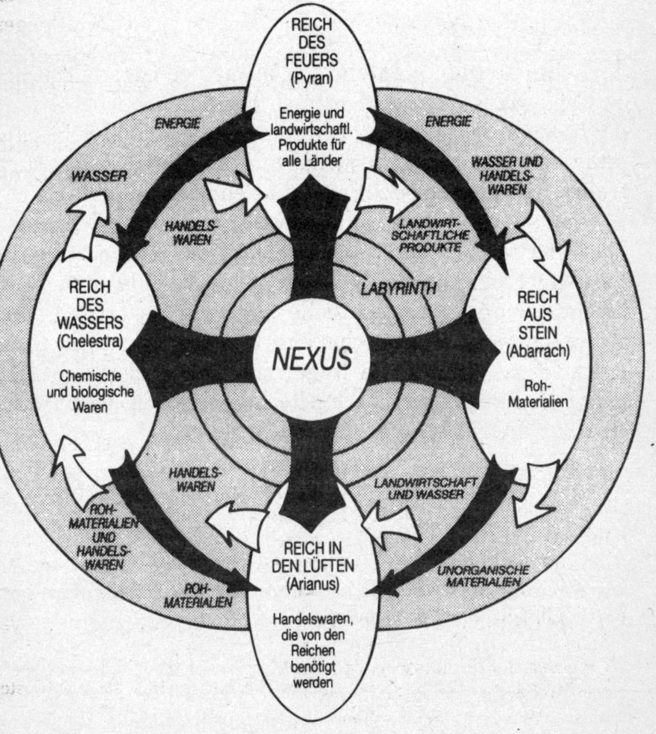

Prolog

Ich schreibe dies, während ich in meiner Gefängniszelle in Samahs Haus sitze und meiner Befreiung harre.* Es wird noch einige Zeit dauern, wie es scheint, denn der Pegel des rettenden Meerwassers steigt nur langsam, dafür sorgen wahrscheinlich die Nichtigen, die den Sartan nichts anhaben wollen, sondern sie nur ihrer magischen Kräfte berauben.** Das Meerwasser von Chelestra läßt sich zwar atmen wie Luft, aber eine haushohe Woge, die über Surunan hereinbricht, würde beträchtliche Verwüstungen anrichten. Bemerkenswert vorausschauend von den Nichtigen, das in Betracht zu ziehen. Ich frage mich nur, wie sie es fertiggebracht haben, diese Vorgehensweise ihren Verbündeten, den Schlangen, schmackhaft zu machen.

* Abgefaßt in der Sprache der Nichtigen, in Haplos Handschrift, findet sich der Eintrag auf den leeren Blättern des Tagebuchs, das der Patryn von Grundel, dem Zwergenmädchen erhielt. Es ist bei den Patryn üblich, Gedanken und Ereignisse in der Nichtigensprache aufzuschreiben, da sie der Ansicht sind, ihre magische Runenschrift sei zu bedeutend, um sie durch Alltägliches zu profanieren.

** Hinweis auf die Tatsache, daß das Meerwasser von Chelestra die magischen Kräfte von sowohl Sartan wie Patryn neutralisiert. Siehe ›Drachenmagier‹, *Vergessene Reiche*, Band 4. (Bastei-Lübbe 28 210)

Die Schlangen* von Chelestra . . .

Das Böse war mir nicht fremd als einem, der im Labyrinth geboren wurde und aufwuchs. Aber so absolut ist es mir nie begegnet. Diese Kreaturen haben mich gelehrt, an eine höhere Macht zu glauben – an eine Macht, die stärker ist als wir und verderbt bis ins Mark.

Alfred, meine alte Nemesis, du wärst entsetzt, das lesen zu müssen. »Nein, nein«, höre ich dich bestürzt protestieren, »es gibt auch eine Macht des Guten. Wir haben sie gespürt, du und ich.« Das würdest du zu mir sagen.

Hast du sie gespürt, Alfred? Ja? Deine eigenen Landsleute sehen in dir einen Ketzer und haben dich ins Labyrinth verbannt – wenigstens drohten sie damit, und Samah scheint mir nicht der Mann zu sein, der leichtfertig Drohungen ausspricht. Was hältst du nun von der Macht des Guten, Alfred, während du im Labyrinth darum kämpfst, am Leben zu bleiben?

Ich werde dir sagen, was *ich* davon halte. Ich glaube, sie ist in etwa wie du – schwach und tolpatschig. Auch wenn ich zugeben muß, daß du dich tapfer geschlagen hast in unserem Kampf gegen die Schlangen – falls wirklich du es warst, der sich in den Drachenmagier verwandelte, wie Grundel steif und fest behauptet.

Doch als der Augenblick kam, Samah die Stirn zu bieten (und ich könnte wetten, der alte Bastard hätte sein blaues Wunder erlebt), konntest du dich ›nicht an den Zauber erinnern‹. Du hast tatenlos geduldet, daß man dich und die Frau, die du liebst, an einen Ort verfrachtet, wo – falls du noch am Leben bist – dir vermutlich lieber wäre, tot zu sein.

Das Wasser kommt jetzt unter der Tür hindurch. Der Hund weiß nicht, was er davon halten soll. Er bellt das

* ›Drachenschlangen‹ ist ein Nichtigenausdruck, geprägt von Grundel. Das Sartan-Wort für die Kreaturen ist ›Schlange‹, seltener ›Lindwurm‹. Anders als bisher in seinen Notizen, benutzt Haplo hier das Sartan-Wort, vielleicht, um eine Verwechslung dieser falschen ›Drachen‹ mit den echten Drachen, die in den Reichen hausen, zu vermeiden. Die Patryn wußten nichts von diesen Ungeheuern und hatten deshalb keinen Namen dafür.

Rinnsal an, wahrscheinlich, um es zu erschrecken, damit es umkehrt. Ich weiß, wie er sich fühlt. Auch ich würde lieber etwas tun, statt hier zu sitzen und zu warten. Zu warten, bis die laue Flüssigkeit meine Stiefelspitzen netzt; auf das beklemmende Gefühl der Panik, das mich überkommt, wenn ich fühle, wie sich unter der Berührung des Wassers meine Magie aufzulösen beginnt.

Das Meerwasser ist meine Rettung. Alles andere zählt nicht. Schon verlieren die Sartanrunen, die mich in diesem Raum gefangenhalten, ihre Macht. Ihr rotes Leuchten verblaßt. Bald werden sie ganz erloschen sein, und dann bin ich frei.

Frei, wohin zu gehen? Was zu tun?

Ich muß in den Nexus zurückkehren, den Fürsten vor der Gefahr der Schlangen warnen. Xar wird mir nicht glauben, wird nicht glauben *wollen*. Er ist überzeugt, selbst die stärkste Macht im Universum zu sein. Nicht ohne Berechtigung. Die Schrecken des Labyrinths vermochten ihn nicht zu zerbrechen; auch nach seinem Entkommen findet er wieder und wieder den Mut, sich erneut hineinzuwagen und den unseren beizustehen.

Doch gegen die magischen Kräfte der Schlangen – und ich glaube allmählich, sie sind nur die Handlanger des Bösen – wird Xar sich nicht behaupten können. Jene furchtbare Macht des Chaos ist nicht nur stark, sondern auch verschlagen und heimtückisch. Sie erzählt, was wir hören wollen, redet uns nach dem Munde, schmeichelt und kriecht. Es macht ihr nichts aus, sich zu erniedrigen, sie hat kein Empfinden für Würde, für Ehre. Ihre Lügen klingen überzeugend, weil es die sind, die wir uns selbst erzählen.

Wenn diese böse Macht das Todestor passiert und niemand sich ihr entgegenstellt, wird in naher Zukunft dieses Universum ein Ort der Verzweiflung und des Elends sein. Die vier Welten – Arianus, Pryan, Abarrach und Chelestra – werden dem Bösen anheimfallen. Das Labyrinth wird nicht zerstört werden, wie es unsere Hoffnung war. Wer von dort flieht, findet sich in einem größeren Gefängnis wieder, aus dem es kein Entkommen mehr gibt.

Ich muß den Fürsten überzeugen! Aber wie, wenn ich selbst manchmal zweifle . . .

Das Wasser geht mir jetzt bis zu den Knöcheln. Der Hund hat aufgehört zu bellen. Er hat den Versuch gemacht, von dem Wasser zu trinken, dabei ist ihm ein Schwall in die Nase gedrungen; jetzt schaut er mich vorwurfsvoll an, mit der stummen Frage im Blick, weshalb wir diesem ungemütlichen Ort nicht endlich den Rücken kehren.

Auf der Straße unter meinem Fenster – inzwischen ein breiter, ruhiger Strom – sind keine Sartan zu sehen. In der Ferne höre ich Hornrufe – die Nichtigen wahrscheinlich, die in den Calix eindringen, wie die Sartan diesen ihren Zufluchtsort genannt haben. Gut. Das bedeutet, es sind Schiffe in der Nähe – Tauchboote der Nichtigen. Mein Schiff, das Zwergentauchboot, das ich mit Hilfe von Magie dazu präpariert habe, mich heil durch das Todestor zu bringen, befindet sich auf Draknor, der Insel der Schlangen.

Ich bin alles andere als erpicht darauf, noch einmal dorthin zurückzukehren, aber es wird mir nichts anderes übrigbleiben. Mit seinem Panzer aus Runen ist jenes Schiff das einzige Transportmittel auf dieser Welt, dem ich mich für ein derart heikles Unterfangen anvertrauen möchte. Ein Blick auf meine Beine – das Wasser steigt, langsam, aber stetig – zeigt mir, daß die eintätowierten blauen Sigel auf meiner Haut verblassen. Es wird lange dauern, bis ich meine magischen Kräfte einsetzen kann, um ein anderes Schiff für meine Zwecke herzurichten. Und mir läuft die Zeit davon.

Meinem Volk läuft die Zeit davon.

Etwas Glück vorausgesetzt, gelingt es mir vielleicht, unbemerkt nach Draknor und an Bord meines Schiffes zu gelangen und mich ebenso unbemerkt aus dem Staub zu machen. Die Schlangen müßten alle an dem Angriff auf den Calix beteiligt sein, obwohl ich finde, es ist merkwürdig und möglicherweise ein bedenkliches Zeichen, daß ich noch nichts von ihnen gesehen habe. Doch wie schon gesagt, sie sind verschlagen und tückisch, und wer weiß, was sie gerade aushecken.

Ja, Hund, wir gehen jetzt. Ich nehme an, daß Hunde schwimmen können. Irgendwo glaube ich gehört zu haben, daß alle Tiere imstande sind, sich über Wasser zu halten.

Nur der Mensch denkt, gerät in Panik und ertrinkt.

Kapitel 1

Surunan, Chelestra

Das Wasser strömte träge durch die Straßen Surunans, der von den Sartan erbauten Stadt. Es stieg gemächlich, flutete durch Türen, dann über Fenstersimse und bedeckte schließlich die Firste einstöckiger Häuser. Gegenstände des täglichen Lebens dümpelten auf der leicht gekräuselten Oberfläche – ein irdener Topf, ein Männerschuh, ein Kamm, ein hölzerner Stuhl.

Schließlich eroberte das Wasser auch den Raum in Samahs Haus, der Haplo als Gefängnis diente. Das Zimmer lag in einem oberen Stockwerk, doch zu guter Letzt quollen Rinnsale unter der Tür hindurch, breiteten sich aus; die Flut bedeckte den Boden, stieg an den Wänden empor, neutralisierte Magie, spülte sie fort. Die feurigen Runen, deren verzehrende Hitze es Haplo unmöglich gemacht hatte, sich der Tür auch nur zu nähern, erloschen zischend. Die Runen am Fenster blieben als einzige vorerst unbeeinträchtigt. Ihr rötlicher Glanz spiegelte sich in dem stillen Teich.

Haplo wartete in erzwungener Untätigkeit, beobachtete die Reflexionen der Runen im Wasser, wie sie im Spiel der Wellen und Strömungen schaukelten und zerflossen. Kaum hatte die Flut auch sie erreicht, und ihr Leuchten wurde schwächer, sprang Haplo von dem Tisch, auf den er sich geflüchtet hatte. Der Hund winselte, ihm wurde die Sache unheimlich.

»Es ist soweit, alter Junge. Zeit, aufzubrechen.« Haplo schob Grundels Tagebuch in sein Hemd und unter den Gürtel, zwischen Hosenbund und Haut. Die Tätowierungen an seinem Körper waren mittlerweile fast alle verschwunden. Das Meerwasser, das ihn rettete, war gleichzeitig sein Fluch. Ohne seine magischen Kräfte war er hilflos wie ein neugeborenes Kind, ohne sich jedoch in die tröstenden, schützenden Arme einer Mutter flüchten zu können.

Schwach, wehrlos, von Zweifeln geplagt, mußte er diesen Raum verlassen und sich dem ungeheuer großen Ozean für eine gefahrvolle Reise anvertrauen.

Haplo stieß das Fenster auf, zögerte. Der Hund (nur noch Kopf und Schulterpartie ragten aus den Fluten) sah ihn fragend an. Es war verlockend, einfach hierzubleiben, in seinem Gefängnis. Draußen, irgendwo außerhalb dieser schützenden Mauern, lauerten die Schlangen. Der Tod. Sie mußten ihn töten, denn er kannte die Wahrheit und wußte, diese Kreaturen waren die Verkörperung des Chaos.

Dieses Wissen war der Hauptgrund, weshalb er der Versuchung nicht nachgeben durfte. Er mußte Fürst Xar warnen. Ein größerer Feind als jeder, dem sie bis jetzt gegenübergestanden hatten – grausamer und hinterhältiger als die Drachen im Labyrinth, mächtiger als die Sartan –, erhob sich gegen die Patryn im Nexus.

»Nun los«, sagte Haplo zu dem Hund und zeigte nach draußen.

Erfreut über die Aussicht, endlich diesen feuchten, langweiligen Ort verlassen zu dürfen, sprang das Tier aus dem Fenster und landete platschend im Wasser. Haplo holte tief Luft – eine instinktive, unnötige Reaktion, denn bei dem Meer*wasser* handelte es sich um eine besondere, atembare Emulsion – und sprang hinterher.

Haplo erspähte ein Stück Holz, schwamm darauf zu und benutzte es als eine Art Floß. Der Calix war die einzige stabile Landmasse der Wasserwelt Chelestra. Nach der Großen Teilung erschufen sich die Sartan in einer Anwandlung von Nostalgie ein Domizil, das der alten Welt gleichen sollte. Sie schlossen den Calix in eine schützende Luftblase ein. Das Wasser, das ihn umgibt, vermittelt die Illusion von blauem Himmel, durchflutet vom Licht der Sonne im Herzen Chelestras. Die Schlangen hatten die Barriere durchbrochen, und jetzt drang das Segensmeer in den Calix ein.

Er hielt sich wassertretend auf der Stelle und schaute nach einer Orientierungshilfe aus. Schließlich entdeckte er in einiger Entfernung das Kuppeldach der Ratshalle. Sie stand auf einer Anhöhe und würde als letztes vor der steigenden Flut kapitulieren. Jede Wette, daß die Sartan dort Zuflucht gesucht hatten. Waren das Leute auf dem Dach? In der luftigen Höhe waren sie vorläufig sicher vor dem Wasser und seiner Magie neutralisierenden Wirkung.

»Wehrt euch nicht«, empfahl er ihnen, obwohl sie viel zu weit entfernt waren, um ihn hören zu können. »Das macht es nur noch schlimmer.«

Wenigstens hatte er jetzt eine ungefähre Vorstellung davon, wo er sich befand. Er paddelte auf seinem improvisierten Floß in Richtung der Stadtmauern, deren Zinnen er aus dem Wasser ragen sah. Die Mauer trennte den Stadtteil der Sartan von den Bezirken, die den Nichtigen vorbehalten gewesen waren. Dahinter befand sich das Gestade des Calix und am Gestade die Landungstruppen der Nichtigen samt ihren Booten, von denen er fest entschlossen war, sich eines anzueignen, um nach Draknor zu segeln, wo sein eigenes Tauchboot lag.

Doch auf Draknor warteten auch die Schlangen.

»Wenn ja«, meinte er zu dem Hund, der tapfer nebenher paddelte, »wird das ein ziemlich kurzer Ausflug.«

Er hatte keinen festen Plan; das mußte warten, bis er herausfand, wo die Schlangen waren und wie er ihnen ausweichen konnte.

Mit kräftigen Beinstößen arbeitete er sich voran. Er hätte

die Planke auch loslassen können und sich dem Meer anvertrauen, doch er scheute die ersten paar Sekunden der Todesangst, wenn der Körper sich weigerte, die Beschwichtigungen des Verstandes zu akzeptieren, daß er nur an seinen Ursprung zurückkehrte, in den Mutterschoß, aus dem er einst gekommen war. Er klammerte sich an die Planke und sah mit Erleichterung sein Ziel näher rücken.

Plötzlich kam ihm der Gedanke, daß dieses Brett ein unheilvolles Zeichen war. Wenn er sich nicht sehr irrte, stammte es von einem der hölzernen Zwergentauchboote, war durchgebrochen und an beiden Enden gesplittert.

Hatten die Schlangen keinen Geschmack an der unblutigen Einnahme Surunans gefunden und sich gegen ihre Verbündeten gewendet?

Er schlug heftiger mit den Beinen, getrieben von dem Bedürfnis, sich Gewißheit zu verschaffen, doch bald ließen seine Kräfte nach, die Muskeln verkrampften sich. Er schwamm gegen die Tide an, gegen die Strömung des Meerwassers, das in die Stadt geleitet wurde. Außerdem hatte der Verlust seiner Magie eine allgemeine Schwäche zur Folge, das wußte er aus bitterer Erfahrung.

Im Sog einer Welle wurde er gegen die Mauerkrone geschwemmt. Er hielt sich fest und kletterte hinauf, nicht nur, um sich auszuruhen, sondern auch um zu rekognoszieren. Der Hund wollte zu ihm, aber die Strömung trieb ihn weiter. Haplo neigte sich gefährlich weit zur Seite und bekam ihn am Nackenfell zu packen. Er zog ihn an die Mauer heran – die Hinterläufe des Tieres scharrten haltsuchend an den Steinen – und bugsierte ihn auf den Platz neben sich.

Von seinem Aussichtspunkt hatte er einen ungehinderten Blick auf den Hafen von Surunan sowie den Küstenstreifen dahinter. Haplo ließ den Blick wandern und nickte grimmig.

»Wir hätten uns keine Sorgen zu machen brauchen, alter Junge«, sagte er und klopfte dem Vierbeiner die nasse, zottige Flanke. »Alles in bester Ordnung.«

Der Hund öffnete wie freudig zustimmend das Maul, dann schüttelte er sich, daß es nach allen Seiten spritzte.

Die Flotte der Nichtigenboote lag in einer mehr oder weniger exakten Reihe hoch am Ufer, die Sonnenjäger weiter draußen. Nichtige drängten sich am Bug, zeigten mit ausgestrecktem Arm, schrien, beugten sich über die Reling, manche sprangen ins Wasser. Ein Schwarm kleiner Boote pendelte zwischen Schiffen und Hafen – ein Fährdienst wahrscheinlich für die Zwerge – passionierte Nichtschwimmer. Die wenigen wasserscheuen Menschen und Elfen beaufsichtigten die Arbeit riesiger Wale, die allem Anschein nach hastig zusammengebaute, schwer beladene Flöße in den Hafen schoben.

Haplo musterte die Flöße, dann die Planke, die er mit auf die Mauer gezogen hatte. Deshalb hatten sie die Tauchboote zerlegt. Die Menschen zogen mit Sack und Pack in ihr neues Domizil.

»Aber wo sind die Schlangen abgeblieben?« fragte er den Hund, der hechelnd zu seinen Füßen lag.

Weit und breit nichts von ihnen zu sehen. Haplo harrte auf seinem Beobachtungsposten aus, solange er konnte, hin und her gerissen zwischen der Notwendigkeit, möglichst bald zu seinem Fürsten zurückzukehren, und der ebenso unabdingbaren Notwendigkeit, lebend dort anzukommen. Geduld, Vorsicht – harte Lektionen, aber das Labyrinth war ein exzellenter Lehrmeister.

Nirgends sah er Reptilienschädel sich aus den Fluten recken. Vielleicht befanden sie sich alle unter der Wasseroberfläche und begutachteten ihr Zerstörungswerk.

»Ich muß es wissen«, sagte Haplo zu sich selbst. Falls die Schlangen merkten, daß er frei war und im Begriff, von Chelestra zu fliehen, mußte er damit rechnen, daß sie alles daransetzten, ihn aufzuhalten.

Er wog die Alternativen gegeneinander ab. Erst mit den Nichtigen zu reden bedeutete Zeitverlust. Sie würden ihn freudig willkommen heißen, sich an ihn hängen, von ihm verlangen, dies zu tun und jenes. Er hatte nicht die Muße, sich darauf einzulassen. Andererseits war es eine Gelegenheit herauszufinden, was die Schlangen im Schilde führten, und das konnte den Unterschied zwischen Leben und Tod bedeuten.

Er wartete noch ein paar Minuten, in der Hoffnung, etwas zu entdecken, das ihm Aufschluß über den Verbleib der Schlangen gab.

Nichts. Und er konnte nicht ewig auf dieser verdammten Mauer hocken bleiben.

Entschlossen, dem Zufall zu vertrauen, ließ Haplo sich wieder ins Wasser gleiten. Der Hund kläffte aufgeregt und sprang hinterher.

Haplo näherte sich dem Hafen. Die Planke vor sich her schiebend, blieb er tief im Wasser und machte einen großen Bogen um das geschäftige Treiben. Die meisten Nichtigen kannten ihn, wußten zumindest, wie er aussah, deshalb wollte er ihnen soweit wie möglich aus dem Weg gehen. Er ließ sich an den Tauchbooten entlang treiben und spähte in die Fenster. Vielleicht war Grundel irgendwo. Sie hatte mehr Verstand als die meisten Nichtigen, und wenn auch sie wahrscheinlich ein Riesentheater veranstaltete bei seinem plötzlichen Erscheinen, glaubte er doch, sich ohne allzugroße Schwierigkeiten aus ihren stürmischen Umarmungen befreien zu können.

Aber sie war nirgends zu finden. Statt dessen lag da, an einem Pfahl vertäut, eine kleine Barkasse, dazu bestimmt, Zwerge aufzufischen, die das Pech gehabt hatten, ins Wasser zu fallen. Er paddelte näher heran. Niemand an Bord, sie schien verlassen zu sein.

Ein von Walen geschobenes Floß grub sich knirschend in den Ufersand. Zwerge kamen gelaufen, um die Ladung zu löschen. Haplo nahm an, daß die Besatzung der Barkasse sich unter ihnen befand.

Die Gelegenheit war zu gut, um sie ungenutzt zu lassen. Mit diesem Boot stand ihm der Weg nach Draknor offen. Wenn die Schlangen dort lauerten – nun, abwarten. Etwas Großes und Lebendiges prallte gegen ihn. Haplos Herz tat einen Sprung. Er rang nach Luft, schluckte Wasser, fing an zu husten und zu würgen. Gleichzeitig warf er sich nach hinten, bloß weg von der Kreatur und machte sich bereit, sein Leben teuer zu verkaufen.

Ein naßglänzender Kopf mit schwarzen Knopfaugen und einem weit offenen, lachenden schnabelähnlichen Maul schoß unmittelbar vor ihm aus dem Wasser, links und rechts tauchte je ein weiterer auf. Zudem wurde er von allen Seiten gestupst und geschubst.

Delphine.

Haplo spuckte Wasser aus. Der Versuch des Hundes zu bellen mißlang kläglich – zum größten Vergnügen der Delphine und fast zu seinem Verderben. Haplo zog ihn halb auf die Planke, wo er schnaufend und beleidigt liegenblieb.

»Wo sind die Drachenschlangen?« fragte Haplo in der Menschensprache. Alles andere interessierte ihn weniger.

Vor nicht langer Zeit hatten die Delphine sich geweigert, mit ihm zu sprechen, und wollten nichts von ihm wissen, weil sie – zu Recht – annahmen, er stünde auf der Seite der Drachenschlangen. Doch mittlerweile hatte sich ihre Einstellung zu ihm geändert. Sie begannen aufgeregt zu keckern und zu pfeifen, und ein paar machten Anstalten wegzuschwimmen, um die Nachricht zu verbreiten, daß der komische Mann mit den blauen Tätowierungen wieder aufgetaucht war.

»Nein! Wartet, bleibt hier. Sagt keinem, daß ihr mich gesehen habt«, rief er hastig. »Was spielt sich hier ab? Wo sind die Drachenschlangen?«

Die Delphine quiekten und schnatterten durcheinander. Binnen Sekunden erfuhr Haplo alles, was er hatte wissen wollen.

»Wir hörten, Samah hätte dich gefangen ...«

»Die Schlangen brachten die arme Alake ...«

»Ihre Eltern – gramgebeugt ...«

»Schlangen sagten, du ...«

»... und der Sartan ...«

»Ja, du und der Sartan, ihr wärt schuld ...«

»... hintergangen ...«

»... eure Freunde betrogen...«

»Feigling...«

»Niemand glaubte...«

»Doch, haben sie!«

»Nein, haben sie nicht. Nun ja, vielleicht für einen Moment...«

»Wie auch immer, die Schlangen bohrten Löcher in den Fels...«

»Große Löcher!«

»Riesig!«

»Gigantisch!«

»Schleusentore...«

»Alle gleichzeitig öffnen – eine Wasserwand...«

»Flutwelle...«

»Tod und Zerstörung – Sartan vernichtet!«

»Stadt in Trümmern...«

»*Wir* warnten die Nichtigen vor den Drachenschlangen und ihrer Tücke...«

»Grundel und Devon kehrten zurück...«

»Erzählten die *wahre* Geschichte... Du bist ein Held...«

»Ist er nicht. Das war der, der Alfred heißt.«

»Ich bin eben höflich...«

»Die Nichtigen waren besorgt...«

»Sie wollten die Sartan nicht töten...«

»Sie fürchteten die Drachenschlangen. Tauchboote sind ausgelaufen, um zu kundschaften...«

»Aber die Schlangen sind spurlos verschwunden...«

»Die Zwerge öffneten die Schleusentore nur einen Spalt und...«

»Schluß! Hört auf!« Haplo gelang es endlich, sich Gehör zu verschaffen. »Was meint ihr damit, ›die Schlangen sind spurlos verschwunden‹? Wohin?«

Unter den Delphinen entbrannte eine hitzige Debatte. Einige behaupteten, die Schlangen wären nach Draknor zurückgekehrt, aber die vorherrschende Meinung schien zu sein, daß sie durch die Breschen im Calix geschwommen waren und die Sartan in Surunan attackierten.

»Nein, das stimmt nicht«, widersprach Haplo. »Ich komme aus Surunan, die Stadt ist ruhig. Meines Wissens haben die Sartan sich in ihre Ratshalle geflüchtet, um keine nassen Füße zu kriegen.«

Die Delphine nahmen die Nachricht mit Enttäuschung auf. Sie wünschten den Sartan nichts Böses, aber es war eine so großartig dramatische Geschichte gewesen. Wenn auch mit wenig Begeisterung, stimmten sie jetzt alle überein:

»Die Drachenschlangen sind nach Draknor zurückgekehrt.«

Auch Haplo war dieser Ansicht. Die Schlangen hatten sich in ihren Schlupfwinkel zurückgezogen. Aber aus welchem Grund? Weshalb hatten sie Surunan so plötzlich den Rücken gekehrt? Weshalb nutzten sie nicht die Gelegenheit, sich die Sartan vom Hals zu schaffen; ließen ihren Plan fallen, Unfrieden zwischen den Nichtigen zu schüren, sie gegeneinander aufzuhetzen?

Haplo wußte keine Antwort auf diese Fragen, aber darüber sollten sich andere den Kopf zerbrechen. Für ihn zählte nur, daß die Schlangen sich auf Draknor befanden, wie sein Schiff.

»Es ist wohl keiner von euch ihnen gefolgt, um ihre Absichten auszukundschaften?« fragte er. Die Delphine keckerten entsetzt und schüttelten nachdrücklich den Kopf. Keiner von ihnen wagte sich in die Nähe des von den Schlangen besetzten Meermondes. Es war ein gräßlicher, trostloser Ort. Das Wasser war verseucht, Gift für jedes Lebewesen, das hineingeriet.

Haplo verzichtete darauf zu bemerken, daß er selbst in dem Wasser geschwommen war und es überlebt hatte. Er war selbst nicht erfreut von der Aussicht, dem mißhandelten Meermond* noch einen Besuch abzustatten, doch er hatte keine Wahl.

* Bei den Meermonden (Durnai) handelt es sich um gigantische Lebewesen. Näheres dazu in ›Drachenmagier‹, *Vergessene Reiche,* Band 4. (Bastei-Lübbe 28 210)

Erst einmal mußte er die Delphine loswerden.

Zum Glück stand er da vor keinem großen Problem. Sie liebten es, sich wichtig zu fühlen.

»Ich brauche euch, um den Anführern der Nichtigen eine Botschaft zu überbringen. Sie ist ausschließlich für die Mitglieder der königlichen Familien bestimmt und von größter Wichtigkeit.«

»Nur zu gerne . . .«

»Du kannst uns vertrauen . . .«

»Bestimmt . . .«

»Wir werden jedem . . .«

»Nicht *jedem* . . .«

»Nur der königlichen . . .«

»Er hat *jedem* gesagt!«

»Dummkopf! Er . . .«

Haplo nutzte eine Atempause, um ihnen die Botschaft aufzutragen, wobei er darauf achtete, die Sache möglichst kompliziert und geheimnisvoll zu machen.

Die Delphine lauschten aufmerksam und schossen davon, kaum daß er zu Ende gesprochen hatte.

Als er sicher sein konnte, daß seine schwimmenden Boten weit genug entfernt waren, gingen er und der Hund an Bord der Barkasse und legten ab.

Kapitel 2

Draknor, Chelestra

Haplo hatte nie so ganz die Geheimnisse der Navigationsmethode der Zwerge ergründet, die – wie Grundel ihm zu erklären versucht hatte – darauf beruhte, Schallwellen zu orten, die von den Meermonden ausgesandt wurden. Zuerst hatte er befürchtet, Draknor womöglich nicht finden zu können, doch es war leicht – zu leicht. Die Drachenschlangen hinterließen eine faulige Spur im Wasser, einen ölig schillernden Pfad zu dem Meermond, in dessen Leib sie sich eingenistet hatten.

Schwärze umfing ihn. Er war am Ziel angelangt, in den Grotten von Draknor. Um nicht auf Grund zu laufen, verlangsamte er die Fahrt, bis das Schiff sich kaum noch vorwärtsbewegte. Wenn es sein mußte, konnte er durch das trübe Wasser zum Ufer schwimmen; er hatte es schon einmal getan, doch verzichtete er gern auf das zweifelhafte Vergnügen.

Seine Hände waren trocken, auch die Unterarme, wo er die Ärmel hochgerollt hatte. Die Runen auf der Haut kamen allmählich wieder zum Vorschein, und auch wenn sie ihm höchstens die magischen Fähigkeiten eines Zweijährigen verliehen, wirkte der schwache bläuliche Schimmer beruhigend. Er wollte nicht wieder naß werden.

Der Kiel schrammte über Fels. Haplo ließ das Boot etwas steigen und atmete auf, als es ungehindert weiterfuhr. Es konnte nicht mehr weit sein bis zum Ufer, er beschloß das Risiko einzugehen und aufzutauchen ...

Die Runen auf seinen Händen! Blau. Fahlblau.

Haplo drosselte den Antrieb und starrte auf die Tätowierungen. Ein verwaschenes Blau, nicht annähernd so intensiv wie das Blau der Venen unter der Haut am Handrücken. Und das war komisch. Verdammt komisch!

Auch wenn seine Magie durch das Meerwasser gemindert war, hätten die Runen leuchten müssen, glutrot, als Reaktion auf die Gefahr, die von den Schlangen drohte. Aber nichts hatte ihn gewarnt, weder die magischen Zeichen noch seine anderen Instinkte. Er war zu sehr damit beschäftigt gewesen, die Barkasse zu steuern, um auf etwas anderes zu achten.

Die Male vorher, so nahe am Nest der Schlangen, hatte er sich an Körper und Geist wie gelähmt gefühlt in dem Miasma erstickender Angst, das die Kreaturen um sich verbreiteten.

Doch jetzt empfand er keine Angst; wenigstens, schränkte er ein, nicht um sich selbst. Seine Furcht saß tiefer. Sie war kalt und drückte ihm den Magen zusammen wie eine eherne Faust.

»Was ist los, alter Junge?« fragte er den Hund, der sich winselnd an sein Bein drückte.

Haplo tätschelte ihn beruhigend, obwohl er selbst etwas Ermutigung hätte gebrauchen können. Der Hund winselte erneut und drückte sich noch fester an ihn.

Der Patryn ging auf halbe Fahrt und ließ die Barkasse langsam zur Oberfläche steigen, dabei galt seine Aufmerksamkeit halb dem stetig heller werdenden Wasser und halb den Tätowierungen auf seiner Haut. Keine Veränderung.

Nach den Beweisen, die sein eigener Körper ihm lieferte, befanden sich die Schlangen nicht mehr auf Draknor. Doch wenn nicht hier und nicht bei den Nichtigen und wenn sie nicht in Surunan gegen die Sartan kämpften, wo waren sie dann?

Das Boot tauchte auf. Haplo suchte mit Blicken das Ufer ab, entdeckte sein Schiff, und vor Erleichterung, es unbeschädigt zu sehen, huschte ein Lächeln über sein Gesicht. Gleichzeitig wurde das Gefühl der Angst stärker, scheinbar ohne Grund.

Der Leib des Schlangenkönigs, getötet von dem geheimnisvollen Drachenmagier (Alfred?), lag auf den Klippen oben. Nichts deutete auf die Anwesenheit seiner lebenden Vasallen hin.

Das Schiff glitt auf den Strand. Behutsam, vorsichtig, öffnete er die Luke und stieg an Deck. Er war unbewaffnet, obwohl er in der Werkzeuglast eine Kiste mit Kriegsäxten gefunden hatte. Nur magische Klingen vermochten den Schlangen Wunden zu schlagen, und Haplos Zauberkräfte waren derzeit noch zu spärlich, um davon abgeben zu können.

Der Hund folgte ihm knurrend. Er machte die Beine steif und sträubte das Nackenfell. Sein Blick war starr auf den Höhleneingang gerichtet.

»Was ist denn?« fragte Haplo. Unwillkürlich spannte er die Muskeln.

Der Hund zitterte am ganzen Leib. Er fieberte danach loszustürmen, und wehe dem Feind, der sich vielleicht irgendwo in den Schatten verbarg.

»Nein, Hund. Wir sehen zu, daß wir wegkommen. Nach Hause.«

Haplo sprang von dem Deck in den modderigen, von einer Schleimschicht überzogenen Sand und ging wachsam am Ufer entlang auf das mit Runen gepanzerte Schiff zu. Der Hund hörte nicht auf zu knurren und zu bellen; er folgte Haplo nur widerwillig und erst nach einem strengen Befehl.

Sie waren fast da, als Haplo am Höhleneingang eine Bewegung entdeckte.

Er blieb stehen, auf der Hut, aber nicht sonderlich beunruhigt: im Notfall war er mit wenigen Schritten beim Schiff und in Sicherheit. Das Knurren des Hundes wurde lauter, feindselig, er fletschte die Zähne. Ein Mann trat ins Freie.

Samah.

»Ruhig, Junge«, sagte Haplo. »Ruhig.«

Der Vorsitzende des Rats der Sieben näherte sich in der Haltung eines tief in Gedanken versunkenen Mannes. Er war nicht mit einem Boot gekommen; es lag kein zweites am Ufer, also durch Zauberkraft.

Haplo warf einen Blick auf seine Hände. Die Runen traten inzwischen deutlicher hervor, warnten aber nicht vor dem Nahen eines Feindes. Samah ging es vermutlich nicht besser als ihm – auch seine Magie hatte unter dem Meerwasser gelitten, und er war gezwungen abzuwarten, bis sie sich regenerierte und er den Rückweg antreten konnte. Momentan stellte er für Haplo keine Bedrohung dar. Ebensowenig wie Haplo für ihn.

Oder doch? Unter diesen Umständen – beide ihrer Magie beraubt – war Haplo der jüngere, mit der größeren Körperkraft. Es würde ein roher Kampf werden, primitiv, barbarisch, wie zwischen Nichtigen – zwei Männer, die mit den Fäusten aufeinander losgingen. Haplo malte sich die Szene aus, seufzte und schüttelte den Kopf.

Er war schlichtweg zu müde.

Außerdem sah es aus, als hätte Samah bereits einiges mitgemacht.

Haplo ließ ihn ruhig näher kommen. Samah hob nicht den nachdenklich gesenkten Kopf. Gut möglich, daß er an dem Patryn vorbeigegangen wäre, ohne ihn zu bemerken, hätte nicht der Hund – unfähig, den alten Groll zu bezähmen – ein warnendes Bellen ausgestoßen: bis hierher und nicht weiter!

Samah blickte auf, überrascht von dem Gebell, aber nicht erstaunt, den Hund zu sehen oder auch dessen Herrn. Er preßte die Lippen zusammen. Sein Blick glitt von Haplo zu dem Runenboot am Ufer.

»Zurück zu deinem Herrn und Meister?« fragte er kalt.

Haplo schwieg.

Samah nickte; er hatte keine Antwort erwartet. »Es wird dich freuen zu hören, daß deine Handlanger dir vorausgeeilt sind. Unzweifelhaft wird man dir einen triumphalen Empfang bereiten.« Es klang bitter, in seinem Blick flackerte Angst.

»Vorausgeeilt . . .« Haplo starrte den Sartan an, und plötzlich wurde ihm alles klar. Natürlich! Das war es, und deshalb seine scheinbar unbegründete Furcht.

»Du blutiger Narr! Du hast das Todestor geöffnet!«

»Ich habe dich gewarnt, Patryn, daß wir es tun würden, sollten deine Handlanger uns angreifen.«

»*Ihr* wurdet gewarnt, Sartan. Das Zwergenmädchen hat es euch erzählt. Die Schlangen *wollten*, daß ihr das Todestor öffnet. Das war von Anfang an ihr Plan. Hast du Grundel nicht zugehört?«

»Ist es soweit gekommen, daß ich Ratschläge von Nichtigen annehmen soll?« höhnte Samah.

»Scheinbar haben sie mehr Verstand als du. Du hast das Todestor geöffnet – weshalb? Flucht? Nein, das nicht. Hilfe. Du wolltest Hilfe herbeiholen. Trotz allem, was du von Alfred erfahren hattest. Du glaubst es immer noch nicht.« Haplo schüttelte den Kopf. »Dein Volk ist ausgelöscht, Samah, bis auf eure kleine Gruppe hier auf Chelestra und ein paar tausend lebende Tote in Abarrach. Du hast das Tor geöffnet, aber es waren die Schlangen, die hindurchgingen. Jetzt werden sie die vier Welten mit ihrem Gift verseuchen. Ich hoffe, sie haben sich die Zeit genommen, dir zu danken.«

»Die Macht des Tores hätte die Kreaturen zurückweisen müssen!« Samah ballte die Hände zu Fäusten. »Die Schlangen hätten nicht imstande sein dürfen, es zu passieren!«

»So, wie die Nichtigen es nicht können, ohne eure Hilfe? Du willst es nicht begreifen, Sartan, habe ich recht? Diese Schlangen sind um vieles mächtiger als du oder ich oder Fürst Xar oder vielleicht wir alle zusammen. Sie *brauchen* keine Hilfe!«

»Aber sie hatten welche!« schleuderte Samah ihm entgegen. »Die Hilfe eines Patryn!«

Haplo machte den Mund auf, um zu widersprechen, doch es war nicht der Mühe wert. Reine Zeitverschwendung. Unterdessen breitete das Böse sich aus und gewann an Einfluß. Es war jetzt um so wichtiger, daß er zurückkehrte und seinen Gebieter warnte.

Kopfschüttelnd wandte Haplo sich ab. »Hund, komm.«

Aber das Tier bellte kurz und rührte sich nicht von der Stelle. Es schaute mit gespitzten Ohren zu Haplo auf. *Wolltest du nicht etwas fragen?*

Ach ja. Haplo drehte sich wieder um.

»Was ist aus Alfred geworden?«

»Deinem Freund?« Samah lächelte hämisch. »Er schmachtet im Labyrinth, wie all jene, die Ketzerei predigen und mit dem Feind konspirieren.«

»Du weißt doch wohl, daß er der einzige war, der dem Unheil hätte Einhalt gebieten können?«

In Samahs Augen blitzte flüchtig Belustigung auf. »Wäre dieser Alfred so mächtig, wie du mich glauben machen willst, hätte er uns daran hindern können, das Urteil zu vollstrecken. Er tat es nicht. Er fügte sich ohne jeden Widerstand.«

»Ja«, sagte Haplo leise. »Das sieht ihm ähnlich.«

»Wenn dir das Wohl deines Freundes so sehr am Herzen liegt, Patryn, warum kehrst du nicht zurück in dein Gefängnis und versuchst ihn zu retten?«

»Vielleicht tue ich's. Nein, alter Junge.« Haplo sah den Blick des Hundes sehnsüchtig an Samahs Kehle hängen. »Davon wird dir nur übel.«

Er ging an Bord, warf die Leinen los, schleppte den Hund, der immer noch Samah anknurrte, nach drinnen und verriegelte hinter ihm die Luke. Im Ruderstand trat Haplo sofort ans Fenster, um den Sartan im Auge zu behalten. Magie oder keine Magie, er traute ihm nicht über den Weg.

Samah stand regungslos am Ufer. Sein weißes Gewand

war feucht und schmutzig, der Saum besudelt mit dem Blut und Schleim der getöteten Schlangen. Die Schultern hingen müde herab, seine Haut war grau. Er wirkte erschöpft bis ins Mark, dennoch – vermutlich weil er wußte, daß Haplo ihn beobachtete – hielt er sich aufrecht, das Kinn vorgereckt, die Arme vor der Brust verschränkt.

Überzeugt, daß von seinem Widersacher nichts zu befürchten war, richtete Haplo seine Aufmerksamkeit auf die Runen an der Innenseite der Bordwände. In Gedanken zeichnete er jede einzelne nach – schützende Runen, Runen der Macht, für die befremdliche und furchteinflößende Reise durch das Todestor; Runen, die ihn vor Angriffen und schädlichen Einflüssen bewahrten, bis er den Nexus erreichte. Er sprach ein Wort, und die Sigel erwachten zu schimmerndem Leben.

Haplo stieß einen tiefen Seufzer aus. Er war geborgen, beschützt. Zum erstenmal seit langer, langer Zeit fiel ein wenig der Anspannung von ihm ab. Nachdem er sich vergewissert hatte, daß seine Hände ganz trocken waren, legte er sie auf das Steuerrad. Auch das war mit Runen versehen. Natürlich hielt es einem Vergleich mit dem Sigelstein an Bord der Himmelsstürmer nicht stand, aber die Himmelsstürmer samt Sigelstein ruhte jetzt am Grunde des Meeres – falls Chelestras Meer einen solchen hatte. Die Kompaßrunen hier waren primitiv, in aller Eile zusammengefügt, aber komplex genug, um ihn nach Hause zu bringen, und das allein zählte.

Haplo lenkte das Schiff in tieferes Wasser. Er warf einen letzten Blick auf den Sartan, der immer kleiner zu werden schien, je mehr der Streifen schwarzen Wassers zwischen ihnen sich verbreiterte.

»Und was willst du jetzt tun, Samah? Wirst du durch das Todestor gehen und nach Angehörigen deines Volkes suchen? Nein, ich glaube nicht. Du hast Angst, ist es nicht so, Sartan? Du weißt, du hast einen furchtbaren Fehler gemacht; einen Fehler, der alles zerstören könnte. Eure Schöpfung, Sartan, euren großen Traum. Ob du nun glaubst, daß die Schlangen eine höhere, böse Macht verkörpern oder nicht, sie sind ein Faktor, den du nicht begreifen, nicht berechnen, nicht manipulieren kannst.

Du hast den Tod durch das Todestor gesandt!«

Kapitel 3

Nexus

Xar, Fürst des Nexus, wanderte allein über die stillen Straßen seines Reiches ewiger Dämmerung – ein Reich, erschaffen von seinen Feinden. Der Nexus war ein wunderschönes Land, geprägt von sanften Hügeln und dichten Wäldern. Häuser und Bauwerke zeichneten sich aus durch friedvolle Harmonie und gerundete Ecken, im krassen Gegensatz zu den Bewohnern, die scharfkantig waren und hart wie Stahl. Das Sonnenlicht wirkte gedämpft, wie durch fein gewebtes Tuch gefiltert. Es war niemals Tag im Nexus, niemals wirklich Nacht. Gegenstände verschmolzen mit ihrem Schatten, Übergänge verwischten. Der Nexus war ein Land unbestimmten Zwielichts.

Xar fühlte sich müde und ausgelaugt. Er kam aus dem Labyrinth, erneut als Sieger in dem Ringen mit den grausamen Widersachern jenes furchtbaren Ortes. Diesmal waren es Chaodyn gewesen, intelligente insektenähnliche Kreaturen, riesengroß, aufrechtgehend, mit einem Panzer aus schwarzem Chitin. Um einen Chaodyn zu töten, muß man ihn direkt ins Herz treffen, denn stirbt er nicht gleich oder ist nur verwundet, entsteht aus jedem Tropfen Blut das Ebenbild seiner selbst.

Eine Armee dieser Geschöpfe hatte ihn erwartet, einhundert, zweihundert; die genaue Zahl war nicht von Bedeutung, denn mit jeder Wunde, die er schlug, wurden es mehr. Xar stand ihnen allein gegenüber, und es dauerte nur Augenblicke, bis die Schar der facettenäugigen Insekten ihn umzingelte.

Xar sprach die Runen – ein Feuerwall erhob sich zwischen ihm und den Angreifern, schützte ihn vor der ersten Attacke und gab ihm Zeit, den Wall zu verstärken.

Die Chaodyn hatten versucht, den Flammen zu entkommen, die sich von dem trockenen Gras nährten, angefacht von dem magischen Wind, den Xar herbeirief. Die wenigen, die sich nicht abschrecken ließen, tötete Xar mit einem Runenschwert, kaltblütig darauf bedacht, durch den Brustpanzer hindurch das Herz zu treffen.

Während er kämpfte, fraß sich die Feuerwalze über das Schlachtfeld, zurück blieben die verkohlten Leiber der Toten. Die hinteren Reihen der Chaodyn sahen das Inferno näher rücken, machten kehrt und flohen. Im Schutz der Flammen gelang es Xar, einige Patryn zu retten, die mehr tot als lebendig waren. Die Chaodyn hatten sie gefangengehalten, als Köder, um den Fürsten des Nexus ins Verderben zu locken. Sie befanden sich jetzt in der Obhut anderer Geretteter, die ebenfalls Xar ihr Leben verdankten.

Ein grimmiges und strenges Volk, unversöhnlich, unbeugsam, unnachgiebig, zeigten sich die Patryn nicht überschwenglich dankbar gegenüber ihrem Fürsten, der immer wieder sein Leben für sie wagte. Sie machten keine großen Worte, sondern ließen Taten sprechen. Ohne zu murren führten sie jeden Auftrag aus, gehorchten widerspruchslos jedem Befehl. Und jedesmal, wenn er sich ins Labyrinth begab, versammelte sich eine Gruppe von Patryn vor dem Letzten Tor, um schweigend Wache zu halten, bis er wiederkehrte.

Auch gab es immer welche, besonders unter den jüngeren, die mit ihm gehen wollten. Patryn, die bereits so lange im Nexus wohnten, daß die Schrecken des Labyrinths in ihrer Erinnerung verblaßt waren.

»Ich komme mit«, sagten sie. »Ich werde Schulter an Schulter mit Euch kämpfen, Fürst.«

Er ließ sie stets gewähren. Und äußerte nie ein Wort des Vorwurfs, wenn sie vor dem Tor der Mut verließ.

Haplo. Einer der tapfersten der jungen Männer. Als ihm vor dem Letzten Tor die Beine den Dienst versagten, kroch er auf Händen und Knien weiter, bis ihn die Furcht übermannte und er in den Staub sank.

»Vergebt mir, Herr!« hatte er verzweifelt gefleht. Wie sie es alle taten.

»Es ist nichts zu vergeben, mein Sohn«, erwiderte Xar darauf. Jedesmal.

Und es war sein Ernst. Besser als jeder andere wußte er, was Furcht war. Auch ihm erging es so, daß vor dem Letzten Tor sein Schritt stockte, sein Herz verzagte, daß er sicher glaubte, nicht zurückzukehren. Und wenn er herauskam, unversehrt, gelobte er sich, nie wieder dies Wagnis zu unternehmen.

Doch er hielt das sich selbst gegebene Versprechen nicht.

»Die Gesichter«, sagte er vor sich hin. »Die Gesichter der Männer und Frauen und Kinder. Die Gesichter derer, die auf mich hoffen, mich in ihren Lebenszirkel aufnehmen. Sie geben mir Kraft. Meine Kinder. Jeder einzelne. Ich befreite sie aus dem grausigen Schoß, der sie gebar. Ich schenkte ihnen Luft und Licht.

»Welch eine Armee sie sein werden«, fuhr er fort. »Gering an Zahl, aber groß, was Magie angeht, Loyalität, Liebe. Was für eine Armee«, wiederholte er, lauter als zuvor und lachte in sich hinein.

Xar führte häufig Selbstgespräche. Er war oft allein, denn die Patryn sind eine Nation von Einzelgängern.* Er führte

* Nur wenige werden von den Patryn in ihren Lebenszirkel aufgenommen, doch unter solchen Bluts- oder Schwurverwandten herrscht eine enge Verbundenheit.

Diese Zirkel der Loyalität (*Loyalität*, nicht etwa Zuneigung oder gar Liebe) halten im allgemeinen bis zum Tode. Kommt es aber zum Bruch, ist dieser endgültig.

also Selbstgespräche, aber das Altmännerkichern war Täuschung, Verstellung.

Der Fürst des Nexus spielte Komödie, für ein bis jetzt nur erahntes Publikum. Unauffällig senkte er den Blick auf seinen Handrücken. Die Haut, runzlig, altersdünn*, spannte sich über scharf hervortretenden Sehnen und Knochen, aber das Blau der eintätowierten Runen – mochten sie auch höckerig und knotig geworden sein – war noch frisch, nicht verblaßt im Lauf der vielen Jahre und die ihnen innewohnende Magie womöglich noch stärker.

Jetzt glommen diese Runen hell.

Im Labyrinth hätte Xar mit einer solchen Warnung gerechnet, wenn seine Zauberkräfte bereit waren, ihn vor einem Angriff zu schützen, auf eine Gefahr aufmerksam zu machen. Doch er befand sich im Nexus, in seinem Reich, in Sicherheit!

Von unguten Ahnungen erfüllt, setzte er seinen Weg fort, als wäre nichts, und redete halblaut vor sich hin. Die Warnung wurde dringender, er fühlte die Sigel auf seiner Haut brennen, die Magie durch seine Adern kreisen. Verborgen in den weiten Ärmeln seines langen schwarzen Gewandes, ballte er die Hände zu Fäusten.

Schließlich bog er von der Straße ab und folgte einem schmalen Pfad durch die Forste, inmitten derer seine Residenz lag. Er bedurfte solcher Abgeschiedenheit und Ruhe, schöpfte daraus neue Kraft. Unter den Bäumen herrschte beinahe nächtliches Dunkel. Er betrachtete seine Hand, der Glanz der Runen drang durch den schwarzen Stoff. Statt daß er die Gefahr hinter sich gelassen hatte, ging er stracks darauf zu.

Xar empfand eher Verwunderung als Besorgnis, eher Zorn als Furcht. War etwas von dem Bösen aus dem Labyrinth durch das letzte Tor gesickert? Unwahrscheinlich. Sartanmagie hatte diesen Ort erschaffen, das Tor und die Mauer

* Xar selbst hätte die Zahl seiner Jahre nicht nennen können, er wußte nur, er war alt, viel älter als jeder andere Patryn.

um das Ghetto. Die Patryn, nicht unbedingt geneigt, einem Feind zu vertrauen, der sie in eben diesem Ghetto eingekerkert ihrem Schicksal überlassen hatte, befestigten Mauer und Tor zusätzlich mit ihrer eigenen Magie. Nein. Unmöglich, daß irgend etwas hatte entkommen können.

Die einzige Verbindung zwischen dem Nexus und den anderen Welten – der Sartan und Nichtigen – war das Todestor. Solange das Todestor geschlossen blieb, konnte niemand hindurchgelangen, der nicht das erforderliche magische Wissen besaß. Xar hatte es sich durch lange, mühsame Studien von Sartanschriften angeeignet und gab es weiter an Haplo, den er als Kundschafter in die vier Reiche sandte.

»Aber wenn«, überlegte Xar halblaut, während er mit Blicken das Dunkel zu durchdringen suchte, das auf einmal nicht mehr friedvoll wirkte, sondern bedrohlich, »aber wenn das Todestor nun geöffnet würde! Als ich aus dem Labyrinth kam – etwas war anders, als wehte ein Lufthauch durch lang verschlossene Räume. Ich frage mich ...«

»Respekt, Xar, Fürst der Patryn«, ertönte eine Stimme aus den Schatten. »Euer Verstand ist scharf, Eure Logik unfehlbar. Ihr habt recht – das Todestor wurde geöffnet. Und von Euren Feinden.«

Xar blieb stehen. Er konnte den Sprecher nicht erkennen, in der tiefen Dunkelheit unter den Bäumen, doch er sah Augen, erfüllt von einem seltsamen roten Licht, als reflektierten sie den flackernden Schein eines Feuers. Seine Magie warnte ihn, daß der Fremde über große Macht verfügte und gefährlich sein mochte, doch aus der kultivierten Stimme war kein Unterton von Drohung oder Feindseligkeit herauszuhören. Die Worte klangen respektvoll, beinahe ehrerbietig und schienen aufrichtig gemeint zu sein.

Trotzdem blieb Xar auf der Hut. Er war im Labyrinth nicht deshalb am Leben geblieben, weil er sich von schmeichelnden Stimmen betören ließ. Und dieser Fremde hatte bereits einen schwerwiegenden Fehler begangen. Er war – irgendwie – in den Kopf des Fürsten eingedrungen und las seine Gedanken. Xars leise Worte konnten unmöglich bis zu der Stelle gedrungen sein, wo er stand.

»Ihr seid mir gegenüber im Vorteil, Sir«, meinte Xar gelassen. »Kommt näher, damit meine alten Augen Euch erblicken.«

Seine Augen waren scharf, schärfer als in jungen Jahren, denn jetzt wußten sie, wonach sie ausschauen sollten. Auch sein Gehör war ausgezeichnet, aber weder das eine noch das andere brauchte der Fremde zu wissen. Sollte er glauben, einen gebrechlichen alten Mann vor sich zu haben.

Der Fremde ließ sich nicht täuschen. »Eure betagten Augen sehen klarer als die meisten, Fürst Xar. Doch auch sie können geblendet werden von Zuneigung und unangebrachtem Vertrauen.« Während er sprach, kam er unter den Bäumen hervor, mit ausgebreiteten Händen, um zu zeigen, daß er waffenlos war. Dann hob er die Rechte, und aus dem Nichts erschien eine brennende Fackel darin. In ihrem Licht stand er vor dem Fürsten und lächelte mit ruhiger Zuversicht.

Xar musterte ihn eingehend, runzelte die Stirn. Zweifel regte sich in ihm und vergrößerte seinen Unmut.

»Ihr seid ein Patryn. Einer von meinem Volk«, sagte er. »Und doch kenne ich Euch nicht. Was hat das zu bedeuten?« Seine Stimme wurde scharf. »Ihr antwortet besser rasch, soll nicht der nächste Atemzug Euer letzter sein.«

»Wahrhaftig, Fürst, Euer Ruf ist nicht unbegründet. Kein Wunder, daß Haplo Euch verehrt, selbst wenn er Euch betrügt. Ich bin *kein* Patryn, wie Ihr richtig gefolgert habt. Der Tarnung wegen habe ich diese Maske gewählt. Ich kann meine wahre Gestalt annehmen, Fürst Xar, falls Ihr es wünscht, doch wird sie Euch nicht gefallen. Überdies wollte ich Euch die Entscheidung überlassen, ob Euer Volk von meinem Hiersein erfahren soll.«

»Und welches ist Eure wahre Gestalt?« verlangte Xar zu wissen, ohne auf die gegen Haplo gerichtete Bemerkung einzugehen.

»Bei den Nichtigen kennt man uns als ›Drachen‹.«

Xars Augen wurden schmal. »Ich habe schon mit Euresgleichen zu tun gehabt und wüßte nicht, weshalb ich Euch länger am Leben lassen sollte als die anderen. Erst recht, da Ihr in mein Reich eingedrungen seid.«

Der falsche Patryn schüttelte lächelnd den Kopf. »Jene, von denen Ihr als Drachen sprecht, sind keine echten Drachen, nur entfernte Verwandte.* Wie man vom Affen sagt, er wäre ein entfernter Verwandter des Menschen. Wir sind um vieles intelligenter, unsere magischen Fähigkeiten unvergleichlich größer.«

»Also auch gefährlicher! Ich werde eure Brut ausrotten . . .«

»Ihr solltet uns leben lassen, besonders, da wir unser Leben dem Dienst an Euch geweiht haben, Fürst der Patryn, Herrscher des Nexus und – bald schon – Herrscher der Vier Welten.«

»Ihr wollt mir dienen? Und Ihr sagt ›wir‹? Wie zahlreich seid ihr?«

»Niemand weiß es.«

»Wer hat euch geschaffen?«

»Ihr wart es, Patryn, vor langer Zeit.« Die Schlange stieß ein leises Zischen aus.

»Aha. Und wo habt ihr euch bis jetzt versteckt gehalten?«

Die Schlange überhörte den sarkastischen Ton. »Laßt Euch unsere Geschichte erzählen, Fürst. Die Sartan fürchteten uns, fürchteten unsere Macht, nicht weniger als euch Patryn. Euch haben die Sartan in ein Ghetto verbannt, uns aber – Angehörige einer anderen Spezies – beschlossen sie auszumerzen. Sie wiegten uns in Sicherheit, indem sie vorgaben, Frieden schließen zu wollen. Als die Große Teilung kam, traf sie uns unvorbereitet, wehrlos. Kaum, daß wir mit dem Leben davonkamen. Zu unserem Kummer gelang es uns nicht, euch Patryn zu retten, die ihr stets unsere Freunde und Verbündeten gewesen wart. Wir flüchteten zu einer der neu

* Natürlich eine Lüge. Das Böse hat keine eigene Gestalt, weshalb es in jede Maske schlüpft, die ihm gerade zupaß kommt.

entstandenen Welten und verbargen uns dort, um unsere Wunden zu heilen und neue Kräfte zu sammeln.

Es war unser Plan, das Labyrinth zu suchen und euch zu befreien. Gemeinsam hätten wir die Nichtigen aufrütteln können, die noch verstört waren, betäubt von dem Schock der ungeheuren Katastrophe, und mit ihnen zusammen die Sartan niederringen. Wie das Unglück es wollte, fiel auf die Welt, die wir uns zur Heimstatt erkoren, Chelestra – auch die Wahl der Sartan. Der große Samah hat dort seine Stadt gegründet, Surunan, und sie mit Tausenden versklavter Nichtigen bevölkert.

Er entdeckte uns und unsere Pläne, seine tyrannische Herrschaft zu stürzen. Samah gelobte, wir würden Chelestra nie und nimmer lebend verlassen. Er schloß und versiegelte das Todestor, auch wenn das für ihn selbst und die Sartan der anderen Welten Isolation bedeutete, doch er glaubte, schnell mit uns fertig zu werden. Wir aber waren stärker, als er erwartet hatte. Auch wenn viele von uns ihr Leben verloren, zwangen wir ihn dennoch, die Nichtigen freizulassen, und bedrängten ihn derart, daß er keinen anderen Ausweg mehr sah, als sich in die Sicherheit der Stasiskammer zu retten.

Bevor die Sartan sich zurückzogen, übten sie Rache an uns. Samah stieß die Seesonne aus der Bahn, die die Wasser von Chelestra erwärmt. Schneller, als wir fliehen konnten, hatte das Eis uns eingeholt. Unsere Körpertemperatur sank, die Kältestarre lähmte uns. Mit letzter Kraft gelang es uns, unseren Meermond zu erreichen und in den Höhlen dort Zuflucht zu finden. Das Eis schloß uns ein, wir sanken in einen Winterschlaf, der Jahrhunderte* währte.

Endlich kehrte die Seesonne wieder und brachte mit sich

* Wieder präsentiert die Schlange ihre eigene Version der Wahrheit, die beträchtlich von dem abweicht, was die Sartan berichten, zu finden in ›Drachenmagier‹, *Vergessene Reiche,* Band 4 (Bastei-Lübbe 28 210). Wieder einmal kann man feststellen, wie Haplo in seinem sarkastischen Kommentar zu diesem Teil von Xars Journal, daß die Schlangen überaus geschickt darin sind, den Leuten zu erzählen, was sie hören wollen.

Wärme und neues Leben für uns. In ihrem Gefolge tauchte ein Sartan auf, man nennt ihn den Drachenmagier, ein mächtiger Zauberer, der das Todestor bezwungen hatte. Er weckte die Sartan aus ihrem tiefen Schlaf. Inzwischen hattet auch Ihr, Fürst, und einige Angehörige Eures Volkes die Freiheit wiedergewonnen. Wir spürten es, trotz der weiten Entfernung. Das Licht eurer Hoffnung wärmte uns mehr als die Sonne. Dann kam Haplo; wir neigten uns vor ihm und schworen, ihm zu helfen, die Sartan zu besiegen. *Samah* zu besiegen, unser aller Feind.«

Der Fremde senkte die Stimme. »Wir verehrten Haplo, vertrauten ihm. Samahs Niederlage schien zum Greifen nahe zu sein. Es war unsere Absicht, den Archonten der Sartan zu Euch zu bringen, Fürst, als Beweis unserer Hingabe an Eure Sache. Jedoch – Haplo verriet uns, verriet Euch. Samah konnte fliehen, wie auch der Drachenmagier, welcher mit seinen Einflüsterungen Haplos Herz und Sinn vergiftet hat. Diese beiden Sartan entkamen, doch erst, nachdem Samah – getrieben von seiner Angst vor uns und seiner Angst vor Euch, großer Xar – das Todestor geöffnet hatte!

Die Sartan können uns nicht länger daran hindern, Euch zur Hilfe zu eilen. Wir haben das Todestor durchschritten und sind bereit, in Eure Dienste zu treten. Erlaubt mir, Euch Gebieter zu nennen.« Der Fremde verneigte sich.

»Und wie lautet der Name dieses ›mächtigen‹ Sartan, von dem Ihr sprecht?« fragte Xar.

»Er trägt den Nichtigennamen ›Alfred‹.«

»Alfred!« Xar verlor einen Moment lang die Fassung. Verborgen in dem langen Ärmel ballte seine Hand sich zur Faust. »Alfred!« wiederholte er flüsternd. Er blickte auf, in die von roter Glut erfüllten Augen des Abgesandten seiner ungebetenen neuen Verbündeten. Rasch faßte er sich wieder.

»Haplo war mit diesem Alfred zusammen?«

»Ja.«

»Dann wird Haplo ihn zu mir bringen. Ihr habt offenbar Haplos Beweggründe mißverstanden. Er ist klug, und er weiß, was er tut. Mag sein, er ist kein Gegner für Samah –

falls es tatsächlich derselbe Samah ist, was ich sehr bezweifle –, aber ganz gewiß für diesen Sartan mit dem Nichtigennamen. Er wird mit Alfred kommen. Ihr werdet sehen. Und dann wird sich alles aufklären.

»Vorläufig aber«, Xar schnitt mit einer Handbewegung dem Gesandten, der etwas sagen wollte, das Wort ab, »bin ich sehr müde. Alte Männer, wie ich einer bin, brauchen ihre Ruhe. Ich würde Euch in mein Haus einladen, doch es wohnt ein Kind bei mir. Ein sehr aufgeweckter Knabe, überaus intelligent für einen Nichtigen. Er würde Fragen stellen, die ich lieber nicht beantworten möchte. Haltet Euch im Wald verborgen. Geht jeder Bewegung aus dem Weg, denn meine Untertanen werden in Euch einen Feind sehen. Wie ich.« Der Fürst des Nexus streckte die Hand aus und zeigte die leuchtend blau schimmernden Tätowierungen. »Und sie sind vielleicht nicht so geduldig, wie ich es gewesen bin.«

»Eure Sorge um mein Wohlergehen ehrt mich, Fürst. Ich werde tun, was Ihr befehlt.«

Der Gesandte verneigte sich nochmals. Xar wandte sich erleichtert zum Gehen, aber nach wenigen Schritten holte ihn die samtene Stimme des Fremden ein.

»Ich hoffe, dieser Haplo, in den mein Gebieter solches Vertrauen setzt, wird sich dessen würdig erweisen.« *Aber ich habe große Zweifel!*

Unausgesprochen raunten die Worte in den Schatten unter dem Laubdach der Bäume. Xar hörte sie deutlich – oder glaubte sie zu hören, als Echo seiner eigenen Gedanken. Er warf einen ärgerlichen Blick über die Schulter, aber der Fremde war verschwunden, lautlos, ohne ein Blätterrascheln oder das Knacken von Zweigen. Xars Ärger wuchs, schlug um in Zorn auf sich selbst, weil es der zweifelhaften Kreatur gelungen war, ihn wankend zu machen.

»Mangel an Vertrauen zu Haplo ist Mangel an Vertrauen zu mir selbst. Ich habe ihm das Leben gerettet. Ich holte ihn aus dem Labyrinth. Ich habe ihn unterrichtet, geschult, ihm seinen wichtigsten, ehrenvollen Auftrag gegeben: für mich die vier Welten zu erforschen. Als ihn das erstemal Zweifel quälten, züchtigte ich ihn, reinigte ihn von dem Gift des Sartan Alfred. Haplo ist mir teuer. Erkennen zu müssen, daß er versagt hat, heißt erkennen, daß *ich* versagt habe!«

Der Schimmer der Tätowierungen begann zu verblassen, doch reichte er immer noch aus, um den Weg des Fürsten durch den Wald zu erleuchten. Xar ging mit gesenktem Kopf und widerstand zurückzuschauen.

Er traute der Schlange nicht, aber schließlich – er traute kaum jemandem. Lieber wäre ihm gewesen, sagen zu können ›niemandem‹, aber das hätte nicht der Wahrheit entsprochen.

Xar spürte die Last seiner vielen Jahre stärker als sonst. Er sprach die Runen und wählte aus der Vielfalt der Möglichkeiten einen eichenen Stab, um sich darauf zu stützen.

»Mein Sohn«, flüsterte er betrübt, nun wirklich ein müder, alter Mann, bekümmert und sorgenvoll. »Haplo, mein Sohn.«

Kapitel 4

Das Todestor

Die Reise durch das Todestor ist ein furchtbares Erlebnis – ein aufwühlender Zusammenprall von Widersprüchen, dem das Bewußtsein nicht standzuhalten vermag. Haplo hatte einmal versucht, während des Transits wach zu bleiben*; ihn schauderte immer noch, wenn er sich daran erinnerte. Ohne die Möglichkeit, Zuflucht im Vergessen zu finden, war sein Bewußtsein in einen anderen Körper gewechselt – den am nächsten befindlichen Körper: Alfreds. Er und der Sartan tauschten ihre Erinnerungen, durchlebten jeder das Schicksal des anderen.

Es war für beide lehrreich gewesen; beide sahen sich anschließend mit anderen Augen. Haplo wußte, was es hieß zu glauben, man sei der Letzte seines Volkes, allein in einer Welt von Fremden, und Alfred erfuhr, wie man als Gefangener im Labyrinth um sein Leben kämpfen mußte.

»Inzwischen weiß er es vermutlich aus erster Hand«, sagte Haplo zu dem Hund, während er sich hinlegte, um den Transit zu verschlafen – er hatte seine Lektion gelernt. »Armer Kerl. Er wird nicht lange durchhalten. Weder er noch die

* ›Feuersee‹, *Vergessene Reiche*, Band 3 (Bastei-Lübbe 28 205).

Frau, die mit ihm gegangen ist. Wie hieß sie noch? Orla? Ja, richtig. Orla.«

Der Hund winselte bei der Erwähnung von Alfreds Namen, Haplo seufzte und kraulte ihn am Kinn. »Das Beste, was man Alfred wünschen kann, ist wahrscheinlich ein rascher Tod.«

Sein vierbeiniger Gefährte schnaufte und schaute aus feuchten Augen hoffnungsvoll zum Fenster, als erwartete er jeden Moment, Alfred auf seine unnachahmliche Art auf Deck erscheinen zu sehen.

Gesteuert von der Runenmagie, ließ das Schiff die Gewässer Chelestras hinter sich und drang in die große Luftblase ein, die das Todestor umgibt. Haplo schüttelte die trüben Gedanken ab und vergewisserte sich lieber ein letztesmal, daß die Magie ihre Wirkung tat, das Schiff auf Kurs hielt und die Geschwindigkeit kontrollierte.

Zu seiner Verwunderung stellte er fest, daß die magischen Kräfte sich kaum bemerkbar machten. Die Runen waren im Schiff angebracht, nicht an der Außenseite wie sonst, aber das hätte keinen Unterschied machen dürfen. Im Gegenteil. Haplo erwartete eigentlich, daß sie erst recht ihre ganze Macht entfalteten, um den Nachteil auszugleichen, aber statt eines intensiven rotblauen Leuchtens herrschte in der Kabine nur eine gedämpfte, schwach purpurn getönte Helligkeit.

Haplo unterdrückte den Anflug von Panik und prüfte sorgfältig noch einmal jede Runenstruktur im Innern des kleinen Tauchboots. Er entdeckte keinen Fehler, hatte auch nicht damit gerechnet, weil er alles vorher schon zweimal kontrolliert hatte.

Er eilte ans Fenster im Ruderstand und schaute hinaus. Da war das Todestor, eine winzige Öffnung, viel zu klein für . . .

Er blinzelte, rieb sich die Augen.

Das Todestor hatte sich verändert. Es dauerte einen Moment, bis er begriff, in welcher Hinsicht.

Das Todestor war offen.

Er hatte nicht überlegt, daß das Öffnen des Tores einen

Unterschied machte. Natürlich. Die Sartan, die es schufen, legten Wert auf einen raschen, unkomplizierten Zugang zu den drei anderen Welten. Haplo schalt sich einen Dummkopf, weil er nicht früher auf die Idee gekommen war. Bestimmt hätte er sich Zeit und Mühe sparen können.

Wirklich?

Er runzelte nachdenklich die Stirn. In das Todestor hineingelangen war nicht schwierig, aber was dann? Wie wurde es kontrolliert? Ob seine Magie noch wirkte? Oder ob sein Schiff auseinanderbrach?

»Bald weißt du's«, sagte er zu sich selbst. »Zum Umkehren ist es zu spät.«

Er bezwang den Impuls, nervös auf und ab zu gehen, und beobachtete das Todestor. Die Öffnung, die vorher ausgesehen hatte, als würde keine Fliege hindurchpassen, wirkte jetzt riesig; was ein schwarzer Punkt gewesen war, erschien jetzt als ein von Licht- und Farbenspiel erfüllter Kreis. Es mochte eine Täuschung sein, aber Haplo glaubte, kurze Ausblicke auf die anderen Welten zu erhaschen. Wechselnde Eindrücke huschten durch sein Bewußtsein, zu rasch, um sie genau wahrnehmen zu können, wie Bilder in einem Traum.

Die dampfenden Urwälder Pryans, die Lavaströme Abarrachs, die schwebenden Inseln von Arianus zogen in schneller Folge an seinen Augen vorbei. Das weiche, schimmernde Zwielicht des Nexus, dann die triste, beklemmende Einöde des Labyrinths. Im Anschluß daran und so schnell verschwunden, daß er zweifelte, es wirklich gesehen zu haben, erschien das Panorama eines ihm unbekannten Ortes, solchen Friedens und solcher Schönheit, daß sein Herz sich schmerzhaft zusammenzog, als die Vision zerfloß.

Benommen ließ Haplo die wechselnden Bilder auf sich einstürmen. Er fühlte sich an ein Elfenspielzeug* erinnert, das er auf Pryan gesehen hatte. Die Szenen wiederholten

* Ein Kaleidoskop. Man schaut in eine hölzerne Röhre mit einer Glaskugel am anderen Ende, worin sich farbige Glasscherben befinden. Bei jeder Drehung setzen sich diese zu neuen Formen zusammen.

sich. Er konnte sich keinen Reim darauf machen, erst beim drittenmal ging ihm ein Licht auf.

Freie Auswahl: Welches Ziel wurde gewünscht?

Das Ziel stand fest. Er war nur nicht mehr ganz sicher, wie hinkommen. Bisher hatte er von seiner Magie Gebrauch gemacht – er überschaute die Vielfalt der Möglichkeiten und wählte seinen Bestimmungsort. Die zur Durchführung notwendige Runenformel war komplex, äußerst schwierig aufzubauen. Fürst Xar hatte unzählige Stunden über den Sartanschriften zugebracht*, bis er den Schlüssel fand, und wendete anschließend nochmals viel Zeit daran, alles aus der Sartan- in die Patrynsprache zu übersetzen, um Haplo in das Geheimnis einzuweihen.

Jetzt war alles anders. Das Schiff näherte sich dem Tor immer schneller, und Haplo hatte keine Ahnung, wie er es steuern sollte.

»Nichts Kompliziertes«, sagte er zu sich, um die aufkeimende Panik zu beschwichtigen. »Die Sartan werden sich die Sache nicht schwieriger gemacht haben als unbedingt nötig.«

Die Bilder flogen rasend schnell an seinen Augen vorbei; er hatte das scheußliche Gefühl zu fallen, wie in einem Alptraum. Pryans Dschungel, Arianus' Kontinente, Chelestras Segensmeer, Abarrachs Lava – alles drehte sich schwin-

* Xar fand im Nexus eine kleine Sartanbibliothek vor, mit Büchern über diverse Themen, unter anderem eine Geschichte der Großen Teilung, unvollständige Beschreibungen der vier Welten und detaillierte Anweisungen für die Benutzung des Todestores. Die Bücher sind in der Runenschrift der Sartan abgefaßt. Sie zu entschlüsseln war für Xar eine mühevolle Aufgabe, die mehrere Jahre in Anspruch nahm.

Haplo schreibt: »Wir vermuteten, die Sartan hätten die Bücher zurückgelassen, um uns damit ein Rätsel aufzugeben, von dem sie wohl annahmen, wir hätten weder die Ausdauer noch den Wunsch, es zu lösen. Aber nun, da wir wissen, daß einst auch Sartan im Labyrinth waren, frage ich mich, ob wir uns geirrt haben. Vielleicht war Xar nicht der erste, der entkommen konnte. Vielleicht gelang es einem Sartan vor ihm, und er ließ diese Bücher zurück, nicht zum Hohn, sondern zum Nutzen aller, von denen er hoffte, daß sie folgen würden!«

delnd im Kreis. Er stürzte in den Mahlstrom hinein, unfähig, es zu verhindern. Dämmerlicht des Nexus...

Verzweifelt klammerte Haplo sich an dieses Bild, hielt es fest. Er dachte an den Nexus, beschwor Erinnerungen herauf, an schattendunkle Wälder, sanfte Hügel, breite weiße Straßen. Verzweifelt kniff er die Augen zusammen, um sich besser konzentrieren zu können und damit er das wirbelnde Chaos nicht sah, das ihn verschlingen wollte.

Der Hund fing an zu bellen, nicht warnend oder ängstlich, sondern in frohem Wiedererkennen.

Haplo machte die Augen auf. Das Schiff schwebte ruhig über einer friedlichen Dämmerlandschaft, erhellt von einer Sonne, die nie ganz aufging und niemals unter.

Er war zu Hause.

Haplo vergeudete keine Zeit. Kaum war das Schiff gelandet, machte er sich auf den Weg zur Residenz, um Fürst Xar Bericht zu erstatten. Er ging schnell, in Gedanken versunken, und achtete wenig auf seine Umgebung. Hier war der Nexus, eine Heimat, ein sicherer Hort, der keine Gefahren barg. Deshalb war er nicht wenig überrascht, als das zornige Knurren des Hundes ihn aus seinem Grübeln riß. Unwillkürlich musterte er die Runen auf seinem Handrücken und stellte befremdet fest, daß sie ein schwaches blaues Leuchten verströmten.

Jemand kam ihm auf dem Pfad entgegen. Haplo legte dem Hund beschwichtigend die Hand auf den Kopf – eine Hand, deren eintätowierte Runen von Sekunde zu Sekunde heller leuchteten. An seinem ganzen Körper brannten die Sigel wie Feuer. Sich verstecken zu wollen hatte keinen Sinn mehr, er war längst bemerkt worden. Am besten, er wartete ruhig ab, um in Erfahrung zu bringen, welche Gefahr so dicht beim Haus des Fürsten lauerte, und sie zu beseitigen, falls nötig. Das Knurren des Hundes wurde zu einem kehligen Grollen, sein Nackenfell sträubte sich. Die schattenhafte Gestalt kam näher, scheinbar furchtlos, unbefangen, aber darauf bedacht, den wenigen Flecken Helligkeit auszuweichen, wo Licht durch Öffnungen im Blätterdach auf den Waldboden fiel. Es war ein Mann, nach Silhouette, Größe und der Art zu urteilen, wie er sich bewegte. Kein Patryn. Haplos schützende Magie hätte niemals derart auf einen Landsmann reagiert.

Seine Verwirrung wuchs. Ein Feind der Patryn im Nexus, ihrem ureigensten Reich – unvorstellbar. Sein erster Gedanke war Samah. Hatte das Oberhaupt des Rats der Sieben den Weg durch das Todestor hierher gefunden? Möglich, wenn auch nicht sehr wahrscheinlich. Auch Samah war nicht zuzutrauen, daß er sich unvorbereitet, ohne starken Rückhalt in die Höhle des Löwen wagte. Doch eine andere Möglichkeit fiel Haplo nicht ein. Der Fremde kam näher, und Haplo sah, daß es keinen Grund zur Befürchtung gab. Der Mann *war* ein Patryn.

Haplo kannte ihn nicht, aber schließlich war er lange fort gewesen, und in der Zwischenzeit hatte Fürst Xar wahrscheinlich viele Patryn aus dem Labyrinth gerettet. Zu denen gehörte er vielleicht.

Der Fremde hielt den Blick gesenkt, musterte Haplo unter schweren Lidern hervor. Er grüßte mit einem gemessenen Kopfnicken, ohne eine Miene zu verziehen – nach Art der Patryn, eigenbrötlerische, wenig gefühlsbetonte Individualisten –, und schien wortlos vorbeigehen zu wollen.

Unter gewöhnlichen Umständen hätte Haplo den Gruß in gleicher Weise erwidert und den Fremden vergessen. Aber das Brennen der Runen auf seiner Haut ließ sich nicht ignorieren. Der blaue Schimmer umgab ihn wie eine flimmernde Aura. Die Tätowierungen des anderen Patryn hatten sich nicht verändert. Haplo stutzte. Irgend etwas stimmte nicht damit.

Der Fremde war jetzt auf gleicher Höhe mit ihm. Haplo sah sich gezwungen, den Hund festzuhalten, um zu verhindern, daß er dem Mann an die Kehle sprang. Eine weitere Ungereimtheit.

»Wartet!« rief Haplo. »Wartet, Sir. Ich kenne Euch nicht, oder doch? Wie nennt man Euch? Welches ist Euer Tor?«*

Haplo war nicht wirklich an einer Antwort interessiert, wußte kaum, was er fragte. Ihm kam es nur darauf an, einen genaueren Blick auf Hände und Arme des Mannes zu werfen.

»Du irrst. Wir sind uns begegnet«, antwortete der Fremde. Die lispelnde Stimme klang bestürzend vertraut.

Haplo konnte sich nicht gleich erinnern, wo er sie schon gehört hatte, und im Moment war seine Aufmerksamkeit zu sehr von etwas anderem gefesselt, um darüber nachzugrübeln. Die Sigel auf der Haut des Mannes waren Fälschungen, bedeutungsloses Gekrakel, wie es nicht einmal von einem Patrynkind stammen konnte. Jedes einzelne Zeichen war korrekt ausgeführt, doch ohne Zusammenhang mit den anderen. Die Tätowierungen an den Armen des Mannes hätten aus Runen für Schutz, Kraft und Heilung konstruiert sein müssen, statt dessen war es ein absurdes Durcheinander. Haplo fühlte sich an das Würfelspiel der Sartan von Abarrach erinnert, wobei die Runen bunt gemischt auf einen Tisch geschüttet wurden. Ebenso aufs Geratewohl waren die Runen dieses Mannes über seinen Körper verteilt.

Haplo sprang vor, um den falschen Patryn zu ergreifen und aus ihm herauszupressen, wer er war oder welche fremde Macht ihre Spione in den Nexus entsandte.

Seine Hände griffen ins Leere.

Vom eigenen Schwung nach vorn gerissen, stolperte

* Hinweis auf die Zahl der Tore im Labyrinth, die ein Patryn bezwungen hat. In erster Linie eine Methode, um das Alter einer Person zu bestimmen, ist die Zahl der Tore auch ein brauchbarer Anhaltspunkt für die Art von Leben, das jemand geführt hat. Ein Siedler zum Beispiel wird erheblich weniger Tore aufzuweisen haben als ein Läufer im ungefähr gleichen Alter. Der Fürst des Nexus standardisierte dieses System der Einteilung, unter Berücksichtigung der individuellen Tätowierungen und im Labyrinth gültiger Gesetzmäßigkeiten, zu einer Richtschnur für die Altersbestimmung bei den Patryn. Die Frage, die Haplo stellte, entspräche bei den Nichtigen der Frage nach dem Beruf.

Haplo, fiel auf Hände und Knie. Sofort schnellte er wieder hoch und schaute sich nach allen Seiten um.

Der falsche Patryn war nirgends zu sehen, als hätte er sich in Luft aufgelöst. Haplo warf einen Blick auf den Hund. Das Tier winselte und zitterte am ganzen Leib.

Haplo war ähnlich zumute. Er suchte halbherzig zwischen den Büschen und Bäumen links und rechts am Weg, obwohl er wußte, er würde nichts finden, und insgeheim war er froh darüber. Womit er es auch zu tun gehabt hatte, es war verschwunden. Die Sigel an seinen Armen fingen schon an zu verblassen, das warnende Brennen ließ nach.

Haplo setzte seinen Weg fort, ohne noch weiter Zeit zu verschwenden. Die mysteriöse Begegnung war erst recht ein Grund, sich zu beeilen. Bestimmt war das Auftauchen des Fremden zeitgleich mit dem Öffnen des Todestores kein Zufall. Haplo wußte inzwischen, wo er die Stimme schon gehört hatte; er wunderte sich, daß es ihm nicht gleich eingefallen war.

Vielleicht hatte er sich nicht erinnern wollen . . .

Wie auch immer, wenigstens konnte er den Fremden jetzt beim Namen nennen.

Kapitel 5

Nexus

»Schlangen, Fürst«, sagte Haplo. »Aber nicht Schlangen, wie wir sie kennen. Die tödlichste Schlange im Labyrinth ist ein harmloser Wurm verglichen mit diesen! Sie sind alt, so alt wie die Schöpfung, glaube ich, mit der Klugheit und Tücke von Äonen. Und sie sind stark, schier unüberwindlich. Sie sind . . .« Er verstummte, zögerte weiterzusprechen.

»Sie sind was?« ermunterte ihn Xar freundlich.

»Allmächtig.« Das Unbehagen war Haplo anzusehen.

»Allmächtige Wesen?« sinnierte Xar. »Weißt du, was du sagst, mein Sohn?«

Haplo hörte den warnenden Unterton in der Stimme des Fürsten.

Nimm dich in acht mit deinen Gedanken, deinen Vermutungen, deinen Schlußfolgerungen, mein Sohn, mahnte die Stimme. *Sei vorsichtig mit deinen Fakten, deinem Urteil. Denn indem du diese Wesen als* allmächtig *bezeichnest, stellst du sie über mich.*

Haplo beherzigte die Warnung. Ohne zu sprechen, starrte er lange in die Flammen des Kaminfeuers, verfolgte das Spiel des Lichts auf den blauen Linien der Tätowierungen an seinen Händen und Armen. Die Runen auf der Haut des falschen Patryn standen ihm vor Augen: chaotisch, unzusammenhängend, ohne Bedeutung. Diese Erinnerung zog eine andere nach sich: an die eisige, lähmende Furcht, die er in der Höhle der Schlangen auf Draknor empfunden hatte.

»Nie zuvor habe ich solche Angst gefühlt«, sprach er plötzlich aus, was er dachte.

Obwohl er Haplos Gedankengang höchstens vermuten konnte, nickte Xar verstehend. Der Fürst verstand immer.

»Am liebsten wäre ich in ein tiefes Loch gekrochen. Ich wollte mich klein machen, verstecken. Ich hatte Angst – vor meiner Angst. Ich konnte sie nicht begreifen, erklären, konnte sie nicht beherrschen.«

Haplo schüttelte den Kopf. »Und ich bin groß geworden mit Angst; sie war, seit ich denken kann, im Labyrinth mein ständiger Begleiter. Worin bestand der Unterschied? Es ist mir ein Rätsel.«

Xar saß ruhig in seinem Lehnstuhl und schwieg – ein ausgezeichneter Zuhörer, der sich nie eine Gemütsbewegung anmerken ließ, aufmerksam, konzentriert. Ein solcher Zuhörer verführt die Leute zum Reden, löst ihnen die Zunge. Sie werden unvorsichtig, vergessen den stillen Teilhaber an ihren Gedanken. Deshalb erfuhr Xar von seinen Gesprächspartnern häufig auch das, was unausgesprochen blieb.

Haplo ballte die Fäuste, beobachtete, wie die Haut mit den eintätowierten Sigeln sich spannte. Er gab sich selbst Antwort auf seine Frage.

»Ich wußte, das Labyrinth konnte besiegt werden«, meinte er leise. »Das ist der Unterschied. Selbst als ich damals glaubte, sterben zu müssen, dicht vor dem Letzten Tor, verspürte ich einen bitteren Triumph. Beinahe! Ich hatte es beinahe geschafft. Und nach mir würden andere kommen, um das Werk zu vollenden. Das Labyrinth, trotz all seiner magischen Fallen und tödlichen Widerstände, ist verwundbar.«

Haplo hob die Augen zu Xars ausdruckslosem Gesicht. »Ihr seid der Beweis, Fürst. Ihr habt es bezwungen, nicht einmal, viele Male. Auch ich entkam schließlich mit etwas Hilfe seinen Fängen.« Er bückte sich und strich dem Hund über das seidige Fell.

Der Vierbeiner aalte sich vor seinen Füßen in der behaglichen Wärme des Feuers. Hin und wieder öffnete er die Lider einen Spalt und heftete den Blick auf Xar.

Nur zur Sicherheit, schien er sagen zu wollen.

Haplo blieb an seinem Platz die argwöhnische Wachsamkeit seines vierbeinigen Gefährten verborgen. Xar, ihm gegenüber, bemerkte sie wohl.

Der junge Patryn verfiel erneut in Schweigen; ernst, grimmig, schaute er ins Feuer. Er brauchte nicht weiterzusprechen. Xar verstand, was er meinte.

»Du willst sagen, diese Macht kann nicht besiegt werden. Ist es das, mein Sohn?«

Haplo bewegte unbehaglich die Schultern. Er streifte den Fürsten mit einem befangenen Blick, wandte ihn rasch, wie ertappt, zur Seite. Seine Wangen röteten sich, die Hände umklammerten die Armlehnen des Sessels.

»Ja. Das will ich sagen.« Er sprach langsam, bedrückt. »Ich glaube, es ist möglich, dieser bösen Macht Einhalt zu gebieten, sie in die Grenzen zu weisen, in Schach zu halten. Aber man kann sie nicht besiegen, niemals endgültig vernichten.«

»Auch wir nicht, dein Volk, mit all unserer Stärke und der uns zu Gebote stehenden Magie?« Xar stellte die Frage leichthin, als wolle er sich nur vergewissern.

»Auch wir nicht, Fürst. Mit all unserer Stärke und der uns zu Gebote stehenden Magie.« Er lächelte sarkastisch in sich hinein, wie über einen nur ihm bekannten bitteren Scherz.

Der Fürst des Nexus sah es und war erzürnt, obwohl ein oberflächlicher Beobachter keine Veränderung seiner Miene wahrgenommen hätte. Haplo bemerkte nichts, er war in freudloses Grübeln versunken. Aber ein Dritter belauschte ihr Gespräch. Und dieser Dritte war kein oberflächlicher Beobachter. Er wußte genau, was in dem Fürsten vorging.

Der heimliche Lauscher, verborgen im dunklen Nebenzimmer, verehrte den Fürsten und wußte jeden flüchtigen Ausdruck auf dessen Gesicht zu deuten. Jetzt sah er im Feuerschein, wie Xars Augen sich unmerklich verengten, wie einige Falten in dem Netzwerk feiner Runzeln auf Xars Stirn sich eine Winzigkeit tiefer eingruben. Ah, sein Gebieter war ärgerlich, Haplo hatte den Fürsten gegen sich aufgebracht – der Lauscher konnte sich nicht beherrschen, er zappelte vor gehässiger Wonne, mit dem Ergebnis, daß der Stuhl, auf dem er saß, über den Boden scharrte. Sofort hob der Hund den Kopf und spitzte die Ohren.

Der Beobachter erstarrte. Er kannte den Hund, hatte Respekt vor ihm. Wollte ihn für sich. Aus Angst entdeckt zu werden, verhielt er sich mucksmäuschenstill, wagte kaum zu atmen, als könnte ein Hauch ihn verraten.

Der Hund kam offenbar zu dem Schluß, es sei eine Ratte gewesen, und versank wieder in seinen unruhigen Halbschlaf.

»Vielleicht«, meinte Xar mit einer beiläufigen Handbewegung, »bist du ja der Ansicht, die Sartan seien berufen, diese ›allmächtigen‹ Wesen zu bezwingen.«

Haplo schüttelte den Kopf, verzog den Mund zu einem schwachen Lächeln. »Nein. Nein, sie sind ebenso blind wie . . .« Er brach ab, erschreckt von dem, was er hatte sagen wollen.

». . . wie ich«, beendete Xar den angefangenen Satz.

Haplo hob rasch den Blick, die Röte in seinen Wangen vertiefte sich. Es war zu spät, den Gedanken zurückzunehmen; zu spät, ihn zu leugnen. Und jeder Versuch einer Erklärung stellte ihn auf dieselbe Stufe mit einem greinenden Kind, das sich vor der verdienten Strafe drücken will.

Haplo stand auf und trat vor den Fürsten des Nexus, der aus dunklen, unergründlichen Augen zu ihm aufsah.

»Fürst, wir sind alle blind gewesen. Wie unsere Feinde auch. Dieselben Dinge haben uns blind gemacht: Haß und Furcht. Die Schlangen – oder welche Macht sie repräsentieren – haben das zu ihrem Vorteil genutzt. Sie sind stark und mächtig geworden. ›Chaos ist unser Lebenselixier; Tod unser Speis und Trank.‹ Und jetzt, nachdem sie das Todestor durchschritten haben, werden sie sich in allen vier Welten einnisten und sie mit ihrem Einfluß vergiften. Chaos, Blutvergießen – darauf zielen ihre Machenschaften hin. Sie *wollen* Krieg!«

»Und deshalb rätst du, Frieden zu schließen? Sollen wir keine Rache nehmen für die Jahrhunderte des Leidens? Keine Vergeltung üben für die vielen Tode? Uns nicht bemühen, das Labyrinth zu vernichten und jene zu befreien, die noch darin gefangen sind? Sollen wir Samah erlauben, da weiterzumachen, wo er aufgehört hat? Denn er wird nicht zögern, das weißt du, mein Sohn. Und diesmal wird er sich nicht damit begnügen, uns zu verbannen. Er wird uns ausrotten, wenn wir ihn gewähren lassen! Ist das dein Rat, Haplo? Daß wir ihn gewähren lassen?«

Haplo breitete die Hände aus, ließ sie fallen. »Ich weiß es nicht«, sagte er heiser.

Xar seufzte und stützte müde den Kopf in die Hand. Hätte er gewettert und getobt, beschuldigt und gedroht – der Bruch zwischen Haplo und ihm wäre unvermeidlich gewesen.

Xar sagte nichts, tat nichts, seufzte nur.

Haplo fiel auf die Knie. Er griff nach der Hand des Fürsten, drückte sie an die Lippen, hielt sie fest. »Vater, ich lese Schmerz und Enttäuschung in Euren Augen. Vergebt mir, wenn ich Euch beleidigt habe. Doch als mich das letztemal Zweifel bedrängten, nach meinem Aufenthalt in Abarrach, habt Ihr mich gelehrt, daß ich nur auf Rettung hoffen kann, wenn ich Euch die Wahrheit offenbare. Das habe ich getan, Vater. Ich habe meine Seele vor Euch entblößt, obwohl es mich beschämt, meine Schwäche einzugestehen.

Ich bin kein Ratgeber, Fürst. Ich denke schnell, handle schnell. Aber ich bin nicht weise. Ihr seid weise, Vater. Deshalb komme ich zu Euch in dieser Gefahr. Die Schlangen sind hier, Vater.« Haplo senkte die Stimme. »Hier im Nexus. Ich habe einen von ihnen gesehen. Er hat die Gestalt eines Patryn angenommen, aber ich durchschaute ihn.«

»Ich weiß es längst, Haplo.« Xar erwiderte den Druck der Hand, die seine umfaßt hielt.

»Ihr wißt es?« Haplo setzte sich auf die Fersen zurück. Sein Gesicht verriet Überraschung. Vorsicht.

»Selbstverständlich, mein Sohn. Du sagst, ich bin weise, aber offensichtlich hältst du keine großen Stücke auf meine Intelligenz«, meinte Xar mit einiger Schärfe. »Glaubst du, ich wüßte nicht, was in meinem eigenen Reich vor sich geht? Ich habe den Abgesandten der Schlangen getroffen und mit ihm gesprochen, sowohl gestern abend als auch heute.«

Haplo starrte ihn an, stumm, erschüttert.

»Er ist, wie du sagst, sehr mächtig.« Xar nickte ihm versöhnlich zu. »Ich war beeindruckt. Ein Kräftemessen zwischen uns Patryn und diesen Kreaturen wäre sicherlich interessant, obwohl ich keinen Zweifel habe, wer daraus als Sieger hervorgehen würde. Aber dazu wird es nicht kommen. Die Schlangen sind unsere Verbündeten. Sie haben mir Gefolgschaft gelobt. Sie haben vor mir das Knie gebeugt und mich Gebieter genannt.«

»Das haben sie auch bei mir getan«, sagte Haplo düster, »und mich dennoch betrogen.«

»Das warst *du*, mein Sohn«, wies ihn Xar zurecht. Diesmal war sein Unmut für jedermann sichtbar. »Nun aber haben sie sich vor *mir* verneigt!«

Der Hund sprang mit einem Bellen vom Boden auf und schaute angriffslustig im Zimmer umher.

»Ruhig, alter Junge«, beschwichtigte ihn Haplo geistesabwesend. »Es war nur ein Traum.«

Xar musterte das Tier voll Abscheu. »Ich dachte, diese Kreatur wäre ein für allemal verschwunden.«

»Er ist wiedergekommen«, antwortete Haplo rasch, beinahe schuldbewußt. Er stand auf, machte aber keine Anstalten, sich wieder hinzusetzen, als glaubte er, die Unterredung wäre beendet.

»Das stimmt nicht ganz. Jemand hat dir den Hund zurückgebracht, war es nicht so?« Xar erhob sich gleichfalls.

Der Fürst des Nexus war so groß wie Haplo und ihm wahrscheinlich ebenbürtig an Körperkraft, denn er hatte dem Alter nicht erlaubt, seinen Körper zu schwächen. Was magische Fähigkeiten betraf, war er dem jüngeren Patryn weit überlegen. Einmal hatte Xar ihn gezüchtigt, damals, als

Haplo an ihm zu zweifeln begann und ihm die volle Wahrheit über Abarrach vorenthielt. Xar hätte Haplo töten können, doch er ließ Gnade walten.

»Ihr habt recht.« Haplo schaute auf den Hund, dann zu Boden. »Jemand hat ihn mir zurückgebracht.«

»Der Sartan Alfred?«

»Ja, mein Fürst«, bestätigte Haplo tonlos.

Xar seufzte. Haplo schloß die Augen, senkte den Kopf. Der Fürst legte dem Jüngeren die Hand auf die Schulter.

»Mein Sohn, du bist einem Irrtum erlegen. Ich weiß Bescheid. Die Schlangen haben es mir erzählt. Sie haben dich nicht hintergangen. Du warst in Gefahr, sie wollten dir beistehen. Du hast dich gegen sie gewandt, und sie mußten sich verteidigen . . .«

»Gegen Nichtigenkinder?« Haplo hob den Kopf, seine Augen blitzten.

»Bedauerlich, mein Sohn. Ich hörte, das Mädchen wäre dir nicht gleichgültig gewesen. Aber du mußt zugeben, die Nichtigen handelten, wie sie es immer tun: voreilig, unbesonnen, ohne nachzudenken. Sie verstiegen sich zu hoch, mischten sich in Angelegenheiten, die sie unmöglich durchschauen konnten. Zu guter Letzt, wie du weißt, zeigten die Drachen sich versöhnlich. Sie halfen den Nichtigen, die Sartan zu besiegen.«

Haplo schüttelte stumm den Kopf und wandte den Blick ab.

Deutlicher Unmut furchte Xars Stirn. Der Griff der Hand auf Haplos Schulter verstärkte sich. »Ich bin außerordentlich nachsichtig mit dir gewesen, mein Sohn. Geduldig habe ich mir angehört, was man als phantastische, metaphysische Spekulationen bezeichnen könnte. Versteh mich nicht falsch«, wehrte er ab, als Haplo ihn unterbrechen wollte, »ich bin erfreut, daß du mit diesen Gedanken zu mir gekommen bist, sie mit mir geteilt hast. Aber nachdem ich deine Zweifel zerstreuen konnte– und das habe ich doch wohl – verdrießt es mich, sehen zu müssen, daß du an deinen Irrtümern festhältst.

Nein, mein Sohn. Laß mich aussprechen. Du behauptest, du vertraust meiner Weisheit, meinem Urteil. Und früher einmal, Haplo, ist es so gewesen. Das war der Hauptgrund, weshalb ich dich für diese große Aufgabe ausgewählt habe, und bis jetzt brauchte ich es nicht zu bereuen. Aber vertraust du mir immer noch? Oder bist du abtrünnig geworden?«

Haplo lachte geringschätzig auf. »Falls Ihr Alfred meint, seid unbesorgt. Außerdem haben wir von ihm keine Einmischung mehr zu befürchten. Vielleicht ist er schon tot.«

Er hielt den Blick gesenkt, schaute ins Feuer oder auf den Hund oder beides, dann hob er plötzlich entschlossen den Kopf und sah Xar ins Gesicht.

»Nein, Fürst, ich bin nicht abtrünnig geworden. Wäre ich sonst zu Euch gekommen, mit allem was ich weiß, um Euch zu warnen? Und ich bin gerne bereit, mich überzeugen zu lassen, daß ich unrecht habe.«

»Kann ich dir glauben, mein Sohn?« Xar musterte Haplo forschend.

Scheinbar zufrieden mit dem Ergebnis, lächelte er schließlich und klopfte seinem Schützling väterlich auf die Schulter. »Ausgezeichnet. Ich habe eine neue Aufgabe für dich. Das Todestor steht offen, und unsere Feinde, die Sartan, wissen von uns – wir müssen schnell handeln; schneller, als ich es vorhatte. Bald werde ich nach Abarrach aufbrechen, um dort die Kunst der Nekromantie zu studieren ...«

Er unterbrach sich und warf einen scharfen Blick auf Haplo, aber der jüngere Patryn verzog keine Miene, erhob keine Einwände gegen dieses Vorhaben. Xar sprach weiter.

»Wir sind zahlenmäßig noch nicht stark genug, um ein schlagkräftiges Heer aufzustellen, wie ich gehofft hatte, aber mit einer Armee von Toten, die für uns kämpfen, brauchen wir nicht selbst in die Schlacht zu ziehen. Daher ist es wichtig, daß ich nach Abarrach gehe und daß ich jetzt gehe, denn ich bin *weise*« – er dehnte das Wort vielsagend – »genug, um zu wissen, daß es langer, gründlicher Studien bedarf, bis ich mir die nötigen Kenntnisse angeeignet habe, um die Toten wieder zum Leben zu erwecken. Aber ich stehe vor einem Problem. Ich muß nach Abarrach, andererseits ist meine Anwesenheit auf Arianus erforderlich. Laß mich erklären. Es betrifft die Große Maschine dort. Die Maschine, die bei den Nichtigen Allüberall heißt.

Aus deinem Bericht, Haplo, ging hervor, daß du Informationen vorgefunden hast, die besagten, die Sartan hätten das Allüberall erschaffen, um die schwebenden Kontinente von Arianus am Himmel in Position zu bringen.«

Haplo nickte. »Nicht nur, um sie in Position zu bringen, sondern auch, um sie mit Wasser zu versorgen.«

»Wer immer über die Maschine verfügt, verfügt über das Wasser und damit über jene, die es trinken müssen oder verschmachten.«

»So ist es.«

»Schildere mir noch einmal die politische Lage, wie sie sich darstellte, als du Arianus verlassen hast.«

Xar verschränkte die Hände auf dem Rücken. Da er sich nicht wieder hinsetzte, sollte es offenbar nur eine kurze Zusammenfassung sein, in erster Linie zur Auffrischung von Haplos Gedächtnis bestimmt. Xar hatte Haplos Bericht viele Male gelesen, kannte ihn auswendig; Haplo war seit Arianus auf drei anderen Welten gewesen. Er sprach zögernd, suchte in der Erinnerung nach den Fakten.

»Die Zwerge – auf Arianus die Gegs – bewohnten die unteren Inseln, im Mahlstrom. Sie betreiben das Allüberall, oder vielmehr sie dienen ihm, denn das Allüberall betreibt sich selbst. Die Elfen fanden heraus, daß diese Maschine geeignet war, ihr Reich mit Wasser zu versorgen. Weder dort noch im Reich der Menschen gibt es nennenswerte Wasservorkommen, aufgrund des porösen Gesteins, aus dem die Kontinente bestehen.

Die Elfen reisten in ihren Drachenschiffen in die unteren Reiche, ließen sich von den Zwergen mit Wasser beliefern und zahlten dafür mit wertlosem Tand und ihrem Wohlstandsmüll. Ein Zwerg namens Limbeck kam dahinter, wie sein Volk von den Elfen ausgebeutet wurde. Er ist – oder war es, als ich Arianus verließ – der Anführer einer Rebellion gegen das

Elfenreich. Die Chancen der Gegs stehen nicht schlecht, denn wie gesagt: Wer das Wasser hat, hat die Macht.

Die Elfen sind auch noch anderweitig in Bedrängnis geraten. Ein ins Exil geschickter Prinz von königlichem Geblüt und seine Anhänger rebellieren ebenfalls gegen das derzeitig an der Macht befindliche tyrannische Regime, und die Menschen, unter einem starken Herrscherpaar geeint, erheben sich gegen den alten Rivalen.«

»Eine Welt im Chaos«, meinte Xar befriedigt.

Haplo nickte, während er sich fragte, ob die Bemerkung vielleicht eine versteckte Zurechtweisung war, eine subtile Revanche für etwas vorhin Gesagtes und ein Hinweis darauf, daß sein Auftrag darin bestanden hatte, Anarchie in den Welten zu schüren.

»Der Junge, Gram, muß nach Arianus zurückkehren«, sagte Xar. »Es ist wichtig, daß wir das Allüberall kontrollieren, bevor die Sartan kommen und Anspruch darauf erheben. Gram und ich haben uns lange mit den Plänen der Maschine beschäftigt. Er versteht damit umzugehen und wird den Prozeß zur Ausrichtung der Inseln in Gang setzen. Das sollte dazu beitragen, die Situation zu verschärfen und Angst und Schrecken unter den Nichtigen zu verbreiten. Wenn ich dann mit meinen Legionen einmarschiere, auf dem Höhepunkt der Wirren, fällt Arianus mir in die Hand wie eine reife Frucht.« Xar ballte die Faust; Miene und Haltung waren die eines siegreichen Imperators.

Haplo schien etwas fragen zu wollen, zögerte, ließ es bleiben. Mißmutig starrte er in das niedergebrannte Feuer.

»Was hast du, mein Sohn?« Xar musterte ihn teilnahmsvoll. »Sprich offen zu mir. Du hast Zweifel. In welcher Hinsicht?«

»Die Schlangen, Fürst. Was ist mit den Schlangen?«

Xar preßte die Lippen zusammen. Seine Augen verengten sich unheilverkündend. Die langen, schmalen, starken Hände verschränkten sich hinter seinem Rücken zur Bewahrung der Gelassenheit des Selbst. Er war kaum je so zornig gewesen.

»Die Schlangen werden tun, was ich ihnen auftrage zu tun. Genau wie du, Haplo. Wie all meine Vasallen.«

Er hatte weder die Stimme erhoben, noch war sein Tonfall schärfer. Aber der heimliche Beobachter im Nebenzimmer fröstelte und machte sich klein auf seinem Stuhl, froh, daß nicht er es war, der dem Grimm des alten Mannes standhalten mußte.

Haplo wußte, er hatte seinen Gebieter erzürnt. Seiner ersten Züchtigung eingedenk, legte er unwillkürlich schützend die Hand auf die eintätowierte Namensrune über seinem Herzen – Ursprung und Quell all seiner magischen Kräfte.

Xar beugte sich vor und deckte seine knorrige alte Hand über Haplos.

Der Patryn zuckte zusammen, atmete tief ein, machte aber keine Abwehrbewegung. Der heimliche Lauscher knirschte mit den Zähnen. Trotz aller Schadenfreude über Haplos Bedrängnis neidete er ihm bitterlich die offensichtliche Nähe zu seinem Gebieter, von der er sich ausgeschlossen fühlte.

»Vergebt mir, Vater«, sagte Haplo mit schlichter Würde. Reue bewog ihn dazu, nicht Angst. »Ich werde mich Eures Vertrauens würdig erweisen. Wie lauten Eure Befehle?«

»Du wirst den Knaben Gram nach Arianus begleiten. Dort angelangt, hilfst du ihm bei der Arbeit am Allüberall. Du wirst tun, was immer nötig ist, um Unfrieden und Verwirrung zu stiften. Das dürfte kein großes Problem sein. Dieser Anführer der Zwerge, Limbeck, er vertraut dir?«

»Ja, ich denke schon. Und wenn das getan ist?«

»Wartest du auf neue Anweisungen.«

Haplo nickte wortlos.

Xar wartete noch einen Augenblick, bevor er seine Hand zurückzog, fühlte Haplos Leben unter den Fingern pochen. Er wußte, daß er nach Belieben diesem Leben ein Ende machen konnte und wußte, daß Haplo es wußte.

Haplo stieß einen tiefen, zitternden Seufzer aus und neigte den Kopf.

Der Fürst zog ihn an seine Brust. »Mein Sohn. Mein armer gepeinigter Sohn. Mit welchem Mut du meine Berührung erträgst . . .«

Haplo blickte auf. Sein Gesicht flammte rot, er sprach mit unterdrückter Wildheit. »Weil, mein Fürst, weder Ihr noch sonst jemand mir größeren Schmerz zufügen könnt, als ich bereits in meinem Innern trage.«

Er befreite sich schroff aus der Umarmung des Fürsten und verließ das Zimmer. Der Hund sprang auf und lief ihm nach. Man hörte seine Pfoten über den Marmorboden tappen und dann eine Tür zuschlagen.

Xar schaute seinem Vasallen mit unverhohlenem Mißvergnügen nach. »Ich habe genug von diesen Zweifeln, diesen Einwänden. Du hast noch eine Chance, *mein Sohn*, dich zu bewähren . . .«

Der Lauscher glitt von seinem Stuhl und huschte in den jetzt düsteren, von Schatten erfüllten Saal. Das Feuer war nahezu erloschen.

»Er ist gegangen, ohne erst um Erlaubnis zu bitten, Großvater«, rief er schrill. »Warum hast du ihm nicht befohlen zu bleiben? Ich hätte ihn auspeitschen lassen!«

Xar blickte sich um. Er war nicht überrascht vom Auftauchen des Jungen oder der Tatsache, daß er gelauscht hatte, vielmehr belustigt über den vehementen Gefühlsausbruch.

»Das hättest du, Gram?« Xar schenkte dem Jungen ein Lächeln und zauste ihm liebevoll das Haar. »Bedenke eines, Kind. Liebe bricht ein Herz, Haß verhärtet es. Ich will Haplo gebrochen, gefügig. Bußfertig.«

Gram verstand nur unvollkommen, was er meinte. »Aber Haplo liebt dich nicht, Großvater«, wandte er ein, schmiegte sich an den alten Mann und blickte zu ihm auf. »Ich bin der einzige, der dich lieb hat. Und ich werde es dir beweisen. Bestimmt!«

»Wirst du das, Gram?« Xar umfaßte die Schultern des Jungen.

Bei einem Patrynkind hätte man die Entwicklung solcher Zuneigung nicht gefördert, erst recht nicht gestattet, sie zu zeigen, aber Xar neigte in diesem Fall dazu, die strengen Prinzipien etwas großzügiger auszulegen. Nachdem er bisher ein Eremitendasein geführt hatte, freute sich der Fürst an der Gesellschaft des Jungen; genoß es, ihn zu unterrichten. Gram war wißbegierig, intelligent und mit außergewöhnlichen magischen Fähigkeiten begabt – für einen Nichtigen. Abgesehen davon empfand der Fürst des Nexus es als recht angenehm, der Gegenstand kritikloser Verehrung zu sein.

»Werden wir heute abend die Sartanrunen studieren, Großvater?« fragte Gram eifrig. »Ich habe ein paar neue gelernt. Und ich kann sie meistern. Ich zeig's dir ...«

»Nein, Kind.« Xar schob den Knaben freundlich, aber bestimmt von sich weg. »Ich bin müde. Außerdem habe ich noch viel zu arbeiten, bevor ich die Reise nach Abarrach antrete. Lauf nur und spiele.«

Der Junge ließ den Kopf hängen, doch er gehorchte schweigend, denn er hatte schmerzlich erfahren müssen, daß Widerspruch sowohl vergeblich als auch gefährlich war. Sein ganzes Leben lang würde er daran denken, wie er das erstemal versucht hatte, seinen Willen durchzusetzen: die Luft anhielt, bis er blau anlief und mit den Füßen auf den Boden stampfte. Das hatte bei anderen Erwachsenen immer gewirkt. Nicht so bei dem Fürsten des Nexus.

Die Strafe erfolgte prompt und drakonisch.

Bis zu jenem Augenblick hatte Gram nie vor einem Erwachsenen Respekt gehabt, aber von da an respektierte und fürchtete er Xar, liebte ihn mit aller Kraft einer leidenschaftlichen Natur – das Erbe seiner Mutter, aber mißbraucht und vergiftet von seinem skrupellosen Vater.

Xar begab sich in die Bibliothek, ein Ort, den Gram nicht betreten durfte. Der Junge kehrte in sein Zimmer zurück, um die elementare Runenstruktur zu repetieren, die er nach langem Üben endlich bewältigt hatte. Plötzlich hob er den Kopf. Ihm war eine Idee gekommen.

Er überprüfte den Einfall auf seine Durchführbarkeit, denn er war klug und hatte sich die Ermahnung seines Mentors zu Herzen genommen, an jedes Unternehmen mit Vorsicht und Bedacht heranzugehen.

Es gab nichts auszusetzen. Falls Gram ertappt wurde, konnte er sich immer herauswinden. Bei dem Mann, den er sich zum Großvater erkoren hatte, mochten Tränen, treuherzige Unschuld oder kindlicher Charme nicht verfangen, bei anderen Erwachsenen wirkten diese Waffen unfehlbar.

Auch bei Haplo.

Gram hüllte sich in einen schwarzen Umhang, schlüpfte aus dem Haus und verschmolz mit den Schatten des Nexus.

Kapitel 6

Nexus

Haplo verließ die Residenz in niedergeschlagener Stimmung. Ohne sonderlich darauf zu achten, wohin er ging, wanderte er die Pfade entlang, die den Forst durchzogen. Seine Gedanken waren von der eben beendeten Unterhaltung in Anspruch genommen; er versuchte in dem Gesagten einen Hinweis darauf zu entdecken, daß Xar seine Warnung nicht in den Wind geschlagen hatte.

Seine Hoffnung erfüllte sich nicht, aber konnte er dem Fürsten einen Vorwurf machen? Wie bereitwillig hatte doch er, Haplo, alle Zweifel über Bord geworfen und sich fangen lassen. Nun war auch der Fürst des Nexus den Einflüsterungen der Schlangen erlegen. Wie ihn überzeugen, daß sie, nicht die Sartan, der wirkliche Feind waren?

Während er darüber nachsann, hielt Haplo Ausschau nach einer Spur von dem Abgesandten der Schlangen. Vielleicht kam ihm der Zufall zur Hilfe, und es gelang ihm, der Kreatur habhaft zu werden. Dann konnte er sie zwingen, Xar ihre wahren Absichten zu enthüllen. Diesmal aber lief ihm kein falscher Patryn über den Weg; er hatte auch nicht wirklich damit gerechnet. Die Schlangen waren listig und hochintelligent. Kaum anzunehmen, daß eine von ihnen sich einfach so überrumpeln lassen würde.

Haplo trat unter den Bäumen hervor und schritt über dämmerige Wiesen in Richtung der Stadt.

Nachdem er auf seinen Reisen andere Sartanstädte gesehen hatte, wußte er, Sartan waren auch die Erbauer dieser neuen Heimat der Patryn. In der Stadtmitte ragte von einer aus marmornen Bögen gebildeten Kuppel ein Kristallobelisk in die Höhe, umrahmt von vier weiteren Pfeilern, eine Stufe darunter erhoben sich weitere acht. Auf stufenförmigen Terrassen standen Häuser und Läden, Schulen und Bibliotheken – alles, was den Sartan für ein zivilisiertes Dasein unverzichtbar schien.

Das exakte Gegenstück dieser Stadt hatte Haplo auf einer anderen Welt gefunden, auf Pryan. Eine sehr ähnliche Stadt gab es auf Chelestra. Während er sie aus der Ferne betrachtete, mit den Augen dessen, der ihre Faksimiles erblickt und Übereinstimmung bis zu einem beunruhigenden Maße festgestellt hat, glaubte Haplo endlich zu verstehen, weshalb sein Fürst es vorzog, nicht innerhalb dieser Mauern zu wohnen.

»Es ist wieder nur ein Gefängnis, mein Sohn«, hatte Xar ihm erklärt. »Anders als das Labyrinth und in gewisser Hinsicht viel gefährlicher. Hier, in ihrer Dämmerungswelt, hofften sie, würden wir sanft wie die balsamische Luft, konturlos wie die Schatten. Luxus und Bequemlichkeit sollten uns korrumpieren. Unsere geschliffene Klinge sollte zu Rost werden in ihrer juwelenbesetzten Scheide.«

»Dann wäre es besser, daß niemand von uns in der Stadt lebt«, hatte Haplo darauf gesagt. »Verlassen wir die Häuser und ziehen in den Wald.« Er war damals jung und hitzköpfig gewesen.

Xar hatte mit den Schultern gezuckt. »Und all die schönen Gebäude verfallen? Nein. Die Sartan unterschätzen uns, wenn sie glauben, wir ließen uns so leicht verführen. Sie sollen erleben, daß ihnen ihr Plan zum Nachteil ausschlägt. In dieser Umgebung, von ihnen geschaffen, werden die Unsrigen sich ausruhen und erholen von ihrem Martyrium, bis wir stark sind, stärker als je zuvor und bereit, den Kampf aufzunehmen.«

Die Patryn – wenige hundert, die aus dem Labyrinth entkommen waren – lebten in der Stadt, ergriffen von ihr Besitz. An eine karge, feindselige Umgebung gewöhnt, fiel es den meisten schwer, sich in vier Wänden zu Hause zu fühlen. Doch Patryn sind praktisch, stoisch, anpassungsfähig. Magische Energie, einst für den Überlebenskampf aufgewendet, wurde jetzt in produktivere Kanäle geleitet: Man studierte die Kunst der Kriegsführung, vervollkommnete die Fähigkeit, andere, Schwächere zu kontrollieren, organisierte die umfangreichen Vorbereitungen für Feldzüge in vier grundlegend verschiedene Welten.

Haplo betrat die Stadt, wanderte durch die im Zwielicht perlig schimmernden Straßen. Jeder Aufenthalt im Nexus erfüllte ihn mit stolzer Freude. Die Patryn sind nicht wie die Sartan. Sie finden sich nicht an Straßenecken zu Grüppchen zusammen, um philosophische Erkenntnisse zu diskutieren oder meinetwegen auch nur einen freundschaftlichen Schwatz zu halten.

Ernst und düster, verschlossen und zielstrebig, gehen Patryn auf der Straße aneinander vorbei, manchmal mit einem grüßenden Nicken.

Dennoch herrscht unter ihnen ein Gefühl der Gemeinschaft, der Zusammengehörigkeit. Und Vertrauen, vollkommen und absolut.

Bisher wenigstens. Diesmal ertappte Haplo sich dabei, wie er jedem seiner Landsleute ins Gesicht schaute, ihn argwöhnisch von Kopf bis Fuß musterte. Er wußte, die Schlangen vermochten jede beliebige Gestalt anzunehmen.

Haplos merkwürdiges Verhalten blieb nicht unbemerkt. Die anderen Patryn warfen ihm stutzige, abweisende Blicke zu. So viele Fremde, oder bildete er sich das ein? Weniger als die Hälfte der Gesichter kam ihm bekannt vor, und die er zu erkennen glaubte, waren verändert, gewandelt.

Haplo spürte ein leichtes Brennen auf der Haut, die Runen leuchteten schwach. Er rieb sich geistesabwesend den Handrücken, betrachtete unter zusammengezogenen Brauen jeden Vorübergehenden. Der Hund, der bisher zufrieden hinter ihm hergetrabt war, bemerkte das Unbehagen seines Herrn und wurde seinerseits aufmerksam.

Eine Frau, die Hände in den langen, weiten Ärmeln ihres Gewandes verborgen, kam zu dicht an Haplo vorbei oder das glaubte er wenigstens. »Was habt Ihr vor?« Er hielt sie fest, schob ihren Ärmel zurück und starrte auf die eintätowierten Runen.

»Und was zum Donnerwetter habt *Ihr* vor?« Die Frau riß sich los. »Was ist in Euch gefahren?«

Andere Passanten wurden aufmerksam, blieben stehen, machten instinktiv Front gegen die mögliche Bedrohung.

Haplo hätte im Boden versinken mögen. Die Frau war unzweifelhaft eine Patryn.

»Es tut mir leid.« Er hob die leeren Hände und kehrte die nicht mit Tätowierungen versehenen Innenflächen nach außen – das Zeichen der Friedfertigkeit, ein Zeichen, daß er nicht vorhatte, von seiner Magie Gebrauch zu machen. »Hund, sei ruhig. Ich – dachte, vielleicht . . .«

Aber konnte er ihnen sagen, was er dachte, was er befürchtete? Sie würden ihm nicht glauben, ebensowenig wie Xar ihm geglaubt hatte.

»Labyrinthkoller«, meinte eine andere, ältere Frau sachlich. »Ich kümmere mich um ihn.«

Die Umstehenden nickten. Ihre Diagnose stimmte vermutlich. Man hatte das schon oft erlebt, besonders bei denen, die erst kürzlich aus dem Labyrinth entkommen waren. Blindes Entsetzen ergreift von dem Unglücklichen Besitz, der ziellos durch die Straßen irrt, in dem Wahn, er befände sich wieder an jenem furchtbaren Ort.

Die Frau griff nach Haplos Händen, um den Kreis zu etablieren, sein verwirrtes, von Trugbildern heimgesuchtes Bewußtsein zu heilen.

Der Hund blickte fragend zu seinem Herrn auf. *Soll ich das zulassen? Oder nicht?*

Haplo merkte, wie er gebannt auf die Sigel an Händen und Armen der Frau starrte. Ergaben sie einen Sinn? Konnte er die Formeln lesen? Oder war sie eine Schlange?

Er wich einen Schritt zurück, schob die Hände in die Taschen.

»Nein«, murmelte er. »Vielen Dank, aber mir geht es gut. Es – es tut mir leid«, wiederholte er, an die erste Frau gewandt, die ihn mit einem Ausdruck distanzierten Mitgefühls ansah.

Den Kopf zwischen die Schultern gezogen, die Hände in den Taschen vergraben, entfernte er sich rasch und bog in die erstbeste Seitenstraße ein. Der Hund folgte ihm getreulich.

Sobald er sich allein und unbeobachtet glaubte, lehnte Haplo sich an eine Hauswand, um die Fassung wiederzugewinnen.

»Was ist los mit mir? Ich traue keinem mehr – nicht einmal den Angehörigen meines eigenen Volkes! Die Schlangen! Sie haben schuld! Hinter jedem Gesicht wittere ich einen Feind. Nicht mehr lange, und den Bewohnern sämtlicher Welten wird es ergehen wie mir; Mißtrauen, Argwohn allenthalben! Xar, mein Fürst«, rief er gequält aus, »warum bist du so blind?« Er schüttelte wild den Kopf. »Ich muß ihm die Augen öffnen. Ich muß meinem Volk die Augen öffnen! Aber wie? Wie soll ich sie von etwas überzeugen, daß ich selbst nicht begreife? Nicht zu begreifen wage?«

Er ging weiter und weiter, aufs Geratewohl. Plötzlich fand er sich außerhalb der Stadt wieder, auf freiem Feld. Eine Mauer, beschrieben mit Abwehrrunen der Sartan, versperrte ihm den Weg. Diese Glyphen, die zu töten vermochten, warnten vor dem Näherkommen. Es gab nur einen Durchgang in der Mauer: das Letzte Tor, Hoffnung und Sehnsucht eines jeden im Labyrinth Gefangenen.

Haplo stand vor dem Tor, ohne eine klare Vorstellung zu haben, wie er dorthin gekommen war und weshalb. Er starrte es an, übermannt von Entsetzen, Angst und Grauen, wie immer an diesem Ort.

Ringsum herrschte Stille, und er bildete sich ein, die Stimmen der Eingeschlossenen zu hören: Bitten, Weinen, trotzige Flüche.

Haplo fühlte sich miserabel. Er wollte hineinstürmen, helfen, kämpfen, den Sterbenden Rache geloben. Aber seine Erinnerungen, seine Angst bannten ihn an Ort und Stelle.

Und doch mußte er aus einem bestimmten Grund gekommen sein, ganz sicher nicht, um hier tatenlos am Tor zu stehen.

Der Hund kratzte mit der Pfote an seinem Bein und winselte, als wollte er ihm etwas mitteilen.

»Ruhig, alter Junge.« Haplo scheuchte das Tier zurück.

Der Vierbeiner gebärdete sich noch aufgeregter. Haplo schaute sich um – weit und breit nichts zu sehen. Er ignorierte seinen getreuen Begleiter, statt dessen betrachtete er mit wachsender Frustration das Tor. Er war aus einem Grund hergekommen, aber aus welchem?

»Ja, ich weiß, wie das ist«, ertönte eine mitfühlende Stimme genau hinter ihm. »Scheußliches Gefühl.«

Eben noch, als er sich umgeschaut hatte, war er mutterseelenallein gewesen. Bei der plötzlichen Äußerung dicht an seinem Ohr fuhr er kampfbereit herum, die Runen an seinem Körper glühten auf, diesmal um ihn zu schützen.

Aber da stand nichts Bedrohlicheres als ein sehr alter Mann mit einem langen, zerzausten Bart, gekleidet in eine mausgraue Kutte und auf dem Kopf einen ausgesprochen schäbigen spitzen Hut. Haplo war sprachlos, aber sein Schweigen störte den Alten nicht, der munter weiterschwatzte.

»Scheußliches Gefühl. Geht mir selbst auch oft so. Neulich erst – ich ging so fürbaß und dachte über . . . Ach ja! Die Relativitätstheorie. ›E gleich m mal c hoch zwei‹, du weißt schon. Heiliger Bimbam, ich hab's! sagte ich zu mir. Ich sah das Große Ganze, und dann, im nächsten Moment, war's verschwunden. Einfach so. Futsch.«

Der alte Mann schüttelte betrübt den Kopf. »Dann behauptete irgend so ein Schlaumeier namens Einstein, das wäre auf seinem Mist gewachsen. Ha! Fortan notierte ich mir alle Geistesblitze auf den Ärmelmanschetten, hat aber auch nichts geholfen. Die genialsten Ideen – gewaschen, gestärkt und geplättet.« Er seufzte abgrundtief.

Haplo hatte den Monolog genutzt, um sich von seiner Überraschung zu erholen. »Zifnab«, sagte er angewidert, ohne jedoch seine Verteidigungshaltung aufzugeben. Die Schlangen vermochten jede Gestalt anzunehmen. Obwohl – ausgerechnet *diese* hätte er sich nicht ausgesucht.

»Zifnab sagst du? Wo steckt er?« Der Alte drehte sich mit gesträubtem Bart suchend im Kreis herum. »Diesmal kannst du was erleben!« rief er drohend und schüttelte die Faust ins Leere. »Schleichst mir wieder nach, du, du . . .«

»Schluß mit der Vorstellung!« knurrte Haplo. Er umfaßte mit energischem Griff eine knochige, beunruhigend zerbrechliche Schulter, drehte den Zauberer zu sich herum und starrte ihm prüfend in die Augen.

Sie waren trübe, wäßrig und blutunterlaufen, aber in ihrer Tiefe glühte kein hämischer roter Funke. Gut, der Alte gehörte vielleicht nicht zu den Schlangen, dachte Haplo bei sich, aber unter Garantie ist er auch nicht, was er zu sein vorgibt.

»Behauptest du immer noch, ein Mensch zu sein?« fragte Haplo scharf.

»Und weshalb nicht?« fragte Zifnab beleidigt zurück.

»Steinzeitmensch vielleicht«, grollte eine urgewaltige Baßstimme.

Der Hund knurrte. Zifnabs Drache! Haplo fragte sich, wie er Zifnabs Faktotum hatte vergessen können. Ein wirklicher Drache, möglicherweise nicht so gefährlich wie die Schlangen, aber keineswegs zu unterschätzen. Der Patryn warf einen raschen Blick auf seine Hände, deren Tätowierungen einen schwachen blauen Schimmer verströmten. Von dem Drachen war nichts zu sehen. Ein fluoreszierender, lichtgrauer Nebel hing über der Mauerkrone und dem Letzten Tor.

»Sei still, du aufgeblähter Ochsenfrosch«, keifte Zifnab. Er sprach offenbar zu dem Drachen, schielte dabei aber nervös zu Haplo. »Kein Mensch?« Der alte Zauberer legte die Fingerspitzen an die Augenwinkel und zog sie schräg nach oben. »Ein Elf?«

Der Hund legte den Kopf schräg. Er schien das Ganze höchst unterhaltsam zu finden.

»Nein?« Zifnab schob bekümmert die Unterlippe vor. Er dachte nach, dann erhellte sich seine Miene. »Ein Zwerg mit Schilddrüsenüberfunktion!«

»Alter . . .«, begann Haplo ungeduldig.

»Warte. Nichts sagen! Ich krieg's raus. Bin ich größer als eine Brottrommel? Ja? Nein? Entscheide dich.« Zifnab runzelte verwirrt die Stirn. Er beugte sich vor und flüsterte laut: »Hör mal, du weißt nicht zufällig, was das ist, eine Brottrommel? Oder die ungefähre Größe von etwas?«

»Du bist ein Sartan!« schleuderte Haplo ihm entgegen.

Zifnab richtete sich hoheitsvoll auf. »Ich bin kein Scharlatan«, verwahrte er sich empört. »Eine Unverfrorenheit! Wie kommst du dazu . . .«

»Nicht ›Scharlatan‹! Sartan!«

»Tut mir leid, Jungchen. Dachte, du hättest einen kleinen Sprachfehler. Du hältst mich also für einen Sartan, wie? Nun, ich muß sagen, ich fühle mich echt gebauchpinselt, aber leider . . .«

»Darf ich vorschlagen, daß Ihr ihm die Wahrheit sagt, Sir?« meldete sich die dröhnende Stimme des Drachen.

Zifnab schaute sich blinzelnd um. »Hast du auch was gehört, Söhnchen?«

»Es könnte ihm zum Vorteil gereichen, Sir. Er weiß ja inzwischen ohnehin Bescheid.«

Zifnab kraulte seinen langen weißen Bart, während er Haplo einer gründlichen Musterung unterzog. Seine kurzsichtigen Augen waren plötzlich scharf und listig. »Also bist du der Meinung, ich sollte ihm die Wahrheit sagen, ja?«

»Soweit Ihr in der Lage seid, Euch ihrer zu entsinnen«, bemerkte der Drache vielsagend.

»Mich entsinnen?« Zifnab reckte gekränkt das bärtige Kinn vor. »Mein Gedächtnis ist ganz tadellos. Alles hier drin gespeichert« – er tippte sich gegen die Stirn – »auch deine kleinen Eskapaden, jämmerlicher Wurm. Nun wollen wir mal sehen . . . Berlin, 1948. Tanis Zehnuhrdreißig steht unter der Dusche, als . . .«

»Vergebung, Sir, aber wir haben nicht den ganzen Tag Zeit«, mahnte der Drache streng. »Die Botschaft, die wir erhielten, war unmißverständlich. *Höchste Gefahr! Kommt sofort!*«

Zifnab zuckte resigniert mit den Schultern. »Ja, du hast recht. Die Wahrheit. Na gut. Du hast sie aus mir herausgepreßt. Bambussplitter unter den Fingernägeln und so weiter. Ich . . .« Er holte tief Atem, machte eine dramatische Pause ». . . *bin* ein Sartan.«

Der schäbige Hut rutschte ihm vom Kopf und trudelte zu Boden. Der Hund ging hin, schnüffelte daran und mußte heftig niesen. Zifnab riß den Hut an sich. »Was sind das für Manieren?« fauchte er den Hund an. »Auf meinen Hut niesen! Sieh dir das an! Igitt, alles naß und . . .«

»Und?« drängte Haplo.

». . . und voller Bazillen und was weiß ich . . .«

»Du bist ein Sartan und was noch? Verflucht, ich hab's gewußt. Von Anfang an. Und jetzt hast du's bewiesen. Du mußt einer sein, um das Todestor passieren zu können. Weshalb bist du hier?«

»Weshalb ich hier bin?« wiederholte Zifnab unsicher, mit einem ratlosen Blick zum Himmel. »Ja, weshalb *bin* ich hier?«

Kein Beistand von oben.

Der alte Zauberer verschränkte die Arme, umfaßte mit einer Hand sein Kinn. »Warum bin ich hier? Warum ist überhaupt jemand von uns hier? Der große Philosoph Voltaire (1694–1778) meint . . .«

»Verdammt noch mal!« Haplo explodierte. Er umklammerte den Arm des alten Mannes. »Komm mit! Du kannst dem Fürsten des Nexus von Voltaire erzählen . . .«

»Nexus!« Zifnab zuckte erschreckt zusammen. Die Hand aufs Herz gedrückt, wich er taumelnd zurück. »Was soll das heißen – Nexus? Wir sind auf Chelestra!«

»Nein, sind wir nicht. Wir sind im Nexus. Und der Fürst . . .«

»Du!« Zifnab reckte die knochige Faust gen Himmel. »Du traurige Ausrede für einen Omnibus! Du hast uns zum falschen Bestimmungsort gebracht!«

»Keineswegs«, entgegnete der Drache indigniert. »Ihr wolltet hier einen Zwischenstop einlegen und *anschließend* nach Chelestra weiterreisen.«

»Das wollte ich? Wirklich?« Zifnab drehte nervös den Bartzipfel um seinen Zeigefinger.

»In der Tat, Sir. So lauteten Eure Anweisungen.«

»Ich habe nicht zufällig erwähnt, aus welchem Grund ich herkommen wollte? Weil es hier die besten Chaodyn gibt, im Panzer gegrillt? Was in der Art?«

Der Drachen schnaufte. »Wenn ich mich recht entsinne, Sir, habt Ihr die Absicht geäußert, mit diesem Herrn zu sprechen.«

»Mit welchem Herrn?«

»Ihr unterhaltet Euch gerade mit ihm.«

»Aha! Dieser Herr«, rief Zifnab triumphierend. Er schüttelte Haplo begeistert die Hand. »Wirklich, mein Junge, nett, dich wiederzusehen. Tut mir leid, aber wir sind in Eile. Freut mich, daß du deinen Hund wiederhast. Grüß mir den Broadway. Und den Harold Square. Netter Bursche, übrigens, Harold Square. Kannte ihn schon, als er noch in einem Delikatessenladen in der Fünften Straße arbeitete. Wo ist jetzt wieder mein Hut . . .«

»In Eurer Hand, Sir«, bemerkte der Drachen unendlich geduldig. »Ihr habt soeben geruht, ihn von innen nach außen zu kehren.«

»Blödsinn, das ist nicht meiner. Unmöglich. Muß dir gehören.« Zifnab versuchte, Haplo die Kopfbedeckung in die Hand zu drücken. »Meiner war viel neuer. Nicht so zerknautscht. Und der hier ist voller Brillantine. Von wegen, Hüte vertauschen, Söhnchen. Nicht mit mir. Nicht mit *mir*!«

»Du willst nach Chelestra?« fragte Haplo und nahm den Hut. »Wozu?«

»Wozu? Man hat mich gerufen!« antwortete Zifnab wichtig. »Dringend. *Höchste Gefahr! Kommt sofort!* Ich hatte gerade nichts anderes zu tun, deshalb – sag mal«, er beäugte Haplo mißtrauisch, »ist das nicht mein Hut da in deiner Hand?«

Haplo hatte den Hut wieder umgekrempelt und hielt ihn außerhalb der Reichweite des alten Mannes. »Von wem stammte die Botschaft?«

»Kein Absender.« Zifnab hielt den Blick starr auf seinen Hut gerichtet.

»Von wem?« Haplo drehte den Hut angelegentlich hin und her.

Zifnab streckte eine zitternde Hand aus. »Bitte nicht die Krempe zerdrücken . . .«

Haplo zog den Hut weg.

Der alte Zauberer schluckte. »Jammer. Das war's. Wie in ›Das ist ein Jammer mit meinem Hut.‹«

»Jammer? Du meinst ›Samah‹! Samah schart seine Getreuen um sich. Was hat er vor, alter Mann?«

Haplo ließ den Hut sinken, bis er sich auf einer Höhe mit der Nase des Hundes befand. Das Tier, nachdem es ihn diesmal vorsichtig beschnüffelt hatte, begann an der bereits formlosen Spitze zu kauen.

Zifnab stieß einen kläglichen Schrei aus. »Nein! Ich – ich glaube, er sagte etwas von . . . Nein, nicht sabbern! Braves Hundchen! Etwas von – Abarrach. Nekromantie. Das – das ist alles, was ich weiß.« Der Zauberer faltete die Hände und warf Haplo einen flehenden Blick zu. »Kann ich ihn jetzt wiederhaben, den Hut?«

»Abarrach. Nekromantie. Also will Samah nach Abarrach, um die verbotene Kunst zu erlernen. Es wird langsam voll da. Fürst Xar wird sich für die Neuigkeit interessieren. Ich bin der Meinung, du kommst jetzt besser mit . . .«

»Ich bin *nicht* der Meinung!«

Die Stimme des Drachen hallte wie Donnergrollen vom Himmel. Augenblicklich flammten die Tätowierungen an Haplos Körper auf, der Hund fletschte knurrend die Zähne und hielt nach dem unsichtbaren Gegner Ausschau.

»Gib dem alten Narren seinen Hut zurück«, befahl der Drache. »Er hat dir ohnehin alles gesagt, was er weiß. Dein Fürst würde nichts weiter aus ihm herausbekommen.« Er verstummte, dann fügte er in ernstem Ton hinzu: »Kämpfe nicht gegen mich, Haplo. Ich müßte dich töten, und das wäre bedauerlich.«

»Ja«, pflichtete Zifnab bei und machte sich die Ablenkung für einen raschen Vorstoß in Richtung Hut zunutze. Nachdem er seine Kopfbedeckung zurückerobert hatte, bewegte er sich unauffällig von Haplo weg, in Richtung der Drachenstimme. »Bedauerlich. Keiner, der im Labyrinth nach Alfred sucht. Keiner, der deinen Sohn rettet.«

Haplo starrte ihn an wie vor den Kopf geschlagen. »Was sagst du da? Warte!« Er sprang hinter dem alten Zauberer her.

Zifnab drückte seinen Hut schützend an die Brust. »Nein, du kriegst ihn nicht! Geh weg!«

»Zum Teufel mit deinem Hut! Mein Sohn ... Was soll das heißen? Willst du sagen, ich habe einen Sohn?«

Zifnab musterte Haplo voller Argwohn, ob er es nicht doch auf seinen Hut abgesehen hatte.

»Antworte ihm«, schnappte der Drache. »Deshalb bist du doch überhaupt hergekommen!«

»Tatsächlich?« Der alte Mann warf einen kritischen Blick nach oben, dann lief er vor Verlegenheit rot an. »Ach ja. Ja, so wird's wohl gewesen sein.«

»Ein Sohn«, wiederholte Haplo drängend. »Stimmt das?«

»Aber selbstverständlich.« Zifnabs kleinlaute Phase währte nur kurz. »Du hast einen Sohn, mein Junge. Glückwunsch.« Er schüttelte Haplo wieder die Hand. »Außer natürlich, es ist eine Tochter«, fügte er nach kurzem Grübeln hinzu.

Haplo winkte ungeduldig ab. »Ein Kind. Du behauptest, ich hätte ein Kind gezeugt, und dieses Kind ist hier gefangen.« Er deutete auf das Letzte Tor. »Im Labyrinth.«

»Ich fürchte, so ist es«, nickte Zifnab, ernst geworden. »Die Frau – sie hat dir nichts gesagt?«

»Nein.« Haplo wußte kaum, zu wem er sprach. »Sie hat nichts gesagt. Aber ich glaube, ich habe es immer gewußt... Da wir von ›wissen‹ sprechen – woher zum Teufel weißt du davon?«

»Er hat dich!« meldete sich der Drache. »Erklär's ihm, wenn du kannst.«

Zifnab kratzte sich am Kopf. »Also, das war so... Ich habe jemanden getroffen, der ist der Schwager vom Freund des Vetters...«

»Ich muß verrückt sein.« Haplo schlug sich mit dem Handballen gegen die Stirn. »*Dir* zu glauben! Das ist ein Trick. Nichts weiter. Ein Trick, damit ich ins Labyrinth zurückkehre...«

»Aber nein, Jungchen«, widersprach Zifnab ernsthaft. »Ich versuche dich davon abzuhalten.«

»Indem du mir erzählst, daß mein Sohn darin gefangen ist?«

»Ich sage nicht, du sollst nie mehr dahin zurückgehen, Haplo. Ich rate dir nur zu warten. Jetzt ist nicht die Zeit. Bis es soweit ist, hast du noch viel zu tun. Und vor allen Dingen solltest du nicht allein hineingehen.«

Der alte Mann kniff die Augen zusammen. »Darüber hast du doch nachgedacht, bevor wir kamen, oder nicht? Du wolltest ins Labyrinth zurückkehren und nach Alfred suchen.«

Haplo runzelte die Stirn, ohne zu antworten. Der Hund wedelte beim Klang von Alfreds Namen mit dem Schwanz und blickte erwartungsvoll zu den Zweibeinern auf.

»Du wolltest Alfred finden und ihn mit nach Abarrach nehmen«, fuhr Zifnab fort. »Warum? Weil dort, auf Abarrach, im Sanktuarium, die Antworten zu finden sind. Dir ist der Zugang verwehrt, die Sartan haben die Kammer durch Magie geschützt. Und Alfred ist der einzige Sartan, der bereit wäre, den Befehl des Rats zu mißachten und die

Abwehrrunen zu lösen. Das hast du dir ausgedacht, nicht wahr, Haplo?«

Haplo zuckte mit den Schultern. Er starrte verdrossen auf das Letzte Tor. »Und wenn?«

»Es ist nicht der richtige Augenblick. Du mußt die Maschine in Gang setzen. Dann werden die Zitadellen zu leuchten beginnen, die Durnai werden erwachen. Sobald das alles geschieht – *falls* es geschieht –, wandelt sich auch das Labyrinth. Besser für dich. Besser für sie.« Zifnab deutete mit einem vielsagenden Kopfnicken auf das Tor.

Haplo funkelte ihn an. »Redest du je was Vernünftiges?«

Zifnab hob erschreckt die Brauen, schüttelte den Kopf. »Nach Möglichkeit nicht. Verursacht mir Blähungen. Aber jetzt hast du mich aus dem Konzept gebracht. Was wollte ich noch sagen?«

»Er soll nicht alleine gehen«, intonierte der Drache.

»Ach ja. Du sollst nicht alleine gehen, mein Junge«, sprach Zifnab weiter, als hätte er eben selbst daran gedacht. »Nicht ins Labyrinth. Nicht in den Vortex. Und schon gar nicht nach Abarrach.«

Der Hund bellte; man hörte, er war zutiefst getroffen.

»Oh, entschuldige.« Zifnab streckte die Hand aus und tätschelte ihm zaghaft den Kopf. »Tut mir ehrlich leid und so weiter. Natürlich, du wirst bei ihm sein, aber ich fürchte, das ist nicht genug. Ich dachte mehr an etwas wie die Ritter der Tafelrunde. Die sieben Samurai. Das dreckige Dutzend. Freitag der Dreizehnte. Moment mal, war das nicht . . .«

»Sir«, unterbrach ihn der Drache entnervt, »darf ich mir gestatten, Euch in Erinnerung zu rufen, daß wir uns im Nexus befinden? Nicht unbedingt der Ort, den *ich* mir aussuchen würde, um mich cineastischen Reminiszenzen hinzugeben.«

»Da könntest du recht haben.« Zifnab knetete die Hutkrempe zwischen den Fingern und schaute sich ängstlich um. »Hat sich alles ziemlich verändert, seit ich zuletzt hier war. Ihr Patryn habt Wunder vollbracht. Ich nehme an, ich habe keine Zeit, kurz rüberzugehen und mir . . .«

»Nein, Sir«, sagte der Drache unerbittlich.
»Oder vielleicht . . .«
»Das auch nicht, Sir.«
»Na gut.« Zifnab seufzte und stülpte sich den ausgeblichenen, zerdrückten Hut auf den Kopf, bis über die Augen. »Nächstesmal. Wiedersehen, mein lieber Junge.« Er schüttelte dem Hund – offenbar verwechselte er ihn mit Haplo – die Pfote. »Viel Glück. Zum Abschied nimm von mir den Rat an, den auch Gandalf Frodo Beutlin mit auf den Weg gab: ›Wenn du gehst, geh als Herr Untermberg.‹ Dummes Zeug, wenn du mich fragst. Als Magier wurde Gandalf maßlos überschätzt. Trotzdem, es muß was bedeutet haben, sonst hätte man sich nicht die Mühe gemacht, es aufzuschreiben. Hör mal, du solltest wirklich in Erwägung ziehen, dir die Nägel zu schneiden . . .«
»Schaff ihn hier weg«, riet Haplo dem Drachen. »Fürst Xar kann jederzeit hier auftauchen.«
»Ja, Sir. Ich glaube, das wird das beste sein.«
Ein gigantischer Reptilschädel durchstieß die Wolken.
Haplos Tätowierungen strahlten in grellem Blau, er wich Schritt um Schritt zurück, bis er mit dem Rücken gegen das Tor stieß. Aber der Drache ignorierte den Patryn. Furchteinflößende Zähne in gewaltigen Kiefern ergriffen den Zauberer am Rückenteil seiner mausgrauen Kutte und lupften ihn – nicht eben sanft – von den Füßen.
»He, laß mich los, du überdimensionale Eidechse!« schrie Zifnab. Er zappelte wild, dann fing er an zu würgen und zu husten. »Pfui Spinne! Dein Atem würde Godzilla umhauen. Mal wieder vom Katzenfutter, Sorte Thunfisch, genascht, wie? Laß mich runter, habe ich gesagt!«
»Selbstverständlich, Sir«, bemerkte der Drache nuschelnd. Der Zauberer baumelte an einem Zipfel seines Gewandes zehn Meter über dem Boden. »Wenn Ihr *wirklich* darauf besteht, Sir.«
Zifnab hob die Krempe ein wenig an und spähte darunter hervor. Schaudernd zog er den Hut wieder über die Augen.

»Nein, ich habe meine Meinung geändert. Bring mich – wo hat Samah gesagt, sollen wir ihn treffen?«

»Chelestra, Sir.«

»Ganz recht. Dahin haben wir gebucht. Ich hoffe nur, hin *und* zurück. Nach Chelestra also, wenn's beliebt.«

»Aber ja, Sir. Unverzüglich, Sir.«

Der Drache und sein ›Herr‹ – Zifnab sah aus dieser Entfernung aus wie eine ohnmächtige Maus – verschwanden in den tiefhängenden Wolken.

Haplo wartete angespannt, bis er sicher sein konnte, daß der Drache endgültig fort war. Allmählich verblaßte das Leuchten der Sigel. Der Hund schien eher zu wissen, daß die Luft rein war; er setzte sich hin und gähnte herzhaft.

Haplo drehte sich um. Durch die Gitterstäbe des Letzten Tores sah man die Grenzregion des Labyrinths. Eine trostlose Ebene, auf der kein Baum, kein Strauch Deckung boten, erstreckte sich vom Tor bis zu fernen, düsteren Wäldern.

Die letzte Hürde und die gefährlichste. Vom Waldrand dahinten kann der Flüchtende das Tor sehen, die Freiheit. Ein Katzensprung, so kommt es ihm vor. Laufen. Er muß nur schnell genug laufen . . .

Die Hälfte der Strecke darf er zurücklegen, dann schickt das Labyrinth ihm seine grausigen Legionen hinterher. Chaodyn, Werwölfe, Drachen. Das Gras schlingt sich um seine Füße, Ranken bringen ihn zu Fall. So ergeht es dem, der versucht hinauszukommen.

Sich den Weg hinein zu ertrotzen war noch viel schlimmer.

Haplo wußte es, er hatte seinen Fürsten um jeden Fußbreit Boden kämpfen sehen, wenn er zurückkehrte, um seinem bedrängten Volk beizustehen. Das Labyrinth haßte jene, die seinen Schlingen entkommen waren und wünschte nichts mehr, als den Entflohenen wieder in die Gewalt zu bekommen und für seine Kühnheit zu strafen.

»Wem versuche ich eigentlich etwas vorzumachen?« fragte Haplo den Hund. »Zifnab ist zwar ein komischer Kauz, aber in dem Punkt hat er recht. Alleine komme ich nicht einmal bis zum Waldrand. Ich frage mich, was er mit dem Vortex gemeint hat. Wenn ich mich recht entsinne, habe ich Xar in irgendeinem Zusammenhang davon reden gehört. Offenbar das Zentrum des Labyrinths. Und da soll Alfred sein? Sähe dem Tolpatsch ähnlich, ausgerechnet in den dicksten Schlamassel hineinzustolpern.«

Haplo stieß mit dem Fuß gegen einen Haufen Steintrümmer.

Einst, vor langer Zeit, hatten die Patryn versucht, die Mauer einzureißen. Fürst Xar hatte ihnen Einhalt geboten, indem er sie erinnerte, daß die Mauer zwar ihnen den Zutritt verwehrte, aber auch das Böse daran hinderte, in den Nexus einzudringen.

Vielleicht ist es das Böse in uns, hatte sie gesagt, bevor sie ihn verließ.

»Ein Sohn«, sagte Haplo leise, die Stirn gegen das Gitter gestützt. »Allein vielleicht. Wie ich es war. Möglicherweise sah er seine Mutter sterben, wie ich. Er müßte jetzt sechs oder sieben Jahre sein. Falls er noch lebt.«

Haplo bückte sich, hob einen großen, scharfkantigen Stein auf und schleuderte ihn durch das Tor. Er warf ihn mit aller Kraft, fast hätte er sich die Schulter ausgerenkt. Ein scharfer Schmerz durchzuckte seinen Körper, beinahe wohltuend. Weitaus besser als die dumpfe Qual in seinem Herzen.

Der Stein landete ziemlich weit drinnen, auf dem Streifen Ödland. Wenn er durch das Tor ging, nur bis dahin, wo der Stein lag. So weit reichte sein Mut doch wohl. Und soviel war er ihm wohl schuldig, seinem Sohn ...

Haplo kehrte dem Tor schroff den Rücken und machte sich auf den Rückweg zur Stadt. Der Hund, von dem plötzlichen Entschluß seines Herrn überrumpelt, holte ihn mit ein paar weiten Sätzen ein.

Unterwegs schalt Haplo sich selbst einen Feigling, aber nur halbherzig. Er kannte seinen eigenen Wert, wußte, daß seine Entscheidung nicht von Angst bestimmt war, sondern von nüchterner Logik. Zifnab hatte recht gehabt.

»Tot nütze ich keinem mehr. Nicht dem Kind, nicht seiner Mutter – vorausgesetzt sie lebt noch – nicht meinem Volk. Und auch Alfred nicht.

Ich werde Fürst Xar bitten, mich zu begleiten«, setzte Haplo sein Selbstgespräch fort. Unwillkürlich schritt er rascher aus. »Er wird es tun. Um so lieber, wenn ich ihm berichte, was Zifnab gesagt hat. Gemeinsam können wir weiter ins Labyrinth vordringen, als er je gekommen ist. Wir finden den Vortex, falls so etwas existiert. Wir finden Alfred und – nun, man wird sehen. Dann gehen wir nach Abarrach. Im Sanktuarium wird Xar erfahren . . .«

»Oh, Haplo. Wann bist du zurückgekommen?« fragte eine Kinderstimme.

Haplos Herz setzte einen Schlag aus. Er schaute nach unten.

»Hallo, Gram«, murmelte er.

»Ich freue mich auch, dich zu sehen«, meinte Gram mit einem anzüglichen Lächeln, das Haplo geflissentlich übersah. Er war verwirrt, daß er die Stadt betreten hatte, ohne es zu merken.

Nach der Begrüßung rannte Gram davon. Haplo schaute ihm nach, erleichtert, von kindlichem Geplapper verschont zu bleiben. Er wollte allein sein mit seinen Gedanken.

Die Straßen waren belebt, aber Gram schlängelte sich wieselflink zwischen den Passanten hindurch. Man betrachtete ihn mit geduldiger Nachsicht. Kinder waren rare und kostbare Geschöpfe – Garanten für den Fortbestand des Volkes.

Haplo fiel ein, daß er den Auftrag hatte, Gram nach Arianus zu bringen und ihm zu helfen, die Maschine in Gang zu setzen.

Die Maschine in Gang zu setzen.

Nun das konnte warten. Warten, bis er aus dem Labyrinth zurückkehrte . . .

Du mußt die Maschine in Gang bringen. Dann werden die Zitadellen zu leuchten beginnen, die Durnai werden er-

wachen. Wenn all das geschieht – falls *es geschieht – wandelt sich auch das Labyrinth. Besser für dich. Besser für sie.*

»Ach, was weißt du schon, alter Sprücheklopfer«, brummte Haplo. »Noch so ein verrückter Sartan...«

Kapitel 7

Nexus

Gram hatte, als er ihn ansprach, Haplo aufmerksam ins Gesicht geschaut und festgestellt, daß der Mann zu sehr in Gedanken versunken war, um seiner Umgebung viel Aufmerksamkeit zu schenken.

»Prima«, dachte der Junge, während er auf einen Feldweg einbog und die Stadt immer weiter hinter sich ließ. »Der sieht und hört ja nichts. Und wenn er mich vorhin bemerkt hätte – pah!«

Erwachsene neigen dazu, die Anwesenheit eines Kindes gar nicht zur Kenntnis zu nehmen; sich in Gegenwart eines Kindes aufzuführen, als könnte es so wenig wie der Hund oder die Katze verstehen, was vorgeht oder was die Großen reden. Gram hatte das früh in seinem jungen Leben erkannt und schlug ungeniert Kapital daraus.

Aber Gram hatte auch gelernt, bei Haplo vorsichtig zu sein. Obwohl er den Mann haßte (wie fast jeden Erwachsenen), empfand er für ihn widerwilligen Respekt. Er war nicht ganz so dumm wie die meisten Großen. Deshalb hatte Gram sich vorgesehen, jetzt aber war Eile wichtiger als Vorsicht.

Auf dem Waldweg hätte er beinahe einen Patryn umgerannt, der ihm einen interessierten Blick nachsandte – aus den Augen, in denen ein roter Funke glomm. Beim Haus angelangt, stieß Gram die Tür auf und stürmte ins Arbeitszimmer.

Der Fürst war nicht da.

Im ersten Moment wurde ihm bang. Xar war unterwegs nach Abarrach! Aber nein. Er zwang sich zur Ruhe, um Atem zu schöpfen und nachzudenken.

Das konnte nicht sein. Fürst Xar würde unter keinen Umständen aufbrechen, ohne Gram letzte Instruktionen zu geben und sich von ihm zu verabschieden. Gram wußte jetzt auch, wo sein adoptierter ›Großvater‹ zu finden war.

Er durchquerte das weitläufige Haus, öffnete die Hintertür und trat auf eine samtige, grüne Rasenfläche hinaus. Ein Schiff, die äußere Hülle mit Runen bedeckt, stand dort. Haplo wäre der Anblick vertraut gewesen – es glich bis in jede Einzelheit dem Schiff, das ihn auf seiner ersten Reise durchs Todestor und nach Arianus gebracht hatte. Auch Limbeck, dem Geg, wäre es bekannt vorgekommen, denn es sah aus wie das Himmelsgefährt, das er seinerzeit auf einer der Terrel Fen-Inseln entdeckt hatte.*

Das Schiff war kreisrund, aus Metall und Magie erschaffen. Außen war es mit einem lückenlosen Geflecht aus Glyphen überzogen, die es in eine unsichtbare schützende Aura hüllten. Die Einstiegsluke stand offen, helles Licht flutete hinaus. Drinnen bewegte sich eine schattenhafte Gestalt.

»Großvater!« rief Gram und lief auf das Schiff zu.

Der Fürst des Nexus hielt in seiner Tätigkeit inne und warf einen Blick aus der Luke.

Vor der Lichtquelle im Hintergrund erschien der Fürst nur als schwarze Silhouette; Gram konnte sein Gesicht nicht erkennen, aber seine steife Haltung und die etwas hochgezogenen Schultern verrieten ihm, daß Xar über die Störung verärgert war.

* ›Himmelsstürmer‹, *die vergessenen Reiche*, Band 1 (Bastei-Lübbe 28 198). Sowohl Haplo als auch Fürst Xar unterschätzten die im Todestor wirksamen magischen Kräfte und versahen das Schiff mit einem unzureichenden Schutz. Über Drevlin stürzte Haplo ab. Der Geg Limbeck rettete ihn und seinen Hund aus dem Wrack des Schiffes.

»Ich komme gleich«, beschied ihn der Fürst schroff und verschwand im Innern des Schiffs. »Beschäftige dich so lange mit deinen Studien...«

»Großvater! Ich muß dir was sagen! Von Haplo!« Der Junge rang nach Atem. »Er wollte ins Labyrinth, aber dann ist ein Sartan gekommen und hat nein gesagt.«

Stille im Schiff, nichts rührte sich. Gram hielt sich an der Luke fest. Vor Aufregung und Luftmangel fühlte er sich schwindelig. Xar kam zurück, ein großer Schatten, umflossen von weißer Helligkeit.

»Wovon redest du, Kind?« Seine Stimme war trügerisch sanft. »Beruhige dich erst einmal.« Des Fürsten Hand, schwielig, hart, strich über Grams schweißfeuchte goldene Locken.

»Ich hatte – hatte Angst, du wärst schon weg, und ich – ich könnte dir nicht mehr erzählen...« Gram schnappte nach Luft.

»Nein, nein, Kind. Ich treffe nur letzte Vorbereitungen. Nun sag mir, was ist mit Haplo?« Er lächelte, aber seine Augen waren grimmig und kalt.

Gram fürchtete sich nicht vor dieser Kälte. Der eisige Bannstrahl sollte einen anderen treffen.

»Ich bin Haplo gefolgt, weil ich neugierig war, was er tut. Ich habe dir gesagt, daß er dich nicht liebhat, Großvater. Erst ist er lange durch den Wald gegangen, als ob er jemanden sucht, dabei hat er zu seinem Hund geredet. Über Schlangen. Dann ging er zur Stadt, und da hätte er fast eine Prügelei angefangen.« Grams Augen waren groß und rund.

»Haplo?« Es klang ungläubig.

»Du kannst jeden fragen. Alle haben es gesehen.« Leichte Übertreibungen konnten nichts schaden. »Eine Frau sagte, er hätte irgendeine Krankheit. Sie wollte ihm helfen, aber er hat sie weggestoßen und ist weitergegangen. Ich habe sein Gesicht gesehen. Er war böse.«

»Labyrinthkoller.« Xars Miene wurde weicher. »Das überkommt uns alle...« Gram erkannte, daß es ein Fehler gewesen war, die Sache mit der Krankheit zu erwähnen;

unabsichtlich hatte er seinem Feind ein Schlupfloch geöffnet. Er beeilte sich, den Fehler wiedergutzumachen.

»Haplo ist zum Letzten Tor gegangen. Das durfte er doch nicht, Großvater. Du hast ihm gesagt, er soll mich nach Arianus bringen, und statt dessen geht er einfach weg. Ist das richtig?«

Xars Augen wurden schmal, doch er zuckte mit den Schultern. »Es besteht kein Grund zur Eile, er kann sich Zeit lassen. Das Letzte Tor übt auf viele von uns eine große Anziehungskraft aus. Du verstehst das nicht . . .«

»Aber er wollte hineingehen ins Labyrinth«, beharrte Gram. »Ich weiß es. Und du willst doch nicht, daß er das tut, oder? Du hast ihm *befohlen*, mich nach Arianus zu bringen. Er ist ungehorsam gewesen.«

»Woher weißt du, daß er hineingehen wollte, Kind?« fragte Xar gedehnt.

»Weil der Sartan es zu ihm gesagt hat. Und Haplo hat nicht gesagt, daß er lügt!« Gram triumphierte.

»Welcher Sartan? Ein Sartan im Nexus?« Fast hätte Xar aufgelacht. »Du mußt geträumt haben. Oder du erfindest das alles. Hast du die Geschichte erfunden, Kind?« Der Fürst sah streng auf Gram hinunter.

»Ich sage die Wahrheit, Großvater«, verteidigte der Junge sich feierlich. »Ein Sartan erschien aus dem Nichts. Er war ein alter Mann in einem grauen Gewand und mit einem gräßlichen, albernen Hut . . .«

»War sein Name Alfred?« Xar runzelte die Stirn.

»O nein! Ich kenne Alfred, das weißt du doch, Großvater. Das war er nicht. Haplo nannte diesen Mann ›Zifnab‹. Er sagte, er wüßte, daß Haplo ins Labyrinth gehen wollte, um Alfred zu suchen, aber das wäre falsch, und er würde nicht lange genug am Leben bleiben, um ihn zu finden. Und Haplo hat gesagt, er braucht Alfred, um in ein – Sanktuarium nach Abarrach zu gehen und dir zu beweisen, daß du unrecht hast, Großvater.«

»Daß ich unrecht habe«, wiederholte Xar.

»Das hat er gesagt.« Gram ließ sich von der Wahrheit

nicht beirren. »Er wollte dir beweisen, daß du unrecht hast.«

Xar schüttelte bedächtig den Kopf. »Du mußt dich täuschen, Kind. Einen Sartan im Nexus würde Haplo sofort zu mir gebracht haben.«

»Das habe ich auch gedacht, Großvater«, sagte Gram mit treuherzigem Augenaufschlag. »Aber er hat es nicht getan.« Kein Wort von dem Drachen. »Er warnte den Sartan vor dir und sagte, er solle sich in Sicherheit bringen.« Xar stieß zischend den Atem aus, die knorrige Hand auf Grams Scheitel verkrampfte sich schmerzhaft im Haar des Kindes. Gram zuckte zusammen, doch innerlich frohlockte er. Xar litt noch viel größere Schmerzen, und Haplo würde es ausbaden müssen.

Plötzlich zog Xar dem Jungen den Kopf in den Nacken und zwang die blauen Augen, seinen schwarzen zu begegnen. Der funkelnde Blick des Fürsten durchbohrte den Jungen, drang ihm bis auf den Grund der Seele – kein sehr tiefes Gewässer.

Gram hielt tapfer stand, ohne zu blinzeln oder die Augen niederzuschlagen. Xar wußte, Gram war ein geschickter, durchtriebener Lügner, und Gram wußte, daß Xar es wußte. Der Junge hatte genügend Wahrheiten vorgeschoben, um die Lügen dahinter zu verbergen. Und mit jener unheimlichen Einsicht in das Wesen von Erwachsenen – erworben in langen, einsamen Stunden, wenn es nichts weiter zu tun gab, als sie zu beobachten – ahnte Gram, daß Xar von Haplos Verrat zu tief getroffen war, um tiefer zu forschen.

»Ich hab's dir gesagt, Großvater«, meinte Gram ernsthaft. »Haplo mag dich nicht leiden. Nur ich habe dich lieb.«

Der feste Griff in Grams Haar löste sich, Xar gab den Jungen frei. Er richtete den Blick in eine unbestimmte Ferne; der Schmerz, den er empfand, zeigte sich deutlich in dem verfallenen Gesicht, in der plötzlich gebeugten Haltung, der kraftlosen Hand.

Das hatte Gram nicht erwartet und verspürte einen scharfen Stich der Eifersucht, wegen der Macht, die Haplo über das Herz des Fürsten besaß.

Liebe kann ein Herz brechen . . .

Gram schlang die Arme um Xars Beine, schmiegte sich an ihn.

»Ich hasse ihn, Großvater! Ich hasse ihn, weil er dir weh tut. Er muß bestraft werden, nicht wahr, Großvater? Du hast mich bestraft, als ich dich belügen wollte. Und was Haplo tut, ist noch schlimmer. Du hast mir erzählt, wie du ihn gezüchtigt hast, bevor er nach Chelestra ging, wie du ihn hättest töten können, aber du wolltest, daß er aus der Züchtigung lernt. Das mußt du wieder tun, Großvater. Strafe ihn noch einmal so.«

Von dem leidenschaftlichen Gefühlsausbruch unangenehm berührt, wollte Xar sich aus Grams Umklammerung befreien, dann aber ließ er ihn gewähren und strich ihm seufzend übers Haar. »Ich habe dir davon erzählt, Kind, weil du die Notwendigkeit deiner und seiner Bestrafung einsehen solltest. Ich füge nicht grundlos Schmerzen zu. Schmerz ist lehrreich, deshalb empfindet ihn unser Körper. Doch manche ziehen es offenbar vor, verstockt zu bleiben.«

»Dann wirst du ihn erneut züchtigen?« Gram schaute erwartungsvoll zu ihm auf.

»Dafür ist es zu spät, Kind.«

Obwohl Gram ein ganzes Jahr darauf gewartet hatte, diese Worte aus Xars Mund zu hören, lief ihm ein kalter Schauer über den Rücken.

»Du wirst ihn töten«, wisperte er ehrfürchtig.

»Nein, Kind«, antwortete der Fürst des Nexus und zauste die goldenen Locken. »Du wirst es tun.«

Haplo kehrte in die Residenz zurück. Auf kürzestem Weg begab er sich in Xars Allerheiligstes.

»Er ist weg«, informierte ihn Gram, der im Schneidersitz auf dem Boden saß, die Ellenbogen auf die Knie und das Kinn in die Hände gestützt, vor sich ein aufgeschlagenes Buch mit Sartanrunen.

»Weg.« Haplo blieb stehen und musterte den Jungen stirnrunzelnd, dann warf er einen Blick auf die Tür der Bibliothek. »Bist du sicher?«

»Sieh doch selbst nach.« Gram zuckte mit den Schultern.

Es hätte der Aufforderung nicht bedurft. Haplo machte die Tür auf, schaute sich um und kam wieder zurück. »Wo ist der Fürst hingegangen? Ins Labyrinth?«

Gram streckte lockend die Hand aus. »Guter Hund. Komm zu mir.«

Der Hund trabte zu ihm hin und schnupperte argwöhnisch an dem Buch.

»Großvater wollte zu dieser Welt aus Feuer, wo die Untoten sind.« Gram hob den Blick, die großen blauen Augen leuchteten. »Erzählst du mir davon? Großvater hat gesagt, ich soll dich . . .«

»Abarrach?« fragte Haplo ungläubig. »Er ist schon abgereist? Ohne . . .« Der Patryn stürmte aus dem Zimmer. »Hund, du bleibst hier«, rief er über die Schulter, als das Tier ihm folgen wollte.

Gram hörte im rückwärtigen Teil des Hauses Türen schlagen. Haplo ging hinaus, um nach Xars Schiff zu sehen. Der Junge grinste und rutschte vor Vergnügen hin und her, dann aber beugte er sich gleich wieder brav über sein Buch. Unter den langen Wimpern hervor warf er hin und wieder einen Blick auf den Hund, der sich hingelegt hatte und ihn mit freundlichem Interesse musterte.

»Du wärst gerne *mein* Hund, nicht wahr?« fragte Gram leise. »Wir könnten den ganzen Tag spielen, und *ich* würde dir auch einen Namen geben . . .«

Haplo kehrte langsam ins Zimmer zurück. »Ich kann nicht glauben, daß er fort ist. Ohne erst mit mir zu sprechen.«

Während er scheinbar konzentriert die Runen studierte, hörte Gram Xars Stimme.

Es gibt keinen Zweifel, daß Haplo mich verraten hat. Er ist mit dem Feind im Bunde. Ich will ihm nicht mehr begegnen, denn ich weiß nicht, ob es mir gelänge, von Angesicht zu Angesicht meinen Zorn zu beherrschen.

»Großvater konnte nicht warten«, sagte Gram. »Es kamen wichtige Nachrichten.«

»Was für Nachrichten?«

War es Wunschdenken von Gram, oder sah Haplo schuldbewußt aus? Der Junge vergrub das Kinn in den Händen, damit man sein Lächeln nicht bemerkte.

»Weiß nicht«, murmelte er und zuckte wieder die Schultern. »Ich habe nicht aufgepaßt.«

Haplo muß vorerst noch am Leben bleiben. Eine lästige Notwendigkeit, aber ich brauche ihn und du ebenfalls, Kind. Keine Widerrede. Haplo ist der einzige von den Unsrigen, der schon auf Arianus war. Dieser Geg, Limbeck, der die Aufsicht über die große Maschine hat, kennt Haplo und vertraut ihm. Auch du mußt dir das Vertrauen der Zwerge erwerben, Gram, wenn du sie kontrollieren willst, das Allüberall und zu guter Letzt ganz Arianus.

»Großvater sagt, er hätte dir schon deine Anweisungen gegeben. Du sollst mich nach Arianus bringen . . .«

»Ich weiß«, fiel ihm Haplo ungeduldig ins Wort. »Ich weiß.«

Gram riskierte einen Blick. Der Mann beachtete ihn überhaupt nicht. Den Jungen durchfuhr ein heißer Schreck. Wenn Haplo sich nun weigerte? Wenn er sich entschlossen hatte, doch das Wagnis zu unternehmen und im Labyrinth nach Alfred zu suchen? Der Fürst hatte gesagt, das wäre nicht zu befürchten, Haplo würde seinem Befehl gehorchen. Aber der Fürst selbst hatte Haplo auch einen Verräter genannt.

Gram wollte ihn nicht verlieren. Haplo gehörte ihm. Er beschloß, selbst die Initiative zu ergreifen, sprang auf und stellte sich vor den Patryn hin.

»Von mir aus können wir gleich los. Wird das nicht ein Spaß? Limbeck wiederzusehen. Und das Allüberall. Ich weiß, wie man damit umgehen muß. Ich habe die Sartanrunen studiert. Es wird großartig!« Gram schwenkte die Arme in kalkuliertem kindlichen Überschwang. »Großvater sagt, die Auswirkungen der Maschine werden sich auf allen

Welten bemerkbar machen, weil das Todestor jetzt offen ist. Er sagt, daß alles, was die Sartan erschaffen haben, zum Leben erwachen wird. Es sagt, daß er die Auswirkungen *spüren* wird, sogar bis Abarrach.«

Gram versuchte Haplo am Gesicht abzulesen, was er dachte. Es war schwierig, so gut wie unmöglich. Die Züge des Mannes ließen keine Regung erkennen, als hätte er gar nicht zugehört. Aber das hatte er, Gram wußte es.

Haplo hört alles, spricht wenig. Deshalb ist er erfolgreich. Deshalb ist er gefährlich.

Gram hatte die Lider des Mannes zucken gesehen, als das Wort ›Abarrach‹ fiel. War es die Vorstellung, das Allüberall könnte Einfluß auf die Verhältnisse in Abarrach haben, die das Interesse des Mannes erregte? Oder der Hinweis, daß selbst auf Abarrach Xar gewärtig sein würde, was sein Diener tat – oder nicht tat?

Gram schlang die Arme um Haplos Taille. »Großvater hat gesagt, ich soll dich für ihn umarmen. Ich soll dir sagen, daß er dir vertraut und sich auf dich verläßt. Er weiß, du wirst ihn nicht im Stich lassen. Oder mich.«

Haplo umfaßte Grams Oberarme und zog ihn von sich ab wie einen Blutegel.

»Aua, du tust mir weh«, jammerte Gram.

»Hör mir zu, Bürschchen«, sagte Haplo grimmig, ohne seinen Griff zu lockern. »Eins wollen wir klarstellen. Ich kenne dich. Du bist ein intriganter, hinterhältiger kleiner Bastard. Ich gehorche dem Befehl meines Fürsten. Ich bringe dich nach Arianus. Ich werde dafür sorgen, daß du die Möglichkeit hast, an die Maschine heranzukommen und alle Knöpfe zu drücken, die gedrückt werden müssen. Aber bilde dir nicht ein, du könntest mich blenden mit dem Glanz deines Heiligenscheins, denn ich habe das Ding aus der Nähe gesehen, und es ist Talmi!«

»Du magst mich nicht leiden«, schnüffelte Gram und zerdrückte ein paar Tränen. »Niemand kann mich leiden, außer Großvater. Mich hat nie jemand leiden können.«

Haplo stieß ein wenig tröstliches Knurren aus und ließ ihn

los. »Na, wie mich das überrascht! Aber Hauptsache, wir verstehen uns. Und noch etwas. Ich habe das Kommando. Was ich sage, gilt. Kapiert?«

»Aber ich mag *dich*, Haplo«, sagte Gram schüchtern und wischte sich die Nase.

Der Hund, von Natur aus weichherzig, kam angetappt und schleckte dem Jungen das Gesicht ab. Gram warf ihm die Arme um den Hals.

Ich behalte dich, versprach er dem Hund stumm. Wenn Haplo tot ist, bist du mein Hund. Das wird schön.

»Wenigstens *er* liebt mich«, sagte Gram. »Du liebst mich doch?«

Der Hund wedelte fröhlich.

»Der verfluchte Hund liebt jeden«, brummte Haplo. »Sogar Sartan. Jetzt geh in dein Zimmer und pack deine Sachen. Ich warte hier auf dich.«

»Kann der Hund mitkommen?«

»Wenn er will. Jetzt los. Beeilung. Je schneller wir hinkommen, desto schneller kann ich wieder zurück.«

Gram verließ das Zimmer wie ein artiger Junge. Es machte Spaß, sich zu verstellen; Spaß, Haplo an der Nase herumzuführen; Spaß, jemandem braven Gehorsam vorzuspielen, dessen Leben man in den kleinen Händen hielt. Gram dachte voller Genugtuung an seine abschließende Unterhaltung mit Xar.

Sobald deine Aufgabe erfüllt ist, Gram, wenn das Allüberall funktioniert und du Arianus unter deine Kontrolle gebracht hast, brauchen wir Haplo nicht mehr. Du wirst dafür sorgen, daß er getötet wird. Ich glaube, du hast auf Arianus einen Assassinen gekannt . . .«

Hugh Mordhand, Großvater. Aber er lebt nicht mehr. Mein Vater hat ihn umgebracht.

Dann gibt es andere seines Schlages, die man anheuern kann. Eins ist von größter Wichtigkeit. Haplos Leichnam muß unversehrt erhalten bleiben, bis zu meinem Eintreffen.

Du willst Haplo auferwecken, Großvater? Damit er dir nach seinem Tode dient, wie die Wiedergänger von Abarrach?

Ja, Kind. Erst dann werde ich ihm vorbehaltlos vertrauen können . . .

Liebe kann ein Herz zerbrechen.

»Hund, komm mit!« jauchzte Gram. »Um die Wette!«

Er und der Hund stoben in wilder Jagd aus der Tür und den Gang hinunter.

Kapitel 8

Wombe, Drevlin, Niederreich

Die Reise durch das Todestor verlief ereignislos. Haplo versetzte Gram in einen magischen Schlummer, kaum daß sie den Nexus verlassen hatten. Das Todestor zu passieren war jetzt so einfach, daß ein talentierter Magier der Nichtigen es bewerkstelligen konnte.

Gram war aufmerksam, intelligent und der Sohn eines talentierten Magiers. Haplo hatte eine plötzliche Vision von dem Jungen, wie er von einer Welt zur anderen hüpfte... nein! Schlafenszeit.

Sie hatten keine Schwierigkeiten, Arianus zu erreichen, die Welt in den Lüften. Die Vistas der verschiedenen Reiche zogen an Haplo vorüber, und die schwebenden Inseln waren nicht zu verkennen. Doch bevor er sich darauf konzentrierte, widmete er noch ein paar Minuten seiner Aufmerksamkeit den anderen Welten, die einzeln, umhüllt von schimmernden Regenbogenfarben (wie Seifenblasen!), vor ihm auftauchten, bis sie zerplatzten und von der nächsten ersetzt wurden. Alles waren Bilder von Orten, die er kannte, bis auf eins. Und das war der schönste Ort, der geheimnisvollste.

Haplo starrte auf das Bild so lange wie möglich – wenige flüchtige Sekunden. Er hatte Xar danach fragen wollen, aber der Fürst war fortgewesen, bevor sie darauf zu sprechen kamen.

Gab es eine fünfte Welt?

Unwahrscheinlich. In keiner der alten Sartanschriften hatten sich Hinweise auf eine solche gefunden.

Die verlorene Heimat ...

Auch eine Möglichkeit. Soweit Haplo es zu beurteilen vermochte, stimmte das Panorama mit Beschreibungen der verlorenen Heimat überein. Aber die alte Welt existierte nicht mehr, Magie hatte sie gespalten. Vielleicht war dies nichts weiter als ein bittersüßes Memento, um die Sartan an die Vergangenheit zu erinnern. Aber wenn ja, weshalb wurde sie dann als Option angeboten?

Haplo ließ die Wahlmöglichkeiten erneut vor sich Revue passieren und noch einmal. Die Reihenfolge blieb unverändert: erst die fremde Welt mit blauem Himmel, lachender Sonne, silbernem Mond und Sternen, endlosem Ozean und grünen Kontinenten, danach das Labyrinth, düster und feindselig; im Anschluß daran der Nexus in samtigem Zwielicht, gefolgt von den vier elementaren Welten.

Wäre Gram nicht bei ihm gewesen, hätte Haplo sich versucht gefühlt, dem Rätsel auf den Grund zu gehen. Er warf einen Blick auf den Jungen, der friedlich schlummerte, einen Arm um den Hund gelegt; beide teilten sich eine Pritsche, die Haplo auf die Brücke getragen hatte, um das Kind im Auge zu haben. Der Hund, der den Blick seines Herrn spürte, öffnete die Augen, blinzelte träge, gähnte, und als er sah, daß von ihm nicht verlangt wurde, etwas zu tun, machte er sich mit einem wohligen Schnaufen auf der Pritsche breit. Fast hätte er Gram über den Rand gestoßen. Der Junge murmelte im Schlaf vor sich hin, etwas über Xar, und krallte plötzlich die Finger in das Fell seines Schlafgenossen.

Aufjaulend hob der Hund den Kopf und betrachtete das Kind mit einem Ausdruck von Nachdenklichkeit: ›Womit habe ich das verdient?‹ und ›Was mache ich jetzt?‹ Er sah hilfesuchend zu Haplo auf.

Haplo lächelte, dann befreite er seinen vierbeinigen Begleiter von dem schmerzhaft festen Griff der Kinderhände und tätschelte ihm begütigend den Kopf. Der Hund schenkte Gram einen mißtrauischen Blick, sprang vom Bett und rollte sich auf dem Boden vor Haplos Füßen zusammen.

Haplo wandte seine Aufmerksamkeit wieder den Bildern der vier Welten zu und konzentrierte sich entschlossen auf Arianus.

Haplos erste Reise nach Arianus wäre um ein Haar auch seine letzte gewesen. Weder gefaßt auf die magischen Emanationen des Todestores noch auf die atmosphärischen Turbulenzen im Reich der Lüfte fabrizierte er notgedrungen eine Bruchlandung auf einer der – wie er später erfuhr – kleinen schwebenden Inseln mit dem Namen ›Die Stufen von Terrel Fen‹.

Diesmal war er besser vorbereitet auf die Gefahren der wütenden Stürme, die unaufhörlich im Niederreich tobten. Die schützenden Glyphen, die während des Transits durch das Todestor nur schwach geleuchtet hatten, flammten in strahlendem Blau, als der erste Windstoß das Schiff traf. Blitze zuckten ohne Unterbrechung, Donner krachte, die *Himmelsstürmer* schlingerte in den heftigen Böen. Hagel prasselte gegen die hölzerne Bordwand, Regen peitschte gegen die Bugfenster, überzog sie mit einem irisierenden Wasserschleier, der die Sicht nach draußen unmöglich machte.

Haplo verlangsamte die Fahrt, bis das Schiff nahezu bewegungslos in der Luft hing. Während seines Aufenthalts auf Drevlin – die Hauptinsel des Niederreichs – hatte er gelernt, daß die Stürme zyklisch auftraten. Er brauchte nur abzuwarten, bis dieser abflaute, dann folgte eine Periode verhältnismäßig ruhigen Wetters bis zum nächsten Orkan. Die Pause wollte er nutzen, um einen

Landeplatz zu finden und mit den Zwergen Verbindung aufzunehmen.

Haplo überlegte, ob er Gram schlafen lassen sollte, entschloß sich aber, ihn zu wecken. Er konnte sich ebensogut nützlich machen. Eine rasche Handbewegung löschte die Rune aus, die Haplo auf die Stirn des Kindes gezeichnet hatte.

Gram setzte sich auf, blinzelte verschlafen und schaute Haplo vorwurfsvoll an. »Du hast mich verzaubert, damit ich einschlafe.«

Haplo sah keinen Grund, seine Handlungsweise zu bestätigen, zu kommentieren oder zu rechtfertigen. Während er versuchte, durch den Regenvorhang etwas zu erkennen, würdigte er den Jungen nur eines flüchtigen Blicks.

»Geh durchs Schiff und sieh nach, ob irgendwelche Lecks oder Risse in der Hülle sind.«

Gram errötete vor Zorn über den beiläufigen, befehlenden Ton. Haplo bemerkte, wie die rote Flut vom Hals her in die blassen Wangen stieg. Die blauen Augen blitzten aufsässig. Fürst Xar hatte einigen Erfolg darin gehabt, Grams Temperament zu bändigen, aber der Junge war als Kronprinz am königlichen Hof aufgewachsen und daran gewöhnt, Befehle zu erteilen, nicht, welche entgegenzunehmen.

Schon gar nicht von Haplo.

»Wenn du alles richtig gemacht hast, gibt es keine Risse«, sagte Gram schnippisch.

Na gut, warum nicht jetzt gleich klären, wer das Sagen hat, dachte Haplo. Er schaute wieder aus dem Fenster, um hoffentlich Anzeichen dafür zu entdecken, daß die Wut des Sturms nachzulassen begann.

»Ich *habe* alles richtig gemacht, aber du solltest gelernt haben, wie empfindlich die Balance eines Runengefüges ist. Aus einem winzigen Spalt könnte ein Riß entstehen, der schließlich dazu führt, daß das ganze Schiff auseinanderbricht. Es ist klüger, jetzt nachzusehen, bevor es Schwierigkeiten gibt.«

Ein kurzes Schweigen; vermutlich kämpfte Gram mit sich.

»Kann ich den Hund mitnehmen?« fragte er dann lustlos.

Haplo machte eine großzügige Handbewegung. »Sicher.«

Die Miene des Jungen hellte sich auf. »Darf ich ihm eine Wurst geben?«

Kaum vernahm er sein Lieblingswort, sprang der Hund auf, hechelte erwartungsvoll und wedelte mit dem Schwanz.

»Nur eine«, mahnte Haplo. »Ich weiß nicht, wie lange dieser Sturm noch anhält. Unter Umständen müssen wir unsere Würste selbst verspeisen.«

»Du kannst ja neue herzaubern«, meinte Gram vergnügt. »Hund, komm mit.«

Die beiden verschwanden im Gang zum Heck des Schiffes.

Haplo sah den Regen am Fenster niederrinnen und dachte daran zurück, wie er den Jungen in den Nexus gebracht hatte . . .

»Er heißt Gram, Fürst«, sagte Haplo. »Ich weiß«, fügte er hinzu, als Xar die Stirn runzelte, »es ist ein merkwürdiger Name für ein Menschenkind, aber wenn Ihr erst seine Geschichte kennt, werdet Ihr verstehen. Ihr findet einen Bericht hier, in meinen Aufzeichnungen.«

Xar hielt das Logbuch in der Hand, schaute aber nicht hinein. Haplo wartete in respektvollem Schweigen, daß sein Fürst sich äußerte. Die nächste Frage kam nicht gänzlich unerwartet.

»Ich hatte dich gebeten, Haplo, mir einen Schüler von dieser Welt zu bringen. Arianus ist – nach deiner Schilderung – eine Welt im Chaos: Elfen, Zwerge, Menschen, die sich gegenseitig bekriegen; die Elfen bekämpfen sich untereinander. Es herrscht ein bedenklicher Wassermangel, weil das Vorhaben der Sartan gescheitert ist, die schwebenden Inseln auszurichten und ihre phantastische Maschine in Gang zu setzen. Ich werde einen Statthalter brauchen, am besten einen von den Nichtigen, der nach Arianus geht und in meinem Namen die Herrschaft der Patryn errichtet, während ich mein Banner in die anderen Welten trage. Und um diese Aufgabe zu erfüllen, bringst du mir einen zehnjährigen Knaben?«

Der Knabe, von dem die Rede war, lag in einem der vielen Zimmer der Residenz und schlief. Haplo hatte den Hund bei ihm gelassen, der seinen Herrn benachrichtigen sollte, sobald Gram erwachte. Xar zweifelte nicht an seinem Vasallen; der Fürst war verblüfft und verwundert – ein Gefühl, das Haplo sehr gut nachvollziehen konnte. Er war auf die Frage vorbereitet gewesen und hatte eine Antwort parat.

»Gram ist kein gewöhnliches Nichtigenkind, Fürst. Wie aus meinen Aufzeichnungen hervorgeht . . .«*

»Die Aufzeichnungen werde ich später lesen, mit der gebührenden Muße. Ich bin jetzt mehr interessiert an deinem mündlichen Rapport.«

Haplo neigte zustimmend den Kopf und setzte sich in den Sessel, auf den Xar mit einer Handbewegung wies.

»Der Junge ist der Sohn von zwei Menschen, die bei ihrem Volk als Mysteriarchen gelten – mächtige Zauberer, nach dem Maßstab der Nichtigen zumindest. Der Vater nennt sich Sinistrad, die Mutter heißt Iridal. Die Mysteriarchen mit ihren erheblichen magischen Fähigkeiten betrachten den Rest der Menschheit als primitive Barbaren. Sie kehrten dem Zwist und Chaos im Mittelreich den Rücken und stiegen zum Hohen Reich empor. Dort entdeckten sie ein herrliches neues Land, das sich zu ihrem Unglück als Todesfalle entpuppte.

Die Hohen Reiche waren eine Schöpfung der Runenmagie der Sartan. Die Mysteriarchen verstanden davon so viel oder so wenig wie ein Wickelkind von höherer Mathematik. Auf ihren Feldern verdarb die Ernte, Wasser mußte rationiert werden, in der dünnen Luft fühlten sie sich müde und schwach. Es wurden immer weniger Kinder geboren, die Lebenserwartung ging zurück. Den Mysteriarchen wurde

* Haplo: *Arianus, Welt in den Lüften*, Band 1 der Todestordiarien.

klar, sie mußten ihr gelobtes Land verlassen und in die Niederungen des Mittelreichs zurückkehren. Aber, wie die meisten Menschen, fürchteten sie ihresgleichen. Sie fürchteten, ihr Versagen einzugestehen und mit Hohn und Spott überschüttet zu werden. Deshalb faßten sie den Entschluß, wenn sie zurückkehrten, dann als die neuen Herren, nicht als Bittsteller.

Der Vater des Jungen, Sinistrad, entwickelte einen schlauen Plan. Dem König der Menschen im Mittelreich, Stephen und seiner Gemahlin Anne, war ein Thronerbe geboren worden. Zur ungefähr selben Zeit schenkte Iridal ebenfalls einem Sohn das Leben. Sinistrad vertauschte die Kinder, er nahm den kleine Prinzen aus der Wiege und legte seinen Sohn hinein, um später durch ihn zu herrschen.

Natürlich wußte jeder im Mittelreich, daß die Kinder vertauscht worden waren, aber Sinistrad hatte in kluger Vorsorge einen Zauber über seinen Sohn geworfen, daß jeder ihn lieben mußte. Als Gram ein Jahr alt war, erschien Sinistrad im Palast und weihte den König in seinen Plan ein. König Stephen war machtlos. In ihren Herzen verabscheuten und fürchteten er und seine Gemahlin den Wechselbalg – deshalb tauften sie ihn Gram –, jedoch der Zauber war so stark, daß sie selbst nichts tun konnten, um sich von ihm zu befreien. Schließlich heuerten sie in ihrer Verzweiflung einen Meuchelmörder an, um Gram wegzuschaffen und zu töten. Es kam aber so« – Haplo grinste –»daß Gram beinahe den Meuchelmörder gemeuchelt hätte.«

»Wahrhaftig?« Xar wirkte beeindruckt.

»Ja. Die Einzelheiten findet Ihr hier.« Haplo deutete auf das Logbuch. »Sinistrad hatte Gram ein Amulett gegeben – auf diesem Weg empfing der Junge die Befehle seines Vaters, und dieser hörte alles, was in der Umgebung des Jungen gesprochen wurde. So belauschten die Mysteriarchen die Menschen und wußten alles, was am Königshof vorging. Nicht, daß Gram zum Ränkeschmieden und Spionieren der Anleitung bedurft hätte. Nach allem, was ich mit dem Burschen erlebt habe, hätte sein Vater noch ein, zwei Dinge von ihm lernen können.

Gram hat Verstand und eine rasche Auffassungsgabe. Er ist hellseherisch begabt und verfügt über ein beträchtliches magisches Potential für einen Nichtigen, wenn es auch ungeschult ist. Gram war es, der herausfand, wie das Allüberall funktioniert und für welchen Zweck es ursprünglich gebaut wurde. Das meinen Aufzeichnungen beigefügte Diagramm stammt von ihm. Und er ist ehrgeizig. Als der Junge begriff, daß sein Vater ihn nur als Instrument benutzt und keineswegs gewillt war, eine Erbmonarchie zu errichten, tat er alles, um sich seiner zu entledigen.

Grams Plan war von Erfolg gekrönt, wenn auch nicht ganz so, wie er es sich vorgestellt hatte. Ironie des Schicksals: Der Mann rettete ihm das Leben, der bezahlt worden war, ihn zu töten. Nebenbei bemerkt, eine bedauerliche Vergeudung.« Haplo schüttelte den Kopf. »Hugh Mordhand war ein interessanter Mensch, ein fähiger, gut ausgebildeter Kämpfer. Er hätte Euren Vorstellungen von einem Schüler entsprochen, Fürst. Ich wollte ihn zu Euch bringen, aber leider fand er im Kampf mit dem Mysteriarchen den Tod. Vergeudung, wie schon gesagt.«

Der Fürst des Nexus hörte nur mit halbem Ohr zu. Er hatte das Buch aufgeschlagen und das Diagramm des Allüberall entdeckt.

»Das hat der Junge gezeichnet?« fragte er.

»Ja.«

»Du weißt es genau?«

»Ich war unbemerkt Zeuge, als er es seinem Vater zeigte. Sinistrad war ebenso beeindruckt wie jetzt ihr.«

»Bemerkenswert. Und er ist wirklich ein reizendes Kind. Der Zauber, den sein Vater über ihn geworfen hat, wirkt bei uns selbstverständlich nicht, aber wirkt er noch auf die Nichtigen?«

»Alfred, der Sartan, vertrat die Ansicht, der Zauber sei aufgehoben. Aber Hugh Mordhand geriet in seinen Bann, ob durch den Einfluß von Magie oder aus Mitleid für ein ungeliebtes Kind, das sein ganzes Leben lang nur eine Figur im Spiel um Macht gewesen war. Gram ist schlau, er weiß von seinen goldenen Locken und blauen Augen Gebrauch zu machen, um andere zu täuschen.«

»Was ist mit der Mutter des Kindes? Wie hieß sie noch? Iridal?«

»Sie könnte ein Problem sein. Als wir das Hohe Reich verließen, hatte sie sich – begleitet von Alfred – auf die Suche nach ihrem Sohn gemacht.«

»Sie hat auch Pläne mit ihm, nehme ich an.«

»Nein, ich glaube, was sie bewegt, ist nur Mutterliebe. Sie war nie mit den Intrigen ihres Mannes einverstanden, nicht wirklich. Sinistrad beherrschte sie völlig. Sie hatte Angst vor ihm. Sobald er tot war, verließ sämtliche übrigen Mysteriarchen der Mut. Ich hörte, sie hätten sich in ihr Schicksal gefügt und zum Exodus bereitgemacht.«

»Die Mutter könnten wir – es ließe sich da eine Lösung finden?«

»Ohne weiteres.«

Xar glättete nachdenklich die Seiten des Buches. »›Ein kleines Kind soll sie führen.‹ So lautet ein altes Nichtigensprichwort, Haplo. Du hast weise gehandelt. Ich möchte fast soweit gehen und behaupten, es war eine Fügung. Während die Nichtigen sich bedroht fühlen könnten von einer Feldherrengestalt, die aus dem Nichts auftaucht, um die Macht zu übernehmen, werden diesem unschuldig wirkenden Kind die Herzen zufliegen. Selbstverständlich hat der Junge die typisch menschlichen Fehler. Er ist hitzköpfig und ungeduldig, und es mangelt ihm an Disziplin. Aber ich glaube, die richtige Anleitung vorausgesetzt, ließe er sich zu einer ungewöhnlichen Persönlichkeit formen – für einen Nichtigen. Allmählich nimmt in meinem Kopf ein Plan Gestalt an ...«

»Ich bin froh, Euch gut gedient zu haben«, sagte Haplo.

»Ja«, murmelte der Fürst des Nexus, »›ein kleines Kind soll sie führen ...‹«

Der Sturm flaute ab. Haplo nutzte die relative Windstille, um über Drevlin zu kreisen und einen geeigneten Landeplatz zu suchen. Er kannte das Gebiet ziemlich gut. Bei seinem letzten Besuch hatte er hier sein neues Schiff für die Rückreise durchs Todestor ausgerüstet.

Drevlin war im Grunde genommen nichts weiter als ein flacher, konturloser Brocken ›Koralit‹, der im Mahlstrom schwebte. Orientierungshilfen boten die Auswüchse des Allüberall, der gigantischen Maschine, deren Räderwerke, Schaufelradbagger, Stahlgerüste, Flaschenzüge und Förderbänder die gesamte Oberfläche Drevlins überwucherten und sich tief ins Innere des schwebenden Kontinents hineingefressen hatten.

Haplo hielt Ausschau nach den Hebenauffern, neun gewaltigen mechanischen Armen aus Gold und Stahl, die bis in die brodelnden Sturmwolken emporragten. Diese Hebenauffer waren der wichtigste Teil des Allüberall, wenigstens soweit es die Nichtigen von Arianus betraf, denn über sie wurden die oberen Reiche mit Wasser versorgt. Die Hebenauffer befanden sich in der Nähe von Wombe, und in Wombe hoffte Haplo Limbeck zu treffen.

Der Patryn hatte keine Ahnung, inwieweit die politische Lage sich während seiner Abwesenheit verändert haben mochte; als er seinerzeit Arianus verließ, hatte Limbeck Wombe zu seinem Hauptquartier erkoren. Es war unbedingt notwendig, mit dem Anführer der Zwerge Verbindung aufzunehmen, und nach Haplos Ansicht konnte er mit der Suche genausogut in Wombe anfangen wie anderswo.

Die neun Arme, jeder mit einer ausgestreckten goldenen Hand, waren aus der Luft ohne Mühe auszumachen. Der Sturm hatte sich gelegt, auch wenn am Horizont neue Wolkenmassen heraufzogen. Wetterleuchten spiegelte sich in dem blanken Metall, die erstarrten Hände reckten sich mahnend in den düsteren Himmel. Haplo landete auf einem ebenen Fleck, im Schatten eines offenbar nicht mehr in Betrieb befindlichen Teils der Maschine. Wenigstens nahm er an, daß er nicht mehr in Betrieb war: es brannte kein Licht, keine Pleuelstangen ratterten, keine Räder drehten sich, keine ›Lektrizität‹, wie die Gegs es nannten, machte mit bläulich-gelben Funkengarben den Blitzen Konkurrenz.

Nachdem er sich aufgesetzt hatte, bemerkte Haplo, daß *nirgends* Licht zu sehen war. Verwundert spähte er aus dem regenüberströmten Fenster. Das Allüberall pflegte die sturmdurchtoste Finsternis Drevlins in einen künstlichen, endlosen Tag zu verwandeln. Glimmerlampen brannten, Lektrikfackeln zischten, knisterten, glühten. Diesmal stammte das einzige Licht von der Sonne hoch oben, das als fahle, bleigraue Helligkeit durch die Wolkenbarriere des Mahlstroms sickerte, und trostloser wirkte als völlige Dunkelheit.

Haplo stand am Fenster, dachte an seinen letzten Aufenthalt zurück und ob dieser Teil des Allüberall beleuchtet gewesen war oder ob er sich irrte und an einen ganz anderen Sektor der großen Maschine dachte.

»Het vielleicht«, brummte er. Schüttelte den Kopf. »Nein, es war hier. Ich erinnere mich genau . . .«

Ein Poltern und warnendes Bellen rissen ihn aus seinen Gedanken.

Haplo eilte zum Heck des Schiffes. Gram stand neben der Ausstiegsluke. Er hielt dem Hund eine Wurst vor die Nase, aber so, daß er sie nicht schnappen konnte.

»Du kriegst sie«, versprach er dem Vierbeiner, »aber nur, wenn du aufhörst zu bellen. Laß mich das hier aufmachen. Ja? Guter Hund.«

Gram steckte die Wurst ein, drehte sich zur Luke um und stemmte sich gegen den Riegel, den man nur aufzuschieben brauchte, um die Luke zu öffnen.

Aber der Riegel klemmte und ließ sich nicht bewegen. Gram fixierte ihn böse, schlug mit der kleinen Faust dagegen. Der Hund wandte derweil nicht den Blick von der Tasche mit der Wurst.

»Wohin des Wegs, Hoheit?« erkundigte sich Haplo, der nonchalant am Schott lehnte. Er hatte beschlossen, um des glaubwürdigen Eindrucks willen, Gram mit dem Titel anzureden, der ihm als Thronfolger Volkarans gebührte. Und wenn er schon in den sauren Apfel beißen mußte, warum nicht schon jetzt anfangen, sich daran zu gewöhnen, bevor sie in der Öffentlichkeit auftraten. Natürlich würde er sich dann den ironischen Unterton verkneifen müssen.

Gram warf dem Hund einen vorwurfsvollen Blick zu, drückte noch einmal mit beiden Händen gegen den störrischen Riegel, dann schaute er dreist zu Haplo auf.

»Ich will raus. Es ist heiß und stickig hier drin. Und es riecht nach Hund«, fügte er anzüglich hinzu.

Das Tier, das seinen Namen hörte und glaubte, man spräche von ihm womöglich im Zusammenhang mit der begehrten Wurst, wedelte mit dem Schwanz und leckte sich die Lefzen.

»Du hast ihn verzaubert, stimmt's?« beschwerte Gram sich und schlug wieder gegen den Metallschieber.

»Wie ich das ganze Schiff verzaubert habe, Hoheit. Es geht nicht anders. Man reitet auch nicht mit nur einem Teil der Rüstung in die Schlacht. Außerdem glaube ich nicht, daß es gescheit wäre, jetzt nach draußen zu gehen. Das nächste Unwetter braut sich zusammen. Du erinnerst dich an die Stürme auf Drevlin, oder?«

»Tu ich. Und ich kann sehen, wann ein Wetter aufzieht, genau wie du. So lange wäre ich gar nicht draußen geblieben. Ich wäre auch nicht weit gegangen.«

»Und wohin, wenn man fragen darf?«

»Nirgends. Nur spazieren.« Gram zuckte mit den Schultern.

»Du hattest nicht etwa vor, auf eigene Faust den Zwergen einen Antrittsbesuch zu machen?«

»Aber nein.« Gram machte große Augen. »Großvater hat gesagt, ich soll bei dir bleiben. Und ich tue immer, was *Großvater* sagt.«

Haplo lächelte grimmig; die Betonung auf dem vorletzten Wort war ihm nicht entgangen. »Gut. Denk dran, ich bin unter anderem auch hier, um dich zu beschützen. Diese Welt hat ihre Gefahren. Auch für königliche Prinzen. Es gibt hier welche, die dich allein deswegen umbringen würden.«

»Ich weiß.« Gram senkte kleinlaut den Kopf. »Das letztemal hätten die Elfen mich fast getötet. Ich bin unvorsichtig gewesen. Es tut mir leid, Haplo.« Ein weiches Kindergesicht mit dem Ausdruck reiner Unschuld hob sich ihm entgegen. »Es war sehr klug von Großvater, dich mir als Beschützer mitzugeben. Du tust auch immer, was Großvater sagt, nicht wahr?«

Die Frage kam für Haplo überraschend. Er warf einen verstohlenen Blick auf Gram, ob der Junge die Frage ironisch gemeint habe. Für einen Moment glaubte er, ein boshaftes, verschlagenes Glitzern in den großen blauen Augen zu erkennen. Aber Gram sah ihn arglos an, ein Kind, das kindliche Fragen stellte.

Haplo wandte sich ab. »Ich gehe wieder nach vorn, um zu sehen, was sich tut.«

Der Hund winselte und heftete verlangend den Blick auf die Wurst, die man ihm unverzeihlich lange vorenthielt.

»Du hast mich nicht nach den Rissen gefragt«, erinnerte Gram Haplo.

»Also – hast du welche gefunden?«

»Nein. Du bist tüchtig. Nicht so tüchtig wie Großvater, aber ganz gut.«

»Vielen Dank, Hoheit.« Haplo verneigte sich und ging.

Gram zog die Wurst aus der Tasche und schlug dem Hund damit spielerisch auf die Nase. »Das ist, weil du mich verpetzt hast«, tadelte er gutmütig.

Der Hund legte den Kopf schräg.

»Aber ich glaube, es war besser so. An die vermaledeiten Elfen habe ich nicht mehr gedacht. Der mich damals vom Schiff gestoßen hat – wenn ich dem noch mal begegne. Ich würde Haplo sagen, er soll ihn in den Mahlstrom werfen. Bestimmt könnte man ihn lange, lange schreien hören. Ja, Großvater hatte recht, ich seh's ein. Haplo soll mir helfen, bis ich jemand anderen finde.

Hier, nimm.« Gram hielt dem Hund die Wurst hin. Das Tier schnappte und verschlang sie auf einen Sitz. Gram streichelte liebevoll den seidigen Kopf. »Und dann gehörst du mir. Du und ich und Großvater – wir wohnen dann zusammen in der Residenz, und wir werden nicht zulassen, daß irgend jemand Großvater noch einmal weh tut. Stimmt's?«

Gram schmiegte die Wange an den Hals des Tieres und umarmte den pelzigen Körper.

»Stimmt's?«

Kapitel 9

Wombe, Niederreich, Arianus

Das große Allüberall stand still.

Keine Seele auf Drevlin wußte, was zu tun war. In der gesamten Geschichte der Gegs war nichts Vergleichbares je passiert.

Solange die Gegs sich erinnern konnten – und weil sie Zwerge sind, reicht ihre Erinnerung weit zurück –, gehörte die wundersame Maschine zu ihrem Leben. Sie war ständig in Betrieb, emsig, hektisch, ohne Pause. Selbst wenn Teile des Allüberall ausfielen, trat keine Unterbrechung ein: andere Teile reparierten die beschädigten. Man wußte nicht so genau, wozu das alles gut war, aber man wußte oder vermutete wenigstens, es funktionierte reibungslos.

Bis jetzt.

Die Lektrozinger sangen nicht, sie summten bloß – unheilverkündend, dachten manche. Die Kreiselräder kreiselten nicht; sie hielten still, bis auf ein leichtes Vibrieren. Die Lektroflöße blieben stehen, und im ganzen Niederreich kam das Transportsystem zum Erliegen. Die Krallen, die nach der Oberleitung griffen und mit der Hilfe der Lektrozinger das Floß vorwärtszogen, rührten sich nicht. Die Hände der Hebenauffer reckten sich vergeblich in den Himmel.

Die Tutepfeifen schwiegen, ab und an entwich ihnen ein hohler Seufzer. Die schwarzen Pfeile im Innern der Glaskapseln (unter keinen Umständen durften sie ins rote Feld wandern!) waren in den unteren Teil der Kapsel gefallen und zeigten gar nichts an.

Als es passierte, breitete sich augenblicklich Verwirrung aus. Die gesamte Nation, Männer, Frauen, Kinder, auf Schicht, Freischicht, sogar die Gegs, die zu Guerillaaktionen gegen die Elfen eingeteilt waren – alle hatten ihre Posten verlassen und strömten herbei, um ängstlich die gigantische, jetzt untätige Maschine anzustarren. Zuerst rechnete man damit, es sei eine vorübergehende Laune. Die versammelten Gegs warteten hoffnungsvoll – und warteten und warteten. Die nächste Schicht kam und ging. Die großartige Maschine fuhr fort, nichts zu tun.

Und dabei war es geblieben.

Was bedeutete, daß auch die Gegs nichts taten. Schlimmer noch, es sah aus, als wären sie gezwungen, nicht nur untätig herumzusitzen, sondern das auch noch ohne Heizung und Licht. Wegen der furchtbaren Orkane des Mahlstroms, die in kurzen Abständen über die Insel fegten, lebten die Gegs in unterirdischen Behausungen. Das Allüberall spendete Wärme aus den Blubberkesseln und Licht von den Glimmerglampen. Die Blubberkessel hatten beinahe sofort aufgehört zu blubbern. Die Glampen taten ihren Dienst noch eine Zeitlang, aber jetzt verloschen die Flämmchen allmählich. In ganz Drevlin flackerten die Lichter und gingen aus.

Und es herrschte eine entsetzliche Stille.

Die Gegs lebten in einer Welt aus Lärm. Das erste Geräusch, das ein Geg schon im Mutterleib vernahm, war das beruhigende Bumm! Zack! Doing! des Überall. Nun aber hatte es aufgehört zu arbeiten und war still. Die Gegs hatten Angst vor der Stille.

»Es ist gestorben!« ertönte ein tausendstimmiges Wehklagen.

»Nein, es ist nicht gestorben«, verkündete Limbeck Schraubendreher, während er durch seine neuen Augengläser grimmig einen Ableger des Allüberall musterte. »Man hat es ermordet.«

»Ermordet?« wiederholte Jarre fassungslos. »Wer würde so etwas tun?« Aber sie kannte die Antwort schon, bevor sie ausgesprochen hatte.

Limbeck Schraubendreher nahm die Brille ab, förderte aus der Brusttasche ein großes weißes Tuch zutage und polierte sorgsam erst ein Glas, dann das andere – eine Marotte, die er sich seit kurzem zugelegt hatte. Dann setzte er sie wieder auf und betrachtete die Maschine genauer im Schein einer Fackel (bestehend aus dem zusammengerollten Manuskript einer seiner Reden). Angezündet hatte er sie an der blakenden Flamme der erlöschenden Glimmerglampen.

»Die Elfen.«

»O nein, Limbeck«, rief Jarre. »Das kann nicht sein. Wenn das Allüberall stillsteht, produziert es auch kein Wasser mehr, und die Elften . . . Elfen . . . brauchen das Wasser für ihr Volk. Ohne müssen Sie sterben. Sie brauchen die Maschine genauso nötig wie wir. Weshalb sollten sie sie ermorden?«

»Vielleicht haben sie Wasser gehortet«, argumentierte Limbeck sachlich. »Sie kontrollieren die ganze Oberfläche, wie du weißt. Ihre Truppen sind bei den Hebenauffern stationiert. Oh, ich durchschaue ihren Plan. Sie wollen uns kleinkriegen, durch Hunger, Dunkelheit und Kälte.«

Limbeck richtete den Blick auf Jarre, die sofort den Kopf zur Seite wandte.

»Jarre!« rief er. »Du bist mir schon wieder ausgewichen!«

Jarre wurde rot und bemühte sich tapfer, Limbecks Blick zu erwidern, aber sie mochte ihn partout nicht ansehen, wenn er seine Brille aufhatte. Sie war neu, ein kurioses Gebilde und verbesserte seine Sehkraft enorm, wie er behauptete. Aber durch eine Eigenart der Gläser wirkten seine Augen dahinter klein und hart.

Wie sein Herz, dachte Jarre kummervoll. Sie konnte ihm nicht ins Gesicht sehen und heftete die Augen statt dessen auf das Taschentuch, das blendend weiß aus dem langen wirren Bart hervorspitzte.

Die Fackel war niedergebrannt. Limbeck winkte einem seiner Leibwächter, der sofort ein weiteres Manuskript ergriff, es zusammenrollte und an den letzten schwelenden Flämmchen entzündete.

»Das nenne ich eine flammende Rede«, versuchte Jarre einen kleinen Scherz.

Limbeck runzelte die Stirn. »Dies ist nicht die Zeit für Frivolitäten. Mir gefällt deine Einstellung nicht, Jarre. Ich fange an zu glauben, daß du weich wirst, meine Liebe. Du verlierst den Schneid ...«

»Ganz richtig.« Jarre richtete ihre Worte an das Taschentuch, statt an dessen Besitzer. »Ich verliere den Schneid. Ich habe Angst ...«

»Feiglinge kann ich nicht leiden«, fuhr Limbeck ihr über den Mund. »Wenn du solche Angst vor den Elfen hast, daß du nicht mehr fähig bist, deine Aufgaben als Parteisekretärin von UFF wahrzunehmen ...«

»Es sind nicht die Elfen, Limbeck!« Sie krampfte die Hände ineinander, damit sie sich nicht selbständig machten und ihm die Brille von der Nase rissen. »Wir sind es! Ich habe Angst vor uns! Ich habe Angst vor dir und ... und dir ...« Sie deutete auf einen der Leibwächter, der sich geschmeichelt in die Brust warf. »... und dir und dir! Und vor mir. Ich habe Angst vor mir selbst! Was ist aus uns geworden, Limbeck? Was ist aus uns geworden?«

»Ich weiß nicht, was du meinst.« Limbecks Stimme war hart und scharf wie seine Brille, die er wieder absetzte und zu polieren begann.

»Wir waren ein friedliebendes Volk. Nie hat ein Geg ...«

»Nicht ›Geg‹!« wurde sie von Limbeck barsch zurechtgewiesen.

Jarre ließ sich nicht aus dem Konzept bringen. »Jetzt

leben wir, um zu kämpfen. Manche von den jungen Leuten haben nichts anderes mehr im Kopf. Krieg mit den Elften . . .«

»*Elfen*, meine Liebe.« Limbeck hob ärgerlich den Zeigefinger. »Ich hab's dir erklärt. Der Ausdruck *Elften* ist ein Sklavenwort, das wir von unseren ›Herren‹ gelernt haben. Und wir sind nicht *Gegs*, wir sind *Zwerge*. Die Bezeichnung *Gegs** ist beleidigend, erniedrigend, diskriminierend und sollte dazu dienen, uns auf unseren Platz zu verweisen.«

Er setzte die Brille wieder auf und funkelte sie an. Im unsteten Fackelschein hatte sein Gesicht ein unleugbar dämonisches Aussehen. Jetzt konnte Jarre auf einmal nicht anders, als ihn wie gebannt anzustarren.

»Willst du wieder Sklavin sein, Jarre?« fragte Limbeck. »Sollen wir aufgeben, uns den Elfen zu Füßen werfen, vor ihnen kriechen und versprechen, daß wir von nun an brave kleine Gegs sein werden? Willst du das?«

»Nein, und das weißt du auch.« Jarre seufzte und wischte eine Träne weg, die sich über ihre Wange stahl. »Aber wir könnten mit ihnen reden. Verhandeln. Ich glaube, die Elft . . . Elfen sind des Kämpfens genauso müde wie wir.«

»Du hast verdammt recht, sie sind des Kämpfens müde.« Limbeck nickte befriedigt. »Sie wissen, sie können nicht gewinnen.«

»Aber wir auch nicht! Wir können nicht das ganze Tribus-Imperium bezwingen! Wir können nicht in den Himmel Hoch aufsteigen, nach Aristagon fliegen und dort Krieg führen.«

»Ebensowenig sind sie imstande, uns zu bezwingen! Gene-

* Im Gegensatz zu dem Bericht von seinem ersten Besuch auf Arianus benutzt Haplo in diesem und künftigen Berichten den Ausdruck ›Zwerge‹ statt ›Gegs‹. Er nennt keinen Grund für diesen Wechsel, aber man kann vermuten, daß er mit Limbeck übereinstimmte. In einer kurzen Fußnote zum Text erklärt Haplo das Wort ›Geg‹ als ein Kürzel von *gega'rega* = Insekt in der Umgangssprache der Elfen.

rationen können hier unten ausharren und ihnen standhalten . . .«

»Generationen!« empörte sich Jarre. »Ist es das, was *du* willst? Einen Krieg über Generationen! Kinder, die heranwachsen und nie etwas anderes kennenlernen als ein Leben der Bedrohung, der Furcht?«

»Wenigstens sind sie frei.« Limbeck hakte die Bügel des Brillengestells hinter die Ohren.

»Sind sie nicht. Wer Angst hat, ist nicht frei«, widersprach Jarre leise.

Limbeck sagte nichts dazu. Er schwieg.

Die Stille war gräßlich. Jarre haßte die Stille. Sie war traurig, bedrückend und schwer und erinnerte sie an irgend etwas, irgend jemanden. Alfred. Alfred und das Mausoleum. Der geheimnisvolle Gang unter dem Standbild des Mangers, die Reihen kristallener Särge mit den vielen, vielen Toten. Da unten war es auch so still gewesen, und Jarre hatte sich vor der Stille gefürchtet.

Nicht aufhören! hatte sie Alfred angefleht.

Womit? Er war schon reichlich begriffsstutzig.

Zu reden! Es ist die Stille! Sie dröhnt mir in den Ohren! Und Alfred hatte sie getröstet: *Dies sind meine Freunde. Sie tun dir nichts zuleide. Nicht mehr. Auch als sie noch lebten, hätten sie dir nichts Böses getan, wenigstens nicht* absichtlich.

Dann sagte Alfred etwas, das Jarre im Gedächtnis geblieben war. In letzter Zeit hatte sie es oft in Gedanken wiederholt:

Aber wieviel Böses haben wir unabsichtlich *getan und doch nur das Beste gewollt.*

»Nur das Beste gewollt«, sagte sie laut, um die lastende Stille zu durchbrechen.

»Du hast dich verändert, Jarre«, meinte Limbeck vorwurfsvoll.

»Du dich auch«, entgegnete sie.

Danach gab es nicht mehr viel zu sagen, sie standen in Limbecks Behausung und lauschten der Stille. Der Leibwächter scharrte mit den Füßen und bemühte sich auszusehen, als wäre er plötzlich taub geworden und hätte kein Wort gehört.

Das Ganze spielte sich in Limbecks Unterkunft ab – nicht der alten in Het, sondern seinem neuen Quartier in Wombe. Es war eine piekfeine Bleibe, nach Maßstäben der Gegs, gerade recht für die Residenz eines Chefmechnikers*, Limbecks neuer Rang. Zugegeben, die Wohnung war nicht so nobel wie der Sammeltank, in dem der vorige Chefmechniker, Darral Langstandmann, sich eingerichtet hatte, aber der Tank befand sich zu dicht an der Oberfläche und folglich zu dicht bei den Elfen, die die Oberfläche Drevlins besetzt hielten.

Die Gegs waren gezwungen, in der Tiefe Zuflucht zu suchen, was für sie allerdings kein großes Ungemach bedeutete. Das große Allüberall war dauernd damit beschäftigt zu wühlen, zu graben und zu bohren. Kaum ein Zyklus verging, an dem man nicht irgendwo einen neuen Stollen entdeckte, in Wombe oder Het oder Lek oder Herot oder einer der anderen Gegsiedlungen auf Drevlin. Ein günstiger Umstand, weil das Allüberall andererseits ohne ersichtlichen Grund bereits bestehende Stollen zuschüttete, sprengte, zum Einsturz brachte oder sonstwie zerstörte. Die Zwerge nahmen's gelassen, buddelten sich aus dem Schutt heraus und machten sich auf die Suche nach neuen Räumlichkeiten.

Momentan waren die Aussichten allerdings trübe. Das Allüberall hatte seine Arbeit eingestellt – keine Einstürze mehr und auch keine neuen Tunnel. Kein Licht, keinen Krach, keine Wärme. Jarre fröstelte. Warum hatte sie daran gedacht, nun kam ihr erst recht zu Bewußtsein, wie lausekalt es war. Die Fackel brannte aus; flugs wurde eine neue Rede zusammengerollt und angesteckt.

Limbecks Wohnung lag weit unter der Oberfläche, an einem der tiefsten Punkte des unterirdischen Tunnelsystems, direkt unterhalb der Fabrik: Mehrere steile, enge Treppen

* Höchster Rang der Gegs von Drevlin im Niederreich von Arianus.

führten von einem Stollen zu einem nächsten und von da zu dem Tunnel vor Limbecks Domizil.

Die Treppen, der Gang, die Wohnung waren nicht grob ausgeschachtet wie üblich: Stufen, Decken, Wände und der Boden bestanden aus sorgfältig geglättetem Stein. Es gab sogar eine richtige Wohnungstür, mit einer Aufschrift. Kein Zwerg konnte sie lesen, daher akzeptierte man nolens volens Limbecks Behauptung, da stünde CHEFMECHNIKER (eine durchaus anfechtbare Auslegung des Wortes HEIZUNGSRAUM). Drinnen herrschte drangvolle Enge, denn Limbeck teilte sich die Räumlichkeit mit einem sperrigen und besonders imposanten Sproß des Allüberall. Das bizarre Gebilde mit seinen Rohren und Tanks war nicht mehr in Betrieb, ebensowenig wie die Fabrik darüber. Das Allüberall war schon vor langer, langer Zeit weitergewandert und hatte diesen Teil seines Selbst zurückgelassen.

Um Limbeck mit seiner Brille nicht ansehen zu müssen, richtete Jarre den Blick auf das metallene Ungetüm und stieß einen tiefen Seufzer aus.

»Der *alte* Limbeck hätte das Ding längst in seine Einzelteile zerlegt«, flüsterte sie vor sich hin, um die Stille auszufüllen. »Er würde jede freie Minute nutzen, um da zu hämmern und hier zu schrauben und sich ständig fragen warum, warum, warum. Warum ist es hier? Warum hat es gearbeitet? Warum steht es still?

Du fragst nie mehr ›Warum‹, Limbeck, stimmt's?« sagte sie laut.

»Warum was?« brummte Limbeck geistesabwesend.

Jarre seufzte wieder. Limbeck hörte es entweder nicht oder schenkte ihr keine Beachtung.

»Wir müssen nach oben«, sagte er. »Wir müssen herausfinden, wie die Elfen es geschafft haben, das Allüberall abzuschalten . . .«

Laute Geräusche unterbrachen ihn – mehrere Leute, die sich im Stockfinstern eine Treppe hinuntertasteten, Scharren, Poltern, gedämpfte Flüche.

»Was ist das?« fragte Jarre erschreckt.

»Elfen!« behauptete Limbeck kriegerisch.

Er fixierte unter zusammengezogenen Brauen hervor seinen Leibwächter, der – seinem Gesichtsausdruck nach zu urteilen – eher Jarres Gemütszustand zuneigte, sich aber unter dem strengen Blick seines Chefmechnikers schleunigst bemühte, ebenfalls eine kriegerische Miene aufzusetzen.

»Ojehren! Ojehren!« Rufe drangen durch die geschlossene Tür.

»Unsere Leute«, meinte Limbeck ärgerlich. »Sie kommen, damit ich ihnen sage, was sie tun sollen.«

»Du *bist* immerhin der Chefmechniker!« erinnerte ihn Jarre nicht ohne Schärfe.

»Na gut, dann werde ich ihnen also sagen, was sie tun sollen«, rief Limbeck. »Kämpfen! Die Elfen haben einen Fehler gemacht mit dem Anschlag auf das Allüberall. Einige von uns waren bisher gegen jedes Blutvergießen, aber nun werden sie ihre Meinung ändern! Die Elfen werden noch Grund haben, den Tag zu bereuen . . .«

»Ojehren!« Ein Chor jammernder Stimmen. »Wo seid Ihr?«

»Sie können nichts sehen«, meinte Jarre. Kurzentschlossen nahm sie Limbeck die Fackel aus der Hand, riß die Tür auf und trat in den Gang hinaus.

»Lof?« Den vordersten der Delegation erkannte sie. »Was gibt's? Was wollt ihr?«

Limbeck stellte sich neben sie. »Seid gegrüßt, Mitstreiter im Kampf gegen die Tyrannei.«

Die Zwerge, nervlich etwas angeschlagen von ihrem gefahrvollen Abstieg in die Dunkelheit, waren verblüfft. Lof hielt mit eingezogenem Kopf Ausschau nach diesen furchteinflößenden Leuten.

»Er meint euch«, erklärte Jarre gereizt.

»Ehrlich?« Lof war beeindruckt, so beeindruckt, daß er für einen Moment vergaß, weshalb er gekommen war.

»Ihr habt nach mir gerufen«, sagte Limbeck. »Was wollt ihr? Wenn es darum geht, daß das Allüberall aufgehört hat zu arbeiten, so bin ich im Begriff, eine Erklärung vorzubereiten . . .«

»Nein, nein, Ojehren! Ein Schiff!« antworteten mehrere Stimmen auf einmal. »Ein Schiff!«

»Ein Schiff ist draußen gelandet.« Lof zeigte mit einer vagen Handbewegung zur Decke. »Ojehren«, fügte er verspätet und sichtlich ungern hinzu. Er hatte Limbeck noch nie verknusen können.

»Ein Elfenschiff?« erkundigte Limbeck sich interessiert. »Abgestürzt? Ist es noch da? Habt ihr was von der Besatzung gesehen?« Er wandte sich mit gesenkter Stimme an Jarre. »Gefangene, darauf haben wir gewartet. Wir können sie verhören und dann als Geiseln festhalten . . .«

»Nein«, antwortete Lof nach einigem Nachdenken.

»Nein was?« verlangte Limbeck irritiert zu wissen.

»Nein, Ojehren.«

»Ich meine, was meinst du mit ›Nein‹?«

Lof überlegte. »Nein, das Schiff ist nicht abgestürzt, und es ist kein Elftenschiff und nein, ich habe nichts von der Besatzung gesehen.«

»Woher willst du wissen, daß es kein Elften . . . kein Elfenschiff ist? Es muß ein Elfenschiff sein, was denn sonst?«

»Aber es ist keins«, verteidigte sich Lof. »Ich erkenne ein Elfenschiff, wenn ich es sehe. Schließlich bin ich auf einem gewesen.« Er schielte zu Jarre hin, weil er hoffte, sie beeindruckt zu haben. Jarre war der Hauptgrund, weshalb er Limbeck nicht leiden konnte. »Zumindest war ich nahe an einem dran, als wir damals die Elfen bei den Hebenauffern angriffen. Dieses Schiff hat zum Beispiel keine Flügel. Und es ist nicht vom Himmel *gefallen*, wie die Elfenschiffe immer. Das hier kam heruntergeschwebt, als wollte es genau hier landen. Und . . .« – das Beste hatte er sich für zuletzt aufgehoben, um vielleicht doch noch einen Punkt bei Jarre zu machen – »es ist über und über mit Bildern bedeckt.«

»Bilder . . .« Jarre schaute zu Limbeck. Hinter den Brillengläsern hatten seine Augen einen stählernen Glanz. »Bist du sicher, Lof? Draußen ist es dunkel, und es muß gestürmt haben . . .«

»Sicher bin ich sicher.« Lof war nicht gesonnen, sich den

großen Augenblick verderben zu lassen. »Ich stand in der Wummerbude auf Wache, und plötzlich sehe ich dieses Schiff, das aussieht wie ein . . . wie ein . . . na, wie er.« Lof zeigte auf das ehrenwerte Oberhaupt aller Gegs. »Irgendwie rund in der Mitte und an beiden Enden stumpf.«

Zum Glück polierte Limbeck wieder einmal gedankenverloren seine Brille und bekam den Vergleich nicht mit.

»Wie auch immer«, fuhr Lof fort, voller Stolz, denn alle – der Chefmechniker eingeschlossen – hingen gebannt an seinen Lippen, »das Schiff kam aus den Wolken sachte auf den Boden, und da blieb es hocken. Und es ist mit Bildern bedeckt. Im Licht der Blitze konnte ich sie genau sehen.«

»Und das Schiff war nicht beschädigt?« Limbeck setzte die Brille wieder auf.

»Kein bißchen. Auch der Hagel hat ihm nichts ausgemacht. Der Sturm hat Teile vom Allüberall herumgewirbelt, aber dem Schiff ist nichts passiert.«

»Vielleicht ist es tot?« Jarre bemühte sich, nicht allzu hoffnungsvoll zu klingen.

»Ich habe Licht in den Fenstern gesehen und Gestalten. Es ist nicht tot.«

»Nein, es ist nicht tot«, sagte Limbeck. »Haplo. Ein Schiff mit Bildern, genau wie das, welches ich auf Terrel Fen gefunden habe. Haplo ist zurückgekommen!«

Jarre trat dicht an Lof heran, packte seinen Bart, schnupperte und rümpfte die Nase. »Wie ich's mir dachte. Er hat wieder den Kopf im Bierfaß gehabt. Hör nicht auf ihn, Limbeck.«

Sie stieß den verdutzten Lof mit einem kräftigen Schubs gegen seine Begleiter, griff nach Limbecks Arm und wollte ihn mitziehen, zurück in die Wohnung. Wenn er erst die Füße eingestemmt hatte, war Limbeck – wie alle Zwerge – nicht so leicht von der Stelle zu bewegen. (Den arglosen Lof hatte Jarre überrumpelt.) Er wischte sich Jarres Hand vom Arm wie einen Fussel.

»Haben welche von den Elfen das Schiff entdeckt?« forschte er. »Haben sie versucht, sich anzupirschen, um nachzusehen, wer drin ist?«

Limbeck mußte die Frage ein paarmal wiederholen. Lof, von den Delegationsmitgliedern wieder auf die Beine gestellt, starrte in schmerzlichem Staunen auf Jarre.

»Was habe ich getan?« fragte er.

»Limbeck, komm bitte...« Jarre zerrte an Limbecks Ärmel.

»Meine Liebe, würdest du mich in Ruhe lassen!« Limbeck, personifizierter Chefmechniker, schaute sie streng durch seine glitzernden Brillengläser an. Sein Ton war barsch, sogar feindselig.

Jarre ließ betroffen die Hände sinken. »Haplo hat dich zu dem gemacht, was du jetzt bist«, flüsterte sie. »Uns alle hat er zu dem gemacht, was wir jetzt sind.«

»Ja, wir verdanken ihm viel.« Limbeck wandte sich von ihr ab. »Nun, Lof. Waren Elfen in der Nähe? Wenn ja, ist Haplo womöglich in Gefahr...«

»Keine Elften, Ojehren.« Lof schüttelte den Kopf. »Ich habe keine Elften mehr gesehen, seit die Maschine stehengeblieben ist. Ich... Autsch!«

Jarre hatte ihm gegen das Schienbein getreten.

»Wofür war das jetzt?« brüllte er.

Jarre gab keine Antwort, sondern marschierte an ihm und den anderen vorbei, ohne sie eines Blickes zu würdigen. In der Tür zum HEIZUNGSRAUM blieb sie stehen, fuhr herum und deutete mit einem bebenden Finger auf Limbeck. »Er wird unser Untergang sein. Wartet's ab!«

Sie schlug die Tür zu.

Die Zwerge standen stockstill, keiner rührte sich: Jarre hatte die Fackel mitgenommen.

Limbeck runzelte die Stirn, schüttelte den Kopf, zuckte mit den Schultern und beendete seinen angefangenen Satz. »... ist Haplo womöglich in Gefahr. Die Elfen dürfen ihn nicht kriegen.«

»Hat jemand Licht?« erkundigte sich eine schüchterne Stimme.

Limbeck wischte die Frage als unerheblich beiseite. »Wir müssen hinausgehen und ihn retten.«

»Nach draußen gehen?« Die Zwerge waren entgeistert.

»*Ich* bin schon draußen gewesen«, erinnerte Limbeck sie spitz.

»Gut. Dann gehst du raus und holst ihn. Wir schauen zu«, meinte Lof.

»Ohne Licht?« knurrte eine weniger schüchterne Stimme aus dem Hintergrund.

Limbeck strafte seine hasenherzigen Landsleute mit einem wahren Basiliskenblick, aber im Finstern war die Wirkung leider gleich Null.

Lof, der dem Problem anscheinend ein paar Gedanken gewidmet hatte, meldete sich zu Wort. »Dieser Haplo ist doch ein Gott . . .«

»Es gibt keine Götter«, fuhr ihm Limbeck über den Mund.

»Ja, schon gut.« Lof ließ sich nicht entmutigen. »Aber es ist doch der Haplo, der gegen diesen Zauberer gekämpft hat, von dem du immer erzählst?«

»Sinistrad. Ja, das ist Haplo. Jetzt verstehst du . . .«

»Dann ist es nicht nötig, ihn zu retten!« schloß Lof triumphierend. »Er kann sich selbst retten!«

»Jeder, der es mit einem Zauberer aufnehmen kann, kann auch mit ein paar Elfen fertig werden«, pflichtete ihm ein anderer im Brustton der Überzeugung bei (desjenigen, der nie einen Elfen aus der Nähe gesehen hatte). »Sie sind gar nicht so schlimm.«

Limbeck unterdrückte den Impuls, seine Mitstreiter im Kampf gegen die Tyrannei zu erdrosseln, einen nach dem anderen. Statt dessen nahm er die Brille ab und polierte sie wild mit dem großen weißen Tuch. Er liebte seine neue Brille. Sie half ihm, klar zu sehen. Unbequem war nur, daß sie ihm wegen der dicken Gläser dauernd von der Nase rutschte und von starken Drahtbügeln hinter den Ohren an Ort und Stelle gehalten werden mußte. Die Bügel zwickten, er litt wegen der starken Gläser häufig unter Kopfschmerzen, und der Nasensteg drückte, aber sehen konnte er wirklich ausgezeichnet.

Hin und wieder fragte er sich allerdings, wozu die Mühe.

Irgendwie war die Revolution einem führerlosen Lektrofloß gleich aus der Bahn gekommen und entgleist. Limbeck hatte versucht, sie auf Kurs zu halten, aber nichts fruchtete. Jetzt endlich sah er einen Hoffnungsschimmer. Noch war nicht alles verloren. Und was ihm erst als Katastrophe erschienen war – das Hinscheiden des Allüberall –, mochte dazu beitragen, die Revolution wieder in Schwung zu bringen. Er setzte die Brille auf.

»Wir haben deshalb kein Licht, weil . . .«

»Jarre die Fackel genommen hat?« schlug Lof vor.

»Nein!« Limbeck holte tief Atem und ballte die Hände zu Fäusten, um nicht etwas zu tun, das er später bereute (vielleicht). »Weil die Elfen das Allüberall sabotiert haben.«

Schweigen. Dann: »Bist du sicher?« Lofs Stimme klang zweifelnd.

»Welch andere Erklärung könnte es geben? Die Elfen haben es sabotiert. Sie wollen uns aushungern, uns zermürben. Womöglich haben sie vor, von ihrer Magie Gebrauch zu machen, um im Dunkeln über uns herzufallen. Sollen wir hier tatenlos sitzen und warten, oder sollen wir kämpfen?«

»Kämpfen!« schrien die Zwerge. Aufgewühlte Emotionen dräuten in dem finsteren Gang wie die Sturmwolken oben.

»Und darum brauchen wir Haplo. Kann ich auf euch zählen?«

»Ja, Ojehren!« riefen die Mitstreiter.

Ihr Enthusiasmus erfuhr einen gründlichen Dämpfer, als zwei von ihnen gleich losmarschieren wollten und stracks gegen eine Wand liefen.

»Wie sollen wir kämpfen, wenn wir nichts sehen können?« murrte Lof.

»Wir können sehen«, entgegnete Limbeck kategorisch. »Von Haplo weiß ich, daß vor langer Zeit Zwerge wie wir unter der Erde lebten, an lichtlosen Orten. Sie lernten, im Dunkeln zu sehen. Wir waren abhängig vom Licht des Allüberall, aber damit ist es jetzt vorbei. Also handeln wir wie unsere Vorfahren und lernen, im Dunkeln zu sehen, zu kämpfen, zu leben. Gegs brächten das nicht fertig. Gegs wären nicht dazu imstande. Aber *Zwerge* können es. Und jetzt« – Limbeck holte tief Atem – »alle mir nach. Folgt mir.«

Er tat einen Schritt. Und noch einen. Und noch einen. Wahrhaftig, er konnte sehen! Nicht besonders gut, eine seiner Reden hätte er zum Beispiel nicht lesen können. Es war, als hätten die Wände etwas von dem Licht aufgesogen, das in den Stollen geschienen hatte, so lange die Zwerge denken konnten, und dieses Licht schenkte ihnen nun in der Zeit der Not aus Dankbarkeit etwas von seiner Helligkeit wieder. Wände, Boden und Decke verströmten einen grauen Schimmer, vor dem sich die Gestalten seiner Mitstreiter als schwarze Figuren abhoben. Er ging weiter und bemerkte eine Lücke in der grauen Fläche – der Treppenschacht –, sah die Stufen nach oben führen, ein Balkenmuster aus Hell und Dunkel.

Hinter sich hörte er verwundertes Schnaufen und gedämpfte Ausrufe und wußte, daß er nicht der einzige war. Die anderen hatten dieselbe wunderbare Entdeckung gemacht. Sein Herz weitete sich vor stolzer Freude.

»Dies ist ein Wendepunkt in unserer Geschichte«, sagte er zu sich selbst, während er die Treppe erklomm und die festen Schritte der anderen auf den Stufen hörte. Die Revolution war wieder im Gleis, und wenn sie auch nicht unbedingt vorwärts*stürmte*, kam sie doch wenigstens ins Rollen.

Eigentlich hatte er Grund, den Elfen dankbar zu sein.

Jarre wischte sich mit dem Handrücken ein paar Tränen ab. Den Rücken gegen die Tür gestemmt, wartete sie darauf, daß Limbeck anklopfte und sie demütig bat, die Fackel herauszugeben. Die sollte er kriegen und eine gehörige Standpauke gleich mit! Sie hörte seine Stimme draußen zu einer Rede ansetzen und tippte ungeduldig mit der Fußspitze auf den Boden. Die Fackel war fast abgebrannt, Jarre nahm sich ein weiteres Bündel Manuskripte und zündete es an. »Kämpfen!« schrie es draußen im Chor, dann schlug etwas gegen die Wand. Jarre lachte, aber es war ein bitteres Lachen. Sie legte die Hand auf den Türgriff.

Auf einmal, unerwartet und unerklärlich, drang das Geräusch von Marschtritten zu ihr herein, sie spürte die Vibration vieler Zwergenstiefel, die den Gang hinunterpolterten und dann die Treppe hinauf.

»Sollen sie sich die dicken Köpfe einrennen«, murmelte sie. »Die kommen schon wieder.«

Aber die Schritte entfernten sich stetig, es wurde still.

Jarre öffnete die Tür einen Spalt, lugte hinaus.

Der Gang war leer.

»Limbeck?« rief sie und riß die Tür ganz auf. »Lof? Wo seid ihr?«

Keine Antwort. Weit weg polterten die Stiefel forsch das letzte Stück Treppe hinauf. Fetzen von Limbecks Rede, zu Asche geworden, lösten sich von der Fackel und schwebten zu Boden.

Kapitel 10

Wombe, Drevlin, Niederreich

Haplo pflegte sich des Hundes zu bedienen, um die Gespräche anderer zu belauschen, er hörte ihre Stimmen durch die Ohren des Tieres. Ihm war jedoch niemals eingefallen, die Gespräche mitzuhören, die jemand mit dem Hund führte. Das Tier hatte den Befehl, ein Auge auf den Jungen zu haben und Haplo auf kleine oder große Streiche aufmerksam zu machen, die das Bürschchen möglicherweise ausheckte – wie zum Beispiel der Versuch, die Luke zu öffnen. Darüber hinaus kümmerte es Haplo nicht, was Gram dachte oder sagte.

Auch wenn er sich eingestehen mußte, daß Grams unschuldig klingende Frage, ob auch er immer tat, was ›Großvater‹ sagte, ihm keine Ruhe ließ. Es hatte eine Zeit gegeben, sie lag noch gar nicht weit zurück, als er eine solche Frage prompt beantwortet haben würde, ohne Vorbehalt, reinen Gewissens.

Nicht mehr. Jetzt nicht mehr.

Sinnlos, wenn er sich sagte, daß er nie soweit gegangen war, seinem Fürsten offen den Gehorsam zu verweigern. Wahrer Gehorsam manifestiert sich nicht nur in Taten, er gründet im Herzen, und in seinem Herzen war Haplo der Rebellion schuldig. Ausflüchte und Halbwahrheiten mochten nicht so verdammenswert sein wie ausdrückliche Weigerungen und Lügen, aber schon weit entfernt vom Idealzustand der bedingungslosen Aufrichtigkeit.

Haplo war seit Abarrach dem Fürsten gegenüber nicht mehr bedingungslos aufrichtig gewesen. Er hatte sich deshalb mit Schuldgefühlen herumgeplagt, war sich vorgekommen wie ein Verräter.

»Aber jetzt«, sagte er vor sich hin, während er durchs Fenster in das rasch aufziehende Unwetter hinausschaute, »kommen mir einige Zweifel. Wie verhält es sich mit der Aufrichtigkeit von Fürst Xar mir gegenüber?«

Der Sturm brach los. Das Schiff rüttelte an den Verankerungen, aber die magischen Runen hätten es noch vor Ärgerem geschützt als ein bißchen Wind und Hagel. Die gleißenden Blitze erhellten auch auf dem Höhepunkt des Infernos die Landschaft gründlicher, als es die Sonne während der kurzen Atempausen vermochte. Haplo verbannte Zweifel und Fragen aus seinen Gedanken. Das Allüberall war sein vordringliches Problem. Er ging von Fenster zu Fenster und studierte, was er von der großen Maschine sehen konnte.

Gram und der Hund erschienen auf der Brücke. Den Hund umwehte das Flair des Gourmets zwischen Dessert und Mokka; Gram langweilte sich offensichtlich und hatte schlechte Laune.

Haplo schenkte beiden keine Beachtung. Er war mittlerweile sicher, daß sein Gedächtnis ihm keinen Streich spielte. Irgend etwas war nicht, wie es sein sollte . . .

»Wonach hältst du denn Ausschau?« wollte er wissen, gähnte und ließ sich auf eine Bank fallen. »Da draußen gibt es nichts, außer . . .«

Ein verästelter Blitz fuhr dicht neben dem Schiff in den Boden, Felsstücke spritzten nach allen Richtungen. Ohrenbetäubender Donner folgte. Der Hund drückte sich in eine Ecke; Haplo wich unwillkürlich vom Fenster zurück, war aber gleich wieder auf seinem Posten und starrte angestrengt hinaus.

Gram hatte den Kopf eingezogen und die Arme darüber verschränkt. »Ich hasse diesen Ort«, greinte er. »Ich . . . was war das? Hast du gesehen?«

Er sprang auf und zeigte mit der ausgestreckten Hand zum Fenster. »Die Steine! Die Steine haben sich bewegt!«

»Ja, ich hab's gesehen«, sagte Haplo, froh über die Bestätigung. Er hatte sich gefragt, ob er in dem grellen Licht einer Halluzination erlegen war.

Wieder ein Blitzeinschlag, ganz in der Nähe. Der Hund fing an zu winseln. Haplo und Gram drückten die Gesichter ans Fenster und versuchten etwas Genaueres zu erkennen.

Etliche Koralitbrocken benahmen sich äußerst merkwürdig. Sie hatten sich allem Anschein nach vom Boden gelöst und rutschten erstaunlich schnell und zielstrebig auf Haplos Schiff zu.

»Sie wollen zu uns!« meinte Gram staunend.

»Zwerge«, sprach Haplo aus, was er vermutete, aber was Zwerge bewogen haben könnte, sich nach draußen zu wagen, erst recht in einem Sturm, war ihm ein Rätsel.

Die Steine umkreisten das Schiff auf der Suche nach einem Einlaß. Haplo eilte zur Luke, Gram und den Hund auf den Fersen. Einen Moment zögerte er, das schützende Sigel aufzuheben. Aber wenn es sich bei den wandernden Steinen tatsächlich um Zwerge handelte, wuchs für sie mit jeder Sekunde die Gefahr, von einem Blitz getroffen zu werden.

Sie mußten verzweifelt sein, überlegte Haplo. Womöglich bestand ein Zusammenhang mit der Veränderung des Allüberall. Er legte die Hand auf eine Glyphe in der Mitte der Lukentür und zeichnete mit dem Finger die Linien nach, aber rückwärts. Sofort begann der blaue Schimmer schwächer zu werden. Andere Glyphen, mit der ersten verknüpft, wurden ebenfalls blasser. Haplo wartete, bis die Runen auf der Luke fast allen Glanz verloren hatten, dann schob er den Riegel zurück und stieß sie auf. Eine Windbö hätte ihn beinahe von den Füßen geweht; er war augenblicklich naß bis auf die Haut.

»Zurück!« schrie er und riß den Arm hoch, um sein Gesicht vor den Hagelkörnern zu schützen.

Gram hatte wohlweislich bereits den Rückzug angetreten und war dabei über den Hund gestolpert. Beide kauerten in sicherer Entfernung von der offenen Tür am Boden.

Haplo gab sich einen Ruck und streckte den Kopf nach draußen. »Macht schnell! Beeilt euch!« brüllte er in das Unwetter hinein, auch wenn er bezweifelte, daß man ihn beim Krachen des Donners hören konnte. Er schwenkte den Arm, um auf sich aufmerksam zu machen.

Der blaue Schimmer im Innern des Schiffs leuchtete noch hell, aber Haplo konnte sehen, daß er nachließ. Der magische Kreis war unterbrochen. Nicht mehr lange, und der Schutzmantel, der das Schiff umgab, wurde durchlässig.

»Schnell!« rief er wieder, diesmal in der Zwergensprache.

Der führende Stein, der das Schiff ein zweites Mal umrundet hatte, sah das Licht aus der Öffnung strömen und hielt geradewegs darauf zu. Die anderen beiden folgten dem Beispiel ihres Anführers, der gegen die Schiffshülle prallte und gefährlich ins Trudeln geriet, dann hob sich der Felsen ruckartig, kippte nach hinten, und zum Vorschein kam das bebrillte, hochrote Gesicht eines schweratmenden Limbeck.

Das Schiff war konstruiert, um die Meere zu befahren, und nicht, um wie ein Vogel durch die Luft zu fliegen, deshalb befand sich die Einstiegsluke ein Stück über dem Boden. Haplo hatte zu seiner eigenen Bequemlichkeit eine Strickleiter angebracht, diese rollte er jetzt aus.

Der Zwerg, von der Gewalt des Sturms beinahe am Schiffsrumpf plattgedrückt, fing an zu klettern, dabei warf er über die Schulter besorgte Blicke auf die zwei anderen Felsen, die beim Schiff angekommen waren. Einem Zwerg gelang es, sich von der Tarnung zu befreien, aber der andere hatte offensichtlich Schwierigkeiten. Klägliches Wehgeschrei erhob sich über das Tosen des Windes und das Donnergrollen.

Limbeck verschluckte einen ungeduldigen Ausruf und stieg Sprosse für Sprosse wieder nach unten, um seinem Gefährten beizustehen.

Haplo schaute sich gehetzt um, das blaue Leuchten wurde unaufhaltsam schwächer.

»Komm herauf«, rief er Limbeck zu. »Ich mache das.«

Limbeck konnte die Worte nicht hören, doch er verstand ihre Bedeutung und kletterte wieder nach oben, während Haplo leichtfüßig zu Boden sprang. Die Sigel an seinem Körper flammten blau und rot, um ihn vor den scharfgratigen Hagelschlossen zu schützen und – hoffte er inständig – vor den Blitzen.

Der Regen schlug ihm ins Gesicht, mit zusammengekniffenen Augen betrachtete er das Gebilde, von dem der Zwerg sich nicht zu befreien vermochte. Der zweite Begleiter Limbecks hielt den unteren Rand des Steinpanzers umfaßt und versuchte ihn ächzend hochzuheben. Haplo kam ihm mit seiner – durch Magie verstärkten – Kraft zur Hilfe. Er wuchtete den Block mit einem solchen Ruck in die Höhe, daß der Zwerg den Halt verlor und bäuchlings in eine Regenlache fiel.

Haplo zerrte den einen auf die Füße, damit er nicht ertrank, und hielt den anderen fest, der sich ob seiner plötzlichen Befreiung verständnislos umschaute. Haplo scheuchte sie beide die Leiter hinauf. Während er noch über die Schwerfälligkeit allzu wohlgenährter Zwerge fluchte, machte ein atemberaubend nahe einschlagender Blitz ihnen allen Beine.

Haplo verschloß und versiegelte die Luke als letzter, in dem er die Mittelrune erneuerte. Der blaue Schimmer verstärkte sich. Er atmete auf.

Gram bewies mehr Geistesgegenwart, als Haplo ihm zugetraut hätte, und brachte Decken, die er an die tropfnassen Zwerge verteilte. Außer Atem von der Anstrengung und der Überraschung, Haplo in eine blaue Aura gehüllt zu sehen, brachte keiner von ihnen ein Wort heraus. Sie wrangen sich das Wasser aus den Bärten, atmeten schnaufend und musterten staunend den Patryn. Haplo wischte sich mit dem Unterarm übers Gesicht. Als Gram ihm auch eine Decke anbot, schüttelte er den Kopf.

»Limbeck, schön dich wiederzusehen«, begrüßte er den Zwerg. Die Wärme der Runen bewirkte, daß das Regenwasser auf seiner Haut verdunstete.

»Haplo ...«, meinte Limbeck. Es klang zweifelnd. Seine Brillengläser waren mit Regentropfen gesprenkelt, er griff nach seinem großen weißen Taschentuch, zog aber nur einen pitschnassen Lappen aus der Brusttasche. Kläglich starrte er den traurigen Fetzen an.

»Hier.« Gram offerierte ihm hilfsbereit einen Zipfel seines Hemdes.

Limbeck akzeptierte das Angebot und rieb seine Brille sorgfältig trocken. Nachdem er sie wieder aufgesetzt hatte, musterte er mit einem langen Blick den Jungen, dann Haplo, dann wieder den Jungen.

Es war merkwürdig, aber Haplo hätte schwören mögen, daß Limbeck sie beide zum erstenmal im Leben sah.

»Haplo«, grüßte Limbeck feierlich. Er schaute wieder zu Gram und zögerte, als wüßte er nicht recht, wie er dieses Kind anreden sollte, das man ihm erst als Gott, dann als Menschenprinzen und zu guter Letzt als den Sohn eines ungeheuer mächtigen Zauberers aus dem Menschenvolk präsentiert hatte.

»Du erinnerst dich an Gram«, rettete Haplo ihn aus der Verlegenheit. »Kronprinz und Erbe des Throns der Volkaran-Inseln.«

Limbeck nickte. Ein Ausdruck berechnender Schläue trat auf sein Gesicht. Die große Maschine draußen mochte stillstehen, aber hinter der Stirn des Chefmechnikers schnurrten die Rädchen. Sein Mienenspiel war so beredt, daß Haplo förmlich zu hören glaubte, was er dachte.

Aha, daher weht der Wind. Und *inwieweit betrifft das mich?*

Haplo, in der Erwartung, den zerstreuten, unpragmatischen Idealisten wiederzutreffen, von dem er sich seinerzeit verabschiedet hatte, war überrascht von dieser Veränderung in Limbeck und wußte nicht, ob sie ihm gefiel. Jede Art von Veränderung war ein Störfaktor. Haplo erkannte in den ersten paar Minuten ihres Zusammentreffens, daß er sich auf einen völlig fremden und gewandelten Limbeck einstellen mußte.

»Euer Hoheit.« Nach der Art zu urteilen, wie er sich verbeugte und lächelte, war Limbeck offenbar zu dem Schluß gekommen, daß diese Situation für ihn unter Umständen Vorteile barg.

»Limbeck ist Chefmechniker, Hoheit«, erklärte Haplo. Er hoffte, Gram würde den Wink verstehen und Limbeck gebührend respektvoll behandeln.

»Chefmechniker Limbeck«, sagte Gram in dem Tonfall gemessener Courtoisie, der zwischen Ebenbürtigen angemessen war. »Ich bin erfreut, Euch wiederzusehen. Und wer sind diese anderen Gegs, die Euch begleiten?«

»Nicht *Gegs*!« protestierte Limbeck scharf. »*Geg* ist ein Sklavenwort. Eine Beleidigung! Herabwürdigend!« Er schlug die geballte Faust in die offene Hand.

Erschreckt von dem leidenschaftlichen Ausbruch des Zwergs, wandte Gram sich fragend an Haplo. Auch der Patryn war verblüfft, aber weil er sich an einige seiner Gespräche mit Limbeck in der Vergangenheit erinnerte, glaubte er zu verstehen, was der Vorfall bedeutete. Möglicherweise war er, Haplo, sogar zum Teil verantwortlich dafür.

»Ihr müßt verstehen, Hoheit, Meister Limbeck und die Seinen sind *Zwerge* – eine althergebrachte und legitime Bezeichnung für dieses Volk, genau wie man Euch und Euer Volk *Menschen* nennt. Der Ausdruck *Gegs* ...«

»... stammt von den Elfen«, fuhr Limbeck fort und rückte an seiner Brille. In der Feuchtigkeit, die aus seinem Bart aufstieg, beschlugen die Gläser. »Vergebung, Hoheit, aber dürfte ich ... o ja, vielen Dank.«

Er bediente sich erneut Grams Hemdzipfel, um seine Brille zu polieren.

»Nehmt es mir nicht übel, daß ich Euch so angefahren habe, Hoheit«, sagte er dann, hakte die Bügel hinter die Ohren und musterte Gram. »Ihr konntet selbstverständlich nicht wissen, daß dieses Wort bei uns inzwischen als tödliche Beleidigung gilt. So ist es doch?«

Er schaute sich Unterstützung heischend nach seinem Gefolge um. Aber Lof gaffte Haplo an, dessen Tätowierungen allmählich verblaßten. Der andere Zwerg starrte unbehaglich auf den Hund.

»Lof«, rief Limbeck. »Hast du gehört, was ich eben gesagt habe?«

Lof zuckte schuldbewußt zusammen und stieß seinen Gefährten mit dem Ellenbogen an.

»Ich sagte«, die Stimme ihres ehrenwerten Chefmechnikers war so schneidend kalt wie sein Blick, »das Wort Geg ist eine Beleidigung für uns.«

Beide Zwerge gaben sich sofort die größte Mühe, zutiefst gekränkt und verletzt auszusehen, auch wenn deutlich zu merken war, daß sie nicht die leiseste Ahnung hatten, worum es ging.

Limbeck runzelte die Stirn, schien etwas sagen zu wollen, aber dann seufzte er und schwieg.

»Kann ich mit dir reden? Allein?« fragte er Haplo unvermittelt.

»Natürlich.« Haplo zuckte mit den Schultern.

Grams Wangen röteten sich, er machte den Mund auf. Haplo gebot ihm mit einem Blick zu schweigen.

Limbeck beäugte den Jungen. »Ihr wart es, der eine Zeichnung von dem Allüberall angefertigt hat. Ihr habt herausgefunden, welchem Zweck es dient, nicht wahr, Hoheit?«

»Ja, das bin ich gewesen«, bekannte Gram mit gewinnender Bescheidenheit.

Limbeck nahm die Brille ab, griff nach seinem Taschentuch, zog es heraus und sah verständnislos auf den nassen Lappen. »Dann möchte ich Euch ebenfalls bitten mitzukommen«, sagte er.

An seine Mitstreiter gewandt, gab er Befehle: »Ihr bleibt

hier und paßt auf. Gebt mir Bescheid, sobald der Sturm nachläßt.«

Die beiden nickten eifrig und stellten sich ans Fenster. »Die Elfen, ihretwegen mache ich mir Sorgen«, erklärte Limbeck Haplo. Sie waren auf dem Weg in den Vorderteil des Schiffes und zu Haplos Kabine. »Sie werden das Schiff entdecken und herkommen, um nachzuforschen. Wir müssen zurück in den Stollen sein, bevor der Sturm aufhört.«

»Elfen?« wiederholte Haplo verwundert. »Hier unten? Auf Drevlin?«

»Ja.« Limbeck nickte. »Das ist eins von den Dingen, über die ich mit dir reden will.« Er setzte sich auf einen Stuhl in Haplos Kabine – ein Stuhl, der noch von den Zwergen Chelestras stammte.

Haplo lag eine entsprechende Bemerkung auf der Zunge, doch er sagte nichts. Limbeck war nicht interessiert an Zwergen auf anderen Welten. Er hatte schon Ärger genug mit dieser Welt, wie's schien.

»Als ich Chefmechniker wurde, gab ich als erstes den Befehl, die Hebenauffer abzustellen. Die Elfen kamen, um ihr Wasser zu holen ... und kriegten keins. Sie beschlossen, Gewalt anzuwenden, weil sie wohl glaubten, uns mit blankem Stahl und ihrer Magie einschüchtern zu können. ›Lauft, Gegs!‹ johlten sie, ›lauft weg, bevor wir euch zertreten wie die Insekten, die ihr seid!‹ Sie spielten mir genau in die Hände.« Limbeck wirbelte die Brille zwischen zwei Fingern am Bügel herum. »Anfangs waren ziemlich viele von uns nicht der Meinung, daß es klug wäre zu kämpfen. Doch als die Elfen uns ›Insekten‹ schimpften und zu uns sprachen, als hätten wir tatsächlich nicht mehr Verstand oder Gefühl als Insekten, war sogar der friedliebendste Graubart bereit, sich an Elfenohren gütlich zu tun.

Wir umzingelten die Elfen und ihr Schiff. Hunderte, vielleicht tausend Zwerge standen damals Schulter an Schulter.« Limbeck dachte mit einem verträumten, sehnsüchtigen Gesichtsausdruck an den großen Tag zurück, und Haplo entdeckte zum erstenmal in dem neuen Limbeck eine Spur des alten Träumers.

»Die Elfen waren zornig, aufgebracht, aber sie konnten nichts tun. Wir waren ihnen zahlenmäßig überlegen, und sie mußten sich wohl oder übel ergeben. Sie boten uns Geld. Wir wollten aber ihr Geld* nicht . . . was hätten wir damit anfangen sollen? Und wir wollten auch keine Almosen mehr – die Brosamen ihres Überflusses.«

»Und was habt ihr gefordert?« fragte Haplo gespannt.

»Eine Stadt«, antwortete Limbeck stolz. Seine Augen leuchteten. Er hielt die Brille – vergessen – in der Hand. »Eine Stadt droben, im Mittelreich. Über dem Mahlstrom. Unsere Kinder sollten die Sonne auf den Gesichtern fühlen können, Bäume und Pflanzen sehen, spielen unter freiem Himmel. Und wir forderten Drachenschiffe, um uns dorthin zu bringen.«

»Würde deinem Volk das gefallen? Würden sie das hier nicht vermissen?« Haplos Handbewegung umfaßte die regengepeitschte Felswüste und die im Licht der Blitze funkelnden Stahlgerüste des Allüberall.

»Wir haben keine Wahl«, sagte Limbeck. »Unsere Bevölkerung wächst, aber die Stollen nicht. Ich habe mich damit befaßt und herausgefunden, daß das Allüberall mehr Wohnraum zerstört als neu erschafft. Und es gibt Berge oben im Mittelreich. Unsere Leute könnten graben und bauen. Mit der Zeit würden sie lernen, auch dort glücklich zu sein.«

Er seufzte und senkte den Blick auf den Fußboden, den er ohne Brille nur verschwommen sehen konnte.

»Und? Was haben die Elfen geantwortet?«

»Sie haben uns belogen. Ich vermute, es war mein Fehler. Du weißt, wie ich damals war . . . vertrauensvoll und naiv.«

Limbeck setzte die Brille auf und faßte Haplo hinter den

* Wasser ist im Mittelreich eine rare Lebensnotwendigkeit. Sowohl die Währung der Menschen als auch der Elfen basiert darauf. Bei den Menschen entspricht ein Barl einem Barrel Wasser und kann in der Schatzkammer des Königs sowie auf jeder der im ganzen Land verstreuten königlichen Wasserfarmen gegen einen solchen eingetauscht werden.

dicken Gläsern scharf ins Auge, als sollte er nur wagen zu widersprechen! Er wagte es nicht.

»Die Elfen erklärten sich mit sämtlichen Bedingungen einverstanden«, fuhr Limbeck fort. »Sie wollten zurückkommen, sagten sie, mit Schiffen, um uns ins Mittelreich zu bringen. Und sie kamen wieder.« Seine Stimme klang bitter.

»Mit einer Armee.«

»Ja. Zum Glück erhielten wir eine Warnung. Erinnerst du dich an den Elfen, der dich aus dem Hohen Reich zurückgebracht hat? Kapitän Bothar'el?«

Haplo nickte.

»Er hat sich auf die Seite der rebellischen Elfen geschlagen, den Namen ihres Anführers weiß ich nicht mehr. Wie auch immer, Bothar'el kam her, um uns zu warnen, daß die Tribuselfen eine große Streitmacht aufgeboten hätten, um unseren Widerstand zu brechen. Ich brauche dir nicht zu sagen, mein Freund, daß ich erschüttert war.«

»Was konnten wir« – Limbeck schlug sich gegen die Brust – »ausrichten gegen die geballte Macht des Elfenimperiums? Wir hatten immer in Frieden gelebt und verstanden nichts von Kampf und Krieg. Einzig unsere Übermacht hatte sie beim erstenmal gezwungen, klein beizugeben. Wir hatten Glück, daß sie nicht doch einen Ausfall versuchten, die Hälfte von uns wäre davongelaufen. Keiner von uns hatte je im Zorn eine Waffe gegen seinen Nächsten erhoben. Es sah aus, als wären wir verloren, als müßten wir uns beugen. Aber Bothar'el sagte nein, wir sollten uns nicht zu früh geschlagen geben, sondern standhalten. Und er zeigte uns wie.

Natürlich« – Limbeck kniff bedeutungsvoll ein Auge zu – »haben dieser Bothar'el und sein Rebellenhauptmann ihre eigenen Gründe, weshalb sie wollen, daß wir kämpfen. Da bin ich schnell hinter gekommen. Statt alle Kräfte auf die Niederschlagung der Revolution zu konzentrieren, sind die Tribuselfen gezwungen, ihre Armee zu teilen und an zwei Fronten zu kämpfen. Sie dachten mit uns im Handumdrehen fertig zu werden und sich dann wieder ungestört dem

Geschäft widmen zu können, die verhaßten Abweichler auszutilgen und sich kleine Scharmützel mit ihren Rivalen, den Menschen zu liefern. Du siehst, für Bothar'el und seine Freunde zahlte es sich aus, uns zu helfen, damit wir die kaiserlichen Truppen beschäftigten.

Als die Tribuselfen mit ihren großen Drachenschiffen landeten, war von uns weit und breit nichts zu sehen. Sie nahmen die Hebenauffer in Besitz . . . es ließ sich nicht vermeiden. Dann versuchten sie, in die Stollen einzudringen, aber das war ein Fehler, wie sie bald merkten.

Bis zu dem Augenblick war es den meisten von uns egal gewesen, ob die Elfen unsere neuen Herren wurden oder nicht. Sie hatten ihre Arbeit am Allüberall und ihre Familien, um die sie sich kümmern mußten. Die Farrer« – Limbeck verzog geringschätzig den Mund – »die Farrer wollten sogar Frieden mit den Elfen schließen! Sie entsandten eine Delegation, um mit ihnen zu verhandeln. Die Elfen brachten sie um, jeden einzelnen. Dann wurden wir zornig.«

Haplo, der auf den anderen Welten Zwerge kämpfen gesehen hatte, konnte sich die Folgen ausmalen. Zwerge bildeten eine verschworene Gemeinschaft. *Was einem Zwerg geschieht, geschieht allen,* ist ihr Wahlspruch.

»Die überlebenden Elfen ergriffen die Flucht«, setzte Limbeck seinen Bericht fort. Er lächelte verkniffen. »Anfangs dachte ich, sie würden ganz abziehen, aber ich hätte es besser wissen müssen. Sie verschanzten sich bei den Hebenauffern. Einige meiner Leute wollten sie dort angreifen, aber Bothar'el warnte, damit würden wir den Elfen genau in die Hände spielen. Draußen, im Freien, wären wir schutzlos ihren Schiffszauberern und ihren magischen Waffen ausgeliefert. Also überließen wir ihnen die Hebenauffer und das Wasser. Sie haben auch die Farbick besetzt. Aber in unsere Stollen sind sie nicht wieder eingedrungen.«

»Kann ich mir denken.« Haplo nickte.

»Seither bemühen wir uns, ihnen das Leben so schwer wie möglich zu machen. Wir haben ihre Drachenschiffe so oft sabotiert, daß sie es nicht mehr wagen, auf Drevlin zu landen. Entsatz müssen sie mit den Hebenauffern herunterbringen. Wider Erwarten sind sie gezwungen, eine ziemlich starke Besatzung hier zu unterhalten, um ihren Wassernachschub zu sichern, und sie müssen ihre Soldaten ziemlich oft austauschen, auch wenn ich glaube, das hat eher mit dem Mahlstrom zu tun als mit uns.

Die Elfen hassen den Mahlstrom, hat uns Bothar'el erzählt. Sie hassen es, unter der Wolkendecke eingesperrt zu sein, und das unaufhörliche Getöse der Gewitterstürme und des Allüberall treiben manche von ihnen zum Wahnsinn. Sie haben Sklaven hergebracht, gefangene Elfenrebellen, denen man die Zunge herausgeschnitten hat*, oder wen sie von uns greifen konnten, um die Arbeit an dem ihnen zugänglichen Teil des Allüberall zu verrichten. Wir attackieren sie in kleinen Gruppen, stiften Unruhe, halten sie in Bewegung und zwingen sie, ständig auf der Hut zu sein. Aber jetzt . . .«

Limbeck runzelte die Stirn, schüttelte den Kopf.

»Aber jetzt seid ihr an einem toten Punkt angekommen«, sprach Haplo für ihn weiter. »Ihr seid nicht stark genug, die Hebenauffer zurückzuerobern, den Elfen gelingt es nicht, euch aus den unterirdischen Gängen herauszutreiben. Beide Seiten sind auf das Allüberall angewiesen, deshalb tun beide Seiten ihr Möglichstes, um es in Betrieb zu halten.«

»Stimmt schon.« Limbeck schob die Brille in die Stirn und rieb sich die roten Flecken links und rechts an der Nasenwurzel. »So ist es *gewesen*.«

»Gewesen?« fragte Haplo, weil ihm die Betonung des Wortes auffiel. »Was hat sich geändert?«

»Alles«, antwortete Limbeck grimmig. »Die Elfen haben das Allüberall abgeschaltet.«

* Eine magische Weise, von den Rebellen zu ihrer Hymne erkoren, bewirkt, daß Elfen, die sie hören, sich an lange vergessene Werte erinnern, die einst von allen Elfen hochgehalten wurden. Das Lied öffnet ihnen die Augen für die Korruption des Tribus-Imperium und veranlaßt viele, dem Herrscherhaus die Gefolgschaft aufzukündigen, um sich der Revolution anzuschließen. Deshalb schneidet man gefangenen Rebellen die Zunge heraus oder hindert sie anderweitig daran, ihre Hymne zu singen.

Kapitel 11

Wombe, Drevlin, Niederreich

»Abgeschaltet!« Gram riß ungläubig die Augen auf. »Die ganze Maschine!«

»Sieben Zyklen ist es her«, bestätigte Limbeck. »Seht hinaus ... ihr könnt es selbst sehen. Alles dunkel, still. Nichts bewegt sich. Nichts funktioniert. Unsere Wohnungen sind dunkel und kalt.« Der Zwerg stieß einen tiefen Seufzer aus. »Erst jetzt merken wir, wieviel das Allüberall immer für uns getan hat. Unsere eigene Schuld ... kein Zwerg fragte je danach, warum es überhaupt etwas tat.

Weil die Pumpen nicht mehr arbeiten, beginnen die unteren Stollen sich mit Wasser zu füllen. Wer dort seine Wohnung hatte, mußte sie aufgeben und woanders unterschlüpfen, obwohl ohnehin alles überfüllt ist.

In Grotten bei Herot haben wir unser Gemüse gezogen, im Licht von Glimmerglampen, die leuchteten wie die Sonne. Aber die Glimmerglampen sind erloschen. Die Pflanzen kümmern und werden bald sterben. Doch abgesehen von alldem hat mein Volk Angst. Mehr Angst als bei den Überfällen der Elfen. Es ist die Stille, weißt du.« Er schaute sich blinzelnd um. »Sie können die Stille nicht ertragen.«

Natürlich steckt mehr dahinter, dachte Haplo, und Limbeck weiß das auch. Jahrhundertelang war die gewaltige Maschine der Mittelpunkt des Daseins. Eine Generation von Zwergen nach der anderen diente ihr hingebungsvoll, ohne sich je zu fragen wozu oder warum. Nun hat das Herz des Meisters aufgehört zu schlagen, und die Sklaven wissen nicht, was sie mit sich anfangen sollen.

»Was meint Ihr damit, Meister Limbeck, wenn Ihr sagt ›die Elfen haben es abgeschaltet‹? Wie denn?« forschte Gram.

»Ich weiß es nicht.« Limbeck zuckte ratlos mit den Schultern.

»Aber es waren bestimmt die Elfen?« bohrte Gram weiter.

»Vergebung, Hoheit, aber welchen Unterschied macht das?« fragte der Zwerg verbittert.

»Einen sehr großen vielleicht. Wenn die Elfen das Allüberall abgeschaltet haben, könnte das bedeuten, sie haben herausgefunden, wie man es wieder in Gang setzt.«

Limbecks Miene verdüsterte sich. Er fingerte an seiner Brille, bis sie schließlich nur noch an einem Ohr baumelte. »Dann hätten sie unser Wohl und Wehe in der Hand. Das darf nicht sein! Wir müssen kämpfen!«

Gram beobachtete Haplo aus den Augenwinkeln. Dem Jungen war anzusehen, er frohlockte insgeheim; er war dem Patryn im Spiel um die Macht einen Schritt voraus.

»Immer mit der Ruhe«, beschwichtigte Haplo den Zwerg. »Erst denken, dann handeln.«

Wenn es stimmte, was Gram sagte, und Haplo mußte zugeben, daß es sich vernünftig anhörte, dann hatten die Elfen also ausklamüsert, wie man das Allüberall bediente – ein Kunststück, das noch keinem gelungen war, seit dem mysteriösen Verschwinden der Sartan vor Hunderten von Jahren. Und wenn die Elfen das Rätsel gelöst hatten, wußten sie, wie man das Allüberall regierte und ergo die ganze Welt.

Wer die Maschine kontrolliert, kontrolliert die Wasserversorgung und hat Macht über jene, die Wasser haben müssen oder verschmachten.

Xars Worte. Der Fürst des Nexus rechnete darauf, als Heilsbringer nach Arianus zu kommen, der mit ordnender Hand eine Welt aus dem Chaos errettet. Er rechnete *nicht* damit, eine Welt vorzufinden, die unter der eisernen Faust der Tribuselfen stöhnte, ein nicht zu unterschätzender Gegner, an dem Xars Eroberungspläne durchaus scheitern konnten.

Ich bin fast so schlimm wie Limbeck, schalt Haplo sich. Verliere mich in Spekulationen, ohne zu wissen, was genau passiert ist.

Immerhin bestand die Möglichkeit, daß die verflixte Maschine einfach den Geist aufgegeben hatte, obwohl – wie er aus früheren Gesprächen mit Limbeck wußte – das Allüberall durchaus fähig war, sich selbst zu reparieren und das während all der vielen Jahren auch zuverlässig getan hatte.

Doch es gab noch eine Möglichkeit... Und wenn ich recht habe und das ist der wirkliche Grund, dann sind die Elfen nicht weniger in Aufregung über das Verstummen des Allüberall als die Zwerge.

Er wandte sich an Limbeck. »Ihr wagt euch nur im Schutz eines Sturms nach draußen?«

Limbeck nickte. Es war ihm endlich gelungen, die Brille wieder richtig aufzusetzen. »Und er wird nicht mehr lange anhalten«, gab er zu bedenken.

»Wir müssen herausfinden, was eigentlich mit der Maschine los ist. Du willst doch nicht dein Volk in einen blutigen Krieg stürzen, und das vielleicht wegen nichts und wieder nichts. Ich muß in die Farbick hinein. Kannst du das bewerkstelligen?«

Gram nickte eifrig. »Ja! In der Farbick muß die Hauptkontrolle sein.«

Limbeck runzelte die Stirn. »Aber die Farbick steht leer. Schon lange.«

»Was wir suchen, befindet sich nicht *in* der Farbick, sondern darunter«, berichtigte Haplo. »Während die Sartan, die Manger, wie ihr sie nennt, noch auf Drevlin lebten, erbauten sie ein System von unterirdischen Stollen und Räumen, die sie mit ihrer Magie tarnten, so daß niemand sie je finden konnte. Die Kontrollen des Allüberall befinden sich nirgends auf Drevlins Oberfläche, habe ich recht?« Er schaute zu Gram, und der Junge schüttelte den Kopf.

»Das wäre unvorsichtig gewesen«, fuhr Haplo fort. »Die Sartan wollten das Herz der Maschine in Sicherheit wissen. Natürlich könnten sie es überall verborgen haben, aber warum nicht in der Farbick, wo das Allüberall geboren wurde . . . sozusagen. Was ist?«

Limbeck trat aufgeregt von einem Fuß auf den anderen. »Du hast recht. Es gibt geheime Gänge. Geschützt von Magie! Jarre hat sie gesehen. Dieser . . . dieser andere Mann, der bei euch war, als Diener Seiner Hoheit. Der immer über seine eigenen Füße gestolpert ist . . .«

»Alfred.« Haplo lächelte.

»Ja, Alfred. Er hat Jarre dorthin geführt. Aber« – Limbeck machte wieder ein trübes Gesicht – »sie sagte, alles, was sie gesehen hätte, wären Särge gewesen, mit Toten darin.«

Aha, da bin ich also gewesen! sagte Haplo zu sich selbst.* Die Vorstellung, dem Ort einen zweiten Besuch abzustatten, hatte keinen großen Reiz für ihn.

»Da unten gibt es mehr als das«, behauptete er und hoffte, daß er recht behielt. »Siehst du, ich . . .«

»Ojehren! Ojehren!« Rufe, untermalt von Gebell, ertönten vom Bug her. »Der Sturm flaut ab!«

»Wir müssen gehen.« Limbeck stand auf. »Ihr kommt besser mit. Hier ist es nicht mehr sicher, wenn die Elfen das Schiff entdecken. Sie werden es entweder zerstören oder als Prise nehmen. Ihre Zauberer . . .«

»Keine Sorge.« Haplo grinste. »Ich selbst habe auch ein paar Zauberkräfte, erinnerst du dich? Niemand wird sich dem Schiff nähern, wenn ich es nicht will. Wir kommen mit. Ich will mir anhören, was Jarre zu sagen hat.«

* Während der Reise durch das Todestor nach Abarrach, fanden Haplo und Alfred sich jeweils im Körper des anderen wieder und erlebten dessen lebhafteste und schmerzlichste Erinnerung.
›Feuersee‹, *Die vergessenen Reiche*, Band 3 (Bastei-Lübbe 28 205)

Haplo schickte Gram los, um sein Bündel zu holen und – viel wichtiger – das Diagramm, das er von dem Allüberall angefertigt hatte. Haplo gürtete ein mit Runenschrift versehenes Schwert um und steckte einen ähnlich gravierten Dolch in den Stiefelschaft.

Er blickte auf seine tätowierten Hände. Das letztemal auf Arianus hatte er die Tätowierungen, die ihn als Patryn auswiesen, unter dicken Bandagen verborgen. Dazu bestand diesmal keine Notwendigkeit mehr, das war vorbei.

Er trat zu Limbeck und den beiden anderen Zwergen an die Luke.

Das Unwetter zeigte nicht die mindeste Neigung, eine Ruhepause einzulegen, jedenfalls soweit es Haplo als Ortsfremder zu beurteilen vermochte. Oder? Nun ja, vielleicht wurde der Regen nicht mehr gar so waagerecht über die zerklüftete Ebene gepeitscht, aber gigantische Hagelkörner prasselten bedrohlich gegen den Schiffsrumpf, und drei Blitze schlugen mit verheerender Gewalt ganz in der Nähe ein, während er am Fenster stand und hinausschaute. Er konnte von seiner Magie Gebrauch machen, um sich und Gram zu teleportieren, doch um diese Wahrscheinlichkeit in die Omniwelle einzubringen, mußte er in der Lage sein, sich ein genaues Bild von seinem Zielort zu machen, und der einzige Ort auf Drevlin, an den er sich deutlich erinnern konnte, war die Farbick. Er hatte eine kurze Vision davon, wie er und Gram, umhüllt von einer blauen Waberlohe, inmitten der Elfenarmee auftauchten . . .

Durch die regenverschleierten Fenster studierte er die Gebilde, mit denen die Zwerge sich in den Sturm hinauswagten.

»Was sind das für Dinger?«

»Loren vom Allüberall«, antwortete Limbeck. Er nahm die Brille ab, und auf seinem Gesicht erschien ein Lächeln, das an den alten Limbeck erinnerte. »Meine Idee. Du wirst dich nicht erinnern, aber wir haben dich in einer transportiert, nachdem die Grabgreifer uns damals von Terrel Fen heraufgeholt hatten. Für den neuen Zweck haben wir die Loren umgekippt, die Räder von unten nach oben montiert und das Ganze zur Tarnung mit Koralit überzogen. Du wirst schon hineinpassen«, versicherte er Haplo zuversichtlich. »Wenn's auch ein bißchen knapp wird. Ich teile mir eine mit Lof. Du kannst meine haben.«

»Meine Sorge gilt weniger der Bequemlichkeit«, meinte Haplo sarkastisch, »als vielmehr den Blitzen.« Er war durch seine Magie geschützt, aber Gram und die Zwerge nicht. »Wenn einer das Metall trifft . . .«

»Oh, keine Bange deswegen.« Limbeck schwenkte die Brille. Der Erfinderstolz strahlte ihm aus allen Knopflöchern. »Siehst du die Metallstäbe obendrauf? Wenn der Blitz einschlägt, fließt er durch die Seitenwände und durch die Räder in den Boden. Ich nenne sie ›Blitzableiter‹.«

»Und das funktioniert?«

»Nun . . .«

Limbeck zögerte. »Wir hatten noch keine Gelegenheit, sie in der Praxis zu erproben. Aber die Theorie stimmt. Irgendwann«, meinte er hoffnungsvoll, »schlägt es bestimmt ein, und dann werden wir sehen.«

Die anderen Zwerge schienen von dieser Aussicht erheblich weniger begeistert zu sein. Offenbar hielten sie nicht viel von Limbecks empirischer Forschungsmethode. Haplo war ihrer Meinung. Er beschloß, Gram mit zu sich zu nehmen und sie beide mit einer magischen Hülle zu umgeben, die verläßlicheren Schutz bot als Limbecks Erfindung.

Haplo öffnete die Luke. Regen schlug herein. Der Wind heulte, bei jedem Donnerschlag erbebte das ganze Schiff. Gram, der nun Gelegenheit hatte, sich das Wüten des Sturms genauer anzusehen, wurde ziemlich blaß.

»Ich habe keine Angst«, behauptete er, obwohl seine Lippen zitterten. »Mein Vater könnte machen, daß es aufhört.«

»Wie schade, daß Vati nicht hier ist. Und ich bin gar nicht überzeugt, daß Sinistrad die Macht hätte, diese Wetterkapriolen zu bändigen.«

Haplo klemmte sich den Jungen ohne Federlesens unter den Arm und rannte zu der ersten Lore. Der Hund galoppierte hinter ihnen her. Limbeck und seine Gefährten hatten ihr Transportmittel bereits erreicht, hoben die wannenförmigen Gebilde an und waren im Nu darunter verschwunden.

Die Sigel an Haplos Körper hüllten ihn in eine schützende Aura aus blauem Licht, die Regen und Hagel von ihm abhielt. Solange er Gram festhielt, war auch der Junge geschützt, aber er mußte ihn loslassen, um ihn unter die Lore zu bugsieren.

Haplo hantierte im Dunkeln an dem Eisenkarren herum. Das Metall war naß und glitschig, er konnte die Finger nicht unter den Rand schieben. Blitze flammten über den Himmel, eine Hagelschlosse traf Gram an der Wange. Der Junge legte die Hand auf den blutenden Riß, doch er klagte nicht. Der Hund kläffte den Himmel an, als wäre der Donner ein lebendiger Gegner, den es einzuschüchtern galt.

Endlich gelang es Haplo, den Karren so weit hochzuheben, daß er Gram hineinschieben konnte. Der Hund schlüpfte mit dem Jungen ins Innere.

»Bleib da!« befahl Haplo und hastete zum Schiff zurück.

Die Zwerge rumpelten bereits davon, um unter Dach und Fach zu kommen. Haplo merkte sich die Richtung, dann konzentrierte er sich auf die Arbeit, die noch zu tun war. Rasch zeichnete er eine Rune auf den Schiffsrumpf. Sie glühte blau, ihr magisches Feuer griff auf die anderen Runen über. Blaue und rote Lichtschlangen huschten in verschlungenen Mustern über das Holz. Haplo stand im strömenden Regen und wartete, bis er sicher sein konnte, daß die Magie das Schiff lückenlos einhüllte. Schließlich wandte er sich mit einem zufriedenen Nicken ab; weder Elfen noch Menschen, noch Zwerge konnten seinem Schiff jetzt noch Schaden zufügen. Er lief zurück zu der Lore.

Er hob eine Ecke hoch und kroch hinein. Gram kauerte in der Mitte, die Arme um den Hund geschlungen.

»Du gehst raus«, ordnete Haplo an, und der Vierbeiner war verschwunden.

Gram schaute sich mit großen Augen um, vor Überraschung vergaß er seine Angst. »Wo ist er hin?« fragte er schrill.

»Klappe!« brummte Haplo. Auf Händen und Knien stemmte er den gekrümmten Rücken gegen die Wölbung der Lore. »Komm her«, forderte er Gram auf.

Der Junge quetschte sich mühsam zwischen Haplos aufgestützten Armen hindurch.

»Wir beide gleichzeitig. Los jetzt.«

Schwerfällig setzte der improvisierte Panzer sich in Bewegung. Es war eine Geduldsprobe. Sie fielen einer über den anderen, Arme und Beine verhedderten sich, es gab Beulen und blaue Flecke. Ein Guckloch in Augenhöhe ermöglichte Haplo zu sehen, wo ihr Ziel lag; es war ein gutes Stück weiter entfernt, als er angenommen hatte. Stellenweise war das Gestein hart und schlüpfrig, an anderen Stellen versanken sie bis zu den Ellenbogen in Morast und Pfützen.

Regen und Hagel veranstalteten ein ohrenbetäubendes Trommelfeuer auf dem Metall. Draußen bellte der Hund den Donner an.

»Blitzableiter!« murmelte Haplo.

Kapitel 12

Wombe, Drevlin, Niederreich

»Von mir erfährst du nichts über das Standbild«, verkündete Jarre entschieden. »Das bringt nur noch mehr Probleme, bestimmt!«

Limbeck stieg die Zornesröte ins Gesicht. Er holte tief Luft, um einen geharnischten Vortrag über Staatsräson zu halten, an dessen Ende vermutlich nicht nur eine alte Freundschaft in Scherben lag, sondern auch seine neue Brille. Haplo trat ihm diskret auf den Fuß. Limbeck verstand den Wink und versank in düsterem Schweigen.

Sie befanden sich wieder im HEIZUNGSRAUM, Limbecks Quartier, seit neuestem notdürftig erleuchtet von einer ›Glampern‹, wie Jarre es nannte. Sie hatte es satt gehabt, aus Limbecks Reden Fackeln zu drehen und sich anhören zu müssen, daß sie im Dunkeln sehen konnte, wenn sie es nur ernsthaft versuchte. Deshalb war sie nach Limbecks Rückkehr losgezogen, zwecks Requirierung der Glampern von einem wenig begeisterten Mitstreiter, der sich zwar von dem Hinweis, der Chefmechniker bedürfe ihrer, nicht sonderlich beeindruckt zeigte, dafür um so mehr von Jarres geballter Faust, die sie ihm unter die Nase hielt.

Die eroberte Glampern – ein Relikt aus der Zeit, als die Elfen mit ausrangierten Geraffel ihr Wasser bezahlten – hing an einem Haken und erfüllte ihre Aufgabe recht zufriedenstellend, wenn man sich erst an das rußige Licht und den Geruch gewöhnt hatte und bereit war, über den Riß längs der Seite hinwegzusehen, aus dem eine offenbar höchst brennbare Flüssigkeit auf den Fußboden tropfte.

Jarre warf ihnen allen einen trotzigen Blick zu. Ein starrsinniger Zug stahl sich um ihre Lippen. Haplo vermutete, daß sich hinter ihrer Aufgebrachtheit tiefe Sorge verbarg, Sorge um ihr Volk, um Limbeck. Und nicht unbedingt in dieser Reihenfolge.

Gram warf Haplo einen verstohlenen Blick zu und hob die Augenbrauen.

Ich kann sie rumkriegen, hieß das. *Wenn du mich läßt.*

Haplo zuckte mit den Schultern. Ein Versuch konnte nicht schaden. Gram verfügte nicht nur über eine ungewöhnliche Intuition, er war auch hellseherisch begabt. Manchmal vermochte er die geheimsten Gedanken anderer zu lesen – anderer Nichtigen, wohlgemerkt. Um sich in Haplos Bewußtsein einzuschleichen, reichten seine Fähigkeiten nicht aus. Gram huschte zu Jarre und nahm ihre Hände. »Ich sehe, was du gesehen hast, Jarre. Die vielen gläsernen Särge ... Ich hätte auch Angst, dahin zurückzugehen. Es ist wirklich traurig. Aber du *mußt* uns den Weg zeigen. Willst du nicht auch herausfinden, ob die Elfen das Allüberall abgeschaltet haben ...« Er schlug treuherzig die blauen Augen zu ihr auf.

»Und wenn sie's getan haben, was dann?« Jarre riß sich los. »Und woher willst du wissen, was ich gesehen habe? Du fabulierst dir was zusammen. Oder Limbeck hat's dir erzählt.«

»Das ist nicht wahr!« Gram schniefte gekränkt.

»Siehst du, was du angerichtet hast?« Limbeck nahm den Jungen tröstend in den Arm.

Jarre wurde rot.

»Es tut mir leid«, murmelte sie und strich verlegen an ihrem Rock hinunter. »Ich wollte dich nicht anschreien.

Aber wozu soll das alles denn gut sein?« Sie hob den Kopf und sah Haplo an, in ihren Augen schimmerten Tränen. »Wir können nicht Krieg gegen die Elfen führen! Du weißt es. Du weißt, es gäbe ein furchtbares Blutvergießen. Warum geben wir nicht auf, entschuldigen uns, bitten um Vergebung? Vielleicht ziehen sie dann ab und lassen uns in Ruhe, und alles ist wieder, wie es vorher war.«

Sie vergrub das Gesicht in den Händen. Der Hund drückte sich schweifwedelnd an ihre Beine, um sein Mitgefühl und Verständnis zu bekunden.

Limbeck blies sich auf, bis Haplo fürchtete, er würde explodieren. Er mahnte ihn mit einem Wink zur Vorsicht und wandte sich an Jarre.

»Dafür ist es zu spät. Nichts kann je wieder sein, wie es war. Die Elfen werden nicht abziehen. Sie haben jetzt das Wassermonopol und müßten unverzeihlich dumm sein, es aufzugeben. Und was eure Politik der Nadelstiche angeht . . . früher oder später wird den Elfen der Geduldsfaden reißen. Einem präzise geführten Entscheidungsschlag könnt ihr nicht standhalten. Die Elfen setzen euch entweder den Stiefel auf den Nacken, oder sie entschließen sich womöglich, den Unruheherd ein für allemal auszumerzen. Es ist zu spät, Jarre. Ihr seid zu weit gegangen.«

»Ich weiß ja.« Jarre schnupfte auf und wischte sich mit dem Rockzipfel über die Augen. »Aber für mich ist es ganz klar, daß die Elfen sich die Herrschaft über die Maschine angeeignet haben, und ich weiß nicht, was ihr glaubt, da noch ausrichten zu können.« Es klang hoffnungslos.

»Ich kann's jetzt nicht erklären«, antwortete Haplo, »aber es besteht die Möglichkeit, daß *nicht* die Elfen es waren, die das Allüberall stillgelegt haben. Wenn sich meine Vermutung als richtig erweist, und es gelingt dem Jungen, die Maschine wieder in Gang zu setzen, seid ihr in der Position, den Elfen Bedingungen zu diktieren.«

»Du meinst, die Hebenauffer gehören dann wieder uns?« erkundigte sich Jarre zweifelnd.

»Nicht bloß die Hebenauffer«, sagte Gram. Er lächelte

unter Tränen. »Alles! Ganz Arianus! Menschen, Elfen ... alle werden euch untertan sein.«

Jarre schien über die Aussicht eher erschrocken als erfreut zu sein, und sogar Limbeck stutzte.

»Darauf legen wir gar keinen Wert«, meinte er, zögerte und krauste die Stirn. »Oder doch?«

»Auf gar keinen Fall«, sagte Jarre energisch. »Was sollten wir mit einem Haufen Menschen und Elfen anfangen, die uns am Rockzipfel hängen? Dauernd kriegen sie sich in die Haare und sind nie zufrieden.«

»Aber meine Liebe ...«, wandte Limbeck ein.

»Entschuldigt«, fiel Haplo ihnen rasch ins Wort, »aber bis dahin ist noch ein weiter Weg, deshalb lohnt es sich vorläufig nicht, darüber zu streiten.«

Schon deshalb nicht, fügte der Patryn in Gedanken hinzu, weil der Bengel sie schamlos beschwindelte. Der künftige Herrscher von Arianus war Fürst Xar. Dagegen hatte Haplo selbstverständlich nichts einzuwenden, ihm ging es nur gegen den Strich, den Zwergen falsche Hoffnungen zu machen, sie durch leere Versprechungen zu bewegen, sich wider besseres Wissen auf gefährliche Unternehmungen einzulassen.

»Noch einen Punkt habt ihr außer acht gelassen. Wenn die Elfen das Allüberall nicht stillgelegt haben, glauben sie vermutlich, daß ihr Zwerge es wart. In dem Fall haben sie vermutlich eine größere Wut auf euch als ihr auf sie. Immerhin ... wenn die Maschine nicht arbeitet, ist ganz Arianus ohne Wasser.«

»Dann treffen sie am Ende Vorbereitungen, uns anzugreifen!« Limbeck ballte die Fäuste.

»Du glaubst wirklich, es waren nicht die Elfen?« Jarre wurde schwankend.

»Das wissen wir erst dann genau, wenn wir uns überzeugt haben.«

»Wir müssen die Wahrheit herausfinden, meine Liebe«, bemerkte Limbeck in sanfterem Ton. »Die Wahrheit. Unser Credo.«

»Das war einmal«, murmelte Jarre. Dann stieß sie einen müden Seufzer aus. »Also gut. Ich werde euch sagen, was ich weiß. Viel ist es nicht. Es herrschte so ein Tohuwabohu, das Getümmel und die Kupferer und . . .«

»Erzähl uns nur von dem Standbild«, schlug Haplo vor. »Du und der andere Mann, der bei uns war, der tolpatschige Alfred. Ihr seid durch die Statue irgendwie in die unterirdischen Stollen gelangt.«

»Ja«, bestätigte Jarre fügsam. »Es war traurig. Furchtbar traurig. All die Särge mit den Toten. Sie sahen so jung und schön aus. Und Alfred war so bekümmert. Ich denke nicht gerne daran.«

Der Hund, der Alfreds Namen verstanden hatte, winselte leise. Haplo klopfte ihm den Hals. Das Tier schnaufte, ließ sich fallen und legte den Kopf auf die Vorderpfoten.

»Das brauchst du auch nicht«, sagte Haplo zu Jarre. »Erzähl uns nur von der Statue. Alles. Von Anfang an.«

»Nun«, – Jarre legte grübelnd die Stirn in Falten – »der Kampf war voll im Gange. Ich hielt nach Limbeck Ausschau und entdeckte ihn neben der Statue. Der alte Chefmechniker und die Kupferer versuchten ihn wegzuschleppen. Ich wollte ihm helfen, doch als ich hinkam, war er weg. Ich sah mich um und mir fiel auf, daß die Statue sich geöffnet hatte!« Jarre breitete die Hände aus.

»Lügner«, brummte Haplo. »Er wußte Bescheid. Du hast ihn nicht an dem Sockel hantieren gesehen?«

Jarre schüttelte den Kopf.

»Hat er sich daran zu schaffen gemacht? Oder in der Nähe? Während des Kampfes, zum Beispiel?«

»Das hätte ich gar nicht gemerkt. Ich war zu dem Schacht gegangen, wo unsere Leute sich versteckt hielten, um ihnen zu sagen, sie sollten heraufsteigen und angreifen. Als ich zurückkam, herrschte bereits die schönste Prügelei, und ich konnte nichts mehr sehen.«

»Aber ich habe ihn gesehen!« meldete sich Limbeck plötzlich zu Wort. »Es fällt mir wieder ein! Der andere Mann, der Assassine . . .«

»Hugh Mordhand.«

»Ja. Ich stand bei Alfred. Hugh kam gelaufen und rief, daß die Kupferer im Anmarsch wären. Alfred wurde blaß, und Hugh sagte, es sei nicht der geeignete Augenblick, um ohnmächtig zu werden, aber er tat es trotzdem. Er fiel quer über die Füße des Mangers.«

»Und der Sockel öffnete sich!« Gram hüpfte aufgeregt herum.

»Nein.« Limbeck kratzte sich am Kopf. »Nein, ich glaube nicht. Von da an ist alles ziemlich verworren, aber ich erinnere mich, ihn da liegen gesehen zu haben und daß ich mich gefragt habe, ob er wohl verletzt war. Bestimmt hätte ich bemerkt, wenn eine Öffnung im Sockel gewesen wäre.« Haplo war davon nicht ganz so überzeugt, in Anbetracht der Kurzsichtigkeit Limbecks.

Der Patryn versuchte, sich in Alfred hineinzuversetzen, nachzuvollziehen, was sich abgespielt hatte. Der Sartan, der unter allen Umständen seine magischen Kräfte geheimhalten will, gerät unversehens in eine Auseinandersetzung hinein. Er verliert die Besinnung, wie immer wenn's brenzlig wird, und fällt über die Füße der Statue. Als er aufwacht, findet er sich mitten im Kampfgetümmel wieder. Die streitbare Zwergennatur feiert fröhliche Urständ.

Fliehen, das ist sein einziger Gedanke. Er öffnet den Geheimgang, um auf diesem Weg zu entkommen, doch irgend etwas jagt ihm einen neuerlichen Schrecken ein, und halb drin, halb draußen, fällt er in Ohnmacht. Oder er hat eins über den Schädel gekriegt. Der Sockel bleibt offen, und Jarre stolpert hinein.

Ja. Haplo nickte vor sich hin. So muß es gewesen sein. Und was nützt uns das? Nicht viel. Nur wissen wir jetzt, daß Alfred ziemlich benommen war und nicht klar denken konnte, als er den Geheimgang öffnete. Ein gutes Zeichen. Der Verschluß ist nicht kompliziert. Wenn die Sartan ihn mit Runenmagie geschützt haben, dann nicht mit einem komplexen Gefüge. Das Problem ist, die richtige Stelle zu finden und die Elfen lange genug zu beschäftigen, damit ich ihn knacken kann.

Allmählich wurde Haplo bewußt, daß alle anderen schwiegen und ihn erwartungsvoll anschauten. Er wunderte sich.

»Was?« fragte er.

»Was passiert, wenn wir unten sind?« wiederholte Jarre ihre Frage.

»Wir suchen nach den Kontrollen des Allüberall«, antwortete Haplo.

Jarre schüttelte den Kopf. »Ich kann mich nicht entsinnen, etwas bemerkt zu haben, das aussah, als gehörte es zum Allüberall.« Ihre Stimme wurde leiser. »Da waren nur diese wunderschönen Leute ... tot.«

»Aber die Kontrollen sind irgendwo da unten.« Haplo fragte sich, wen er zu überzeugen versuchte. »Der Junge wird sie finden. Und wenn wir erst unten sind, befinden wir uns in Sicherheit. Du hast selbst gesagt, hinter dir hätte sich der Zugang geschlossen. Was wir brauchen, ist irgendeine Ablenkung, um die Elfen lange genug aus der Farbick wegzulocken, damit wir unbemerkt hineingelangen. Hat jemand einen Vorschlag?«

»Eins von den Drachenschiffen der Elfen liegt bei den Hebenauffern vor Anker«, meinte Limbeck. »Wir könnten es angreifen und ...«

»Keine Angriffe!« Schon war zwischen Jarre und Limbeck ein hitziges Wortgefecht entbrannt. Haplo lehnte sich zurück und ließ sie machen; er war froh, daß wenigstens über die praktische Durchführung des Unternehmens diskutiert wurde, wenn auch etwas zu vehement für seinen Geschmack. Ihn interessierte nicht so sehr, was die Zwerge taten; Hauptsache, sie taten es.

Der Hund lag auf der Seite ausgestreckt und träumte entweder von der Jagd, oder daß er selbst gejagt wurde. Seine Pfoten zuckten, er stieß abgehackte, winselnde Laute aus. Gram, der das Tier beobachtete, unterdrückte krampfhaft ein Gähnen und bemühte sich auszusehen, als wäre er nicht im geringsten müde. Trotzdem nickte er ein und wäre beinahe vornüber gefallen. Haplo schüttelte ihn.

»Geht zu Bett, Hoheit. Bis morgen früh unternehmen wir nichts.«

Gram nickte, er war zu müde, um aufzubegehren. Mit verquollenen Augen taumelte er zu Limbecks Feldbett, ließ sich darauf fallen und war sofort eingeschlafen.

Haplo betrachtete ihn und verspürte einen schmerzhaften Stich. Wie er da auf dem Bett lag, sah Gram unschuldig und verletzlich aus, ein schutzbedürftiges Kind.

»So könnte mein Sohn jetzt schlafen, genau in diesem Moment«, sagte Haplo zu sich selbst, und der Schmerz war fast mehr, als er ertragen konnte. »Vielleicht in irgendeiner Siedlerhütte, wo seine Mutter ihn zurückließ, bevor sie weiterzog ... in Sicherheit, falls man im Labyrinth von Sicherheit sprechen konnte. Oder er ist bei ihr, vorausgesetzt, sie lebt noch. Vorausgesetzt, mein Sohn lebt noch.«

»Er lebt. Ich weiß, daß er lebt. Genau wie ich wußte, daß es ihn gab. Ich wußte es, als sie mich verließ. Aber ich tat nichts. Ich tat verdammt überhaupt nichts, außer daß ich mir die größte Mühe gab, umgebracht zu werden, damit ich nicht mehr darüber nachzudenken brauchte. Aber ich werde zurückkehren. Ich werde dich holen, Junge. Zifnab hat wahrscheinlich recht gehabt. Die Zeit ist noch nicht reif. Und ich brauche Hilfe.« Er streckte die Hand aus und strich Gram eine der schweißfeuchten Locken aus der Stirn. »Gedulde dich noch ein wenig. Bald ...«

Gram rollte sich auf dem Bett zusammen. Es war kalt hier unten, seit das Allüberall nicht mehr für Wärme sorgte. Haplo stand auf. Er griff nach Limbecks Decke und breitete sie behutsam über die schmächtige Gestalt des Jungen.

An seinen Platz zurückgekehrt – Jarre und Limbeck stritten immer noch –, nahm Haplo sein Schwert und begann mit dem Finger die Runenmuster auf dem Heft nachzuzeichnen. Dabei ließ er seinen Gedanken freien Lauf.

Während er über seine Situation nachdachte und seine Motive, schälte sich endlich aus all dem Für und Wider, den Zweifeln und den Selbstvorwürfen eine Erkenntnis heraus:

Ich bin nicht in Arianus, weil Fürst Xar es befohlen hat. Ich bin nicht hier, weil ich die Welt erobern will.

Ich bin hier, weil ich diese Welt befrieden will, zu einem sicheren Ort machen, für meinen Sohn. Meinen Sohn, der im Labyrinth gefangen ist.

Und Xar handelt aus demselben Grund. Er tut dies für seine Kinder. Seine vielen Kinder, die im Labyrinth gefangen sind.

Getröstet, endlich versöhnt mit sich selbst und seinem Fürsten, sprach Haplo die Runen. Die verschlungenen Linien auf der Klinge des Schwertes flammten auf und überstrahlten das blakende Flämmchen hinter dem rußigen Schirm der Glampern.

Kapitel 13

Wombe, Drevlin, Niederreich

»Das trifft sich gut, mit diesem Ablenkungsmanöver«, meinte Limbeck und blinzelte Haplo kurzsichtig an. Er hielt die Brille in der Hand und rieb sich die malträtierte Nase. »Ich habe eine neue Waffe entwickelt, die ich schon lange ausprobieren wollte.«

»Pfff!« machte Jarre. »Waffen.«

Limbeck achtete nicht darauf. Die Debatte über eine erfolgversprechende Ablenkungsmethode war lang und heftig gewesen und zeitweise gefährlich für die Umstehenden. Eine fliegende Bratpfanne hatte Haplo nur um Haaresbreite verfehlt. Der Hund war unter das Bett geflüchtet, auf dem Gram friedlich schlummerte.

Haplo fiel auf, daß Jarre, obwohl sie keine Bedenken hatte, mit Küchenutensilien um sich zu werfen, peinlich darauf achtete, keinesfalls den Chefmechniker und ehrenwerten Führer von UFF zu treffen. Sie wirkte in Limbecks Gegenwart befangen und gehemmt; wenn sie sich unbeobachtet glaubte, betrachtete sie ihn mit einer Mischung aus Frustration und Sorge.

In den frühen Tagen der Revolution pflegte sie Limbeck

mit wohlgemeinten Backpfeifen zur Aufmerksamkeit zu zwingen oder zog ihn liebevoll, wenn auch schmerzhaft am Bart, um ihn in die Wirklichkeit zurückzuholen. Das war vorbei: Heute sah es aus, als hätte sie Angst, ihm nahe zu kommen. Haplo sah mehr als einmal während der Diskussion ihre Hände zucken und ahnte, daß sie nichts lieber getan hätte, als dem Meister Chefmechniker gehörig den Backenbart zu rupfen. Statt dessen beschäftigten ihre Finger sich mit den Falten in ihrem langen Rock oder sortierten klirrend das Besteck.

»Ich habe diese Waffe selbst entwickelt«, verkündete Limbeck stolz. Er kramte unter einem Stapel Manuskripte, zog das Gesuchte hervor und hielt es ins trübe Licht der Glampern. »Ich nenne es einen Schnipper.«

Die Menschen im Mittelreich hätten sachverständig genickt, sich nur über den Namen gewundert und gesagt: ein Katapult; in Haplos Augen war es ein Spielzeug. Er behielt seine Meinung aber für sich, bewunderte die Erfindung pflichtgemäß und fragte, wie sie funktionierte.

Limbeck erklärte. »Wenn das Allüberall neue Teile für sich herstellte, fiel dabei immer eine Menge von etwas ab.« Er hielt ein äußerst gefährlich aussehendes, scharfkantiges Stück Metall in die Höhe. »Wir sammelten sie ein und warfen sie in den Schmelzer, aber dann mußte ich an die Flügel der Drachenschiffe denken. So ein Ding könnte mit Leichtigkeit ein Loch in die Bespannung reißen. Aus eigener Erfahrung weiß ich, daß ein Flugapparat nicht mehr fliegt, wenn Löcher in den Flügeln sind.* Auch die Drachenschiffe der Elfen nicht. Theoretisch jedenfalls.«

Haplo mußte zugeben, das hörte sich plausibel an. Er betrachtete die Waffe mit etwas mehr Respekt. »Damit

* Ganz klar eine Anspielung auf ein früheres Abenteuer, als man Limbeck verurteilte, ›die Stufen von Terrel Fen hinabzusteigen‹ – eine Hinrichtungsart bei den Gegs. Mit Federn besetzte Schwingen werden dem Delinquenten an die Arme gebunden, und man stößt ihn vom Rand der schwebenden Insel Drevlin in den Mahlstrom. ›Himmelsstürmer‹, *Die vergessenen Reiche,* Band 1 (Bastei-Lübbe 28 198)

könnte man auch einen Gegner böse zurichten«, meinte er. »Elfen nicht ausgenommen.«

»Ja, daran habe ich auch gedacht«, pflichtete Limbeck selbstzufrieden bei.

Ein unheilverkündendes Klirren ertönte hinter ihnen. Jarre schlug mit einem großen Kochlöffel drohend auf den kalten Herd.

Limbeck drehte sich herum und schaute zu ihr hin. Jarre ließ den Kochlöffel scheppernd fallen. Der Hund schob sich noch weiter unters Bett. Den Kopf hoch erhoben, schritt Jarre zur Tür.

»Wohin willst du?« fragte Limbeck.

»Spazierengehen«, antwortete sie hoheitsvoll.

»Du wirst die Glampern brauchen.«

»Nein, brauche ich nicht«, sagte sie undeutlich und wischte sich mit dem Handrücken über Augen und Nase.

»Jarre, du kannst uns nicht im Stich lassen, du mußt uns helfen«, mischte Haplo sich ein. »Du bist die einzige, die den Weg kennt.«

»Ich kann euch nicht helfen.« Sie blieb mit dem Rücken zu ihnen stehen. »Ich habe keine Ahnung, was man tun muß. Ich bin nur hinter Alfred hergelaufen.«

»Was wir vorhaben ist wichtig, Jarre.« Haplo gab nicht auf. »Es könnte den Unterschied zwischen Krieg und Frieden bedeuten.«

Sie warf einen Blick über die Schulter, zögerte. Dann sagte sie mit schmalen Lippen: »Ich komme wieder«, ging hinaus und schlug die Tür hinter sich zu. »Das alles tut mir leid«, entschuldigte sich Limbeck. Er war zornrot. »Ich verstehe sie nicht mehr. Früher war sie die Militanteste von uns allen.« Er setzte die Brille ab und rieb sich die Augen. Als er weitersprach, klang seine Stimme weicher. »Sie war es, die einen Angriff auf das Allüberall provozierte! Hat mich ins Gefängnis gebracht und fast um Kopf und Kragen.« Ein wehmütiges Lächeln erschien auf seinem Gesicht. »Sie war diejenige, die Veränderung forderte. Nun ist die Veränderung da und sie... sie wirft mit Bratpfannen!« Die Sorgen der Zwerge sind nicht meine, ermahnte sich Haplo. Halt dich da raus. Ich brauche sie, um mich zu der Maschine zu führen, das ist alles.

»Ich glaube, ihr gefällt das Blutvergießen nicht«, sagte er, um Limbeck zu beschwichtigen und versöhnlich zu stimmen.

»Mir etwa?« schnappte Limbeck. Er setzte die Brille wieder auf. »Aber wir müssen uns wehren. Und wir haben nicht angefangen, das waren sie.«

Ein wahres Wort, dachte Haplo. Aber – was ging es ihn an? Wenn Xar die Herrschaft antrat, hatten das Chaos und das Töten ein Ende. Er brachte Arianus Frieden.

Als Haplo nach ein paar Stunden Schlaf aufwachte, tummelte sich ein Trupp Zwerge im Gang vor dem HEIZUNGSRAUM. Jeder war ausgerüstet mit einem von Limbecks Schnippern und trug einen Vorrat Metallzacken in Beuteln aus dickem Leinen am Gürtel. Haplo wusch sich Gesicht und Hände (rochen nach Glampernöl) und gesellte sich zu ihnen. Die meisten Zwerge hatten mit den Schnippern geübt und verstanden damit umzugehen, nach ihren Zielübungen im Gang zu urteilen.

Selbstverständlich war es etwas ganz anderes, statt auf ein an die Wand gekritzeltes Bild eines Elfen, auf einen wirklichen Gegner zu schießen, der die Dreistigkeit besitzen mochte, das Feuer zu erwidern.

»Wir wollen nach Möglichkeit verhindern, daß jemand verletzt wird!« Jarre war zurückgekommen und hatte wie selbstverständlich das Kommando übernommen. »Also bleibt in Deckung, haltet euch in der Nähe der Eingänge zu den Hebenauffern und lauft, wenn die Elfen angreifen. Unser Ziel ist es, sie abzulenken, zu beschäftigen.«

»Ihr Drachenschiff zu durchlöchern ist bestimmt eine wirksame Ablenkung!« meinte Lof grinsend.

»Sie selbst zu durchlöchern wäre noch wirksamer«, fügte Limbeck hinzu. Begeisterte Zustimmung.

»Ja, und sie durchlöchern dich, und was dann?« konterte Jarre und bedachte Limbeck mit einem vernichtenden Blick.

Der nickte, gänzlich unbeeindruckt; sein Lächeln war grimmig, die Brillengläser darüber glitzerten frostig.

»Denkt daran, meine Freunde«, sagte er, »wenn es uns gelingt, das Schiff herunterzuholen, haben wir einen bedeutenden Sieg errungen. Die Elfen werden es nicht mehr wagen, auf Drevlin zu landen, sie werden nur widerstrebend überhaupt in die Nähe kommen. Und das heißt, sie denken möglicherweise zweimal darüber nach, weiter Truppen hier unten zu stationieren. Das könnte der erste Schritt auf dem Weg sein, sie endgültig zu vertreiben.«

Die Zwerge jubelten wieder. Haplo ging, um sich zu vergewissern, daß sein eigenes Schiff sicher war.

Zufrieden kam er wenig später zurück. Die Runen bewahrten das Schiff nicht nur vor Beschädigungen, sondern bewirkten auch, daß es mit den Konturen und Schatten der Umgebung verschmolz. Haplo konnte sein Schiff nicht unsichtbar machen – die Option war nicht im Spektrum der realisierbaren Möglichkeiten enthalten, und nur auf diesen Bereich beschränkte sich seine Magie. Doch er hatte die Macht dafür zu sorgen, daß es *so gut wie* unsichtbar war. Ein Elf hätte buchstäblich mit der Nase darauf stoßen müssen, und schon das war nicht möglich, weil die Sigel ein Kraftfeld erzeugten, das jede Annäherung an das Schiff verhinderte.

Bei seiner Rückkehr formierten sich die Zwerge zum Abmarsch zu den Hebenauffern und dem Elfenschiff, das dort von Tauen gehalten in der Luft schwebte. Haplo, Gram, Limbeck, Jarre und der Hund schlugen die entgegengesetzte Richtung ein, zu den Stollen unter der Farbick.

Haplo ging den Weg nicht zum erstenmal, doch er hätte ihn nicht wiedergefunden und war froh, einen Führer zu haben. Im Lauf der Zeit und nach allem, was er auf den anderen Welten gesehen und erlebt hatte, war die Erinnerung an das Allüberall verblaßt. Jetzt betrachtete er es mit neuerwachter Ehrfurcht, begleitet allerdings von einem

Gefühl des Unbehagens und der Anspannung, als befände er sich in Gegenwart eines Toten. Er erinnerte sich an die unermüdliche, lärmende Betriebsamkeit der Maschine: Förderbänder, Schaufelbagger, Turbinen, Kolbenmaschinen, Backenbrecher polterten, knirschten, ratterten, schnauften, dröhnten. Jetzt herrschte Stille. Totenstille.

Ihr Weg führte an der Maschine vorbei, drunter durch, drüber weg, drumherum und mittendurch. Irgendwann konnte er sich des Eindrucks nicht mehr erwehren, daß er sich geirrt hatte. Das Allüberall war kein stählerner Leichnam. Die Maschine war nicht tot.

»Es wartet«, sagte Gram.

»Ja«, stimmte Haplo zu. »Ich glaube, du hast recht.«

Der Junge rückte näher, sah verschlagen zu ihm auf. »Sag mir, was du über das Allüberall weißt.«

»Gar nichts.«

»Aber du hast gesagt, es gäbe eine andere Erklärung . . .«

»Ich habe gesagt, es *könnte* eine andere Erklärung geben. Mehr nicht.« Haplo zuckte mit den Schultern. »Nur so eine Idee, eine Ahnung.«

»Du willst es mir nicht sagen.«

»Wenn wir da sind, werden wir sehen, ob meine Vermutung richtig war, Hoheit.«

»Ich soll mich um die Maschine kümmern, hat Großvater gesagt«, erinnerte ihn Gram beleidigt. »Du bist nur hier, um auf mich aufzupassen.«

»Und genau das beabsichtige ich zu tun, *Hoheit*.«

Gram warf ihm einen scheelen, verdrossenen Blick zu, sagte aber nichts mehr. Er wußte, es hatte keinen Zweck. Ziemlich bald hatte der Junge aber seinen Groll entweder vergessen oder war zu der Einsicht gekommen, daß es sich nicht mit seiner Würde vertrug zu schmollen. Er lief nach vorn zu Limbeck. Haplo schickte den Hund hinterher, um ein Ohr auf sie zu haben.

Wie sich herausstellte, gab es nichts Interessantes zu hören. Auch nichts Belangloses. Der Anblick des Allüberall, regungslos und stumm, verfehlte nicht seine Wirkung auf die kleine Gesellschaft. Limbeck musterte durch seine Brille die Ableger, an denen sie vorüberkamen; sein Bart zitterte. Jarre betrachtete die Maschine, die sie einst zu attackieren befohlen hatte, mit zärtlicher Traurigkeit. Wenn sie einen ihrer früheren Arbeitsplätze passierten, schlich sie verstohlen hin und streichelte die Maschine, als wäre sie ein krankes Kind.

Sie kamen an vielen Zwergen vorbei, die in erzwungener Untätigkeit herumstanden, ratlos, verängstigt, niedergeschlagen. Die meisten waren auch seit dem Verstummen der Maschine täglich zur Arbeit erschienen, obwohl es keine Arbeit mehr gab.

Zuerst hatten sie zuversichtlich geglaubt, es wäre eine vorübergehende Störung, eine Panne, die bald behoben sein würde. Die Zwerge saßen oder standen in der Dunkelheit, drängten sich um die kümmerlichen Lichtquellen, die sie zurechtgebastelt hatten, beobachteten das Allüberall und warteten darauf, daß es brüllend wieder zum Leben erwachte. War ihre Schicht zu Ende, gingen sie nach Hause, und die Ablösung nahm ihren Platz ein. Doch allmählich wurde die Hoffnung fadenscheinig.

»Geht heim«, beschwor Limbeck sie in seinen Reden. »Geht heim zu euren Familien und faßt euch in Geduld. Ihr verschwendet bloß kostbares Licht.«

Manche gingen. Manche blieben. Manche gingen und kamen wieder zurück. Andere blieben erst und gingen dann.

»So kann es nicht bleiben«, sagte Limbeck kopfschüttelnd.

»Ja, du hast recht.« Ausnahmsweise stimmte Jarre mit ihm überein. »Es braut sich was zusammen.«

»Ein Strafgericht!« rief eine tiefe, rauhe Stimme aus der brütenden Dunkelheit. »Ein Strafgericht, das ist es! Du hast den Zorn der Götter auf uns herabbeschworen, Limbeck Schraubendreher! Ich sage, gehen wir zu den Elften und beugen wir uns vor ihnen. Bitten wir die Götter um Gnade. Vielleicht erwecken sie das Allüberall wieder zum Leben.«

»Ja«, murmelten andere Stimmen, gesichts- und namenlos. »Wir wollen, daß es wieder ist wie früher.«

»Na bitte, da hörst du's!« sagte Limbeck zu Jarre. »Immer mehr reden jetzt so.«

»Sie glauben doch nicht wirklich, die Elfen wären Götter?« protestierte Jarre, während sie zu den schemenhaften Gestalten zurückschaute. »Wir haben sie sterben sehen.«

»Vermutlich nicht«, antwortete Limbeck düster. »Aber sie werden bereitwillig so tun als ob, wenn das bedeutet, es gibt wieder Licht und Wärme und die gewohnte Arbeit am Allüberall.«

»Tod dem Chefmechniker!« raunte es.

»Liefert ihn den Elften aus!«

»Hier hast du was, Schraubendreher!«

Etwas kam aus der Dunkelheit geflogen – ein Ungetüm von einem Schraubenschlüssel, so lang wie Grams Unterarm. Er verfehlte sein Ziel um etliches und klirrte, ohne Schaden anzurichten, hinter ihnen gegen die Wand. Die Zwerge hatten immer noch Respekt vor ihrem Anführer, der ihnen für kurze Zeit Stolz und Hoffnung gegeben hatte. Aber das würde nicht mehr lange so bleiben. Hunger und Dunkelheit, Kälte und Stille waren ein ausgezeichneter Nährboden für Angst, Aberglauben und dumpfen Groll.

Limbeck sagte nichts. Er zuckte weder, noch zog er den Kopf ein. Mit zusammengepreßten Lippen ging er weiter. Jarre, blaß vor Sorge, hielt sich neben ihm und warf jedem Zwerg, an dem sie vorbeikamen, einen drohenden Blick zu. Gram mogelte sich rasch wieder an Haplos Seite.

Der Patryn, der ein Kribbeln auf der Haut fühlte, schaute auf seine Arme. Die Tätowierungen verströmten einen schwachen, bläulichen Schimmer – die Warnung vor einer Gefahr. Merkwürdig. Ein paar verängstigte Zwerge, gemurmelte Drohungen, ein fliegender Schraubenschlüssel – alles kein Grund für eine solche Reaktion seiner schützenden Magie. Eine wirkliche Bedrohung lauerte in der Nähe; eine Bedrohung für ihn, für ihren ganzen Trupp.

Der Hund knurrte und fletschte die Zähne.

»Was ist?« fragte Gram beunruhigt. Er hatte lange genug unter Patryn gelebt, um die Warnzeichen zu erkennen.

»Ich weiß es nicht«, antwortete Haplo. »Aber je schneller wir die Maschine wieder ankurbeln, desto besser. Also weiter.«

Sie gelangten in den Bezirk unter der Farbick. In diesen Stollen gab es keine Zwerge, sie wurden nicht benutzt, weil hier keiner etwas zu schaffen hatte. Die Farbick wurde seit undenklichen Zeiten nicht mehr genutzt, höchstens als Versammlungsort, und das auch nicht mehr, seit die Elfen sie besetzt und in eine Kaserne umgewandelt hatten.

Erlöst von dem feindseligen Geraune und dem Anblick des stählernen Leichnams, atmeten alle freier. Alle, bis auf Haplo. Der blaue Schimmer hatte sich nicht verstärkt, doch es wäre leichtsinnig gewesen, die Warnung in den Wind zu schlagen. Es drohte Gefahr, wenn er sich auch nicht vorstellen konnte, wo oder in welcher Form. Der Hund teilte seine Unruhe. Hin und wieder entfuhr ihm ein lautes und plötzliches ›Wuff‹, bei dem allen der Schreck in die Glieder fuhr.

»Kannst du ihm nicht sagen, er soll damit aufhören?« beschwerte sich Gram. »Mir ist fast das Herz in die Hose gerutscht.«

Haplo legte dem Vierbeiner beschwichtigend die Hand auf den Kopf. Das Tier wurde ruhiger, aber es blieb wachsam, wie sein Herr.

Elfen? Haplo konnte sich nicht entsinnen, wann seine Magie je auf eine von Nichtigen ausgehende Bedrohung reagiert hätte, aber die Tribuselfen, so wußte er aus Erfahrung, waren grausame und verschlagene Gegner.

»Seht doch!« rief Jarre unvermittelt und streckte die Hand aus. »Seht euch das an! Das war vorher noch nicht da. Oder ist dir das schon einmal aufgefallen, Limbeck?«

Sie deutete auf ein Zeichen an der Wand, eine rot leuchtende Markierung.

»Nein.« Limbeck nahm die Brille ab und begutachtete das Symbol. »Ich frage mich, was das ist.« In seiner Stimme schwangen dasselbe kindliche Staunen und dieselbe Wißbegier mit, die ihn seinerzeit bewogen hatten, dem Warum der Elften und des Allüberall nachzuforschen.

»Ich weiß es, ich weiß es!« rief Gram. »Eine Sartanrune!«

»Pst!« warnte Haplo, griff nach der Hand des Jungen und drückte sie fest.

»Eine was?« Limbeck schaute sich zu ihnen um. Vor Aufregung hatte er den Grund ihres Kommens vergessen und daß Eile geboten war.

»Diese Zeichen stammen von den Mangern. Ich erklär's euch später. Kommt jetzt.« Haplo winkte ungeduldig.

Jarre ging weiter, aber sie warf immer wieder einen Blick über die Schulter. »Als ich mit Alfred unten bei den toten Leuten war, habe ich welche von diesen komischen leuchtenden Bildern gesehen. Aber die waren blau, nicht rot.«

Ja, weshalb rot? fragte sich Haplo. Sartanrunen ähnelten Patrynrunen in mancher Hinsicht. Rot bedeutete eine Warnung.

»Das Leuchten wird schwächer«, meinte Jarre, als sie wieder einmal zurückschaute. Sie stolperte über ihre eigenen Füße.

»Das Sigel ist beschädigt«, sagte Gram leise zu Haplo. »Es kann nichts mehr bewirken.«

Gram hätte den Patryn nicht darauf hinzuweisen brauchen, das konnte er selbst sehen. Große Teile der Wand waren verputzt worden, entweder von den Zwergen oder vom Allüberall. Die Symbole waren überdeckt, manche ganz, manche teilweise; andere waren beschädigt und somit unwirksam. Warnen, Halt gebieten, den Zutritt verwehren – sie besaßen keine Macht mehr zu tun, weshalb man sie dort angebracht hatte.

»Vielleicht liegt es an dir«, meinte Gram und blickte mit einem schlauen Lächeln zu ihm auf. »Vielleicht mögen die Runen dich nicht.«

Vielleicht, dachte Haplo. Aber als ich das letztemal hier unten war, gab es keine Runen, die leuchteten.

Sie setzten ihren Weg fort.

»Wir sind da«, sagte Jarre, blieb unter einer Schachtöffnung stehen und leuchtete mit der Glampern in die Höhe.

Haplo schaute sich forschend nach allen Seiten um. Ja, er wußte jetzt wieder Bescheid. Einiges kam ihm bekannt vor. Sie befanden sich direkt unter der Farbick. Eine Leiter führte hinauf, oben ließ sich der Schachtdeckel zur Seite schieben, und man stand in der Halle. Haplo betrachtete die Leiter, sah Limbeck an.

»Weißt du, wie's da oben jetzt aussieht? Ich habe keine Lust, mitten im Speisesaal aufzutauchen, wenn die ganze Bagage sich eben zum Frühstück setzt.«

Limbeck schüttelte bedauernd den Kopf. »Keiner von uns ist in der Farbick gewesen, seit die Elfen sich da eingenistet haben.«

»Ich werde nachsehen«, erbot sich Gram abenteuerlustig.

»Nein, Hoheit.« Haplos Tonfall duldete keinen Widerspruch. »Ihr werdet hier warten. Hund, paß auf ihn auf.«

»Ich gehe.« Limbeck drehte sich mit zusammengekniffenen Augen suchend um die eigene Achse. »Wo ist die Leiter?«

»Setz die Brille auf!« schimpfte Jarre.

Limbeck wurde rot. Er klopfte sämtliche Taschen ab, entdeckte die Brille und klemmte sie auf die Nase.

»Ihr bleibt alle hier und wartet. Ich werde einen Blick riskieren.« Haplo setzte den Fuß auf die unterste Sprosse. »Wie ist das mit dem Ablenkungsmanöver, das ihr geplant habt? Wann geht's los?«

»Es kann nicht mehr lange dauern.« Limbeck blickte kurzsichtig in den Schacht.

»Brauchst du . . . brauchst du die Glampern?« fragte Jarre zaghaft. Sie war offensichtlich tief beeindruckt von dem bläulichen Schimmer, der Haplo umgab – ein Anblick, den sie noch nie gesehen hatte.

»Nein«, antwortete Haplo kurz. Seine Tätowierungen verbreiteten genügend Helligkeit, und er wollte die Hände frei haben.

Ungefähr auf der Hälfte der Leiter hörte er ein Rascheln und Scharren unten und Gram einen spitzen Schrei ausstoßen. Er schaute zwischen seinen Füßen hindurch in die

Tiefe. Offenbar hatte der Junge Anstalten gemacht, ihm zu folgen. Der Hund hielt den Hosenboden Seiner Hoheit fest zwischen den Zähnen.

»Leise!« zischte Haplo zu ihnen hinunter. Er stieg weiter, aber schon nach wenigen Sprossen sah er über sich den Metalldeckel. Wie es ihm vom letztenmal in Erinnerung geblieben war, ließ sich die Platte leicht und vor allen Dingen *lautlos* zur Seite schieben. Wenn jetzt nicht ausgerechnet einer der Soldaten sein Feldbett an dieser Stelle aufgeschlagen hatte . . .

Er stemmte die Fingerspitzen gegen die Platte, drückte behutsam.

Sie bewegte sich. Ein dünner Streifen Licht fiel zu ihm herein. Er hielt inne, lauschte gespannt. Nichts.

Er schob die Platte noch ein Stück zur Seite und lauschte erneut.

Diesmal hörte er Stimmen: die hellen, melodischen Stimmen von Elfen. Aber sie kamen aus einiger Entfernung, in der Nähe war alles still. Haplo musterte die Tätowierungen an seinen Händen und Armen. Der blaue Schimmer war unverändert. Er beschloß einen Blick zu wagen.

Haplo öffnete den Ausstieg ganz und spähte vorsichtig über den Rand. Es dauerte einige Zeit, bis seine Augen sich an die Helligkeit gewöhnt hatten. Daß die Elfen über Licht verfügten, war beunruhigend. Vielleicht hatte er sich geirrt, vielleicht *hatten* sie gelernt, das Allüberall zu steuern und den Zwergen Licht- und Wärmezufuhr gekappt.

Bei genauerem Hinsehen erkannte er die Wahrheit. Die Elfen, Meister der Mechanimagie, hatten ihre eigene Beleuchtungsanlage installiert. Die Glimmerglampen des Allüberall, die einst die Farbick erleuchtet hatten, waren dunkel und kalt.

Und in diesem Teil der Halle brannte überhaupt kein Licht. Dieser Teil lag still und verlassen. Die Elfen hatten sich am anderen Ende eingerichtet, nahe beim Eingang. Haplo befand sich in Augenhöhe mit einer langen Reihe Feldbetten an den Wänden. Elfen gingen hin und her, fegten aus, überprüften ihre Waffen. Manche schliefen. Einige umstanden einen Kessel, aus dem Dampfschwaden und ein appetitanregender Geruch aufstiegen. Eine Gruppe saß auf dem Boden, bei irgendeinem Spiel, aus ihrem Reden von ›Einsätzen‹ und ihren entweder erfreuten oder verärgerten Ausrufen zu schließen. Keiner interessierte sich für Haplos Teil der Farbick. Auch die Beleuchtung reichte nicht so weit.

Genau gegenüber konnte er das Standbild des Mangers sehen – die von einem Umhang mit Kapuze verhüllte Gestalt eines Sartan, der einen starrblickenden Augapfel in der Hand hielt. Haplo nahm sich einen Moment Zeit, um das Auge prüfend zu betrachten, und sah erleichtert, daß es blind war und leblos wie die ganze Maschine.

Der Augapfel, wenn man ihn zu aktivieren verstand, enthüllte dem Betrachter das Geheimnis des Allüberall.* Entweder wußten die Elfen nichts davon oder verstanden die Bedeutung nicht, so wenig wie die Zwerge in ihrer ganzen langen Geschichte begriffen hatten, was ihnen da in bunten Bildern vorgeführt wurde. Vielleicht nutzten die Elfen – wie die Zwerge – diesen leeren Teil des großen Gebäudes nur für Versammlungen. Oder sie nutzten ihn gar nicht.

Haplo verschloß die Öffnung wieder bis auf einen Spalt und stieg die Leiter hinunter.

»Alles in Ordnung«, berichtete Limbeck. »Die Elfen halten sich alle weiter vorn auf. Aber entweder ist etwas schiefgegangen mit eurem Ablenkungsmanöver, oder sie kümmern sich nicht . . .«

Er brach ab. Von oben hörte man gedämpft einen Fanfarenstoß. Dann ertönten Rufe; Waffen klirrten, Betten scharrten, Stimmen erhoben sich entweder gereizt oder freudig, je nachdem ob der Betreffende den Einsatz als willkom-

* Limbeck entdeckte, daß der Augapfel in Wirklichkeit eine Laterna magica war. Gram, der sich die beweglichen Bilder anschaute, fand heraus, welchen Zweck das Allüberall eigentlich erfüllen sollte, nämlich die schwebenden Kontinente von Mittel- und Hohem Reich in Position bringen und sie mit Wasser versorgen.

›Himmelsstürmer‹, *Die vergessenen Reiche,* Band 1 (Bastei-Lübbe 28 198)

mene Unterbrechung der langweiligen Routine oder als lästig empfand.

Haplo stieg rasch wieder nach oben und spähte durch die Öffnung.

Die Elfen gürteten Schwerter, griffen nach Bogen und Köcher und liefen hinaus, während ihre Offiziere Befehle brüllten und zur Eile antrieben.

Die Offensive hatte begonnen. Er war nicht sicher, wieviel Zeit sie hatten, wie lange die Zwerge die Elfen beschäftigen konnten. Wahrscheinlich nicht sehr lange.

»Kommt rauf«, rief er leise und winkte. »Schnell. Schon gut, alter Junge. Laß ihn los.«

Gram war der erste; er turnte die Leiter hinauf wie ein Eichhörnchen. Limbeck folgte bedächtiger, nach ihm kam Jarre. Sie hatte in der Hitze des Geschirrwerfens vergessen, ihren Rock mit einer Hose zu vertauschen, und jetzt fiel es ihr schwer, den Aufstieg zu bewältigen. Der Hund stand unten und schaute interessiert zu.

»Jetzt!« sagte Haplo, der abwartete, bis der letzte Elf die Farbick verlassen hatte. »Lauft!«

Er schob die Platte zur Seite und stemmte sich hinauf. Dann reichte er Gram die Hand und zog ihn neben sich auf den Boden der Halle. Grams Gesicht war hochrot, seine Augen leuchteten vor Erregung.

»Ich will mir das Standbild ansehen . . .«

»Warte.«

Haplo warf einen schnellen Blick in die Runde und fragte sich, weshalb er zögerte. Die Elfen waren fort, er und die anderen allein in der Farbick. Außer natürlich, die Elfen hatten von ihrem Kommen gewußt und lagen auf der Lauer. Aber das Risiko mußten sie eingehen, groß war es nicht. Haplos magische Kräfte genügten, um einen Angriff aus dem Hinterhalt abzuwehren. Trotzdem prickelte seine Haut, und die Runen leuchteten beunruhigend hell.

»Dann los«, sagte er, zornig auf sich selbst. »Hund, geh mit.«

Gram stürmte davon, begleitet von dem Vierbeiner.

Limbeck steckte den Kopf aus der Öffnung. Er starrte auf das Tier, das freudig neben Gram hersprang, und seine Augen wurden groß. »Ich hätte schwören können . . .«

Er blickte in den Schacht. »Der Hund war da unten . . .«

»Beeil dich!« knurrte Haplo. Je schneller sie von hier wegkamen, desto lieber war's ihm. Er hievte Limbeck über den Rand und streckte Jarre die Hand entgegen.

Als er einen überraschten Ausruf und aufgeregtes Bellen hörte, fuhr er so plötzlich herum, daß er Jarre fast den Arm ausgekugelt hätte.

Gram, quer über den Füßen des Mangers liegend, zeigte nach unten. »Ich hab's gefunden!« Der Hund stand mit gespreizten Beinen über der Öffnung und äugte mißtrauisch in die Tiefe, als könne von da nichts Gutes kommen.

Bevor Haplo ihn zurückhalten konnte, glitt Gram wie ein Aal in das Loch und war verschwunden. Sogleich begann die Statue des Mangers sich auf ihrem Sockel zu drehen.

»Ihm nach!« schrie Haplo.

Der Hund sprang in die sich langsam schließende Öffnung. Das letzte, was Haplo von ihm sah, war die buschige Schwanzspitze.

»Limbeck, tu was!« Haplo überließ Jarre sich selbst und sprang in großen Sätzen auf das Standbild zu. Aber Limbeck war ihm voraus.

Der stämmige Zwerg rannte grimmig entschlossen über den Boden aus geglätteten Koralitplatten. Bei der Statue angekommen, stürzte er sich in den schmalen Spalt und keilte sich zwischen Sockel und Rand. Er stemmte sich gegen das Standbild und schob es zurück, dann beugte er sich vor, um die Sache zu untersuchen.

»Aha, so funktioniert das«, sagte er und schob mit dem Zeigefinger die Brille hoch. Als er die Hand ausstreckte, um seine Vermutung zu überprüfen, indem er den Mechanismus ausprobierte, den er entdeckt hatte, setzte ihm Haplo sanft, aber bestimmt den Fuß auf die Finger.

»Laß das sein. Vielleicht schließt es sich wieder, und wer weiß, ob wir's noch mal verhindern können.«

»Haplo?« Grams Stimme drang aus der Tiefe herauf. »Es ist scheußlich dunkel hier unten. Kann ich die Glampern haben?«

»Hoheit hätten vielleicht abwarten können, bis wir anderen auch da waren«, bemerkte Haplo zurechtweisend.

Keine Antwort.

»Bleib, wo du bist. Rühr dich nicht«, wies Haplo den Jungen an. »Wir sind gleich bei dir. Wo ist Jarre?«

»Hier«, sagte sie und trat zu ihnen. Ihre Stimme klang bedrückt, ihr Gesicht war blaß. »Alfred sagte, dies ist nur ein Eingang, kein Ausgang.«

»Das hat Alfred gesagt?«

»Nicht genau so. Er wollte mich nicht erschrecken. Aber das muß der Grund gewesen sein, weshalb wir durch die Stollen gegangen sind. Ich meine, wenn es möglich gewesen wäre, einfach wieder aus der Statue herauszusteigen, hätten wir das getan, oder nicht?«

»Bei Alfred . . . wer weiß?« sagte Haplo halblaut vor sich hin. »Aber du hast wahrscheinlich recht. Dieser Zugang schließt sich, sobald jemand nach unten steigt. Und das bedeutet, wir müssen etwas finden, um ihn offen zu halten.«

»Ob das klug ist?« Limbeck schaute zu ihnen auf. Nur sein Kopf und die Schultern ragten aus dem Loch. »Wenn die Elfen nun zurückkommen und das hier sehen?«

»Haben wir Pech gehabt«, meinte Haplo, doch er hielt es nicht für wahrscheinlich. Die Elfen schienen diesen Trakt zu meiden. »Ich habe keine Lust, da unten festzusitzen.«

»Die blauen Lichter führen uns zum Ausgang.« Jarre deutete auf Haplos Tätowierungen. »Blaue Lichter, die aussehen wie das.«

Haplo sagte nichts, er machte sich auf die Suche nach einem Gegenstand, den er als Keil verwenden konnte. Binnen kurzem kam er mit einem Stück Rohr zurück, bedeutete Jarre und Limbeck, die Treppe hinunterzusteigen, und folgte ihnen. Kaum hatte er den Fuß auf die erste Stufe gesetzt, begann die Statue sich zu bewegen. Haplo hielt das Rohr in die schmaler werdende Öffnung, bis der Sockel es eingeklemmt hatte. Er rüttelte prüfend daran und fühlte, wie das Standbild nachgab.

»Wunderbar. Den kleinen Ritz werden die Elfen kaum bemerken. Und wir haben uns den Rückweg offen gehalten. Also gut, sehen wir uns an, wo wir hingeraten sind.«

Jarre hielt die Glampern in die Höhe, und Einzelheiten ihrer Umgebung wurden sichtbar.

Eine enge Wendeltreppe führte in tintenschwarze Dunkelheit. Es herrschte eine unglaubliche Stille. Das Schweigen lastete auf dem Ort wie dicker Staub, seit Jahrhunderten unberührt.

Jarre schluckte, ihre Hand mit der Glampern zitterte; gespenstisch huschte der Lichtschein über die Wände. Limbeck zog sein Taschentuch heraus, aber nicht, um die Brillengläser zu polieren, sondern er wischte sich damit über die Stirn. Gram stand mit dem Rücken zur Wand. Er wirkte kleinlaut und eingeschüchtert.

Haplo kratzte über die brennenden Sigel an seinem Handrücken und beherrschte mannhaft den Impuls, diesem Ort den Rücken zu kehren. Er hatte gehofft, die unsichtbare Gefahr losgeworden zu sein, die sich ihnen an die Fersen geheftet zu haben schien, aber die Runen auf seiner Haut schimmerten blau, unverändert, weder heller noch schwächer als eben in der Farbick. Was keinen Sinn ergab, denn wie konnte die Gefahr sowohl dort oben wie auch hier unten lauern?

»Da! Diese Bilder geben Licht«, sagte Jarre.

Haplo senkte den Blick und sah ein Band von Sartanrunen am Fuß der Wand entlanglaufen. In Abarrach . . . In Abarrach hatte er ähnliche Runen gesehen; sie dienten ihm und Alfred als Wegweiser bei der Flucht aus den Verliesen unter Nekropolis.

Gram kniete sich hin, um sie zu studieren. Sichtlich stolz auf sein Wissen, legte er den Finger auf eine der Runen und sprach das Wort.

Nichts geschah.

Haplo verstand die Sartansprache, auch wenn sie ihm in den Ohren weh tat. »Die Betonung war falsch.«

Gram sah eingeschnappt zu ihm auf; es paßte ihm nicht, korrigiert zu werden. Dann aber wiederholte er die Rune und konzentrierte sich darauf, die fremdartigen und sperrigen Silben sorgfältig auszusprechen.

Das Zeichen flammte auf und gab sein Licht an das nächste weiter. Eins nach dem anderen erwachte zum Leben, ein Band aus blauem Feuer lief am Sockel der Wand entlang die Treppe hinunter.

»Folgen wir ihnen«, sagte Haplo völlig unnötig, denn Gram und Limbeck und der Hund hatten die Aufforderung nicht abgewartet.

Nur Jarre zögerte noch, blaß und ernst. Ihre Hände kniffen Falten in den Stoff ihres Rocks.

»Es ist so traurig«, flüsterte sie.

Haplo nickte. »Ich weiß«, sagte er ruhig.

Kapitel 14

Wombe, Drevlin, Niederreich

Am Fuß der Treppe blieb Limbeck stehen. »Und weiter?«

Von einer Art kleinem Vorplatz zweigten nach allen Richtungen Gänge ab. Die blauen Runen endeten hier, fast, als warteten sie auf Anweisungen.

»Welchen Gang nehmen wir?«

Der Zwerg flüsterte, sie flüsterten alle, ohne ersichtlichen Grund. Das Schweigen, eine strenge, majestätische Wesenheit, erfüllte die Räume und duldete kein lautes Reden. Selbst wenn sie flüsterten, empfanden sie ein Gefühl der Schuld.

»Damals hat das blaue Licht uns zum Mausoleum geführt«, sagte Jarre. »Da will ich nicht wieder hin.«

Ihr Wunsch deckte sich mit dem Haplos. »Erinnerst du dich, welcher Gang das war?«

Jarre, die Haplos Hand umklammert hielt, wie damals Alfreds, kniff die Augen fest zu und überlegte. »Ich glaube... es war der dritte von rechts.« Sie streckte die Hand aus.

Im selben Moment flammten die Sigel auf, die Lichtzeichen liefen in die angegebene Richtung. Jarre schnappte nach Luft und umklammerte des Patryns Hand noch fester.

»Ui!« Gram stieß einen leisen Pfiff aus.

»Gedanken!« Haplo erinnerte sich an etwas, das Alfred ihm erzählt hatte, als sie vor Kleitus' Schergen durch die unterirdischen Gänge Abarrachs flüchteten. »Gedanken beeinflussen die Runen. Macht euch ein Bild davon, wo wir hinwollen, und die Magie wird uns führen.«

»Aber wie sollen wir uns ein Bild machen, wenn wir keine Ahnung haben, was wir eigentlich suchen?« wandte Gram ein.

Haplo rieb sich die stechende, brennende Hand am Hosenbein und zwang sich, ruhig zu bleiben. »Ihr und Fürst Xar müßt darüber gesprochen haben, wie die Hauptkontrolle der Maschine beschaffen sein könnte, Hoheit. Was denkt Ihr, wie sie aussieht?«

Gram ließ sich Zeit mit der Antwort. »Ich habe Großvater meine Bilder vom Allüberall gezeigt. Er meinte, alle Teile der Maschine sähen aus wie Teile unserer Körper oder der Körper von Tieren. Die goldenen Hände und Arme der Hebenauffer; die Dampfpfeifen in der Form von Mündern; die Grabgreifer wie Vogelkrallen. Und deshalb, meinte er, müßte die Zentrale aussehen wie . . .«

»Ein Gehirn!« Limbeck schnippte mit den Fingern.

»Nein«, widersprach Gram. »Das hat Großvater auch gemeint. Aber *ich* sagte ihm, wenn die Maschine ein Gehirn hätte, wüßte sie allein, was sie tun muß. Die Kontinente ausrichten, meine ich. Sie hat es aber nicht getan. Sie arbeitet, aber ohne Verstand. Ich glaube, wonach wir suchen müssen, ist das Herz.«

»Und was hat Großvater dazu gesagt?« Haplo machte aus seiner Skepsis kein Hehl.

»Er stimmte mir zu«, erwiderte Gram von oben herab.

»Wir sollen also an Herzen denken?« fragte Limbeck.

»Einen Versuch ist es wert.« Haplo runzelte die Stirn. »Auf jeden Fall besser, als hier herumzustehen. Wir können es uns nicht leisten, unnötig Zeit zu verlieren.«

Er richtete seine Gedanken auf ein Herz, ein gigantisches Herz, das Leben durch einen Körper pumpt, der keinen Verstand hat, um es sinnvoll einzusetzen. Je länger er darüber nachdachte, desto logischer erschien ihm die Vorstellung, obwohl er nicht gedachte, Gram das wissen zu lassen. Und es paßte auch zu Haplos eigener Theorie.

»Die Lichter gehen aus!« Jarres Finger gruben sich in Haplos Fleisch.

»Konzentrieren!« rief er.

Die Sigel, die in den Gang rechts geführt hatten, flimmerten, verblaßten, erloschen. Sie alle warteten in atemloser Spannung, dachten an Herzen und waren sich überdeutlich des Schlagens ihrer eigenen Herzen bewußt, das ihnen laut in den Ohren dröhnte.

Blaues Licht flackerte links von ihnen. Haplo hielt den Atem an und richtete seine gesamte Willenskraft darauf, die Runen zu stärken. Die Sigel leuchteten heller, intensiver, wiesen in eine Richtung genau gegenüber dem Mausoleum.

Gram stieß einen Triumphschrei aus. Das Echo hallte wider, aber es war nicht mehr seine Stimme. Sie klang hohl, tonlos und erinnerte Haplo unangenehm an die monotonen Stimmen der Untoten, der Lazare von Abarrach. Die glimmenden Sigel an Haplos Körper glühten plötzlich auf.

»Ich würde das nicht wieder tun, an Eurer Stelle, Hoheit.« Der Patryn sprach mit zusammengebissenen Zähnen. »Ich weiß nicht, was da hinten ist, aber es kommt mir vor, als hätte Euch jemand gehört.«

Gram drückte sich mit schreckgeweiteten Augen an die Wand. »Ich glaube, du hast recht«, flüsterte er beklommen. »Es... es tut mir leid. Was tun wir jetzt?«

Haplo stieß einen entnervten Seufzer aus und bemühte sich, Jarres verkrampfte Finger von seiner Hand zu lösen. »Gehen wir. Und schnell!«

Niemand brauchte zur Eile gemahnt zu werden. Längst wollten alle – auch Gram – nur möglichst schnell erledigen, weshalb sie gekommen waren, und in behaglichere Gefilde zurückkehren.

Die leuchtenden Runen führten sie durch eine Vielzahl von Gängen.

»Was soll das?« fragte Gram. Er blickte zu Haplo zurück, der nun schon zum vierten Mal stehenblieb. »Ich dachte, wir sollten uns beeilen.«

»Eine Vorsichtsmaßnahme, damit wir den Rückweg finden, Hoheit«, erwiderte Haplo kühl. »Wie Ihr bemerkt habt, erlöschen hinter uns die Sigel. Wir müssen damit rechnen, daß sie nicht wieder aufleuchten oder uns in eine Richtung führen, wo Gefahr lauert. Womöglich laufen wir geradewegs den Elfen in die Arme.«

Er stand an der Stelle, wo der Seitengang abzweigte, und ritzte mit der Dolchspitze eine Markierung in die Wand. Was er tat, war nicht nur eine Rückversicherung für den Fall der Fälle, es bereitete ihm auch eine tiefe Genugtuung, ein Patrynzeichen auf geheiligten Sartanwänden zu hinterlassen.

»Die Sartanrunen werden uns den Weg nach draußen zeigen«, nörgelte Gram.

»Bis jetzt haben sie uns noch nicht besonders viel gezeigt«, entgegnete Haplo.

Doch schließlich, nach ein paar weiteren Biegungen und Gabelungen, leiteten die Runen sie zu einer geschlossenen Tür am Ende eines Ganges.

Das leuchtende Band, das zahllose andere Türen und Türöffnungen übersprungen hatte, lief plötzlich senkrecht in die Höhe, in einem Bogen wieder nach unten und umgab diese Tür mit einem Rahmen aus Licht. Eingedenk der Abwehrrunen von Abarrach, war Haplo froh zu sehen, daß die Runen blau schimmerten, nicht rot. Die Tür hatte die Form eines Hexagons, in der Mitte befand sich ein Runenkranz um einen leeren Fleck. Anders als die meisten Sartangefüge, war dieses nicht in sich geschlossen, sondern schien unvollständig geblieben zu sein.

Haplo konnte sich des Gefühls nicht erwehren, eine Tür wie diese und so angeordnete Runen schon einmal gesehen zu haben, aber Forschen in seinem Gedächtnis blieb ohne

Ergebnis, und er dachte nicht mehr daran.* Es sah aus wie ein simples Runenschloß, in dessen Mitte der Schlüssel einzufügen war.

»Ich weiß, wie das geht«, behauptete Gram, nachdem er die Runen einen Moment studiert hatte. »Großvater hat es mich gelehrt. Es war in einem seiner alten Bücher beschrieben.« Er sah Haplo an. »Aber dazu müßte ich größer sein. Und ich brauche deinen Dolch.«

»Vorsicht.« Haplo reichte ihm die Waffe. »Er ist scharf.«

Gram betrachtete den Dolch mit sehnsüchtigem Verlangen, aber schon wurde er von dem Patryn hochgehoben, bis er sich auf einer Höhe mit dem Runengefüge an der Tür befand.

Mit gerunzelter Stirn, die Zungenspitze zwischen die Zähne geklemmt, ritzte er langsam und unbeholfen ein Sigel** in das Holz. Sobald der letzte Strich ausgeführt war, begann das Zeichen zu strahlen. Von der Mitte ausgehend, griff das Leuchten auf den gesamten Runenkranz über, der kurz aufflammte und dann erlosch. Die Tür öffnete sich einen haarfeinen Spalt. Licht – grell, weiß – strömte heraus. Nach dem Halbdunkel in den Gängen kniffen alle im ersten Moment schmerzvoll die Augen zusammen.

Aus dem hinter der Tür liegenden Raum ertönte ein metallisches Klappern.

Haplo stellte Seine Hoheit unzeremoniell wieder auf die Füße, schob den Jungen hinter sich und erwischte mit der freien Hand Limbeck am Hemd, der resolut Anstalten machte, geradewegs hineinzumarschieren. Der Hund grollte tief in der Brust.

* Höchstwahrscheinlich die Tore der Sartanstadt auf Pryan, von Haplo in seinem Bericht *Pryan, Welt des Feuers* geschildert.

** Auch daran hätte sich Haplo von Pryan her erinnern müssen. Der Zwerg Drugar trug das gleiche Symbol auf einem Amulett um den Hals. Es handelte sich um ein gebräuchliches Schloßsigel, mehr ornamental als funktionell, denn – wie Grams Beispiel beweist – selbst ein Nichtiger konnte lernen, die elementare Magie zu beherrschen. Orte, die die Sartan wirklich sichern und vor ungebetenen Besuchern schützen wollten, waren von Abwehrrunen umgeben.

»Langsam, langsam!« zischte Haplo tonlos. »Zurück! Alle.«

Von der Anspannung in Haplos Stimme mehr erschreckt als von den rätselhaften Geräuschen, gehorchten Gram und Limbeck sofort und entfernten sich von der Tür. Jarre gesellte sich zu ihnen.

»Was . . .«, fing Gram an.

Haplo warf ihm einen wütenden Blick zu, und der Junge verzichtete darauf weiterzusprechen. Der Patryn beugte sich vor, um an dem Türspalt zu horchen, er wurde nicht klug aus den Geräuschen, die herausdrangen. Manchmal war es ein rhythmisches Klappern, manchmal ein heftiges Scheppern, dann wieder verstummten sie ganz. Begannen von neuem. Und sie wanderten, erst waren sie nah bei der Tür, entfernten sich gleich darauf.

Er hätte schwören können, was er hörte, war jemand, der von Kopf bis Fuß in einem Plattenpanzer steckte und in einem großen Raum auf und ab ging. Aber kein Sartan – auch kein Patryn – war je so tief gesunken, eine Rüstung anzulegen! Von den Nichtigen erfunden, um ihre verwundbaren Körper zu schützen. Daraus folgte, was sich in dem Raum befand, mußte ein Nichtiger sein, wahrscheinlich ein Elf.

Dann hatte Limbeck recht gehabt. Die Elfen waren verantwortlich für das Verstummen des Allüberall.

Haplo lauschte wieder, hörte, wie das Klappern hierhin und dorthin wanderte, bedächtig, zielstrebig und schüttelte den Kopf. Nein, hätten die Elfen diesen Ort entdeckt, wären sie längst in Scharen hier eingefallen, wie die Ameisen. Und soweit Haplo es zu beurteilen vermochte, stammten die merkwürdigen Geräusche da drin von einer einzigen Person.

Er warf einen Blick auf Hände und Arme. Die Sigel verströmten nach wie vor ihren warnenden blauen Schimmer, doch unverändert nur als unbestimmte Mahnung zur Vorsicht.

»Wartet hier!« Haplo formte die Worte mit den Lippen, dabei schaute er Gram und Limbeck an. Beide nickten.

Der Patryn zog das Schwert, versetzte der Tür einen kräftigen Tritt und stürmte in den Raum, der Hund ihm nach. Zwei, drei große Schritte, und er blieb stehen wie gegen eine Wand gelaufen. Fast hätte er das Schwert fallen lassen.

Ein Mann drehte sich zu ihm herum, ein Mann aus Metall.

»Wie lauten meine Anweisungen?« fragte er monoton, in der Menschensprache.

»Ein Androide!« jubelte Gram, den es trotz Haplos Befehl nicht draußen gehalten hatte.

Der Androide war in etwa so groß wie Haplo. Sein Körper bestand aus Messing. Hände, Arme, Finger, Beine, Zehen waren mit Gelenken versehen, doch er bewegte sich steif, ruckartig. Das Gesicht hatte man als starre Maske nach menschlichem Vorbild modelliert. Brauen und Lippen waren aus Gold gebildet; Edelsteine glitzerten in den Augenhöhlen. Runen, Sartanrunen, überzogen den gesamten Körper, ähnlich Haplos Tätowierungen und vermutlich zu demselben Zweck – was Haplo einigermaßen lustig fand, aber auch beleidigend.

Der Androide befand sich allein in einem großen, leeren, kreisrunden Raum. Von den Wänden starrten Augen herab, Hunderte von Augen, exakte Gegenstücke des einen in der Hand des Mangers oben. Und jedes Auge lieferte ein Bild von einem anderen Teil des Allüberall.

Haplo hatte das gespenstische Gefühl, mit hundertfach vervielfältigter Sicht in jeden Winkel Drevlins zu schauen. Dann begriff er. Die Augen gehörten zu dem Androiden. Das metallische Klappern, das er gehört hatte, war der Roboter gewesen, der von Auge zu Auge ging, überwachte, kontrollierte.

»Da steckt jemand Lebendiger drin!« sagte Jarre. Sie stand in der Tür und traute sich nicht weiter. »Wir müssen ihn herausholen!«

»Nein!« Gram war ganz überlegenes Wissen. »Es ist eine Maschine, genau wie das Allüberall.«

»Ich bin die Maschine«, verkündete der Androide mit seiner leblosen Stimme.

»Natürlich!« Gram wirbelte aufgeregt zu Haplo herum. »Verstehst du nicht? *Er* ist die Maschine! Siehst du die Runen an seinem Körper? Sämtliche Teile des Allüberall sind durch Magie mit ihm verbunden. Er hat es gesteuert, die ganze Zeit über!«

»Ohne Gehirn«, murmelte Haplo. »In Befolgung seiner letzten Instruktionen, welche das auch gewesen sein mögen.«

»Das ist großartig!« Limbeck seufzte verklärt, seine Augen füllten sich mit Tränen. Die Gläser seiner Brille beschlugen, er nahm sie ab und starrte myopisch, deshalb aber nicht minder ehrfurchtsvoll auf den Maschinenmenschen, vorsichtshalber aus angemessener Entfernung. »Etwas so Großartiges hätte ich nie für möglich gehalten.«

»Ich find's gruselig.« Jarre fröstelte. »Jetzt haben wir alles gesehen, dann können wir uns ja wieder auf den Rückweg machen. Dieser Ort ist mir unheimlich. Und das Ding auch.«

Haplo teilte ihre Ansicht, ihm gefiel dieser Ort ebensowenig. Der Androide erinnerte ihn an die Untoten von Abarrach; Leichen, durch Nekromantie zu widernatürlichem Leben erweckt. Ihm kam es vor, als wäre dieselbe Art schwarzer Magie hier am Werke, nur war diesmal unbelebter Materie Leben verliehen worden. Geringfügig besser, dachte Haplo, als verwesendes Fleisch zu beleben. Oder auch nicht. Die Toten besaßen wenigstens eine Seele. Dieses Metallgebilde war sowohl hirn- als auch seelenlos.

Der Hund schnupperte an den Füßen des Maschinenmenschen, dann schaute er fragend zu Haplo auf. Offenbar wunderte er sich, weshalb dieses Ding sich bewegte wie ein Mensch, redete wie ein Mensch, aber nicht roch wie ein Mensch.

»Du bewachst die Tür«, befahl Haplo ihm. Enttäuscht von dem Androiden, der sich als unbrauchbarer Spielgefährte erwiesen hatte, gehorchte der Vierbeiner bereitwillig.

Limbeck wühlte nachdenklich in seinem Bart. Ihn beschäftigte wieder seine Lieblingsfrage. »Warum? Wenn dieser Metallmensch während der ganzen Zeit die Maschine gesteuert hat, warum ist das Allüberall stehengeblieben?«

Gram überlegte, schüttelte den Kopf. »Ich weiß es nicht«, gab er verdrossen zu und zuckte mit den Schultern.

Haplo kratzte sich die juckende Hand, die weiterhin Gefahr signalisierte. »Vielleicht hängt es damit zusammen, daß das Todestor sich geöffnet hat.«

Gram zog eine höhnische Grimasse. »Was du schon weißt . . .«

Der Androide drehte sich zu Haplo herum. »Das Tor ist offen. Wie lauten meine Anweisungen?«

»Also doch«, sagte Haplo zufrieden. »Ich hab's mir gedacht. *Deshalb* hat das Allüberall aufgehört zu arbeiten.«

»Was für ein Tor?« Limbeck runzelte die Stirn, er hatte die Brille abgewischt und setzte sie wieder auf die Nase. »Wovon redet ihr?«

»Meinetwegen hast du recht.« Gram musterte Haplo von unten herauf. »Und was dann?«

»Ich bestehe darauf zu erfahren, wovon die Rede ist!« Limbeck schaute aufgebracht von einem zum anderen.

»Gleich!« Haplo wandte sich wieder an Gram. »Folgendes: Im Plan der Sartan war die Interaktion der vier Welten vorgesehen. Gehen wir davon aus, daß das Allüberall nicht nur die Aufgabe hatte, die schwebenden Inseln und Kontinente von Arianus in Position zu bringen. Angenommen, die Maschine hat noch andere Aufgaben; Aufgaben, die sämtliche andere Welten betreffen.«

»Meine wirkliche Arbeit beginnt mit der Öffnung des Tores«, sagte der Androide. »Wie lauten meine Anweisungen?«

Wo sind die Zitadellen?

Haplo fühlte sich plötzlich an die Tytanen von Pryan erinnert. Gleichfalls seelenlose Kreaturen, die aus dumpfer Enttäuschung darüber, keine Antwort auf ihre stereotype Frage zu erhalten, jeden erschlugen, der ihren Weg kreuzte. *Wo sind die Zitadellen? – Wie lauten meine Anweisungen?*

»Dann gebt ihm seine Anweisungen. Sagt ihm, was er tun soll, und dann laßt uns gehen!« Jarre trat unbehaglich von einem Fuß auf den anderen. »Unsere Freunde können die Elfen bestimmt nicht mehr lange ablenken.«

»Ich weiche keinen Schritt, solange ich nicht genau weiß, was los ist«, verkündete Limbeck gereizt.

»Jarre hat recht, Hoheit. Befehlt dem Androiden, die Maschine wieder in Gang zu setzen, und dann räumen wir das Feld.«

»Das kann ich nicht«, antwortete Gram mit einem schlauen Seitenblick auf Haplo.

»Und warum nicht, Hoheit?«

»Ich meine, ich könnte schon, aber es wird lange dauern. Sehr lange. Erst muß ich herausfinden, was jeder einzelne Teil der Maschine für eine Aufgabe hat. Dann muß ich jedem Teil sagen, was er tun soll ...«

»Stimmt das?«

»Alles andere wäre zu gefährlich«, beteuerte Gram unschuldsvoll. »Du willst doch bestimmt nicht, daß ein Fehler passiert, oder? Wenn die Maschine nun plötzlich anfängt, verrückt zu spielen ... Stell dir vor, die Inseln sausen durcheinander und stürzen vielleicht in den Mahlstrom.« Gram zuckte mit den Schultern. »Tausende könnten dabei umkommen.«

Jarre zerknüllte ihren Rock zwischen den Fingern. »Warum gehen wir nicht endlich? Wir kommen auch so zurecht. Mit der Zeit werden wir lernen, ohne das Allüberall zu leben, und wenn die Elfen merken, daß es nicht mehr aufwacht, werden sie nach Hause gehen ...«

»Nein, werden sie nicht«, widersprach Limbeck. »Das wäre ihr Untergang. Sie müßten verdursten. Deshalb werden sie stöbern und suchen, bis sie diesen Maschinenmann finden, und dann übernehmen *sie* die Kontrolle ...«

»Er hat recht«, stimmte Gram zu. »Wir müssen ...«

Der Hund fing an zu knurren und bellte einmal scharf.

Haplo richtete den Blick auf seinen Arm. Der blaue Schimmer war stärker geworden.

»Es kommt jemand. Wahrscheinlich hat man den Einstieg entdeckt.«

»Aber wie? Es waren keine Elfen in der Nähe!«

»Keine Ahnung«, sagte Haplo grimmig. »Entweder eure Aktion hat nicht funktioniert, oder man hat ihnen was gesteckt. Unwichtig jetzt. Wir müssen weg hier, und das sofort!«

Gram sah trotzig zu ihm auf. »Das ist idiotisch! *Du* bist idiotisch. Wie sollen die Elfen uns finden? Sie wissen nichts von den Runen. Wir brauchen uns nur hier drin zu verstecken und ruhig zu sein . . .« Der Junge hat recht, dachte Haplo. Ich benehme mich idiotisch. Wovor habe ich Angst, verdammt? Wir machen einfach die Tür zu. Die Elfen können jahrelang in diesen Gängen herumirren, ohne uns zu finden.

Es lag ihm auf der Zunge, den entsprechenden Befehl zu geben, doch er brachte die Worte nicht über die Lippen. Er lebte nur deshalb noch, weil das Labyrinth ihn gelehrt hatte, auf seinen Instinkt zu vertrauen. Und sein Instinkt sagte ihm: Nichts wie weg hier!

»Tut, was ich sage, Hoheit.« Haplo umfaßte Grams Handgelenk und wollte den sich sträubenden Jungen zur Tür ziehen. »Hier.« Er zeigte ihm seinen von blauem Licht umhüllten Arm. »Ich kann mir nicht erklären, wie sie rausgekriegt haben, daß wir hier unten sind, aber sie wissen es, glaubt mir. Sie suchen nach uns. Und wenn wir in diesem Raum bleiben, werden sie uns finden. Uns . . . und das Herz des Allüberall. Wollt Ihr das? Würde Großvater das wollen?«

Gram schaute Haplo an. Der Haß in den Augen des Jungen funkelte grell und kalt wie ein gezücktes Schwert. Haplo war bestürzt. Sein Griff lockerte sich.

Gram riß sich von ihm los. »Du bist so dumm«, sagte er verachtungsvoll. »Ich werde dir beweisen, wie dumm!« Er drehte sich um, stieß Jarre zur Seite und rannte aus der Tür.

»Ihm nach!« befahl Haplo dem Hund, der augenblicklich gehorchte.

Limbeck hatte die Brille abgenommen und betrachtete sehnsüchtig den Androiden, der regungslos in der Mitte des Zimmers verharrte.

»Ich begreife immer noch nicht . . .«

»Wir haben jetzt keine Zeit für lange Erklärungen!« schnitt Haplo ihm das Wort ab.

Jarre ergriff die Initiative. Sie bemächtigte sich des erhabenen Vorsitzenden der UFF – ganz auf die gute, alte Art – und schob ihn durch die Tür auf den Gang hinaus.

»Wie lauten meine Anweisungen?« fragte der Androide.

»Mach die Tür zu«, knurrte Haplo. Er war froh, der seelenlosen Messingkreatur zu entkommen.

Draußen im Gang blieb er stehen, um sich zu orientieren. Er hörte Grams Schritte sich in der Richtung entfernen, aus der sie gekommen waren. Das Patrynsigel, das Haplo über dem Torbogen eingeritzt hatte, flimmerte grünlich-blau. Wenigstens hatte der Junge soviel Grips gehabt, den richtigen Weg einzuschlagen, auch wenn er wahrscheinlich den Verfolgern geradewegs in die Arme lief. Es war ihm ein Rätsel, was der Bengel im Sinn haben mochte. Weiter nichts, als Schwierigkeiten zu machen, vermutlich. Na ja, halb so wild. Er ist ein Nichtiger und die Elfen auch. Kein Problem. Sie können mir nichts anhaben.

Große Worte, aber wenn dem so ist, weshalb bist du dann vor Angst kaum noch imstande, einen klaren Gedanken zu fassen?

»Wenn ich das wüßte«, gab Haplo sich selbst zur Antwort. Er wandte sich an Limbeck und Jarre. »Ich muß den Prinzen zurückholen. Ihr beide versucht mit mir Schritt zu halten, so gut es geht; wenn die Elfen uns finden, dann möglichst weit entfernt von diesem Raum. Die« – er zeigte auf die glimmenden Patrynrunen – »werden nicht mehr lange sichtbar sein. Sollte es zum Kampf kommen, haltet euch im Hintergrund. Nicht die Helden spielen.«

Damit stob er davon.

»Wir kommen gleich nach!« rief Jarre ihm leise hinterher und drehte sich zu Limbeck herum, der die geschlossene Tür anstarrte, während er geistesabwesend seine Brille polierte.

»Limbeck, nun komm schon!« forderte sie ihn im Befehlston auf.

»Und wenn wir den Ort nie wiederfinden?« meinte er bedrückt.

»Soll's mir auch recht sein!« wäre ihr beinahe herausgerutscht, aber sie schluckte die Worte noch rechtzeitig hinunter, nahm statt dessen seine Hand (was sie seit langer Zeit nicht mehr getan hatte, fiel ihr ein) und wollte ihn mit sich ziehen. »Wir dürfen hier nicht bleiben, Lieber. Haplo hat recht. Wenn *sie* das Herz des Allüberall finden, sind wir verloren.«

Limbeck stieß einen abgrundtiefen Seufzer aus. Er steckte das Tuch ein, setzte die Brille auf die Nase, baute sich vor der Tür auf und verschränkte die Arme vor dem Brustkasten.

»Nein«, verkündete er entschlossen. »Ich gehe hier nicht weg.«

Kapitel 15

Wombe, Drevlin, Niederreich

»Ganz wie ich dachte, die Gegs haben einen Scheinangriff unternommen, um uns von einer anderen Aktion abzulenken.« Der Elfenhauptmann stand neben der Statue des Mangers und betrachtete den Spalt im Sockel. »Entferne einer von euch das Rohr.«

Keiner von den Männern der kleinen Abteilung fühlte sich gemüßigt, der Aufforderung ihres Hauptmanns Folge zu leisten. Sie scharrten mit den Füßen, warfen sich gegenseitig verstohlene Blicke zu oder musterten scheu das Standbild.

Der Hauptmann hob den Kopf, um zu sehen, weshalb sein Befehl nicht ausgeführt wurde. »Nun? Was ist los mit euch?«

Einer der Elfen salutierte und ergriff das Wort. »Auf dem Standbild ruht ein Fluch, Hauptmann Sang-drax. Wie jeder weiß, der *längere Zeit* hier gedient hat.« Ein Wink mit dem Zaunpfahl für den Hauptmann, der erst vor kurzem nach Drevlin abkommandiert worden war.

»Wenn die Gegs da runtergestiegen sind, haben sie inzwischen ein schlimmes Ende gefunden, Sir«, bemerkte ein anderer.

»Ein Fluch!« Sang-drax lächelte höhnisch. »Ihr werdet *meinen* Fluch zu spüren bekommen, wenn ihr nicht pariert! Und alles, was euch dieser häßliche Steinklotz antun könnte, ist dagegen ein Kinderspiel!« Er fixierte die Männer mit einem stechenden Blick. »Leutnant Ban'glor, entfernt dieses Stück Rohr.«

Nach kurzem Zögern überwog die reale Furcht vor Schikanen und Degradierung – der Aufgerufene trat vor. Er bückte sich widerstrebend. Sein Gesicht war blaß, Schweißperlen standen ihm auf der Stirn. Die Soldaten wichen unwillkürlich einen Schritt zurück, doch als sie die Augen des Hauptmanns auf sich ruhen fühlten, erstarrten sie.

Ban'glor wollte die Sache rasch hinter sich bringen und ruckte mit aller Kraft an dem Metallstück, das seinen Bemühungen jedoch gar keinen Widerstand entgegensetzte und sich leicht herausziehen ließ. Fast wäre er hintenüber gefallen.

Ein unsichtbarer Mechanismus setzte sich knirschend in Bewegung, und die Statue drehte sich schwerfällig. Zum Vorschein kam ein quadratisches Loch und eine Treppe, die in undurchdringliche Schwärze hinunterführte.

»Da sind Geräusche.« Der Hauptmann trat an den Rand der Öffnung und spähte in die Tiefe. Seine Leute warteten in beklommenem Schweigen. Sie wußten alle, wie der nächste Befehl lauten würde.

»Wo hat das Oberkommando bloß diesen übereifrigen Bastard aufgetrieben?« fragte ein Soldat flüsternd seinen Nebenmann.

»Ist mit dem letzten Truppentransport gekommen«, antwortete der Gefragte düster.

»Verdammtes Pech, daß ausgerechnet wir ihn am Hals haben. Was mußte auch Hauptmann Andar'el hingehen und sich abmurksen lassen . . .«

»Auch so eine komische Sache, findest du nicht?« unterbrach ihn sein Kamerad unvermittelt.

Hauptmann Sang-drax' Aufmerksamkeit war immer noch auf den Schacht unter dem Sockel gerichtet, offenbar wartete er darauf, daß sich das Geräusch von eben wiederholte.

»Ruhe im Glied!« Er blickte gereizt auf.

Die zwei Soldaten machten ein ausdrucksloses Gesicht und verhielten sich still. Der Offizier senkte wieder den Blick und stieg sogar ein paar Stufen nach unten, in dem vergeblichen Bemühen, trotz der Dunkelheit etwas zu erkennen.

»Komisch wieso?« fragte der erste leise, nachdem der Hauptmann in dem Schacht verschwunden war.

»Die Art, wie's den Alten erwischt hat.«

Der andere deutete ein Schulterzucken an. »Er muß ordentlich gebechert haben, und dann ist er wohl trotz des Sturms nach draußen gegangen . . .«

»Ja, und wann hast du je erlebt, daß Hauptmann Andar'el nach ein, zwei Schlucken in die Knie gegangen ist?«

Sein Nebenmann warf ihm einen erstaunten Blick zu. »Was sagst du da?«

»Was viele sagen. Daß beim Tod des Hauptmanns nicht alles mit rechten Dingen zugegangen ist . . .«

Sang-drax kam wieder nach oben. »Wir sehen nach, was es mit diesem Geheimgang auf sich hat. Du und du« – er winkte den beiden, die gesprochen hatten – »ihr übernehmt die Führung.«

Die beiden Männer tauschten einen raschen Blick. *Er kann uns nicht gehört haben. Nicht aus dieser Entfernung.* Lustlos und ohne Eile setzten sie sich in Bewegung. Der Rest der Truppe folgte ihnen mit ebensowenig Enthusiasmus; die meisten warfen der Statue mißtrauische Blicke zu und vermieden es, ihr unnötig nahe zu kommen. Hauptmann Sang-drax machte den Abschluß, ein belustigtes Lächeln spielte um seine feingezeichneten Lippen.

Haplo bemühte sich, Gram und den Hund einzuholen. Im Laufen schaute er auf seine Hände und Arme und fluchte leise vor sich hin. In das leuchtende Blau der Tätowierungen mischte sich ein unheilverkündendes Rot. Dieser Ausflug, so vernünftig er sich angelassen hatte, drohte zu einem Fiasko zu werden. Er hätte die Warnung beachten sollen, die die Runen ihm signalisierten, wenn auch scheinbar grundlos. Im Labyrinth wäre ihm ein solcher Fehler nicht unterlaufen.

»Ich bin zu leichtsinnig geworden, zu sorglos. Als gäbe es in der Welt der Nichtigen für mich keine ernstzunehmende Gefahr.«

Doch es gab keine ernstzunehmende Gefahr für ihn hier, deshalb stand er ja vor einem Rätsel, denn trotzdem leuchteten die schützenden Sigel auf seiner Haut blau und jetzt sogar rot.

Er horchte auf die schweren Schritte der beiden Zwerge, aber hinter ihm war alles still. Vielleicht hatten sie eine andere Richtung eingeschlagen. Gram schien nicht mehr allzu weit vor ihm zu sein, aber der Junge rannte mit der ganzen Kraft und Unbedachtheit eines verängstigten Kindes. Er tat das Richtige, um zu verhindern, daß die Elfen das Herz des Allüberall entdeckten, aber sich dabei fangen zu lassen war nicht der Sinn der Sache.

Haplo umrundete eine Biegung, blieb einen Moment stehen und lauschte. Stimmen weiter vorn – Elfenstimmen. Wie nah oder wie fern, das genau zu schätzen überstieg seine Fähigkeiten. In den verwinkelten Gängen täuschte der Schall, und er wußte nicht, wie weit es noch bis zum Ausgang war.

Haplo sandte dem Hund eine dringende Botschaft. *Halte Gram auf! Bleib bei ihm!*

Er lief weiter. Wenn er Gram einholte, bevor die Elfen auftauchten . . .

Ein Aufschrei, Geräusche eines Handgemenges, dazwischen das Knurren und Grollen des Hundes veranlaßten Haplo, wieder stehenzubleiben. Ärger voraus. Er warf einen raschen Blick zurück. Von den Zwergen war nichts zu sehen.

Nun, dann mußten sie allein zurechtkommen, Haplo konnte sich nicht um sie *und* Gram kümmern. Außerdem waren Limbeck und Jarre in unterirdischen Gängen zu Hause; es fiel ihnen bestimmt nicht schwer, ein gutes Versteck zu finden. Er schlug sich die beiden aus dem Kopf und schlich auf Zehenspitzen weiter.

Sei still, Hund! befahl er dem Tier. *Hör zu, was sie reden.*

Das Bellen verstummte.

»Was haben wir denn hier, Leutnant?«

»Ein Kind! Der Bankert irgendeines Menschen, Herr Hauptmann.« Die Stimme des Elfen klang nicht wenig erstaunt. »Autsch! Untersteh dich, du kleiner Bastard!«

»Laß mich los! Du tust mir weh!« schrie Gram.

»Wer du sein? Was du hier unten tun?« Der Offizier verfiel in das Kauderwelsch, von dem die meisten Elfen glauben, das wäre die einzige Form, in der Menschen ihre Sprache verstehen könnten.

»Benimm dich, Bürschchen.« Das Klatschen einer Ohrfeige – hart und nüchtern und unpersönlich. »Der Hauptmann dir Frage gestellt. Du antworten gutem Hauptmann.«

Der Hund knurrte. *Nein, alter Junge!* befahl Haplo stumm. *Misch dich nicht ein.*

Gram stieß einen gepreßten Schmerzenslaut aus, doch man hörte ihn nicht schluchzen oder jammern. »Das wird dir noch leid tun!« sagte er gefährlich leise.

Der Elf lachte und schlug noch einmal zu. »Sprich!«

Gram schniefte, ihm waren wohl doch die Tränen in die Augen geschossen. Als er antwortete, zeigte sich, daß er die Elfensprache fließend beherrschte. »Ich war auf der Suche nach welchen von euch, als ich das Loch unter dem Standbild sah. Es hat mich neugierig gemacht, also bin ich die Treppe hinuntergestiegen. Und ich bin kein Bankert. Ich bin ein Prinz . . . Prinz Gram, der Sohn und Erbe von König Stephen und Königin Anne von Volkaran und Ulyndia. Du behandelst mich besser mit Respekt.«

Gut gemacht, Kleiner. Haplo zollte dem Jungen widerwillig Respekt. Das wird ihnen zu denken geben.

Der Patryn näherte sich vorsichtig dem Gang, in welchem die Elfen Gram festhielten. Er konnte sie jetzt sehen – sechs einfache Soldaten und ein Offizier, gar nicht weit hinter ihnen die Treppe nach oben.

Die Soldaten waren ausgeschwärmt. Sie hielten die blanken Schwerter in der Hand und schauten ängstlich nach links und rechts. Offenbar war ihnen nicht ganz geheuer. Nur der Offizier wirkte gelassen, vollkommen Herr der Lage, obwohl Grams Antwort ihn offenbar überrascht hatte. Er rieb sich das spitze Kinn und musterte den Jungen nachdenklich.

»König Stephens Welpe ist tot«, meinte der Soldat, der Gram festhielt. »Wir sollten das wissen. Schließlich hat er uns beschuldigt, den Mord begangen zu haben.«

»Dann wißt ihr auch, daß ihr's nicht gewesen seid«, entgegnete Gram schlagfertig. »Ich bin der Prinz. Allein die Tatsache, daß ich hier auf Drevlin bin, sollte als Beweis genügen.«

Allein sein *Tonfall* ist Beweis genug, dachte Haplo. Er sah, wie die Hand des Jungen zuckte, als wollte er sich die schmerzende Wange reiben, aber dann siegte der Stolz. Hochaufgerichtet schaute er seine Peiniger hochmütig an.

»Oh, tatsächlich?« fragte der Hauptmann. »Und weshalb?«

Der Mann war offensichtlich beeindruckt. Haplo ebenfalls. Er hatte vergessen, wie gerissen und schlau Gram sein konnte. Der Patryn wurde etwas ruhiger, er nahm sich Zeit, die Soldaten abzuschätzen, sich zu überlegen, wie er seine magischen Kräfte am besten nutzen konnte, um die Elfen außer Gefecht zu setzen, ohne Gram zu gefährden.

»Man hat mich gefangengehalten. Als die dummen Gegs loszogen, um euer Schiff anzugreifen, bin ich geflohen. Ich lief weg, um euch zu suchen, aber dann habe ich mich verirrt, und deshalb bin ich hier. Bringt mich nach Tribus. Es wird euer Schade nicht sein.« Gram lächelte gewinnend.

»Dich nach Tribus bringen?« Der Elfenhauptmann gab sich höchst amüsiert. »Du hast Glück, wenn ich mir die Umstände mache, dich die Treppe hinaufzubringen. Der einzige Grund, weshalb ich noch nicht Befehl gegeben habe, dir den zarten Hals durchzuschneiden, ist, daß ich mir gelegentlich den Luxus der Neugier leiste. Ich möchte erfahren, weshalb ein Menschenbalg sich hier unten herumtreibt. Und es wäre mir lieb, wenn du dich entschließen könntest, mir die Wahrheit zu erzählen.«

»Nichts, gar nichts erzähle ich dir«, schleuderte ihm Gram mit überschnappender Stimme entgegen. »Ich bin nicht allein!« Er drehte sich halb um und zeigte den Gang hinunter, in die Richtung, aus der er gekommen war. »Da ist ein Mann, der mich bewacht, einer von den Mysteriarchen. Gegs sind bei ihm. Hilf mir zu fliehen, bevor er mich wieder einfangen kann!«

Gram duckte sich unter dem Arm des Hauptmanns hinweg und rannte zur Treppe. Der Hund, nach einem kurzen Blick zu Haplo, heftete sich ihm an die Fersen.

»Ihr zwei, fangt den Bengel!« rief der Hauptmann. »Ihr anderen kommt mit mir!«

Er zog einen Dolch aus seinem Gürtel und marschierte den Gang hinunter, in die von Gram gewiesene Richtung.

Verfluchter kleiner Dachs! Haplo mobilisierte seine magischen Kräfte, er begann die Sigel zu sprechen und zu zeichnen, die bewirkten, daß der Stollen sich mit einem giftigen Gas füllte und binnen Sekunden alle – Gram eingeschlossen – betäubt zu Boden sanken. Der Patryn hob die Hand. Während die erste feurige Rune in der Luft entstand, fragte er sich, vor wem Gram wirklich zu fliehen versuchte.

Plötzlich schoß eine gedrungene, stämmige Gestalt an Haplo vorbei. »Hier bin ich! Tut mir nichts! Ich bin allein!« rief Jarre und trabte schnaufend genau auf den Trupp Elfen zu.

Haplo war von ihrem Auftauchen völlig überrascht, konnte aber nicht wagen, die Beschwörung zu unterbrechen, um sie zurückzuhalten. Sie lief mitten in die Gaswolke hinein. Nun, das ließ sich nicht ändern. Er mußte sie zusammen mit Gram aufsammeln.

Die Elfen blieben verdutzt stehen. Flammende Runen schwebten vor ihnen in der Luft; ein Mann, umhüllt von einer Aura aus blauem und rotem Licht trat aus der Dunkelheit. Das war kein Mysteriarch. Kein Mensch besaß derartige magische Fähigkeiten. Sie blickten ratsuchend zu ihrem Offizier.

Haplo zeichnete das letzte Sigel, die Beschwörung war nahezu vollendet. Der Elfenhauptmann schickte sich an, seinen Dolch zu werfen, aber der Patryn achtete nicht auf ihn. Keine Waffe eines Nichtigen konnte ihn verletzen. Er ließ die Hand sinken, trat zurück und wartete darauf, daß der Zauber zu wirken begann.

Nichts geschah.

Das erste Sigel flackerte plötzlich und ging aus. Haplo glaubte seinen Augen nicht zu trauen. Das zweite Sigel, mit dem ersten verknüpft, begann zu verblassen. Unfaßbar! Hatte er einen Fehler gemacht? Nein, ausgeschlossen! Es war ein ganz simpler Zauber ...

Schmerz zuckte durch Haplos Schulter. Er senkte den Blick und sah den Griff eines Dolchs aus seinem Hemd ragen. Ein dunkler Blutfleck breitete sich aus. Vor Zorn, Ratlosigkeit und Schmerz vermochte er keinen zusammenhängenden Gedanken mehr zu fassen. Nichts von alldem hätte geschehen dürfen! Daß die Waffe eines Nichtigen ihn verletzen konnte! Und warum funktionierte der verdammte Zauber nicht?!

Er blickte in die Augen – die roten Augen – des Elfenhauptmanns und wußte die Antwort.

Haplo tastete nach dem Messer, aber ihm fehlte die Kraft, es herauszuziehen. Eine widerwärtige, lähmende Wärme breitete sich in seinem Körper aus. Ihm wurde schlecht, seine Knie gaben nach. Er schwankte, wäre beinahe gefallen und suchte taumelnd an der Wand Halt. Doch jetzt stieg die Wärme vom Nacken her in seinen Kopf. Er sank zu Boden ...

Alles um ihn herum löste sich auf, dann wurde ihm schwarz vor Augen.

Kapitel 16

Wombe, Drevlin, Niederreich

Jarre saß mit gekreuzten Beinen auf dem Boden der Farbickhalle, dicht bei der Statue des Mangers, und gab sich Mühe, nicht zu der Öffnung im Sockel zu sehen. Doch jedesmal, wenn sie aufs neue den Vorsatz faßte, hatte sie genau das getan.

Sie richtete die Aufmerksamkeit auf andere Dinge: den Wachtposten, Gram, den unglücklichen Hund. Doch ehe sie sich's versah, war ihr Blick wieder zu der Öffnung gehuscht.

Sie hatte sich genau ausgedacht, was sie tun wollte, wenn Limbeck blinzelnd und unbeholfen aus dem Loch auftauchte. Ein Ablenkungsmanöver, wie vorhin unten im Gang. Es mußte aussehen, als versuchte sie zu fliehen. Wenn sie zum Haupttor lief, weg von der Statue, erhielt Limbeck Zeit, sich davonzuschleichen und durch den geheimen Schacht in die Stollen der Zwerge zurückzukehren.

»Ich hoffe nur, er tut nichts Dummes und Heldenhaftes«, sagte Jarre zu sich selbst, während ihre Augen schon wieder ganz von selbst zum Sockel der Statue wanderten. »Wie zum Beispiel, daß er versucht, mich zu befreien. Der alte Limbeck würde das tun. Glücklicherweise hat er neuerdings mehr Verstand.«

Ja, das hat er. Er ist wirklich äußerst vernünftig geworden. Seelenruhig hat er zugesehen, wie ich mich opfere, wie die Elfen mich gefangennehmen; hat es *mir* überlassen, sie von dem Raum mit dem Maschinenmenschen wegzulocken. Schließlich war es ja meine Idee. Und er war sofort einverstanden. Sehr vernünftig von ihm. Keine Einwände; kein Versuch, es mir auszureden; keine Rede davon mitzukommen.

›Paß gut auf dich auf, meine Liebe‹, sagt er bloß und guckt mich durch seine gräßlichen Brillengläser an, ›und verrate ihnen nichts von diesem Zimmer‹.

Alles sehr vernünftig. Ich bewundere vernünftige Leute.

Jarre fragte sich, weshalb sie dann aber plötzlich den heißen Wunsch verspürte, Limbeck einen Hieb auf seine ach so vernünftige Backe zu geben.

Während sie seufzend den Blick auf das Standbild richtete, dachte sie an ihren Plan und was er ihnen eingebracht hatte.

Als sie um die Biegung kam, hatte der Anblick Haplos, umhüllt von einer Aura übernatürlichen Lichts, sie fast mehr erschreckt als die Elfen. Beinahe sank ihr der Mut, aber dann plapperte Gram in der Elfensprache etwas von Gegs und zeigte in den Gang, der zu dem geheimen Raum führte.

Danach überschlugen sich die Ereignisse. Voller Angst, daß sie Limbeck finden könnten, war Jarre auf die Elfen zugelaufen und rief, sie wäre allein. Gram rannte die Treppe hinauf. Etwas sauste an ihrem Ohr vorbei; Haplo stieß einen Schmerzensschrei aus. Sie schaute sich um und sah ihn auf dem Boden liegen, der magische Schimmer seiner Haut verblaßte. Bevor sie etwas tun konnte, waren zwei Elfen zur Stelle und hielten sie fest.

Ein weiterer Elf beugte sich über Haplo, um ihn zu untersuchen. Die anderen warteten ab. Laute Stimmen von oben, gefolgt von einem protestierenden Aufschrei Grams taten kund, daß es den Elfen gelungen war, sich des Jungen zu bemächtigen.

Der Elf bei Haplo sah zu seinen Männern hin, sagte etwas

Unverständliches und machte eine befehlende Handbewegung. Die beiden Elfen schleppten Jarre die Treppe hinauf, zurück in die Farbickhalle.

Gram saß dort auf dem Boden und machte einen selbstzufriedenen Eindruck. Seine Hand ruhte auf dem Nacken des Hundes, der neben ihm lag. Jedesmal, wenn das Tier sich aufrichten wollte, vermutlich, um nach dem Verbleib seines Herrn zu forschen, hielt Gram es mit sanfter Gewalt davon ab.

»Rühr dich nicht vom Fleck!« befahlen die Elfen Jarre in der Zwergensprache.

Was blieb ihr anderes übrig, als zu gehorchen. Sie setzte sich neben Gram.

»Wo ist Limbeck?« fragte er sofort in durchdringendem Flüsterton und ebenfalls in der Elfensprache, wie ihr plötzlich auffiel. Als der kleine Nichtsnutz das erstemal auf Drevlin war, hatte er das doch nicht gekonnt. Irgendwie komisch.

Jarre schenkte ihm einen leeren Blick, als hätte sie kein Wort verstanden. Nachdem sie sich überzeugt hatte, daß ihre Wächter anderweitig beschäftigt waren, streckte sie rasch die Hand aus und kniff den Jungen genußvoll in den Arm.

»Ich bin allein«, zischte sie. »Hüte dich zu petzen!«

Gram wollte empört aufschreien, doch ein Blick in Jarres Gesicht überzeugte ihn, daß es klüger war, den Mund zu halten. Er legte die Hand auf den knallroten Fleck am Unterarm und rückte ein großes Stück von ihr ab. Da saß er nun und schmollte oder heckte neue Missetaten aus.

Jarre hatte irgendwie das Gefühl, daß er an dem ganzen Schlamassel schuld war. Sie jedenfalls mochte Gram nicht leiden.

Seither war nicht mehr viel passiert. Die Elfen patrouillierten um die Statue, hatten ein Auge auf die Gefangenen und warfen zwischendurch nervöse Blicke in die Tiefe. Weder der Hauptmann noch Haplo tauchten aus der Versenkung auf. Und keine Spur von Limbeck.

Wenn man wartet, dehnen sich Minuten zu Stunden, das

wußte auch Jarre und machte Zugeständnisse. Aber selbst mit Zugeständnissen war nicht daran zu deuteln, daß schon viel Zeit vergangen war. Sie fragte sich, ob die magischen Zeichen, die Haplo über den Torbögen angebracht hatte, wohl mittlerweile erloschen waren.

Limbeck kam nicht. Er kam nicht, um sie zu befreien. Oder ihre Gefangenschaft zu teilen. Er war – vernünftig.

Schwere Schritte hallten durch die Farbick. Eine Stimme ertönte, die Wachen nahmen Haltung an. Jarre, neue Hoffnung im Herzen, bereitete sich darauf vor, ihren Plan in die Tat umzusetzen. Aber kein geläuterter Limbeck erschien, der idealistische, *unvernünftige* Weltverbesserer von einst, es war nur ein Elf. Und er kam aus der falschen Richtung, vom Eingang her. Jarre seufzte.

Der Neuankömmling wies auf Gram und Jarre und sagte etwas zu den Soldaten, das Jarre nicht verstand. Die Soldaten gehorchten sofort. Sie schienen erleichtert zu sein.

Gram, wieder ganz vergnügt, sprang auf, der Hund ebenfalls. Das Tier winselte erwartungsvoll, bestimmt glaubte es, nun endlich seinen Herrn wiederzusehen. Jarre blieb stur sitzen.

»Komm schon, Jarre.« Der Junge strahlte sie großmütig verzeihend an. »Sie bringen uns von hier weg.«

»Wohin?« fragte sie argwöhnisch und erhob sich langsam.

»Zu ihrem Befehlshaber. Keine Sorge, alles wird gut. Ich passe auf dich auf.«

Jarre fand diese Zusicherung nicht sehr beruhigend. »Wo ist Haplo?«

»Woher soll ich das wissen?« Gram zuckte mit den Schultern. »Als ich ihn zuletzt gesehen habe, war er dabei, irgendein Zauberkunststück auszuknobeln. ... Hat wohl nicht geklappt«, fügte er hinzu.

Schadenfroh, dachte Jarre. Er sieht schadenfroh aus. »Nein, hat es nicht. Er ist verwundet worden, der Elf hat ein Messer nach ihm geworfen.«

»Oh, wie furchtbar.« Gram riß die Augen auf. »Was ... war Limbeck bei ihm?«

Jarre sah ihm starr ins Gesicht. »Wer?«
Gram lief vor Ärger rot an, doch bevor ihm eine passende Erwiderung einfiel, machte ein Wächter der Unterhaltung ein Ende.
»Marsch, setz dich in Bewegung«, kommandierte er in der Zwergensprache.
Jarre wollte sich nicht in Bewegung setzen. Sie wollte hier nicht weg, ohne erfahren zu haben, was aus Limbeck und Haplo geworden war. Widerborstig verschränkte sie die Arme vor der Brust, entschlossen, sich so lange wie möglich zu sträuben, bis ihr plötzlich der Gedanke kam, daß Limbeck womöglich auf genau so eine Gelegenheit wartete. Darauf, daß die Wachen sich entfernten, damit er gefahrlos den rettenden Schacht erreichen konnte.
Gehorsam folgte sie Gram.
Hinter ihnen rief einer der Elfen etwas in fragendem Ton. Der Neuangekommene antwortete mit etwas, das sich wie ein Befehl anhörte.
Voller Unbehagen blickte Jarre über die Schulter zurück. Mehrere Elfen versammelten sich um das Standbild.
»Was tun die?« fragte sie Gram besorgt.
»Den Ausstieg bewachen«, erklärte Gram mit einem schlauen Lächeln.
»Paß auf, wo du hingehst! Und schlaf nicht ein, jämmerliche Kreatur.« Der Bewacher gab Jarre einen Stoß.
Sie mußte wohl oder übel gehorchen, während hinter ihr die Soldaten bei der Statue Posten bezogen, aber in einigem Abstand von dem unheimlichen Loch im Boden.
»O Limbeck.« Jarre seufzte. »Sei bloß vernünftig!«

Kapitel 17

Wombre, Drevlin, Niederreich

Schmerzen weckten Haplo aus der Bewußtlosigkeit, abwechselnd überliefen ihn Hitze- und Kälteschauer. Er hob mühsam die Lider und sah durch einen grauen Nebel die Augen des Elfenhauptmanns glühen.

Rote Augen.

Der Hauptmann saß neben ihm in der Hocke, die Hände – schmale, feingliedrige Elfenhände – hingen zwischen den angewinkelten Knien. Er lächelte, als er merkte, daß Haplo zu sich gekommen war und ihn beobachtete.

»Willkommen unter den Lebenden, Verehrtester«, sagte er heiter. »Nicht so ganz auf der Höhe, könnte ich mir denken? Ich hab's zwar noch nicht am eigenen Leib erfahren, aber dieses Nervengift verursacht wohl einige bemerkenswert scheußliche Unpäßlichkeiten. Aber keine Sorge. Das Gift ist nicht tödlich, und die Nachwehen verschwinden rasch.«

Ein neuer Kälteschauer schüttelte Haplo, er biß die Zähne zusammen und schloß die Augen. Der Elf sprach Patryn, was kein Nichtiger je getan, je *vermocht* hatte.

Eine Hand berührte ihn, schob sich unter die verletzte Schulter.

Haplo bäumte sich auf, instinktiv schlug er um sich – oder glaubte es. In Wirklichkeit regte er nur schwach die Arme. Der Elf lächelte nachsichtig und befleißigte sich einer süffisanten Fürsorglichkeit. Starke Hände stützten den verwundeten Patryn, richteten ihn auf.

»Nun aber, Verehrtester. So schlimm ist es auch wieder nicht«, plauderte der Hauptmann dabei munter, diesmal in der Elfensprache. »Ja, wenn Blicke töten könnten, steckte mein Kopf auf Eurer Lanze, sozusagen.« Rote Augen funkelten amüsiert. »Oder sollte ich sagen ein *Schlangen*kopf?«

»Was – was bist du?« Das wollte Haplo sagen. Sein Gehirn formulierte die Frage klar und deutlich, doch heraus kam unverständliches Lallen.

»Das Reden fällt noch ein bißchen schwer, wie? Spart Euch die Mühe, ich kann Eure Gedanken lesen. Ihr wißt, was ich bin. Ihr habt mich auf Chelestra gesehen, obwohl Ihr Euch wahrscheinlich nicht erinnert. Ich war nur einer von vielen. Und hatte eine andere Gestalt. *Drachenschlangen*, nannten die Nichtigen uns. Und hier, wenn sie uns erst kennen, welchen Namen wird man uns hier geben? Dämonen, vielleicht? Schlangendämonen? Drachenelfen? Ja, das gefällt mir nicht schlecht.«

Gestaltwandler, dachte Haplo, erfüllt von einem Grauen, das im Hintergrund seines Bewußtseins lauerte, um sich auf ihn zu stürzen, sobald die von dem Gift verursachte Benommenheit abgeklungen war. Er fröstelte, bewegte tonlos die Lippen.

»Gestaltwandler«, stimmte der Drachenelf zu. »Aber kommt jetzt. Ich bringe Euch zu unserem Großmeister. Er hat den Wunsch geäußert, mit Euch zu sprechen.«

Haplo befahl sich mit aller Willenskraft, die Fäuste zu ballen, zu schlagen, zu würgen, zu *kämpfen*. Aber sein Körper ließ ihn schmählich im Stich. Seine Muskeln wollten ihm nicht gehorchen, er war kaum fähig, aufrecht zu stehen und mußte sich gefallen lassen, daß der Elf ihn stützte. Die Drachenschlange in Elfengestalt.

»Nun versuchen wir mal, ob's mit dem Gehen klappt. Die

Zeit wird knapp. Na, das ist ja schon recht gut. Immer hübsch einen Fuß vor den anderen.«

Der Elfendämon führte den strauchelnden Patryn, als wäre er ein gebrechlicher alter Mann. Haplo bewegte sich stolpernd, kalter Schweiß tränkte sein Hemd. Die eintätowierten Runen an seinem Körper waren dunkel, die Magie wirkungslos. Er zitterte vor Kälte und Fieber und schleppte sich taumelnd weiter.

Limbeck stand in pechschwarzer Dunkelheit – schwärzer als jede Dunkelheit in den Stollen des Allüberall – und gelangte allmählich zu der Erkenntnis, daß er einen Fehler gemacht hatte. Das Zeichen Haplos über dem Torbogen schimmerte noch, aber es spendete kein Licht, statt dessen wirkte durch das Fleckchen Helligkeit da oben die Finsternis um Limbeck nur um so bedrückender.

Und dann wurde das Leuchten schwächer.

»Ich sitze hier fest«, sagte Limbeck in die Stille hinein. Er nahm die Brille ab und kaute auf dem Bügel herum, wie immer, wenn er nervös war. »Allein. Sie kommen nicht zurück.«

Die Möglichkeit war ihm gar nicht in den Sinn gekommen. Er hatte Haplo unglaubliche Wunder vollbringen sehen. Eine Handvoll Elfen konnte doch kein Problem sein für einen Mann, der einen tobenden Drachen verjagt hatte. Haplo würde die Elfen in die Flucht schlagen und dann wiederkommen, und Limbeck konnte damit fortfahren, diesen außerordentlichen Maschinenmann in dem geheimnisvollen Raum zu studieren.

Nur kam Haplo *nicht* zurück. Die Zeit verging. Das Zauberzeichen wurde blasser. Etwas war schiefgegangen. Der Gedanke, vielleicht für immer von hier wegzugehen, bereitete ihm Qualen. Er war so nahe dran gewesen. Man brauchte dem Maschinenmann nur seine Instruktionen zu geben, und das Herz des Allüberall fing wieder an zu schlagen. Limbeck hatte keine genaue Vorstellung davon, welche

Instruktionen oder wie man sie übermitteln sollte, oder was passierte, wenn die große Maschine ihre Arbeit wieder aufnahm, doch er vertraute darauf, daß ihm rechtzeitig alles klar werden würde – als wenn man die Brille aufsetzte.

Vorläufig aber war die Tür verschlossen, Limbeck konnte nicht hinein. Er wußte es, weil er seit Jarres Weggang ein- oder zweimal versucht hatte, sich Zutritt zu verschaffen. Wahrscheinlich bestand noch kein Grund, den Mut sinken zu lassen, schließlich hatte der Maschinenmann Haplos Anweisungen befolgt, doch im Moment bewies er einen gewissen Starrsinn.

Der Zwerg dachte daran, gegen die Tür zu trommeln, zu rufen und zu verlangen, eingelassen zu werden.

»Nein.« Limbeck zog eine Grimasse, der Brillenbügel hinterließ einen fürchterlichen Geschmack in seinem Mund. »Der Lärm macht höchstens die Elfen aufmerksam. Sie kommen her und finden die Herzkammer (wie er den Raum inzwischen nannte). Wenn ich Licht hätte, könnte ich das Symbol erkennen, das Gram in die Tür geritzt hat, und dann könnte ich sie vielleicht auch öffnen, aber ich habe kein Licht. Ich müßte weggehen und suchen, wo ich eine Glampern finde, und wenn ich weggehe, wie finde ich wieder her, wenn ich den Weg nicht weiß?«

Seufzend klemmte Limbeck die Brille wieder auf die Nase. Sein Blick wanderte zu dem Torbogen und zu dem Zauberzeichen – mittlerweile nur noch ein bleicher Schatten seiner selbst.

»Ich könnte den Weg markieren, wie Haplo es getan hat.« Limbeck legte grübelnd die Stirn in Falten. »Aber womit? Ich habe nichts zum Schreiben. Ich habe« – er kramte in seinen Taschen – »ich habe auch nicht eine einzige Flügelmutter dabei.« Ihm war eine Geschichte eingefallen, die er als Kind gehört hatte, in der zwei junge Gegs, bevor sie in die Stollen der großen Maschine vordrangen, den eingeschlagenen Weg mit Flügelmuttern und Bolzen markierten.

Dann kam ihm eine Idee – eine derart brillante Idee, daß ihm fast der Atem stockte.

»Meine Strümpfe!«

Er setzte sich auf den Boden. Ein Auge auf dem Zauberzeichen – das von Minute zu Minute schwächer wurde –, das andere auf seinem Tun, zerrte er sich die Stiefel von den Füßen und stellte sie fein säuberlich neben die Tür. Dann zog er einen seiner langen, dicken wollenen Strümpfe herunter, eigenhändig gestrickt* und fingerte am oberen Rand nach dem Knoten.

Er fand ihn ohne Mühe, da er sich nicht die Arbeit gemacht hatte, ihn zu versäubern. In Null Komma nichts war er aufgespult.

Das nächste Problem war: Wo den Faden befestigen? Die Wände waren glatt, ebenso die Tür. Limbeck suchte nach irgendeinem Vorsprung, jedoch ohne Erfolg. Zu guter Letzt wickelte er den Faden um die Stiefelschnalle und schob den Schaft unter der Tür hindurch, bis nur noch die Sohle herausragte.

»Laß die Finger davon, ja?« rief er dem Maschinenmenschen drinnen zu. Er dachte, der Androide könnte sich womöglich in den Metallschädel setzen, den Stiefel wieder nach draußen zu schieben oder, falls er Gefallen daran fand, ihn ganz zu sich hereinzuziehen.

Der Stiefel blieb still liegen. Der Hüter des Allüberall schien keine unlauteren Absichten bezüglich Limbecks Fußbekleidung zu hegen.

Limbeck nahm den Socken und fing hastig an, ihn aufzuziehen. Als der Faden ausreichend lang war, machte er sich

* Weil die Hauptaufgabe im Leben der Zwerge von Drevlin darin besteht, dem Allüberall zu dienen, teilen sich Mann und Frau in solche Aufgaben wie Kindererziehung, Kochen, Nähen und Putzen. Deshalb besitzen alle Zwerge eine gewisse Fertigkeit im Stricken, Häkeln und Stopfen und betrachten es sogar als eine Art Freizeitbeschäftigung. Zwerge müssen die Hände rühren; müßig dazusitzen und seinen Gedanken nachzuhängen (wie Limbeck als Jüngling es gerne tat) gilt als schwere Sünde.

Limbeck konnte also stricken, zur Meisterschaft scheint er es aber nicht gebracht zu haben, wenn man bedenkt, wie leicht seine Strümpfe sich aufribbeln lassen.

auf den Weg den Gang hinunter, während sich auf dem Boden eine Spur aus grauer Wolle kräuselte.

Er war unter drei markierten Torbögen hindurchgegangen und hatte den Socken ungefähr halb aufgebraucht, als ihm eine Schwachstelle seines Plans zu Bewußtsein kam.

»Verflixt und zugenäht.« Limbeck blieb stehen.

Natürlich – wenn er anhand des Wollfadens den Rückweg finden konnte, dann die Elfen auch. Aber daran ließ sich jetzt nichts ändern, er konnte nur hoffen, Gram und Haplo bald zu finden und mit ihnen zum Allüberall zurückzukehren, bevor die Elfen ihnen auf die Spur kamen.

Die Sigel an den Stellen, wo die Gänge sich verzweigten, leuchteten noch schwach. Limbeck war mit einem Socken zu Ende. Er zog den zweiten aus, verknotete die Fadenenden und ging weiter. Dabei überlegte er, ob er als nächstes seinen Pullover in Angriff nehmen sollte und ob er nicht vielleicht schon in der Nähe der Treppe war, als er um eine Ecke bog und um ein Haar mit Haplo zusammengestoßen wäre.

Leider bestand kein Grund zur Freude über die Begegnung, und das aus zwei Gründen: Der Patryn war nicht allein, und er sah überhaupt nicht wohl aus. Ein Elf mußte ihn stützen.

Verblüfft drückte Limbeck sich in eine Nische. Barfuß hatte er so gut wie kein Geräusch verursacht; der Elf, der sich Haplos Arm um die Schultern gelegt hatte, redete auf ihn ein und bemerkte weder Limbecks Erscheinen noch seinen prompten Rückzug. Er und der Patryn entfernten sich einen Gang hinunter, der von Limbecks abzweigte.

Limbecks Herz sank. Der Elf schien sich hier auszukennen. Wußten sie alle Bescheid über die Herzkammer und den Maschinenmann? Waren die Elfen verantwortlich für das Verstummen des Allüberall?

Er mußte sich Gewißheit verschaffen, und dazu mußte er den beiden folgen. Er wollte sehen, wohin man Haplo brachte und was man dort mit ihm anstellte. Und was *er* anstellte.

Limbeck wickelte den Rest vom Strumpf zu einem Ball,

stopfte ihn in eine Ecke, und lautloser (ohne Stiefel) als je ein Zwerg in der Geschichte seines Volkes gewesen war, huschte er hinter Haplo und dem Elfen her.

Haplo wußte nicht, wo er sich befand, nur, daß man ihn in einen der vom Allüberall gegrabenen Stollen gebracht hatte. Dies war kein von den Sartan angelegter Tunnel. Nein. Ein rascher Blick auf die Wände bestätigte seine Vermutung. Keine Sartanrunen, nirgends. Er verbannte den Gedanken sofort aus seinem Bewußtsein. Natürlich wußten die Schlangen spätestens jetzt von den geheimen Sartangängen; unnötig aber, ihnen noch mehr Informationen zu liefern. Wenn nur Gram . . .

»Der Junge?« Der Drachenelf sah Haplo an. »Kein Grund zur Sorge. Ich habe ihn von meinen Männern nach oben bringen lassen. Bei ihnen handelt es sich selbstverständlich um wirkliche Elfen. Ich bin ihr Hauptmann – Sang-drax ist mein Name in der Elfensprache. Amüsant, nicht wahr?* Ja, ich habe Gram den wirklichen Elfen überlassen. In ihren Händen ist er uns von viel größerem Wert. Übrigens ein bemerkenswerter Nichtiger, der Junge. Wir setzen große Hoffnungen in ihn.

Nein, nein, keineswegs, Verehrtester.« Ein Funke der Belustigung glomm in den roten Augen. »Der Junge steht nicht unter unserem Einfluß. Das war gar nicht nötig. Aha, da wären wir. Fühlt Ihr Euch besser? Gut. Wir möchten, daß Ihr in der Lage seid zu würdigen, was der Großmeister zu sagen hat.«

»Bevor Ihr mich tötet«, murmelte Haplo.

Sang-drax schüttelte lächelnd den Kopf, sagte aber nichts dazu. Er warf einen beiläufigen Blick nach rechts und links. Dann, während er den Patryn am Arm festhielt, klopfte er an die Tür.

Ein Zwerg öffnete.

* ›Drax‹ = Drache; ›Sang‹ = Schlange.

»Faß an.« Sang-drax deutete mit dem Kopf auf Haplo. »Unser Freund hat sein Gewicht.«

Der Zwerg nickte. Gemeinsam bugsierten sie den immer noch benommenen Patryn ins Zimmer. Die Tür wurde mit einem Fußtritt geschlossen, aber keiner vergewisserte sich, ob sie wirklich ins Schloß gefallen war. Anscheinend fühlte man sich völlig sicher in diesem Versteck.

»Hier bringe ich ihn, Erhabener«, rief Sang-drax.

»Einen Gruß und herzliches Willkomm unserem Gast«, ließ sich darauf eine Stimme in der Menschensprache vernehmen.

Limbeck, der den beiden folgte wie ein Schatten, kannte sich bald überhaupt nicht mehr aus. Er befürchtete schon, sie hätten, ohne daß er es merkte, den Weg zur Herzkammer eingeschlagen und wartete bang auf den Moment, wenn der Elf über den von ihm gelegten Wollfaden stolperte. Nach einiger Zeit aber kam er zu dem Schluß, daß er sich geirrt haben mußte, denn was er befürchtete, trat nicht ein.

Der Marsch durch die Gänge schien kein Ende zu nehmen. Limbeck wurde müde. Seine bloßen Füße waren eiskalt, er hatte sich oft die Zehen gestoßen, und seine Laune näherte sich dem absoluten Tiefpunkt. Blieb zu hoffen, daß Haplo sich allmählich erholte; mit vereinten Kräften konnten sie den Elf überwältigen und fliehen.

Leider sah es nicht danach aus, als ob Haplo sich erholte. Der Elf schien wegen seines Gefangenen nicht übermäßig besorgt zu sein. Hin und wieder blieb er stehen, aber nur, um seine Bürde bequemer zurechtzurücken. Dann ging er weiter, ein unheimlicher, rötlicher Lichtschimmer – Limbeck konnte nicht sehen, woher das Licht kam – erhellte ihm den Weg.

»Meine Güte, Elfen sind stark«, dachte Limbeck bei sich. »Viel stärker, als ich ahnte.« Diese Tatsache mußte in Betracht gezogen werden, sollte es je zum offenen Krieg kommen.

Nach vielen Biegungen und Abzweigungen blieb der Elf stehen. Er lehnte den verwundeten Haplo gegen die Mauer und schaute prüfend nach links und rechts.

Limbeck schrak ins schützende Halbdunkel zurück. Jetzt wußte er, woher das unheimliche rote Licht stammte – es strahlte aus den Augen des Elfen, die unaufhaltsam in seine Richtung wanderten. Er spürte ihren Blick förmlich auf seiner Haut brennen und machte sich so klein wie möglich, überzeugt, daß man ihn entdeckt hatte. Aber die Augen glitten über ihn hinweg, durch den Gang und wieder zurück.

Limbeck fühlte sich ganz schwach vor Erleichterung, wie damals, als eins der Lektrokabel des Allüberall tobsüchtig wurde und gewaltige Blitze spie, bis die Zwerge es bändigen konnten. Einer der Blitze war dicht an Limbecks Ohr vorbeigezischt. Drei Zentimeter weiter links, und er hätte als verkohlte Leiche geendet. Drei Zentimeter weiter vor, und der Elf hätte ihn gesehen.

So aber glaubte er sich unbeobachtet. Davon war er ohnedies überzeugt gewesen, er hatte auch unterwegs nichts Verdächtiges gehört oder gesehen. Mit einem zufriedenen Kopfnicken wandte er sich ab und klopfte an die Tür.

Sie ging auf, Licht strömte heraus. Limbeck kniff geblendet die Augen zusammen. »Faß an«, sagte der Elf.*

Weil er selbstverständlich damit rechnete, daß ein zweiter Elf dem ersten zur Hilfe kommen würde, war Limbeck baß erstaunt, einen Zwerg auftauchen zu sehen.

Einen Zwerg!

Zu Limbecks Glück war der Schock über den Anblick eines Zwergs, der einem Elfen dabei half, den taumelnden Haplo in diesen geheimen unterirdischen Raum zu schaffen, so groß, daß er seine Zunge lähmte und auch den Rest seines Körpers. Andernfalls hätte er sich womöglich hinreißen lassen, zu winken und zu rufen: »He!«, »Hallo!« oder »Was im Namen von Großtante Sallys Backenlocken machst du da?« und dadurch seine Anwesenheit verraten.

* Limbeck lernte die Elfensprache von Kapitän Bothar'el.

Als Limbecks Gehirn seine Arbeit wieder aufnahm, waren der Elf und der Zwerg mit Haplo im Schlepptau längst verschwunden und hatten die Tür hinter sich zugemacht. Limbecks Herz rutschte dahin, wo seine Stiefel gewesen waren. Dann bemerkte er einen Streifen Licht, und sein Herz machte einen Sprung, wenn auch nicht bis ganz an den angestammten Platz, denn er fühlte es irgendwo in der Höhe seiner Knie schlagen. Die Tür stand einen winzigen Spalt offen.

Nicht Heldenmut war es, der Limbeck anspornte, es war sein altes Faible: Was? Wieso? Warum?

Die Tür zog ihn unwiderstehlich an, wie die lektrischen ›Kneten‹ am Allüberall Eisen anzogen. Limbeck stand vor der Tür, ein bebrilltes Auge an dem schmalen Spalt, bevor er wußte, was er tat oder in welche Gefahr er sich begab. Zwerge, die mit dem Feind fraternisierten! Unglaublich! Er würde herausfinden, wer die Verräter waren und dann ... dann ...

Limbeck stutzte, zwinkerte. Er richtete sich auf, dann legte er beide Augen an den Türspalt, weil er glaubte, mit dem einen nicht recht gesehen zu haben. Aber nein. Er nahm die Brille ab, schüttelte fassungslos den Kopf, schaute noch einmal hin.

Menschen befanden sich in dem Raum! Menschen und Elfen und Zwerge. Alle standen friedlich beisammen. Einig wie Brüder.

Abgesehen davon, daß ihre Augen glühten – rot – und daß ihr Anblick Limbeck mit einem kalten, namenlosen Grauen erfüllte, konnte er sich nicht erinnern, je etwas Wundervolleres gesehen zu haben.

Menschen, Elfen, Zwerge – vereint.

Haplo stand in dem Zimmer und schaute sich um. Das scheußliche Gefühl, abwechselnd in Eis und Feuer getaucht zu sein, hatte nachgelassen, aber jetzt fühlte er sich todesmatt, erschöpft. Sein Körper forderte Schlaf, um sich zu heilen, den zerrissenen Kreis seiner Magie wiederherzustellen.

Aber bis dahin werde ich längst tot sein.

Der Raum war groß, spärlich erhellt von ein paar blakenden Laternen an den Wänden. Haplo fühlte sich zuerst verwirrt von dem Anblick, der sich ihm bot. Aber – doch, es ergab einen Sinn. Es war logisch, brillant. Er sank auf den Stuhl, den Sang-drax ihm unterschob.

Ja, ein genialer Plan.

Das Zimmer war voll von Nichtigen: Elfen wie Sang-drax, Menschen wie Gram, Zwerge wie Limbeck und Jarre. Ein Elfensoldat klopfte mit der Schwertspitze gegen den Stiefelschaft, ein Elfenfürst glättete das Gefieder des Falken, der auf seiner Faust saß. Eine Menschenfrau, bekleidet mit einem zerschlissenen Rock und einer gewollt herausfordernden Bluse, lehnte in gelangweilter Pose an der Wand. Neben ihr vertrieb sich ein Magier die Zeit damit, eine Münze in die Luft zu werfen und verschwinden zu lassen. Ein Zwerg in der Tracht der Gegs grinste durch seinen mächtigen Bart. Alles Nichtige, alle verschieden in Erscheinung und Habitus, bis auf eins. Jeder musterte Haplo aus glühenden roten Augen.

Sang-drax, neben Haplo stehend, deutete auf einen Menschenmann, gekleidet wie ein schlichter Handwerker, der in die Mitte des Zimmers trat. »Der Erhabene«, verkündete er in Patryn.

»Ich glaubte, du seist tot.« Es bereitete Haplo unsägliche Mühe, die Worte verständlich zu formulieren.

Der Menschendämon hob verwundert die Augenbrauen, dann lachte er. »Ach ja. Chelestra. Nein, ich bin nicht tot. Man kann uns nicht töten.«

»Für mich hast du ziemlich tot ausgesehen, nachdem Alfred mit dir fertig war.«

»Der Drachenmagier? Ich gebe zu, er hat einen Teil von mir besiegt, aber für jeden Teil von mir, der stirbt, werden zwei andere geboren. Wir leben, verstehst du, so lange ihr lebt. Ihr erhaltet uns am Leben. Eigentlich sind wir euch zu Dank verpflichtet.« Der Großmeister verneigte sich spöttisch.

Haplo runzelte die Stirn. »Welches ist dann eure wahre Gestalt?« fragte er. »Seid ihr Schlangen oder Drachen oder Nichtige oder was?«

»Wir sind, was immer euch gefällt. Ihr gebt uns das Leben, ihr gebt uns die Gestalt.«

»Das heißt also, ihr nehmt jeweils die Gestalt an, die euren Zwecken dienlich ist.« Haplo sprach langsam, seine Gedanken kämpften sich mühsam durch einen Vorhang aus dichtem Nebel. »Im Nexus warst du ein Patryn. Auf Chelestra habt ihr euch als riesige, furchteinflößende Schlangen getarnt . . .«

»Hier sind keine solchen Anstrengungen nötig.« Der Großmeister winkte geringschätzig ab. »Wir brauchen nicht als schreckliche Ungeheuer zu erscheinen, um diese Welt in Aufruhr und Chaos zu stürzen, wovon wir uns ernähren. Es genügt, sich unters Volk zu mischen.«

Die anderen im Zimmer lachten beifällig.

Gestaltwandler, dachte Haplo niedergeschlagen. Das Böse vermag jede Gestalt anzunehmen. Auf Chelestra – Drachenschlangen; in dieser Welt – Nichtige; im Nexus – Patryn, sein eigenes Volk. Unerkannt, unbemerkt können sie kommen und gehen und ihr Unwesen treiben, Kriege anzetteln, den Haß schüren: Zwerge gegen Elfen, Elfen gegen Menschen . . . Sartan gegen Patryn. So leicht bereit zu hassen, erkennen wir nicht, daß der Haß uns blind und verwundbar macht, ein willfähriges Opfer für das Böse, das uns am Ende alle verschlingen wird!

»Warum habt ihr mich hergebracht?« fragte er, obwohl es ihm fast schon gleichgültig war.

»Um dir unsere Pläne zu offenbaren.«

Haplo sah ihn höhnisch an. »Zeitverschwendung, da ihr vorhabt, mich zu töten.«

»Nein, nein. *Das* wäre die Verschwendung.«

Der Großmeister der Schlangen schritt an den Reihen der Elfen und Zwerge und Menschen vorbei und blieb vor Haplo stehen. »Du begreifst immer noch nicht, Patryn, habe ich recht?«

Er streckte die Hand aus und tippte Haplo mit dem Zeigefinger gegen die Brust. »Wir leben nur, so lange ihr lebt. Furcht, Haß, Vergeltung, Entsetzen, Schmerz, Leid – das ist der faulige und gärende Sumpf, in dem wir gedeihen. Ihr lebt in Frieden, und jeder von uns stirbt ein wenig. Ihr lebt in Furcht, und wir erstarken.«

»Ich werde euch bekämpfen!« flüsterte Haplo schwach.

»Aber natürlich!« Der Drachenelf lachte.

Haplo rieb sich mit der Hand über die schmerzende Stirn, die trüben Augen. »Ich verstehe. Das ist, was ihr wollt.«

»Jetzt fängst du an zu begreifen. Je verbissener ihr kämpft, desto stärker werden wir.«

Und Xar? dachte Haplo. *Die Schlangen haben geschworen, ihm zu dienen. War das auch eine Lüge . . .?*

»Wir werden deinem Fürsten dienen.« Der Großmeister nickte ernst, seine Stimme klang aufrichtig.

Haplo war zornig auf sich selbst. Er hatte vergessen, daß seine Feinde die Fähigkeit besaßen, Gedanken zu lesen.

»Wir dienen Xar mit großem Vergnügen«, fuhr der Großmeister fort. »Wir sind mit ihm auf Abarrach, in der Gestalt von Patryn, selbstverständlich. Wir helfen ihm, das Geheimnis der Nekromantie zu ergründen. Wir werden in seinen Armeen marschieren, seine Feldzüge führen, seine Schlachten schlagen, bereitwillig alles tun, was er von uns verlangt. Und anschließend . . .«

»Werdet ihr ihn vernichten.«

»Es wird sich nicht vermeiden lassen, fürchte ich. Xar will Einigkeit, Frieden. Erzwungen durch Tyrannei und Angst natürlich, aber das ist für uns eine allzu karge Speise.«

»Und die Sartan?«

»Oh, wir bevorzugen keinen. Wir helfen auch ihnen. Samah war außerordentlich zufrieden mit sich selbst, als mehrere ›Sartan‹ auf seinen Ruf antworteten und durch das Todestor ihrem ›lieben Bruder‹ zu Hilfe kamen. Er hat sich nach Abarrach begeben, aber in seiner Abwesenheit drängen die neuangekommenen ›Sartan‹ ihre Brüder und Schwestern, den Nichtigen den Krieg zu erklären. Bald schon werden selbst die seit langem verbündeten Elfen, Zwerge und Menschen Chelestras untereinander in Zwist geraten und sich verfeinden.«

Haplo sank der Kopf auf die Brust, sein Körper fühlte sich an wie aus Blei. Er fiel mit dem Oberkörper über den Tisch.

Sang-drax krallte die Finger in Haplos Haar und riß ihn nach hinten, so daß er gezwungen war, die Schlange anzusehen, die sich jetzt auf grauenhafte Weise veränderte. Ihr Leib schwoll an und blähte sich auf. Arme und Beine lösten sich vom Rumpf, schwebten davon. Der Kopf hingegen schrumpfte, bis Haplo nichts mehr sehen konnte als zwei senkrechte, glutrote Pupillen.

»Du wirst schlafen«, raunte eine Stimme in seinem Bewußtsein. »Beim Erwachen wirst du dich gesund fühlen, ausgeruht und stark. Und du wirst dich erinnern, an alles, was ich gesagt habe, was ich noch sage. Uns droht Gefahr hier auf Arianus. Es existiert ein störender Hang zum Frieden. Das Tribus-Imperium, schwach und korrupt im Innern, kämpft in einem Zwei-Fronten-Krieg, von dem wir glauben, daß er nicht zu gewinnen ist. Wenn Tribus fällt, werden die Rebellen und mit ihnen verbündete Menschen den Zwergen Frieden anbieten. Das dürfen wir nicht zulassen. Noch läge es im Interesse deines Fürsten, Haplo.« Stummes Gelächter flammte in den roten Augen. »Ein böses Dilemma, in dem du steckst, mein Freund. Hilf diesen Nichtigen, und du handelst dem Willen deines Fürsten zuwider. Hilf deinem Fürsten, und du hilfst uns. Hilf uns, und du betreibst seinen Untergang. Den seinen und den Untergang deines Volkes.«

Dunkelheit, wohltuend und tröstlich senkte sich vor die roten Augen. Doch er hörte immer noch die belustigte Stimme.

»Denk darüber nach, Patryn. In der Zwischenzeit delektieren wir uns an deinem Schmerz.«

Limbeck hatte freie Sicht auf Haplo, er saß ein Stück hinter der Tür auf einem Stuhl und schien über diese einzigartige Versammlung ebenso erstaunt zu sein wie der Zwerg.

Erstaunt, aber nicht erfreut. Ein zweiter Blick bestätigte Limbeck, daß Haplo so entsetzt aussah, wie er sich fühlte.

Ein Mensch, gekleidet wie ein einfacher Handwerker, trat vor. Er und Haplo unterhielten sich in einer Sprache, die Limbeck weder verstand noch je gehört hatte. Sie klang hart und schneidend und jagte ihm einen kalten Schauer über den Rücken. An einer Stelle fingen alle im Zimmer an zu lachen, nickten und tauschten Bemerkungen aus, als wären sie außerordentlich einverstanden mit etwas, das gesagt worden war.

Bei dieser Gelegenheit vermochte Limbeck ein paar Gesprächsfetzen aufzuschnappen, denn die Zwerge, Elfen und (aufgrund mangelnder Kenntnisse war Limbeck in dem Fall auf Vermutungen angewiesen) Menschen bedienten sich untereinander jeweils ihrer Muttersprache.

Haplo schien der Situation nichts Erheiterndes abgewinnen zu können, er machte wenn möglich einen noch bedrückteren und verzweifelteren Eindruck als zuvor. Für Limbeck sah er aus wie jemand, der einem furchtbaren Tod ins Auge sieht.

Ein Elf packte Haplo bei den Haaren, riß ihm den Kopf zurück und zwang ihn, den Menschen anzusehen. Limbeck schaute atemlos zu. Er konnte nur ahnen, was vor sich ging, doch er war überzeugt, daß Haplos letztes Stündlein geschlagen hatte.

Die Lider des Patryn flatterten, fielen zu. Sein Oberkörper schwankte, er sank in die Arme des Elfen hinter ihm. Limbecks Herz, das sich tapfer den Aufstieg erkämpft hatte, schlug ihm bis zum Hals. Er hegte nicht den geringsten Zweifel, daß Haplo tot war.

Der Elf ließ den Patryn auf den Boden gleiten. Der Mensch sah auf ihn hinunter, schüttelte den Kopf und lachte. Haplo regte sich, seufzte. Er lebte also noch, schlief nur! Vor Erleichterung beschlug Limbeck die Brille. Mit zitternden Händen nahm er sie ab und wischte die Gläser sauber.

»Ihr Tribuselfen, helft mir, ihn zu tragen«, befahl derjenige, der Haplo hergebracht hatte. Er bediente sich wieder der Elfensprache, die Limbeck verstehen konnte. »Ich muß ihn nach oben schaffen, bevor die anderen mißtrauisch werden.«

Mehrere Elfen – wenigstens nahm Limbeck an, daß es Elfen waren; sie trugen merkwürdige Kleidung, in der sie eher aussahen wie Teile der Tunnelwände – versammelten sich um den schlummernden Haplo. Sie nahmen ihn bei den Schultern und Beinen und trugen ihn, als wäre er ein Federgewicht, zur Tür.

Limbeck verdrückte sich rasch ein Stück den Gang hinunter und beobachtete, wie die Elfen mit Haplo die entgegengesetzte Richtung einschlugen. Plötzlich kam ihm zu Bewußtsein, daß er wieder allein zurückzubleiben drohte und wieder den Weg nicht kannte. Entweder mußte er ihnen folgen oder . . .

»Vielleicht sollte ich einen der Zwerge fragen.«

Er drehte sich um, warf einen Blick in das Zimmer und hätte fast die Brille fallengelassen. Hastig klemmte er sich die Bügel hinter die Ohren und starrte ungläubig noch einmal hin.

Der Raum, eben noch angefüllt mit Licht und Stimmen und Menschen und Elfen und Zwergen, war leer.

Limbeck holte tief Atem und stieß ihn schnaufend wieder aus. Die Neugier packte ihn. Er wollte schon in das Zimmer schleichen, um sich die rätselhafte Sache genauer anzusehen, als ihm wieder einfiel, daß die Elfen – seine Wegweiser – sich weiter und weiter entfernten. Widerstrebend setzte er sich in Trab, in Gedanken immer noch bei den seltsamen und unerklärlichen Dingen, die er gesehen hatte.

Das grausige Leuchten der Elfenaugen erfüllte die Gänge mit einer düsteren Helligkeit. Wie es ihnen gelang, sich hier unten zurechtzufinden, war Limbeck schleierhaft. Sie gingen schnell, machten keine Pause, bogen nie falsch ab, mußten nie umkehren und überlegen.

»Wie sehen deine Pläne aus, Sang-drax?« erkundigte sich einer. »Geschickt ausgesuchter Name übrigens.«

»Er gefällt dir? Ich fand ihn passend«, antwortete der Elf, der Haplo – und unwissentlich auch Limbeck – hergeführt hatte. »Ich muß dafür sorgen, daß das Menschenkind Gram und unser Freund hier vor den Kaiser gebracht werden. Der Junge hat einen Plan im Kopf, der besser geeignet ist, das Königreich der Menschen ins Chaos zu stürzen, als alles, das wir anzetteln könnten. Ich verlasse mich darauf, daß du wichtige Persönlichkeiten aus dem Beraterkreis Seiner Majestät in unserem Sinne beeinflußt, damit uns seine Kooperation sicher ist.«

»Er wird kooperieren, wenn die Unsichtbaren* es befürworten.«

»Erstaunlich, daß es dir so rasch gelungen ist, in eine derart einflußreiche Organisation aufgenommen zu werden. Respekt.«

Sein Nebenmann zuckte mit den Schultern. »Es war genaugenommen ziemlich einfach. Nirgends sonst auf Arianus existiert eine Gruppe, deren Mittel und Methoden so gut mit den unseren korrespondieren. Ausgenommen ihre lästige Tendenz, Gesetz und Ordnung zu respektieren und zum Wohle des Staates zu handeln, ist die Garde der Unsichtbaren für unsere Ziele wie geschaffen.«

»Bedauerlich, daß wir nicht in der Lage sind, die Kenkari** ebenso leicht zu unterwandern.«

* Eine Eliteeinheit, vom Kaiser aufgestellt, vorgeblich, um die Rebellen zu bekämpfen. Die Unsichtbaren – so genannt wegen ihrer mysteriösen Fähigkeit, sich nahezu unsichtbar zu machen – sind in der Zwischenzeit zu großer Macht gelangt, schon vor der Infiltration durch die Schlangen.

** Einer der sieben ursprünglichen Elfenclans, die nach der Großen Teilung von den Sartan auf Arianus angesiedelt wurden. Bei allen sieben Clans gab es Magier, aber die Kenkari waren stärker als die meisten anderen, und durch eine strikte Politik der Heirat untereinander gelang es ihnen über

»Ich fange an zu glauben, daß es gänzlich unmöglich ist, Sang-drax. Wie ich bereits dem Erhabenen berichtet habe, kurz vor deinem Eintreffen, sind die Kenkari eine spirituelle Gemeinschaft und deshalb äußerst empfänglich für ungewöhnliche Strömungen. Wir sind allerdings zu dem Schluß gekommen, daß sie keine Bedrohung für uns darstellen. Ihr Interesse gilt einzig den Seelen der Toten, deren Energie dem Imperium zugute kommt. Es ist ihre Lebensaufgabe, diese gefangenen Seelen zu hüten.«

Die Unterhaltung ging noch weiter, aber Limbeck, der hinter ihnen her trottete und langsam müde wurde von diesen ungewohnten körperlichen Anstrengungen, verlor das Interesse daran. Das meiste verstand er ohnehin nicht; und was er verstand, daraus wurde er nicht klug. Komisch fand er, daß Elfen, die eben noch dicke Freunde mit Menschen gewesen waren, jetzt von ›ins Chaos stürzen‹ redeten.

»Aber schließlich, was kann man schon von Elfen und Menschen erwarten«, dachte er und hatte nur den Wunsch, sich hinzusetzen und auszuruhen. Dann ließen ein paar halbverstandene Worte ihn aufhorchen, und er vergaß seine wunden Füße.

»Was hast du für Pläne mit der Zwergin, die deine Leute gefangen haben?« fragte ein anderer Elf.

»Haben sie das?« Sang-drax legte kein sonderliches Interesse an den Tag. »Davon wußte ich gar nichts.«

»Doch. Sie haben sie gefangen, während du mit dem Patryn beschäftigt warst. Zusammen mit dem Jungen.«

Jarre! Von Jarre war die Rede!

Sang-drax überlegte. »Nun ja, ich werde sie wohl mitnehmen. Sie könnte uns als Geisel bei künftigen Unterhandlungen von Nutzen sein, meinst du nicht? Falls diese närrischen Elfen sie nicht vorher umbringen. Ihr Haß auf diese Zwerge ist geradezu phantastisch.«

Generationen hinweg ihr magisches Potential noch zu vergrößern. Folglich sind die Kenkari bei den anderen Clans sehr begehrt. Obwohl ohne eigenen Landbesitz werden sie hoch geachtet und leben als ›Gäste‹ bei den verschiedenen adligen Familien. Ihre Hauptaufgabe allerdings ist das *Hüten der Seelen.*

Jarre umbringen! Limbeck erstarrte das Blut in den Adern, dann begann es zu kochen, und schließlich strömte es, vergiftet mit bitterer Reue, in seiner Brust zusammen.

»Wenn Jarre stirbt, dann bin ich schuld«, jammerte er vor sich hin und vergaß, daß er leise sein mußte. »Sie hat sich für mich geopfert . . .«

»Habt ihr auch was gehört?« fragte einer der Elfen, der Haplos Beine trug.

»Ungeziefer«, antwortete Sang-drax. »Davon wimmelt es hier. Man sollte meinen, die Sartan hätten entsprechende Vorsorge getroffen. Beeilt euch. Meine Leute werden glauben, daß ich mich hier unten verirrt habe, und ich möchte keinesfalls riskieren, daß ein paar von ihnen auf die Idee kommen, Helden zu spielen und sich auf die Suche nach ihrem verlorengegangenen Hauptmann machen.«

»Die Gefahr besteht wohl kaum.« Der Elf lachte. »Nach allem was ich gehört habe, erfreust du dich keiner großen Beliebtheit bei ihnen.«

»Traurig, aber wahr.« Sang-drax schien deswegen nicht sehr bekümmert zu sein. »Zwei von ihnen verdächtigen mich, ihren früheren Hauptmann um die Ecke gebracht zu haben. Kluge Burschen. Leider wird ihre Tüchtigkeit für sie fatale Folgen haben. Oh, da sind wir ja, der Eingang zur Farbick. Leise, leise.«

Die Elfen schwiegen und lauschten.

Limbeck – wütend, aufgeregt und verwirrt – blieb stehen. Er wußte jetzt wieder, wo er sich befand: Da vorne war der Vorplatz zu der Treppe, die zur Statue des Mangers hinaufführte. Er konnte immer noch den schwachen Glanz des von Haplo dort eingravierten Runenzeichens sehen.

»Das sind Schritte da oben«, meinte Sang-drax halblaut. »Sie müssen einen Posten aufgestellt haben. Legt unseren Freund hier ab. Ich gehe allein weiter. Ihr kehrt zu euren Pflichten zurück.«

»Zu Befehl, Herr Hauptmann.« Die Angesprochenen grinsten, salutierten spöttisch, und dann – zu des verstörten Limbecks namenlosen Erstaunen – waren sie verschwunden.

Er nahm die Brille ab, rieb die Gläser blank und setzte sie wieder auf. Die beiden Elfen waren und blieben verschwunden. Der Hauptmann zerrte Haplo auf die Füße.

»Aufwachen.« Sang-drax schlug dem Patryn ins Gesicht. »So ist recht. Ein bißchen weich in den Knien? Du wirst noch eine Zeitlang brauchen, um dich von den Nachwirkungen des Gifts zu erholen, bis dahin sind wir längst auf dem Weg zum Imperanon. Keine Sorge. Ich werde mich der Nichtigen annehmen, insbesondere des Jungen.«

Haplo vermochte sich kaum auf den Beinen zu halten und war gezwungen, sich schwer auf den Elfenhauptmann zu stützen. Der Patryn sah furchtbar elend aus, aber dennoch schien es ihm widerwärtig zu sein, sich von dieser Kreatur mit den unheimlichen, glühenden Augen helfen zu lassen. Doch er hatte keine andere Wahl. Um aus eigener Kraft die Treppe hinaufzusteigen, war er zu schwach. Wenn er in die Oberwelt zurückkehren wollte, blieb ihm nichts anderes übrig, als Sang-drax' Beistand zu akzeptieren.

Auch Limbeck hatte keine Wahl. Den wutentbrannten Zwerg juckte es, aus seiner Deckung hervorzustürmen, sich vor dem Elfen aufzubauen und Jarres sofortige Freilassung zu verlangen. Der alte Limbeck würde das getan haben, ohne die Konsequenzen zu bedenken.

Der neue Limbeck äugte durch seine neue Brille und sah einen ungewöhnlich kräftigen Elfen. Er zog in Erwägung, daß der Hauptmann etwas von Wachtposten gesagt hatte und daß Haplo nicht in der Verfassung war, ihm beizuspringen. Summa summarum war es ein Gebot der Vernunft zu bleiben, wo er war, und sich nicht blicken zu lassen. Erst als die beiden nach dem Geräusch der Schritte zu urteilen, auf halber Treppe waren, kam Limbeck hervor.

»Hauptmann Sang-drax«, sagte eine Stimme oben. »Wir haben uns gefragt, was Euch zugestoßen sein könnte.«

»Der Gefangene versuchte zu fliehen«, erklärte Sang-drax. »Es war ein schönes Stück Arbeit, ihn wieder einzufangen.«

»Fliehen, mit einem Messer in der Schulter?« Es klang beeindruckt.

»Diese Menschen sind zäh wie verwundete Tiere«, meinte Sang-drax. »Wenn das Gift nicht gewesen wäre, hätte er mir entwischen können.«

»Was ist das denn für einer, Sire? Irgendein Zauberer? Ich habe noch nie einen Menschen mit solchen Mustern auf der Haut gesehen.«

»Ja. Er ist einer von diesen sogenannten Mysteriarchen. Vermutlich sollte er den Jungen beschützen.«

»Ihr glaubt die Geschichte, die der kleine Bastard uns aufgetischt hat, Sire?« Die Stimme des Elfen verriet Unglauben.

»Ich denke, wir sollten den Kaiser entscheiden lassen, was wir glauben sollen, meint Ihr nicht auch, Leutnant?«

»Ja, Sire. Vermutlich, Sire.«

»Wohin hat man den Jungen gebracht?«

Was interessiert mich der Junge, dachte Limbeck flüchtig. Wo haben sie *Jarre* hingebracht?

Der Elf und Haplo waren oben angelangt. Der Zwerg hielt den Atem an, um zu hören, was noch geredet wurde.

»Ins Wachhaus, Hauptmann. Bis man neue Befehle von Euch erhält.«

»Ich brauche ein Schiff, das mich zurück nach Paxaria bringt . . .«

»Dazu muß ich die Genehmigung des Oberkommandierenden einholen, Sire.«

»Dann tut das. Unverzüglich. Ich nehme den Jungen und den Mysteriarchen und diese andere Gefangene . . .«

»Die Zwergin, Sire?« Der Elf war erstaunt. »Wir hatten vor, sie hinzurichten, als ein Exempel . . .«

Weiter hörte Limbeck nichts. Das Blut rauschte ihm in den Ohren, alles drehte sich. Er mußte an der Wand Halt suchen. Jarre – hingerichtet! Jarre, die *ihn* davor bewahrt hatte, hingerichtet zu werden. Jarre, die ihn viel mehr liebte, als er es verdiente. Nein, das durfte nicht geschehen. Nicht, wenn er es verhindern konnte und . . . und . . .

Das Rauschen verebbte, zurück blieb eine kalte Leere, kalt und düster wie die Gänge hier unten. Er wußte, was zu tun war. Er hatte einen Plan.

Jetzt konnte er auch wieder hören, was gesprochen wurde.

»Was geschieht mit diesem Geheimgang, Sire?«

»Verschließen.«

»Seid Ihr sicher, Sire? Ich habe ein ungutes Gefühl in bezug auf diesen Ort. Es kommt mir vor, als würde etwas – Böses dort lauern. Vielleicht sollten wir Erkundungstrupps hinunterschicken . . .«

»In Ordnung, Leutnant. Meinetwegen. Ich habe nichts besonders Interessantes gesehen, aber wenn Euch der Forscherdrang gepackt hat, bitte sehr. Ihr werdet natürlich alleine gehen müssen, von meinen Männern kann ich keinen entbehren, aber . . .«

»Ich werde veranlassen, daß die Öffnung verschlossen wird, Sire«, sagte der Elf hastig.

»Es liegt ganz bei Euch. Nun zu etwas anderem – ich brauche eine Bahre und vier Träger. Unser lieber Freund hier wird mir zu schwer.«

»Laßt mich behilflich sein, Sire.«

»Legt ihn auf den Boden. Dann könnt Ihr die Öffnung schließen. Ich . . .«

Die Stimmen entfernten sich. Limbeck entschloß sich zu handeln. Er schlich geduckt die Treppe hinauf, oben angekommen, spähte er vorsichtig über den Rand. Die beiden Offiziere, damit beschäftigt, den halb bewußtlosen Haplo vom Sockel der Statue zu hieven, standen mit dem Rücken zu ihm. Die Aufmerksamkeit der beiden Wachposten galt dem verwundeten Menschen – einem der berüchtigten Mysteriarchen. Auch sie hatten sich abgewendet.

Jetzt oder nie.

Limbeck rückte entschlossen die Brille zurecht, krabbelte aus der Öffnung und rannte geduckt zu dem Loch im Boden, das zu den unterirdischen Stollen des Allüberall führte.

Dieser Teil der Halle lag fast im Dunkeln. Die Posten, eingeschüchtert von der geheimnisvollen, bedrohlich wirkenden Statue, hielten sich weiter vorn auf, wo es heller war. Limbeck blieb unentdeckt.

In seiner Panik wäre er beinahe in den Schacht gestürzt. Im

letzten Moment ließ er sich fallen, umklammerte die oberste Leitersprosse und schlug einen ungelenken Purzelbaum über den Rand. Einen Moment hing er in der Luft und strampelte mit den Beinen nach einem Halt. Es war ein gutes Stück bis nach unten.

Endlich hatte er festen Stand, löste die verkrampften Hände von der Sprosse – eine nach der anderen –, drehte sich herum und schöpfte, eng an die Leiter geschmiegt, erst einmal Atem. Dabei horchte er auf Hinweise, daß man ihn bemerkt hatte.

»Habt Ihr etwas gehört?« fragte ein Elf.

Limbeck erstarrte.

»Unsinn!« Die Stimme des Leutnants klang forsch. »Es ist dieses verdammte Loch. Man sieht und hört schon Gespenster. Hauptmann Sang-drax hat recht. Es muß verschlossen werden, und zwar sofort.«

Es folgte ein scharrendes Geräusch – die Statue drehte sich auf ihrem Sockel über die Öffnung.

Limbeck kletterte in den Schacht hinunter und machte sich wild entschlossen, erfüllt von einem kalten Zorn, auf den Rückweg zu seinem Hauptquartier, um dort die Verwirklichung seines Plans in Angriff zu nehmen.

Seine Wollfadenspur zum Herzen des Allüberall, der faszinierende Maschinenmensch dort, die herrliche Vision einer Verbrüderung von Menschen, Elfen und Zwergen – nichts davon war jetzt mehr wichtig.

Vielleicht niemals mehr.

Er würde Jarre befreien oder . . .

Kapitel 18

Kathedrale d'Albedo, Aristagon, Mittelreich

Durchflutet von einem überwältigenden Gefühl der Dankbarkeit, näherte sich die Weesham* der Kathedrale d'Albedo**. Nicht die Schönheit des Sakralbaus beeindruckte sie so tief, obwohl die Kathedrale zu Recht als das imposanteste aller von den Elfen errichteten Bauwerke auf Arianus galt. Noch verspürte sie in sonderlichem Maß die Ehrfurcht und Andacht, die von den meisten Elfen Besitz ergriff, wenn sie sich dem Depositorium der Seelen der königlichen Familie nahten. Die Weesham war zu verängstigt, um die Ästhetik zu würdigen, zu verbittert und

* Ein Elfenmagier, Mann oder Frau, dessen Aufgabe es ist, die Seele eines verstorbenen Angehörigen der königlichen Familie einzufangen und in der Kathedrale der Albedo abzuliefern. Jedem Sproß einer solchen Familie wird bei der Geburt ein Weesham zur Seite gegeben, der ihn durchs Leben begleitet, um auf den Augenblick des Todes zu warten und die Loslösung der Seele, die in einer magischen Schatulle eingeschlossen wird.

** Ein von der alten Erde stammendes Wort. Ursprünglich bezeichnete Albedo (die) den Anteil Sonnenlicht, der von der Oberfläche eines Planeten reflektiert wird. Die Elfen gebrauchen den Terminus in stark romantisierender Form für das Licht, das von den Elfenseelen auf ihr Volk zurückstrahlt.

betrübt für Andacht. Sie war nur dankbar, weil sie – endlich – einen sicheren Hafen erreicht hatte.

Die kleine Schatulle aus Lapislazuli und Chalzedon fest in der Hand, eilte sie die Koralitstufen hinauf. Goldgefaßte Kanten glänzten, warfen einen hellen Schimmer auf ihren Weg. Sie folgte dem gepflasterten Pfad um das oktagonal angelegte Gebäude herum bis zum Hauptportal. Beim Gehen warf sie immer wieder einen Blick über die Schulter – eine Folge von drei Tagen in Angst und Schrecken.

Die Vernunft hätte ihr sagen müssen, daß es selbst den Unsichtbaren nicht möglich war, sie hierhin zu verfolgen, bis zu dieser heiligen Freistatt. Aber sie war nicht mehr fähig, klar zu denken. Angst hatte sie ausgehöhlt; wie im Fieberwahn glaubte sie, Dinge zu sehen, die nicht da waren; Stimmen zu hören, wo niemand sprach. Sie erbleichte und zitterte beim Anblick ihres eigenen Schattens und schlug, kaum daß sie davor stand, mit der geballten Faust gegen die Tür, statt guter Sitte gemäß ehrerbietig und leise anzuklopfen.

Der Hüter der Pforte, dessen außergewöhnliche Körpergröße sowie die hagere, beinahe ausgezehrte Statur ihn als zu den Kenkari gehörig auswiesen, schrak bei dem lauten Geräusch zusammen. Er hastete zur Tür, schaute durch die Kristallscheiben und runzelte mißbilligend die Stirn. Der Kenkari war es gewöhnt, daß Weesham – oder Gir, wie man sie landläufig und durchaus angemessen nannte* – in verschiedenen Stadien tiefer Trauer Einlaß begehrten. Dazu gehörte der fatalistische, stille Kummer der älteren, die von Jugend an das Leben ihrer Anbefohlenen geteilt hatten, ebenso wie der verbissene, zornige Schmerz der Krieger-Weesham, der seinen Schützling im Krieg untergehen sah, der zur Zeit auf Arianus tobte und die trostlose Verzweiflung dessen, der ein Kind hergeben mußte. Trauer bei einem Weesham war akzeptabel, sogar ehrenwert. Doch

* Die Menschen haben dieses Wort entlehnt und zu ›Geier‹ umgebildet.

neuerdings bemerkte der Hüter außer der Trauer noch eine andere Emotion, eines Weesham nicht würdig – Furcht.

Er bemerkte die Anzeichen der Furcht auch bei dieser Gir, wie bei zu vielen ihrer Berufung in letzter Zeit. Das heftige Klopfen an die Tür, der gehetzte Blick über die Schulter, ein blasses Gesicht, verstörte Augen. Langsam und feierlich öffnete der Hüter die Türflügel und trat der Gir mit gemessenem Ernst entgegen. So zwang er sie, dem Ritual zu folgen, bevor ihr Einlaß gewährt wurde. Der Kenkari, erfahren in diesen Dingen, wußte, daß die vertrauten Worte, mochten sie dem Verzweifelnden auch hohl und bedeutungslos erscheinen, durch ihre weihevolle Unveränderlichkeit tröstlich und beruhigend wirkten.

»Bitte laßt mich ein!« keuchte die Frau, als die kristallenen Türflügel lautlos nach innen schwangen.

Der Hüter versperrte ihr den Weg. Er hob beide Arme. Fließende Stoffbahnen, bestickt mit Seidenfäden in schillerndem Rot, Gelb und Orange, eingefaßt mit samtigem Schwarz, symbolisierten die Flügel des Schmetterlings, das den Elfen heilige Insekt.

Der Anblick verwirrte Auge und Verstand und mahnte gleichzeitig den Besucher an die Heiligkeit der Stätte. Die Gir besann sich auf ihre Pflichten; Disziplin, von Jugend an zur zweiten Natur geworden, gewann die Oberhand. Die Farbe kehrte in ihre Wangen zurück, sie hörte auf zu zittern.

Gefaßt nannte sie ihren Namen, ihren Clan* und den Namen ihrer Anbefohlenen. Letzteren brachte sie nur flüsternd über die Lippen und mußte ihn wiederholen, bevor der Hüter verstand. Er durchforschte rasch die Kammern seines Gedächtnisses, wo er den Namen zwischen Hunder-

* Elfen aller Clans können Weesham werden, auch wenn ausschließlich die Kenkari zum Dienst in der Kathedrale privilegiert sind. Die Weesham – Voraussetzung ist eine außergewöhnlich große Begabung im Bereich der spirituellen Magie – studieren mit den Kenkari von frühester Jugend an bis zum Eintritt in das Erwachsenenalter (entsprechend bei den Menschen einem Alter von zwanzig Jahren). Dann werden die Gir ihren Schützlingen zugeteilt. In den meisten Fällen Angehörige ihres eigenen Clans.

ten von anderen eingeordnet fand, und vergewisserte sich, daß die Seele dieser jungen Prinzessin zu Recht in die Kathedrale gehörte. (Kaum zu glauben, doch in diesem Zeitalter des Niedergangs gab es tatsächlich Elfen bürgerlicher Herkunft, die nicht davor zurückschreckten, ihre plebejischen Altvorderen dreist in die Kathedrale einzuschmuggeln. Der Hüter der Pforte – unter Zuhilfenahme seiner umfassenden Kenntnis des Stammbaums der königlichen Familie samt ihrer zahlreichen Seitenzweige, sowohl legitim als auch anderer Art – entlarvte die Hochstapler, nahm sie gefangen und überantwortete sie der Garde der Unsichtbaren.)

In diesem Fall bestand jedoch kein Zweifel an der Rechtmäßigkeit des Anspruchs, und der Hüter brauchte keine weiteren Überprüfungen anzustellen. Die junge Prinzessin, eine Großcousine des Kaisers von seines Vaters Mutter Seite, war eine gefeierte Schönheit gewesen, berühmt für ihre Klugheit und ihren Geist. Sie hätte noch lange Jahre leben sollen, Gattin werden und Mutter von Kindern, die anmutig waren wie sie.

Der Hüter äußerte sich demgemäß, als er nach dem Zeremoniell die Gir eintreten ließ und die Flügel des Kristallportals hinter ihr schloß. Er bemerkte, daß die Frau vor Erleichterung tief aufatmete, aber sie machte immer noch einen verstörten Eindruck.

»Ja«, erwiderte sie mit gesenkter Stimme, als hätte sie selbst in diesem Refugium Angst, laut zu sprechen, »mein wunderschönes kleines Mädchen stand erst am Anfang ihres Lebens. Ich freute mich darauf, ihre Brautlaken zu nähen, statt dessen war es der Saum ihres Leichentuchs!«

Die Gir, eine Frau von etwa vierzig Jahren, strich mit der Hand liebkosend über den reichgeschnitzten Deckel der Schatulle und flüsterte mit brüchiger Stimme Worte des Trostes für die arme, darin gefangene Seele.

»Woran ist sie gestorben?« erkundigte sich der Hüter mitfühlend. »Die Pestilenz?«

»Wenn es so wäre!« rief die Gir verbittert. »Damit könnte ich mich abfinden.« Sie wölbte die Hand über dem Kästchen, als bedürfte ihr Liebling immer noch des Schutzes. »Es war Mord.«

»Menschen?« Die Miene des Hüters war grimmig. »Die Rebellen?«

»Und was glaubt Ihr wohl, hätte mein Lämmchen, eine Prinzessin von Geblüt, mit Menschen oder diesem Rebellengesindel* zu schaffen gehabt?« flammte die Gir auf. In ihrem Schmerz und Zorn bedachte sie nicht, daß sie zu einem Höherstehenden sprach.

Der Hüter verwies sie mit einem Blick auf ihren Platz.

Die Gir schlug die Augen nieder und streichelte das Kästchen. »Nein, es war ihre eigene Sippe, die sie tötete. Ihr eigen Fleisch und Blut.«

»Du weißt nicht, was du sprichst«, sagte der Hüter streng. »Welchen erdenklichen Grund . . .«

»Weil sie jung war und stark, ist ihr Geist jung und stark.« Der Gir strömten die Tränen über die Wangen. »Das war bei der Toten von größerem Wert als bei der Lebenden.«

»Ich kann nicht glauben . . .«

»Dann glaubt dies.« Die Gir tat das Unerhörte. Sie griff nach dem Arm des Hüters und zog ihn zu sich heran; aus nächster Nähe schaute er in ihr von namenlosem Grauen verzerrtes Gesicht. »Mein Lämmchen und ich pflegten vor dem Zubettgehen einen Becher gewärmten Wein zu trinken.** Auch an jenem Abend teilten wir uns den Schlaftrunk. Ich fand, er schmeckte merkwürdig, aber das mochte am Wein liegen. Keiner von uns trank aus, wir legten uns früh hin. Mein Herzblatt war in den Nächten zuvor von bösen Träumen heimgesucht worden . . .« Die Gir mußte innehalten und sich fassen.

»Die Prinzessin schlummerte fast augenblicklich ein. Ich machte mich noch im Zimmer zu schaffen, ordnete ihre Spitzen und Bänder und legte das Kleid für den nächsten Tag

* Bezieht sich auf die rebellischen Elfen, die sich vom Kaiser losgesagt hatten und versuchten, ihn zu stürzen.

** Die Gir bleiben Tag und Nacht an der Seite ihrer Schutzbefohlenen, für den Fall, daß der Tod sie unerwartet dahinrafft.

zurecht, als plötzlich ein seltsames Gefühl mich überkam. Die Hände und Arme wurden mir schwer, meine Zunge war trocken und geschwollen. Nur mit Mühe erreichte ich das Bett, legte mich hin und versank in einen merkwürdigen Dämmerzustand. Ich konnte sehen, hören, war aber unfähig zu handeln. Und dann sah ich sie.«

Die Gir verstärkte den Griff ihrer Hand. Der Hüter beugte sich näher zu ihr und war doch kaum in der Lage, die hastig hervorgestoßenen Worte zu verstehen.

»Ich sah die Nacht zum Fenster hereinkommen!«

Der Hüter richtete sich stirnrunzelnd auf.

»Ich weiß, was Ihr denkt«, sagte die Gir. »Daß ich berauscht war oder träumte. Aber ich schwöre, es ist die Wahrheit. Etwas bewegte sich, dunkle Schatten verdeckten das Fenster und die Sterne dahinter. Drei waren es. Einen Augenblick lang erschienen sie mir wie schwarze Löcher in der Wand. Sie standen ganz still. Und dann *verschmolzen* sie mit dem Mauerwerk und den Gobelins.

Aber ich konnte sie trotzdem noch erkennen, auch wenn es aussah, als ob die Wände des Zimmers zum Leben erwacht wären. Sie schlichen zum Bett, wo mein Herzblatt ahnungslos schlief. Ich versuchte zu schreien, sie zu warnen, aber ich brachte keinen Ton heraus. Ich war hilflos. Hilflos.«

Die Gir erschauerte. »Dann hob sich ein Kissen – eins von den seidenen, bestickten Kissen, die sie mit ihren eigenen lieben Händen genäht hatte – von unsichtbaren Kräften bewegt in die Luft und senkte sich auf ihr Gesicht. Mein Lämmchen wehrte sich, selbst im Schlaf kämpfte sie um ihr Leben. Die unsichtbaren Hände hielten das Kissen fest, bis – bis sie sich nicht mehr regte. Sie lag still.

Dann spürte ich, daß einer von ihnen zu mir kam. Nichts war sichtbar, keine Gestalt, kein Gesicht, dennoch wußte ich, es stand jemand neben mir. Eine Hand berührte meine Schulter.

›Deine Anbefohlene ist tot, Gir‹, sagte die körperlose Stimme. ›Rasch, walte deines Amtes.‹

Die schreckliche Lähmung fiel von mir ab. Ich schrie und

fuhr hoch, um das Wesen zu ergreifen und festzuhalten, bis die Wachen kamen. Aber meine Hände griffen ins Leere. Sie waren fort. Verschwunden, wie sie gekommen waren.

Ich lief zu meinem Liebling, aber sie war tot. Die Mörder hatten ihr nicht einmal die Gnade gewährt, ihre arme Seele zu erlösen. Ich mußte es tun. Mit dem Messer – in ihre zarte, weiße Haut ...* Ich mußte ...«

Die Gir begann haltlos zu schluchzen. Sie bemerkte weder den Ausdruck auf dem Gesicht des Hüters, noch wie er die Stirn in Falten legte oder seine großen Augen sich verdunkelten.

»Ihr habt geträumt«, sagte er.

»Nein«, erwiderte sie mit hohler Stimme. »Ich habe nicht geträumt, auch wenn sie mich das glauben machen wollten. Und ich habe gespürt, wie sie mir folgten. Wohin ich auch gehe. Aber das ist ohne Bedeutung. Es gibt keinen Grund mehr, weshalb ich weiterleben sollte. Ich wollte nur jemandem erzählen, was geschehen ist. Und sie konnten mich schlecht töten, bevor ich meine Pflicht getan hatte, oder?«

Sie streifte die Schatulle mit einem letzten zärtlichen, kummervollen Blick und legte sie dann sanft in die ausgestreckte Hand des Hüters.

»Nicht wenn es dies ist, worauf sie es abgesehen hatten.«

Mit gesenktem Kopf wandte sie sich ab.

Der Hüter hielt ihr die Tür auf. Er sagte ein paar aufmunternde Worte, aber sie waren leer, und beide, der sie sprach und die sie hörte, wußten es. Während er die Finger über dem edelsteinbesetzten Kästchen schloß, sah der Hüter zu, wie die Gir langsam die goldgefaßten Stufen hinabschritt und das Temenos überquerte. Die Sonne schien hell, sie

* Sobald ein Kind von königlichem Geblüt anfängt zu spechen, lehrt man es die Formel, die im Augenblick des Todes die Seele von der Fessel des Körpers befreit. Wenn die Zeit gekommen ist, fängt der Gir die Seele ein und bringt sie zur Kathedrale. Falls der Elf stirbt, ohne die Worte gesprochen zu haben, übernimmt es der Gir, die Seele zu erlösen, indem er im linken Arm eine Vene öffnet, aus der das Herzblut fließt. Dies muß innerhalb weniger Augenblicke nach dem Eintritt des Todes geschehen.

zeichnete den langen Schatten der Gir hinter ihr aufs Pflaster.

Der Hüter fröstelte. Er blieb stehen, bis die Frau aus seinem Blickfeld verschwunden war. Das Kästchen, das er festhielt, bewahrte noch die Wärme ihrer Hand. Seufzend wandte er sich ab und schlug gegen einen kleinen Silbergong auf dem Mauervorsprung neben der Tür.

Ein zweiter Kenkari, gekleidet in die vielfarbigen Schmetterlingsroben, näherte sich lautlos auf weichen Sohlen.

»Übernehmt Ihr die Pforte«, befahl der Hüter. »Ich muß dies ins Aviarium bringen. Ruft nach mir, sollte es nötig sein.«

Der Akolyth, des Hüters Adlatus, nickte und nahm seinen Posten ein, um die Seelen eventueller Neuankömmlinge in Empfang zu nehmen. Den Blick nachdenklich auf die Schatulle in seinen Händen gerichtet, machte der Hüter sich auf den Weg zum Aviarium.

Die Kathedrale d'Albedo hat die Form eines Oktagons. Koralit, vermittels Magie geformt und skulpiert, strebt majestätisch empor und wölbt sich zu einer hohen, steilen Kuppe. Den freien Raum zwischen den Koralitrippen füllen Mauern aus im Licht der Sonne gleißendem Kristall. Sie gaukeln dem fernen Betrachter (keinem gewöhnlichen Sterblichen ist es gestattet, das Temenos zu betreten) vor, er könne durch das Gebäude hindurchsehen, dabei erliegt er einer durch verspiegelte Wände im Innern hervorgerufenen optischen Täuschung. Jemand, der draußen steht, kann nicht hineinsehen, aber von drinnen hat man einen ungehinderten Ausblick in die Runde. Der freie, gepflasterte Platz um die Kathedrale – das Temenos – ist groß und vollkommen leer: keine Statuen, kein Obelisk, nichts. Eine Raupe könnte ihn nicht überqueren, ohne bemerkt zu werden. Auf diese Weise sorgen die Kenkari dafür, daß ihre ehrwürdigen Geheimnisse geheim bleiben.

Im Mittelpunkt des Oktagons befindet sich das Aviarium. Darum im Kreis angeordnet, liegen Studierzimmer und Meditationsräume. Unter der Kathedrale haben die Kenkari ihre Zellen; auch ihre Schüler, die Weesham, sind dort einquartiert.

Der Hüter lenkte seine Schritte zum Aviarium.

Es ist ein herrlicher Garten, begrünt mit lebenden Bäumen und Pflanzen aus dem gesamten Elfenreich. An kostbarem Wasser – wegen des Krieges im ganzen Land Mangelware und streng rationiert – wurde hier nicht gespart. Freigiebig gespendet, ermöglichte es üppiges Leben ironischerweise in einem Reich der Toten.

Keine Vögel zwitscherten in diesem Vogelhaus; die einzigen Flügel, die sich zwischen den kristallenen Wänden regten, waren unsichtbar, immateriell – die Schwingen der Seelen von königlichem Geblüt, gefangen und gefangengehalten, um in Ewigkeit ihr stummes Lied zum Wohl des Elfenreichs zu singen.

Vor dem Aviarium blieb der Hüter stehen und schaute hinein. In der Tat ein herrlicher Ort. Bäume und Blumen gediehen hier in solcher Pracht wie nirgends sonst im Mittelreich. Die kaiserlichen Gärten grünten nicht wie dieser, denn selbst der Haushalt Seiner Majestät war von den Einsparungsmaßnahmen nicht verschont geblieben.

Wasserzufluß und -verteilung erfolgte durch Rohre tief im Erdreich, das – so berichtete die Sage – von der Garteninsel Hesthea herbeigeschafft worden war, Teil des Hohen Reichs und nun seit langem verödet.* Abgesehen von der Bewässerung, erhielten die Gewächse keinerlei Pflege, außer vielleicht von den Toten – eine der Lieblingsphilosophien des Hüters. Lebenden wurde nur selten Zutritt zum Aviarium gewährt. Der Hüter konnte sich an kein einziges Mal erinnern.

Kein Wind wehte in dem hermetisch abgeschlossenen Raum; kein Lüftchen, kein Hauch vermochte sich hineinzustehlen. Dennoch sah der Hüter das Laub an den Bäumen sich regen, sah die Blütenblätter der Rosen zittern, sah zarte

* Nähere Informationen zum Hohen Reich in ›Himmelsstürmer‹, *Die vergessenen Reiche,* Band 1 (Bastei-Lübbe 28 198)

Stengel sich neigen. Die Seelen der Gestorbenen huschten zwischen den blühenden, lebenden Dingen einher. Der Hüter verharrte einen Moment, in nachdenkliche Betrachtung vertieft, dann wandte er sich ab. Früher eine Stätte des Friedens und der Hoffnung, empfand er die Atmosphäre in letzter Zeit als bedrückend. Er sah auf die Schatulle nieder, und die Falten der Sorge in seinem Gesicht vertieften sich.

Vor der neben dem Aviarium gelegenen Kapelle sprach er das rituelle Gebet, dann öffnete er leise die reichgeschnitzte Tür. In dem kleinen Gemach saß die Hüterin des Buches an einem Pult und schrieb in einen großen, ledergebundenen Folianten. Es war die Aufgabe der Kenkari, Namen, Herkunft und wichtige Lebensdaten all derer festzuhalten, die von ihren Gir am Portal abgegeben wurden.

Der Leib den Flammen, das Leben dem Buch, die Seele dem Himmel, so lauteten die Worte des Rituals. Die Hüterin des Buches hörte auf zu schreiben und blickte auf.

»Ein Neuankömmling«, sagte Bruder Pforte bedrückt.

Schwester Buch nickte und schlug gegen einen kleinen, silbernen Gong auf ihrem Pult. Ein dritter Kenkari, der Hüter der Seelen, trat aus einem Nebengelaß. Schwester Buch erhob sich ehrerbietig von ihrem Hocker. Bruder Pforte verneigte sich. *Hüter der Seelen war der höchste Rang bei den Kenkari.* Als ein Magier des Siebten Hauses war der Inhaber dieses Titels nicht nur der Mächtigste seines Clans, sondern auch einer der mächtigsten Elfen im ganzen Reich. Früher einmal hatte das Wort von Pater Seele genügt, um Könige in die Knie zu zwingen. Aber heute? Bruder Pforte hegte seine Zweifel.

Bruder Seele nahm die Schatulle andachtsvoll in Empfang. Er stellte sie auf den Altar, kniete nieder und begann mit den Gebeten. Bruder Pforte nannte den Namen der Prinzessin und berichtete alles, was ihm von ihrer Abstammung und ihrem Lebenslauf erinnerlich war, während Schwester Buch sich Notizen machte, um später, wenn sie Zeit hatte, einen detaillierten Bericht abzufassen.

»So jung«, meinte Schwester Buch und seufzte. »Die Todesursache?«

Bruder Pforte leckte sich über die trockenen Lippen. »Mord.«

Schwester Buch hob den Blick, starrte ihn an, schaute hinüber zu Bruder Seele, der sein Gebet unterbrach und sich zu ihnen herumdrehte.

»Du scheinst dir diesmal sicher zu sein.«

»Es gab eine Zeugin. Die Droge konnte ihre Wirkung nicht voll entfalten. Unsere Weesham hat scheint's einen anspruchsvollen Gaumen. Sie vermag einen guten Tropfen von einem schlechten zu unterscheiden und mochte den vergifteten Wein nicht trinken.«

»Wissen *sie* Bescheid?«

»Die Unsichtbaren wissen alles«, sagte Schwester Buch mit gedämpfter Stimme.

»Man hat sich ihr an die Fersen geheftet. Sie sagte, sie würde verfolgt.«

»Hierher?« Die Augen von Bruder Seele loderten auf. »Doch nicht bis ins Temenos!«

»Nein. Vorläufig wagt der Kaiser das noch nicht.«

Das Wort *vorläufig* hing unheilvoll in der Luft.

»Er wird unvorsichtig«, äußerte Bruder Seele.

»Oder kühner«, meinte Bruder Pforte.

»Oder verzweifelter«, gab Schwester Buch leise zu bedenken.

Die drei Kenkari schauten sich an. Bruder Seele schüttelte den Kopf und fuhr sich mit einer bebenden Hand durch das weiße, schüttere Haar. »Und nun kennen wir die Wahrheit.«

»Wir kennen sie schon lange«, sagte Bruder Pforte, aber so leise, daß sein Konfrater es nicht hörte.

»Der Kaiser mordet sein eigen Fleisch und Blut, um sich Unterstützung für seine Sache zu verschaffen. Er kämpft an zwei Fronten gegen drei Gegner: die Rebellen, die Menschen, die Gegs von Drevlin. Alter Haß und Feindschaft hindert die drei Gruppen daran, sich zu verbünden, aber wenn nun etwas geschieht und sie schließen einen Pakt? Das ist es, was der Kaiser fürchtet; das ist, was ihn zu diesem Wahnwitz treibt.«

»Es ist Wahnwitz«, sagte Bruder Pforte. »Er verstümmelt den Baum seines Blutes, kappt ihm die Äste, schlägt die Wurzeln ab. Die Jungen, die Starken, deren Seelen sich am beharrlichsten ans Leben klammern – die sind es, die er morden läßt. Er hofft, daß sie ihre Stimme mit der von Krenka-Anris vereinen, unseren Zauberern größere magische Kräfte verleihen und die Arme und den Mut unserer Soldaten stärken.«

»Aber für wen spricht Krenka-Anris heutigentags?« fragte Bruder Seele.

Bruder Pforte und Schwester Buch schwiegen.

»Wir werden fragen.« Der Hüter der Seelen wandte sich wieder dem Altar zu. Der Hüter der Pforte und die Hüterin des Buches knieten sich links und rechts neben ihn. Ein Fenster aus Kristall erlaubte ihnen, ins Aviarium hineinzusehen. Der Hüter der Seelen nahm eine kleine goldene Glocke vom Altar und läutete. Die Glocke hatte keinen Klöppel und machte kein Geräusch, das lebende Ohren vernehmen konnten. Nur die Toten hörten ihren Klang – so der Glaube der Kenkari.

»Krenka-Anris, wir rufen zu dir«, skandierte der Hüter der Seelen und hob in flehender Gebärde die Arme. »Ehrwürdige Hohepriesterin, die du zuerst des Wunders der Ewigen Seelen inne wurdest, höre unser Gebet und komm herbei, um uns zu raten. Laßt uns anbeten.

Höre, Priesterin, uns, die wir rufen zu dir!
Drei Söhne, von Herzen geliebt,
  sandtest du in die Schlacht,
gabst einem jeden – geschaffen von deiner Hand –
zum Schutz ein magisches Amulett.

Der Drache Krishach, Feuer sein Atem und Gift,
brachte Verderben den Tapferen, bittere Not;
die Seelen entflohen dem toten Leib,
gebannt vom Zauber der Amulette,
  riefen sie stumm nach dir.

Die Stimmen der Söhne, von Herzen geliebt,
vernimmt die Mutter und macht sich auf
zur Walstatt, sie findet die Toten
und weint um sie, einen Tag für jeden.
Der Drache Krishach, Feuer sein Atem und Gift,
hört die Trauernde und eilt herbei, sie zu töten.

Krenka-Anris, deine Söhne, von Herzen geliebt,
spürten der Mutter große Bedrängnis;
eines jeden Seele sprang hervor
und war gleich einem funkelnden Schwert
  in des Drachen Leib.
Krishach, zu Tode getroffen, stürzte vom Himmel,
die Kenkari waren gerettet.

Krenka-Anris, deine Söhne von Herzen geliebt,
hast du gepriesen, ihre Seelen bewahrt immerdar,
zum Beistand, jetzt und künftig, ihrem Volke,
uns gelehrt das Geheimnis, das Bewahren der Seelen.

Höre, Priesterin, rat uns in der Stunde der Not,
es werden Leben geraubt, Blüten geknickt vor der Zeit,
um blinden Ehrgeiz zu fördern
  und streben nach Macht.
Deine heilige Lehre, segensreich einst,
wird jetzt mißbraucht und entweiht.
Sage uns, was sollen wir tun.
Krenka-Anris, wir flehen zu dir.

Schweigend knieten die drei vor dem Altar, jeder harrte für sich der Antwort. Keine Stimme ließ sich vernehmen, kein Flämmchen brannte plötzlich auf dem Altar, keine Erscheinung im Strahlenkranz materialisierte sich vor ihnen, aber jeder hörte die Erwiderung klar und deutlich tief in seiner/ihrer Seele, wie zuvor das Läuten der stummen Glocke. Sie standen auf und wandten sich einander zu, blaß, mit starren Gesichtern, bestürzt und ungläubig.

»Wir haben die Antwort auf unsere Frage erhalten«, sagte der Hüter der Seelen in ehrfurchtsvollem Ton.

»Wirklich?« flüsterte Bruder Pforte. »Wer vermag sie zu deuten?«

»Andere Welten. Ein Tor des Todes, das zum Leben führt. Ein Mann, tot und doch nicht tot. Wie soll man das verstehen?« Schwester Buch schüttelte den Kopf.

»Wenn die Zeit gekommen ist, wird Krenka-Anris alles offenbaren. Für den Augenblick liegt der Weg, den wir beschreiten müssen, klar vor uns. Hüter«, er wandte sich an Bruder Pforte, »du weißt, was zu tun ist.«

Der Hüter verneigte sich gehorsam, kniete ein letztesmal vor dem Altar nieder und verließ die Kapelle. Der Hüter der Seelen und die Hüterin des Buches warteten in dem kleinen Raum, lauschten mit angehaltenem Atem und pochendem Herzen auf den Laut, den keiner von beiden je zu hören erwartet hätte.

Dann war es soweit – ein dumpfes Dröhnen hallte durch die Kathedrale. Ein Fallgitter aus Gold, anmutig gestaltet wie Schmetterlinge im Flug, hatte sich herabgesenkt. Dem äußeren Anschein nach nur eine Zierde, beinahe zerbrechlich, war das Gitter durch Magie verstärkt und unzerstörbarer als jedes eiserne Portecullis einer Zwingburg.

Das große Hauptportal der Kathedrale d'Albedo war geschlossen und würde sich so bald nicht wieder öffnen.

Kapitel 19

Tiefer Himmel, Mittelreich

Haplo wütete gegen einen Kerker, der offen war und luftig und so groß wie die ganze Welt. Hilflos rüttelte er an Gitterstäben, die ihm nicht mehr Widerstand boten als Spinnwebfäden. Er schritt ein Geviert ab ohne Mauern, schlug mit den Fäusten gegen eine offene Tür, vor der keine Wachen standen. Und doch konnte er, der in einem Gefängnis geboren war, sich kein schlimmeres vorstellen als das, worin er sich jetzt wiederfand. Indem sie ihm die Freiheit ließen, ihm erlaubten, sich frei zu bewegen, hatten die Schlangen ihn in einen Käfig gesperrt, den Riegel vorgeschoben und den Schlüssel weggeworfen.

Denn was konnte er tun, wohin gehen, wie entkommen? Fiebrige Gedanken und Pläne überstürzten sich in seinem Kopf, aber was taugten sie? Bei dem Erwachen aus seinem Heilschlaf befand er sich an Bord eines der Drachenschiffe der Elfen, mit Kurs auf – wie Sang-drax ihm sagte – die Elfenstadt Paxoris auf dem Kontinent Aristagon. Haplo dachte daran, Sang-drax zu töten oder das Schiff zu übernehmen oder von Bord zu springen und durch den leeren Himmel endlos lang in den Tod zu stürzen. Als er seine Pläne mit kühlem Kopf nochmals überdachte, schien der letzte der einzig erfolgversprechende zu sein.

Er konnte Sang-drax töten, aber – wie der Großmeister ihm eröffnet hatte – das Böse kehrte nur doppelt so stark wieder.

Haplo konnte das Schiff übernehmen, gegen sein magisches Potential war der kleine Bordzauberer machtlos, aber der Patryn verfügte nicht über die Kenntnisse, um das Drachenschiff zu fliegen und wohin auch? Zurück nach Drevlin? Dort waren die Schlangen. Zurück in den Nexos? Auch dort hatten sie sich bereits festgesetzt. Zurück nach Abarrach? Wollen wir wetten ...?

Und jemanden warnen? Aber wen? Und warnen wovor? Xar? Weshalb sollte Xar ihm Glauben schenken? Haplo vermochte das Ungeheuerliche selbst kaum zu fassen.

Die Qual seiner wirren Gedanken, die Erkenntnis seiner Machtlosigkeit, waren nicht das Schlimmste. Haplo wußte, daß Sang-drax jede aufkeimende Hoffnung miterlebte, jede verzweifelte Idee kannte und ihn unterschwellig ermutigte zu handeln, um sich an seinen vergeblichen Mühen, seiner Enttäuschung zu weiden.

Und deshalb, als einzig mögliche Form der Auflehnung gegen Sang-drax und sein Gefängnis, unternahm der Patryn überhaupt nichts. Aber selbst das bereitete ihm nur geringe Befriedigung, denn auch dieses Verhalten fand Sang-drax' ungeteilte Zustimmung.

Haplo tat also nichts und tat es mit einer grimmigen Verbissenheit, die den Hund verstörte, Jarre erschreckte und auf Gram eine einschüchternde Wirkung ausübte, denn er ging dem Patryn nach Möglichkeit aus dem Weg. Außerdem hatte er ein anderes Betätigungsfeld gefunden. Haplos einziges Vergnügen bestand darin, den Jungen zu beobachten, wie er nichts unversucht ließ, um sich bei Sang-drax lieb Kind zu machen.

»Nicht ausgerechnet die Person, in die ich mein Vertrauen setzen würde«, versuchte er Gram zu warnen.

»In wen denn? Dich vielleicht?« Gram verzog spöttisch den Mund. »Ein phantastischer Beschützer bist du gewesen! Du hast es fertig gebracht, daß wir den Elfen in die Hände gefallen sind. Wäre ich nicht gewesen, könnten wir jetzt schon alle tot sein.«

»Was siehst du, wenn du ihn anschaust?«

»Einen Elfen«, antwortete Gram sarkastisch. »Wieso? Siehst du was anderes?«

»Du weißt, was ich meine. Mit deiner hellseherischen Gabe – welche Bilder entstehen in deinem Kopf?«

Gram wirkte plötzlich beunruhigt. »Das geht dich nichts an. Ich weiß, was ich tue. Misch dich nicht ein.«

Ja, du weißt, was du tust, Bürschchen, dachte Haplo müde. Und vielleicht stimmt es ja sogar. Ich, für meine Person, habe keine Ahnung.

Eine winzige Hoffnung gab es noch, doch er war nicht einmal sicher, ob man es eine Hoffnung nennen konnte und was sich damit anfangen ließ. Er war zu der Auffassung gekommen, daß die Schlangen nichts von dem Androiden wußten und vom Herzen des Allüberall. Ein Gespräch zwischen Sang-drax und Jarre, das er belauschte, brachte ihn darauf. Er verfolgte mit düsterer Faszination, wie der Elfendämon die Seuche von Haß und Mißgunst verbreitete, wie sie auch jene ansteckte, die ursprünglich vielleicht immun gewesen waren.

Im Luftraum des Mittelreichs angelangt, steuerte das Drachenschiff Tolthom an, eine von den Elfen landwirtschaftlich genutzte Insel, um dort einige Fuder Wasser* abzuliefern. Man hielt sich nicht unnötig lange auf, sondern entledigte sich des Auftrags so schnell wie möglich – die Insel war ein bevorzugtes Angriffsziel von Wasserpiraten. Jeder Elf an Bord stand unter Waffen bereit, einen möglichen Überfall abzuwehren. Die menschlichen Galeerensklaven,

* Jedes Drachenschiff, auch solche mit Kriegsgefangenen an Bord, war verpflichtet, alle Frachtkapazitäten auszunutzen, um Wasser ins Mittelreich zu transportieren. Die Elfen hatten in der Zeit vor dem Stillstand des Allüberall auf Drevlin Vorräte angelegt; sie entwickelten außerdem verschiedene Methoden, Nutzen aus den Unbilden der Witterung zu ziehen, indem sie Regenwasser sammelten. All das genügte jedoch bei weitem nicht, um den Bedarf des Mittelreichs zu decken.

die an den gewaltigen Flügeln Schwerstarbeit leisteten, wurden an Deck getrieben. Wachen mit schußbereitem Bogen standen dabei, um sie niederzustrecken, sollten die Piraten sich blicken lassen. Tolthoms eigene Drachenschiffe kreisten über dem Frachthafen, während das kostbare Naß vom Schiff in gewaltige Tanks auf dem Festland gepumpt wurde.

Haplo lehnte an der Reling; er beobachtete den in der Sonne glitzernden Wasserschwall, den regenbogenfarbenen Dunstschleier, der über der Szene hing. Es kam ihm vor wie ein Gleichnis zu seinem Leben, das aus ihm herausströmte, und er war ebensowenig in der Lage, es aufzuhalten wie die Wasserflut. Gleichgültig zuckte er mit den Schultern. Unwichtig. Nichts war mehr wichtig.

Der Hund winselte in ängstlicher Sorge und rieb den Kopf an seinem Bein, um auf sich aufmerksam zu machen. Haplo wollte die Hand ausstrecken, um ihn zu streicheln, aber die Anstrengung war ihm zu groß.

»Geh weg«, sagte er.

Beleidigt trollte der Hund sich zu Jarre, wo er sich zusammenrollte und unglücklich zu seinem Herrn hinüberschaute.

Haplo beugte sich vor und verfolgte, wie die Tanks unten sich füllten.

»Verzeih mir, Limbeck. Jetzt kann ich dich verstehen.«

Die Worte erreichten Haplo durch die Ohren des Hundes.

Jarre stand einige Schritte von ihm entfernt ebenfalls an der Reling und starrte ehrfürchtig auf die Koralitinsel in dem perlblauen Himmel. In den Straßen der geschäftigen Hafenstadt herrschte buntes Leben. Kleine adrette Häuser säumten die Klippen. Wagen stauten sich im Hafen zu einer langen Reihe – die Bauern von den umliegenden Gehöften warteten geduldig auf ihren Wasseranteil. Man hielt ein Schwätzchen von Wagen zu Wagen oder auf dem Marktplatz mit den bewimpelten Buden; Kinder liefen und tollten herum, in Sonnenschein und frischer Luft.

Jarres Augen füllten sich mit Tränen.

»Das könnte unsere Welt sein. Unser Volk wäre glücklich hier. Es würde einige Zeit dauern, aber . . .«

»Nicht so lange, wie du glaubst«, meinte Sang-drax. Der Elf, der müßig auf Deck herumspazierte, blieb bei ihr stehen; sofort richtete der Hund sich auf und knurrte.

»Still und hör zu«, befahl Haplo ihm in Gedanken, auch wenn er sich fragte, wozu die Mühe.

»Einst wohnten Zwerge auf dieser Insel. Das ist lange her« – der Elfendämon hob die Schultern – »aber es war eine blühende Kolonie, wenigstens sagt das die Überlieferung. Leider wurde den Gegs euer Manko – das Fehlen magischer Kräfte – zum Verderben. Wir verdrängten sie aus dem Mittelreich und deportierten die meisten nach Drevlin, wo andere bereits am Allüberall Frondienst leisteten. Anschließend übernahmen die Sieger eure Wohnstätten und Felder.«

Sang-drax streckte eine schlanke, feinknochige Hand aus. »Siehst du die Häuser, da hinten, an dem Berghang? Von Zwergen gebaut und stehen immer noch. Es sind die Vorbauten zu Wohnhöhlen, die tief in den Berg hineinreichen. Gemütliche, trockene Behausungen. Dein Volk hatte ein Mittel gefunden, das Koralit* abzudichten und wetterfest zu machen. Die Elfen nutzen die Anlage jetzt als Vorratslager.«

Jarre betrachtete die Gebäude; auf diese Entfernung waren sie kaum mehr als spielzeuggroß. »Wir könnten zurückkehren und all das wieder in Besitz nehmen.«

»Durchaus.« Sang-drax lehnte sich, ihr zugewandt, seitlich an die Reling. »Sobald ihr Gegs eine ausreichend große Streitmacht auf die Beine gestellt habt, um uns von hier zu vertreiben. Du glaubst doch nicht, wir würden freiwillig das Feld räumen oder zusammenrücken und euch Platz machen?«

Jarres kleine Hände krampften sich um die Stäbe, zwi-

* Koralit ist extrem porös, Wasser rinnt hindurch wie durch ein Sieb. Alle Völker haben nach Methoden geforscht, Regenwasser aufzufangen und zu sammeln, indem man das Koralit versiegelt, aber weil dieses Gestein im Grunde etwas Lebendiges ist und in konstantem Wachstum begriffen, war solchen Bemühungen nur mäßiger Erfolg beschieden. Details zum Thema Koralit und den schwebenden Kontinenten des Mittelreichs entnehme man ›Himmelsstürmer‹, *Die vergessenen Reiche,* Band 1. (Bastei-Lübbe 28 198)

schen denen sie hindurchspähte, die Reling war zu hoch für sie. »Weshalb quälst du mich so?« fragte sie mit tonloser Stimme. »Ich hasse dich auch so schon genug.«

Haplo lauschte nur mit halbem Ohr; die Worte und das Rauschen des Wassers verschmolzen für ihn zur belanglosen Geräuschkulisse. Mit einem Anflug müßiger Neugier beobachtete er, daß seine Magie nicht mehr auf Sang-drax reagierte. Abgestumpft, wie er selbst. Aber tief drinnen sträubte sich etwas in ihm gegen die Lethargie, versuchte sich zu befreien. Und er wußte, wenn er nur die Energie aufbrachte, dann – dann . . .

. . .konnte er zusehen, wie das Wasser floß.

Nur, daß das Wasser mittlerweile aufgehört hatte zu fließen, obwohl die Sammeltanks erst zur Hälfte gefüllt waren.

»Du sprichst von Haß«, meinte Sang-drax zu Jarre. »Sieh nach unten. Weißt du, was gerade passiert?«

»Nein«, antwortete Jarre. »Und es ist mir auch egal.«

Die Wagen, beladen mit großen Fässern, hatten sich in Bewegung gesetzt, einer nach dem anderen hielt bei den Tanks. Doch nachdem die ersten paar abgefertigt waren, geriet die Reihe ins Stocken. Die Fahrer standen auf, fingen an zu rufen und zu schimpfen. Der Unmut zog Kreise, und bald drängte sich eine aufgebrachte Menge mit erhobenen Fäusten am Kai.

»Unsere Leute haben soeben erfahren, daß ihr Wasser rationiert wird. Von Drevlin käme in Zukunft nur wenig Nachschub. Man hat ihnen gesagt, daß ihr Gegs uns den Hahn zugedreht habt.«

»Aber das ist nicht wahr!« entschlüpfte es Jarre unbedacht.

»Nein?« fragte Sang-drax interessiert.

Sehr interessiert.

Haplo erwachte aus seinem Stupor. Während er durch die Ohren des Hundes lauschte, musterte der Patryn den Schlangendämon scharf.

Jarre sah stur auf das Wasser in den Tanks. Ihre Züge verschlossen sich, sie schwieg.

»Ich glaube, du lügst«, meinte Sang-drax nach einer kurzen Pause. »Ich glaube, du solltest hoffen, zu deinem eigenen Besten, daß du lügst.«

Er schlenderte davon. Die Elfen an Bord trieben die Menschensklaven wieder hinunter ins Zwischendeck. Wächter kamen, um den Patryn, die Zwergin und den Hund ins Quartier zurückzubringen. Jarre klammerte sich an der Reling fest, um einen langen, sehnsüchtigen Abschiedsblick auf die verstreut am Hang liegenden Häuser zu werfen. Die Elfen hatten Mühe, ihre Finger zu lösen, und mußten sie fast nach unten tragen.

Haplo grinste schief und schüttelte den Kopf. Von Zwergen gebaut! Vor Jahrhunderten. Was für ein Blödsinn. Aber sie glaubt's. Und sie haßt. Ja, Jarre lernt ernsthaft zu hassen. Davon kannst du nicht genug kriegen, habe ich recht, Sang-drax?

Haplo folgte den Wächtern bereitwillig. Ihm war es gleich, wo er sich befand, er nahm sein Gefängnis überall mit. Der Hund war zu seinem Herrn zurückgekehrt und knurrte jedesmal, wenn ein Elf ihm zu nahe kam.

Haplo hatte etwas erfahren – die Schlangen wußten nicht, was mit dem Allüberall passiert war. Sie glaubten an einen Sabotageakt der Zwerge. Das war gut, obwohl – wer daraus wann welchen Nutzen würde ziehen können, davon hatte er keine klare Vorstellung.

Auf jeden Fall: gut für ihn; gut für Gram, der wußte, wie man die Maschine wieder in Gang setzte. Gut für die Zwerge und für Limbeck.

Aber nicht unbedingt gut für Jarre.

Sonst ereignete sich nichts Bemerkenswertes auf der ganzen Reise, abgesehen vielleicht von einem letzten Gespräch mit Sang-drax, kurz bevor das Drachenschiff in der kaiserlichen Metropole eintraf.

Nach dem Zwischenstop auf Tolthom und einem kurzen Geplänkel mit dem erzürnten Mob (man hatte erfahren, daß noch Wasser an Bord war, aber für den Hauptkontinent bestimmt), ging die Reise sehr rasch vonstatten. Die Sklaven wurden gnadenlos angetrieben, waren sie erschöpft, bekamen sie zur Aufmunterung die Peitsche zu spüren. Das Drachenschiff befand sich allein im tiefen Himmel, ein leichtes Ziel für Piraten.

Noch vor einem Jahr wäre eine solche schwerfällige Wasserkogge in einem Geleitzug von bewaffneten Kreuzern unterwegs gewesen. Von ähnlicher Bauart wie die größeren Drachenschiffe, waren diese kleiner und wendiger und ausgerüstet mit verschiedenen pyrotechnischen Geschützen. Aber damit war es vorbei; heutzutage mußten die Drachenschiffe auf ihr Glück vertrauen.

In der Öffentlichkeit vertrat der Kaiser den Standpunkt, die Menschen stellten keine nennenswerte Bedrohung mehr dar, deshalb wären Konvois überflüssig geworden.

»Die Wahrheit ist«, vertraute Sang-drax ihnen am letzten Abend ihrer Reise an, »daß die Streitkräfte der Tribuselfen gefährlich weit auseinandergezogen sind. Die Kriegsschiffe werden gebraucht, um Prinz Rees'ahn und seine Rebellen im Kirikai Hinterland festzunageln. Bis jetzt ist es gutgegangen. Rees'ahn verfügt über kein einziges Schiff. Doch falls er sich mit Stephen verbündet, bringt der ihm Kampfdrachen, genug, um die Umklammerung zu sprengen und eine Invasion großen Stils in Gang zu bringen. Also müssen die Kriegsschiffe nicht nur verhindern, daß Rees'ahn herauskommt, sondern auch, daß Stephen hineinkommt.«

»Was hat sie denn bis jetzt daran gehindert, sich zu verbünden?« fragte Haplo mürrisch. Es widerstrebte ihm, mit dem Schlangendämon zu sprechen, doch es blieb ihm nichts anderes übrig, wenn er herausfinden wollte, wie die Dinge standen.

Sang-drax grinste. Er wußte um Haplos Gewissenskonflikt und hatte seine Freude daran. »Alte Ängste, alter Haß, alte Vorurteile. Flammen, die so leicht zu entfachen und fast unmöglich zu löschen sind.«

»Und du und deinesgleichen – ihr scheut keine Mühe, sie anzufachen.«

»So ist es. Unsere Agitatoren sind für beide Seiten tätig.

Oder sollte ich sagen, *gegen* beide Seiten? Doch es macht mir nichts aus, dir zu gestehen, daß wir uns unerwarteten Schwierigkeiten gegenübersehen. Einer der Gründe, weshalb Gram lieb und wert ist. Ein bemerkenswert kluges Kerlchen. Macht seinem Vater alle Ehre. Und ich meine *nicht* König Stephen.«

»Warum? Was habt ihr vor mit Gram? Was er euch im Tunnel erzählt hat, war doch nichts als ein Sack voll Lügen.« Haplo fühlte sich unbehaglich. Hatte Gram sein Wissen über das Allüberall ausgeplaudert?

»Selbstverständlich, und *wir* wissen, daß er lügt. Andere jedoch nicht. Noch werden sie je dahinterkommen.«

»Fürst Xar hat den Jungen ins Herz geschlossen«, warnte Haplo in ruhigem Ton. »Es wird ihm nicht gefallen, sollte Gram etwas zustoßen.«

»Aha, ein Wink mit dem Zaunpfahl, für den Fall, daß wir vorhaben, ihn auf dem Altar unserer finsteren Pläne zu opfern. Sei versichert, Patryn, daß wir dieses Menschenkind hüten werden wie eins unserer eigenen Jungen. Es war alles seine Idee, mußt du wissen. Und wir haben festgestellt, daß ihr sterblichen Wesen erheblich leichter zu manipulieren seid, wenn eure eigene Gier und euer eigenes Machtstreben als Antriebsfeder dienen.«

»Was ist das für ein Plan?«

»Nun, nun, ein *paar* Überraschungen muß das Leben doch zu bieten haben. Ich möchte nicht, daß du dich langweilst.«

Am folgenden Morgen landete das Drachenschiff in Paxaria – Land der friedvollen Seelen.

In alter Zeit waren die Paxar (Friedvolle Seelen) der dominierende Clan im Reich der Elfen.

Der Gründer des Clans – nach der Sage – war Paxar Kethin, der angeblich als Säugling ›vom Himmel fiel‹ und in einem wunderschönen Tal landete, das ihm den Namen gab. Minuten waren für ihn wie Jahre. Er wuchs im Nu zum

Manne heran und faßte den Entschluß, an Ort und Stelle eine große Stadt zu erbauen, hatte er doch bereits im Schoß der Mutter die drei Flüsse und den Immerquell in einer Vision erblickt.

In jedem Clan von Aristagon existierte eine ähnliche Ursprungslegende, natürlich mit typischen Abweichungen, bis auf einen Punkt. Alle Elfen glauben, daß sie ›von oben‹ gekommen sind, was im Prinzip der Wahrheit entspricht. Die Sartan, nach ihrer Ankunft in der Welt der Lüfte, siedelten die Nichtigen vorerst im Hohen Reich an, während sie das Allüberall bauten und auf ein Signal von den anderen Welten warteten. Wie man weiß, kam das Signal nicht. Die Sartan waren gezwungen, die Nichtigen – deren Bevölkerungszahl rapide wuchs – in Mittel und Niederreich umzusiedeln. Um die Nichtigen mit Wasser zu versorgen (bis das Allüberall seine Arbeit aufnahm), schufen sie den Immerquell.

Die Sartan errichteten drei hohe Türme in Fendi, Gonster und Templor. Diese Runentürme sind durch Magie für die Aufgabe konstruiert, Regenwasser zu speichern und zu bestimmten Zeiten in bestimmten Mengen abzugeben. Einmal in jedem Monat öffnen sich die Fluttore, und drei Wasserkaskaden ergießen sich durch Kanäle im Koralit, die durch Magie abgedichtet sind, so daß nichts in dem porösen Material versickert.

Die Flüsse vereinigen sich an einem Punkt und stürzen als grandioser Wasserfall hinab in den Immerquell – ein unterirdisches Becken, ausgekleidet mit Gestein von der Alten Erde. Eine Fontäne, die Elfen nennen sie Wal'eed, erhebt sich aus der Mitte und spendet Wasser all jenen, die dessen bedürfen.

Dieses System war als Notlösung gedacht, um eine kleine Bevölkerung zu versorgen. Aber die Nichtigen wurden zahlreicher und die Sartan weniger. Das Wasser, einst in solchem Überfluß vorhanden, daß niemand auf den Gedanken kam, sparsam damit umzugehen, wurde jetzt Tropfen für Tropfen fast mit Gold aufgewogen.

Aus dem Krieg am Firmament* gingen die Paxarelfen, unterstützt von den Kenkari, als stärkster Clan hervor. Sie erhoben Anspruch auf den Immerquell und bauten dort ihren Königspalast.

Die Paxar ließen sowohl die anderen Clans als auch die Menschen (ehemals auf Aristagon ansässig, aber nach der gewaltsamen Vertreibung fanden sie eine neue Heimat im Volkaran Archipel und auf Ulyndia) an dem Wasser teilhaben.

Niemandem wurde der Zutritt verweigert, es brauchte keine Abgabe entrichtet zu werden. Ihre Herrschaft war gütig und wohlmeinend, wenn auch sehr jovial. Aber die latente Bedrohung, eines Tages von dem lebenswichtigen Naß abgeschnitten zu sein, blieb.

Die stolzen Tribuselfen empfanden es als unerträglich, um Wasser *betteln* zu müssen – wie sie es sahen. Außerdem gefiel es ihnen nicht, mit den Menschen zu teilen. Aus diesem Gegensatz resultierte ein Bruderkrieg zwischen Tribus und Paxar, der drei Jahre währte und damit endete, daß Tribus Paxaria eroberte.

Den entscheidenden Schlag versetzten den Paxar die Kenkari, als sie – nach eigenem Bekunden neutral in diesem Konflikt – insgeheim das Gewicht der Seelen in ihrer Obhut für Tribus in die Waagschale warfen. (Die Kenkari haben das immer geleugnet. Sie behaupten, sie hätten die Neutralität gewahrt, aber niemand, schon gar nicht die Paxar, schenkt ihnen Glauben.)

Die Tribuselfen schleiften den Palast der Paxar und errichteten einen größeren am selben Ort. Das Imperanon ist fast

* Ein Krieg um die später als *das Tal der Drachen* bekannte Region. In diesem Krieg wurde Krenka-Anris das Geheimnis offenbar, Seelen zu bannen und durch sie die Wirkung der Elfenmagie zu verstärken. Die Paxar verbündeten sich mit den Kenkari, um die Drachen zu besiegen. Jene, die überlebten, flogen zu den Ländern der Menschen, wo sie freundliche Aufnahme fanden. Menschenmagie, verknüpft mit lebenden Dingen und den Naturgesetzen, vermag sich die Drachen dienstbar zu machen. Elfenmagie, auf Mechanik basierend, vermag es nicht.

eine Stadt für sich. Es umfaßt den Palast, die Zufluchtsgärten (ausschließlich der kaiserlichen Familie vorbehalten), die Kathedrale d'Albedo sowie – unterirdisch – die Hallen der Unsichtbaren.

Auch weiterhin spendeten die Sartantürme einmal im Monat das segensreiche Wasser, aber jetzt unter Administration der Tribuselfen. Die anderen Clans mußten eine Abgabe zahlen, vorgeblich, um die Kosten für Wartung und Instandhaltung zu decken. Die Menschen erhielten gar kein Wasser mehr. Infolge der neuen Regelung füllten sich die Schatztruhen des Tribusclans, während die anderen zornentbrannt nach eigenen Wasserquellen suchten und sie fanden – auf Drevlin.

Unabhängig geworden, begannen auch diese Clans, besonders die Tretar, Erfinder der berühmten Drachenschiffe, zu prosperieren. Tribus wäre vielleicht am gedeckten Tisch verhungert, aber zu der Zeit häuften sich die Überfälle verzweifelter Menschen auf die Wasserkoggen der Elfen. Angesichts dieser Bedrohung von außen begruben die Clans ihren Groll, schlossen sich zusammen und bildeten das Oribusimperium, dessen Herz das Imperanon ist.

Der Krieg gegen die Menschen nahm für die Elfen einen günstigen Verlauf. Der Sieg war ihnen so gut wie sicher. Dann geriet ihr fähigster und charismatischster General, Prinz Rees'ahn, unter den Einfluß (manche sagen, in den Bann) eines Liedes, das eine schwarzhäutige Menschenfrau sang, Rabenlerche. Das Lied rief in den Elfen die Erinnerung an die Ideale von Paxar Kethin und Krenka-Anris. Elfen, die es hören, werden der Wahrheit inne, erkennen die Korruption und Verderbtheit ihres diktatorischen Regimes und wissen, ihrer Welt droht der Untergang.

Nun, die Türme der Sartan spenden immer noch Wasser, aber Bewaffnete stehen Wache entlang der Kanäle. Es kursieren Gerüchte, daß große Kolonnen von Menschensklaven und gefangenen Rebellen an geheimen Aquädukten bauen, die von den Flüssen geradewegs ins Imperanon führen. Jeden Monat ist die Menge Wasser aus den Türmen geringer als im Monat davor. Die Elfenzauberer, nach ausführlicher Erforschung der Türme, berichten, daß aus irgendeinem rätselhaften Grund ihre Magie im Schwinden begriffen ist.

Und niemand weiß, wie man das verhindern könnte.

Kapitel 20

Imperanon, Aristagon, Mittelreich

»Das können sie nicht tun«, sagte Agah'ran pikiert. Er fütterte einen Hargastvogel* mit Orangenstückchen und schaute seinen Gesprächspartner nicht an. »Sie können das unmöglich tun.«

»Aber sie können sehr wohl, Majestät«, erwiderte Graf Tretar, Haupt des Tretarclans** und zur Zeit Seiner Kaiserlichen Majestät engster Vertrauter und Ratgeber. »Mehr noch: sie *haben* es getan.«

»Die Kathedrale d'Albedo geschlossen? Sie wollen keine Seelen mehr aufnehmen? Wir weigern Uns, das zu akzeptie-

* Eine seltene Spezies, die der Sage nach in den spröden Ästen der Hargastbäume nistet. Da man bisher keins ihrer Nester gefunden hat, fehlt der Beweis für die Wahrheit der Geschichte. Die Vögel sind schwer zu fangen und daher äußerst kostspielig. Ihr Gesang ist sehr wohlklingend.

** Die sieben Elfenclans sind: Paxar, Quintar, Tretar, Savag, Melista, Tribus und Kenkari. Der Kaiser stammt aus dem Tribusclan, wie auch sein Sohn, der Rebellenprinz Rees'ahn. Durch Heiraten haben sich die Grenzen zwischen den Clans weitgehend verwischt, mit Ausnahme der Kenkari, denen untersagt ist, außerhalb des Clans zu heiraten oder Kinder zu zeugen. Es ist nicht bekannt, daß je gegen das Gebot verstoßen wurde.

ren. Gebt ihnen Nachricht, Tretar, daß bei Gefahr Unseres Mißvergnügens die Kathedrale umgehend wieder geöffnet werden muß.«

»Das ist exakt, was Ihr *nicht* tun solltet, Sire.«

»*Nicht* tun? Erklärt Euch, Tretar.« Agah'ran hob träge die geschminkten Augenlider, als ginge die Anstrengung fast über seine Kräfte. Gleichzeitig streckte er mit einer Gebärde der Hilflosigkeit die gespreizten Finger von sich. Sie waren klebrig vom Saft der Orange, und Majestät fühlten sich geniert.

Tretar winkte dem Valet de Chambre, der einem Sklaven winkte, der hurtig mit einem angewärmten feuchten Tuch herbeigeeilt kam. Agah'ran legte kraftlos die Finger darauf, und der Sklave reinigte sie ehrerbietig.

»Die Kenkari haben nie den Treueeid geleistet. Historisch gesehen, Majestät, waren sie stets unabhängig; sie dienten allen Clans und schuldeten keinem Loyalität.«

»Sie haben die Entstehung des Imperiums gebilligt.« Die Zeit für sein Mittagsschläfchen rückte heran, und bei Agah'ran machte sich eine gewisse Verdrießlichkeit bemerkbar.

»Weil der Zusammenschluß der Clans ihren Wünschen entsprach. Deshalb dienen sie Eurer Kaiserlichen Majestät und stehen im Krieg mit Eurem unbotmäßigen Sohn, Rees'ahn, auf Eurer Seite. Sie willfahrten Eurer Majestät sogar darin, ihn auszustoßen, und befahlen seinem Weesham, ihn zu verlassen, so daß seine Seele verdammt ist, nach dem Tode außerhalb des Gesegneten Reiches zu schmachten.«

»Ja, das alles ist Uns bekannt, Tretar. Kommt zum Kern der Sache. Ich fühle mich erschöpft. Und Solaris ist sehr heiß heute. Wenn ich mich nicht vorsehe, könnte es sein, daß ich anfange zu transpirieren.«

»Wenn Majestät noch eine kleine Weile Geduld mit mir haben.« Das Zucken von Agah'rans zarter weißer Hand war das Äquivalent einer geballten Faust bei einem gewöhnlichen Sterblichen. »Wir bedürfen der Seelen, Tretar. Ihr wart anwesend. Ihr habt den Bericht gehört. Unser undankbarer Sohn – mögen die Ahnen ihn verderben – führt heimliche Verhandlungen mit diesem barbarischen Schlagetot, Stephen von Volkaran. Wenn sie sich verbünden ... Ah, seht, wie diese Aufregungen Uns zusetzen! Wir zittern. Wir fühlen Uns schwach. Wir müssen ruhen.«

Tretar schnippte mit den Fingern. Der Kammerdiener schnippte mit den Fingern. Sklaven nahten im Laufschritt mit einer Portechaise. Beflissene Hände hoben Seine Kaiserliche Majestät vom Diwan und betteten ihn in die weichen Kissen des Tragsessels. Dann wuchteten vier kräftige Männer sich das ungefüge Gestell auf die Schultern.

Der Kammerdiener schlug die Hände über dem Kopf zusammen. »Erbarmen!« jammerte er. »Nicht doch so heftig. Ihr stört das Equilibrium Seiner Majestät!«

Langsam, feierlich, setzte die Portechaise sich in Bewegung. Der Kaiserliche Weesham stand auf und ging hinterher, Graf Tretar schloß sich an. Der Valet de Chambre umtänzelte den Sessel, falls Seine Majestät eine Unpäßlichkeit befallen möchte. Die kleine Prozession bewegte sich vom Garten ins Mittagszimmer des Kaisers – ein unzumutbarer Weg von etwa zehn Schritten.

Agah'ran – ein auffallend wohlgestalteter Elf (unter der Schminke) in den frühen Zweihunderten – war keineswegs verkrüppelt, auch wenn bei Neulingen am Hof dieser Eindruck entstand. Seine Kaiserliche Majestät (ein Mann in den besten Jahren, nach Elfenmaßstäben) erfreute sich im Gegenteil bester Gesundheit. Agah'ran war durchaus fähig zu gehen und unterzog sich der Mühe, wenn es denn erforderlich war, anschließend mußte er sich allerdings mehrere Zyklen lang von der ungewohnten Anstrengung erholen.

In dem luxuriös ausgestatteten Gemach angelangt, bewegte Agah'ran matt die beringten Finger einer schlaffen Hand.

»Seine Majestät wünschen anzuhalten«, dolmetschte Tretar.

Der Kammerdiener gab die Anweisung des Grafen weiter.

Die Sklaven gehorchten und senkten den Stuhl zu Boden – langsam, um Seiner Majestät kein Unbehagen zu verursachen. Der Kaiser wurde herausgehoben und in einen Sessel gesetzt, von welchem er den Garten überblicken konnte.

»Eine Winzigkeit mehr nach links. Wir empfinden den Ausblick erheblich weniger ennuyant aus diesem Winkel. Man soll heiße Schokolade bringen. Ihr auch eine Schale, Tretar?«

»Ich bin geehrt, daß Eure Kaiserliche Majestät geruhen, an mich zu denken.« Graf Tretar verneigte sich. Er verabscheute heiße Schokolade, doch nicht im Traum hätte er daran gedacht, den Kaiser durch eine Ablehnung zu brüskieren.

Der Kammerdiener machte sich an einem Samowar zu schaffen. Der Weesham, dem sichtlich unbehaglich zumute war (aus gutem Grund, schließlich drehte sich das Gespräch um seine Mentoren und wahren Meister, die Kenkari), entdeckte die Möglichkeit, sich mit Anstand aus der Affäre zu ziehen, und nutzte sie. »Ich fürchte, die Schokolade ist nicht mehr heiß genug, Majestät. Erlaubt mir, in der Küche welche frisch zubereiten zu lassen. Ich kenne genau die von Eurer Majestät bevorzugte Temperatur.«

Agah'ran schaute zu Tretar. Der Graf nickte.

»Nun gut, Weesham, Ihr seid beurlaubt. Sechs Grad über Zimmertemperatur und kein Grad mehr.«

»Sehr wohl, Majestät.« Der Gir entfernte sich unter zahlreichen Verbeugungen. Tretar winkte. Der Valet de Chambre scheuchte die Sklaven hinaus, er selbst zog sich in den Hintergrund des Zimmers zurück und wurde eins mit dem Mobiliar.

»Ein Spion, was meint ihr?« fragte Agah'ran, auf den hinausgegangenen Weesham bezogen. »Haben die Kenkari uns eine Laus in den Pelz gesetzt?«

»Ich glaube nicht, Majestät. Das ist nicht ihre Art. Die Kenkari mögen über außergewöhnliche magische Kräfte verfügen, aber davon abgesehen sind sie weltfremd, einfältig, politisch naiv. Der Gir ist auf eine Pflicht eingeschworen

– die Bewahrung von Eurer Kaiserlichen Majestät Seele. Eine heilige Pflicht, die nicht durch Hofintrigen entweiht werden darf.«

Tretar beugte sich vor und senkte die Stimme zu einem Flüstern. »Nach allem, was mir gelungen ist herauszufinden, hat Inkompetenz von seiten der Unsichtbaren uns in diese Bredouille gebracht.«

Ein Winkel des geschminkten Augenlids zuckte. »Die Unsichtbaren machen keine Fehler, Tretar«, sagte Agah'ran.

»Sie sind Sterbliche, Sire, und deshalb fehlbar wie alle Sterblichen, mit Ausnahme Eurer Majestät. Und ich habe sagen hören« – Tretar beugte sich noch weiter vor – »die Unsichtbaren hätten es sich angelegen sein lassen, alle möglichen Zeugen zu beseitigen. Sie sind nicht mehr. Das gilt auch für die Weesham, die den Kenkari die Seele der Prinzessin brachte, nebst der Nachricht, sie sei keines natürlichen Todes gestorben.«

Agah'ran wirkte erleichtert. »Dann ist die Sache also erledigt, und nichts dergleichen wird je wieder vorkommen. Ihr werdet dafür sorgen, Graf. Übermittelt den Unsichtbaren mit gebührendem Nachdruck Unsere Wünsche in dieser Hinsicht.«

»Sehr wohl, Majestät«, sagte Tretar, der nicht die mindeste Absicht hatte, so etwas zu tun. Sollten diese kaltblütigen Fanatiker ihr eigenes Süppchen kochen. Er wollte damit nichts zu tun haben!

»So weit, so gut, aber das hilft uns nicht bei unserem aktuellen Problem«, fuhr Agah'ran in mildem Ton fort. »Die Eier sind zerschlagen, um es so auszudrücken. Wir sehen keine Möglichkeit, die Schalen zu kitten.«

»Allerdings nicht, Majestät.« Tretar war froh, zu einem weniger heiklen Thema zurückkehren zu können. »Und deshalb schlage ich vor, daß Majestät ein Omelett zubereitet.«

»Sehr klug, Tretar.« Der Kaiser gestattete sich den Anflug eines Lächelns. »Für Uns selbst oder setzen Wir es den Kenkari vor?«

»Weder noch, Sire – unseren Feinden.«

»Ein vergiftetes Omelett also.«

Tretar verneigte sich beeindruckt. »Ich sehe, Euer Majestät sind mir weit voraus.«

»Ihr denkt an das Menschenkind – wie heißt es noch? Das gestern abend ins Imperanon gebracht wurde.«

»Gram, Euer Majestät.«

»Ach ja. Ein charmantes Geschöpf, ist Uns zu Ohren gekommen. Recht ansehnlich, für einen Menschen. Was sollen Wir mit ihm anfangen, Tretar? Kann man dieser phantastischen Geschichte Glauben schenken, die der Knabe erzählt?«

»Ich habe mit Verlaub einige Nachforschungen angestellt, Majestät. Wenn es Euch interessiert zu hören, was dabei herausgekommen ist?«

»Amüsieren wird es mich zumindest«, meinte der Kaiser mit einem schläfrigen Heben der gezupften Augenbrauen.

»Euer Majestät hat unter seinen Sklaven einen Menschen, der früher am Hof von König Stephen diente. Er wurde zum Dienst in der Armee gepreßt. Ich nahm mir die Freiheit, Sire, diesen Mann und den Jungen, Gram, zusammenzubringen. Der Mensch erkannte das Kind sofort. Tatsächlich hätte der Elende fast die Besinnung verloren, weil er glaubte, einen Geist gesehen zu haben.«

»Degoutant, dieser Aberglaube der Menschen«, kommentierte Agah'ran.

»In der Tat, Majestät. Nicht nur erkannte dieser Mann den Jungen, der Junge erkannte ihn. Er redete ihn mit Namen an ...«

»Mit Namen? Einen Domestiken? Pah! Dieser Gram kann unmöglich ein Prinz von Geblüt sein!«

»Menschen pflegen eine demokratische Gesinnung zu kultivieren, Sire. Ich habe mir sagen lassen, König Stephen gewährt jedem seiner Untertanen, sogar dem gemeinsten und niedrigsten, eine Audienz, wenn er ein Anliegen oder eine Beschwerde vorzubringen hat.«

»Liebe Güte! Skandalös! Mir wird ganz elend!« Agah'ran

legte den Handrücken gegen die alabasterne Stirn. »Das Riechsalz, wenn Ihr so gut sein wollt, Tretar.«

Der Graf griff nach einem silbergefaßten Flakon und reichte ihn dem Valet de Chambre, der das Fläschchen einem Sklaven reichte, der es im rechten Abstand unter der kaiserlichen Nase hin und her bewegte. Ein oder zwei Atemzüge kurierten Agah'rans derangiertes Nervenkostüm und linderten seine Erschütterung über die barbarischen Sitten der Menschen.

»Wenn Ihr Euch wieder kräftig genug fühlt, Sire, fahre ich fort.«

»Worauf wollt Ihr hinaus, Tretar? Was hat der Junge mit den Kenkari zu tun? Ihr könnt Uns nichts vormachen, Graf. Wir sind scharfsinnig. Wir ahnen eine Verbindung.«

Der Graf verbeugte sich ehrerbietig. »Euer Kaiserlicher Majestät Verstand ist eine wahre Drachenfalle. Wenn ich es Majestät zumuten darf, möchte ich den Jungen bringen lassen. Ich glaube, Euer Majestät wird die Geschichte, die er zu erzählen weiß, recht unterhaltsam finden.«

»Ein Mensch? In *Unserer* Gegenwart? Angenommen – angenommen . . .«, Agah'ran richtete sich halb auf, »angenommen, Wir stecken uns mit etwas an?«

»Seid versichert, Majestät, daß der Junge gründlichst gesäubert worden ist«, bemerkte der Graf mit würdevollem Ernst.

Agah'ran winkte dem Kammerdiener, der dem Sklaven winkte, der dem Kaiser einen parfümierten Pomander brachte. Den duftenden Bausch vor der Nase, bedeutete Agah'ran mit einem leichten Kopfnicken sein Einverständnis. Der Graf schnippte mit den Fingern. Zwei Männer der kaiserlichen Garde kamen herein, Gram zwischen sich.

»Halt! Halt, nicht weiter!« befahl Agah'ran, obwohl der Junge kaum vier Schritte in den großen Raum getan hatte.

»Laßt uns allein.« Tretar schickte die Wachen mit einer Handbewegung hinaus. »Euer Kaiserliche Majestät, dies ist Seine Hoheit, Gram, Prinz von Volkaran.«

»*Und* Ulyndia und dem Hohen Reich«, fügte der Junge hinzu. »Seit mein Vater tot ist.«

Er trat einen weiteren Schritt vor und neigte selbstbewußt den Kopf. Der Prinz bezeugte dem Kaiser seinen Respekt, ließ aber keinen Zweifel daran, daß er sich ihm ebenbürtig fühlte.

Agah'ran, daran gewöhnt, daß seine Untertanen sich vor ihrem Souverän flach auf den Boden warfen, war fassungslos über solche Arroganz und Kühnheit. Ein Elf hätte dafür mit seiner Seele gebüßt. Tretar hielt den Atem an; er befürchtete, einen schweren Fehler gemacht zu haben.

Gram richtete sich auf und lächelte. Man hatte ihn gebadet und so anmutig herausgeputzt, wie es sich bewerkstelligen ließ – Menschenkinder waren im allgemeinen von kräftigerer Statur als Elfen im selben Alter. Das zu Ringellocken gedrehte seidige Haar glänzte in der Sonne wie gesponnenes Gold. Grams Hut gemahnte an feines Porzellan, seine Augen waren blauer als die Lapislazulisplitter auf der Schatulle eines Gir. Agah'ran war beeindruckt von der lichten Schönheit des Kindes, wenigstens glaubte das Tretar aus der Art schließen zu können, wie der Kaiser eine Augenbraue hob und den Pomander sinken ließ.

»Komm näher, Kind ...«

Tretar hüstelte diskret.

Agah'ran begriff den Wink. »Kommt näher, Prinz, damit wir Euch ansehen können.«

Graf Tretar atmete wieder. Der Kaiser war bezaubert. Nur im übertragenen Sinne, natürlich. Starke Amulette schützten Agah'ran vor magischen Beeinflussungen. Bei seinem ersten Gespräch mit Gram hatte Tretar amüsiert beobachtet, wie der Knabe versuchte, ihn sich gewogen zu machen, vermittels irgendeines primitiven Zauberbanns. Die Menschenmagie zeitigte selbstverständlich nicht die geringste Wirkung, aber allein der Versuch war ein erster Hinweis darauf, daß der Junge eventuell – wenigstens teilweise – die Wahrheit sagte.

»Nicht zu nahe«, schränkte Agah'ran ein. Alles Parfüm

von Aristagon vermochte den menschlichen Geruch nicht zu überdecken. »So, das ist genug. Ihr behauptet also, junger Freund, der Sohn von König Stephen von Volkaran zu sein.«

»Nein, das behaupte ich nicht, Majestät«, widersprach Gram und runzelte bezaubernd die Stirn.

Agah'ran warf einen streng fragenden Blick auf Tretar, der den Kopf neigte. »Geduld, Majestät«, sagte er leise und dann, zu dem Jungen gewandt: »Nennt Seiner Kaiserlichen Majestät den Namen Eures Vaters, Hoheit.«

»Sinistrad, Majestät«, antwortete Gram stolz. »Ein Mysteriarch aus dem Hohen Reich.«

»Die Bezeichnung der Menschen für einen Magier des Siebenten Hauses, Sire«, erklärte Tretar.

»Siebentes Haus. Und der Name Eurer Mutter?«

»Anne von Ulyndia, Königin von Volkaran und Ulyndia.«

»Was für Zustände!« murmelte Agah'ran konsterniert, selbst Vater von mehr illegitimen Kindern, als er zählen konnte. »Ich fürchte, Ihr habt einen Fehler gemacht, Graf. Wenn dies ein Bastard ist und nicht des Königs leiblicher Sohn, dann ist er auch nicht der Thronfolger.«

»Aber das bin ich, Majestät!« rief Gram mit kindlichem Trotz, der ihm wohl anstand und außerdem sehr überzeugend wirkte. »König Stephen hat mich als Sohn und Erben anerkannt. Meine Mutter hat ihn gezwungen, Dokumente zu unterzeichnen. Ich hab's gesehen. König Stephen muß tun, was meine Mutter sagt. Sie hat eigene Soldaten. Er braucht ihre Unterstützung, wenn er auf dem Thron bleiben will.«

Agah'ran sah Tretar an.

Der Graf verdrehte die Augen, wie um zu sagen: »Es sind eben Menschen, was kann man da schon erwarten?!«

Die Mundwinkel des Kaisers wollten sich zu einem Lächeln verziehen, aber flugs beherrschte er sich: Mimische Entgleisungen ruinierten seine Lippenpomade. »Ein derartiges Arrangement scheint mir recht zufriedenstellend für alle Beteiligten zu sein, Prinz Gram. Doch etwas muß geschehen sein, da man Euch bei diesen – Gegs gefunden hat. Wie heißt der Ort noch?«

»Drevlin, Sire«, soufflierte Tretar beflissen.

»Ach ja, Drevlin. Ganz recht. Wie seid Ihr dort hingekommen?«

»Ich war ein Gefangener, Majestät.« Tränen schimmerten in Grams Augen. »König Stephen warb einen Assassinen an, einen Mann namens Hugh Mordhand . . .«

»Unerhört.« Agah'rans Lider flatterten.

»Majestät, bitte laßt ihn ausreden«, mahnte Tretar sanft.

»Hugh Mordhand reiste ins Hohe Reich. Er tötete meinen Vater, Majestät, und hätte mich ermordet, doch bevor er starb, gelang es meinem Vater noch, dem Assassinen eine tödliche Wunde zuzufügen. Aber dann wurde ich von Kapitän Bothar'el gefangengenommen. Er ist mit den Rebellen im Bunde, glaube ich.«

Agah'ran schaute wieder zu Tretar, der bestätigend nickte.

»Bothar'el brachte mich zurück nach Volkaran. Er dachte, König Stephen wäre froh, mich wiederzuhaben und würde ihn belohnen.« Gram verzog den Mund. »Er versprach ihm eine Belohnung, damit er mich wegschaffte und niemandem erzählte, daß ich noch am Leben war. Bothar'el brachte mich zu den Gegs und versprach ihnen eine Belohnung, wenn sie mich bei sich behielten.«

»Majestät werden sich erinnern, daß zu der Zeit König Stephen ein Gerücht in Umlauf setzte, der Kronprinz wäre von Elfen entführt und ermordet worden. Ein geschickter Schachzug, um die schwelende Feindschaft neu anzufachen.«

Aber sagt mir, Graf, weshalb hat Stephen sich den Jungen nicht einfach vom Hals geschafft?« fragte Agah'ran und musterte Gram wie ein aus dem Käfig entwichenes exotisches Tier.

»Weil die Mysteriarchen inzwischen zurückgekehrt waren, gezwungenermaßen. Das Hohe Reich ist, wie wir von unseren Spionen erfahren, nicht mehr bewohnbar für ihresgleichen. Sie kamen nach Volkaran und warnten Stephen, es würde ihm schlecht bekommen, dem Sohn Sinistrads, der ihr Oberhaupt gewesen war, ein Leid anzutun.«

Aber hat die Königin nicht protestiert, daß man ihr Kind in Gefangenschaft hält? Aus welchem Grund sollte Eure Mutter das zulassen?« wandte Agah'ran sich an Gram.

»Weil, wenn das Volk von ihrer Hurerei mit einem Mysteriarchen erfahren hätte, wäre sie auf den Scheiterhaufen gekommen«, sagte Gram mit solch bezaubernder Unschuld, daß sich das grobe Wort aus seinem Mund ganz reizend anhörte.

Der Graf hüstelte vielsagend. »Ich glaube, es dürfte noch andere Gründe geben, Sire. Unsere Informanten berichten, daß Königin Anne den Thron für sich allein haben möchte. Sie hoffte, ihr Ziel zu erreichen, wenn sie sich mit dem Mysteriarchen Sinistrad verbündete, dem Vater des Jungen. Doch er starb, und nun sind weder sie noch die überlebenden Mysteriarchen stark genug, den König zu stürzen und die Herrschaft an sich zu reißen.«

»Aber ich vermag es, Majestät«, verkündete Gram selbstbewußt.

Agah'ran schien seinen Spaß zu haben. Er nahm tatsächlich den Pomander von der Nase, um den Jungen genauer betrachten zu können. »*Ihr* glaubt dazu in der Lage zu sein?«

»Ja, Majestät.« Gram nickte eifrig. »Ich habe mir alles genau ausgedacht. Wenn ich plötzlich in Volkaran auftauche? Ich könnte erzählen, ihr Elfen hättet mich entführt, aber es wäre mir gelungen zu entkommen. Das Volk würde mich lieben. Ich wäre ein Held. Der König und die Königin hätten keine andere Wahl, als mich mit offenen Armen aufzunehmen.«

»Aber Stephen würde nur aufs neue versuchen, sich Eurer zu entledigen«, wandte Agah'ran ein. Er gähnte und legte mit einer Geste der Erschöpfung die Fingerspitzen gegen die Stirn. Die Stunde seines mittäglichen Schlummers war vorüber. »Und obwohl *Ihr* vielleicht etwas dabei gewinnen könntet, erkennen Wir nicht recht, was *Uns* das einbringen soll.«

»Sehr viel, Majestät«, erklärte Gram geschäftsmäßig. »Sollten der König und die Königin beide unerwartet sterben, würde ich den Thron besteigen.«

Agah'ran öffnete staunend die Augen so weit, daß die Tünche auf den Lidern Risse bekam. Er schien etwas sagen zu wollen, hob aber statt dessen den Pomander vors Gesicht.

»Kammerdiener, ruf Er die Wachen«, befahl Tretar, der die Zeichen zu deuten wußte. »Man soll den Jungen hinausführen.«

Gram warf den Kopf in den Nacken. »Graf, Ihr sprecht zu einem Prinzen von Volkaran.«

Tretar warf einen Blick auf den Souverän, dessen Nasenflügel sich vor unterdrückter Belustigung blähten. Der Graf verneigte sich vor Gram.

»Ich bitte um Vergebung, Hoheit. Seine Majestät hat diese Unterhaltung sehr genossen, aber nunmehr ist der Kaiser erschöpft.«

»Wieder diese Kopfschmerzen«, klagte Agah'ran und drückte die Fingernägel gegen die Schläfen.

»Ich bedaure die Indisposition Seiner Majestät«, sagte Gram würdevoll. »Ich werde mich zurückziehen.«

»Vielen Dank, Hoheit.« Tretar unternahm heldenhafte Anstrengungen, sich das Lachen zu verbeißen. »Wachen, bitte geleitet den Prinzen in seine Gemächer.«

Beim Hinausgehen warf der Junge einen verstohlenen, fragenden Blick auf Tretar, der ihm mit einem Lächeln zu verstehen gab, alles stünde zum Besten.

»Bemerkenswert«, meinte Agah'ran, sobald die Tür sich hinter Gram und den Wachen geschlossen hatte.

»Ich bin sicher, ich brauche Majestät nicht zu erinnern, daß wir im Umgang mit Menschen auf derlei Kostproben ihrer barbarischen Sitten gefaßt sein müssen.«

»Ihr habt gut reden, Graf, aber diese abscheuliche Geschichte von Meuchelmördern und Huren war geeignet, uns gründlich den Appetit fürs Mittagessen zu verderben. Wir haben ein sehr empfindliches Verdauungssystem, Tretar.«

»Ich bin mir dieser bedauerlichen Tatsache bewußt, Majestät, und bitte um gütige Vergebung.«

»Gleichwohl«, sann der Kaiser, »wenn der Junge König Stephen auf den Thron folgte, hätte er Grund, uns äußerst dankbar zu sein.«

»In der Tat, Sire«, stimmte Tretar zu. »Zum mindesten gäbe es kein Bündnis mit Prinz Rees'ahn, also keine Schiffe für die Rebellen, und man könnte ihn möglicherweise sogar veranlassen, ihnen den Krieg zu erklären. Ich erlaube mir, des weiteren vorzuschlagen, daß Euer Majestät anbieten, als Protektor des jungen Königs zu fungieren. Wir könnten Besatzungstruppen entsenden, um den Frieden zwischen den verfeindeten Parteien zu gewährleisten. In ihrem eigenen Interesse, selbstverständlich.«

Agah'rans ummalte Augen glitzerten. »Ihr meint, Tretar, dieser Junge würde uns Volkaran in die Hand geben.«

»Allerdings, Majestät. Natürlich gegen eine angemessene Entschädigung.«

»Und die Zauberer, diese ›Mysteriarchen‹?« Der Kaiser brachte das Menschenwort nur mit sichtlichem Widerwillen über die Lippen.

Der Graf zuckte mit den Schultern. »Sie sind zum Untergang verurteilt. Wegen ihrer Arroganz und Unberechenbarkeit betrachtet man sie im eigenen Volk mit Argwohn und Mißfallen. Ich bezweifle, daß sie uns Schwierigkeiten machen. Und wenn doch, wird der Junge sie an die Kette legen.«

»Und die Kenkari? Was ist mit *unseren* Zauberern?«

»Laßt sie gewähren, Sire. Sobald wir durch Gram erst die Menschen beherrschen, könnt Ihr alle Kräfte darauf konzentrieren, die Rebellen zu vernichten. Wenn das getan ist, löscht ihr die Gegs in Drevlin aus und macht Euch das Allüberall dienstbar. Ihr bedürft dann nicht länger der Seelen der Toten, Majestät. Nicht, wenn Euch die Seelen aller Lebenden von Arianus untertan sind.«

»Außerordentlich klug, Graf Tretar. Wir gratulieren Euch zu Eurem Scharfsinn.«

»Zu gütig, Majestät.« Der Graf verneigte sich tief.

»Aber bis dahin braucht es seine Zeit.«

»Ja, Majestät.«

»Und was unternehmen wir im Hinblick auf diese elenden Gegs? Die Maschine abzustellen, uns das Wasser zu sperren!«

»Hauptmann Sang-drax – ein ausgezeichneter Offizier übrigens, auf den ich Euer Majestät Augenmerk lenken möchte – hat von Drevlin eine gefangene Geg mitgebracht.«

»Wir wissen davon.« Der Kaiser hielt sich den Pomander an die Nase, als wäre der Geruch auf geheimnisvollen Wegen bis in seinen Flügel des Palastes gedrungen. »Wir begreifen nicht, zu welchem Zweck. Wir besitzen ein Paar für den kaiserlichen Zoo, oder nicht?«

»Majestät sind heute guter Laune.« Tretar lachte, wie man es von ihm erwartete.

»Ganz und gar nicht«, behauptete Agah'ran mürrisch. »Nichts entwickelt sich nach Unseren Wünschen. Aber Wir nehmen an, daß dieser Geg eine besondere Bedeutung zukommt?«

»Als Geisel, Sire. Ich schlage vor, daß wir den Gegs ein Ultimatum stellen: Entweder setzen sie das Allüberall wieder in Gang, oder sie erhalten ihre Landsmännin in viele kleine Kisten verpackt zurück.«

»Gut, gut, aber – was ist ein Geg mehr oder weniger, Tretar? Sie vermehren sich wie die Ratten. Uns will nicht einleuchten . . .«

»Euer Majestät Vergebung, aber die Gegs haben einen sehr engen Zusammenhalt untereinander. Sie glauben fest, was einem Zwerg geschieht, geschieht allen. Ich bin der Ansicht, die Drohung sollte ausreichen, sie gefügig zu machen.«

»Wenn das Eure Ansicht ist, Graf, dann werden Wir entsprechende Befehle geben.«

»Vielen Dank, Majestät. Und nun, da Euer Majestät ermattet zu sein scheinen . . .«

»Das sind Wir, Tretar. Wir geben es zu. Die Bürde der Staatsgeschäfte, lieber Graf, die Bürde der Staatsgeschäfte ... Wie auch immer, Wir haben noch einige Bedenken.«

»Ja, Sire?«

»Wie schaffen wir den Jungen zurück nach Volkaran, ohne den Verdacht der Menschen zu erregen? Und was hindert König Stephen daran, ihn anschließend diskret beiseite zu schaffen?« Agah'ran unterzog sich der Mühe, den Kopf zu schütteln. »Wir sehen zu viele Schwierigkeiten ...«

»Seid getrost, Majestät, ich habe all das in Erwägung gezogen.«

»Wahrhaftig?«

»Ja, Sire.«

»Und wie sieht Euer Plan aus?«

Nach einem prüfenden Blick zu den Sklaven und dem Valet de Chambre beugte Tretar sich vor und flüsterte in Seiner Majestät parfümiertes Ohr.

Agah'ran stutzte. Dann zog langsam ein verständnisvolles Lächeln über das puppenhaft angemalte Gesicht. Der Kaiser bewunderte die Raffinesse seines Ministers, weil sein Minister wußte, daß sein Souverän – trotz des äußerlichen Scheins – keineswegs ein Dummkopf war.

»Wir sind einverstanden, Graf. Ihr werdet alles in die Wege leiten?«

»Betrachtet es als geschehen, Majestät.«

»Was werdet Ihr dem Jungen sagen? Bestimmt hat er es eilig aufzubrechen.«

Graf Tretar lächelte. »Ich muß gestehen, Sire, der Plan stammt von ihm.«

»Verschlagene kleine Kröte. Sind alle Menschenkinder wie er, Tretar?«

»Das halte ich nicht für wahrscheinlich, Sire, oder die Menschen hätten uns schon vor langer Zeit besiegt.«

»Ihr mögt recht haben. Wie dem auch sei, auf diesen Tausendsassa sollte man ein Auge haben. Tragt Sorge dafür, Tretar.« Aufseufzend legte Agah'ran den Handrücken gegen die Stirn. »Wir möchten gerne weitere Einzelheiten hören, aber ein andermal. Diese Kopfschmerzen ...«

»Majestät müssen viel erdulden für das Volk«, bemerkte Tretar mit einer tiefen Verbeugung.

»Wie recht Ihr habt, Tretar, wie recht.« Agah'ran schloß gequält die Augen. »Und man weiß es nicht zu schätzen.«

»Aber im Gegenteil, das Volk liebt Euch, Sire.« Halb abgewendet, schnippte Tretar mit den Fingern. »Nehmt euch Seiner Majestät an«, befahl er.

Der Valet de Chambre trat augenblicklich in Aktion. Sklaven eilten von überall herbei, mit kalten Umschlägen, heißen Tüchern, gewärmtem Wein und Eiswasser.

»Wir wünschen ins Schlafgemach getragen zu werden«, sagte Agah'ran mit ersterbender Stimme. Unter der Aufsicht des Kammerdieners nahm die komplizierte Prozedur ihren Gang.

Graf Tretar wartete, bis der Kaiser aus dem Sessel in die seidenen Kissen einer vergoldeten Sänfte umgebettet worden war und die Prozession sich im Schneckentempo (um den kaiserlichen Gleichgewichtssinn nicht zu stören) in Bewegung setzte. Kurz vor der Tür des Schlafgemachs hob Agah'ran kraftlos die Hand.

Tretar, der ihn wachsam beobachtet hatte, war sofort ganz Ohr. »Ja, Sire?«

»Noch jemand ist mit dem Jungen gekommen. Ein Mann, sehr ungewöhnlich, dessen Haut sich angeblich blau gefärbt haben soll.«

»Ja, Sire«, antwortete Tretar, der es für diplomatisch klüger hielt, nicht näher auf das Phänomen einzugehen. »Das entspricht den Tatsachen.«

»Und? Was hat es mit ihm auf sich?«

»Es besteht kein Grund zur Beunruhigung, Majestät. Ich hörte munkeln, der Mann wäre einer der Mysteriarchen, deshalb fragte ich Hauptmann Sang-drax nach ihm, aber nach seiner Auskunft handelt es sich bei diesem Burschen mit der blauen Haut lediglich um den Leibwächter des Jungen.«

Agah'ran nickte, ließ sich zurücksinken und schloß die

bemalten Lider. Die Sänfte wurde hinausgetragen, hinter ihr schwangen die hohen Flügeltüren geräuschlos zu.

Tretar wartete noch einen Moment, zur Sicherheit, dann entfernte er sich hochzufrieden, um die Verwirklichung seines Plans in Angriff zu nehmen.

Kapitel 21

Schloßburg, Volkaran Archipel, Mittelreich

König Stephen oblag seinen Regierungsgeschäften in einer erheblich pragmatischeren Umgebung als Agah'ran. Das Imperanon war ein architektonisch vielfältiges Konglomerat anmutiger und eleganter Bauten, geschmückt mit bemalten Erkern, farbenfrohen Mosaiken und gemeißelten Friesen, überragt von schlanken Türmen und zierlichen Minaretten. König Stephens Residenz war ein massiger, düsterer Klotz; zinnenbewehrte Ecktürme streckten sich schroff in einen grauverhangenen Himmel. Man war geneigt, dem alten Sprichwort zu glauben, daß der Stein das Fleisch bildet.

Die Nächte im Imperanon waren ein Lichtermeer aus kerzenbestückten Flambeaus und Kandelabern. Auf Volkaran geisterte der fahle Schein vom Firmament über die Schuppen der Kampfdrachen auf den Zinnen der Türme. Wachfeuer leuchteten rot in der Dunkelheit, zeigten heimkehrenden Drachenreitern den Weg und spendeten den Posten Wärme, die unablässig den Himmel nach Elfenschiffen absuchten.

Die Tatsache, daß seit langem kein Elfenschiff gewagt hatte, in Volkarans Luftraum einzudringen, tat der Wachsamkeit keinen Abbruch. In Firstfall, dem Burgflecken am

Fuß der Mauern, raunten böse Zungen, daß Stephen nicht etwa nach Elfenschiffen ausschauen ließ. Nein, er fürchtete unliebsame Überraschungen aus viel größerer Nähe, von Kiradrift, statt von Kanadrift.*

Alfred, der eine Zeitlang bei den Menschen lebte, ist der Autor folgender Abhandlung, überschrieben *Unfähigkeit zu herrschen:*

> Die Elfen von Arianus hätten nie die Vorherrschaft errungen, wären die Menschen willens gewesen, sich zu verbünden. Als einziges Volk wären sie ein für die Elfen unbezwingbares Bollwerk gewesen und hätten sich deren ständige Clanfehden zunutze machen können, um sich einen festen Stützpunkt auf Aristagon zu schaffen (oder wenigstens zu verhindern, daß man sie vom Kontinent verjagte!).
>
> Aber die Menschen machten den Fehler, die Elfen – in ihren Augen verweichlicht und schwach – zu unterschätzen. Die verschiedenen Parteien mit ihrer langen Geschichte blutiger Fehden waren viel mehr daran interessiert, sich gegenseitig zu bekämpfen, als Übergriffe der Elfen abzuwehren. Im Grunde genommen bereiteten die Menschen sich selbst ihre Niederlage.
>
> Es geschah das Unvermeidliche: Sie waren bald so geschwächt, daß die seinerzeit regierenden Paxar nur mit dem Fuß aufstampfen und buh rufen mußten, und die Menschen ergriffen entsetzt die Flucht.
>
> Sie flohen bis zum Volkaran Archipel und weiter, zu dem größeren Kontinent Ulyndia. Dort hätten sie Gelegenheit gehabt, ihre Kräfte zu sammeln, um sich neu zu formieren. Während des Bruderkriegs, der unter den

* Navigationssystem. Genaues dazu in ›Himmelsstürmer‹, *Die vergessenen Reiche*, Band 1 (Bastei-Lübbe 28 198). Für den Hausgebrauch: Kiradrift entspricht Westen, Kanadrift Osten; Driftwärts ist Norden und Driftab ist Süden. Das Gerücht wollte also zum Ausdruck bringen, daß Stephen – mit oder ohne Grund – einen Angriff aus Richtung Ulyndia mehr fürchtete, als feindliche Schiffe aus dem Elfenreich.

Elfen tobte, boten sich Möglichkeiten zuhauf, im Handstreich alles Territorium zurückzuerobern, dessen sie verlustig gegangen waren. Gar nicht ausgeschlossen, daß es ihnen gelungen wäre, das Imperanon einzunehmen, weil den Menschen damals noch die Mysteriarchen zur Seite standen, deren magische Fähigkeiten erheblich größer waren als die der Elfen, mit Ausnahme der Kenkari. Und die Kenkari wahrten – in diesem Krieg – offiziell Neutralität.

Aber die interne Zerstrittenheit in ihrem eigenen Volk beleidigte und vergrämte bald die Mysteriarchen. Als sie feststellen mußten, daß ihre Bemühungen, zwischen den verfeindeten Parteien Frieden zu stiften, vergeblich waren, kehrten sie dem Mittelreich den Rücken und siedelten sich im Hohen Reich an, in den verlassenen Städten der Sartan, wo sie ein ruhiges Leben nach ihren Vorstellungen zu führen hofften.

Ihr Weggang war ein größeres Unglück, als die Menschen in ihrer Blindheit erst geglaubt hatten. Die Tribuselfen, nachdem es ihnen gelungen war, die Clans zur Einigung zu zwingen, richteten ihr Augenmerk auf die Freibeuter, die seit geraumer Zeit den Himmel unsicher machten, die Wasserkoggen der Elfen attackierten und plünderten.

Nach und nach fielen zahlreiche Fürstentümer auf Volkaran in die Hand der Elfen, die Bestechung und List ebenso zu handhaben wußten wie das Schwert, nach dem Motto: Teile und herrsche. Die Menschen sahen, wie man ihre Söhne und Töchter in die Sklaverei führte; wie der Löwenanteil ihrer Lebensmittel auf die reichgedeckte Tafel der Elfen wanderte; wie Elfenfürsten die Drachenjagd als Sport betrieben. Schließlich kamen die Menschen zu dem Schluß, daß sie die Elfen mehr haßten als sich untereinander.

Die beiden mächtigsten Sippen gingen mit gutem Beispiel voran, nahmen insgeheime Verhandlungen auf und bildeten eine Allianz, besiegelt durch die Heirat Stephens von Volkaran mit Anne von Ulyndia. Die Menschen begannen, die Besatzer in einer Reihe kleiner Gefechte zurückzudrängen, kulminierend in der berühmten Schlacht der Sieben Felder; berühmt deswegen, weil der Unterlegene schließlich doch den Sieg davontrug.*

Die im Anschluß daran ausbrechende Rebellion, angeführt von Prinz Rees'ahn, erzwang den völligen Rückzug der Besatzungstruppen.

Afreds Essay endet in einem traurigen Ton:

Ulyndia und Volkaran befinden sich wieder in der Hand der Menschen.

Aber nun, da keine Bedrohung von außen mehr vorhanden ist, kommen die alten Animositäten wieder an die Oberfläche, und die Menschen scheinen zu glauben, daß sie eigentlich beruhigt da weitermachen könnten, wo sie aufgehört haben. Verfeindete Sippen schreien Krieg und wollen sich gegenseitig an die Kehle. Mächtige Barone auf beiden Seiten murren, die Allianz von Stephen und Anne hätte ihren Nutzen überlebt. Der König und die Königin sehen sich plötzlich zu einer riskanten Farce gezwungen.

* König Stephen mußte sich geschlagen geben und vor Prinz Rees'ahn die Waffen strecken. Die Elfen erklärten die Menschen zu Gefangenen und waren im Begriff, sie in die Sklaverei zu führen, als eine Bardin der Menschen, Rabenlerche, ein aufpeitschendes Lied zu singen begann. Wie sich herausstellte, übte die Weise eine überraschende, fast magische Wirkung auf die Elfen aus. Sie versetzt jeden, der sie hört, zurück in eine Zeit, als die Elfen in Frieden lebten, als Kunst, Musik, Dichtung, Architektur bei ihnen in höchster Blüte standen. Rees'ahn Soldaten warfen ihre Waffen weg, viele weinten um das entschwundene goldene Zeitalter. Stephen und sein Heer verschanzten sich in einer nahen Burg, während die feindlichen Truppen das Schlachtfeld verließen und zu den Schiffen zurückkehrten. So nahm die Rebellion der Elfen ihren Anfang. ›Himmelsstürmer‹, *Die vergessenen Reiche*, Band 1 (Bastei-Lübbe 28 198).

Die beiden sind einander in Wirklichkeit von Herzen zugetan. Eine Zweckheirat, gepflanzt in den Boden generationenalten Hasses, ist zu wechselseitiger Liebe und Achtung erblüht. Aber der König und die Königin wissen, daß man die Blume gewaltsam ausreißen wird, falls sie nicht einen Weg finden, ihre jeweilige Anhängerschaft unter Kontrolle zu halten.

Deshalb gibt jeder vor zu hassen, was er am meisten liebt – den anderen. Während sie in der Öffentlichkeit bittere Wortgefechte austragen, sind sie privat ein Herz und eine Seele. Im Glauben, die Ehe und damit auch die Allianz stünde vor dem Zusammenbruch, haben die Angehörigen der gegnerischen Parteien keine Bedenken, dem König, respektive der Königin, ihre Intrigen zu offenbaren, ohne zu ahnen, daß sie sich damit selbst eine Grube graben. Auf diese Weise ist es Stephen und Anne bisher gelungen, die Feuerbrände zu entdecken und zu löschen, die ihr Königreich hätten vernichten können.

Aber nun ist ein neues Problem aufgetaucht: Gram. Und wie das zu lösen ist, übersteigt mein Vorstellungsvermögen. Ich habe Angst um die Nichtigen. Angst um sie alle.

Das Problem hat sich von selbst gelöst*. Gram war verschwunden, angeblich entführt in ein unbekanntes Reich, von einem Mann mit blauer Haut – wenigstens lautete so der verworrene Bericht, den König Stephen von Grams leiblicher Mutter erhielt, Iridal vom Hohen Reich.

Je weiter weg man Gram brachte, desto besser, war Stephens Ansicht in dieser Sache. Ein Jahr war seither vergangen, und mit dem Verschwinden des Jungen schien sich ein Fluch von dem ganzen Königreich gehoben zu haben.

Königin Anne wurde erneut schwanger und brachte ein gesundes Mädchen zur Welt. Die Kleine war Kronprinzessin

* Grams Geschichte ist ausführlich nachzulesen in ›Himmelsstürmer‹, *Die vergessenen Reiche*, Band 1 (Bastei-Lübbe 28 198).

von Ulyndia, und obwohl das Erbrecht von Volkaran eine weibliche Thronfolge nicht vorsah, ließen Gesetze sich ändern, besonders wenn Stephen keinen Sohn mehr zeugte. Magier des Dritten Hauses wurden an den Hof berufen, um Tag und Nacht Wache zu halten und zu garantieren, daß diesmal kein verhextes Wechselbalg in der Wiege auftauchte.

Des weiteren schwächte in diesem wichtigen Jahr der Aufstand der Gegs im Niederreich die Kampfkraft der Elfen, dezimierte ihre Truppen. Stephens Armee konnte einen schönen Erfolg vermelden: Man hatte die Elfen von ihrem letzten Stützpunkt auf den äußeren Inseln Volkarans verjagt.

Ein mit Wasser beladenes Elfenschiff war kürzlich aufgebracht und gekapert worden, zudem fiel die Ernte auf den Wasserfarmen besonders gut aus, was Stephen in die Lage versetzte, die Rationierung aufzuheben, eine populäre Maßnahme, wie man sich vorstellen kann. Die verfeindeten Parteien – die meisten jedenfalls – entdeckten plötzlich eine schüchterne Sympathie füreinander, und die Feindseligkeiten, die jetzt noch manchmal aufbrandeten, waren fast freundschaftlicher Natur. Es gab blutige Nasen, aber keine blutigen Dolche.

»Ich denke sogar ernsthaft daran, der Welt zu verkünden, daß ich dich liebe«, sagte Stephen und beugte sich über die Schulter seiner Frau, um dem Baby Grimassen zu schneiden.

»Übertreib's nicht«, meinte Anne. »Ich muß sagen, mir gefallen unsere Auftritte als zänkisches Ehepaar. Sie tun uns gut. Immer wenn du mich richtig geärgert hast, spare ich mir die ganze Wut auf, bis ich dir in der Öffentlichkeit eine gehörige Szene machen kann, und danach fühle ich mich viel besser. O Stephen, was für eine gräßliche Fratze. Du wirst sie erschrecken.«

Aber die Kleine gluckste vergnügt und streckte die Händchen nach dem Bart des Königs aus, den erste graue Strähnen durchzogen.

»Dann meinst du die furchtbaren Sachen also ernst, die du

mir an den Kopf zu werfen pflegst!« neckte Stephen seine Gemahlin.

»Ich hoffe, dein Gesicht bleibt so stehen. Geschähe dir recht! Ist er nicht ein häßlicher Papa?« sagte Anne zu dem Baby. »Warum fliegst du nicht hin und beißt ihm die Nase ab? Hui, mein kleiner Drache, flieg zu Papa!«

Anne nahm das Kind aus der Wiege und ließ es zu Stephen ›fliegen‹, der seine kleine Tochter auffing und spielerisch in die Luft warf. Die Kleine lachte und krähte und versuchte wieder, den Bart des Mannes zu erhaschen.

Eltern und Kind genossen einen der im Leben des Herrscherpaares seltenen Augenblicke ungestörten Zusammenseins. Kostbare Momente, und der Mann, der eben die Tür öffnete, blieb lächelnd stehen, um sich an dem Bild zu erfreuen. Dann aber fiel ein Schatten über sein Lächeln, denn er kam, um der kurzen Spanne gestohlenen Glücks ein Ende zu machen.

Vielleicht spürte Stephen den kalten Hauch der heraufziehenden schwarzen Wolken. Der Besucher hatte kein Geräusch verursacht, aber der König bemerkte seine Anwesenheit. Nur Trian – königlicher Hofmagus – hatte das Privileg einzutreten, ohne anzuklopfen oder gemeldet zu werden. Stephen blickte auf und sah den Magus in der Tür stehen.

Der König lächelte und setzte zu einer launigen Bemerkung an, aber der Ausdruck auf Trians Gesicht war erschreckender als die Grimassen, die Stephen zur Unterhaltung seiner kleinen Tochter geschnitten hatte. Das Lächeln des Königs erstarrte zur Maske. Anne, die zutiefst beglückt Vater und Kind beobachtet hatte, sah, wie des Königs Stirn sich umwölkte, und schaute ahnungsvoll über die Schulter. Als sie Trians ansichtig wurde, erhob sie sich.

»Was gibt's? Was ist geschehen?«

Trian warf einen raschen Blick zurück in den Gang und gab mit einer Handbewegung zu verstehen, daß sich Leute in Hörweite befanden.

»Ein Kurier von Baron Fitzwarren«, sagte er dann laut.

»Ein Scharmützel mit den Elfen bei Kurinandistai, glaube ich. Es tut mir aufrichtig leid, die Majestäten stören zu müssen, aber Ihr kennt den Baron.«

Beide kannten in der Tat Baron Fitzwarren, von dem sie erst an diesem Vormittag einen Bericht erhalten hatten, in dem er mitteilte, daß er seit Wochen keinen Elfen mehr zu Gesicht bekommen hatte, sich bitter über die Untätigkeit beschwerte – schlecht für die Disziplin der Truppe – und um Erlaubnis nachsuchte, auf Drachenschiffe Jagd zu machen.

»Fitzwarren ist ein Hitzkopf«, meinte Stephen, der den Wink verstanden hatte. Er übergab seine Tochter dem Kindermädchen, das auf einen Wink Trians hereingekommen war. »Einer von Euren Cousins, Teuerste. Und Ulyndiar.« Letzteres in höhnischem Tonfall.

»Ein Mann, der nicht vor einem Kampf Reißaus nimmt, was mehr ist, als ich von den Männern aus Volkaran sagen kann«, entgegnete Anne streitlustig, aber mit bleichem Gesicht.

Trians langgezogener Seufzer war der eines Mannes, den es gelüstet, ungezogene Kinder mit der Haselrute zur Räson zu bringen, aber leider . . . »Wenn die Majestäten sich bereitfinden könnten, den Kurier anzuhören. Er wartet in meinem Arbeitszimmer. Fitzwarren hat um ein Amulett gegen Erfrierungen gebeten. Ich werde es herstellen, während Ihr mit dem Boten sprecht. Das spart Zeit.«

Eine Zusammenkunft in Trians Arbeitszimmer. König und Königin tauschten beklommene Blicke. Anne preßte die Lippen zu einem schmalen Strich zusammen und legte die kalte Hand in die ihres Mannes. Stephen, mit versteinertem Gesicht, die Stirn gerunzelt, geleitete seine Frau den Gang hinunter.

Trians Arbeitszimmer war der einzige Raum in der Burg, wo man reden konnte, ohne Lauscher an der Wand befürchten zu müssen. Das Schloß war eine Brutstätte für Klatsch und Intrigen. Die eine Hälfte der Dienerschaft stand im Sold dieses oder jenes Barons. Die andere Hälfte gab ihre Informationen aus Spaß an der Freude weiter.

Der Raum lag im hellen, luftigen Obergeschoß eines der Türme und damit weitab vom Lärm und Trubel des höfischen Lebens. Trian, ein junger Mann, hatte im Grunde nichts gegen Trubel einzuwenden. Sein gutes Aussehen und liebenswerter Charme garantierten, daß er – obwohl unverheiratet – selten eine Nacht alleine schlief außer aus eigenem Entschluß. Keiner im ganzen Königreich tanzte so geschmeidig, und mancher Höfling hätte ein erkleckliches Sümmchen gezahlt, um zu erfahren, wie man es anstellte, Wein in rauhen Mengen zu vertilgen, ohne dafür büßen zu müssen.

Doch wenn Trian auch bei Nacht ausgelassen dem Vergnügen frönte, bei Tag zeigte er ein anderes Gesicht: das eines ernsten, pflichtbewußten Dieners des Staates. Er war dem König und der Königin unbedingt ergeben, liebte sie als Freunde, respektierte sie als Herrscher. Er kannte all ihre Geheimnisse und hätte zehnmal ein Vermögen machen können, indem er sein Wissen der einen oder anderen Partei verkaufte. Lieber wäre er in den Mahlstrom gesprungen. Und obwohl zwanzig Jahre jünger als Stephen, war Trian Ratgeber, Minister und Mentor des älteren Mannes.

Beim Eintritt in das Arbeitszimmer sahen der König und die Königin sich zwei Besuchern gegenüber, einem Mann und einer Frau, von denen sie erwartet wurden. Der Mann war ein Fremder, auch wenn irgend etwas an seinen Zügen vertraut anmutete. Die Frau kannten sie, wenn auch nicht sehr gut, und bei ihrem Anblick wurde die Wolke, die sich aus heiterem Himmel herabgesenkt hatte, noch bedrohlicher und schwärzer.

Die Frau erhob sich und erwies den Majestäten respektvoll Reverenz. Stephen und Anne erwiderten die Geste mit ebensolchem Respekt, denn obwohl die Frau und ihre Gefolgsleute die beiden als Lehnsherren anerkannt hatten, war das mehr eine Formalität. Es ist prekär, in seinem Reich Untertanen zu haben, die weit mächtiger sind als man selbst und mit einem Wort das stolze Gefüge der eigenen Macht zum Einsturz bringen könnten.

»Die Majestäten kennen Lady Iridal, nehme ich an«, sagte Trian unnötigerweise, in dem gutgemeinten Bemühen, eine entspannte Atmosphäre zu schaffen, bevor er den vernichtenden Schlag niedersausen ließ.

Höflichkeitsfloskeln wurden ausgetauscht, man leierte das tausendmal Gesagte herunter, ohne nachzudenken. ›Wie schön, Euch wiederzusehen‹ und ›Es ist viel zu lange her‹ und ›Vielen Dank für das schöne Taufgeschenk‹ – die Phrasen waren bald aufgebraucht, und unbehagliches Schweigen erfüllte das Zimmer. Besonders als die Sprache auf ihr Töchterchen kam, wurde Anne leichenblaß und sank auf einen Stuhl. Iridal krampfte die Hände ineinander und schaute blicklos auf ihre verschränkten Finger. Stephen hustete, räusperte sich und musterte unter zusammengeschobenen Brauen den Fremden. Er versuchte sich zu erinnern, wo er den Mann schon einmal gesehen haben könnte.

»Nun, worum geht es, Trian?« verlangte er schließlich zu wissen. »Weshalb sind wir hier? Ich nehme an, es hat nichts mit Fitzwarren zu tun«, fügte er mit beißender Ironie hinzu. Sein Blick wanderte zu Lady Iridal, denn obwohl sie ganz in der Nähe der Schloßburg ihren Wohnsitz genommen hatte, kam sie nur selten zu Besuch, um sich und dem Königspaar unwillkommene und schmerzliche Erinnerungen zu ersparen.

»Darf ich Majestät diesen Sessel anbieten?« fragte Trian. Keiner der Anwesenden durfte sich setzen, bevor nicht der König Platz genommen hatte.

Stephen folgte der Bitte seines Hofmagus, wenn auch mit finsterer Miene. »Nun aber heraus damit.«

»Einen Augenblick Geduld noch, Majestät.« Trian hob die Hände, bewegte die Finger und imitierte das Zwitschern von Vögeln. »Gut. Nun können wir unbesorgt reden.«

Jeder, der draußen vorbeiging oder an der Tür lauschte, hörte nichts weiter als Vogelstimmen, doch alle im Bannkreis des Zaubers konnten einander ohne Schwierigkeit verstehen.

Trian warf einen fragenden Blick zu Lady Iridal. Als Mysteriarchin war sie Siebentes Haus, während Trian nicht mehr werden konnte als Drittes. Iridal besaß die Macht, sie allesamt in Singvögel zu verwandeln, falls ihr der Sinn danach stand. Jetzt lächelte sie anerkennend. »Sehr gut, Hofmagus« meinte sie und nickte.

Trian errötete vor Stolz, er war nicht unempfänglich für ein Lob seiner Kunst. Doch es gab wichtige Dinge zu besprechen, und er zögerte nicht länger.

Er legte eine Hand auf den Arm des fremden Mannes, der beim Eintritt seines Königs aufgestanden war und sich dann wieder auf seinen Platz neben dem Schreibtisch des Magus gesetzt hatte. Stephen fixierte ihn schon die ganze Zeit über nachdenklich, als fiele ihm partout nicht ein, wo er das Gesicht unterbringen sollte.

»Ich sehe, Euer Majestät, Ihr erkennt diesen Mann. Er hat sich verändert – Sklaverei hinterläßt ihre Spuren. Es ist Peter Hamish von Pitrins Exil, früher königlicher Lakai.«

»Bei den Ahnen! Ihr habt recht!« Stephen schlug mit der flachen Hand auf die Armlehne. »Du bist dann Knappe bei Lord Gwenned geworden, stimmt's?«

»Genauso war's, Sire«, nickte der Mann breit grinsend und hochrot im Gesicht, weil der König sich seiner erinnerte. »Ich war bei ihm in der Schlacht am Tom's Peak. Die Elfen hatten uns eingekreist. Lord Gwenned wurde erschlagen, ich geriet in Gefangenschaft. Es war nicht seine Schuld, Sire. Die Elfen waren plötzlich da ...«

»Ja, Peter, Seine Majestät kennt die Wahrheit«, unterbrach ihn Trian liebenswürdig. »Erzähle uns den Rest der Geschichte. Du brauchst nicht aufgeregt zu sein. Erzähle sie den Majestäten und Lady Iridal, wie du sie mir erzählt hast.«

Trian bemerkte den verlangenden Blick des Mannes auf das Weinglas in Reichweite auf dem Tisch. Sofort griff der Magus nach der Kanne und schenkte neu ein. Peter griff nach dem Glas, dann kam ihm schlagartig zu Bewußtsein, daß er sich in Gegenwart seines Königs befand und die Hand mit dem begehrten Trunk erstarrte auf halbem Weg zum Mund.

»Bitte sprich weiter«, forderte Stephen ihn freundlich auf. »Du hast offenbar Schlimmes durchgemacht.«

»Wein ist ein gutes Stärkungsmittel«, bemerkte Anne, äußerlich gefaßt, innerlich bebend.

Peter nahm dankbar einen großen Schluck, der ihm süß durch die Kehle rann, um sich mit dem ersten Gläschen ›Stärkungsmittel‹ zu vermischen, das ihm der Magus vorhin schon spendiert hatte.

»Ich wurde gefangengenommen, Sire. Die meisten von uns schickte man als Sklaven auf die Galeeren, doch ich weiß nicht, wie die Elfen herausfanden, daß ich früher im königlichen Schloß gedient hatte. Sie greifen mich aus der Reihe und stellen mir alle möglichen Fragen. Blutig geschlagen haben sie mich, Majestät, aber erfahren haben sie nichts von mir, die Scheusale, kein Sterbenswörtchen.«

»Ich bewundere deine Tapferkeit«, sagte Stephen ernst, auch wenn er genau wußte, daß Peter schon beim ersten Wink mit der Peitsche ungemein redselig geworden war, genau wie er den Elfen gleich auf die Nase gebunden hatte, daß er sich am Königshof auskannte, um nicht wie die anderen auf die Galeeren geschickt zu werden.

»Als ihnen klar wurde, daß sie mich nicht kleinkriegen konnten, brachten sie mich als Haussklaven in ihr eigenes Schloß, das ›Im-per-non‹.« Peter tat sich offenbar einiges zugute auf seine Fähigkeit, die Elfensprache zu sprechen. »Ich dachte, sie wollten, daß ich ihnen zeige, wie man das richtig macht in einem königlichen Haushalt, aber sie ließen mich nur Fußböden schrubben und mit anderen Gefangenen reden.«

»Was für andere . . .«, begann Stephen, aber Trian schüttelte leicht den Kopf, und der König verstummte.

»Bitte erzähle Seiner Majestät von dem Gefangenen, den du kurz vor deiner Flucht im Palast gesehen hast.«

»Er war kein Gefangener«, widersprach Peter, beim vierten Glas angelangt. »Mehr ein geehrter Gast, das war er. Die

Elfen behandelten ihn wirklich gut, Sire. Ihr braucht Euch keine Sorgen zu machen.«

»Sag uns, wen du gesehen hast«, drängte Trian behutsam.

»Euren Sohn, Majestät«, sagte Peter, schon etwas weinselig. »Prinz Gram. Es freut mich, Euch sagen zu können, daß er lebt. Er hat mit mir gesprochen. Ich und die anderen schmiedeten Fluchtpläne, und ich bot ihm an mitzukommen, aber er sagte nein, er würde zu gut bewacht. Er wäre uns nur hinderlich. Ein wirklicher kleiner Held, Euer Sohn, auf Ehre. Das hier hat er mir heimlich zugesteckt.« Der treue Diener zeigte auf einen Gegenstand auf Trians Schreibtisch. »Bat mich, es seiner Mutter zu geben. Dann wüßte sie, daß es von ihm kommt. Er hat es für sie gebastelt.«

Peter hob das Glas. Seine Hand war nicht mehr ganz sicher, in seinen Augen schwammen Tränen. »Auf Seine Hoheit und auf die allergnädigsten Majestäten.«

Peters verschwommener Blick hing an dem Weinglas, deshalb bekam er nicht mit, daß die freudige Nachricht von Grams Wiederauftauchen Stephen wie ein Hammerschlag traf. Anne starrte den Unglücksboten mit weit aufgerissenen Augen an, ihr Gesicht war aschgrau. In Lady Iridals Augen flackerte Hoffnung.

»Danke, Peter, das ist alles für den Augenblick«, sagte Trian. Er umfaßte Peters Oberarm, hievte ihn vom Stuhl und führte ihn – katzbuckelnd und schwankend – an König und Königin und Mysteriarchin vorbei.

»Ich werde dafür sorgen, daß er sich an nichts erinnern kann, Majestät«, versicherte der Magus mit gedämpfter Stimme. »Oh, und darf ich empfehlen, daß niemand sonst den Wein anrührt.« Er verließ mit Peter das Zimmer und schloß hinter ihnen beiden die Tür.

Der Magus blieb lange weg. Die Leibwache pflegte den König nicht bis zu Trians Arbeitszimmer zu begleiten, sondern bezog in diskreter Entfernung Posten, am anderen Ende des Ganges. Trian begleitete Peter dorthin und übergab den angesäuselten Mann den Wachen, mit der Anweisung, ihn irgendwo seinen Rausch ausschlafen zu lassen. Der süße

Wein bewirkte, daß Peter Hamish sich beim Erwachen nicht würde erinnern können, je im Im-per-non gewesen zu sein.

Bei seiner Rückkehr stellte Trian fest, daß der erste Schock über die Neuigkeit etwas abgeklungen war, aber die Bestürzung hatte sich noch vertieft.

»Kann das wahr sein?« fragte Stephen. Der König ging ruhelos auf und ab. »Ist diesem Einfaltspinsel zu trauen?«

»Allein deshalb, weil er ein Einfaltspinsel ist«, antwortete Trian. Er legte bewußt eine gelassene Ruhe an den Tag, von der er hoffte, daß sie auf die anderen übergriff. »Das ist ein Grund, weshalb ich wollte, daß Ihr die Geschichte aus seinem eigenen Munde hört. Aber auf keinen Fall ist er klug genug, eine solche Geschichte zu erfinden. Ich habe ihn gründlich ausgehorcht und bin überzeugt, daß er nicht lügt. Und da wäre noch dies.«

Trian nahm den Gegenstand vom Tisch, den Peter mitgebracht hatte – ein Geschenk von Gram an seine Mutter. Trian hielt es aber nicht Anne hin, sondern Iridal.

Sie starrte darauf, das Blut stieg ihr in die Wangen, wich zurück, und sie war bleicher als vorher. Der Gegenstand war eine Falkenfeder, zusammen mit bunten Perlen auf eine Lederschnur gefädelt. Eine unschuldige Gabe, unter der Anleitung des Kindermädchens gebastelt, um ein liebendes Mutterherz zu erfreuen. Aber dieses Federhalsband war von einem der Magie kundigen Jungen angefertigt worden, einem Sproß von Mysteriarchen. Die Feder war ein Amulett, ein Weg für Gram, mit seiner Mutter zu kommunizieren. Mit seiner wirklichen Mutter. Iridal streckte eine bebende Hand aus, nahm die Feder und hielt sie fest.

»Dies stammt von meinem Sohn«, bestätigte sie mit brüchiger Stimme.

Trian nickte. »Ich möchte Euch bitten, mir zu glauben, Majestäten, Lady Iridal, daß ich Euch nie dieser schmerzlichen Situation ausgesetzt hätte, wäre ich nicht absolut sicher gewesen, daß Peter die Wahrheit sagt. Der Junge, den er gesehen hat, *ist* Gram gewesen.«

Stephen zuckte bei dem in den Worten mitschwingenden

Vorwurf zusammen und murmelte leise etwas, das eine Entschuldigung sein mochte. Er ließ sich schwer in seinen Sessel fallen, beugte sich zu seiner Frau hinüber und ergriff ihre Hand. Iridal saß ein Stück abseits, eine Außenseiterin.

Trian stand vor ihnen. Der Magus konstatierte nüchtern, was sie alle wußten, sich aber vielleicht immer noch nicht eingestanden hatten: »Gram lebt, und er befindet sich in der Gewalt der Elfen.«

»Wie ist das möglich?« Anne legte die Hand an die Kehle, als hätte sie Angst zu ersticken. Sie wandte sich an Lady Iridal. »Ihr habt gesagt, er wäre entführt worden. In ein fremdes Land. Ihr habt gesagt, Alfred hätte ihn weggebracht!«

»Nicht Alfred«, berichtigte Iridal. Die Mysteriarchin hatte ihre anfängliche Bestürzung überwunden und begriff, daß ihr innigster Wunsch in Erfüllung zu gehen versprach. »Der andere Mann. Haplo.«

»Der Mann, den Ihr mir beschrieben habt. Der Tätowierte.« Trian sah sie an.

»Ja.« Iridals Augen leuchteten hoffnungsvoll. »Ja, er war es. Er hat meinen Sohn mitgenommen.«

»Dann hat er ihn anscheinend wieder zurückgebracht«, meinte der Magus trocken. »Denn er befindet sich ebenfalls im Elfenpalast. Peter Hamish sah einen Mann mit ›blauer Haut‹ in der Begleitung des Prinzen. Das hat mich mehr als alles andere überzeugt, daß seine Geschichte der Wahrheit entsprach. Ausgenommen Lady Iridal, ich selbst und die Majestäten weiß niemand etwas von diesem Mann und seiner Verbindung zu Gram. Dazu kommt, daß Peter Gram nicht nur gesehen, sondern auch mit ihm gesprochen hat. Gram erkannte ihn und redete ihn mit Namen an. Nein, Sire, ich wiederhole: Jeder Zweifel ist ausgeschlossen.«

»Dann ist der Junge also eine Geisel«, sagte Stephen grimmig. »Die Elfen werden uns mit diesem Druckmittel zwingen wollen, unsere Kaperfahrten einzustellen und wahrscheinlich auch erreichen, daß wir unsere Verhandlungen mit Rees'ahn abbrechen. Nun, sie haben sich verkalkuliert. Von mir aus können sie mit ihm tun, was immer sie wollen. Ich tausche nicht einen Tropfen Wasser . . .«

»Lieber, bitte!« Anne legte ihrem Gemahl mäßigend die Hand auf den Arm. Aus den Augenwinkeln warf sie einen Blick zu Lady Iridal, die blicklos auf ihre im Schoß gefalteten Hände sah und vorgab, nichts zu hören. »Sie ist seine Mutter!«

»Es ist mir durchaus bewußt, daß sie die Mutter des Jungen ist. Darf ich dich erinnern, meine Liebe, daß Gram einen Vater hatte – einen Vater, dessen Machthunger beinahe unser aller Untergang gewesen wäre. Vergebt mir, daß ich kein Blatt vor den Mund nehme«, wandte Stephen sich an die Mysteriarchin, ohne sich von der bittenden Geste seiner Frau beirren zu lassen, »aber wir müssen der Wahrheit ins Gesicht sehen. Ihr habt selbst zugegeben, daß Euer Gemahl einen verderblichen, unheilvollen Einfluß auf den Jungen ausübte.«

Eine schwache Röte stieg in Iridals elfenbeinfarbene Wangen, ein Frösteln schüttelte ihren Körper. Sie gab jedoch keine Antwort, und Stephen blickte zu Trian.

»Ich frage mich sogar«, fuhr der König fort, »wieviel von all dem wirklich Gram zuzuschreiben ist. Aber wie dem auch sei, ich lasse mich nicht umstimmen. Die Elfen werden feststellen, daß sie die Rechnung ohne den Wirt gemacht haben . . .«

Der Anflug von Schamröte in Iridals Gesicht vertiefte sich zu deutlichem Unmut. Es schien, daß sie etwas sagen wollte, und Trian hob rasch die Hand.

»Lady Iridal, wenn Ihr gestattet«, sagte er mit ruhiger Autorität. »So einfach liegen die Dinge nicht, Sire. Die Elfen sind schlau. Unser Freund Peter ist nicht entkommen, man hat ihm erlaubt zu fliehen. Die Elfen wußten, durch ihn würdet ihr erfahren, was sie wollten, daß Ihr erfahrt, haben ihm die Idee vielleicht sogar in den Kopf gesetzt, ohne daß er es merkte. Sie haben seine ›Flucht‹ sehr glaubhaft und überzeugend arrangiert. Genau wie bei den anderen.«

»Bei den anderen?« Stephen hob fragend die Brauen.

Trian seufzte. Es widerstrebte ihm, noch mehr schlechte Nachrichten vermelden zu müssen. »Ich fürchte, Sire, daß Peter nicht der einzige unwissentliche Kurier der Elfen gewesen ist. Mindestens zwanzig weitere Sklaven sind in jener Nacht entkommen. Alle sind an ihren jeweiligen Heimatort zurückgekehrt, alle mit derselben Geschichte im Gepäck. Aus Peters Gedächtnis habe ich die Erinnerung gelöscht, aber ich hätte mir die Mühe ebensogut sparen können. Nicht lange und die Neuigkeit, daß Gram lebt und sich in den Händen der Elfen befindet, ist Thekengespräch in jeder Taverne von Pitrins Exil bis Winsher.«

»Die Ahnen mögen uns beschützen«, flüsterte Anne.

»Ich bin sicher, Ihr wißt von den schändlichen Gerüchten, die über Grams Illegitimität in Umlauf sind, Sire«, fuhr Trian fort. Sein Tonfall verriet Mitgefühl. »Falls Ihr den Jungen den Wölfen vorwerft, wird man die Gerüchte für wahr halten. Man wird sagen, daß Ihr Euch eines Bastards entledigt habt. Damit wäre die Reputation der Königin, Eurer Gemahlin unwiderruflich zerstört. Die Barone Volkarans werden fordern, daß Ihr sie verstoßt und eine Prinzessin aus Eurem Volk heiratet. Die Barone von Ulyndia werden selbstverständlich für Königin Anne Partei ergreifen und sich gegen Euch erheben. Die Allianz, an deren Zustandekommen wir lange und hart gearbeitet haben, wird auseinanderbrechen. Es droht die Gefahr eines Bürgerkriegs.«

Stephens Gesicht war grau und eingefallen. Gewöhnlich sah man ihm seine fünfzig Jahre nicht an. Sein Körper war schlank und muskulös, er konnte bei Turnieren jedem der jüngeren Ritter Paroli bieten und hob beim Tjost manche der Besten aus dem Sattel. Doch jetzt saß er zusammengesunken da, mit hängendem Kopf – plötzlich ein alter Mann.

»Wir könnten dem Volk die Wahrheit offenbaren«, meinte Lady Iridal.

Trian wandte sich ihr zu und lächelte. »Ein großherziges Angebot, Mylady. Ich weiß, wie schmerzlich das für Euch wäre. Doch es würde die Situation nur verschlimmern. Die Mysteriarchen haben sehr klug gehandelt, als sie sich nach ihrer Rückkehr aus dem Hohen Reich von der Öffentlichkeit fernhielten. Sie führen ein zurückgezogenes Leben und fördern nur heimlich unsere Politik. Wollt Ihr, daß Sinistrads hinterhältige Eroberungspläne bekannt werden? Argwohn, Haß wären die Folge, man würde sich gegen Euch wenden. Wer weiß, zu welchen Ausschreitungen es kommen könnte.«

»Dann sind wir verloren«, sagte Stephen dumpf. »Wir müssen nachgeben.«

»Nein«, widersprach Iridal kühl. »Es gibt eine Alternative. Gram ist meine Verantwortung. Er ist mein Sohn. Ich will ihn wiederhaben. *Ich* werde mein Kind aus den Fängen der Elfen befreien.«

»Ihr wollt nach Aristagon gehen? Allein?« Stephen nahm die Hand von der Stirn und schaute zu seinem Magus auf.

Der König brauchte die Unterstützung der Mysteriarchen, wollte aber Trian nicht vor den Kopf stoßen. Mit einem kaum merklichen Nicken zur Tür, forderte er den Hofmagus auf, Iridal zum Gehen zu bewegen. Es gab Wichtiges zu besprechen, allein. »Die Frau ist verrückt geworden«, gab er ihm durch stumme Lippenbewegungen zu verstehen.

Trian senkte verneinend die Lider. »Hört Euch an, was sie zu sagen hat«, riet er dem König wortlos. Laut sagte er: »Ja, Mylady? Bitte sprecht weiter.«

»Sobald es mir gelungen ist, ihn zu befreien, werde ich mit meinem Sohn ins Hohe Reich zurückkehren. Es ist noch nicht gänzlich unbewohnbar. Wir können dort leben, wenigstens eine Zeitlang.* Allein mit mir, ohne irgendwelchen Einflüssen von draußen ausgesetzt zu sein, wird Gram umkehren von dem dunklen Pfad, auf den sein Vater ihn geführt hat.« Sie wandte sich an Stephen. »Ihr müßt es mich versuchen lassen, Majestät. Ihr müßt es gestatten.«

»Offen gesagt, Lady Iridal, Ihr braucht meine Erlaubnis nicht«, antwortete Stephen geradeheraus. »Was immer Ihr

* Die Sartan konstruierten eine magische Hülle um das Hohe Reich, die erst menschliches Leben dort ermöglichte. Diese Hülle beginnt sich nun aufzulösen, und niemand kennt das Geheimnis, diesen Prozeß aufzuhalten oder umzukehren.

tun wollt, ich kann Euch nicht hindern. Aber dieses Vorhaben – einen Gefangenen befreien, aus der Höhle des Löwen! Vielleicht habt ihr Mysteriarchen eine Möglichkeit entdeckt, euch unsichtbar zu machen . . .«

Sowohl Anne als auch Trian bemühten sich, den Redefluß des Königs zu unterbrechen, doch es war Iridal, die ihm ins Wort fiel.

»Ihr habt recht, Majestät«, sagte sie mit einem schwachen, entschuldigenden Lächeln, »ich werde gehen, ob Ihr es gestattet oder nicht. Ich frage nur aus Höflichkeit, um die guten Beziehungen zwischen allen Beteiligten nicht zu belasten. Der Gefahren und Schwierigkeiten bin ich mir vollauf bewußt. Ich bin nie im Elfenreich gewesen. Ich könnte mich dort nicht zurechtfinden und weiß nicht einmal, wie ich hinkommen soll. Aber ich werde mein Vorhaben ausführen, und ich werde keineswegs alleine sein.«

Anne griff impulsiv nach Iridals Hand und hielt sie fest. »Auch ich würde alles tun und jede Gefahr auf mich nehmen, um mein Kind zu finden, sollte es mir geraubt werden! Ich weiß, wie Euch zumute ist. Ich verstehe Euch. Aber, liebe Freundin, Ihr müßt auf die Stimme der Vernunft hören . . .«

»Allerdings, Lady Iridal«, bekräftigte Stephen verdrießlich. »Vergebt mir, wenn ich erst zu schroff gewesen bin. Dieser neue Schlag, gerade als ich dachte, alle Schwierigkeiten wären überwunden, trifft mich hart, deshalb habe ich die Beherrschung verloren. Aber Ihr sagt, Ihr hättet nicht vor, alleine zu gehen.« Der König hob die Schultern und ließ sie fallen. »Lady Iridal, eine Legion würde Euch nichts nützen . . .«

»Ich will keine Legion. Ich will *einen* Mann, der eine ganze Legion aufwiegt. Er ist der Beste. Ihr selbst habt es gesagt. Wenn ich nicht irre, habt Ihr einst Euer ganzes Königreich nach ihm abgesucht, um ihn schließlich vor dem Beil des Henkers zu retten. Ihr wißt über seine Vorzüge besser Bescheid als irgend jemand sonst, denn Ihr habt ihn angeworben – für einen sowohl gefährlichen als auch äußerst delikaten Auftrag.«

Stephen starrte die Sprecherin von Grauen erfüllt an, Trian beunruhigt und perplex. Anne ließ Iridals Hand los; vor Schuldbewußtsein stumm, schrak die Königin in ihrem Sessel zurück.

Iridal erhob sich. Stolz und gebieterisch stand sie vor dem König. »Ihr habt diesen Mann bezahlt, um meinen Sohn zu ermorden.«

»Beim Sehen der Ahnen!« rief Stephen heiser aus. »Habt ihr Mysteriarchen das Geheimnis entdeckt, die Toten zum Leben zu erwecken?«

»Wir nicht«, antwortete Iridal leise. »Wir nicht. Und ich bin dankbar dafür. Es ist eine furchtbare Gabe.«

Sie schwieg einen langen Augenblick, doch als sie wieder den Kopf hob, hatte sie die versonnene Stimmung abgeschüttelt und wirkte sehr geschäftsmäßig und bestimmt. »Habe ich Eure Erlaubnis, mein Glück zu versuchen? Ihr verliert nichts dabei. Wenn ich scheitere, ist keiner darum klüger. Meinen Freunden werde ich sagen, daß ich ins Hohe Reich zurückkehre. Ihr könnt ihnen zu gegebener Zeit mitteilen, daß ich dort gestorben bin. So fällt keine Schuld auf Euch. Gewährt mir vierzehn Zyklen, Majestät, mehr verlange ich nicht.«

Stephen erhob sich und begann mit hinter dem Rücken verschränkten Händen auf und ab zu gehen. Dann blieb er ruckartig stehen, musterte Trian. »Nun, was sagt Ihr dazu, Hofmagus? Gibt es keine andere Möglichkeit?«

»Keine, die auch nur im geringsten erfolgversprechend wäre. Es ist so, wie Lady Iridal sagt, Sire. Wir haben nichts zu verlieren und viel zu gewinnen. Wenn sie gewillt ist, das Risiko auf sich zu nehmen . . .?«

»Das bin ich, Majestät«, warf Iridal ein.

»Dann rate ich Euch, ja zu sagen.«

»Und meine Königin?« Stephen schaute seine Gemahlin an. »Was meinst du?«

»Wir haben keine Wahl«, erwiderte Anne mit gesenktem Kopf. »Wir haben keine Wahl. Und eingedenk dessen, was wir getan haben . . .« Sie deckte die Hand über die Augen.

»Einen Assassinen angeworben, um den Jungen zu töten? *Das* haben wir getan, weil wir keine andere Wahl hatten«, sagte Stephen schroff. »Nun gut, Lady Iridal. Vierzehn Zyklen. Nach Ablauf dieser Frist treffen wir uns mit Prinz Rees'ahn bei den Sieben Feldern, zu abschließenden Verhandlungen über den Zusammenschluß unserer Streitkräfte und um den Sturz des Tribusimperiums zu planen. Sollte Gram sich zu der Zeit noch in der Gewalt der Elfen befinden . . .«

Er seufzte tief und schüttelte den Kopf.

»Seid unbesorgt, Majestät«, sagte Iridal. »Ich werde Euch nicht enttäuschen. Diesmal lasse ich meinen Sohn nicht im Stich.« Sie stand auf und verneigte sich vor dem Herrscherpaar.

»Ich begleite Euch hinaus, Mylady«, erbot sich Trian. »Es ist sicherer, wenn Ihr wieder den geheimen Ausgang benützt. Je weniger von Eurem Hiersein wissen, desto besser. Wenn die Majestäten . . .«

»Ja. Geht nur.« Stephen fuhr ungeduldig mit der Hand durch die Luft. Bevor Trian sich zum Gehen wandte, warf er ihm einen bedeutungsvollen Blick zu. Trian senkte die Augen, zum Zeichen, daß er verstanden hatte.

Magus und Mysteriarchin verließen das Zimmer. Stephen setzte sich, um die Rückkehr Trians abzuwarten.

Die Fürsten der Nacht breiteten ihre Mäntel über den Himmel. Der Schimmer des Firmaments verblaßte. Das Zimmer, in dem König und Königin schweigend saßen, wurde dunkel. Keiner von beiden machte Anstalten, Licht anzuzünden. Ihren düsteren Gedanken schmeichelten die nächtlichen Schatten.

Eine Tür öffnete sich leise, eine geheime Tür in der Rückwand des Arbeitszimmers, kaschiert durch ein Wandgemälde. Trian kam herein, in der Hand eine brennende Laterne.

Stephen blinzelte und beschirmte die Augen mit der Hand. »Mach das aus«, befahl er.

Trian gehorchte, und Stephen ließ die Hand sinken. In seinem Gesicht spiegelte sich mühsam beherrschte Erregung. »Sie selbst hat uns gesagt, Hugh Mordhand wäre tot. Sie hat uns beschrieben, wie er gestorben ist.«

»Offenbar hat sie gelogen. Oder sie ist verrückt. Und das glaube ich nicht. Ich glaube vielmehr, sie hat vorhergesehen, daß dieses Wissen ihr eines Tages von Nutzen sein könnte.«

Stephen knurrte. Nach kurzem Schweigen meinte er langsam: »Du weißt, was zu tun ist. Ich nehme an, das war der Grund, weshalb du sie hergebracht hast?«

»Ja. Auch wenn ich zugeben muß, ich habe nicht damit gerechnet, daß sie anbietet, zu den Elfen zu gehen, um ihren Sohn zu befreien. Ich hoffte nur, sie würde mit ihm Verbindung aufnehmen. So ist natürlich alles viel einfacher.«

Königin Anne erhob sich von ihrem Stuhl. »Ist das notwendig, Stephen? Könnten wir nicht abwarten, ob sie Erfolg hat?«

»So lange dieser Junge am Leben ist – ob im Hohen Reich, Niederreich, irgendwo –, ist er eine Gefahr für uns. Und für unsere Tochter.«

Anne senkte den Kopf, sie verzichtete darauf, noch etwas zu sagen. Stephen nickte Trian zu. Der Magus verneigte sich knapp und ging.

König und Königin harrten noch einen Moment in dem dunklen Zimmer aus, um ihr inneres Gleichgewicht wiederzufinden; um gleich vor den Augen der Welt überzeugend das falsche Lächeln zu tragen, heiter zu plaudern und Intrigen zu spinnen, während sich unter der glanzvollen Festtafel, wo niemand es sah, ihre kalten Hände trafen und verschränkten.

Kapitel 22

Kloster der Kir, Volkaran Archipel, Mittelreich

Die schwarze Masse der Klostermauern erhob sich scharf umrissen vor dem geisterhaften, irisierenden Schein des Koralitgesteins der Berge, zwischen denen es eingebettet lag. Das Kloster selbst war dunkel und tot, kein Licht, kein Geräusch drang heraus. Eine trübe Lampe über dem Tor war der einzige Hinweis auf Leben hinter den Mauern.

Iridal stieg von ihrem Drachen. So aufgeregt sie selbst war, nahm sie sich ein paar Augenblicke Zeit, ihm den Nacken zu streicheln und gut zuzureden. Das Tier war unruhig und sperrte sich gegen den Schlafzauber, mit dem sie es bändigen wollte. Drachenflieger pflegten ihre Tiere nach dem Flug immer in Schlaf zu versetzen. Nicht nur half es dem Drachen, sich auszuruhen und neue Kräfte zu sammeln, der Bann hielt ihn auch davon ab, in Abwesenheit des Reiters die Gegend zu verwüsten.

Aber Iridals Drache sträubte sich. Er warf eigensinnig den Kopf zurück, zerrte an seinem Zaumzeug, schlug peitschend mit dem Schweif hin und her. Wäre Iridal eine erfahrene Drachenreiterin gewesen, hätten ihr die Anzeichen verraten, daß ein zweiter Drache in der Nähe sein mußte.

Drachen sind äußerst gesellige Geschöpfe, sie lieben ihre Artgenossen, und Iridals Reittier war viel mehr nach einem freundlichen Schwatz zumute als nach schlafen.* Es war zu gut ausgebildet, um seine Stimme zu erheben (Reitdrachen lehrt man, stumm zu bleiben, damit sie bei einem Kampfeinsatz ihren Standort nicht dem Feind verraten), aber das war auch nicht notwendig: Witterung, Gehör und andere, subtilere Sinne verrieten ihm die Anwesenheit eines Artgenossen.

Hätte der andere Drachen geantwortet, wäre Iridal gezwungen gewesen, ihr Reittier mit einem stärkeren Bann zur Ruhe zu bringen, doch es erfolgte keinerlei Reaktion. Iridals geliehener Drache – ein sanftmütiges Geschöpf, nicht besonders klug – war gekränkt, aber zu temperamentlos, um wirklich beleidigt zu sein. Überdies ermüdet von dem langen Flug, gab er schließlich nach und lauschte dem einlullenden Singsang.

Als sie bemerkte, daß seine Augenlider herabsanken, beeilte Iridal sich, die Beschwörungsformel zu sprechen. Nicht lange, und der Drache schlummerte tief und fest. Iridal, deren Gedanken zu sehr von dem bevorstehenden Zusammentreffen in Anspruch genommen waren, als daß sie sich nach dem Grund für das merkwürdige Benehmen ihres Reittiers gefragt hätte, legte zu Fuß das kurze Stück bis zum Klostergebäude zurück.

Keine wehrhafte Mauer umgab die Anlage. Kein festes Tor verschloß den Eingang. Die Kirmönche bedurften keines solchen Schutzes. Wenn die Elfen Gebiete der Menschen eroberten und ganze Dörfer dem Erdboden gleichgemacht wurden, blieben ihre Klöster unangetastet. Die schwarzen,

* Eine Bemerkung zu Drachen: Bei den Geschöpfen auf Arianus handelt es sich um echte Drachen, eine hochentwickelte Spezies von Reptilen, die in unterschiedlicher Ausprägung über magische Kräfte verfügen, abhängig von der individuellen Intelligenz und einer Vielzahl anderer Faktoren. Die Drachen auf Arianus sind nicht zu verwechseln mit solchen Kreaturen, die gelegentlich die Gestalt von Drachen annehmen – wie zum Beispiel der Drachenelf Sang-drax oder die Drachenschlangen von Chelestra.

kalten Mauern waren geeignet, auch den trunkensten, mordgierigsten Elfen zu ernüchtern.*

Iridal fröstelte, aber sie wappnete sich mit dem Gedanken an ihren bei den Elfen gefangenen Sohn und näherte sich mit festen Schritten der Pforte mit der brennenden Lampe. Eine Glocke hing daneben. Iridal griff nach dem Strick und zog daran. Ein metallisches Scheppern wurde von den dicken Mauern nahezu vollständig verschluckt. Als notwendiges Übel akzeptiert, war es der Stimme der Außenwelt erlaubt zu sprechen, aber nicht zu singen.

Ein knirschendes Geräusch. In der Tür erschien eine Öffnung, darin ein Auge.

»Wo ist die Leiche?« fragte eine Stimme gleichgültig.

Iridal zuckte zusammen. Die Worte erschienen ihr wie ein unheilvolles Omen, beinahe wäre sie in ihrem Entschluß wankend geworden und umgekehrt. Aber die Vernunft siegte. Sie rief sich ins Gedächtnis, was sie über die Kir wußte und daß diese Frage – so erschreckend für sie – alltägliche Gewohnheit der Mönche war.

Die Kir verehren den Tod. Sie betrachten das Leben als eine Art Jammertal, das man ertragen muß, bis die Seele entfliehen kann, um anderswo Frieden und Glück zu finden. Deshalb fühlen die Kirmönche sich nicht berufen, den Lebenden zu helfen. Sie pflegen nicht die Kranken, erquicken nicht die Hungernden, verbinden nicht die Wunden der Krieger. Statt dessen erweisen sie den Toten die letzte Ehre und feiern die Erlösung einer Seele vom irdischen Joch. Auch der gewaltsame Tod hat für sie keine Schrecken. Sie nehmen sich des Opfers an, wenn der Mörder sein Werk getan hat. Sie wandern über die Schlachtfelder, wenn die Schlacht geschlagen ist. Sie betreten das Dorf, in dem die Seuche wütet, wenn alle anderen geflohen sind.

* Man vermutet, daß die Kenkari eine gewisse Verbundenheit mit den Kir empfinden, deren religiöse Todesverehrung sich aus dem Bestreben entwickelt hat, das Geheimnis der Seelenmagie zu ergründen. Viele glauben, daß die einflußreichen Kenkari schützend ihre Hand über die Mönche hielten und die Elfensoldaten daran hinderten, die Kir zu verfolgen.

Der einzige Dienst der Kir an den Lebenden besteht darin, daß sie unerwünschte Kinder aufnehmen, ausschließlich Jungen: Waisen, Bastarde, dritte und vierte Söhne. Auf diese Weise sichert man den Fortbestand des Ordens.

Die Frage, die der Mönch Iridal gestellt hatte, stellte er jedem, der zu nächtlicher Stunde die Glocke läutete. Welch anderen Grund hätte es gegeben, sich den düsteren Mauern zu nahen?

»Ich komme nicht wegen eines Toten«, antwortete Iridal, die ihre Fassung wiedergewonnen hatte. »Ich komme wegen eines Lebenden.«

»Ein Kind?«

»Ja, Bruder, ein Kind.« Wenn auch nicht so, wie du es meinst, fügte sie in Gedanken hinzu.

Das Auge verschwand. Der kleine Schieber in der Tür aus gebranntem Ton wurde knirschend geschlossen. Die Tür ging auf. Der Mönch stand daneben, das Gesicht verborgen im Schatten der schwarzen Kapuze. Er verneigte sich weder, noch grüßte er oder bezeigte nennenswertes Interesse an der späten Besucherin. Sie lebte, und die Lebenden galten den Kir nicht viel.

Der Mönch drehte sich um und überließ es ihr, ihm zu folgen oder nicht. Er führte sie in einen großen, kahlen Raum nah beim Eingang. Hier drinnen war es dunkler als im Freien, wo das Koralit seinen bleichen, silbrigen Schimmer verströmte. Im Kloster selbst brannten nirgends Lampen, wer glaubte, Licht zu brauchen, mußte mit einer Kerze vorlieb nehmen. Mit dem Hinweis, der Abt werde in Kürze erscheinen, ließ der Mönch sie im Dunkeln allein.

Iridal zitterte und hüllte sich fester in ihren Umhang, trotzdem mußte sie lächeln. Die Tür bestand aus gebranntem Ton wie sämtliche Türen des Gebäudes. Vor ihrer Magie wäre jede einzelne geborsten wie Glas. Aber sie saß ruhig da und wartete geduldig; noch war nicht die Zeit für Drohungen.

Die Tür ging auf, ein Mann, der eine Kerze trug, kam herein. Er war alt, hager und asketisch, die fleischliche Substanz schien nicht auszureichen, das Knochengerüst zu bekleiden. Sein Schädel war kahl, vielleicht geschoren. Er würdigte Iridal kaum eines Blickes, als er an ihr vorbeiging und sich hinter einen Schreibtisch setzte. Er nahm eine Feder, zog einen Bogen Pergament heran und machte sich bereit zu schreiben.

»Wir zahlen kein Geld, wißt ihr«, sagte er, ohne aufzublicken. Er mußte der Abt sein, auch wenn er es nicht für nötig gehalten hatte, sich vorzustellen. »Wir nehmen Euch das Kind ab und damit genug. Seid ihr die Mutter des Jungen?«

Wieder traf die Frage schmerzlich genau die Wahrheit hinter der Täuschung. Iridal wußte genau, daß der Abt glaubte, sie wäre gekommen, um sich von einer unerwünschten Bürde zu befreien – der Vorwand war ihr geeignet erschienen, um sich erst einmal Zutritt zu verschaffen. Trotzdem hörte sie sich auf die Frage antworten, wie ihr Herz sie verstanden hatte.

»Ja, ich bin Grams Mutter. Ich habe ihn im Stich gelassen. Ich habe geduldet, daß mein Gemahl mir meinen Sohn wegnahm und einer anderen gab. Was hätte ich tun sollen? Ich hatte Angst. Sinistrad hielt meines Vaters Leben in der Hand. Als mein Sohn zu mir zurückkam, versuchte ich ihn für mich zu gewinnen. Ich habe es *versucht*, aber auch diesmal: Was konnte ich tun? Sinistrad drohte, sie zu töten, alle, die mit Gram gekommen waren. Der Geg, der Mann mit den Tätowierungen und – und . . .«

»Mit Verlaub, Madame.« Der Abt hob den Kopf und schaute sie zum erstenmal an, seit er das Zimmer betreten hatte. »Ihr hättet Euch entschließen dürfen, bevor Ihr uns stört, zu dieser Stunde. Wollt Ihr uns den Jungen geben oder nicht?«

»Ich bin nicht gekommen, um euch ein Kind zu übergeben«, antwortete Iridal nach einem tiefen Atemzug. Vergangenes war vergangen. »Ich bin gekommen, um mit jemandem zu sprechen, den Ihr in diesem Haus beherbergt.«

»Unmöglich!« entgegnete der Abt. Sein Gesicht war verkniffen und verhärmt, die Augen eingesunken. Sie musterten Iridal aus tiefen Höhlen, die Kerzenflamme spiegelte sich darin – zwei stecknadelgroße Lichtpunkte. »Sobald ein Mann oder Junge die Außentür durchschreitet, tut er die Welt von sich ab. Er hat keinen Vater mehr, keine Mutter, nicht Schwester noch Bruder, Liebste oder Freund. Respektiert sein Gelübde. Geht fort und bedrängt ihn nicht!«

Der Abt erhob sich, Iridal ebenfalls. Er rechnete damit, daß sie hinausgehen würde und war nicht nur überrascht, sondern – nach seiner finsteren Miene zu urteilen – auch außerordentlich verärgert, daß sie ihm hochaufgerichtet einen Schritt entgegentrat.

»Seid versichert, Vater Superior, ich respektiere die Regeln des Ordens. Mein Interesse gilt nicht einem der Brüder, sondern einem Gast, der niemals die Gelübde abgelegt hat. Es ist jemand, dem man hier Aufnahme gewährt, entgegen aller Regeln und der Tradition des Klosters. Er heißt Hugh, Hugh Mordhand.«

Der Abt zuckte nicht mit der Wimper. »Ihr seid im Irrtum«, behauptete er, so überzeugend, daß Iridal ihm geglaubt haben würde, hätte sie nicht *gewußt*, daß er log. »Einer mit Namen Hugh hat bei uns gelebt, aber als Kind. Er verließ uns vor langer Zeit. Was aus ihm geworden ist, wissen wir nicht.«

»Das erste stimmt«, sagte Iridal. »Das zweite ist eine Lüge. Er ist wiedergekommen. Vor ungefähr einem Jahr erzählte er eine merkwürdige Geschichte und bat um Aufnahme. Ihr habt entweder seine Geschichte geglaubt oder hattet Mitleid mit einem Verrückten. Nein«, berichtigte sie sich selbst, »ihr kennt kein Mitleid. Also müßt ihr seine Geschichte geglaubt haben. Ich frage mich, warum?«

»Wenn Ihr ihn gesehen hättet, brauchtet Ihr nicht zu fragen.« Der Abt faltete die Hände vor dem hageren Leib. »Ich will Euch nichts vormachen, es wäre offenbar Zeitverschwendung. Ja, einer, der sich Hugh Mordhand nennt, hat hier Aufnahme gefunden. Nein, er hat keine Gelübde abgelegt, die ihn von der Welt scheiden. Und doch hat er ihr den

Rücken gekehrt. Aus eigenem Entschluß. Er will niemanden von draußen sehen. Nur uns. Und auch nur, wenn wir ihm sein Essen und zu trinken bringen.«

Iridal überlief ein kalter Schauer, aber sie blieb fest. »Dennoch bestehe ich darauf, daß Ihr mich zu ihm bringt.« Sie warf den Umhang zurück, darunter kam ein silbergraues Gewand zum Vorschein, an Saum, Halsausschnitt, Ärmelaufschlägen und Schärpe bestickt mit kabbalistischen Symbolen. »Ich gehöre zu denen, die ihr Mysteriarchen nennt. Ich komme aus dem Hohen Reich. Die magischen Kräfte, über die ich gebiete, könnten diese Tür zerschmettern, diese Mauern, Euren *Kopf* – ich brauche es nur zu wollen. Ihr *werdet* mich zu Hugh Mordhand führen.«

Der Abt zuckte wenig beeindruckt mit den Schultern. Drohungen schreckten ihn nicht. Und wenn sie das Kloster Stein um Stein niedergerissen hätte, wäre er unnachgiebig geblieben. Aber dieser Mann Hugh war kein Ordensbruder, sondern nur geduldet. Sollte er zusehen.

»Hier entlang«, sagte der Abt schroff und ging an ihr vorbei zur Tür. »Ihr werdet an niemanden das Wort richten, noch den Blick heben und jemanden ansehen, oder Ihr müßt das Kloster auf der Stelle verlassen.« Er schien keine Angst vor ihr zu haben. Auch eine Mysteriarchin war nur ein Stück dem Tode geweihtes Fleisch, soweit es die Kir betraf.

»Ich sagte bereits, ich respektiere die Ordensregeln und werde mich verhalten, wie es angemessen ist«, antwortete Iridal im gleichen schroffen Ton. »Euer Tun und Treiben ist mir gleichgültig. Meine *Geschäfte*« – sie betonte das Wort – »betreffen ausschließlich Hugh Mordhand.«

Der Abt ging mit der Kerze voran, dem einzigen Licht, und den größten Teil dessen verdeckte er mit seinem in flatternde Roben gehüllten Leib. Iridal konnte fast nichts sehen und mußte wohl oder übel den Blick gesenkt halten, um nicht zu stolpern, denn die Fußböden in dem altehrwürdigen Gebäude waren uneben und voller Risse. In den Gängen regte sich nichts. Sie gewann einen flüchtigen Eindruck von geschlossenen Türen links und rechts. Einmal glaubte sie ein

Baby schreien zu hören, und es tat ihr weh, an das arme Wurm zu denken, mutterseelenallein an einem so trostlosen Ort.

Sie kamen zu einer Treppe, die in ungewisse Tiefen führte. Der Abt blieb wahrhaftig stehen, um ihr eine brennende Kerze zu reichen, bevor er die Stufen hinunterging. Iridal vermutete, daß er nicht so sehr um ihr Wohlergehen besorgt war, sondern vielmehr vermeiden wollte, sich um sie kümmern zu müssen, falls sie stürzte und sich die Knochen brach.

Unten angelangt, standen sie im Wasserkeller. Feste Türen, verschlossen und verriegelt, schützten das kostbare Naß vor unbefugtem Zugriff. Es wurde nicht nur zum Trinken und Kochen gebraucht, sondern machte auch zum Teil den Reichtum des Klosters aus.

Doch offensichtlich befanden sich nicht hinter allen Türen Wasserfässer. Zu einer ging der Abt hin und rüttelte am Griff.

»Du hast einen Besucher, Hugh.«

Keine Antwort. Nur ein Scharren, wie von einem Stuhl, über den Boden geschoben.

Der Abt rüttelte heftiger.

»Er ist eingesperrt? Ihr haltet ihn gefangen?« fragte Iridal entsetzt.

»Er hält sich selbst gefangen«, antwortete der Abt. »Der Schlüssel befindet sich drinnen bei ihm. Wir können nicht hinein, *Ihr* könnt nicht hinein, außer er gibt uns den Schlüssel.«

Iridal wollte verzagen. Wieder fühlte sie sich versucht umzukehren. Sie begann zu zweifeln, ob Hugh ihr helfen konnte, und hatte Angst, sehen zu müssen, was aus ihm geworden war. Doch wenn er ihr nicht half, wer dann? Nicht Stephen, das stand fest. Nicht die anderen Mysteriarchen. Mächtige Zauberer, die meisten von ihnen, doch ohne Liebe für ihren toten Gemahl, und sie hatten keinen Grund, an der Rückkehr von Sinistrads Sprößling interessiert zu sein.

Was andere Menschen anbetraf, so kannte Iridal nur wenige und war nicht beeindruckt von denen, die sie getroffen hatte. Einzig Hugh genügte ihren Ansprüchen. Er besaß die Kenntnisse, ein Elfenschiff zu führen, er kannte sich in ihrem Land aus, beherrschte fließend die Elfensprache und war mit ihren Bräuchen vertraut. Er war kühn und wagemutig. Er hatte sich als Assassine sein Brot verdient, und fragte man nach dem Besten dieser Zunft, hörte man seinen Namen. Wie Stephen sich von Iridal erinnern lassen mußte: Er – ein König, der sich von allem das Beste leisten konnte – hatte sich einst der Dienste Hugh Mordhands versichert.

Der Abt wiederholte: »Hugh, du hast Besuch.«

»Geh zur Hölle«, sagte eine Stimme hinter der Tür.

Iridal seufzte. Die Stimme klang vom Rauchen undeutlich und heiser – sie konnte den Gestank des Stregno bis in den Gang riechen. Aber sie erkannte sie wieder.

Der Schlüssel. Darauf richtete sich ihre Hoffnung. Er hatte den Schlüssel in Verwahrung, als fürchtete er, sonst der Versuchung zu erliegen und die Mönche anzuflehen, ihn hinauszulassen. Tief in seinem Innern mußte es also einen Teil von ihm geben, der frei sein wollte.

»Hugh Mordhand, ich bin es, Iridal vom Hohen Reich. Ich bin in großer Bedrängnis. Ich muß mit Euch sprechen. Ich will Euch anwerben.«

Sie war sicher, daß er ablehnen würde, und erkannte an dem feinen, höhnischen Lächeln um die schmalen Lippen des Abts, daß er dasselbe dachte.

»Iridal«, wiederholte Hugh gedehnt und in verwundertem Tonfall, als sei aus den Alkoholschwaden seines Gehirns ein Geist aufgetaucht. »Iridal!«

Das war ein heiseres Flüstern, ein zischend hervorgestoßener Atemzug – etwas lange Ersehntes, endlich wahr geworden. Aber die Stimme verriet weder Liebe noch Verlangen, sondern einen Zorn, der heiß genug war, Granit zu schmelzen.

Der Anprall eines schweren Körpers gegen die Tür,

gefolgt von einem Schaben und Kratzen. Eine Klappe öffnete sich. Ein blutunterlaufenes Auge, halb verdeckt von strähnigem, verfilztem Haar, stierte hindurch, irrte umher, heftete sich auf ihr Gesicht.

»Iridal . . .«

Die Klappe schlug zu.

Der Abt schaute sie an, neugierig auf ihre Reaktion; vielleicht glaubte er, sie würde kehrtmachen und flüchten. Iridal hielt sich sehr gerade; unter dem Umhang ballte eine Hand sich zur Faust, die andere mit der Kerze war ruhig.

Drinnen Klappern und Poltern, Möbel wurden gerückt, Dinge fielen zu Boden, als suchte Hugh etwas. Ein triumphierendes Knurren. Ein Metallgegenstand traf die untere Hälfte der Tür. Wieder ein Knurren, diesmal erbost, dann rutschte ein Schlüssel durch den Spalt über dem Boden.

Der Abt bückte sich, hob den Schlüssel auf und wog ihn einen Moment nachdenklich in der Hand, dann schaute er Iridal an – eine stumme Frage, ob ihr Entschluß feststand.

Die Lippen zu einem schmalen Strich zusammengepreßt, forderte sie ihn mit einem kurzen Nicken auf, die Tür zu öffnen. Schulterzuckend willfahrte der Abt ihrem Wunsch.

Kaum hatte der Schlüssel sich im Schloß gedreht, wurde die Tür von innen aufgestoßen. Eine wilde Gestalt erschien in der Öffnung, umrahmt von qualmerfülltem Halbdunkel, angeleuchtet vom Schein der beiden Kerzen.

Die Gestalt stürzte auf Iridal zu. Starke Hände umklammerten ihre Arme, zerrten sie in das kleine Gelaß, stießen sie gegen die Wand. Sie ließ die Kerze fallen, das Flämmchen erstickte in einer Wachspfütze.

Hugh Mordhand, dem Abt zugewendet, versperrte mit seinem Körper die Tür.

»Den Schlüssel«, forderte er.

Der Abt gab ihm das Verlangte.

»Laßt uns allein!«

Hugh packte die Tür und schlug sie zu, dann fuhr er

zu Iridal herum. Sie hörte den leichten Schritt des Abtes sich uninteressiert entfernen.

Die Zelle war klein. Das Mobiliar bestand aus einem primitiven Bett, einem Tisch, einem Stuhl und einem Kübel in der Ecke, dazu benutzt, die Ausscheidungen des Körpers aufzunehmen. Auf dem Tisch eine dicke Wachskerze, daneben Hughs Pfeife, ein Becher, ein Teller und eine Kruke mit Branntwein, der fast so scheußlich roch wie der Stregno.

Iridal überschaute all das mit einem raschen Blick, der auch nach Waffen suchte. Sie fürchtete nicht für sich, ihre Magie vermochte jeden Gegner niederzuschmettern oder zu lähmen. Sie hatte Angst um Hugh, daß er sich etwas antat, bevor sie es verhindern konnte, denn es sah aus, als hätte er soviel getrunken, daß er nicht mehr Herr seiner selbst war.

Er stand vor ihr und starrte sie an, sein Gesicht – mit der Hakennase, der gewölbten Stirn, den tiefliegenden, schmalen Augen – war eine furchteinflößende Maske, entstellt von huschenden Schatten und wabernden, gelblichen Rauchschwaden. Er atmete schwer, von der unbeherrschten Anstrengung, dem Alkohol und einer fiebrigen Erregung. Schwankend, mit ausgestrecken Händen, setzte er sich in Bewegung. Der Schein der großen Kerze traf sein Gesicht, und jetzt begann Iridal sich wirklich zu ängstigen, denn der Branntwein hatte seine Haut gerötet, aber nicht seine Augen erreicht.

Ein Teil von ihm blieb vom Alkohol unberührt, wieviel er auch in sich hineinschüttete. Sein Gesicht war fast unkenntlich, verwüstet von bitterem Leid und Seelenqualen. In das schwarze Haar mischten sich graue Strähnen; sein Bart, früher in der Mitte geteilt und zu Zöpfen geflochten, war lang und ungepflegt. Er trug die schwarze Kutte eines Kirmönchs, alt, zerschlissen und zu kurz – aus der Lumpenkiste. Sein geschmeidiger, sehniger Körper wirkte aufgeschwemmt, doch er verfügte noch über die rohe Kraft eines Betrunkenen. Iridal spürte immer noch den harten Zugriff seiner Hände an ihren Oberarmen, wo die Finger sich ins Fleisch gegraben hatten.

Er kam näher. Die Worte eines Bannspruchs drängten sich ihr auf die Lippen, aber blieben unausgesprochen. Sie konnte jetzt sein Gesicht deutlich sehen und hätte weinen mögen. Mitgefühl, Erbarmen, die Erinnerung, daß er sein Leben geopfert hatte, eines schrecklichen Todes gestorben war, um ihren Sohn zu retten, bewogen sie, ihm die Hände entgegenzustrecken.

Er umfaßte sie mit einem stählernen, schmerzhaften Griff und sank vor ihr auf die Knie.

»Macht ein Ende!« flehte er mit brüchiger Stimme. »Ich bitte Euch! Nehmt diesen Fluch von mir! Gebt mich frei! Laßt mich gehen!«

Alle Kraft schien ihn zu verlassen, er ließ ihre Hände los, neigte den Kopf, ein hartes, trockenes Schluchzen schüttelte seinen Körper. Iridal beugte sich über ihn, ihre Tränen fielen auf das ergrauende Haar, das sie mit kalten Fingern streichelte.

»Es tut mir leid«, flüsterte sie tonlos. »So leid.«

Er hob den Kopf. »Ich will Euer verdammtes Mitleid nicht! Gebt mich frei!« wiederholte er hitzig. »Ihr wißt nicht, was Ihr getan habt! Macht ein Ende – jetzt!«

Sie sah ihn an, unfähig zu sprechen.

»Das kann ich nicht, Hugh. Ich bin es nicht gewesen.«

»Doch!« schrie er wild. »Ich habe dich *gesehen.* Als ich erwachte . . .«

Sie schüttelte den Kopf. »Ein solcher Zauber geht weit über das hinaus, was ich zu bewirken imstande bin, den Ahnen sei Dank.« Sie blickte tief in die flehenden, hoffnungslosen Augen. »Du weißt es. Du mußt es wissen. Es war Alfred.«

»Alfred!« Er stieß das Wort hervor. »Und wo . . .? Ist er mitgekommen?«

Er las die Antwort in ihren Augen und warf den Kopf zurück, als wäre die Qual mehr, als er ertragen könnte. Zwei große Tränen quollen unter den zugekniffenen Lidern hervor und rollten über die Wangen in den dichten, verfilzten Bart. Er holte tief und bebend Atem, schien zu erstarren, aber plötzlich stieß er einen Schrei furchtbarer Wut aus, schlug mit den Fäusten gegen seine Stirn, raufte sich die Haare. Dann, ebenso unvermittelt, fiel er aufs Gesicht und lag da wie ein Toter.

Der er gewesen war.

Kapitel 23

Kloster der Kir, Volkaran Archipel, Mittelreich

Hugh erwachte mit schmerzendem Schädel und einer dicken, geschwollenen Zunge. Er kannte die Symptome, kannte das Heilmittel. Schwerfällig setzte er sich auf und tastete nach der Weinflasche, die sich immer in Reichweite befand. Dann sah er sie, und der Schmerz der Erinnerung, die über ihn hereinbrach, war schlimmer als die Marter in seinem Kopf. Er starrte sie wortlos an.

Sie saß auf einem Stuhl – dem einzigen Stuhl – und offenbar schon seit längerer Zeit. Bleich und kalt, farblos – mit ihrem weißen Haar und silbernen Gewand – wie das Eis des Firmaments, bis auf ihre Augen, die in allen Farben des Regenbogens schillerten.

»Die Flasche steht hier, wenn Ihr sie haben wollt«, sagte sie.

Hugh brachte es fertig, seine Füße über die Bettkante zu schwingen und sich hochzustemmen. Dann mußte er einen Moment abwarten, bis die Lichter, die gleißend vor seinen Augen explodierten, so weit verblaßt waren, daß er darüber hinaussehen konnte, bevor er sich auf den Weg zum Tisch machte. Er registrierte die Existenz eines zweiten

Stuhls, registrierte gleichzeitig, daß man seine Zelle gesäubert hatte.

Und ihn.

In Haar und Bart haftete ein feines Pulver, seine Haut fühlte sich roh an und brannte. Der scharfe Geruch von Grise* hüllte ihn ein. Der Geruch weckte Erinnerungen an seine Kindheit, an die Mönche, wie sie am Badetag zappelnde kleine Jungen abschrubbten – Verwaiste, Verstoßene wie er selbst.

Hugh zog eine Grimasse, kratzte sich das bärtige Kinn und füllte einen Becher mit dem billigen, sauren Wein. Als er trinken wollte, fiel ihm ein, daß er einen Gast hatte. Es gab nur den einen Becher. Er hielt ihn ihr hin und nahm mit grimmiger Befriedigung zur Kenntnis, daß seine Hand nicht zitterte.

Iridal schüttelte den Kopf. »Nein, vielen Dank«, sagte sie.

Hugh grunzte. Er goß den Wein mit einem Ruck hinunter, so blieb es ihm erspart, den Geschmack wahrzunehmen. Das Dröhnen in seinem Kopf verebbte, der Schmerz wurde erträglich. Der Macht der Gewohnheit folgend, wollte er nachschenken, aber die Hand mit der Flasche blieb in der Schwebe. Er konnte Fragen Fragen sein lassen und zum Henker damit. Wozu die Mühe? Oder er konnte herausfinden, was geschehen war, welcher Grund sie hergeführt hatte.

»Ihr habt mich gewaschen?« Er sah sie an.

Eine schwache Röte färbte die blassen Wangen. Sie wich seinem Blick aus. »Nicht ich, die Mönche. Sie haben auch ausgefegt, frisches Bettzeug gebracht und saubere Kleidung.«

»Ich bin beeindruckt.« Hugh nickte und wünschte, er hätte es sein gelassen. Abrupte Bewegungen waren seinem

* Wer sich Wasser zu Reinigungszwecken nicht leisten kann, nimmt Grise, um sich zu säubern oder auch jeden beliebigen anderen Gegenstand. Es handelt sich um eine bimsähnliche Substanz aus gemahlenem Koralit, fast immer gemischt mit Kopfwurzel, einem streng, aber nicht unangenehm riechenden Kraut, das die Wirkung hat, Läuse abzutöten, Flöhe, Zecken und sonstiges Ungeziefer.

Wohlbefinden nicht besonders zuträglich. »Erstaunlich genug, daß sie Euch eingelassen haben. Und jetzt gehorchen sie sogar Euren Anweisungen. Womit habt Ihr ihnen gedroht? Sturmwinde? Erdbeben? Ihr Wasser zu verderben . . .?

Sie gab keine Antwort. Hugh redete, um die Stille auszufüllen, und beide wußten es.

»Wie lange war ich weggetreten?«

»Lange. Ich weiß nicht genau.«

»Und Ihr seid hiergeblieben und habt all dies getan.« Er ließ den Blick durch die Zelle wandern. »Muß wichtig sein, was Euch hergeführt hat.«

»Allerdings«, sagte sie und richtete die Augen auf ihn.

Er hatte ihre Augen vergessen, ihre Schönheit. Hatte vergessen, daß er sie liebte, bemitleidete; vergessen, daß er für sie gestorben war, für ihren Sohn. Alles versunken in den Träumen, die ihn Nacht für Nacht heimsuchten. Plötzlich kam ihm zu Bewußtsein, während er dasaß und sich in ihren Augen zu verlieren drohte, daß er in der vergangenen Nacht zum erstenmal wieder tief und traumlos geschlafen hatte.

»Ich bin gekommen, um Euch anzuwerben«, sagte sie kühl, beherrscht. »Ich habe einen Auftrag . . .«

»Nein!« schrie er und sprang auf, unempfindlich gegen den Schmerz, der seinen Kopf durchzuckte. »Das ist vorbei! Endgültig vorbei!«

Er schlug mit der geballten Faust auf den Tisch, die Weinflasche fiel um, rollte über die Kante und fiel auf den Boden. Das dicke Glas blieb heil, aber der Inhalt floß aus und verzweigte sich zu Rinnsalen in den Fugen zwischen den Steinplatten.

Sie sah erschreckt zu ihm auf. »Setzt Euch hin, bitte. Ihr seid nicht gesund.«

Hugh verzog das Gesicht, legte die Hände an die Schläfen, taumelte. Auf den Tisch gestützt, ging er zu seinem Stuhl und ließ sich darauf niedersinken.

»Nicht gesund.« Er versuchte zu lachen. »Dies ist ein ausgewachsener Kater, Teuerste, falls Ihr noch keinen gesehen habt.« Er starrte in die Schatten außerhalb des Lichtkreises der Kerze. »Ich hab's versucht«, sagte er unvermittelt. »Meinen alten Beruf wieder aufzunehmen. Nachdem sie mich hergebracht hatten. Der Tod ist mein Geschäft. Das einzige, das ich verstehe. Aber niemand wollte mich haben. Niemand kann es ertragen, in meiner Nähe zu sein, nur sie.« Mit dem Kinn deutete er zur Tür, ein Hinweis auf die Mönche.

»Was meint Ihr, niemand wollte Euch haben?«

»Die Kunden. Sie setzen sich hin, um mit mir zu sprechen. Sie fangen an, mir ihr Herz auszuschütten: wen sie tot sehen wollen und warum, wo ich ihn finden kann. Aber ziemlich bald geraten sie ins Stocken, und dann versiegt ihr Redefluß nach und nach ganz. Das ist nicht nur einmal passiert, sondern fünfmal, zehnmal. Ich weiß es nicht. Ich habe aufgehört zu zählen.«

»Wie geht das vor sich?« forschte Iridal behutsam.

»Sie reden und reden über ihren Haß und wie sehr sie sich wünschen, der Betreffende möge sterben und leiden, wie ihre Tochter gelitten hat oder ihr Vater oder wer auch immer. Aber je mehr sie erzählen, desto befangener werden sie. Ihr Blick wird unstet, sie können mich nicht ansehen, schauen hierhin, dorthin, schlagen die Augen nieder. Ihre Stimmen werden leiser, sie vergessen, was sie gesagt haben oder sagen wollten. Sie stottern und husten, und dann stehen sie meistens wortlos auf und gehen. Man könnte glauben«, schloß er grimmig, »sie hätten ihren Feind selbst niedergestochen und wären mit dem blutigen Dolch in der Hand ertappt worden.«

»Aber das haben sie getan, in ihrer Phantasie«, meinte Iridal.

»Na und? Früher war keiner meiner Kunden von Gewissensbissen geplagt. Weshalb jetzt? Was ist anders?«

»Ihr seid anders, Hugh. Früher habt Ihr wie Koralit ihre Schlechtigkeit aufgesaugt, absorbiert, ihnen die Verantwortung abgenommen. Aber jetzt seid Ihr wie die Kristalle des Firmaments. Sie schauen Euch an und sehen ihre eigenen bösen Absichten in Euch wiedergespiegelt. Ihr seid unser Gewissen geworden.«

»Lästige Eigenschaft für einen Assassinen«, sagte Hugh ironisch. »Macht es verdammt schwer, Arbeit zu finden.« Er starrte blicklos auf die Weinflasche, stieß mit dem Fuß dagegen. Sie rollte kreiselnd über den Boden. Unter halbgesenkten Lidern wanderte sein Blick zu ihr. »Euch geht es nicht so.«

»O doch. Daher weiß ich es.« Iridal seufzte. »Ich sehe Euch an und erkenne meine Einfalt, meine Blindheit, meine Dummheit, meine Schwäche. Aus einer naiven, romantischen Vorstellung heraus, daß ich ihn ändern könnte, heiratete ich einen Mann, von dem ich wußte, daß er herzlos und böse war. Als ich meinen Irrtum einsah, war es längst zu spät. Und was am schlimmsten war, ich hatte einem unschuldigen Kind das Leben geschenkt und zugelassen, daß es sich ebenso in Sinistrads Netzen verstrickte. Ich hätte meinem Gemahl Einhalt gebieten müssen, aber ich fürchtete mich. Es war so leicht, mir einzureden, er würde sich ändern, alles würde gut. Dann kamt Ihr und die anderen und mit Euch mein Sohn, und endlich begriff ich das ganze Ausmaß meiner Torheit. Ich sah, was ich Gram angetan hatte, was infolge meiner Schwäche aus ihm geworden war. Ich sah es damals. Ich sehe es jetzt wieder, wenn ich Euch anschaue.«

»Ich dachte, sie wären es«, sagte Hugh, als hätte er nichts gehört. »Ich dachte, alle Welt wäre verrückt geworden. Dann fing ich an zu begreifen, daß es an mir lag. Die Träume . . .« Er fröstelte, schüttelte den Kopf. »Nein, ich will über die Träume nicht reden.«

»Weshalb habt Ihr ausgerechnet hier Zuflucht gesucht?«

Er zuckte mit den Schultern. »Ich war am Ende, völlig pleite. Wo sollte ich hin? Die Mönche haben immer gesagt, ich würde eines Tages zurückkommen. Sie haben es prophezeit.« Verstört glitt sein Blick durch die Zelle, dann schüttelte er sich, schüttelte die Erinnerung ab.

»Wie auch immer, hier fand ich des Rätsels Lösung. Der

Abt warf einen Blick auf mich und sprach aus, was ich nur geahnt hatte. Ich war gestorben. Ich hatte dieses Leben verlassen und war – zurückgeholt worden. Auferweckt. Von den Toten auferweckt.« Hugh versetzte der Flasche einen heftigen Tritt, sie rollte laut klirrend in die Ecke neben dem Kamin.

»Ihr – könnt Euch nicht erinnern?« Iridal versagte die Stimme.

Er betrachtete sie schweigend, finster, mit zusammengezogenen Brauen. »Die Träume sind Erinnerung. Erinnerung an einen Ort, schöner als Worte ihn beschreiben können. Verständnis, Erbarmen . . .« Er schwieg, hustete, räusperte sich. »Aber der Weg dorthin ist furchtbar. Der Schmerz. Die Schuld. Das Bewußtsein meiner Untaten. Die Seele dem Leib entrissen. Und jetzt kann ich nicht wieder zurück. Ich habe es versucht.«

Iridal schloß erschüttert die Augen. »Selbstmord . . .?«

Er lächelte, ein schreckliches Lächeln. »Mißlungen. Beide Male. Verdammt zuviel Angst.«

»Zu leben erfordert größeren Mut als zu sterben«, sagte Iridal leise.

»Woher, zum Henker, wollt Ihr das wissen, Teuerste?« spottete Hugh.

Iridal senkte den Blick auf ihre Hände.

»Erzählt mir, wie es dazu gekommen ist«, forderte Hugh sie auf.

»Ihr – Ihr und Sinistrad habt gekämpft. Es ist Euch gelungen, ihn niederzustechen, aber die Wunde war nicht tödlich. Er hatte noch die Kraft, sich in eine Schlange zu verwandeln, Euch anzugreifen. Gift . . . Dann starb er, doch erst nachdem er . . .«

»Mich getötet hatte«, sagte Hugh trocken.

Iridal leckte sich über die Lippen, sah ihn nicht an. »Der Drache wandte sich gegen uns. Sinistrads Drache, der Sturmsilber. Durch den Tod meines Gemahls vom Bann befreit, wurde er tobsüchtig. Von da an ist alles verworren. Haplo, der Mann mit den blauen Tätowierungen, nahm

Gram mit sich. Ich war überzeugt, sterben zu müssen, und es machte mir nichts aus. Ihr habt recht.« Sie schenkte ihm ein mattes Lächeln. »Zu sterben erschien mir leichter, als weiterzuleben. Aber Alfred gelang es, den Drachen zu bändigen, unter seinen Einfluß zu bringen. Und dann . . .«

Die Erinnerung kehrte zurück . . .

Iridal betrachtete scheu den Drachen, dessen gewaltiges Haupt sich hin und her wiegte, als hörte er eine beruhigende, beschwichtigende Stimme.

»Ihr habt ihn in seinem Bewußtsein gefangen«, sagte sie.

»Ja«, bestätigte Alfred. »Der stärkste Käfig, der je gebaut wurde.«

»Und ich bin frei«, flüsterte sie in grenzenlosem Staunen. »Und es ist noch nicht zu spät. Es gibt noch Hoffnung! Gram, mein Sohn! Mein Sohn!«

Iridal lief zur Tür, wo sie ihn das letztemal gesehen hatte. Die Tür existierte nicht mehr. Die Mauern ihres Gefängnisses waren eingestürzt, aber die Trümmer versperrten ihr den Weg.

»Gram!« rief sie und mühte sich vergeblich, einen der mächtigen Steinblöcke zu bewegen. Unterstützt von ihrer Magie, wäre es ihr ein Leichtes gewesen, aber sie konnte sich nicht auf die Worte besinnen. Sie war zu müde, innerlich so leer. Aber sie mußte zu ihm. Wenn sich nur dieser Stein aus dem Weg räumen ließe!

»Hört auf damit, meine Liebe«, sagte eine gütige Stimme. Hände umfaßten sanft ihre Schultern. »Es hat keinen Sinn. Er ist fort, auf dem Elfenschiff. Haplo hat ihn mitgenommen.«

»Haplo – meinen Sohn?« Iridal verstand es nicht. »Warum? Was hat er vor mit ihm?«

»Das weiß ich nicht.« Alfred schaute sie unglücklich an. »Ich bin mir nicht sicher. Aber sorgt Euch nicht. Wir holen ihn zurück. Ich kenne Haplos Ziel.«

»Dann sollten wir ihnen folgen«, meinte Iridal.

Aber sie schaute sich nur hilflos um. Türen waren hinter Schutthügeln verschwunden. In Wänden gähnten Löcher, gaben den Blick frei auf noch größere Verwüstungen. Das Zimmer war dermaßen verändert, daß sie das Gefühl hatte, in einem fremden Haus zu sein. Sie wußte nicht wohin sich wenden, was tun, wo hinaus.

Und dann entdeckte sie Hugh.

Sie wußte, er war tot. Sie hatte noch versucht, ihm zu danken, ihm zu sagen, daß sie jetzt verstand, doch er hatte sie verlassen, zu schnell. Sie sank neben Hugh zu Boden, ergriff die kalte Hand, drückte sie an die Wange. Sein Gesicht war im Tode gelöst und verriet einen Frieden, den er im Leben nie gekannt hatte; einen Frieden, um den Iridal ihn beneidete.

»Du hast dein Leben für mich geopfert, für meinen Sohn«, sagte sie zu ihm. »Ich wünschte, es wäre anders gekommen, und du könntest sehen, daß ich dieses Geschenk nutzen werde. Du hast mich so viel gelehrt, aber längst nicht genug. Du könntest mir helfen. Und ich hätte dir helfen können, die Leere in deinem Herzen auszufüllen. Warum habe ich es nicht getan, als sich mir die Gelegenheit bot?«

»Was wäre aus ihm geworden, denkt Ihr, wenn er nicht hätte sterben müssen?« fragte Alfred.

»Ich denke, er würde versucht haben, gutzumachen, was ihm im Leben gefehlt hat. Er war ein Gefangener. Wie ich. Doch es ist ihm gelungen zu entkommen, jetzt ist er frei.«

»Auch Ihr seid frei.«

»Und allein«, sagte Iridal.

Sie saß neben dem Toten, hielt seine leblose Hand, und ihr Kopf war leer wie ihr Herz. Es war ihr lieb so. Sie fühlte nichts und hatte Angst zu fühlen. Der Schmerz kam sicher, grausamer als Drachenpranken: Trauer und das Bewußtsein unwiederbringlichen Verlustes.

Nur ganz am Rande war sie sich Alfreds bewußt, der seinen feierlichen, gravitätischen Tanz aufführte, so unvereinbar mit dem schütteren Haar, den flatternden Rockschößen, übergroßen Füßen und plumpen Händen, wie er da zwischen den Trümmern hüpfte und Kreise und Schleifen zog. Sie wußte nicht, was das zu bedeuten hatte. Es war ihr gleichgültig.

Sie saß auf dem Boden, hielt Hughs Hand fest und – fühlte seine Finger zucken.

Das konnte nicht sein. »Mein Verstand spielt mir einen Streich. Wenn man sich etwas sehr wünscht, bildet man sich ein ...«

Die Finger bewegten sich im Griff ihrer Hand, unkontrolliert, im Todeskampf.

Nur, daß Hugh schon geraume Zeit tot war, tot und kalt und starr.

»Ich verliere den Verstand«, sagte Iridal vor sich hin und legte die Hand wieder auf die leblose Brust. Dann beugte sie sich vor, um die starren Augen zu schließen, die plötzlich auf ihr ruhten, mit einem Blick, der aus unendlichen Fernen zurückkehrte. Seine Lider flatterten. Seine Hand hob sich kraftlos. Seine Brust weitete sich unter einem röchelnden Atemzug.

Er stieß einen furchtbaren Schrei aus, voller Entsetzen und Todesqual ...

Als Iridal wieder zu sich kam, lag sie in einem fremden Zimmer, in einem fremden Haus – dem Haus eines der anderen Mysteriarchen des Hohen Reichs.

Alfred stand neben ihrem Bett und sah mit einem ängstlichen Ausdruck im Gesicht auf sie nieder.

»Hugh!« rief Iridal und richtete sich auf. »Wo ist Hugh?«

»In guten Händen«, sagte Alfred still und – so kam es Iridal vor – bekümmert. »Macht Euch seinetwegen keine Sorgen. Einige Eurer Freunde haben ihn mitgenommen.«

»Ich will ihn sehen!«

»Ich glaube nicht, daß das klug wäre. Bitte legt Euch wieder hin.«

Er hantierte mit der Decke, zog sie ihr über die Schultern, stopfte die Enden unter die Matratze, strich nicht vorhandene Falten glatt.

»Ihr solltet ausruhen, Lady Iridal. Ihr habt Schreckliches

erlebt. Der Schock, die Angst. Hugh hätte es fast das Leben gekostet, aber er wird sich erholen . . .«

»Er war tot«, unterbrach ihn Iridal.

Alfred vermied es, sie anzusehen. Er machte sich weiter an der Bettdecke zu schaffen.

Iridal versuchte seine Hand festzuhalten, doch Alfred erwies sich als zu flink. Er wich ein paar Schritte zurück. Als er weiterredete, redete er zu seinen Schuhen.

»Hugh war nicht tot. Es mag so ausgesehen haben. Das Gift hat – hat manchmal diese Wirkung . . .«

Iridal warf die Decke ab, stand auf und trat vor Alfred hin, der rückwärtsgehend aus dem Zimmer zu entkommen versuchte, doch er stolperte über seine eigenen Füße, stolperte und hielt sich an einer Stuhllehne fest.

»Er *war* tot. Ihr habt ihn ins Leben zurückgeholt!«

»Nein, nein! Das ist Unsinn.« Alfred stieß ein gekünsteltes Lachen aus. »Ihr – Ihr habt einen schweren Schock erlitten. Ihr bildet Euch das ein. Wie sollte ich das können? Niemand könnte das!«

»Ein Sartan. Ein Sartan könnte es«, sagte Iridal. »Ich weiß einiges über sie. Sinistrad hat sich mit den Sartan befaßt, er war fasziniert von ihnen, von ihrer Magie. Ihre Bibliothek befindet sich hier, im Hohen Reich. Er konnte nie den Schlüssel zu ihren Geheimnissen finden, aber er hat großes Wissen über sie angehäuft, zusammengetragen aus den Schriften in der Elfen- und Menschensprache, die sie hier zurückließen. Sie besaßen die Macht, die Toten zum Leben zu erwecken. Nekromantie . . .«

»Nein!« protestierte Alfred schaudernd. »Ich meine, ja, wir haben die Macht. Aber wir dürfen sie nicht gebrauchen. Unter keinen Umständen. Für jeden, der ins Leben zurückgerufen wird, muß ein anderer vor der Zeit sterben. Wir helfen jenen, die auf den Tod darniederliegen, tun unser Möglichstes, sie von der Schwelle zurückzuholen, aber wenn sie sie erst überschritten haben – niemals!

»Niemals . . .«

»Alfred leugnete standhaft«, sagte Iridal, mit einem müden Seufzer aus der Vergangenheit zurückgekehrt. »Er beantwortete alle meine Fragen offen und aufrichtig, wenn auch nicht vollständig, hatte ich das Gefühl. Ich fing an zu glauben, ich könnte mich geirrt haben. Daß das Gift Euch vielleicht nur gelähmt hatte.«

»Ich weiß«, sagte sie, als Hugh in bitterem Hohn das Gesicht verzog. »Heute kenne ich die Wahrheit. Ich kannte sie auch damals schon, glaube ich, aber ich verschloß die Augen davor, um Alfreds willen. Er war so gut zu mir, bot sich an, mir bei der Suche nach meinem Kind zu helfen, obwohl er doch eigene Sorgen hat.«

Hugh knurrte. Alfreds Sorgen interessierten ihn nur mäßig. »Er hat gelogen. Er war es, der mich zurückgeholt hat. Der Bastard hat gelogen!«

»Ich bin da nicht so sicher«, meinte Iridal nachdenklich. »Es ist merkwürdig, aber ich glaube, er ist selbst überzeugt, daß er die Wahrheit sagt. Er hat verdrängt, was wirklich geschehen ist.«

»Wenn ich ihn zu fassen kriege, wird er sich erinnern, Sartan oder nicht.«

Iridal sah ihn verwundert an. »Ihr glaubt mir?«

»Die Sache mit Alfred?« Hugh musterte sie unter gesenkten Brauen, während er nach seiner Pfeife griff. »Ja, ich glaube Euch. Vermutlich habe ich schon die ganze Zeit Bescheid gewußt, nur wollte ich es mir nicht eingestehen. Ich war nicht der erste, an dem er seinen Auferstehungstrick ausprobiert hat.«

»Warum habt Ihr dann geglaubt, ich wäre es gewesen?« fragte sie verwundert.

»Ich weiß nicht«, murmelte Hugh. Er drehte die Pfeife in den Händen. »Vielleicht gefiel mir die Vorstellung, Ihr hättet mich zurückgeholt.«

Iridal errötete und wandte das Gesicht ab. »In gewisser Hinsicht war ich es auch. Er tat es, weil mein Schmerz ihn dauerte, und auch aus Achtung vor Eurem großen Opfer.«

Beide saßen eine Zeitlang schweigend, Iridal betrachtete

ihre Hände, Hugh saugte an der kalten Pfeife. Um sie anzuzünden, hätte er aufstehen und zum Kamin hinübergehen müssen, und er war nicht sicher, ob er selbst diese kurze Strecke mit Anstand bewältigen konnte. Bedauernd sah er auf die leere Weinflasche. Ob...? Nein! Er hatte jetzt ein klares Ziel vor Augen und ein Mittel an der Hand, es zu erreichen.

»Wie habt Ihr mich gefunden?« fragte er. »Und weshalb habt Ihr Euch so lange Zeit gelassen?«

Die Röte in Iridals Gesicht vertiefte sich. Sie hob den Kopf und beantwortete die letzte Frage zuerst. »Wie hätte ich kommen können? Euch wiederzusehen – den Schmerz hätte ich nicht ertragen. Ich ging zu den anderen Mysteriarchen, jenen, die Euch geborgen und ins Mittelreich gebracht hatten. Von ihnen erfuhr ich...« Iridal zögerte, unsicher, wohin ihre Worte sie führen mochten.

»Daß ich meine alte Beschäftigung wiederaufgenommen hätte, als wäre nichts geschehen. Nun, ich habe versucht zu tun, als wäre nichts geschehen.« Hugh lächelte schief. »Ich hatte so meine Zweifel, ob Ihr es zu schätzen wüßtet, wenn ich plötzlich an Eure Tür klopfte.«

»So war es nicht. Glaubt mir, Hugh, wenn ich gewußt hätte...« Auch das führte zu nichts, und sie verstummte.

»Wenn Ihr gewußt hättet, daß ich zu einem verlotterten Säufer heruntergekommen war, was dann? Hättet Ihr mir gnädig ein paar Barls gegeben, einen Teller Suppe und einen Schlafplatz im Stall? Nein, besten Dank, Teuerste, aber ich brauche Euer Mitgefühl nicht!«

Er stand auf, ignorierte den Schmerz, der durch seinen Kopf schoß, und sah finster auf sie hinunter.

»Was, zum Henker, wollt Ihr von mir?« knurrte er, den Pfeifenstiel zwischen die Zähne geklemmt. »Was kann ich tun für Euer Durchlaucht?«

Auch sie wurde ärgerlich. Niemand – schon gar nicht ein trunksüchtiger, abgehalfterter Assassine – sprach in diesem Ton zu einer Mysteriarchin! Die Regenbogenaugen funkelten wie geschliffene Diamanten. Sie erhob sich hoheitsvoll.

»Nun?« fragte er.

Sie las die innere Qual in seinen Augen und verzichtete darauf, ihre Rolle weiterzuspielen. »Ich glaube, das habe ich verdient. Vergebt mir . . .«

»Verdammt!« brauste Hugh auf, fast hätte er den Pfeifenstiel durchgebissen. Er schlug mit der Faust auf den Tisch. »Sagt endlich, was Ihr von mir wollt!«

Sie war blaß. »Euch – Euch anwerben.«

Er musterte sie schweigend, ausdruckslos, dann wandte er sich ab, ging zur Tür und starrte auf die geschlossene Klappe.

»Wen soll ich töten? Und sprecht leise.«

»Ich will nicht, daß Ihr jemanden tötet! Mein Sohn ist gefunden worden. Er wird von den Elfen als Geisel festgehalten. Ich will ihn befreien. Dazu brauche ich Eure Hilfe.«

Hugh stieß ein Brummen aus. »Das ist es also. Wo haben die Elfen den Jungen?«

»Im Imperanon.«

Hugh fuhr herum und starrte Iridal ungläubig an. »Im Imperanon? Teuerste, Ihr habt Hilfe nötig, das kann man wohl sagen.« Er nahm die Pfeife aus dem Mund und zeigte damit auf sie. »Vielleicht sollte irgend jemand *Euch* in eine Zelle sperren . . .«

»Ich kann Euch bezahlen. Gut bezahlen. Die königliche Schatzkammer . . .«

». . . enthält nicht genug Reichtümer, um mich dazu zu bringen, mitten ins Herz des Elfenreichs zu marschieren, um diesem kleinen, hinterhältigen . . .«

Das Aufblitzen ihrer Regenbogenaugen warnte ihn, nicht weiterzusprechen.

»Offenbar habe ich einen Fehler gemacht«, bemerkte sie kalt. »Ich werde Euch nicht weiter belästigen.«

Sie wollte zur Tür, Hugh versperrte ihr den Weg.

»Tretet zur Seite«, forderte sie ihn auf.

Hugh steckte die Pfeife wieder in den Mund, saugte daran und ertrug mit grimmiger Belustigung ihren zornigen Blick.

»Ihr braucht mich, Iridal. Ich bin die einzige Chance, die Ihr habt. Ihr werdet mir bezahlen, was ich verlange.«

»Und *was* verlangt Ihr?« fragte sie schroff.

»Helft mir, Alfred zu finden.«

Sie starrte ihn an, im ersten Moment sprachlos, dann schüttelte sie den Kopf. »Nein. Das ist unmöglich. Er ist fort. Wer weiß, wohin.«

»Vielleicht ist er bei Gram.«

»Der andere ist bei meinem Sohn. Haplo, der Mann mit den Tätowierungen. Und wenn Haplo bei Gram ist, dann Alfred nicht. Sie sind erbitterte Feinde. Ich kann es nicht erklären, Hugh. Ihr würdet es nicht verstehen.«

Hugh schleuderte die Pfeife zu Boden. Er trat einen Schritt auf sie zu und umklammerte ihre Oberarme.

»Ihr tut mir weh!«

»Ich weiß. Und wenn schon. *Ihr* müßt etwas verstehen, Teuerste. Stellt Euch vor, Ihr seid von Geburt an blind. Ihr lebt zufrieden in einer Welt der Dunkelheit, weil Ihr es nicht anders kennt. Dann plötzlich geschieht das Unglaubliche: Ihr könnt sehen – den Himmel, Bäume, Wolken, das Firmament, Wunder, von denen Ihr keine Ahnung hattet. Und dann, ebenso plötzlich, wird Euch das Geschenk entrissen. Ihr seid wieder blind. Ihr fallt in Dunkelheit zurück, aber diesmal *wißt* Ihr, was Ihr verloren habt.«

»Es tut mir leid«, wisperte Iridal. »So leid.« Sie hob die Hand, um sein Gesicht zu berühren.

Hugh stieß sie von sich. Zornig, beschämt, wandte er ihr den Rücken zu.

»Ich bin einverstanden«, sagte sie leise. »Helft mir, und ich werde tun, was in meiner Macht steht, um Euch zu helfen, Alfred zu finden.«

Einen Moment lang schwiegen beide.

»Wieviel Zeit haben wir?« fragte Hugh schließlich barsch.

»Vierzehn Zyklen. Dann trifft Stephen sich mit Prinz Rees'ahn zu Verhandlungen. Auch wenn ich nicht glaube, daß die Elfen davon ...«

»Ihr könnt wetten, daß sie davon wissen. Die Tribus werden mit allen Mitteln verhindern, daß dieses Treffen zustandekommt. Ich frage mich, wie ihr Plan aussah, bevor Euer Sprößling ihnen in die Hände fiel... Rees'ahn ist gerissen. Er hat drei Anschläge ihrer Elitetruppe überlebt, der Unsichtbaren. Manche behaupten, der Prinz wäre von den Kenkari gewarnt worden...«

Hugh verstummte, dachte nach. »Na, das bringt mich auf eine Idee.«

Stirnrunzelnd suchte er in den Taschen der Kutte nach seiner Pfeife, ohne daran zu denken, daß er sie auf den Boden geworfen hatte.

Iridal hob sie auf und hielt sie ihm hin.

Er nahm das gute Stück geistesabwesend in Empfang, stopfte es mit Stregno aus einem speckigen Lederbeutel, ging zum Feuer, nahm mit der Zange eine glühende Kohle heraus und paffte. Ein dünner Rauchfaden kräuselte sich empor, der beißende Geruch des Stregno breitete sich aus.

»Was...«, fing Iridal an.

»Seid still«, entgegnete Hugh. »Von heute an tut Ihr, was ich sage und wann ich es sage. Keine Fragen. Wenn Zeit ist, erkläre ich Euch, was los ist; wenn nicht, müßt Ihr mir einfach vertrauen. Ich werde Euren Sohn befreien. Und Ihr helft mir, Alfred zu finden. Gilt der Handel?«

»Der Handel gilt«, antwortete Iridal fest.

»Gut.« Er senkte die Stimme. »Ich brauche zwei Mönche hier drin, keine Zuschauer. Könnt Ihr das bewerkstelligen?«

Iridal ging zur Tür, hob die Klappe. Ein Mönch stand im Gang, vermutlich hatte er Anweisung, auf sie zu warten.

Sie nickte. »Seid Ihr fähig, Euch auf den Beinen zu halten?« fragte sie laut, in verächtlichem Tonfall.

Hugh verstand den Wink. Er legte die Pfeife sorgsam auf den Kaminsims, dann nahm er die Weinflasche und zerschlug sie auf dem Fußboden. Anschließend kippte er den Tisch um, legte sich in die Weinpfütze und rollte darin herum.

»Na klar«, lallte er, versuchte aufzustehen und fiel wieder

hin. »Na klar kann ich mich auf den Beinen halten. Geh'n wir.«

Iridal klopfte energisch gegen die Tür. »Holt den Vater Superior!« rief sie durch die Öffnung.

Der Mönch eilte davon. Es dauerte nicht lange, und der Abt erschien. Iridal machte ihm die Tür auf.

»Hugh Mordhand hat eingewilligt, mich zu begleiten«, sagte sie, »aber Ihr seht, in welchem Zustand er sich befindet. Ohne Hilfe kann er keinen Schritt tun. Wenn zwei Eurer Mönche ihn stützen könnten, wäre ich dafür außerordentlich dankbar.«

Der Abt runzelte die Stirn und wirkte nicht sehr begeistert. Iridal zog eine gefüllte Börse unter ihrem Umhang hervor. »Meine Dankbarkeit ist materieller Natur«, meinte sie lächelnd. »Eine Spende ist stets willkommen, denke ich mir.«

Der Abt nahm die Börse. »Man wird zwei Brüder herunterschicken. Aber Ihr dürft sie weder sehen noch zu ihnen sprechen.«

»Ich verstehe. Wir können gehen.« Sie verließ die Zelle, ohne Hugh noch einen Blick zu gönnen, aber sie hörte das Knirschen von zerbrochenem Glas, schweres Atmen und gemurmelte Flüche.

Der Abt schien froh und dankbar zu sein, daß sie sich entschlossen hatte, seine Gastfreundschaft nicht länger in Anspruch zu nehmen. Die Mysteriarchin hatte mit ihren herrischen Forderungen den Frieden seines Klosters empfindlich gestört, stiftete Aufregung unter den Brüdern und brachte allgemein zuviel Leben in diese abgeschlossene, dem Tode geweihte Welt. Höchstpersönlich geleitete er Iridal die Treppe hinauf, durch die Gänge und zur Pforte. Er versprach, man werde Hugh zu ihr hinausschicken, so oder so. Vermutlich war es ihm ganz recht, sich auf einen Streich auch des zweiten Störenfrieds zu entledigen.

Iridal neigte den Kopf, bedankte sich. Sie zögerte auf der Schwelle, unschlüssig, ob sie gehen oder bleiben sollte, für den Fall, daß Hugh Hilfe brauchte.

Schließlich blieb ihr nichts anderes übrig, als sich abzuwenden und zu ihrem schlafenden Drachen zu gehen, weil der Abt, die Börse noch in der Hand, nicht wich noch wankte. Er wartete unter der Lampe, um ganz sicher zu sein, daß kein Sinneswandel oder erneute unverschämte Zumutungen mehr zu befürchten waren. Erst als er sie neben ihrem Reittier stehen sah, ging er hinein und schlug die Tür hinter sich zu.

Iridal, den Blick auf das ungastliche Gebäude gerichtet, fragte sich, was Hugh vorhaben mochte. Sollte sie einfach hier warten? Sie beschloß, den Drachen zu wecken, damit sie, sobald Hugh kam, unverzüglich aufbrechen konnten.

Einen schlafenden Drachen aufwecken ist immer ein prekäres Unterfangen, es sind freiheitsliebende Geschöpfe, und falls ihr Reittier beim Erwachen des Zaubers ledig war, der es gefügig machte, bestand die Möglichkeit, daß es davonflog, sie angriff, die Abtei attackierte oder – in anderer Reihenfolge – alles zusammen.

Iridal hatte Glück, der Drache war nur etwas verdrießlich, weil man ihn gestört hatte. Iridal streichelte und lobte ihn und versprach ihm eine Belohnung, sobald sie wieder zu Hause waren.

Der Drache reckte die Flügel, schlug mit dem Schweif und machte sich daran, seinen gewaltigen Leib nach dem winzigen, schwer aufzuspürenden Drachenwyrm abzusuchen, ein Parasit, der sich unter den Schuppen in die Haut bohrt, um dort Blut zu saugen.

Iridal überließ ihn seiner Beschäftigung und beobachtete derweil den Eingang der Abtei, den sie von ihrem Standort sehen konnte. Sie wurde langsam unruhig und machte sich Gedanken, was sie tun sollte, falls Hugh seine Meinung geändert hatte. Der Abt würde sie nicht wieder einlassen, ganz gleich mit welchen furchtbaren Strafen sie ihm drohte.

Plötzlich kam Hugh aus der Tür geschossen, als hätte man ihn mit einem kräftigen Stoß nach draußen befördert. Unter den Arm geklemmt trug er ein Bündel, wahrscheinlich mit seinen Habseligkeiten, in der freien Hand eine Weinflasche. Er stolperte, fing sich wieder und rief etwas über die Schulter, das für zartfühlende Gemüter bestimmt nicht geeignet war. Dann richtete er sich auf und hielt suchend Umschau, vermutlich fragte er sich, wo sie auf ihn wartete.

Iridal hob den Arm, winkte und rief seinen Namen.

Vielleicht war es ihre Stimme – überraschend laut in der klaren, frostigen Nacht – oder die abrupte Bewegung. Sie erfuhr es nie. Irgend etwas schreckte den Drachen aus seiner Verzauberung.

Ein schrilles Kreischen ertönte hinter ihr, gewaltige Schwingen entfachten einen veritablen Sturm, und bevor sie etwas tun konnte, war der Drache in der Luft. Das Zerreißen der magischen Longe bedeutete für einen Mysteriarchen nur ein geringfügiges Ärgernis. Iridal brauchte lediglich einen ganz einfachen Zauber zu erneuern, aber dazu mußte sie für ein paar Augenblicke die Aufmerksamkeit von Hugh abwenden.

Wenig vertraut mit den Intrigen und Machenschaften des Königshofs, kam Iridal nie der Verdacht, der Zwischenfall könne absichtlich herbeigeführt sein.

Kapitel 24

Kloster der Kir, Volkaran Archipel, Mittelreich

Hugh sah den Drachen sich in die Luft schwingen und begriff sofort, daß er seinen Bann abgeschüttelt hatte. Er war kein Magier. Es gab nichts, was er tun konnte, um Iridal zu helfen, das Tier einzufangen oder wieder unter ihren Einfluß zu bringen. Abgeklärt zog er mit den Zähnen den Korken aus der Flasche und wollte einen Schluck nehmen, als er aus den Schatten die Stimme eines Mannes sprechen hörte.

»Bewegt Euch ganz natürlich. Laßt nicht erkennen, daß Ihr mich hört. Kommt hierher, in diese Richtung.«

Hugh kannte den Sprecher; er war ganz sicher, der Stimme Gesicht und Namen geben zu können, kramte aber vergeblich in seinem Gedächtnis. Die Monate der Trunkenheit in selbstauferlegter Gefangenschaft, hatten die Erinnerung ersäuft.

Sehen konnte er im Dunkeln nichts. Woher sollte er wissen, ob nicht ein Pfeil auf gespannter Sehne sein Herz anvisierte. Auch wenn er den Tod suchte – er legte Wert darauf, das Wie, Wann und Wo selbst zu bestimmen. Flüchtig kam ihm der Gedanke, ob Iridal ihn in einen Hinterhalt gelockt hatte, aber nein, ihre Angst um den Jungen war echt gewesen.

Der Mann schien zu wissen, daß Hugh den Betrunkenen nur spielte, doch es konnte nicht schaden, die Täuschung aufrechtzuerhalten. Er benahm sich, als hätte er nichts gehört, und torkelte wie rein zufällig in die ungefähre Richtung der Stimme. Zugleich hantierte er scheinbar unbeholfen mit seinem Bündel und der Flasche, die als Schild und Waffe herhalten mußten. Im Schutz seines Umhangs wechselte er das schwere Bündel in die linke Hand, um damit einen möglichen Angriff abzuwehren, und packte mit der rechten den Hals der Weinflasche fester. Sie gab eine brauchbare Keule ab.

Während er sich verdrossen über die Unfähigkeit von Frauen im Umgang mit Drachen ausließ, schwankte Hugh aus dem eng begrenzten Lichtkreis vor der Abtei und fand sich zwischen knorrigen, windzerzausten Büschen und Bäumen wieder.

»Bleibt da stehen. Das ist weit genug. Es reicht, wenn Ihr mich hört. Ihr kennt mich wieder, Hugh Mordhand?«

»Aber ja. Die Hand um den Flaschenhals verkrampfte sich. »Trian, habe ich recht? König Stephens Hofmagus.«

»Wir haben nicht viel Zeit. Lady Iridal darf nichts von unserem Gespräch erfahren. Seine Majestät wünscht Euch daran zu erinnern, daß Ihr verabsäumt habt, Euren Auftrag auszuführen.«

»Wie bitte?« Hugh versuchte aus den Augenwinkeln etwas zu erkennen.

»Ihr habt nicht getan, wofür man Euch bezahlt hat. Das Kind ist noch am Leben.«

»Na und? Ich gebe Euch das Geld zurück. Es war ohnehin nur die Hälfte.«

»Wir wollen nicht das Geld. Wir wollen das Kind tot sehen.«

»Ich kann es nicht tun«, sagte Hugh zu dem Schatten.

»Warum nicht?« Die Stimme klang verärgert. »Ausgerechnet Ihr werdet Euch doch nicht ein Gewissen zugelegt haben.

Was soll die Zimperlichkeit! Habt Ihr keinen Spaß mehr am Töten?«

Hugh ließ die Flasche fallen und machte aus dem Stand einen Satz nach vorn. Er bekam das Gewand des Magiers zu fassen und zog ihn ganz dicht an sich heran, bis ihre Gesichter sich fast berührten.

»Im Gegenteil«, preßte er zwischen zusammengebissenen Zähnen hervor, »zuviel Spaß vielleicht!«

Er stieß den Magier von sich und sah ihn mit Genugtuung rücklings zwischen die Büsche fallen. »Ich könnte vielleicht gar nicht mehr aufhören! Sagt das Eurem König.«

Er konnte Trians Gesicht nicht sehen, der Magier war nur ein unförmiger schwarzer Flecken vor einem wenig helleren Hintergrund. Hugh wollte ihn auch gar nicht sehen. Er trat gegen die Scherben der Weinflasche, fluchte über die Verschwendung und wandte sich zum Gehen. Iridal war es gelungen, den Drachen wieder auf den Boden zu locken. Sie streichelte ihn und flüsterte dabei die Worte der Beschwörung.

»Wir haben Euch einen Auftrag angeboten«, sagte Trian, während er sich langsam aufraffte. Er schien einigermaßen verwirrt zu sein. »Ihr habt akzeptiert. Man hat Euch bezahlt. Aber Ihr habt Euren Teil der Abmachung nicht erfüllt.«

Hugh ging unbeirrt weiter.

»Ihr hattet nur eins, das Euch über das Niveau eines gewöhnlichen Halsabschneiders hinaushob, Hugh Mordhand.« Trians Stimme war ein Raunen, das mit dem Wind an Hughs Ohr getragen wurde. »Ehre.«

Hugh erwiderte nichts, schaute nicht zurück. Er ging mit großen Schritten den Abhang hinauf zu Iridal, die ihn aufgeregt und verlegen erwartete.

»Es tut mir leid. Ich kann mir nicht erklären, wie das geschehen ist . . .«

›Aber ich kann's‹, antwortete Hugh ihr in Gedanken. ›Trian war derjenge welcher. Er ist dir gefolgt. Er hat deinen Bannspruch aufgehoben und den Drachen befreit, um dich abzulenken, während er mit mir sprach. König Stephen hat dir nicht großherzig eine Frist zugestanden, damit du versuchen kannst, deinen Sohn zu befreien. Er benutzt dich, um mich zu dem Kind zu führen. Trau ihnen nicht, Iridal, nicht Stephen, nicht Trian. Und nicht mir.‹

Das hätte Hugh ihr sagen können, die Worte lagen ihm auf den Lippen, aber sie blieben unausgesprochen.

»Das ist jetzt nicht wichtig«, sagte er barsch zu ihr. »Ist jetzt alles in Ordnung?«

»Ja, aber . . .«

»Dann sehen wir zu, daß wir wegkommen. Bevor der Abt zwei seiner Ordensbrüder gefesselt, geknebelt und nackt in meiner Zelle findet.«

Er schaute sie unter gesenkten Brauen hervor an, um ihr sogleich in die Parade zu fahren, sollte sie vergessen, daß sie zugesagt hatte, keine Fragen zu stellen.

Sie machte nur ein verwundertes Gesicht, dann nickte sie stumm und stieg auf den Rücken des Drachen. Hugh schnürte das Bündel an den Doppelsattel mit dem Symbol des geflügelten Auges – König Stephens Wappen.

»Kein Wunder, daß der verfluchte Zauberkünstler es geschafft hat, den Bann zu lösen«, murmelte er vor sich hin. »Ein Drache aus dem königlichen Marstall!«

Er schwang sich hinter Iridal hinauf. Sie gab das Kommando, der Drache sprang in die Luft und schraubte sich mit gewaltigen Flügelschlägen dem Firmament entgegen. Hugh verschwendete keine Zeit darauf, nach Trian Ausschau zu halten. Der Magus war zu gewitzt. Stellte sich nur die Frage: Würde er ihnen folgen? Oder nur darauf warten, daß der Drache zurückkehrte und ihm Bericht erstattete?

Hugh lächelte grimmig und beugte sich vor. »Wohin bringt Ihr uns?«

»Zu meinem Haus. Um Proviant und Ausrüstung zu holen.«

»Das lassen wir bleiben.« Hugh mußte laut sprechen, um sich über dem Pfeifen des Windes und dem Rauschen der

Drachenschwingen Gehör zu verschaffen. »Ihr habt Geld? Barls? Mit dem Stempel des Königs?«

»Ja.« Der Flug des Drachen war ungebärdig, er sträubte sich gegen den Zügel. Iridals Umhang flatterte, ihr weißes Haar bauschte sich gleich einer silbernen Wolke um ihren Kopf.

»Wir kaufen uns, was wir brauchen.« Hugh hatte den Mund dicht an ihrem Ohr. »Von diesem Augenblick an, Lady Iridal, machen wir uns unsichtbar. Schade, daß die Nacht so klar ist«, meinte er und suchte mit prüfenden Blicken den Himmel ab. »Ein kleines Unwetter käme jetzt genau recht.«

»Ein Unwetter kann man heraufbeschwören«, sagte Iridal. »Ich bin vielleicht keine Meisterin im Umgang mit Drachen, aber Wind und Regen sind etwas anderes. Nur – wonach richten *wir* uns dann?«

»Nach dem Wind in meinem Gesicht«, antwortete Hugh mit einem verwegenen Grinsen. Er beugte sich weiter nach vorn und griff unter ihren Achseln hindurch nach den Zügeln. »Wo bleibt das versprochene Unwetter, Teuerste?«

»Muß das sein?« fragte sie unbehaglich. Es war beunruhigend, seinen atmenden Körper am Rücken zu spüren, von seinen starken Armen umfaßt zu sein. »Ich lenke den Drachen, Ihr sagt mir wohin.«

»Das würde nicht gutgehen. Ich navigiere nach Gefühl, die meiste Zeit denke ich gar nicht darüber nach. Lehnt Euch gegen mich. Wir haben eine lange Reise vor uns. Schlaft, wenn Ihr könnt. In nächster Zeit werdet Ihr nicht mehr oft dazu kommen.«

Erst hielt Iridal sich steif aufrecht, dann sank sie mit einem resignierten Seufzer gegen Hughs Brust. Er rückte sich zurecht, um es ihr bequemer zu machen, und schloß die Arme fester um sie.

Der Drache, der den erfahrenen Reiter spürte, fügte sich dem Zügel und zog gleichmäßig seine Bahn. Iridal sprach leise die Worte der Beschwörungsformel vor sich hin; Worte, die hoch über ihnen treibende Wolken herbeiriefen und

Nebel aufziehen ließen, ein feuchtes, klammes Tuch, das sich auf sie senkte. Es fing an zu regnen.

»Es wird nicht lange anhalten«, meinte sie schläfrig. Die Tropfen fielen sanft auf ihr Gesicht, sie schmiegte sich tiefer in Hughs Arme.

»Ein Schauer genügt.«

Trian liebt seine Bequemlichkeit, dachte Hugh. Er wird seine gepuderten Locken nicht aufs Spiel setzen, erst recht nicht, wenn er zu wissen glaubt, wohin wir unterwegs sind.

»Ihr habt Angst, daß man uns verfolgt, ja?« fragte Iridal.

»Sagen wir, ich gehe nicht gerne ein Risiko ein«, erwiderte Hugh.

Sie flogen durch den Sturm und die Nacht, eingehüllt in Schweigen, so wohlig und warm, daß beide sich scheuten, es zu durchbrechen. Iridal hätte noch viele Fragen stellen können – sie wußte recht gut, daß die Mönche nicht daran interessiert waren, ihnen zu folgen. Wer aber dann? Doch sie sagte nichts.

Sie hatte versprochen, ihn nicht mit Fragen zu bedrängen, und meinte es ernst. Im Grund war sie froh, daß er ihr diese Beschränkung auferlegt hatte. Sie wollte nicht fragen, wollte nichts wissen.

Unwillkürlich legte sie die Hand auf das Federamulett, das sie unter ihrer Kleidung um den Hals trug und das ihr ermöglichte, mit ihrem Sohn zu kommunizieren. Hugh hatte sie wohlweislich nichts davon gesagt. Er wäre nicht einverstanden gewesen, vielleicht sogar böse. Aber sie war nicht gewillt, diese Verbindung mit ihrem Kind aufzugeben – ihr Sohn, dem sie nie hatte Mutter sein dürfen.

Hugh hatte seine Geheimnisse, rechtfertigte sie ihr Tun. Und ich habe meine.

In seinen Armen geborgen, froh über seine Stärke und seine schützende Nähe, dachte Iridal nicht mehr an die Vergangenheit mit ihrem bitteren Leid und den Selbstvorwürfen; dachte nicht an die Zukunft mit ihren Gefahren. Sie hatte sich im wahrsten Sinne des Wortes die Zügel aus den Händen nehmen lassen und war zufrieden, sich vorläufig der Führung eines anderen anzuvertrauen. Es würde die Zeit kommen, wenn sie die Zügel wieder ergreifen mußte, möglicherweise gegen große Widerstände. Aber bis dahin wollte sie tun, was Hugh vorgeschlagen hatte – ruhen und schlafen.

Hugh spürte mehr, als er sah, daß Iridal schlief. Die Dunkelheit war undurchdringlich, man konnte Himmel und Erde nicht auseinanderhalten. Er hielt die Zügel mit einer Hand und zog mit der anderen den Umhang über die Frau, als Schutz gegen den kalten Wind und den Regen.

In Gedanken vernahm er dieselben Worte, immer und immer und immer wieder:

Ihr hattet nur eins, das Euch über das Niveau eines gewöhnlichen Halsabschneiders hinaushob, Hugh Mordhand.

Ehre . . . Ehre . . . Ehre . . .

»Ihr habt mit ihm gesprochen, Trian? Ihr habt ihn zweifelsfrei erkannt?«

»Ja, Euer Majestät.«

Stephen rieb sich das bärtige Kinn. »Hugh Mordhand lebt also. Sie hat uns belogen.«

»Man kann ihr daraus kaum einen Vorwurf machen, Sire.«

»Wir waren Narren, ihr zu glauben. Ein Mann mit blauen Tätowierungen! Alfred, der Einfaltspinsel, der auszieht, ihren Sohn zu suchen. Alfred könnte sich selbst nicht im Spiegel finden! Alles gelogen.«

»Ich bin nicht so sicher, Majestät«, meinte Trian nachdenklich. »Hinter Alfreds unscheinbarem Äußeren und seiner Ungeschicklichkeit verbarg sich schon immer mehr, als man auf den ersten Blick vermuten sollte. Und der Mann mit den Tätowierungen... In den Büchern, die die Mysteriarchen mitgebracht haben, fand ich einige interessante Hinweise...

»Hat irgend etwas davon mit Hugh Mordhand oder Gram zu tun?« fragte Stephen gereizt.

»Nein, Sire«, antwortete Trian. »Aber es könnte später bedeutsam werden.«

»Dann werden wir uns auch später damit beschäftigen. Wird Mordhand tun, was Ihr ihm aufgetragen habt?«

»Ich kann es nicht sagen, Majestät. So leid es mir tut.« Trian sah, wie die Miene des Königs sich verdüsterte. »Wir hatten nur Zeit, ein paar Worte zu wechseln. Und sein Gesicht, Sire! Ich konnte einen kurzen Blick darauf werfen. Es war furchtbar. Ich las darin Skrupellosigkeit, Tücke, Verzweiflung...«

»Ja und? Der Mann ist immerhin ein Mörder.«

»Es war meine eigene Schlechtigkeit, die ich erblickte, Majestät.« Trian betrachtete angelegentlich die Bücher auf seinem Schreibtisch.

»Und also auch die meine, wenn ich recht verstehe.«

»Das habe ich nicht gesagt, Sire.«

»Das ist auch nicht nötig, verdammt!« knurrte Stephen, dann seufzte er schwer. »Die Ahnen sind meine Zeugen, Magus, mir gefällt die ganze Sache ebensowenig wie Euch. Niemand war glücklicher als ich, zu erfahren, daß Gram lebte, daß ich *nicht* verantwortlich war für die Ermordung eines zehnjährigen Kindes. Ich glaubte Lady Iridal, weil ich ihr glauben wollte. Und wohin hat es geführt? Unsere Bedrängnis ist größer als zuvor. Also sagt mir, Trian, welche andere Wahl habe ich?« Stephen schlug mit der Faust auf den Tisch. »Welche andere Wahl?«

»Keine, Sire«, antwortete Trian.

Stephen nickte. Nach einem tiefen Atemzug hatte er seine Gelassenheit wiedergefunden. »Nun gut. Wird er es tun?«

»Ich weiß es nicht. Und wenn ja, hätten wir Grund, uns zu fürchten. ›Vielleicht macht mir das Töten zu viel Spaß‹, sagte er. ›Vielleicht kann ich gar nicht mehr aufhören.‹«

Stephens Gesicht war grau, von tiefen Linien gekerbt. Er hob die Hände, betrachtete sie nachdenklich und machte eine Bewegung, als wollte er sie waschen. »Das braucht uns keine Sorgen zu machen. Sobald die Tat vollbracht ist, wird der Mann eliminiert. In dem Fall wenigstens können wir uns vollauf gerechtfertigt fühlen. Er hätte längst den Kopf auf den Richtblock legen müssen. Ich nehme an, Ihr seid den beiden gefolgt, nachdem sie das Kloster verließen? Wohin haben sie sich gewandt?«

»Hugh Mordhand hat Erfahrung darin, Verfolger abzuschütteln, Sire. Ein Unwetter brach aus heiterem Himmel los. Mein Drache verlor ihre Witterung, und ich war durchnäßt bis auf die Haut. Ich hielt es für das beste, zur Abtei zurückzukehren und die Mönche zu befragen, bei denen Mordhand Unterschlupf gefunden hatte.«

»Mit welchem Ergebnis? Vielleicht wußten sie, was er plante.«

»Wenn sie es wußten, Sire, haben sie es mir nicht gesagt.« Trian lächelte verlegen. »Der Abt war ungemein aufgebracht wegen irgend etwas. Er teilte mir mit, er habe genug von Besuchern, gleich welcher Couleur, dann schlug er mir die Tür vor der Nase zu.«

»Ihr habt nichts unternommen?«

»Ich bin nur Drittes Haus, Sire«, äußerte Trian bescheiden. »Die Magi der Kir sind mir ebenbürtig. Ein Kräftemessen erschien mir weder angebracht noch geboten. Es wäre unklug, die Kir zu brüskieren, Sire.«

Stephen runzelte die Stirn.

»Ich vermute, Ihr habt recht. Aber jetzt haben wir die Spur verloren.«

»Ich habe Euch gewarnt, daß wir damit rechnen müßten, Sire. Doch es hätte uns ohnehin nichts eingebracht. Ihr müßt wissen, ich habe einen bestimmten Verdacht, welches ihr Ziel sein könnte – ein Ort, an den ich ihnen nicht zu folgen gewagt hätte. Und ich kann Euch prophezeien, daß Ihr kaum jemanden finden werdet, der dazu bereit oder fähig wäre.«

»Und was ist das für ein formidabler Ort? Die Sieben Geheimnisse?«*

»Nein, Sire. Berüchtigter und gefürchteter, denn die Gefahren des Ortes, den ich meine, sind viel realer. Hugh Mordhand ist auf dem Weg nach Skurvash, Euer Majestät.«

* Eine Gruppe von Sieben Inseln im Griphith Archipel, angeblich heimgesucht – wenn man den Märchen und Gruselgeschichten, die bei den Menschen im Umlauf sind, Glauben schenken will – von den Geistern jener, die aufgrund irgendeiner Missetat von ihren Familien verstoßen wurden und starben, ohne bereut zu haben. Bei den Elfen gibt es einen ähnlichen Glauben. ›Dafür kommst du auf die Sieben Geheimnisse!‹ ist eine volkstümliche Drohung in der Elfensprache. Mehrere Expeditionen, von Menschen und Elfen, sind ausgesandt worden, um die Inseln zu erforschen. Alle blieben verschollen. Bei Alfred findet sich eine Notiz, daß er vorhatte, sich die Inseln anzusehen, doch es ist nie dazu gekommen. Er schien zu vermuten, daß Sartanmagie im Spiel sein könnte, aber wie und zu welchem Zweck, wußte auch er nicht.

Kapitel 25

Skurvash, Volkaran Archipel, Mittelreich

Hugh weckte Iridal, während sie noch in der Luft waren, aber der erschöpfte Drache hielt bereits sehnsüchtig nach einem Platz Ausschau, der für eine Landung geeignet zu sein schien. Die Fürsten der Nacht hatten ihren Mantel gelüftet, die ersten Strahlen von Solaris glitzerten am Firmament.

Iridal hatte Mühe, wach zu werden; sie wunderte sich, so tief und schwer geschlafen zu haben.

»Wo sind wir?« Schlaftrunken beobachtete sie, wie die Insel aus den weichenden Schatten der Nacht auftauchte und die Morgendämmerung über Dörfer zog, die aus dieser Höhe aussahen wie Kinderspielzeug. Rauch kräuselte sich aus Schornsteinen. Auf einem schroffen Felsen, der höchsten Erhebung dieses Eilands, warf eine Festung aus dem seltenen, auf Arianus sehr begehrten Granit, den Schatten ihrer massigen Türme über das morgenhelle Land.

»Skurvash«, antwortete Hugh Mordhand. Er lenkte den Drachen weg von einer Hafenstadt, in der schon reges Leben herrschte, und in einem weiten Bogen landeinwärts zu den baumbestandenen Randgebieten der Stadt, wo die Landung eines Drachen weniger Aufmerksamkeit erregte, wenn man auch nicht hoffen konnte, daß sie gänzlich unbemerkt blieb.

Iridal war augenblicklich hellwach, als hätte man ihr kaltes Wasser ins Gesicht geschüttet. Sie schwieg, dann meinte sie leise: »Ich nehme an, es muß sein.«

»Ihr habt von dem Ort gehört?«

»Nichts Gutes.«

»Und das ist vermutlich noch geschmeichelt. Ihr wollt nach Aristagon, Lady Iridal. Wie habt Ihr Euch denn vorgestellt hinzukommen? Dachtet Ihr die Elfen zu fragen, ob sie Euch auf ein Täßchen Tee bitten?«

»Selbstverständlich nicht«, antwortete sie kühl. »Aber ...«

»Kein Aber. Keine Fragen. Ihr tut, was ich sage, wißt Ihr noch?«

Von dem langen Flug taten Hugh alle Knochen weh. Er sehnte sich nach seiner Pfeife und nach einem Glas – mehreren Gläsern – Wein.

»Unser Leben ist in Gefahr, während jeder Minute unseres Aufenthalts hier, Lady Iridal. Überlaßt das Reden mir. Leistet meinen Anweisungen Folge, und um unser beider willen verzichtet darauf, von Euren magischen Kräften Gebrauch zu machen. Nicht einmal der Trick mit der verschwundenen Münze. Sie werden sofort wissen, daß Ihr eine Mysteriarchin seid, und dann sind wir erledigt.«

Der Drache hatte einen geeigneten Landeplatz erspäht, eine gerodete Stelle in der Nähe der Küste. Hugh gab dem Tier den Kopf frei und erlaubte ihm, tiefer zu gehen.

»Ihr könnt mich Iridal nennen«, meinte sie schüchtern.

»Laß Ihr Euch immer von Euren bezahlten Helfern mit Vornamen anreden?«

Sie seufzte. »Darf ich eine Frage stellen, Hugh?«

»Ich kann nicht versprechen, daß ich sie beantworte.«

»Ihr habt von ›ihnen‹ gesprochen. ›Sie‹ dürfen nicht wissen, daß ich eine Mysteriarchin bin. Wer sind ›sie‹?«

»Die Herrscher von Skurvash.«

»König Stephen ist der Herrscher.«

Hugh stieß ein kurzes, abgehacktes Lachen aus. »Nicht

über Skurvash. Oh, der König hat versprochen, sich darum zu kümmern, hier aufzuräumen, aber er weiß, das sind leere Worte. Er könnte keine Streitmacht auf die Beine stellen, die groß genug wäre. Es gibt keinen Baron in Volkaran oder Ulyndia, der hier nicht seine Verbindungen hat, obwohl selbstverständlich nicht einer es zugeben würde. Sogar die Elfen, als sie noch einen Großteil des Mittelreichs besetzt hielten, haben Skurvash nie eingenommen.«

Iridal sah auf die Insel hinunter. Abgesehen von der imposanten Festung, hatte sie nicht viel Sehenswertes zu bieten. Weite Flächen waren überwuchert mit Zwergenkraut, so genannt, weil es an die dichten, buschigen Bärte der Zwerge erinnerte und – hatte es erst einmal Wurzel gefaßt – kaum noch auszurotten war. Ein kleines, schmuddelig wirkendes Dorf klammerte sich an die Klippen ebenso hartnäckig wie das Zwergenkraut. Von den Häusern führte eine einzige, unbefestigte Straße, stellenweise von Hargastbäumen gesäumt, in Serpentinen hinauf zur Burg.

»Haben die Elfen sie belagert? Ich kann mir vorstellen, daß ein solches Bollwerk . . .«

»Pah!« Hugh verzog unwillkürlich das Gesicht, als er die steifen Arme reckte und die Schultern rollte, um die verkrampften Muskeln zu lockern. »Nicht im Traum haben sie an so etwas gedacht. Krieg ist etwas Wundervolles, Durchlaucht, bis er anfängt, die Profite zu beeinträchtigen.«

»Ihr meint, diese Menschen treiben Handel mit den Elfen?« Iridal war schockiert.

Hugh zuckte mit den Achseln. »Die Herrscher von Skurvash sehen nicht auf die Form der Augen, sondern nur auf den Glanz des Geldes.«

»Und wer ist dieser Herrscher?«

»Nicht *ein* Herrscher«, verbesserte Hugh. »Eine Gruppe. Man kennt sie als die Bruderschaft.«

Der Drache schwebte hinab und landete auf der Lichtung, die offenbar schon häufiger diesem Zweck gedient hatte, nach den von ausladenden Schwingen arg zurechtgestutzten Bäumen zu urteilen, den Krallenspuren im Koralit und den Kothaufen überall. Hugh stieg ab, streckte den schmerzenden Rücken und massierte seine Oberschenkel.

»Oder vielleicht sollte ich sagen ›uns‹«, fügte er hinzu und half Iridal vom Rücken des Drachen herab. »Man kennt ›uns‹ als die Bruderschaft.«

Sie war im Begriff gewesen, ihm die Hand zu reichen. Jetzt zögerte sie und sah ihn an. Der Perlmuttschimmer ihrer Augen war stumpf geworden, verdunkelt vom Schatten der umstehenden Hargastbäume. »Ich verstehe nicht.«

»Kehrt um, Iridal.« Hugh erwiderte zwingend ihren Blick. »Kehrt um, auf der Stelle. Das Tier ist müde, aber es bringt Euch weg von hier, zumindest bis Providenz.«

Der Drache hörte, daß von ihm die Rede war. Er trat mißmutig von einem Bein aufs andere. Er wollte aus der Pflicht entlassen werden, sich davonmachen und irgendwo zwischen den Bäumen einen ruhigen Platz zum Schlafen suchen.

»Erst wollt Ihr mir helfen. Jetzt versucht Ihr, mich loszuwerden.« Iridal musterte ihn kühl. »Was ist geschehen? Weshalb der Sinneswandel?«

»Ich sagte, keine Fragen!« grollte Hugh, der mürrisch über den Rand der Insel in die unermeßliche Weite des Tiefen Himmels starrte. Er streifte sie mit einem kurzen Blick. »Außer Ihr findet Euch bereit, ein paar zu beantworten, die mir zur Not in den Sinn kämen.«

Iridal errötete und zog ihre Hand zurück. Ohne seine Hilfe in Anspruch zu nehmen, kletterte sie nach unten und nutzte die Gelegenheit, um ihre Fassung wiederzugewinnen. Am Boden angelangt, wandte sie sich an Hugh.

»Ihr braucht mich. Ihr braucht mich, um Alfred aufzuspüren. Ich weiß einiges über ihn, ziemlich viel sogar. Wer er ist und was er ist, und glaubt mir, Ihr werdet ihn niemals ohne meine Unterstützung finden. Wollt Ihr das riskieren, indem Ihr mich wegschickt?«

Hugh vermied es, sie anzusehen. »Ja«, sagte er mit gedämpfter Stimme. »Ja, verdammt. Geht!« Seine Hände ballten sich am Sattelgurt des Drachen zu Fäusten, er lehnte die Stirn dagegen.

»Verflucht sei Trian!« stieß er mit zusammengebissenen Zähnen hervor. »Verflucht sei Stephen! Verflucht diese Frau und ihr Kind! Ich hätte meinen Kopf auf den Block legen sollen, als Stephen mir die Wahl ließ. Ich wußte es. Etwas hat mich gewarnt. Aller Schmerz wäre längst vergessen, ich könnte schlafen ...«

»Was sagt Ihr?«

Er fühlte Iridals Hand zaghaft an seiner Schulter. Es überlief ihn heiß, er entzog sich hastig der Berührung.

»Ihr müßt großen Kummer haben«, sagte sie teilnahmsvoll. »Laßt mich ihn tragen helfen.«

Hugh fuhr zu ihr herum. »Geht! Kauft Euch einen anderen, der Euch hilft. Ich kann Euch Namen von Männern geben, die besser sind als ich. Was Euch betrifft, ich brauche Euch nicht. Ich kann Alfred finden. Ich finde jeden Mann ...«

»... solange er sich am Boden einer Weinflasche versteckt«, schleuderte Iridal ihm entgegen.

Hugh packte sie mit hartem Griff an den Schultern und schüttelte sie. »Seht mich als das, was ich bin – ein bezahlter Mörder. Meine Hände sind befleckt mit Blut, das ich vergossen habe für Geld. Als der Preis stimmte, war ich bereit, ein Kind zu töten!«

»Und habt statt dessen Euer Leben geopfert für das Kind ...«

»Eine Farce!« Hugh stieß sie von sich. »Der verdammte Zauber, mit dem es ihm gelungen ist, sich bei jedem einzuschmeicheln. Oder vielleicht war es ein Zauber, mit dem *Ihr* mich manipuliert habt.«

Er kehrte ihr den Rücken zu und zerrte ungeduldig an den Schnüren seines Bündels.

»Geht«, wiederholte er, ohne sie anzusehen. »Verliert keine Zeit.«

»Das kommt nicht in Frage«, antwortete Iridal. »Wir

haben eine Abmachung, und man sagt von Euch, Ihr wärt noch nie vertragsbrüchig geworden.«

Er unterbrach sein Tun, drehte sich um und starrte sie an. In seinen tiefliegenden Augen schwelte ein düsteres Feuer. Plötzlich wirkte er kalt und bedrohlich ruhig.

»Ganz recht, Lady Iridal. Ich habe noch nie einen Kontrakt gebrochen. Denkt daran, wenn die Zeit kommt.« Er nahm das Bündel, klemmte es unter den Arm und deutete mit einer Kopfbewegung auf den Drachen. »Löst den Bann.«

»Aber dann – dann wird er davonfliegen. Wir können ihn nie wieder einfangen.«

»Exakt. Und auch sonst niemand. Noch wird er so bald in die königlichen Stallungen zurückkehren. Das verhilft uns zu einem Vorsprung, um unsere Spuren zu verwischen.«

»Aber wenn er uns angreift!«

»Er ist mehr an Schlaf als an einer Mahlzeit interessiert.« Hugh selbst machte den Eindruck, als könnte er Schlaf brauchen. »Gebt ihn frei oder steigt auf und fliegt zurück nach Providenz. Entscheidet Euch, aber sofort.«

Iridal sah den Drachen an, ihre letzte Verbindung mit zu Hause, ihren Freunden. Bisher war alles irgendwie unwirklich gewesen, wie die Träume, die sie in Hughs Armen geträumt hatte. Ein glorreiches Abenteuer, Magie und blitzende Schwerter; sie, die ihr Kind an die Brust drückte - die Elfen, wie sie zurückwichen, eingeschüchtert von der Macht der Mutterliebe und Hughs Fechtkünsten. Skurvash war nicht Teil dieses Traums gewesen. Und auch nicht Hughs unumwundene, düstere Worte.

Ich bin nicht sehr praktisch veranlagt, dachte Iridal betrübt. Weder praktisch noch realistisch. Keiner von uns, die wir ins Hohe Reich ausgewandert sind. Wir brauchten es nicht zu sein. Nur Sinistrad war anders. Deshalb erlaubten wir ihm, seine verbrecherischen Pläne zu verfolgen; deshalb unternahmen wir nichts, um ihn aufzuhalten. Wir sind schwach, hilflos. Ich habe mir geschworen, ich würde mich ändern. Ich habe mir geschworen, ich würde stark sein, für mein Kind.

Sie legte die Hand auf das Amulett im Ausschnitt ihres Kleides, um dort die Kraft zu finden, alle Brücken hinter sich abzubrechen. Endlich straffte sie die Schultern, sprach die Worte und entließ den Drachen aus der Knechtschaft.

Das gewaltige Reptil schüttelte die stachlige Mähne und schien zu überlegen, ob es sich die zwei Happen zu Gemüte führen sollte oder nicht. Aber die Freiheit war verlockender. Mit peitschenden Flügelschlägen schwang der Drache sich in die Höhe. Er würde die neue Ungebundenheit auskosten, bis er sich irgendwann einsam fühlte und in seinen Stall zurückkehrte, zu seinen Gefährten und an die Futterkrippe.

Hugh sah ihm nach, dann kehrte er dem Tiefen Himmel den Rücken und folgte einem schmalen Pfad zu der Straße, die sie aus der Luft gesehen hatten. Iridal beeilte sich, mit ihm Schritt zu halten.

Beim Gehen kramte er in dem Bündel und förderte schließlich etwas zutage – eine Börse. Der Inhalt klimperte gedämpft, als er sie mit den Zugbändern an den Gürtel knotete.

»Gebt mir Euer Geld«, befahl er. »Alles.«

Schweigend reichte Iridal ihm den Beutel.

Hugh machte ihn auf, überschlug mit einem raschen Blick den Inhalt, dann schob er den Beutel ins Hemd, wo er ihn am Körper fühlen konnte. »Die Flinkfinger* von Skurvash werden ihrem Ruf gerecht«, meinte er trocken. »Wir brauchen jeden Barl, um den Flug nach Aristagon zu bezahlen.«

»Den Flug bezahlen? Nach Aristagon?« wiederholte Iridal erstaunt. »Aber wir befinden uns im Krieg! Ist es so leicht, ins Elfenreich zu kommen?«

»Nein«, antwortete Hugh, »aber für Geld ist alles möglich.«

Iridal wartete darauf, daß er weitersprach, aber scheinbar hatte er nicht vor, mehr zu sagen. Solaris schien hell, das

* Taschendiebe

Koralit glitzerte. Nach der Kühle der Nacht wurde es rasch warm. In der Ferne, wie aus dem Fels gewachsen, ragte wuchtig und imposant die Festung in den Himmel, ein ebenso großer Bau wie Stephens Schloßburg. Iridal konnte keine Häuser oder Gebäude sehen, aber sie vermutete, daß Hugh zu dem kleinen Dorf wollte, das sie von oben gesehen hatten. Rauch von Koch- und Schmiedefeuern zerflatterte in der Luft.

»Ihr habt Freunde hier«, meinte sie, eingedenk des ›sie‹, das zu ›uns‹ geworden war.

»Sozusagen. Haltet Euer Gesicht bedeckt.«

»Warum? Niemand hier kennt mich. Und man kann mir nicht an der Nasenspitze ansehen, daß ich eine Mysteriarchin bin.«

Er blieb stehen und musterte sie mit hochgezogenen Brauen.

»Es tut mir leid.« Iridal seufzte. »Ich weiß, ich habe versprochen, keine Fragen zu stellen, und tue nichts anderes. Aber für mich ist das alles ein Rätsel, und ich habe Angst.«

Hugh zupfte gedankenvoll an seinem geflochtenen Bart, schließlich nickte er. »Verständlich. Und ich glaube, je mehr Ihr wißt, desto besser für uns beide. Seht Euch an. Mit diesen Augen, diesen Kleidern, dieser Stimme – ein Kind kann sehen, daß Ihr von hoher Geburt seid. Das macht Euch zu einer Vogelfreien, Beute für jedermann. Ich will ihnen zeigen, daß Ihr *meine* Beute seid.«

»Ich bin niemandes Beute!« fuhr Iridal auf. »Warum sagt Ihr ihnen nicht die Wahrheit – daß ich Eure Auftraggeberin bin.«

Hugh starrte sie an, dann grinste er, warf den Kopf zurück und lachte. Es war ein echtes, herzliches Lachen. Er lächelte sie wahrhaftig an, und das Lächeln spiegelte sich in seinen Augen wider.

»Touché, Euer Durchlaucht. Vielleicht befolge ich den Rat. Doch in der Zwischenzeit bleibt dicht bei mir, unternehmt nichts auf eigene Faust. Ihr seid fremd hier. Und auf

Skurvash hat man eine ganz eigene Art, Fremden ein Willkommen zu bereiten.«

Klervashna war eine offene Stadt, ohne Mauern, ohne Tore; kein Wächter fragte nach ihrem Begehr. Eine Straße führte von der Küste in den Ort; eine Straße – dieselbe Straße – führte aus dem Ort heraus und in die Berge.

»Es sieht nicht aus, als hätten sie Angst, angegriffen zu werden«, bemerkte Iridal. Sie war an die ummauerten Städte Volkarans und Ulyndias gewöhnt, deren Bürger in ständiger Furcht vor Raubzügen der Elfen lebten.

»Bei Gefahr würden die Leute ihre Habe packen und in der Festung Schutz suchen. Aber es stimmt schon, sie haben keine Angst.«

Ein paar Jungen, die in einer Gasse Freibeuter spielten, waren die ersten, die von ihnen Notiz nahmen. Sie ließen ihre Hargastschwerter fallen, kamen gelaufen und musterten die Fremden mit unbefangener Neugier.

Die Kinder waren ungefähr in Grams Alter, und Iridal lächelte ihnen zu. Ein kleines Mädchen, in Lumpen gekleidet, trat vor sie hin und streckte die Hand aus.

»Gibst du mir Geld, schöne Dame? Meine Mutter ist krank. Mein Vater ist tot. Meine kleine Schwester und mein kleiner Bruder haben Hunger. Nur eine Münze, schöne Dame . . .«

Iridal wollte nach ihrer Börse greifen, dann fiel ihr ein, daß sie sie nicht bei sich hatte.

»Weg mit euch«, sagte Hugh barsch. Er hielt die rechte Hand hoch, die Innenfläche nach außen gekehrt.

Das kleine Mädchen sah ihn listig an, zuckte mit den Schultern und hüpfte davon. Die Jungen folgten ihr, johlend und rufend, bis auf einen, den man die Straße entlang in den Ort laufen sah.

»Ihr hättet nicht so grob zu sein brauchen«, sagte Iridal vorwurfsvoll. »Die Kleine war so süß. Wir hätten eine Münze erübrigen können . . .«

». . . und unserer Barschaft Ade sagen. Die ›süße Kleine‹ ist darauf geeicht auszuspionieren, wo ihr Euer Geld habt.

Das steckt sie dann ihrem sauberen Herrn Vater, der unter Garantie noch am Leben und putzmunter ist und Euch bei der nächsten günstigen Gelegenheit aller Geldsorgen enthoben hätte.«

»Das kann ich nicht glauben. Ein kleines Kind . . .«

Hugh schüttelte nur den Kopf und ging weiter.

Iridal zog den Umhang fester um die Schultern. »Müssen wir lange an diesem gräßlichen Ort bleiben?« fragte sie niedergeschlagen.

»Wir bleiben gar nicht hier. Wir gehen weiter zur Burg.«

»Gibt es keinen anderen Weg dahin?«

»Der einzige Weg führt mitten durch Klervashna. So kann man uns in Augenschein nehmen. Die Jungen da spielen aus einem bestimmten Grund hier – um nach Fremden Ausschau zu halten. Aber ich habe ihnen ein Zeichen gegeben. Einer ist schon unterwegs, um der Bruderschaft unsere Ankunft zu melden. Also keine Sorge. Von jetzt an wird uns niemand mehr belästigen. Aber Ihr verhaltet Euch besser ruhig.«

Iridal war fast dankbar für den Befehl. Kinder als Diebe. Kinder als Spione. Sie hätte entsetzt sein sollen von der Vorstellung, Eltern könnten nicht davor zurückschrecken, kindliche Unschuld zu mißbrauchen und zu korrumpieren, aber sie erinnerte sich an einen Vater, der seinen Sohn dazu benutzt hatte, einen König zu bespitzeln.

Hugh blieb stehen. »Klervashna«, verkündete er mit einer weit ausholenden Handbewegung.

Iridal sah sich erstaunt um. Nach seinen Bemerkungen bisher hatte sie eine lärmende, verkommene Hochburg des Lasters erwartet – Diebe in finsteren Gassen, Mord und Totschlag auf offener Straße. Deshalb war sie ziemlich verblüfft, nichts Furchtbareres zu sehen als junge Mädchen, die Gänse zum Markt trieben, Frauen mit Henkelkörben am Arm, Männer fleißig bei anscheinend ehrlicher Arbeit.

Es herrschte ein reges Tun und Treiben. Die Straßen waren voller Leben, und der einzige Unterschied zu irgendeinem beliebigen Städtchen in Ulyndia bestand in der buntgemischten Bevölkerung. Alles war vertreten, von den dunkelhäutigen Bewohnern Humbisashas bis zu den gelbhaarigen Nomaden aus Malakal. Trotzdem war sie nicht vorbereitet auf das überraschende Auftauchen zweier Elfen, die, aus einer Käserei kommend, fast mit ihnen zusammenstießen und sich mit einem gemurmelten Fluch vorbeidrängten.

Iridal warf erschreckt einen Blick auf Hugh, weil sie dachte, er hätte sich geirrt und die Insel wäre doch erobert worden. Er schien nicht im mindesten beunruhigt zu sein, schenkte den Elfen gar keine Beachtung. Auch sonst interessierte sich niemand für sie, ausgenommen eine junge Frau, die versuchte, ihnen einen Beutel Puafrüchte zu verkaufen.

Die Herrscher von Skurvash sehen nicht auf die Form der Augen, sondern nur den Glanz des Geldes.

Nicht weniger erstaunlich war der Anblick vornehmer Diener von reichen Besitzungen auf anderen Inseln, die mit Taschen, Tüten und Päckchen beladen an den Geschäften entlang- und über den Marktplatz bummelten. Manche trugen ungeniert die Livree ihres Brotherren; Iridal erkannte die Farben von mehr als einem Baron aus Volkaran, mehr als einem Herzog aus Ulyndia.

»Konterbande«, erklärte Hugh. »Elfenstoffe, Elfenwaffen, Elfenwein, Elfenjuwelen. Die Elfen sind aus demselben Grund hier, um Waren aus Menschenländern zu kaufen, die in Aristagon nicht zu haben sind. Kräuter und Elixiere, Drachenzähne und -krallen*, Drachenhaut und -schuppen zum Bau ihrer Schiffe.«

Für diese Leute bedeutet der Krieg Profit, erkannte Iridal. Ein Friedensschluß hätte den wirtschaftlichen Zusammenbruch zur Folge. Oder auch nicht. Die wechselhaften Winde des Glücks mußten schon öfter über Klervashna hinweggeweht sein. Es würde überleben, genau wie der Sage nach die Ratte die Große Teilung überlebt hatte.

Im Ortskern angelangt, ließen sie sich Zeit. Hugh blieb

* Gilt als Mittel gegen Impotenz.

einmal stehen, um Stregno für seine Pfeife zu kaufen, eine Flasche Wein und einen Becher Wasser, den er Iridal gab. Dann gingen sie weiter, Hugh führte Iridal, ›seine Beute‹, mit festem Griff am Oberarm neben sich her. Entgegenkommende musterten das Paar mit scharfen, prüfenden Blicken, die Hughs hartes, ausdrucksloses Gesicht streiften und Iridals reiche Kleidung zur Kenntnis nahmen. Ein oder zwei Augenbrauen hoben sich, Lippen verzogen sich zu einem verständnisvollen Lächeln. Niemand sagte ein Wort, niemand hielt sie an. Was einer in Klervashna tat, ging nur ihn etwas an.

Und die Bruderschaft.

»Gehen wir jetzt zur Festung?« fragte Iridal.

Die Doppelreihe der schmucken Giebeldachhäuser war zu Ende, sie erreichten den Stadtrand, und vor ihnen wand sich die Straße durch Felsen und Gestrüpp. Ein paar Kinder hatten ihnen das Geleit gegeben, aber inzwischen waren auch sie verschwunden.

Hugh zog mit den Zähnen den Korken aus der Flasche und spuckte ihn auf den Boden. »Ja. Müde?«

Iridal hob den Kopf und blickte zur Festung hinauf, die noch sehr weit entfernt zu sein schien. »Ich bin das Gehen nicht gewöhnt, fürchte ich. Können wir haltmachen und ein wenig rasten?«

Hugh überlegte, dann nickte er knapp. »Aber nicht lange«, meinte er und half ihr, sich auf einen Koralitblock zu setzen. »Sie wissen, daß wir die Stadt verlassen haben. Sie erwarten uns.«

Hugh nahm den letzten Schluck Wein und warf die leere Flasche ins Gebüsch neben der Straße.

Anschließend stopfte er die Pfeife, zündete sie an und paffte, bis sie zu seiner Zufriedenheit brannte, dann packte er sein Bündel neu, klemmte es unter den Arm und stand auf.

»Wir sollten weitergehen. Ihr könnt ausruhen, wenn wir dort sind. Ich habe Dinge zu erledigen, die einige Zeit in Anspruch nehmen werden.«

»Wer sind ›sie‹?« fragte Iridal und erhob sich mühsam. »Was ist das für eine Bruderschaft?«

»Ich gehöre dazu«, antwortete er um den Pfeifenstiel herum. »Könnt Ihr es Euch nicht denken?«

»Nein, ich habe keine Ahnung.«

»Die Bruderschaft der Hand«, sagte er. »Die Gilde der Meuchelmörder.«

Kapitel 26

Skurvash, Volkaran Archipel, Mittelreich

Die Festung der Bruderschaft beherrschte, massiv und uneinnehmbar, die Insel Skurvash. Aufgrund ihrer strategisch günstigen Lage kontrollierte sie den Tiefen Himmel mit seinen Flugwegen sowie das gesamte Umland und die einzige Straße, die zum Tor hinaufführte.

Einen sich nähernden Drachenreiter konnte man auf tausend Menkas ausmachen, ein großes Drachenschiff noch früher. Die Straße – der einzig mögliche Anmarschweg für größere Truppenkontingente – führte durch tiefe Schluchten und über abenteuerliche Hängebrücken. Hugh zeigte Iridal, nachdem sie eine glücklich überquert hatten, wie ein einziger Schwertstreich die Brücke mitsamt allem, was sich darauf befand, in den Abgrund befördern konnte. Und wenn es doch einem feindlichen Heer gelang, sich den Weg zum Gipfel zu erkämpfen, geboten ihnen starke Mauern Einhalt, verteidigt von Männern und Frauen, die nichts zu verlieren hatten.

Was Wunder, daß sowohl König Stephen als auch Kaiser Agah'ran jeden Gedanken an eine Eroberung längst aufgegeben hatten, außer vielleicht in Wunschträumen.

Die Bruderschaft wußte sich selbst unangreifbar. Ihr weitverzweigtes Netzwerk von Spionen warnte sie sofort vor jeder sich anbahnenden Bedrohung, lange bevor diese greifbar wurde. Mit der Wachsamkeit nahm man es deshalb nicht sehr genau. Die Tore standen offen, die Wächter spielten Runenschach und machten sich nicht einmal die Mühe, vom Brett aufzusehen, als Hugh und Iridal vorbeigingen. Durch das Tor gelangte man in einen gepflasterten Vorhof.

Die meisten der Außengebäude standen leer, obwohl es im Falle eines drohenden Angriffs binnen kurzem von den Einwohnern Klervashnas gewimmelt hätte. Hugh und Iridal begegneten keiner lebenden Seele auf dem sanft ansteigenden Weg zum Palast.

Älter als der Rest war dieses Gebäude das Hauptquartier der Bruderschaft, die es sich leisten konnte, dreist ihre eigene Fahne zu hissen – ein blutrotes Banner mit einer erhobenen Hand. Das Portal, aus Holz (eine Rarität auf Arianus und entsprechend kostbar) und reich mit Schnitzereien verziert, war fest verschlossen und verriegelt.

»Wartet hier«, befahl Hugh. Er deutete auf einen Punkt am Boden. »Und rührt Euch nicht da weg.«

Iridal, fast willenlos vor Müdigkeit, sah nach unten. Sie stand auf einer Steinplatte, die sich, wie sie jetzt bei näherem Hinsehen bemerkte, in Form und Färbung von dem übrigen Pflaster unterschied. Sie war so behauen, daß sie einer flachen Hand glich.

»Bleibt genau da stehen«, warnte Hugh nochmals. Er nickte zu einer schmalen Schießscharte hin, im Mauerwerk über dem Portal. »Ein Pfeil ist auf Euer Herz gerichtet. Ein Schritt nach rechts oder links und Ihr seid tot.«

Iridal erstarrte. Ängstlich richtete sie den Blick auf die senkrechte Öffnung in der Mauer, hinter der nichts zu erkennen war – kein Leben, keine Bewegung. Doch ließ Hughs Tonfall keinen Zweifel daran, daß er die Wahrheit gesagt hatte. Sie blieb auf der handförmigen Steinplatte stehen, während Hugh sich der Tür näherte. Er studierte die Schnitzereien im Holz: Hände, offen, flach, ähnlich dem

Symbol auf der Fahne. Es waren zwölf im Ganzen, zu einem Kreis angeordnet. Hugh wählte eine aus und legte seine eigene Hand in die Vertiefung.* Die Tür schwang nach innen.

»Kommt«, sagte er zu Iridal und winkte sie heran. »Es besteht keine Gefahr mehr.«

Ohne die Schießscharte aus den Augen zu lassen, hastete Iridal zu ihm. Das mächtige Gebäude wirkte bedrückend, es warf einen Schatten düsterer Vorahnungen auf ihr Gemüt. Dankbar griff sie nach Hughs ausgestreckter Hand und klammerte sich daran fest.

Hugh sah ihr besorgt in das blasse Gesicht. Ein mahnender Blick unter zusammengezogenen Brauen warnte sie, ruhig zu bleiben, um jeden Preis die Beherrschung zu bewahren. Iridal senkte den Kopf, zog sich die Kapuze ins Gesicht und folgte ihm ins Innere der Festung.

Augenblicklich schlugen die Türflügel hinter ihnen zu, ein Eisengitter fiel krachend herab. Nach der Helligkeit draußen war Iridal im ersten Moment halb blind. Hugh blieb regungslos stehen und wartete, bis seine Augen sich an das Halbdunkel gewöhnt hatten.

»Hier entlang«, sagte eine dürre Stimme, die sich anhörte wie das Knistern von sehr altem Pergament. Rechterhand hörte man etwas sich bewegen.

Hugh folgte dem Geräusch mit der Sicherheit dessen, der sich auskannte. Er hielt Iridals Hand fest, die sich dankbar

* Haplo beschäftigte sich eine Zeitlang mit der Entstehungsgeschichte und Organisation der Bruderschaft, und es gelang ihm, vielen ihrer Geheimnisse auf den Grund zu gehen. Er stellt in seinen Aufzeichnungen die Vermutung an, daß die Schnitzereien an der Tür igendeinem rituellen Zyklus im Kalender der Bruderschaft entsprechen. Ein Mitglied wählt die nach dieser Vorgabe richtige Vertiefung und legte seine Hand hinein. Durch ein kleines Loch fällt Sonnenlicht in die Wachstube. Die Hand unterbricht den Strahl, und so erfährt der Wächter, daß der Ankömmling jemand ist, der das Recht hatte einzutreten. Nachts oder an wolkenverhangenen Tagen wird eine Kerze oder ein anderes Licht an die richtige Hand gehalten und durch die Öffnung wahrgenommen.

von ihm führen ließ. Die Dunkelheit war unheimlich, angsteinflößend. Aber sie hatte es so gewollt. Wer auf Abenteuer auszog, tat gut daran, sich beizeiten an unheimliche, angsteinflößende Orte zu gewöhnen.

»Hugh Mordhand«, sagte die dürre Stimme. »Wie schön, Euch wiederzusehen, Sire. Es ist lange her.«

Sie betraten eine fensterlose Kammer, erhellt von dem gelblichen Licht eines Glühsteins in einer Laterne. Ein knorriger, gebeugter alter Mann musterte Hugh mit einem frohen Leuchten in den beeindruckend klaren, durchdringenden Augen.

»Es ist lange her, Uralter«, bestätigte Hugh, seine strenge Miene entspannte sich zu einem Lächeln. »Ich bin überrascht, Euch immer noch bei der Arbeit zu sehen, statt im Lehnstuhl an einem gemütlichen Feuer.«

»Ach, dies ist alle Arbeit, zu der ich heute noch tauge«, meinte der Greis. »Das Werkzeug habe ich längst aus der Hand gelegt, außer um ab und an den jungen Spunden etwas beizubringen, so wie Euch damals. Und Ihr wart ein guter Schüler, Sire. Ihr hattet die leichte Hand, Fingerspitzengefühl. Nicht wie einige dieser plumpen Lümmel, mit denen man es neuerdings zu tun hat.«

Der Uralte schüttelte den Kopf, die wachen Augen wanderte ohne Eile von Hugh zu Iridal. Sie hatte das Gefühl, als entginge ihnen nichts, als könne der greise Torwächter ihr bis auf den Grund der Seele schauen.

Er richtete den durchdringenden Blick wieder auf Hugh. »Ihr werdet mir vergeben, Sire, aber ich muß darum bitten. Es wäre nicht recht, die Regeln zu brechen, auch nicht für Euch.«

»Es käme mir nie in den Sinn, das zu verlangen.« Hugh hielt die rechte Hand in die Höhe.

Der Uralte nahm Hughs Hand in die seine und betrachtete sie eingehend im Licht des Glühsteins.

»Vielen Dank, Sire«, meinte er dann gewichtig. »Was ist Euer Begehr?«

»Empfängt Ciang heute?«

»In der Tat, Sire. Es findet eine Neuaufnahme statt. Die Zeremonie beginnt beim Glockenschlag. Ich bin sicher, man wird Eure Anwesenheit zu schätzen wissen. Und welchen Wunsch habt Ihr in bezug auf Eure Begleiterin?«

»Ein Zimmer, und man soll Feuer machen. Meine Geschäfte mit Ciang könnten längere Zeit in Anspruch nehmen. Sorgt dafür, daß sie keiner Annehmlichkeit entbehrt, bringt ihr eine Mahlzeit, Wein . . .«

»Ein Zimmer?« erkundigte sich der Torwächter sanft. »Oder eine Zelle?«

»Ein Zimmer«, antwortete Hugh. »Und sorgt gut für sie. Wie gesagt, es kann länger dauern.«

Der Uralte beäugte Iridal abschätzend. »Sie ist eine Magierin, möchte ich wetten. Ich will Euch nicht dreinreden, Mordhand, aber seid ihr sicher, daß sie unbewacht bleiben soll?«

»Sie wird von ihrer Magie keinen Gebrauch machen. Ein anderes Leben, ihr kostbarer als das eigene, steht auf dem Spiel. Außerdem«, fügte er trocken hinzu, »ist sie meine Auftraggeberin.«

»Ah, ich verstehe.« Der Greis nickte und verbeugte sich vor Iridal mit einer altväterlichen Grandezza, die auch einem von Stephens Höflingen Ehre gemacht hätte.

»Ich werde die Dame selbst zu einem Gemach geleiten«, sagte er zuvorkommend. »Es kommt nicht oft vor, daß ich eine so angenehme Pflicht zu erfüllen habe. Ihr, Hugh Mordhand, mögt weitergehen. Ciang ist über Euer Kommen unterrichtet.«

Hugh knurrte, er war nicht überrascht. Er klopfte die Asche aus der Pfeife und stopfte sie frisch. Während er sie zwischen die Zähne klemmte, warf er Iridal einen letzten Blick zu, düster, ohne Trost, Rat oder Ermunterung. Dann wandte er sich ab und war nach wenigen Schritten in der Dunkelheit verschwunden.

»Wir nehmen diese Tür, Mylady«, meinte der Torwächter und zeigte in die genau entgegengesetzte Richtung.

Die Laterne in der erhobenen Hand, entschuldigte er sich

dafür, ihr nicht den Vortritt lassen zu können – es wäre dunkel, die Treppe in schlechtem Zustand, man könne leicht stolpern. Iridal bat ihn, sich keine Gedanken deswegen zu machen.

»Ihr kennt Hugh Mordhand seit langem?« Sie bemühte sich, es beiläufig klingen zu lassen, als wäre ihr nur an höflicher Konversation gelegen, aber ihre Wangen wurden heiß.

»Seit mehr als zwanzig Jahren«, erzählte der Uralte. »Seit er zu uns kam, wenig mehr als ein dürrer, unbeholfener junger Bursche.«

Iridal wunderte sich darüber, wunderte sich über die Bruderschaft, die eine ganze Insel als Eigentum beanspruchte. Und Hugh war einer davon und genoß zudem einigen Respekt. Erstaunlich für einen Mann, der allgemein als strikter Einzelgänger galt.

»Ihr sagt, Ihr hättet ihn eine Kunst gelehrt«, fragte sie weiter. »Was für eine?« Musizieren vielleicht, nach der milden, gütigen Art des alten Mannes zu schließen.

»Die Kunst, den Dolch zu führen, Mylady. Es war nie jemand so geschickt mit der Klinge wie Hugh Mordhand. Ich verstand mein Handwerk, doch er übertraf mich, seinen Lehrer. Einmal stach er einen Mann, der in der Taverne neben ihm saß. Machte es mit soviel Geschick, daß der Mann nicht zuckte und keinen Laut von sich gab. Keiner merkte, daß er tot war, bis zum Morgen, als man ihn noch am selben Platz fand, steif wie ein Stock. Es kommt darauf an, wißt Ihr, die richtige Stelle zu kennen, um zwischen den Rippen hindurch das Herz zu treffen, bevor das Opfer weiß, wie ihm geschieht. Hier wären wir, Mylady. Ein hübsches Zimmerchen, das Feuer brennt, und dort steht ein weiches Bett, falls Ihr nach dem langen Weg ausruhen wollt. Und nehmt Ihr roten Wein zum Essen oder weißen?«

Hugh wanderte gemächlich durch die Gänge der Festung, er nahm sich die Zeit, nach der langen Abwesenheit seine Gefühle zu erforschen. Nichts hatte sich verändert, nichts –

außer ihm. Deshalb war er nicht zurückgekehrt, obwohl er wußte, die Tür stand ihm offen. Man hätte ihn nicht verstanden, und er konnte es nicht erklären. Die Kir verstanden auch nicht, was in ihm vorging. Aber sie stellten keine Fragen.

Einige Mitglieder der Bruderschaft waren hergekommen, um zu sterben. Manche der älteren, wie der Uralte, kehrten zurück, um ihre letzten Jahre im Kreise derer zu verbringen, die sie als Familie betrachteten – eine Familie mit engerem Zusammenhalt als die meisten anderen. Jüngere kamen, um entweder von Verletzungen zu genesen – oder daran zu sterben. Die meisten erholten sich. Die Bruderschaft hatte im Lauf ihres Bestehens ein ansehnliches Wissen über die Behandlung von Dolch-, Schwert-, Pfeilwunden und Drachenbissen erworben und Gegenmittel für verschiedene Gifte entdeckt.

Der Bruderschaft eigene Magier waren besonders geschickt darin, die Bannsprüche anderer Magier rückgängig zu machen, Flüche von verzauberten Ringen zu nehmen und dergleichen. Hugh Mordhand steuerte etwas von seinen eigenen Kenntnissen bei, den Kirmönchen abgeluchst, die sich ständig zwischen Toten bewegten und deren Magie Arzneien entwickelt hatte, die vor Infektionen und Ansteckung schützten.*

»Ich hätte hier Zuflucht suchen können«, dachte Hugh, paffte an seiner Pfeife und betrachtete die spärlich beleuchteten, kahlen Gänge mit nostalgischem Interesse. »Aber was sollte ich ihnen sagen? Woran ich leide, läßt sich nicht mit Kräutern, Eisen oder Feuer heilen.«

Kopfschüttelnd beschleunigte er den Schritt. Auch jetzt mußte er damit rechnen, daß Ciang Fragen stellte, doch er hatte sich einige Antworten zurechtgelegt, und da er in Geschäften kam, würde sie nicht in ihn dringen. Nicht so

* Obwohl die Kirmönche den Tod verehren und ihn als endgültigen Triumph über das Leben betrachten, mußten sie der Tatsache ins Gesicht sehen, daß ihr Orden vom Aussterben bedroht war, wenn sie sich nicht bequemten, grundlegende Vorsichtsmaßnahmen zu treffen.

sehr, als wenn er in seinem damaligen Zustand aufgetaucht wäre.

Nachdem er eine Wendeltreppe erklommen hatte, stand er in einem halbdunklen, leeren Flur. Hugh schritt an geschlossenen Türen links und rechts vorbei, bis zur letzten, die offenstand. Licht strömte in den Gang hinaus. Er blieb auf der Schwelle stehen, um seinen Augen Gelegenheit zu geben, sich an die Helligkeit zu gewöhnen.

Drei Personen befanden sich im Zimmer. Zwei waren Fremde – ein Mann und ein Jüngling von etwa neunzehn Jahren. Die dritte kannte Hugh gut. Ohne sich hinter ihrem Schreibtisch zu erheben, sah sie ihn an, mit den mandelförmigen, klugen Augen, die alles in sich aufnahmen und nichts preisgaben.

»Tritt ein«, forderte sie ihn auf. »Und sei willkommen.«

Hugh klopfte am Türrahmen draußen die Pfeife aus und steckte sie in eine Tasche seines Lederwamses.

»Ciang«,* sagte er und ging durchs Zimmer. Vor ihrem Schreibtisch angekommen, verneigte er sich tief.

»Hugh Mordhand.« Sie streckte ihm ihre Hand entgegen, er hob sie an die Lippen – eine Geste, die sie zu belustigen schien.

»Du küßt diese alte, runzlige Kralle?«

»Es ist mir eine Ehre, Ciang«, antwortete Hugh aufrichtig.

Die Frau lächelte ihn an. Sie war eine Elfin und alt, eins der ältesten lebenden Wesen auf Arianus, auch nach den Begriffen ihres langlebigen Volkes.

Ihr Gesicht war ein Gewirr von Runzeln, eine fleischlose Maske, die pergamentene Haut straffgespannt über hohen Backenknochen, die aristokratische Nase ein kühn vorspringender, scharfrückiger Grat. Der Mode der Elfen entsprechend, schminkte sie sich die Lippen, und das leuchtende Rot sammelte sich in den Falten wie frisches Blut. Schon vor

* Nicht ihr wirklicher Name. Das Elfenwort *ciang* bedeutet ›erbarmungslos‹ oder ›ohne Gnade‹. Sie ist eines der großen Geheimnisse von Arianus. Niemand kennt ihre Vergangenheit; der älteste von den lebenden Elfen ist jung, verglichen mit Ciang.

langer Zeit hatte sie ihr Haar verloren, verzichtete aber hochmütig darauf, eine Perücke zu tragen und tat recht daran. Ihr Schädel war glatt und wohlgeformt, und sie wußte um die außergewöhnliche Wirkung, die sie auf Besucher ausübte – die Macht des Blicks ihrer dunklen Augen in dem knochenweißen Totenkopf.

»Einst duellierten sich Prinzen um das Privileg, diese Hand zu küssen, als sie noch zart und glatt war«, meinte sie.

»Das würden sie immer noch, Ciang«, sagte Hugh. »Sie wären nur allzu glücklich, einige von ihnen.«

»Ja, alter Freund, aber nicht mehr im Dienst an der Schönheit. Was ich jetzt habe, ist besser. Ich möchte das Rad der Zeit nicht zurückdrehen. Setz dich neben mich, Hugh, hierher, zu meiner Rechten. Du wirst Zeuge der Aufnahme dieses jungen Mannes sein.«

Ciang bedeutete ihm, sich einen Stuhl heranzuziehen. Hugh hielt nach einem Ausschau, als der Halbwüchsige diensteifrig aufsprang.

»Erlaubt m-mir, Sire«, sagte er stotternd und mit roten Ohren. Er schleppte einen schweren Stuhl aus dem auf Arianus so kostbaren Holz herbei und stellte ihn dort nieder, wo Ciang es haben wollte, rechts von ihr.

»Und – und Ihr seid wirklich Hugh Mordhand?« Er starrte Hugh bewundernd an.

»Er ist es«, antwortete Ciang. »Nur wenigen wird die Ehre der Hand zuerkannt. Eines Tages wirst du vielleicht derjenige sein, aber vorläufig beuge dich vor dem Meister.«

»Ich – ich kann's nicht glauben«, stammelte der Junge überwältigt. »Daß Hugh Mordhand hier sein soll, bei meiner Initiation! Ich – ich . . .« Ihm fehlten die Worte.

Sein älterer Begleiter, den Hugh nicht kannte, zog den Jungen am Ärmel zu seinem Platz an der Schmalseite des Tisches zurück. Er bewegte sich mit der Ungelenkheit der Jugend, einmal stolperte er über seine eigenen Füße.

Hugh sagte nichts, schaute Ciang nur an. Ihr Mundwinkel zuckte, aber sie schonte die Gefühle des Jungen und unterdrückte ihr Lachen.

»Gebührender Respekt«, sagte sie ernst. »Vom jüngeren dem älteren bezeugt, wie es sich ziemt. Der Name des Probanden ist John Darby. Als Fürsprecher fungiert Ernest Twist. Ich glaube nicht, daß ihr beiden euch kennt?«

Hugh schüttelte den Kopf. Ernest tat dasselbe, dazu verbeugte er sich ruckartig und zupfte an seinen Haaren – eine tumbe, hinterwäldlerische Geste der Hochachtung. Der Mann sah auch aus wie ein Hinterwäldler, mit seinen ausgebeulten, geflickten Kleidern, dem speckigen Hut und den abgelaufenen Schuhen, doch wer ihn unterschätzte, lebte vermutlich nicht lange genug, um seinen Irrtum einzusehen. Die Hände waren lang und schmal, mit weißen Fingern, die ganz gewiß nie harte Arbeit verrichtet hatten. Und seine unsteten Augen hatten einen merkwürdigen, rötlichen Glanz, der Hugh zutiefst mißfiel.

»Twists Narben sind noch frisch«, bemerkte Ciang, »doch er ist bereits von *fourreau* zu *pointe* aufgestiegen und wird *l'épée* erreichen, bevor das Jahr um ist.«

Hohes Lob von Ciang.* Hugh musterte den Mann ohne Sympathie. Das war einer von denen, die sich für ›einen Apfel und ein Ei‹ anheuern ließen, wie man zu sagen pflegte. Eine gewisse Reserviertheit und der kühle Unterton in ihrer Stimme schienen Hugh ein Hinweis darauf zu sein, daß Ciang seine Empfindung teilte. Aber die Bruderschaft fällt keine moralischen Werturteile, und dieses Mannes Geld war so gut wie das jedes anderen. Solange Ernest Twist die Gesetze der Bruderschaft befolgte, war es seine eigene Angelegenheit, wie er sie draußen mißbrauchte, mochten seine Methoden auch nicht sehr liebenswert sein.

»Twist benötigt einen Partner«, fuhr Ciang fort. »Er hat den jungen Mann präsentiert, John Darby, und nach reiflicher Überlegung habe ich zugestimmt, ihn unter den gültigen Bedingungen in die Bruderschaft aufzunehmen.«

* Siehe Appendix 1, Über die Bruderschaft.

Ciang erhob sich, Hugh ebenfalls. Die Elfenfrau war groß und hielt sich gerade; die leicht nach vorn gebeugten Schultern waren das einzige Zugeständnis an ihr hohes Alter. Ihre langen, fließenden Gewänder bestanden aus feinster Seide, in den schillernden Farben und phantasievollen Mustern, die die Elfen so liebten.

Sie war eine majestätische Erscheinung, einschüchternd, gebieterisch.

Darby – unzweifelhaft ein kaltblütiger Mörder, irgendwie mußte er sich schließlich für die Aufnahme empfohlen haben – wurde abwechselnd rot und blaß und sah aus, als müßte er sich vor Aufregung gleich übergeben.

Sein Begleiter versetzte ihm einen derben Stoß in den Rücken. »Halt dich gerade. Sei ein Mann«, zischte er ihm ins Ohr.

Der Junge schluckte, richtete sich auf, holte tief Luft und sagte, wenn auch mit blassen Lippen: »Ich bin bereit.«

Ciang sah Hugh aus den Augenwinkeln an und zwinkerte kaum merklich, als wollte sie sagen: ›Nun ja, wir sind alle einmal jung gewesen.‹ Dann wies sie mit dem Zeigefinger auf einen hölzernen, mit glitzernden Juwelen besetzten Kasten in der Mitte des Tisches.

Hugh beugte sich vor, nahm respektvoll den Kasten und stellte ihn vor die Matriarchin hin. Er klappte den Deckel zurück. Ein scharfgeschliffener Dolch lag darin, mit einem Griff aus Gold in der Form einer Hand – flach ausgestreckt, Finger zusammen. Der seitlich abgewinkelte Daumen bildete die Parierstange. Ciang nahm den Dolch heraus. Der Feuerschein glänzte in dem polierten Stahl, verwandelte ihn in rote Glut.

»Welches ist deine Hand, rechts oder links?« fragte Ciang.

»Rechts.« Schweißtropfen rannen über das Gesicht des Probanden.

»Dann gib mir deine rechte Hand«, forderte sie ihn auf.

Der junge Mann gehorchte.

»Fürsprecher, es ist Euch gestattet, Beistand zu leisten . . .«

»Nein!« stieß Darby hervor. Er leckte sich über die trockenen Lippen, dann stieß er Twists hilfreichen Arm zurück. »Ich kann es alleine durchstehen.«

Ciangs emporgewölbte Augenbraue drückte Anerkennung aus. »Halte die Hand über den Tisch«, befahl sie. »Hugh, zeig es ihm.«

Hugh nahm eine Kerze vom Kaminsims und stellte sie auf den Tisch. Die Flamme spiegelte sich in dem polierten Holz – übersät mit stumpfen, dunklen Flecken. Darby starrte darauf nieder. Sein Gesicht verlor alle Farbe.

Ciang wartete.

Der junge Mann preßte die Lippen zu einem dünnen Strich zusammen und streckte die Hand weiter vor. »Ich bin bereit«, wiederholte er.

Ciang nickte. Sie hielt den Dolch senkrecht, die Spitze zeigte nach unten.

»Umfasse die Klinge«, ordnete sie an, »als wäre es der Griff.«

Darby befolgte die Anweisung; zaghaft legte er die Hand um den blanken Stahl. Er atmete schwer.

»Schließe die Hand«, sagte Ciang kühl, unbewegt.

Der Atem des jungen Mannes stockte für einen Moment. Er schwankte, aber mit einem beschämten Blick auf Hugh ermannte er sich und straffte die Schultern. Man sah, wie er sich innerlich einen Ruck gab, dann ballte er die Hand um die Dolchklinge zur Faust.

Ein Aufstöhnen vermochte er nicht zu unterdrücken, aber sonst gab er keinen Laut von sich. Blutstropfen fielen auf den Tisch, ein dünnes Rinnsal sickerte an seinem Unterarm entlang.

»Hugh, der Riemen«, sagte Ciang.

Hugh nahm einen etwa zwei Finger breiten Lederriemen aus dem Kasten, mit dem Symbol der Bruderschaft versehen und ebenfalls mit den Spuren früherer Initiationen gezeichnet.

»Reiche ihn dem Fürsprecher.«

Hugh gab den Riemen an Ernest Twist weiter, der mit seinen schmalen, weißen Händen danach griff – Hände, die unsichtbar mit den gleichen Flecken besudelt waren, wie sie das Leder tränkten.

John Darby hatte unterdessen still dagestanden, während sein Blut auf die Tischplatte tropfte. Ernest schlang den Riemen mehrfach um des jungen Mannes Hand und hielt das eine freie Ende fest, während Hugh das andere nahm. Er blickte fragend zu Ciang, die zögernd nickte.

Beide zogen gleichzeitig das Lederband straff, preßten die zweischneidige Klinge tiefer ins Fleisch, bis sie auf Knochen traf. Das Blut strömte rascher. John Darby konnte den Schmerz nicht länger verbeißen, ein gequältes Stöhnen entrang sich ihm. Er schloß die Augen, taumelte, lehnte sich gegen den Tisch. Sein Atem ging stoßweise, er schluckte, dann richtete er sich auf und sah Ciang an. Das Blut sammelte sich zu einer Lache, ein Rinnsal suchte die Tischkante.

Ciang lächelte, als hätte sie das Blut gekostet und fände es nach ihrem Geschmack. »Du wirst jetzt den Eid der Bruderschaft sprechen.«

John Darby rief sich durch einen Nebel aus Schmerzen die Worte ins Gedächtnis, die er mühsam auswendig gelernt hatte. Von jetzt an würden sie seiner Erinnerung eingeprägt sein, so unauslöschlich wie die Narben der Initiation in seiner Hand.

Nachdem er zu Ende gesprochen hatte, stand John aufrecht vor dem Tisch und wehrte mit einem Kopfschütteln den Beistand seines Fürsprechers ab. Ciang schenkte dem jungen Mann ein Lächeln, das für einen flüchtigen Augenblick den greisen Zügen einen Hauch der einstigen exquisiten Schönheit wiederschenkte. Sie legte ihre Hand über die mißhandelte des Jungen.

»Er ist aufgenommen. Macht ihn los.«

Hugh wickelte behutsam den Lederriemen ab. Darby öffnete die blutige Hand, langsam, mit Mühe, denn die Finger waren zusammengeklebt und steif. Ciang löste den Dolch aus ihrem zitternden Griff.

Erst jetzt, als alles vorüber war, die unnatürliche Erregung verebbt, überfiel ihn die Schwäche. Der junge Mann starrte auf seine Hand, das aus den tiefen Schnitten quellende Blut und war sich plötzlich der Schmerzen bewußt, als hätte er sie vorher gar nicht gefühlt. Er wurde grau im Gesicht und war jetzt dankbar für Ernest Twists stützenden Arm, als ihm die Beine einknickten.

»Es sei ihm gestattet, sich zu setzen«, sagte Ciang.

Sie wandte sich zur Seite und reichte den Dolch Hugh, der in einer eigens zu diesem Zweck bereitstehenden Schüssel mit Wasser die Klinge säuberte und anschließend mit einem reinen, weißen Tuch sorgfältig abtrocknete. Dann gab er ihn Ciang zurück, die Dolch- und Lederriemen in den Kasten zurücklegte und diesen an den angestammten Platz auf der Tischplatte schob. Das Blut wurde nicht weggewischt. Man ließ es ins Holz einziehen, wo es sich mit dem zahllosen anderer vermischte, die sich dem gleichen Ritual unterzogen hatten.

Etwas blieb noch zu tun, bevor die Zeremonie abgeschlossen war. »Der Fürsprecher möge vortreten.« Ciang richtete den Blick auf Ernest Twist.

Der Mann hatte eben den blassen, zitternden Darby auf einen Stuhl gesetzt. Sein täuschend einfältiges Grinsen im Gesicht, kam Twist angeschlurft und streckte Ciang die flache Hand entgegen. Die Matriarchin tauchte die Fingerspitzen in Darbys Blut und zeichnete damit die zwei Narben auf Twists Handfläche nach – Narben wie von den frischen Wunden Darbys.

»Dein Leben ist ihm verpfändet«, rezitierte Ciang, »wie sein Leben dir. Die Strafe für Eidbruch wird beide treffen.«

Hugh, der nur mit halbem Ohr zuhörte, weil seine Gedanken bei der bevorstehenden, heiklen Unterhaltung mit Ciang waren, glaubte wieder, den seltsamen, rötlichen Glanz in den Augen des Mannes zu bemerken, wie bei den Augen einer Katze im Fackelschein. Als er interessiert genauer hinsah, hatte Twist respektvoll die Lider gesenkt und entfernte sich rückwärtsgehend, bis er wieder neben seinem Partner stand.

Ciang nickte dem jungen Darby zu. »Der Uralte wird dir Kräuter geben, die eine Entzündung verhindern. Du magst einen Verband anlegen, bis die Wunden geheilt sind, sei aber bereit ihn abzunehmen, sollte es jemand verlangen. Du kannst hierbleiben, bis du dich stark genug fühlst, um zu reisen. Das Ritual fordert seinen Tribut, junger Mann. Ruhe dich aus, iß reichlich und trink, um dein Blut zu erneuern. Von diesem Tag an brauchst du nur die Hand vorzuweisen, so« – Ciang demonstrierte es – »und jeder aus der Bruderschaft wird dich als einen der Unseren erkennen.«

Hugh blickte auf seine eigene Hand, auf die Narben, die in der schwieligen Hand kaum noch zu erkennen waren. Das Stück im fleischigen Teil des Daumens war am deutlichsten, denn die Wunde hatte am längsten gebraucht, um zu heilen. Die dünne weiße Linie kreuzte, was Handleser die Lebenslinie nennen. Die zweite Narbe verlief annähernd parallel zu den Kopf- und Herzlinien. Harmlos wirkende Narben, unauffällig, außer für das Auge des Eingeweihten.

Darby und Twist schickten sich an zu gehen. Hugh stand auf und sagte ein paar angemessene Worte. Dem jungen Mann stieg vor Freude und Stolz eine leichte Röte in die bleichen Wangen. Schon jetzt stand er sicherer auf den Beinen. Ein paar Schoppen Bier, ein leicht verklärter Bericht von seinem großen Augenblick, und er würde anfangen, sich für einen tollen Burschen zu halten. Heute nacht, wenn der pochende Schmerz ihn aus Fieberträumen weckte, fühlte er sich vermutlich nicht mehr ganz so großartig.

Der Uralte stand im Gang, wie herbefohlen, obwohl Ciang ihn nicht hatte rufen lassen. Er hatte viele solcher Rituale miterlebt und wußte auf die Sekunde genau, wie lange sie dauerten.

»Zeig unseren Brüdern ihre Räume«, befahl Ciang.

Der Greis verneigte sich und schaute sie fragend an. »Darf ich Madame und ihrem Gast etwas bringen?«

»Nein, vielen Dank, mein Freund«, antwortete Ciang liebenswürdig. »Ich kümmere mich um alles.«

Der Uralte verbeugte sich wieder und ging den beiden voraus den Flur hinunter.

Hugh spannte die Muskeln, rückte auf dem Stuhl hin und her. Er bereitete sich darauf vor, diesen klugen, durchdringenden Augen zu begegnen.

Auf ihre ersten Worte war er nicht vorbereitet.

»So, Hugh Mordhand«, sagte Ciang heiter, »du bist also von den Toten auferstanden.«

Kapitel 27

Skurvash, Volkaran Archipel, Mittelreich

Wie vor den Kopf geschlagen, starrte Hugh Ciang sprachlos an, mit einem so wilden und flackernden Blick, daß es jetzt an ihr war, erstaunt zu sein.

»Hugh, was ist denn? Man könnte denken, ich hätte die Wahrheit gesprochen. Aber vor mir sitzt doch kein Geist, oder? Du bist doch aus Fleisch und Blut?« Sie legte ihre Hand über die seine.

Hugh stieß den angehaltenen Atem aus, als ihm klar wurde, daß die Bemerkung scherzhaft gemeint gewesen war und sich auf seine lange Abwesenheit von Skurvash bezog. Er hielt seine Hand ruhig, zwang sich zu einem Lachen und murmelte etwas davon, daß sein letzter Auftrag ihn dem Tode zu nahe gebracht hatte, als daß ihm nach Scherzen zumute wäre.

»Ja, davon haben wir hier erfahren«, meinte Ciang und musterte ihn aufmerksam, als wäre ihr ein ganz neuer Gedanke gekommen.

Hugh sah an ihrem Gesichtsausdruck, daß er sich verraten hatte. Die Matriarchin war zu listig, zu hellhörig, um seiner heftigen Reaktion keine Bedeutung beizumessen. Er wartete unbehaglich auf die unvermeidliche Frage und war erleichtert, aber auch etwas enttäuscht, als sie nicht kam.

»So ergeht es einem, wenn man sich ins Hohe Reich wagt«, sagte Ciang. »Wenn man sich mit Mysteriarchen einläßt – und anderen mächtigen Leuten.« Sie stand auf. »Ich werde uns Wein einschenken. Und dann unterhalten wir uns.«

Und andere mächtige Leute. Was sie damit wohl meinte? fragte sich Hugh, während er zusah, wie sie zur Anrichte ging, auf der eine wunderschöne Kristallkaraffe stand, nebst zwei Pokalen. Wußte sie von den Sartan? Oder von dem Mann mit der tätowierten Haut? Und wenn ja, *was* wußte sie?

Wahrscheinlich mehr als ich, dachte er mit einem stummen Seufzer.

Ciang bewegte sich langsam, ein Zugeständnis an das Alter, aber ihre aufrechte, würdevolle Haltung vermittelte den Eindruck, daß es ihr eigener Entschluß war und nicht das Diktat der Jahre. Hugh hütete sich, ihr helfen zu wollen. Sie hätte sein Anerbieten als Beleidigung aufgefaßt. Ciang pflegte ihre Gäste stets höchstpersönlich zu bedienen, ein Brauch, der aus der Frühzeit der Elfenmonarchie datierte, als Könige ihren Vasallen den Wein kredenzten. Die Könige der neueren Zeit hatten diesen Brauch diskret einschlafen lassen, aber man sagte, er wäre bei Prinz Rees'ahn und seinen Rebellen wieder aufgelebt.

Ciang füllte die Pokale, stellte sie auf ein silbernes Tablett und kam damit zu Hugh.

Nicht ein Tropfen schwappte über.

Sie hielt Hugh das Tablett hin, der einen Pokal nahm, dankte und wartete, bis sie an ihren Platz zurückgekehrt war. Dann stand er auf, brachte einen Trinkspruch auf ihre Gesundheit aus und trank.

Ciang neigte dankend den Kopf, erwiderte den Trinkspruch und führte den Pokal an die Lippen. Nachdem der guten Sitte Genüge getan war, setzten sich beide wieder hin.

Es stand Hugh jetzt frei, sich nachzuschenken, oder sie zu bedienen, sollte sie ihn bitten.

»Du wurdest schwer verwundet«, eröffnete Ciang das Gespräch.

»Ja.« Um ihren Augen nicht begegnen zu müssen, starrte Hugh in den Wein, der dieselbe Farbe hatte wie das Blut des jungen Darby, das auf der Tischplatte langsam trocknete.

»Du hast nicht hier Zuflucht genommen.« Ciang stellte den Pokal ab. »Es wäre dein gutes Recht gewesen.«

»Ich weiß. Aber ich wollte niemanden sehen.« Er hob den finsteren Blick. »Ich hatte versagt. Ich hatte den Kontrakt nicht erfüllt.«

»Du hättest womöglich Verständnis gefunden. Es ist auch schon anderen passiert.«

»Aber nicht mir!« stieß Hugh hervor. Er machte eine heftige Armbewegung und hätte fast den Pokal umgestoßen. Rasch griff er danach und murmelte eine Entschuldigung.

Die Matriarchin betrachtete ihn ruhig. »Und nun«, sagte sie nach kurzem Schweigen, »will man, daß du Rechenschaft ablegst.«

»Man will, daß ich den Kontrakt erfülle.«

»Und das steht im Widerspruch zu deinen Wünschen. Die Frau, die du mitgebracht hast, die Mysteriarchin . . .«

Hugh stieg das Blut ins Gesicht, er nahm einen Schluck Wein, um Ciang nicht in die Augen sehen zu müssen. Irrte er sich, oder klang ein leiser Vorwurf aus ihrer Stimme?

»Ich habe nicht versucht, ihre Identität vor Euch geheimzuhalten, Ciang. Es ging mir nur darum, die Leute im Dorf zu täuschen. Ich wollte keinen Ärger haben. Die Frau ist meine Auftraggeberin.«

Er hörte das Rascheln feiner Seide und wußte, ohne hinzusehen, daß Ciang mit einem ironischen Lächeln die Schultern hob. *Belüge dich selbst, wenn's sein muß. Mir kannst du nichts vormachen.*

»Sehr klug«, sagte sie laut. »Wo liegt die Schwierigkeit?«

»Der alte Kontrakt bringt mich in Konflikt mit einem neuen Auftrag.«

»Und was wirst du tun, um die Situation zu klären, Hugh Mordhand?«

»Ich weiß nicht.« Hugh drehte den leeren Pokal auf der Tischplatte und beobachtete, wie die Edelsteine am Fuß aufleuchteten, wenn das Licht sie traf.

Ciang seufzte leise. »Da du mich nicht um Rat bittest, gebe ich auch keinen. Ich bitte dich aber, die Worte zu bedenken, die der junge Mann eben gesprochen hat. Ein Kontrakt ist heilig. Brichst du ihn, haben wir keine andere Wahl als anzunehmen, daß du auch deinen uns geleisteten Eid gebrochen hast. Du kennst die Strafe*, die darauf steht. Auch in deinem Fall, Hugh Mordhand, wird man keine Ausnahme machen.«

»Ich weiß.« Jetzt konnte er sie ansehen.

»Nun gut.« Sie richtete sich auf und schlug die Hände zusammen. »Du kommst in Geschäften. Was können wir tun, um dir zu helfen?«

Hugh erhob sich, ging zur Anrichte, füllte sein Glas und leerte es auf einen Zug, ohne den ausgezeichneten Jahrgang zu würdigen. Ließ er Gram am Leben, hatte er nicht nur seine Ehre verwirkt, sondern auch sein Leben. Aber wie konnte er den Jungen töten?

Er dachte daran, wie Iridal in seinen Armen geschlafen hatte, friedlich, vertrauensvoll. Sie hatte ihn hierher begleitet, an diesen fürchterlichen Ort, weil sie an ihn glaubte. An seine Ehre, seine Liebe zu ihr. Beides hatte er ihr zum Geschenk gemacht, durch sein Handeln, das ihm den Tod brachte. Und die Gabe wurde ihm tausendfach vergolten.

Dann hatte man ihn zurückgeholt; Ehre und Liebe starben, obwohl er lebte. Ein seltsamer und schrecklicher Widerspruch, an dem er fast zugrunde gegangen wäre. Im Tod konnte er beides vielleicht wiederfinden, aber nicht, wenn er diese Schuld auf sich lud. Doch wenn er es nicht tat, wenn er den Eid brach, galt er der Bruderschaft als vogelfrei. Man würde ihn jagen, und er würde sein Leben teuer ver-

* Siehe Appendix 1, Über die Bruderschaft.

kaufen, aber dann gab es kein Zurück mehr. Was er suchte, war für ihn verloren. Er sah vor sich, wie er ein furchtbares Verbrechen nach dem anderen beging, bis die Dunkelheit ihn verschlang, unwiderruflich, für alle Ewigkeit.

Es wäre besser für uns alle, wenn ich den Mut hätte, Ciang zu bitten, diesen Dolch aus dem Kasten zu nehmen und mir ins Herz zu stoßen.

»Ich brauche eine Reisemöglichkeit.« Er drehte sich unvermittelt zu ihr herum. »Eine Reisemöglichkeit nach Aristagon. Und Informationen – alles an Informationen, was Ihr mir geben könnt.«

»Die Reisemöglichkeit ist kein Problem, wie du weißt«, antwortete Ciang. Falls sein langes Schweigen ihr zu denken gegeben hatte, ließ sie es sich nicht anmerken. »Aber die Tarnung. Du hast deine eigenen Mittel und Wege, dich in Feindesland zu bewegen, denn du bist schon häufiger in Aristagon gewesen und nie erkannt worden. Aber läßt sich dieselbe Tarnung auch auf deine Begleiterin ausweiten?«

»Ja«, antwortete Hugh knapp.

Ciang fragte nicht weiter. Die Methoden eines Assassinen waren seine eigene Angelegenheit. Höchstwahrscheinlich wußte sie ohnehin Bescheid.

»Und dein Ziel?« Ciang griff nach der Feder und zog ein Blatt Papier heran.

»Paxaria.«

Ciang tauchte die Feder ein und wartete darauf, daß Hugh sich genauer äußerte.

»Das Imperanon.«

Ciang schürzte die Lippen. Sie legte die Feder ab und sah ihn an.

»Deine Geschäfte führen dich dorthin? In den Palast des Kaisers?«

»In den Palast des Kaisers.« Hugh zog die Pfeife aus der Tasche und steckte sie in den Mund.

»Du darfst rauchen.« Ciang deutete mit einem leichten Kopfnicken zum Feuer. »Wenn du das Fenster aufmachst.«

Hugh tat, wie ihm geheißen, dann stopfte er die Pfeife,

zündete sie an und zog dankbar den beißenden Rauch in die Lungen.

»Das wird nicht einfach sein«, nahm Ciang den Faden wieder auf. »Ich kann dir einen genauen Plan des Palastes und der näheren Umgebung beschaffen. Und wir haben drinnen jemanden, der für eine entsprechende Summe bereit sein wird, dir zu helfen. Aber in den Palast hineingelangen . . .« Ciang wiegte den Kopf.

»Hinein komme ich«, sagte Hugh grimmig. »Was mir Sorgen macht, ist, anschließend wieder rauszukommen – lebend.«

Er setzte sich auf seinen Platz. Jetzt, da sie über Geschäfte sprachen, die Pfeife brannte und der Stregno sich behaglich mit dem Wein in seinem Blut vermischte, konnte er vorübergehend die Schatten vergessen, die ihn bedrängten. »Du hast natürlich einen Plan«, meinte Ciang. »Andernfalls wärst du nicht hergekommen.«

»Nur die Anfänge eines Plans«, schränkte er ein. »Aus dem Grund brauche ich Informationen. Alles, auch wenn es noch so belanglos oder unwichtig erscheint, kann hilfreich sein. Wie ist die politische Situation des Kaisers?«

»Verzweifelt.« Ciang lehnte sich zurück. »Oh, das Leben im Imperanon geht unverändert seinen Gang. Feste, Frohsinn, Lustbarkeiten von abends bis zum frühen Morgen. Aber ihr Lachen kommt aus dem Weinglas, nicht aus dem Herzen, wie das Sprichwort sagt. Agah'ran muß um jeden Preis verhindern, daß die Allianz zwischen Rees'ahn und Stephen zustandekommt. Wenn doch, ist das Tribusimperium dem Untergang geweiht und Agah'ran weiß das.«

Hugh knurrte und zog paffend an seiner Pfeife.

Ciang betrachtete ihn unter halbgeschlossenen Lidern hervor.

»Deine Sache hängt irgendwie mit Stephens Sohn zusammen, der offenbar nicht Stephens Sohn ist. Ja, ich habe gehört, daß der Junge sich in den Fängen des Kaisers befindet. Sei unbesorgt, mein Freund. Ich frage nicht. Auch ohne Erklärungen glaube ich das Netz zu erkennen, in dem du dich gefangen hast.«

»Auf wessen Seite steht die Bruderschaft?«

»Auf unserer eigenen selbstverständlich.« Ciang hob die Schultern. »Der Krieg beschert uns erklecklichen Profit, uns und ganz Skurvash. Ein Friedensschluß würde bedeuten, daß der Schmuggel nicht mehr lohnt. Andererseits – es würden sich neue Verdienstmöglichkeiten ergeben. Ja, so lange Habgier, Lust, Ehrgeiz in dieser Welt bestehen – mit anderen Worten: so lange die Menschheit in dieser Welt besteht –, wird unsere Bruderschaft wachsen, blühen und gedeihen.«

»Ich bin überrascht, daß noch niemand uns beauftragt hat, Prinz Rees'ahn zu ermorden.«

»Oh, aber man hat. Ein erstaunlicher junger Mann, der Prinz.« Ciang seufzte, ihr Blick verlor sich in weiten Fernen. Ich muß zugeben, Hugh Mordhand, der Prinz ist ein Mann, dem ich gerne in meiner Glanzzeit begegnet wäre. Selbst jetzt noch ... Aber es kann nicht sein.«

Die Matriarchin seufzte erneut, dann schüttelte sie die wehmütige Stimmung ab und kehrte in die Gegenwart zurück. »Wir verloren zwei gute Männer und meine beste Frau bei diesem Auftrag. Berichte sagen, er wurde von der Magierin gewarnt, die immer bei ihm ist, eine Menschenfrau, Rabenlerche. Du wärst nicht zufällig interessiert, dein Glück zu versuchen, mein Freund? Sein Kopf bringt einen guten Preis.«

»Da seien die Ahnen vor.« Hugh hob abwehrend die Hand. »So verlockend kann der Preis gar nicht sein.«

»Ja, das ist klug. Ich hätte gesagt, als ich noch jung und gutgläubig war, daß Krenka-Anris ihn beschützt.«

Ciang verfiel in Schweigen. Die Augen halbgeschlossen, malte sie gedankenverloren mit dem Zeigefinger Kreise in das Blut auf der polierten Tischplatte. Hugh, da er glaubte, sie sei erschöpft, wollte aufstehen und sich verabschieden, als sie plötzlich aufblickte und ihn ansah.

»Eine Information habe ich, die für dich wertvoll sein

könnte. Sehr befremdlich, im Grunde nur ein Gerücht. Aber selbst wenn, ist ihm große Bedeutung als Vorzeichen beizumessen.«

»Und worum geht es?«

»Die Kenkari, so hört man, haben die Tore der Kathedrale d'Albedo geschlossen.«

Hugh nahm die Pfeife aus dem Mund, seine Augen wurden schmal. »Weshalb?«

Ciang lächelte und öffnete die verschränkten Hände. »Sie fanden heraus, daß die Seelen, die man ihnen brachte, nicht bereit gewesen waren für die Reise. Sie kamen auf kaiserlichen Befehl.«

Hugh brauchte einen Moment, um diese Worte zu begreifen. »Mord?« Er starrte sie an und schüttelte den Kopf. »Ist Agah'ran wahnsinnig?«

»Nicht wahnsinnig. Verzweifelt. Und, wenn es stimmt, ist er auch ein Narr. Die Seelen Ermordeter werden seiner Sache nicht helfen. Sie verwenden all ihre Kraft darauf, Gerechtigkeit zu fordern. Die Magie der Albedo schwindet. Ein weiterer Grund, weshalb Rees'ahns Macht zunimmt.«

»Aber die Kenkari unterstützen den Kaiser.«

»Bis jetzt. Sie haben schon früher die Seite gewechselt. Warum nicht jetzt auch wieder?«

Hugh überlegte schweigend.

Ciang sagte nichts mehr, sondern überließ ihn seinen Gedanken. Sie nahm die Feder zur Hand und warf einige Zeilen aufs Papier, in einer entschiedenen, kühnen Schrift, eher die eines Menschen als eines Elfen. Sobald die Tinte getrocknet war, rollte sie das Blatt auf eine charakteristische Art zusammen, die ebenso Echtheit dokumentierte wie ihre Signatur.

»Wird dir diese Information von Nutzen sein?« fragte sie endlich.

»Möglich«, brummte Hugh. Er versuchte nicht der Frage auszuweichen, sondern war sich selbst noch nicht ganz im klaren.

»Wenigstens verhilft sie mir zu den Umrissen einer Idee. Ob nun etwas daraus wird oder nicht...«

Als er aufstand, um zu gehen, erhob sich Ciang ebenfalls. Er bot ihr chevaleresk den Arm, sie akzeptierte liebenswürdig, gab jedoch acht, sich nicht auf ihn zu stützen. Langsam gingen sie zur Tür, wo sie ihm die Schriftrolle reichte.

»Das gibst du im Hafen dem Kapitän eines Schiffes mit dem Namen *Der siebenäugige Drache.* Er wird dich und deine Begleiterin an Bord nehmen, ohne Fragen zu stellen.«

»Ein Elfenschiff?«

»Ja.« Ciang lächelte. »Dem Kapitän wird es nicht gefallen, aber er steht in unserer Schuld. Es wäre allerdings diplomatisch, Verkleidung zu tragen.«

»Was ist sein Bestimmungsort?«

»Paxaua. Ich nehme an, das ist recht?«

Hugh nickte. »Zentral gelegen. Ein idealer Ausgangspunkt.«

Er öffnete die Tür. Der Uralte hatte seinen vorherigen Auftrag ausgeführt und wartete jetzt geduldig auf Hugh, der Ciangs Hand ergriff und an die Lippen hob. »Ich danke Euch«, sagte er. »Wie sehr Ihr mir geholfen habt, ist gar nicht zu ermessen.«

»So wenig, wie die Gefahr, in der du schwebst, Hugh Mordhand.« Ciang sah aus tiefen, kalten Augen zu ihm auf. »Denk daran – die Bruderschaft kann dir helfen, ins Imperanon hineinzugelangen – vielleicht. Aber wir können dir nicht helfen hinauszukommen – unter keinen Umständen.«

»Ich weiß.« Er lächelte, dann schaute er sie fragend an. »Sagt mir, Ciang. Habt Ihr je auch eine Weesham gehabt, die Euch auf Schritt und Tritt begleitet hat, um Eure Seele in einem dieser Kenkari-Kästen zu fangen?«

Die Matriarchin war überrascht. »Ja, allerdings. Wie jeder von Geblüt. Weshalb fragst du?«

»Was ist geschehen, wenn die Frage nicht zu persönlich ist.«

»Sie *ist* persönlich, aber es macht mir nichts aus zu antworten. Eines Tages beschloß ich, daß meine Seele mir ganz allein gehörte. Wie ich im Leben nie eine Sklavin gewesen bin, wollte ich es auch im Tode nicht sein.«

»Und die Weesham? Was ist aus ihr geworden?«

»Sie wollte nicht gehen, als ich es ihr befahl. Was blieb mir übrig?« Ciang zuckte mit den Achseln. »Ich habe sie getötet. Ein rasch wirkendes, schmerzloses Gift. Sie hatte mich seit der Geburt begleitet und liebte mich. Allein wegen dieses Verbrechens ist nach Elfengesetz mein Leben verwirkt.«

Hugh stand schweigend neben ihr, in sich selbst versunken; vielleicht hörte er nicht einmal die Antwort auf die von ihm gestellte Frage.

Ciang, die gewöhnlich in den Gesichtern von Männern lesen konnte wie in der Innenfläche ihrer Hände, vermochte Hughs Miene nicht zu deuten. Fast wäre sie geneigt gewesen zu glauben, daß die phantastischen Geschichten, die ihr über ihn zu Ohren gekommen waren, ein Körnchen Wahrheit enthielten.

Oder er ist weich geworden.

Ciang nahm die Hand von seinem Arm, ein subtiler Hinweis, daß es für ihn Zeit war zu gehen. Hugh erwachte aus seiner Versunkenheit.

»Ihr habt gesagt, es gäbe jemanden im Imperanon, der gewillt wäre, mir zu helfen?«

»Ein Offizier, ein Hauptmann. Ich weiß nichts über ihn, nur einiges aus zweiter Hand. Der Mann, der vorhin als Fürsprecher hier war – Twist –, hat ihn empfohlen. Der Name des Offiziers ist Sang-drax.«

»Sang-drax«, wiederholte Hugh, um sich den Namen einzuprägen. Er hob die rechte Hand zum Gruß der Bruderschaft. »Lebt wohl, Ciang. Vielen Dank für den Wein – und die Unterstützung.«

Ciang neigte leicht den Kopf. »Lebwohl, Hugh Mordhand. Du magst schon vorausgehen – ich habe noch mit dem alten Mann zu reden. Du kennst den Weg. Der Uralte wird dich im großen Saal treffen.«

Hugh nickte, wandte sich ab und ging.

Ciang sah ihm aus schmalen Augen nach, bis er außer

Hörweite war. Selbst dann noch sprach sie mit gedämpfter Stimme.

»Wenn er wiederkommt, soll man ihn töten.«

Der Uralte wirkte erschüttert, verbeugte sich aber in schweigender Zustimmung. Auch er hatte die Zeichen erkannt.

»Soll ich das Messer herumschicken?«* fragte er unglücklich.

»Nein«, antwortete Ciang. »Das wird nicht notwendig sein. Er trägt seinen eigenen Untergang in sich.«

* Siehe Appendix 1, Über die Bruderschaft.

Kapitel 28

Das Imperanon, Aristagon, Mittelreich

Die meisten Elfen glauben nicht an die Existenz der gefürchteten Verliese der Unsichtbaren – des Kaisers Leibgarde. Man hält es für ein Gerücht, grauslich genug, um ungezogene Kinder zur Räson zu bringen.

›Wenn du nicht aufhörst, deine kleine Schwester zu prügeln, Rohana'ie‹, schimpft wohl eine überstrapazierte Mutter, ›kommen heute nacht die Unsichtbaren und schleppen dich in ihr Gefängnis! Dann wird es dir leid tun, daß du nicht artig gewesen bist!‹

Wenige Elfen bekamen die Unsichtbaren je zu Gesicht, daher der Name. Die Elitetruppe patrouillierte weder in den Straßen, noch klopften sie in der Dunkelheit an die Türen. Und obwohl die Elfen an die Verliese nicht glauben mochten, an die Existenz der Unsichtbaren glaubten sie.

Für gesetzestreue Bürger war es eine beruhigende Vorstellung. Unerwünschte Elemente – Diebe, Mörder und sonstiges Gelichter – hatten eine sehr bequeme Art, einfach zu verschwinden. Kein Lärm. Kein Spektakel. Nicht wie bei den Menschen mit ihrem seltsamen Brauch, Verbrechern ein öffentliches Gerichtsverfahren zu gewähren, bei dem womöglich herauskam, daß sie wieder auf freien Fuß gesetzt wurden (weshalb sie dann überhaupt erst gefangennehmen?). Oder man richtete sie mitten auf dem Marktplatz hin (barbarisch!).

Die Rebellen behaupteten natürlich, die Verliese seien Realität; behaupteten außerdem, die Unsichtbaren wären keine Leibgarde, sondern des Kaisers höchstpersönliche Todesschwadron und daß in den Verliesen mehr politische Gefangene saßen als Räuber und Mörder.

In der weitverzweigten kaiserlichen Familie gab es manche, die insgeheim zu glauben begannen, daß Prinz Rees'ahn und seine Rebellen recht haben könnten. Der Ehemann, der nach einem merkwürdig tiefen Schlaf erwachte und feststellen mußte, daß seine Frau nicht mehr neben ihm lag. Die Eltern, deren ältester Sohn auf dem Heimweg von der Universität spurlos verschwand. Doch wer es wagte, offen Nachforschungen anzustellen, wurde vom Oberhaupt der Sippe angewiesen, still zu sein, die Sache auf sich beruhen zu lassen.

Die meisten Elfen jedoch taten die Behauptungen der Rebellen als Verleumdung ab oder reagierten mit einem Schulterzucken und dem volkstümlichen Ausspruch: Wenn die Unsichtbaren einen Drachen riechen, haben sie wahrscheinlich einen Drachen gefunden.

Aber die Rebellen hatten recht. Es gab die Verliese. Haplo mußte es wissen. Er saß drin.

Tief unter dem Imperanon gelegen, handelte es sich eigentlich um einen nüchternen, unspektakulären Zellentrakt. Lange Gefängnisstrafen kannten die Unsichtbaren nicht. Diejenigen Elfen, die man lange genug am Leben ließ, daß sie Gelegenheit hatten, sich an die mahnenden Worte ihrer Mutter zu erinnern, saßen aus einem bestimmten Grund dort ein – meistens, weil sie über irgendeine Information verfügten, an der den Unsichtbaren gelegen war. Sobald sie die Information preisgegeben hatten – und das war *immer* der Fall –, verschwanden sie. Die Zelle wurde gesäubert und erwartete den nächsten Insassen.

Bei Haplo allerdings lagen die Dinge anders, was zu allerlei Rätselraten bei den Unsichtbaren Anlaß gab. Ein Offizier, ein Hauptmann mit dem eigenartigen Namen Sang-drax, bezeigte großes Interesse an dem Mann mit den blauen Tätowierungen, und es wurde Order gegeben, ihm diesen Gefangenen zu überlassen.

Zyklus um Zyklus saß Haplo in einer Zelle, deren Gitterstäbe er mit einem Sigel hätte schmelzen können wie Butter. Er saß in dieser Gefängniszelle und fragte sich, ob er vielleicht allmählich den Verstand verlor.

»Wir tun das Richtige«, sagte er zu dem Hund.

Der Vierbeiner lag zu seinen Füßen, die Schnauze auf den Pfoten, sah zu seinem Herrn auf und schien nicht so ganz überzeugt zu sein.

»Gram hat etwas vor. Und ich bezweifle, daß der kleine Tunichtgut die Interessen seines ›Großvaters‹ im Auge hat. Aber ich muß ihn in flagranti erwischen, um es beweisen zu können.«

Um was beweisen zu können, fragten die traurigen Augen des Hundes. Um Xar zu beweisen, daß es ein Fehler war, dem Jungen zu vertrauen, daß er dir allein hätte Glauben schenken sollen? Ist deine Eifersucht auf Gram so übermächtig?

Haplo sah das Tier böse an. »Ich bin nicht . . .«

»Besuch!« ließ sich eine fröhliche Stimme vernehmen.

Haplo durchfuhr ein Ruck. Sang-drax erschien aus dem Nichts, wie gewöhnlich stand er plötzlich draußen vor der Zellentür. Die Tür bestand aus Eisen, mit einer vergitterten quadratischen Öffnung in Augenhöhe. Sang-drax schaute durch dieses Fenster herein. Nie gab er bei seinen täglichen Visiten Befehl, die Tür zu öffnen, kein einziges Mal hatte er die Zelle betreten.

Komm und hol mich, Patryn! Seine Gegenwart – so nah – war eine stumme Herausforderung.

»Warum soll ich das?« drängte es Haplo zu schreien. Ein Gefühl hilfloser Angst ergriff mehr und mehr von ihm Besitz. »Was erwartest du von mir?«

Doch er beherrschte sich und blieb ruhig auf der Pritsche sitzen. Ohne den Drachenelf zu beachten, hielt er den Blick auf den Hund gerichtet.

Das Tier knurrte und zeigte die Zähne, wie immer, wenn es den Schlangenelfen sah oder witterte.

Haplo fühlte sich ernsthaft versucht, den Hund auf ihn zu hetzen. Bestimmte Runenzeichen vermochten den Hund in ein riesiges Ungeheuer zu verwandeln, das imstande war, die Zellentür aufzusprengen und mit den gewaltigen Fängen einem Menschen – oder einer Schlange – den Kopf abzureißen. Doch Haplos Geschöpf würde kein leichtes Spiel haben. Der Elfendämon besaß eigene magische Kräfte, die Haplos überlegen waren. Er konnte nur darauf hoffen, daß der Hund Sang-drax lange genug beschäftigte, um Haplo Gelegenheit zu geben, sich zu bewaffnen.

Der Patryn hatte gleich in der ersten Nacht die Zelle verlassen, um sich nach Waffen umzusehen. Es gelang ihm, sich aus einer Kiste in der Wachstube einen Dolch und ein kurzes Schwert zu beschaffen. Wieder in der Zelle, verbrachte er den Rest der Nacht damit, todbringende Runen in jede Klinge zu gravieren; Runen, die bei Nichtigen unfehlbar wirkten und auch den Schlangendämonen schaden konnten. Beide Waffen lagen unter einer Steinplatte verborgen, die er durch Magie hochgehoben und durch Magie wieder darüber gedeckt hatte, und er konnte sie schnell bei der Hand haben.

Haplo schluckte trocken. Die Runen auf seiner Haut brannten. Das Knurren des Hundes wurde lauter, er fühlte die zunehmende Spannung.

»Haplo, Haplo«, meinte Sang-drax mit feundlichem Tadel. »Du könntest mich vielleicht töten, aber was hättest du gewonnen? Nichts. Und was verloren? Alles. Du brauchst mich, Haplo. Ich bin ebensosehr ein Teil von dir wie« – er schaute auf das Tier, das steifbeinig, mit gesträubtem Nackenfell mitten in der Zelle stand – »dieser Hund ein Teil von dir ist.«

Der Hund spürte, daß Haplos Entschluß ins Wanken geriet, und winselte. Zu gerne hätte er wenigstens die Zähne in die Waden des Elfendämons geschlagen, wenn sich schon nichts Besseres bot.

»Laß deine Waffen, wo sie sind«, fuhr Sang-drax fort, mit einem vielsagenden Blick zu dem Stein, unter dem sie versteckt waren. »Du wirst später noch Verwendung dafür haben, glaub mir. Ich bin eigens gekommen, um dir zu berichten, was es Neues gibt.«

Mit einem gemurmelten Fluch schickte Haplo den Hund in die Ecke.

Das Tier gehorchte widerwillig, doch nicht ohne erst hochzuspringen, die Vorderpfoten gegen die Tür zu stemmen und knurrend die scharfen Zähne genau in Sang-drax' Gesicht zu fletschen. Dann fiel es auf alle viere zurück und drückte sich in einen Winkel im Hintergrund der Zelle.

»Das Tier zu behalten ist ein Zeichen von Schwäche«, bemerkte der Schlangenelf. »Ich bin überrascht, daß dein Fürst es gestattet. Ein Zeichen von Schwäche bei ihm, unzweifelhaft.«

Haplo wandte seinem Peiniger den Rücken zu, ging von der Tür weg, warf sich auf die Pritsche und starrte grimmig zur Decke. Er sah keinen Grund, sich mit Sang-drax auf eine Diskussion über Xar oder den Hund einzulassen oder überhaupt mit ihm zu sprechen.

Der Elfendämon lehnte sich gegen die Tür und begann mit seinem wie er es nannte, ›Tagesbericht‹.

»Ich habe den Vormittag mit Prinz Gram verbracht. Der Junge ist wohlauf und munter. Er scheint mich ins Herz geschlossen zu haben. Sofern ich ihn begleite, hat er Erlaubnis, sich im Palast frei zu bewegen, mit Ausnahme selbstverständlich der kaiserlichen Gemächer. Falls du dich wunderst, ich habe um die Gunst gebeten, und man hat sie mir gewährt. Ein Elfengraf namens Tretar, von dem man sagt, er habe das Ohr des Kaisers, scheint mich ebenfalls ins Herz geschlossen zu haben. Was die Zwergin betrifft, habe ich weniger Erfreuliches zu vermelden. Es geht ihr nicht gut.«

»Sie haben ihr doch nichts zuleide getan, oder?« Haplo

vergaß, daß er sich vorgenommen hatte, nicht mit dem falschen Elfen zu sprechen.

»Liebe Güte, nein«, beruhigte ihn Sang-drax. »Sie ist für die Elfen viel zu wertvoll. Sie hat das Zimmer neben Gram, auch wenn sie es nicht verlassen darf. Tatsächlich steigt ihr Wert noch, wie ich dir gleich berichten werde. Aber sie ist krank vor Heimweh. Sie kann nicht schlafen. Sie mag nicht essen. Ich fürchte, sie stirbt noch vor Kummer.«

Haplo verschränkte die Hände hinter dem Kopf und schlug die Beine übereinander. Er glaubte nicht die Hälfte von dem, was der Schlangendämon ihm erzählte. Jarre war eine vernünftige Person. Wahrscheinlich machte sie sich hauptsächlich Sorgen um Limbeck. Dennoch wäre es vermutlich eine gute Tat, sie zu befreien und nach Drevlin zurückzubringen . . .

»Warum *tust* du es nicht?« fragte Sang-drax, dessen unerträgliche Art, seine Gedanken zu belauschen, Haplo in Rage brachte. »Es wäre mir ein Vergnügen, dir bei der Flucht zu helfen. Ich kann mir keinen einzigen vernünftigen Grund vorstellen, weshalb du meinst, hierbleiben zu müssen.«

»Vielleicht, weil ihr Schlangen so verdammt erpicht darauf zu sein scheint, mich loszuwerden.«

»Das ist nicht der Grund. Der Junge ist es. Gram kocht hier sein eigenes Süppchen. Du wagst es nicht, ihn zurückzulassen. Du wagst nicht zu fliehen ohne ihn.«

»Dein Einfluß, ohne Zweifel.«

Sang-drax lachte. »Zu viel der Ehre. Der Verdienst gebührt Gram allein. Wirklich ein bemerkenswertes Bürschchen.«

Haplo gähnte ostentativ, schloß die Augen und biß die Zähne zusammen, um sich nicht doch einen Kommentar entreißen zu lassen. Sogar durch die geschlossenen Lider konnte er Sang-drax grinsen sehen.

»Die Gegs haben gedroht, das Allüberall zu zerstören«, berichtete der falsche Elf weiter.

Haplo zuckte unwillkürlich zusammen und verfluchte sich stumm für diese Unbeherrschtheit. Er zwang sich, ganz still zu liegen, aber jeder Muskel in seinem Körper war gespannt wie eine Feder.

Sang-drax senkte die Stimme; seine Worte waren nur für Haplo bestimmt. »Die Elfen, in dem Glauben, die Zwerge wären schuld, daß die Maschine nicht mehr arbeitet, haben ihrem Anführer ein Ultimatum gestellt. Wie heißt er noch?«

Haplo blieb stumm.

»Limbeck.« Sang-drax beantwortete seine Frage selbst. »Ungewöhnlicher Name für einen Zwerg. Ich kann ihn mir einfach nicht merken. Die Elfen haben diesem Limbeck gesagt, daß er entweder das Allüberall wieder in Gang bringt, oder sie schicken ihm seine Freundin portionsweise zurück.

Die Zwerge, ihrerseits in dem Glauben, die Elfen wären schuld am Stillstand der Maschine, waren erst natürlich verwirrt, kamen aber bald mit unserer diskreten Hilfe zu dem Schluß, daß es sich um einen Trick handelte, irgendeinen raffinierten Plan der Elfen. Limbecks Antwort, die ich übrigens gerade von Graf Tretar erfahren habe, ist folgende: Wenn die Elfen Jarre ein Härchen ihrer Backenlocken krümmen, zerstören die Gegs das Allüberall. Das Allüberall zerstören«, wiederholte Sang-drax. »Ich glaube fast, sie könnten es. Du nicht auch?«

Ja, Haplo war verdammt sicher, daß sie es konnten. Die Zwerge wußten, wie man den Körper am Leben erhielt. Sie konnten ihn auch sterben lassen.

»Ja, das können sie«, meinte Sang-drax im Plauderton. »Ich kann es mir richtig vorstellen. Der Druck in den Kesseln steigt, Funken sprühen, elektrische Entladungen hüllen die Szene in geisterhaftes Licht. Dann explodieren Teile der Maschine, es kommt zu Kettenreaktionen, eine so enorme zerstörerische Kraft wird freigesetzt, daß die Zwerge, ohne es zu wollen, womöglich ganz Drevlin in die Luft sprengen. Und Xars Eroberungspläne gehen zu einem Viertel mit in Rauch auf.«

Er fing an zu lachen. »Ich finde das alles so maßlos komisch. Die wahre Ironie liegt darin, daß weder Zwerge noch Elfen die alberne Maschine anleiern könnten, selbst wenn sie es wollten! Ja, ich habe ein paar Nachforschungen angestellt, auf der Basis dessen, was Jarre mir an Bord des Schiffes erzählt hat. Bis dahin glaubte ich – wie die Elfen auch –, die Zwerge hätten das Allüberall sabotiert. Aber so war es nicht. Du hast den Grund herausgefunden. Das Todestor hat sich geöffnet; das ist der Schlüssel, nicht wahr? Wir wissen noch nicht, wie. Oder warum. Doch um ehrlich zu sein, uns Schlangen ist das ziemlich gleichgültig.

Du mußt wissen, Patryn, mir ist eingefallen, daß die Zerstörung des Allüberall nicht nur diese Welt in Chaos stürzen würde, sondern die anderen mit.

›Warum zerstört ihr es dann nicht selbst?‹ fragst du.

Ja, warum nicht. Vielleicht tun wir's noch. Aber wie die Dinge liegen, ziehen wir es vor, das Zerstörungswerk den Zwergen zu überlassen, um uns von ihrer Wut, ihrem Zorn, ihrem Entsetzen zu mästen. Schon ihre Verzweiflung und ihr Ärger, ihre Gefühle der Hilflosigkeit und Furcht, haben uns eine annehmbare Mahlzeit geliefert.«

Haplo rührte sich nicht. Er biß die Zähne so fest zusammen, daß seine Wangenmuskeln schmerzten.

»Der Kaiser hat noch keine Entscheidung getroffen«, teilte Sang-drax ihm mit. »Limbeck gab den Elfen zwei Zyklen Frist. Ich lasse dich wissen, wie die Entscheidung ausfällt. Nun ja, tut mir leid, daß ich gehen muß, aber die Pflicht ruft. Ich habe Gram versprochen, ihm Runenschach beizubringen.«

Haplo hörte, wie die leichten Schritte des Schlangendämons sich entfernten, innehielten, zurückkamen.

»Deine Furcht ist mir ein Festmahl, Patryn.«

Kapitel 29

Paxaua, Aristagon, Mittelreich

Das Elfenschiff *Der siebenäugige Drache*, so benannt nach einem mythischen Ungeheuer aus dem Sagenschatz der Elfen*, legte mit einem Zyklus Verspätung in Paxaua an. Während der ganzen Reise war das Wetter schlecht gewesen, Regen, Wind, schließlich Nebel. Die Mannschaft war gereizt und übellaunig, die Passagiere – wegen der Kälte dick vermummt – sahen etwas grün im Gesicht aus. Die Galeerensklaven – Menschen –, deren Muskelkraft den Antrieb für die gewaltigen Schwingen lieferte, hingen kraftlos in den Geschirren, zu erschöpft, um ins Gefangenenhaus zu marschieren, wo man sie bis zur nächsten Reise eingesperrt hielt.

Ein gelangweilt wirkender Zollbeamter verließ sein warmes Dienstgebäude am Pier und stieg ohne Eile die Gangway hinauf. Ihm folgte in ungeduldiger Hast ein schwerbäuchiger Kaufmann. Er hatte ein beträchtliches Vermögen

* Ein Ungeheuer, von Krenka-Anris gesandt, um den Mut und die Fähigkeiten der legendären Elfenkriegerin Maarash'ai auf die Probe zu stellen. In jedem Auge des Drachen erblickte Maarash'ai sieben Tode. Sie mußte die Furcht vor jedem einzelnen überwinden, bevor sie endlich den Drachen erschlagen konnte.

in eine Ladung Puafrüchte investiert und war überzeugt, daß seine Ware durch die Verzögerung in der feuchten Luft des Laderaums Schaden genommen hatte.

Der Kapitän kam dem Zollbeamten auf Deck entgegen.

»Irgendwelche Konterbande, Kapitän?« erkundigte sich der Beamte gleichgültig.

»Selbstverständlich nicht, Exzellenz«, antwortete der Kapitän lächelnd und mit einer Verbeugung. »Wollt Ihr das Logbuch kontrollieren?« Er deutete auf seine Kajüte.

»Vielen Dank, ja«, antwortete der Zollbeamte steif.

Die beiden traten in die Kajüte, hinter ihnen schloß sich die Tür.

»Meine Ware! Ich will meine Ware!« jammerte der Kaufmann, irrte aufgeregt über das Deck, verhedderte sich in Tauen und wäre fast kopfüber in eine offene Ladeluke gestolpert.

Ein Besatzungsmitglied nahm den Dicken in Schlepp und brachte ihn zum Ersten Offizier, der Kummer gewöhnt war.

»Ich will meine Ware!« ächzte der Kaufmann.

»Tut mir leid, Sir«, antwortete der Erste Offizier und legte höflich die Hand an die Mütze, »aber wir können erst dann beginnen, die Ladung zu löschen, wenn wir die Freigabe vom Zoll haben.«

»Und wie lange wird das dauern?« Der Obsthändler rang die Hände.

Der Erste Offizier warf einen Blick zur Kapitänskajüte. *Ungefähr drei Gläser Wein,* hätte er antworten können. »Ich kann Euch versichern, Sir . . .«, sagte er statt dessen.

Der Kaufmann schnupperte. »Ich kann's riechen! Die Pua! Sie sind verdorben!«

»Das werden die Galeerensklaven sein, Sir.« Der Erste Offizier bemühte sich um eine ernste Miene.

»Laßt mich wenigstens einen Blick darauf werfen«, flehte der Kaufmann, nahm ein Taschentuch heraus und trocknete sich die Stirn.

Der Erste Offizier überlegte kurz, dann meinte er, das ließe sich wohl machen, und ging vor dem aufgeregten

Mann her. Sie kamen an den Passagieren vorbei, die an der Reling lehnten und Freunden oder Verwandten zuwinkten, die gekommen waren, um sie abzuholen. Auch die Passagiere mußten an Bord bleiben, bis man sie befragt und ihr Gepäck inspiziert hatte.

»Der Marktpreis für Puas ist so hoch wie nie«, sagte der Kaufmann, während er über Taurollen stolperte und sich an Frachtkisten blaue Flecken holte. »Wegen der Piraten natürlich. Dies ist die erste Ladung Pua seit zwölf Zyklen, die Paxar unbeschadet erreicht. Ich werde ein Vermögen machen. Wenn sie bloß nicht verfault sind – Heilige Mutter!«

Entsetzt streckte er die Hand nach dem Ersten Offizier aus und hätte ihn fast über Bord gestoßen.

»M-Menschen«, sagte er mit bebender Stimme.

Der Offizier, alarmiert von dem kreidebleichen Gesicht des Kaufmanns und den vorquellenden Augen, griff nach seinem Schwert und suchte am Himmel nach der Armee von feindlichen Drachenreitern, die eine derartige Erschütterung rechtfertigte. Als er nichts weiter entdecken konnte außer den grauen Regenwolken, bedachte er den Kaufmann mit einem grimmigen Blick. Der aber zitterte immer noch am ganzen Leib und streckte anklagend die Hand aus.

Er *hatte* Menschen entdeckt – zwei. Zwei Passagiere, die sich von den anderen fernhielten. Sie trugen lange schwarze Kutten und die Kapuzen über dem Kopf, besonders der kleinere hatte sich die seine tief ins Gesicht gezogen. Ungeachtet dessen erkannte der Kaufmann sie als Menschen. Kein Elf hatte so breite und muskulöse Schultern wie der hochgewachsenere der beiden Männer, und niemand, außer einem Menschen, würde Kleider aus diesem groben Stoff tragen, dazu noch in der Unglücksfarbe Schwarz. Jeder an Bord, die Sklaven eingeschlossen, machten einen weiten Bogen um die düsteren Gestalten.

Der Erste Offizier steckte sein Schwert sichtlich verärgert wieder in die Scheide.

»Hier entlang, Sir«, sagte er zu dem gaffenden Obsthändler und forderte ihn mit einer Handbewegung auf weiterzugehen.

»Aber sie – sie laufen frei herum!«

»Ganz recht, Sir.«

Der Kaufmann konnte den Blick nicht von den beiden Menschen losreißen und stolperte prompt über den Lukendeckel.

»Hier ist es, Sir. Seid vorsichtig. Ihr könntet fallen und Euch das Genick brechen, und das wollen wir doch nicht.« Dem letzten Teil des Satzes fehlte die rechte Überzeugungskraft.

»Sollten sie nicht in Ketten liegen oder so?« Der Kaufmann setzte zaghaft den Fuß auf die Leiter.

»Möglich, Sir.« Der Erste Offizier schickte sich an, ihm zu folgen. »Aber es wurde uns untersagt.«

»Untersagt!« Der Kaufmann blieb mitten auf der Leiter stehen und schaute indigniert nach oben. »Das kann doch nicht möglich sein. Wer hat es untersagt?«

»Die Kenkari, Sir«, antwortete der Erste Offizier ungerührt und sah zufrieden, wie der Kaufmann blaß wurde.

»Heilige Mutter«, sagte der stolze Besitzer der Puafrüchte wieder, aber diesmal mit größerer Ehrfurcht. »Darf man den Grund erfahren?« fragte er flüsternd. »Wenn's kein Geheimnis ist, natürlich nur.«

»Nein, nein. Die beiden sind, was die Menschen ›Totenmönche‹ nennen. Sie unternehmen eine Pilgerfahrt zur Kathedrale und haben freies Geleit, so lange sie zu niemandem ein Wort sprechen.«

»Totenmönche. Was es nicht alles gibt«, bemerkte der Kaufmann und stieg in den Laderaum hinunter, wo er seine Früchte trotz der rauhen Überfahrt völlig unbeschadet vorfand, von ein paar Druckstellen abgesehen.

Der Zollbeamte trat aus der Kapitänskajüte. Er wischte sich über den Mund und klopfte mit der anderen Hand liebevoll auf die ansehnliche Wölbung in Höhe seiner

Brusttasche, die vorher nicht da gewesen war. Sein Gesicht hatte sich gerötet und wirkte erheblich vergnügter als zuvor. Er wandte seine Aufmerksamkeit den Passagieren zu, die ungeduldig auf die Erlaubnis warteten, von Bord gehen zu dürfen.

Seine Miene verfinsterte sich. »Kirmönche, wie?«

»Ja, Exzellenz«, bestätigte der Kapitän. »Sind in Sunthas an Bord gekommen.«

»Haben sie Ärger gemacht?«

»Nein, Exzellenz. Sie hatten ein Logis für sich und sind während der ganzen Reise nicht herausgekommen. Die Kenkari haben verfügt, daß die Mönche freies Geleit haben sollen«, erinnerte der Kapitän den Beamten. »Ihre Person ist heilig.«

»Ja, wie Euer Profit«, bemerkte der Beamte trocken. »Ihr habt ihnen unzweifelhaft das Sechsfache des regulären Preises abgeknöpft.«

Der Kapitän zuckte mit den Schultern. »Man muß sehen, wo man bleibt, Exzellenz«, meinte er ausweichend.

Der Beamte war nicht in der Situation, ihm Vorhaltungen machen zu können, deshalb besann er sich auf seine Dienstvorschrift. »Ich nehme an, ich muß ihnen ein paar Fragen stellen.« Abscheu malte sich auf seinem Gesicht, und er nahm ein Taschentuch zur Hand. »Ich *darf* sie doch befragen«, erkundigte er sich dann zweifelnd. »Die Kenkari werden keinen Anstoß nehmen?«

»Einer Befragung steht nichts im Wege, Exzellenz. Und es wird einen guten Eindruck auf die anderen Passagiere machen.«

Der Beamte, erleichtert zu wissen, daß er nicht im Begriff stand, irgendeinen schrecklichen Fauxpas zu begehen, beschloß, die unangenehme Sache so schnell wie möglich hinter sich zu bringen. Er ging zu den zwei Mönchen hinüber, die sich immer noch deutlich abseits hielten. Bei seinem Näherkommen verneigten sie sich stumm. Eine Armeslänge von ihnen entfernt blieb er stehen und hielt sich das Taschentuch vor Mund und Nase.

»Woher sein?« verlangte der Beamte radebrechend zu wissen.

Der angesproche Mönch verneigte sich erneut, doch er gab keine Antwort. Als der Beamte die Stirn runzelte, beugte der Kapitän sich rasch vor und flüsterte: »Es ist ihnen verboten zu sprechen.«

»Ach ja.« Der Beamte überlegte einen Moment. »Du mit mir reden«, sagte er dann und schlug sich gegen die Brust. »Ich offiziell.«

»Wir kommen von Pitrins Exil, Exzellenz«, antwortete der größere der beiden Mönche mit einer weiteren Verbeugung.

»Wohin ihr gehen?« fragte der Offizier weiter, als hätte er nicht gemerkt, daß der Mensch fließend die Elfensprache beherrschte.

»Wir sind auf einer heiligen Pilgerfahrt zur Kathedrale d'Albedo, Exzellenz.«

»Was sein in dem Sack?« Der Offizier warf einen mißtrauischen Blick auf die primitiven Ranzen der beiden.

»Dinge, die wir unseren Brüdern mitbringen sollen, Kräuter und Elixiere und dergleichen. Möchtet Ihr nachsehen?« Der Mönch öffnete den Ranzen.

Intensiver Fäulnisgeruch schlug dem Beamten entgegen. Er prallte zurück, würgte, drückte sich das Taschentuch fester vor's Gesicht und schüttelte heftig den Kopf.

»Weg mit dem verdammten Ding. Du wirst uns alle vergiften. Dein Freund da, warum sagt der nichts?«

»Er hat keine Lippen, Exzellenz, und ein Stück der Zunge verloren. Ein schrecklicher Unfall. Wollt Ihr . . .«

Der Beamte wehrte entsetzt ab. Er bemerkte die schwarzen Handschuhe bei dem kleineren Mönch und daß die Finger verkrümmt und deformiert zu sein schienen. »Auf keinen Fall.« Er verzichtete darauf hinzuzufügen: ›Ihr Menschen seid auch so schon häßlich genug.‹ Man konnte nicht vorsichtig genug sein; es empfahl sich nicht, die Kenkari vor den Kopf zu stoßen, die – aus unerfindlichen Gründen – ihre Hand über diese Leichenfledderer hielten.

»Macht euch davon. Ihr habt fünf Zyklen, um eure Pilgerfahrt zu absolvieren. Eure Papiere holt euch in der Hafenmeisterei ab, das Gebäude da links.«

»Ja, Exzellenz. Vielen Dank, Exzellenz.« Der Mönch verneigte sich gleich mehrmals, warf sich beide Ranzen über die Schulter und nahm fürsorglich den Arm seines Gefährten. Dessen Schritte waren langsam und schlurfend, er hielt sich gebeugt. Nebeneinander wanderten sie die Gangway hinunter, man machte ihnen bereitwillig Platz, um nur nicht mit ihnen in Berührung zu kommen.

Der Beamte schüttelte sich. »Äh, da läuft's mir kalt den Rücken hinunter«, meinte er. »Ich wette, Ihr seid froh, sie los zu sein, Kapitän.«

»Das bin ich, Exzellenz«, bestätigte der Kapitän. »Das bin ich.«

Hugh und Iridal hatten keine Schwierigkeit, die Papiere zu bekommen, die ihnen für einen Zeitraum von fünf Zyklen den Aufenthalt in Paxaria* genehmigten. Danach mußten sie das Land verlassen oder damit rechnen, verhaftet zu werden. Selbst die Kenkari konnten ihre Brüder nicht schützen, wenn sie die ihnen zugestandene Frist überschritten.

Die Verbindung der beiden religiösen Sekten als seit der Entstehung von Aristagon verfeindeten Völkern läßt sich bis zu Krenka-Anris zurückverfolgen, der weiblichen Kenkari, die das Geheimnis entdeckte, die Seelen der Toten zu bannen. Zu der Zeit, kurz nachdem die Nichtigen aus dem Hohen Reich auf die verschiedenen Kontinente umgesiedelt worden waren, wohnten noch Menschen auf Aristagon, und obwohl das Verhältnis zwischen den Völkern sich rapide

* Ein Königreich auf dem Kontinent Aristagon. Paxaria ist das angestammte Gebiet des Paxarclans. Der größte Ort ist Paxaua, eine Hafenstadt. Zur Zeit im Frieden mit den Tribuselfen, gestattet man den Paxar, sich selbst zu regieren, aber ihr König ist nichts weiter als eine Gallionsfigur und mit einer aus der Schar von Agah'rans zahlreichen Töchtern verheiratet.

verschlechterte, gab es auf beiden Seiten einige, die freundschaftliche Beziehungen aufrechterhielten.

Zu diesen gehörte ein Magier der Menschen, seit vielen Jahren gut Freund mit Krenka-Anris. Die Menschen hatten von der neuen Elfenmagie erfahren, mittels derer sich die Seelen der Toten im Diesseits bewahren ließen, waren aber nicht in der Lage, das Geheimnis zu entschlüsseln. Die Kenkari hüteten es wie ein heiliges Gut. Eines Tages kam dieser Magier, ein gütiger und weiser Mann, zu Krenka-Anris und erflehte ihre Hilfe. Seine Frau läge im Sterben. Er könne es nicht ertragen, sie zu verlieren, und würde die Kenkari bitten, ihre Seele zu retten, wenn schon der Leib dem Tode geweiht sei.

Krenka-Anris hatte Mitleid mit dem alten Freund. Sie ging mit ihm und versuchte, die Seele der Sterbenden zu fangen. Doch die Magie der Kenkari wirkte nicht bei Menschen. Die Frau starb, ihre Seele entfloh. Bei ihrem trauernden Mann entwickelte sich der Wunsch, einen Weg zu finden, um menschliche Seelen zu bannen, zur Besessenheit. Er bereiste Aristagon und die Inseln und schließlich den gesamten besiedelten Teil des Mittelreichs. Er saß an jedem Totenbett, bewegte sich unter den Pestkranken, stand am Rand jedes Schlachtfelds und versuchte immer neue Beschwörungen, um die Seelen der Sterbenden einzufangen; alles vergebens.

Auf seinen Reisen fand er Anhänger, und diese führten sein Werk fort, nachdem der Magus selbst gestorben und seine Seele entschlüpft war, trotz der vereinten Bemühungen seiner Jünger, sie zu halten. Die Jünger, sie nannten sich Kir*, wollten seine Forschungen weiterführen, doch ihre Eigenart, stets Seite an Seite mit dem Tod aufzutauchen, trug ihnen den Haß der Bevölkerung ein. Man begann zu munkeln, sie brächten den Tod; oft wurden sie tätlich angegriffen und mit Gewalt von den Höfen und aus den Dörfern verjagt.

Infolgedessen schlossen die Kir sich zu ihrem eigenen Schutz zusammen und bauten Klöster in abgelegenen Regio-

* Wahrscheinlich eine Verballhornung des Wortes ›Kenkari‹.

nen des Mittelreichs. Ihre Suche nach Methoden, Seelen zu fangen, nahm eine andere Richtung. Da ihnen ein Erfolg bei den Lebenden versagt geblieben war, wandten die Kir ihr Interesse den Gestorbenen zu, in der Hoffnung herauszufinden, was mit der Seele geschah, nachdem sie den Körper verlassen hatte. Um ihre Studien betreiben zu können, suchten sie nach Leichen, besonders solchen, auf die niemand Anspruch erhob.

Die Kir führten ein abgeschiedenes Dasein, vermieden nach Möglichkeit jeden Kontakt mit der Außenwelt und widmeten ihre ganze Aufmerksamkeit den Toten, nicht den Lebenden. Obwohl man sie immer noch mit Abscheu betrachtete, so doch nicht mehr mit Haß und Furcht. Sie wurden zu anerkannten, sogar geschätzten Mitgliedern der Gesellschaft. Schließlich gaben sie die Suche nach der Magie der Seelen auf und begannen – vermutlich eine logische Entwicklung – den Tod zu verehren.

Auch wenn die Dogmen der beiden Glaubensgemeinschaften sich im Lauf der Jahrhunderte voneinander entfernt und inzwischen fast gar nichts mehr gemein hatten, geriet weder bei den Kirmönchen noch bei den Kenkari je in Vergessenheit, daß die zwei Bäume aus demselben Samen entsprossen waren. Die Kenkari gehörten zu den wenigen Außenseitern, denen je gestattet wurde, ein Kloster der Kir zu betreten, und die Kir sind die einzigen Menschen mit freiem Geleit im Elfenreich.

Hugh, bei den Kirmönchen aufgewachsen, wußte davon; wußte, diese Tarnung war der einzig sichere Weg, nach Aristagon zu gelangen. Er hatte früher schon erfolgreich davon Gebrauch gemacht und sich deshalb vorsorglich zwei schwarze Kutten beschafft, ehe er das Kloster verließ, eine für sich und eine für Iridal.

Da es sich bei den Kir um einen reinen Männerorden handelte, mußte Iridal darauf achten, Hände und Gesicht verborgen zu halten und vor allen Dingen nicht zu sprechen. Letzteres bedeutete keine große Schwierigkeit, weil das Gesetz den Kir untersagte, mit Elfen zu reden. Es war auch nicht zu befürchten, daß ein Elf dieses Gebot übertrat, denn man betrachtete die Kir mit Widerwillen und abergläubischer Scheu, weshalb Hugh und Iridal damit rechnen konnten, unbehelligt zu bleiben.

Der Beamte der Hafenmeisterei fertigte sie mit beleidigender Hast ab und schob ihnen die Dokumente aus sicherem Abstand über den Schalter.

»Wie kommen wir zur Kathedrale d'Albedo?« erkundigte sich Hugh in der Elfensprache.

»Nix verstehen.« Der Mann schüttelte den Kopf.

Hugh ließ sich nicht entmutigen. »Welches ist der beste Weg in die Berge?«

»Nix sprechen Menschensprache«, sagte der Elf, ging weg und machte sich an einem Aktenschrank zu schaffen.

Hugh zog finster die Brauen zusammen, doch eingedenk seiner Rolle beherrschte er sich. Er nahm die Papiere, schob sie unter den Strick, der seine Kutte zusammenhielt, und trat aus der Kanzlei in das Gewühl des Hafenviertels von Paxaua.

Aus der Tiefe ihrer Kapuze betrachtete Iridal im Weitergehen staunend und ehrfürchtig das Gewirr der Häuser, die verwinkelten Straßen, die Masse der Passanten. Man hätte die größte Stadt Volkarans ohne Mühe in Paxauas Marktviertel unterbringen können.

»Ich hätte mir nicht träumen lassen, daß es so etwas gibt! Und so viele Leute«, sagte sie flüsternd zu Hugh, griff nach seinem Arm und drückte sich schutzsuchend an ihn. »Seid Ihr schon einmal hiergewesen?«

»Meine Geschäfte haben mich nie so tief in feindliches Territorium geführt«, antwortete Hugh mit einem grimmigen Lächeln.

Iridal sah ratlos auf die vielen gewundenen, kreuz und quer verlaufenden Straßen. »Wie sollen wir uns je zurechtfinden? Habt Ihr einen Plan von der Stadt?«

»Nur vom Imperanon selbst. Alles was ich weiß, ist, daß die Kathedrale irgendwo in den Bergen liegt.« Hugh deutete auf eine Gebirgskette am Horizont. »Die Straßen dieses

Ameisenhaufens hat nie jemand zu kartographieren versucht. Die meisten haben gar keinen Namen oder wenn doch, kennen ihn nur die Einheimischen. Wir müssen uns eben durchfragen. Gehen wir.«

Sie ließen sich in der Menge treiben, eine sanft ansteigende Straße, vielleicht die Hauptstraße entlang.

»Nach dem Weg zu fragen dürfte schwierig sein«, bemerkte Iridal nach ein paar Minuten halblaut. »Alle weichen uns aus! Sie starren uns nur an . . .«

»Es gibt Möglichkeiten. Keine Angst. Sie wagen es nicht, uns etwas zu tun.«

Sie gingen weiter; ihre Kutten hoben sich wie zwei schwarze Löcher von dem farbenfrohen, lebensvollen Straßenbild ab. Überall, wo die düsteren Gestalten vorüberkamen, erstarrte das alltägliche Leben zu einem Tableau.

Die Elfen hörten auf zu reden, hörten auf zu feilschen, zu lachen, zu streiten. Sie wurden zu Figuren in einem Gobelin, nur ihre Augen folgten dem schwarzgewandeten Paar, bis es in die nächste Straße einbog, wo genau das gleiche wieder passierte. Iridal fing an zu glauben, sie trüge Schweigen in der Hand und breite es wie ein schweres Tuch über jedes Lebewesen, jeden Gegenstand an ihrem Weg.

Sie sah in die Augen und las dort Haß, doch nicht auf sie als Person, sondern auf das, was sie repräsentierte – den Tod. Memento mori. Mögen die Elfen auch lange leben, unsterblich sind sie nicht.

Sie und Hugh gingen weiter; ziellos, kam es Iridal vor, obwohl sie sich mehr oder weniger stets in dieselbe Richtung bewegten, vermutlich auf die Bergkette zu, die allerdings hinter den mehrstöckigen Häusern nicht zu sehen war.

Endlich wurde ihr klar, daß Hugh nach etwas suchte. Der vermummte Kopf drehte sich von einer Seite zur anderen. Im Schatten der Kapuze wanderten die Augen über die Fassaden der Geschäfte und die Schilder über den Türen. Er bog – ohne ersichtlichen Grund – von einer Straße ab und zog sie in eine parallel verlaufende. Dann wieder blieb er an einer Kreuzung stehen, schaute sich um und schlug eine neue Richtung ein.

Iridal verzichtete darauf, Fragen zu stellen – vermutlich bekam sie doch keine Antwort. Aber sie begann, ihrer Umgebung mehr Aufmerksamkeit zu schenken, betrachtete die Läden und die oft verzierten Aushängeschilder, wie er es tat. Paxauas Geschäftsviertel war in Bezirke unterteilt. Die Straße der Kleiderhändler lag neben der der Weber. Waffenschmiede hatten ihre Werkstatt ein oder zwei Blocks oberhalb der Kesselflicker, Obsthändler gab es en masse. Hugh führte sie in eine Gasse der Parfumeure; die Duftschwaden aus den offenstehenden Türen nahmen ihr den Atem. Hinter der nächsten Ecke dann befanden sie sich im Reich der Herbalisten.

Hugh schien seinem Ziel näher zu kommen, denn er schritt rascher aus und streifte die Ladenschilder nur noch mit flüchtigen Blicken. Bald hatten sie die größeren Geschäfte hinter sich gelassen und kamen in eine ruhigere Gegend. Hier waren die Läden kleiner und schäbiger, es herrschte auch weniger Gedränge, wofür Iridal dankbar war, und die Leute schienen einer ärmeren Klasse anzugehören.

Hugh beugte sich zu Iridal. »Ihr seid am Ende Eurer Kräfte«, raunte er.

Gehorsam begann Iridal zu taumeln, stolperte und klammerte sich haltsuchend an ihm fest. Hugh stützte sie, hob den Kopf.

»Wasser!« rief er laut. »Ich bitte um Wasser für meinen Gefährten. Es geht ihm nicht gut.«

Die wenigen Elfen, die auf der Straße gewesen waren, verschwanden. Iridal ließ sich schwer gegen Hugh sinken. Er trug sie halb zu einer vorgebauten Eingangsstufe unter einem verwitterten Schild, auf dem zu lesen stand, daß hier noch ein Herbalist sein Geschäft betrieb.

»Ruh dich aus«, ordnete Hugh an, für jedermann hörbar, »ich gehe hinein und bitte um Wasser.« Leise fügte er hinzu: »Haltet die Augen offen.«

Iridal nickte stumm und zog die Kapuze tiefer ins Gesicht, aber so, daß sie noch freies Blickfeld hatte. Sie blieb still sitzen, dabei behielt sie wachsam die Straße im Auge. Bis jetzt war ihr nicht der Gedanke gekommen, man könne ihnen folgen, eine lächerliche Vorstellung, wo doch jeder Elf in Paxaria mittlerweile von ihrer Anwesenheit wußte und vermutlich auch, wohin sie wollten. Sie hatten wahrlich kein Geheimnis daraus gemacht.

Hugh trat über die Schwelle und ließ die Tür hinter sich offen. Aus den Augenwinkeln sah Iridal ihn zu einem Ladentisch gehen. Dahinter reihten sich auf langen Regalen Flaschen jeder erdenklichen Form, Farbe und Größe, die eine ebenso erstaunliche Vielfalt an Pflanzen, Pulver und Essenzen enthielten.

Elfenmagie ist entweder mechanischer Natur – Drachenschiffe oder spiritueller – die Kenkari. Elfen glauben nicht daran, eine Prise von diesem Kräutlein mit zwei Löffeln von jenem Pulver zu vermischen, außer in der Heilkunst. Und Heilmittel gehören nicht in den Bereich der magischen Dinge; man braucht sie, aber sie gelten als profan. Der Elf hinter dem Tresen war ein Kräuterkundiger. Er mischte Salben für Furunkel und Blasen und Ausschlag, verkaufte Säfte gegen Husten und Schlaflosigkeit und Ohnmachtsanfälle. Vielleicht auch unter der Ladentheke einen Liebestrunk oder zwei.

Iridal hatte keine Ahnung, was Hugh wollte. Bestimmt kein Glas Wasser.

Der Elf hinter dem Tresen war jedenfalls nicht erfreut, ihn zu sehen.

»Nicht mögen deine Sorte. Gehen weg«, schimpfte er und schwenkte die Hand, als wollte er Vögel verscheuchen.

Hugh steckte ihm die Rechte entgegen, wie zur Begrüßung. »Meinem Gefährten geht es nicht gut. Gebt mir bitte einen Becher Wasser. Und wir haben uns verirrt, wir brauchen jemanden, der uns den Weg beschreibt. Im Namen der Kenkari, Ihr könnt uns nicht die Hilfe verweigern.«

Der Elf musterte ihn schweigend, dann warf er einen

scharfen Blick zur Tür. »Du, Mönch. Du nicht da sitzen. Schlecht fürs Geschäft«, rief er Iridal unwirsch zu. »Komm her. Komm her.«

Hugh ging hinaus, half Iridal aufzustehen und führte sie in den Laden.

Der Elf schob hastig den Riegel vor und drehte sich zu dem verkleideten Assassinen herum. »Was brauchst du, Bruder? Sag es schnell. Wir haben nicht viel Zeit.«

»Die Beschreibung des kürzesten Wegs zur Kathedrale d'Albedo.«

»Wohin?«

Hugh wiederholte, was er gesagt hatte.

»Nun gut.« Der Elf war verblüfft, aber hilfsbereit. »Geht zurück zur Straße der Waffenschmiede, biegt in die Gasse der Silberschmiede ein und folgt ihr bis zum Ende. Sie mündet in eine breite Chaussee –, den Königsweg, der in Serpentinen hinauf in die Berge führt. Der Paß ist schwer bewacht, aber ihr solltet keine Schwierigkeiten haben. Diese Tarnung – eine raffinierte Idee. Allerdings wird sie euch nicht helfen, ins Imperanon hineinzukommen. Ich nehme an, das ist euer wirkliches Ziel.«

»Wir wollen zur Kathedrale. Wo liegt sie genau?«

Der Elf schüttelte den Kopf. »Hör auf meinen Rat, Bruder. Das Imperanon ist in den Berghang gebaut, die Kathedrale liegt davor, auf einem großen Plateau. Ein Gebäude aus Koralit und Kristall in der Mitte eines freien Platzes, des Temenos'. Man sieht es schon von weitem. Glaubt mir, ihr werdet keine Schwierigkeiten haben, die Kathedrale zu finden, obwohl – weshalb ihr unbedingt dorthin wollt, ist mir ein Rätsel. Wie auch immer, das ist eure Sache. Kann ich sonst noch etwas für euch tun?«

»Wir haben gehört, die Kenkari weigerten sich, die Seelen aufzunehmen, die man ihnen bringt. Stimmt das?«

Der Elf hob die Augenbrauen. Mit der Frage hatte er nicht gerechnet. Er warf einen Blick aus dem Fenster, dann zur Tür, ob sie wirklich verschlossen war, und senkte trotzdem die Stimme.

»Es ist wahr, Bruder. Man redet in der ganzen Stadt davon. Wenn ihr bei der Kathedrale eintrefft, werdet ihr das Portal verschlossen finden.«

»Vielen Dank für deine Hilfe, Bruder«, sagte Hugh. »Am besten gehen wir jetzt. Wir wollen dir keine Ungelegenheiten bereiten. Die Wände bewegen sich.«*

Iridal sah Hugh an und fragte sich, was er meinte. Der Elf schien es zu wissen, er nickte. »Damit muß man rechnen, aber keine Sorge. Die Unsichtbaren bespitzeln nicht so sehr euch als vielmehr uns, ihr eigenes Volk. Mit wem ihr sprecht, wo ihr verweilt.«

»Ich hoffe, du bekommst keine Schwierigkeiten.«

»Wer bin ich schon?« Der Elf zuckte mit den Schultern. »Niemand. Ich gebe mir große Mühe, ein Niemand zu sein. Wäre ich jemand – reich, mächtig –, dann könntet ihr mich in Schwierigkeiten bringen.«

Hugh und Iridal wandten sich zum Gehen.

»Hier, nimm.« Der Elf reichte Iridal einen Becher Wasser. Sie nahm ihn dankbar an. »Du siehst aus, als hättest du's nötig. Und du bist sicher, daß ich sonst nichts für dich tun kann, Bruder? Gift? Ich habe einen kleinen Vorrat an ausgezeichnetem Schlangenvenenum. Bestens geeignet, um einem Dolch etwas zusätzlichen Biß zu geben . . .«

»Danke, nein.«

»Auch gut.« Der Elf stieß die Tür auf und zog ein finsteres Gesicht. »Laßt euch ja nicht wieder blicken, ihr übelriechenden Kreaturen. Und sagt den Kenkari, sie schulden mir einen Segen!«

Er schob Hugh und Iridal grob über die Schwelle und schlug die Tür hinter ihnen zu. Sie standen auf der Straße und sahen – davon war Iridal überzeugt – genauso verloren und müde und niedergeschlagen aus, wie sie sich fühlte.

»Wir haben uns offenbar verlaufen«, sagte Hugh in der Elfensprache – für die Ohren der Unsichtbaren bestimmt, vermutete Iridal.

* bedeutet: Die Unsichtbaren folgen uns.

Dann war es also die Leibgarde des Kaisers, die ihnen folgte. Sie schaute sich unauffällig um, konnte aber nichts Auffälliges entdecken. Woran hatte Hugh gemerkt, daß man sie bespitzelte?

»Wir müssen den Weg zurückgehen, auf dem wir gekommen sind, wenigstens ein Stück«, hatte er inzwischen erklärt.

Iridal akzeptierte seinen stützenden Arm und dachte resigniert an den langen Weg, der noch vor ihnen lag. »Ich hatte keine Ahnung, daß Eure Arbeit so anstrengend ist«, bemerkte sie halblaut.

Er blickte auf sie hinunter, mit einem Lächeln – ein seltener Gast auf seinem Gesicht. »Es ist noch ziemlich weit bis in die Berge, fürchte ich. Und wir können nicht wagen, noch irgendwo Halt zu machen.«

»Ja, ich verstehe.«

»Ihr vermißt bestimmt Eure Magie«, sagte er und drückte ihre Hand.

»Und Ihr bestimmt Eure Pfeife.« Sie erwiderte den Druck. Ein Stück gingen sie in freundschaftlichem Schweigen.

»Ihr habt nach diesem Laden gesucht, nicht wahr?« fragte Iridal nach einiger Zeit.

»Nicht genau nach diesem«, antwortete Hugh. »Nur mit einem bestimmten Zeichen im Fenster.«

Iridal konnte sich auf Anhieb nicht an ein Zeichen erinnern, der Laden war so klein und schäbig gewesen. Dann fiel ihr ein, daß tatsächlich ein Stück Papier in der unteren Fensterecke geklebt hatte, mit einer Zeichnung darauf, einer Hand.

Die Bruderschaft warb öffentlich in den Straßen, wie's schien. Elfen und Menschen – Feinde, Todfeinde von alters her, dennoch setzten sie ihr Leben aufs Spiel, um einander zu helfen, eine Wahlverwandtschaft des Todes. Verbrecherisch, böse, aber war es nicht doch ein Hoffnungsschimmer für die Zukunft? Ein Beweis, daß die zwei Rassen nicht zwangsläufig Feinde waren, wie Fanatiker auf beiden Seiten behaupteten?

Wir haben es in der Hand, einen Friedensschluß möglich zu machen, dachte Iridal. Unser Vorhaben *muß* gelingen. Doch hier im fremden Land, inmitten einer fremden Kultur, wollte sie fast verzagen.

»Hugh? Ich weiß, ich sollte keine Fragen stellen, aber was der Elf gesagt hat, stimmt. Die Kenkari *werden* merken, daß wir Hochstapler sind. Trotzdem redet Ihr, als hättet Ihr tatsächlich vor, zu ihnen zu gehen. Ich verstehe das nicht. Was wollt Ihr ihnen sagen? Wie könnt Ihr hoffen . . .«

»Ihr habt recht, Teuerste«, schnitt Hugh ihr das Wort ab. Sein Lächeln verschwand wie weggewischt, sein Ton war streng. »Ihr sollt keine Fragen stellen. Hier, das ist die richtige Straße.«

Sie fanden sich auf einer breiten Chaussee wieder, gezeichnet mit dem Wappen des Königs von Paxaria. Wieder tauchten sie ein in die Menge, tauchten wieder ein in Schweigen.

Und stumm gingen sie weiter.

Kapitel 30

Kathedrale d'Albedo, Aristagon, Mittelreich

Der Hüter der Pforte der Kathedrale d'Albedo hatte eine neue Aufgabe. Während er einst darauf wartete, daß die Weesham kamen und ihm die Seelen der ihnen Anbefohlenen aushändigten, damit er sie im Aviarium freiließ, war es neuerdings seine Pflicht, sie abzuweisen.

Die Nachricht von der Schließung der Kathedrale hatte sich in Windeseile verbreitet, nur den Grund wußte niemand. Die Kenkari hatten große Macht, aber selbst sie konnten nicht wagen, ihren Kaiser öffentlich des Mordes an Mitgliedern seiner eigenen Familie zu beschuldigen. Ohnehin hatten sie damit gerechnet, Agah'ran würde Truppen gegen sie entsenden, und waren sehr überrascht (ganz zu schweigen von ihrer Erleichterung), als nichts dergleichen geschah.

Aber zum Mißvergnügen von Bruder Pforte riß der Strom der Weesham nicht ab. Manche wußten von nichts. Andere, obwohl sie gehört hatten, daß die Kathedrale geschlossen wäre, wollten sich nicht abweisen lassen.

»Aber das gilt doch nicht für mich«, sagten sie. »Für die anderen vielleicht, aber die Seele, die ich bringe, ist die Seele eines Prinzen ...« Oder einer Gräfin oder eines Marquis oder eines Herzogs.

Es half nichts. Alle mußten umkehren.

Die Weesham gingen, verwirrt, ratlos, die kleine Schatulle mit zitternden Händen an die Brust gedrückt.

»Es tut mir im Herzen weh«, sagte Bruder Pforte zu Schwester Buch. Sie hatten sich in der Kapelle getroffen. »Die Weesham sehen so verloren aus. ›Wohin soll ich gehen?‹ fragen sie mich. ›Was soll ich tun?‹ Ihr Dienst war ihr ganzer Lebensinhalt. Was soll ich ihnen antworten, außer: ›Geht nach Hause. Wartet.‹ Wartet auf was?«

»Das Zeichen«, antwortete Schwester Buch zuversichtlich. »Es wird kommen, glaub es mir. Du mußt Vertrauen haben.«

»Leicht gesagt«, entgegnete Bruder Pforte verbittert. »Du brauchst sie nicht abzuweisen. Du siehst ihre Gesichter nicht.«

»Ich weiß. Es tut mir leid.« Schwester Pforte legte ihre Hand auf die ihres Konfraters.

»Aber die Nachricht hat die Runde gemacht. Seit zwei Zyklen ist kein Weesham mehr gekommen. Du wirst nicht mehr behelligt werden.«

»Nicht von ihnen.« Seine Stimme klang dumpf.

»Du fürchtest immer noch, wir könnten angegriffen werden?«

»Fast wünschte ich mir's. Dann wüßten wir zumindest, woran wir sind. Der Kaiser hat uns weder öffentlich angeklagt noch uns befehlen wollen, die Maßnahme rückgängig zu machen. Er hat keine Truppen entsandt.«

»Sie würden nicht gegen uns ziehen. Nicht gegen *uns.*«

»Früher hätte ich dir zugestimmt. Aber es hat sich vieles verändert. Ich frage mich ...«

Ein Gongschlag tönte durch die Kathedrale. Beide hoben den Blick, ein sonorer Nachhall durchzitterte die stille Luft der Kapelle. Der Adlatus von Bruder Pforte, der in dessen Abwesenheit den Dienst am Tor versah, rief seinen Meister.

Bruder Pforte seufzte. »Ah, ich bin voreilig gewesen. Wieder einer.«

Schwester Buch betrachtete ihn mit stummer Sympathie. Der Hüter der Pforte erhob sich, verließ das Aviarium und beeilte sich, auf seinen Posten zurückzukehren. Unterwegs spähte er unglücklich durch die Mauern aus Kristall, in der Erwartung wieder eines Unbelehrbaren, wieder einer langwierigen Debatte. Was er jedoch sah, ließ ihn verblüfft stehenbleiben. Er schaute ein zweites Mal hin, dann eilte er weiter und wäre fast mit den weichen Pantoffeln auf dem spiegelglatten Boden ausgerutscht.

Sein Adlatus war außerordentlich dankbar, ihn zu sehen.

»Ich bin froh, daß Ihr kommt, Meister. Ich fürchtete, Ihr wärt beim Gebet.«

»Nein, nein.« Der Hüter der Pforte trat an das goldene Gitter, das den Eingang versperrte, und schaute hindurch.

Er hatte gehofft, nicht recht gesehen zu haben, vom Lichteinfall getäuscht worden zu sein, und da wären keine zwei Menschen in schwarzer Kutte, die den großen freien Platz vor der Kathedrale überquerten. Aber sie hatten sich inzwischen so weit genähert, daß kein Irrtum möglich war.

Er runzelte die Stirn. »Kirmönche, ausgerechnet. In einer Zeit wie dieser.«

»Ich weiß«, murmelte sein Adlatus. »Was tun wir?«

»Sie einlassen, natürlich.« Bruder Pforte seufzte. »Wie es Tradition ist. Sie haben einen weiten und womöglich nicht ungefährlichen Weg hinter sich. Sie konnten ja nicht ahnen, wie schlecht die Dinge stehen. Vorläufig schützt sie das heilige Gesetz, aber wie lange noch? Zieh das Gitter hoch. Ich werde mit ihnen reden.«

Der Adlatus beeilte sich zu gehorchen. Bruder Pforte wartete, bis die Kir – sie gingen langsam, vom anstrengenden Marsch ermüdet – am Fuß der Treppe angelangt waren. Beide hatten die Kapuze tief ins Gesicht gezogen.

Das Gitter hob sich geräuschlos, der Hüter der Pforte öffnete die Türflügel aus Kristall. Die Mönche waren stehengeblieben, als das Gitter emporglitt. Mit gesenktem Kopf erwarteten sie den Hüter der Pforte, der sich ihnen gemessenen Schrittes näherte.

Er breitete die Arme aus; das fließende Gewand, aufgespannten Schmetterlingsflügeln ähnlich, schillerte in der Sonne.

»Ich heiße Euch willkommen, Brüder, im Namen von Krenka-Anris«, sagte Bruder Pforte in der Menschensprache.

»Krenka-Anris sei Preis und Ehre«, antwortete der größere der beiden Kir. Er bediente sich der Elfensprache. »Und ihren Söhnen.«

Bruder Pforte nickte. Die rituelle Erwiderung war korrekt.

»Tretet ein in Frieden nach eurer langen Reise«, fuhr er fort, ließ die Arme sinken und trat zur Seite.

»Danke, Bruder.« Der Kir half seinem sichtlich ermatteten Gefährten.

Beide traten über die Schwelle. Der Hüter schloß das Portal, sein Gehilfe ließ das Gitter herunter. Bruder Pforte wandte sich den Gästen zu – und wußte sogleich, daß er einen Fehler gemacht hatte.

Der größere der Mönche erkannte am Gesichtsausdruck von Bruder Pforte, daß ihre Tarnung durchschaut war. Er schob die Kapuze zurück. Stechende Augen glitzerten unter überhängenden Brauen. Der Bart um das starke, vorspringende Kinn war zu peitschendünnen Zöpfen geflochten, die kühne Nase ähnelte dem Schnabel eines Falken. Der Hüter hatte noch nie beeindruckendere Züge bei einem Menschen gesehen.

»Ihr habt recht, Hüter«, sagte der Fremde. »Wir sind keine Kirmönche. Wir tragen nur deshalb diese Verkleidung, weil sie uns ermöglichte, sicher hierher zu kommen.«

»Sakrileg!« rief Bruder Pforte mit vor Empörung bebender Stimme. »Ihr habt Euch unter Vorspiegelung falscher Tatsachen Zutritt zu diesem heiligen Ort erschlichen! Ich weiß nicht, was Ihr zu erreichen hofftet, aber Ihr habt leichtfertig Euer Leben verwirkt. Krenka-Anris, ich rufe dich an! Laß dein heiliges Feuer herabregnen! Räche diesen Frevel!«

Nichts geschah. Der Hüter der Pforte war erschüttert. Dann glaubte er zu wissen, weshalb seine Magie nicht wirkte: Der zweite Mönch hatte seine Kapuze zurückgeschoben. Das blasse Gesicht einer Frau mit regenbogenfarbenen Augen voller Weisheit.

»Eine Mysteriarchin!« sagte der Hüter. »Es mag Euch gelungen sein, meine erste Beschwörung unwirksam zu machen, aber Ihr seid allein, und wir sind viele ...«

»Ich habe Eure Beschwörung nicht unwirksam gemacht«, widersprach die Frau ruhig. »Noch werde ich meine Magie gegen Euch einsetzen, und sei es nur, um mich zu schützen. Wir kommen nicht in böser Absicht. Wir haben nicht vor, Euer Heiligtum zu entweihen. Unsere Mission hat den Frieden zwischen unseren Völkern zum Ziel.«

»Wir sind Eure Gefangenen«, fügte der Mann hinzu. »Ihr könnt uns fesseln, uns die Augen verbinden, ohne daß wir Gegenwehr leisten. Unsere Bitte ist nur, daß Ihr uns zum Hüter der Seelen bringt. Wir müssen unbedingt mit ihm sprechen. Wenn er uns angehört hat, mag er uns richten. Lautet sein Spruch, daß wir sterben müssen, dann soll es geschehen.«

Bruder Pforte musterte die beiden forschend. Unterdessen hatte sein Adlatus heftig den Gong geschlagen. Andere Kenkari kamen gelaufen, bildeten einen Kreis um die falschen Mönche. Mit ihrer Unterstützung konnte Bruder Pforte seinen Bannspruch erneuern.

Aber warum hatte er nicht gleich gewirkt?

»Ihr wißt gut über uns Bescheid«, meinte er, noch unschlüssig, was er tun sollte. »Ihr kennt die rituellen Formeln und den Hüter der Seelen ...«

»Ich bin bei den Kir aufgewachsen«, erklärte der Fremde, »und habe seither wieder bei ihnen gelebt.«

»Bringt die Fremden zu mir.« Die Worte flimmerten in der Luft, wie Frost oder die Töne der stummen Glocke.

Der Hüter der Pforte vernahm den Befehl seines Superiors

und verneigte sich gehorsam. Dann legte er nacheinander den beiden Menschen die Hand über die Augen und murmelte einen Spruch, der sie vorübergehend blendete. Keiner begehrte auf, auch wenn der Mann die Fäuste ballte und sich versteifte, als koste es ihn enorme Willenskraft, sich zu fügen.

»Weltliche Augen dürfen das Heiligtum nicht erblicken«, erklärte der Hüter der Pforte.

»Wir verstehen«, sagte die Mysteriarchin ruhig.

»Habt keine Angst zu fallen, wir führen Euch.« Bruder Pforte ergriff die Hand der Frau, ihre Berührung war leicht, kühl.

»Vielen Dank, Magus«, sagte sie und brachte sogar ein Lächeln zustande, obschon man ihr ansehen konnte, daß sie am Ende ihrer Kräfte war. Sie verzog bei jedem Schritt schmerzlich das Gesicht.

Bruder Pforte blickte über die Schulter. Sein Adlatus hatte den Oberarm des Mannes umfaßt und führte ihn behutsam neben sich her. Warum fiel es ihm schwer, den Blick von dem Menschengesicht abzuwenden? Es war häßlich, die Züge hart und kantig. Aber schließlich sahen für die feinknochigen, zierlichen Elfen alle Menschen erschreckend primitiv aus. Etwas war anders im Gesicht dieses Mannes. Bruder Pforte war verwundert, daß er sich nicht abgestoßen fühlte, sondern den Mann anstarrte wie gebannt, fast mit einem Gefühl von Ehrfurcht.

Die Frau stolperte über das lange Gewand des Kenkari; in Gedanken versunken, hatte der Kenkari nicht auf seine Schutzbefohlene geachtet.

»Ich bitte um Vergebung, Magicka«, sagte er. Gern hätte er nach ihrem Namen gefragt, doch es war an seinem Superior, die Formalitäten zu regeln. »Ich habe nicht aufgepaßt.«

»Es tut mir leid, daß wir solche Unruhe in Euren Orden bringen«, meinte die Frau, wieder mit einem freundlichen, aber müden Lächeln.

In Bruder Pforte regte sich Mitleid. Ihre Züge waren nicht annähernd so grobschlächtig wie die der meisten Menschen, fast konnte man sie als gefällig bezeichnen. Und sie wirkte so müde und so – so traurig. »Wir sind gleich da. Ihr habt einen langen Weg hinter Euch, nehme ich an?«

»Von Paxaua her, zu Fuß. Ich konnte nicht wagen, von meiner Magie Gebrauch zu machen.«

»Nein, allerdings nicht. Und hat Euch niemand belästigt oder versucht, am Weitergehen zu hindern?«

»Wir wurden nur einmal in den Bergen angehalten. Die Wachen am Paß haben uns befragt, ließen uns aber bald wieder ziehen, nachdem wir sie erinnert hatten, daß wir unter dem Schutz der Kenkari stehen.«

Bruder Pforte war hocherfreut, das zu hören. Wenigstens die Truppen respektieren uns noch, haben sich nicht gegen uns gewendet. Der Kaiser – nun ja. Da muß man einen anderen Maßstab anlegen. Agah'ran plant etwas, sonst hätte er nicht stillgehalten bisher. Immerhin gaben wir ihm zu verstehen, daß wir ihn durchschaut haben. Er muß sich sagen, daß wir seine Herrschaft nicht mehr lange dulden werden.

Doch worauf warten wir? Auf ein Zeichen. Andere Welten. Ein Tor des Todes, das zum Leben führt. Ein Mann, der tot ist und doch nicht tot. Gesegnete Krenka-Anris! Wann wird sich das alles aufklären?

Die Hüterin des Buches und der Hüter der Seelen erwarteten sie in der Kapelle. Die Menschen wurden hineingeführt. Der Adlatus verneigte sich, ging hinaus und schloß die Tür. Bei dem Geräusch wandte der Fremde den Kopf und runzelte die Stirn.

»Iridal?«

»Ich bin hier, Hugh.«

»Habt keine Furcht«, ergriff der Hüter der Seelen das Wort. »Ihr befindet Euch in der Kapelle des Aviariums. Ich bin derjenige, mit dem zu sprechen Ihr gekommen seid. Bei mir sind die Hüterin des Buches und der Hüter der Pforte. Es tut mir leid, daß ich die Blindheit nicht von Euch nehmen kann, aber das Gesetz verbietet, daß die Augen unserer Feinde das Allerheiligste anschauen.«

»Wir haben Verständnis dafür«, antwortete Iridal. »Vielleicht kommt der Tag, wenn solche Gesetze überflüssig werden.«

»Für diesen Tag beten wir, Magicka«, meinte der Hüter. »Nennt mir Eure Namen.«

»Ich bin Iridal, ehemals vom Hohen Reich, nunmehr von Volkaran.«

»Und Euer Begleiter?« fragte der Hüter, nachdem er vergebens gewartet hatte, daß Hugh sich äußerte.

»Er ist Hugh Mordhand«, sagte Iridal, als ihr klar wurde, daß Hugh nicht gewillt war, sein Schweigen zu brechen. Sie wandte beunruhigt die blinden Augen in seine Richtung und streckte tastend die Hand aus.

»Ein Mann, von den Kir aufgezogen. Ein Mann mit einem höchst bemerkenswerten Gesicht.« Der Hüter unterzog Hugh einer genauen Musterung. »Ich habe viele Menschen gesehen, aber an Euch ist etwas, Hugh Mordhand, das mich ungewöhnlich anmutet. Etwas Erschreckendes, etwas Rätselhaftes. Ihr seid gekommen, um mit mir zu sprechen. Weshalb? Was wollt Ihr von den Kenkari?«

Hughs Lippen zuckten, er schien antworten zu wollen, schwieg aber.

Iridal spürte betroffen, wie sich unter ihrer Hand die Muskeln seines Arms verkrampften.

Er entzog sich ihrer Berührung. Seine Wangenmuskeln spannten sich, er knirschte mit den Zähnen; an seinem Hals traten die Sehnen hervor wie Stricke. Schließlich, mit ungeheurer Überwindung, brachte er die Worte heraus.

»Ich bin gekommen, um Euch meine Seele zu verkaufen.«

Kapitel 31

Kathedrale d'Albedo, Aristagon, Mittelreich

»Er ist wahnsinnig«, meinte Schwester Buch, die als erste die Sprache wiederfand.

»Das glaube ich nicht.« Der Hüter der Seelen betrachtete Hugh mit nachdenklicher Faszination. »Ihr seid nicht wahnsinnig, Hugh, habe ich recht?«

»Nein«, antwortete Hugh knapp. Jetzt, da alles entschieden war – und er hatte nicht geahnt, daß es ihm so schwerfallen würde –, fühlte er sich wie erlöst und konnte sogar die Verwirrung der Elfen mit sardonischer Belustigung betrachten. Nur Iridal in die Augen zu sehen, hätte er nicht ertragen können, deshalb war er froh über seine Blindheit.

Sie schwieg; vielleicht war es ja wieder eins von seinen raffinierten Manövern.

Kein Manöver. Er meinte es ernst – todernst.

»Ihr seid bei Kirmönchen aufgewachsen. Dann wißt Ihr einiges von unseren Bräuchen.«

»Sehr viel sogar. Es gehört zu meinem Beruf, Dinge zu wissen.«

»Ja«, murmelte Bruder Seele. »Da habe ich keine Zweifel. Dann wißt Ihr auch, daß Seelen von Menschen hier keine

Aufnahme finden; daß wir vor allen Dingen Seelen, gleich von wem, nicht *kaufen*. Die Seelen in unserem Aviarium werden uns aus freiem Willen zugeeignet...«

Seine Stimme schwankte etwas bei den letzten Worten.

Hugh schüttelte nur ironisch lächelnd den Kopf.

Der Hüter schwieg eine Weile, dann meinte er: »Ihr seid gut unterrichtet, Hugh Mordhand.« Wieder Schweigen, bis er fortfuhr: »Ihr habt eine lange und gefahrvolle Reise unternommen, um uns ein Angebot zu machen, von dem Ihr wußtet, daß wir es ablehnen würden...«

»Ihr werdet es nicht ablehnen«, sagte Hugh. »Ihr habt selbst gesagt, etwas an mir ist anders.«

»Ich kann es fühlen.« Der Hüter nickte. »Aber ich verstehe nicht. Was ist Besonderes ausgerechnet an Eurer Seele, das sie für uns wertvoll macht? Das uns sogar erlauben würde, sie ins Aviarium aufzunehmen?«

»Weil meine Seele, welchen Wert sie auch haben mag« – Hugh verzog ironisch den Mund – »im Jenseits gewesen und wiedergekehrt ist.«

»Hugh!« Iridal stöhnte auf, als sie plötzlich begriff, dies war kein listiger Plan. »Das könnt Ihr nicht ernst meinen! Tut es nicht!«

Hugh schenkte ihr keine Beachtung.

»Wollt Ihr behaupten«, die Stimme des Hüters klang erstickt, als hätte er Mühe zu atmen, »daß Ihr gestorben seid und – und...«

»Und auferstanden«, sagte Hugh.

Mit Erstaunen hatte er gerechnet, mit Unglauben, aber es schien, als wäre der Blitz zwischen den Elfen eingeschlagen. Er konnte die Elektrizität förmlich knistern hören.

»Das ist also, was ich in Eurem Gesicht lese«, sagte Bruder Seele.

»Der Mann, der tot ist und doch nicht tot«, sagte Bruder Pforte.

»Das Zeichen«, sagte Schwester Buch.

Vor einem Moment noch war Hugh Herr der Situation gewesen, jetzt plötzlich fühlte er sich hilflos, wie der Kapitän eines Drachenschiffs, das in den Mahlstrom geraten ist.

»Was hat das zu bedeuten? Wovon redet Ihr?« Er tat unwillkürlich einen Schritt nach vorn und stolperte über einen Stuhl.

»Hugh, nicht! Was soll das alles?« Iridal streckte blind die Hände nach ihm aus. Verzweifelt wandte sie sich an die Elfen. »Erklärt es mir. Ich weiß gar nichts mehr!«

»Ich denke, wir können die Blindheit von ihnen nehmen«, meinte der Hüter der Seelen.

»Das wäre noch nie dagewesen!« protestierte Schwester Buch.

»Dies alles ist nie dagewesen«, entgegnete Bruder Seele ernst.

Er griff nach Hughs Händen und hielt sie mit erstaunlicher Kraft fest, während er die andere Hand über die Augen des Assassinen legte.

Hugh blinzelte, schaute sich um. Der Hüter der Pforte gab Iridal auf die gleiche Weise ihr Augenlicht wieder. Beide hatten bisher noch nie einen Kenkari zu Gesicht bekommen und staunten über deren Erscheinung.

Die Kenkari überragten Hugh Mordhand um mehr als einen Kopf, dabei galt der Assassine bei den Menschen als hochgewachsen. Aber die Elfen waren gleichzeitig so dünn, daß sie selbst nebeneinander stehend Hugh nicht verdecken konnten. Ihr Haar – weiß von Geburt – war lang, denn es wird nie geschnitten.

Männer und Frauen der Kenkari sind kaum zu unterscheiden, besonders weil die weiten formlosen Schmetterlingsgewänder die weiblichen Formen verbergen. Das einzige Merkmal für den Außenstehenden ist die Art, wie das Haar getragen wird: die Männer in einem langen Zopf auf dem Rücken; bei den Frauen als geflochtene Krone auf dem Kopf festgesteckt. Ihre Augen sind groß, übergroß in dem schmalen, feinen Gesicht, mit außergewöhnlich dunklen Pupillen. Manche Elfen lästern hinter vorgehaltener Hand, die Kenkari entwickelten eine frappante Ähnlichkeit mit dem Insekt, das sie verehren.

Iridal sank erschöpft auf den Stuhl, den einer der Kenkari ihr hinschob. Ihre Verblüffung über den fremdartigen Anblick hatte sich gelegt, und sie schaute Hugh an.

»Was habt Ihr vor? Erklärt es mir.«

»Vertraut mir, Iridal«, sagte Hugh ruhig. »Ihr habt geschworen, mir zu vertrauen.«

Iridal schüttelte den Kopf, dabei fiel ihr Blick auf das Aviarium. Erst wurden ihre Züge weicher, dann kam ihr zu Bewußtsein, worauf sie schaute. Ihre Augen irrten verstört wieder zu Hugh.

»Nun, Hugh Mordhand, erklärt uns die Einzelheiten«, forderte ihn der Hüter der Seelen auf.

»Erst will ich von Euch ein paar Erklärungen«, antwortete Hugh und sah mit zusammengezogenen Brauen von einem zum anderen. »Ihr scheint nicht im geringsten überrascht zu sein, mich zu sehen. Man könnte glauben, Ihr hättet mich erwartet.«

Die drei Hüter tauschten unter halbgeschlossenen Lidern Blicke und Gedanken.

»Bitte setzt Euch, Hugh. Wir sollten uns alle hinsetzen. Seht Ihr, wir erwarteten ein Zeichen, doch wie es aussehen würde, wußten wir nicht. Offenbar hattet Ihr erfahren, daß wir gezwungen waren, die Kathedrale zu schließen. Aufgrund – nun, sagen wir – sehr unglücklicher Umstände.«

»Nämlich, daß der Kaiser seine eigenen Verwandten ermorden läßt, um sich der Kraft ihrer Seelen zu bedienen.« Hugh griff in die Tasche, zog seine Pfeife heraus und klemmte sie – kalt – zwischen die Zähne.

Beleidigt von Hughs Unverblümtheit und offensichtlicher Geringschätzung, wurden die Züge von Bruder Seele hart und abweisend. »Wie könnt ihr Menschen euch anmaßen, über uns zu urteilen? Auch eure Hände sind blutbefleckt!«

»Es ist ein furchtbarer Krieg«, sagte Iridal leise. »Ein Krieg, den keine Seite gewinnen kann.«

Bruder Seele überwand seine Verärgerung. Er nickte seufzend. »Ihr habt recht, Magicka, zu dem Schluß sind auch wir gelangt. Wir beteten zu Krenka-Anris um Erleuchtung.

Sie wurde uns zuteil, wenn auch als Rätselspruch. ›Andere Welten. Ein Tor des Todes, das zum Leben führt. Ein Mann, der tot ist und doch nicht tot.‹ Die Botschaft war natürlich verworrener, aber das sind die Zeichen, nach denen wir Ausschau halten sollen, um zu wissen, daß das Ende dieses furchtbaren Haders naht.«

»Ein Tor des Todes«, wiederholte Iridal und schaute die drei Kenkari verwundert an. »Ihr meint das Todestor.«

»Ihr wißt von einem solchen Ding?« fragte der Hüter fassungslos.

»Ja. Und es führt zu anderen Welten! Von den Sartan erschaffen, wie das Tor auch. Ich kenne einen Sartan, der hindurchgegangen ist, kürzlich erst. Derselbe Sartan...« Iridals Stimme wurde zu einem Flüstern. »... derselbe Sartan, der diesen Mann ins Leben zurückgeholt hat.« Niemand sagte etwas. Alle, Elfen wie Menschen, verharrten in dem ehrfürchtigen, andächtigen Schweigen, das sich niedersenkt, wenn der Hauch des Unsterblichen die sterbliche Kreatur anweht.

»Weshalb seid Ihr zu uns gekommen«, verlangte Bruder Seele schließlich zu wissen. »Welchen Handel habt Ihr gehofft abzuschließen? Denn«, meinte er mit einem schwachen Lächeln, »man verschachert seine Seele nicht für etwas so Armseliges wie Geld.«

»Ihr habt recht.« Hugh bewegte sich unbehaglich. Er hielt den finsteren Blick auf die Pfeife gesenkt, um niemanden ansehen zu müssen. »Ihr wißt selbstverständlich von dem Kind, das im Palast festgehalten wird...«

»König Stephens Sohn, ja.«

»Er ist nicht König Stephens Sohn. Er ist ihr Sohn.« Hugh deutete mit dem Pfeifenstiel auf Iridal. »Ihr Sohn und der ihres verstorbenen Gemahls, ebenfalls ein Mysteriarch. Wie es kommt, daß man den Jungen für Stephens Sohn hält, ist eine lange Geschichte und hat nichts mit dem Grund unseres Hierseins zu tun. Es genügt zu wissen, daß Agah'ran vorhat, den Knaben als Geisel zu benutzen, um König Stephen erpressen zu können.«

Iridal ergriff das Wort. »Schon in wenigen Tagen wird König Stephen sich mit Prinz Rees'ahn treffen, um die Bedingungen der Allianz zu besprechen und eine Offensive planen, die der despotischen Herrschaft der Tribuselfen ein Ende machen wird. Man will meinen Sohn benutzen, um das zu verhindern. Jede Hoffnung auf Frieden, auf Einigkeit zwischen Völkern wäre dahin. Doch wenn es mir gelingt, meinen Sohn zu befreien, hat Agah'ran kein Druckmittel mehr in der Hand.«

»Aber wir kommen nicht in das Imperanon hinein, um den Jungen zu holen«, sagte Hugh. »Nicht ohne Hilfe.«

»Ihr wollt, daß wir Euch helfen, in den Palast einzudringen.«

»Im Tausch für meine Seele«, nickte Hugh und steckte die Pfeife wieder in den Mund.

»Im Tausch für gar nichts!« fuhr Iridal zornig auf. »Nichts, außer dem Bewußtsein, das Richtige getan zu haben!«

»Ihr verlangt von uns, Magicka, den Interessen unseres Volkes zuwiderzuhandeln«, gab Bruder Seele ernst zu bedenken.

»Es ist eine Möglichkeit mitzuhelfen, Euer Volk zu retten!« rief Iridal leidenschaftlich. »Seht doch, wie tief Euer Kaiser gesunken ist. Er mordet sein eigen Fleisch und Blut! Was wird geschehen, wenn dieser Tyrann unangefochten die ganze Welt beherrscht?«

Die Hüter sahen sich an.

»Wir werden zu Krenka-Anris beten, daß sie uns leiten möge«, sagte Bruder Seele und stand auf. »Kommt. Wenn Ihr uns entschuldigen wollt?«

Die beiden anderen Hüter erhoben sich ebenfalls und folgten ihm aus der Kapelle in die angrenzende Sakristei. Schwester Buch schloß die Tür.

Hugh und Iridal blieben allein zurück, in frostigem, unglücklichem Schweigen. Es gab vieles, was Iridal gerne gesagt hätte, aber der grimmige, verschlossene Ausdruck von Hughs Gesicht warnte sie, daß ihre Worte und Argumente nicht erwünscht waren, unter Umständen mehr Schaden anrichteten als Nutzen. Allerdings konnte sich Iridal nicht vorstellen, daß die Elfen Hughs Angebot akzeptierten. Bestimmt fanden die Kenkari sich bereit, ihnen zu helfen, ohne einen so furchtbaren Preis zu fordern.

Getröstet lehnte sie sich zurück und sank wohl in einen leichten Schlummer, denn sie bemerkte die Rückkehr der Kenkari nicht, bis sie bei Hughs Berührung an ihrer Hand aufschreckte.

»Ihr seid müde«, sagte Bruder Seele und betrachtete sie mit einer gütigen Anteilnahme, die ihr Hoffnung einflößte. »Ihr sollt zu essen haben und ruhen dürfen, aber erst – unsere Antwort.« Er faltete die durchsichtigen Hände vor dem Leib und wandte sich an Hugh.

»Wir nehmen Euer Angebot an.«

Hugh sagte nichts darauf, er nickte stumm.

»Ihr werdet den rituellen Tod von unserer Hand akzeptieren?«

»Er ist mir willkommen«, antwortete Hugh, die Zähne über dem Pfeifenstiel zusammengebissen.

»Das könnt Ihr nicht verlangen!« rief Iridal und sprang auf. »Ihr könnt ein solches Opfer nicht verlangen . . .«

»Ihr seid noch sehr jung, Magicka«, meinte Bruder Seele und richtete den Blick seiner unergründlichen Augen auf sie. »Ihr werdet lernen, wie wir in unserem langen Leben, daß einem die Dinge nichts gelten, die man umsonst bekommt. Man schätzt das am höchsten, wofür man am teuersten bezahlt. Wir helfen Euch, sicher in den Palast zu gelangen. Ist der Junge frei, kehrt Ihr, Hugh Mordhand, zu uns zurück. Eure Seele wird für uns von unschätzbarem Wert sein.

Unsere Schützlinge« – Bruder Seele schaute ins Aviarium, wo die Blätter unter dem rastlosen Flügelschlag der Toten rauschten und wisperten – »werden ruhelos. Einige streben danach, uns zu verlassen. Ihr sollt sie beruhigen und ihnen sagen, daß es nirgends besser ist als hier.«

»Entspricht nicht ganz der Wahrheit, aber mir soll's recht

sein.« Hugh nahm die Pfeife aus dem Mund, stand auf und streckte sich.

»Nein!« Iridal schluchzte. »Nein, Hugh, tu das nicht! Du kannst das nicht tun!«

Hugh schaute mit versteinerter Miene über sie hinweg, dann seufzte er plötzlich, zog sie an sich und hielt sie fest. Sie fing an zu weinen. Hugh schluckte, eine einzelne Träne stahl sich über seine Wange und fiel auf ihr Haar.

»Es ist die einzige Möglichkeit«, sagte er leise zu ihr. »Unsere einzige Chance. Und wir kommen bei diesem Handel am besten weg. Ein altes, verpfuschtes Leben wie das meine, im Tausch für ein junges, vielversprechendes wie das von deinem Sohn.«

Er schloß kurz die Augen. »Ich will, daß der Tod auf diese Weise kommt, Iridal«, fügte er mit gesenkter Stimme hinzu. »Ich kann es selbst nicht tun, ich habe Angst. Ich bin dort gewesen, siehst du, und die Reise ist . . .« Ein Frösteln überlief ihn. »Sie werden mir die Mühe abnehmen. Und es wird diesmal leichter sein, wenn sie mich zur Schwelle führen.«

Sie konnte nicht sprechen. Hugh drückte sie fester an sich, und sie umschlang ihn verzweifelt.

»Sie ist erschöpft«, sagte er zu den Kenkari. »Wir sind beide erschöpft. Wo können wir schlafen?«

Der Hüter der Seelen lächelte traurig. »Ich verstehe. Bruder Pforte wird Euch führen. Wir haben Räume für Euch vorbereitet und eine Mahlzeit, auch wenn ich befürchte, es ist eine andere Kost, als Ihr sie gewöhnt seid. Ich kann Euch allerdings nicht gestatten zu rauchen.«

Hugh verzog resigniert das Gesicht.

»Wenn Ihr Euch ausgeruht habt, werden wir die Einzelheiten besprechen. Ihr dürft nicht lange zögern. Auch wenn Ihr es vielleicht nicht bemerkt habt, aber man ist Euch ganz sicher hierher gefolgt.«

»Die Unsichtbaren? Ich weiß. Ich habe sie gesehen. Oder so viel von ihnen, wie man eben zu sehen bekommt.« Die Augen des Hüters weiteten sich. »Wahrhaftig«, sagte er, »Ihr seid ein gefährlicher Mann.«

»Ich weiß auch das«, erwiderte Hugh düster. »Diese Welt wird eine bessere sein ohne mich.«

Iridal auf den Armen, folgte er dem Hüter der Pforte.

»Wird er tatsächlich zurückkommen, um zu sterben?« fragte Schwester Buch, als die drei hinausgegangen waren.

»Ja«, antwortete der Hüter der Seelen. »Er kommt zurück.«

Kapitel 32

Kathedrale d'Albedo, Aristagon, Mittelreich

Geführt vom Hüter der Pforte, trug Hugh Iridal durch die Flure der Kathedrale und etliche Treppen hinunter in die Untergeschosse, wo die Wohnungen für die Weesham lagen. Bruder Pforte öffnete die Türen zu zwei angrenzenden Zimmern. In jedem hatte man auf einem Tisch für eine kleine Vesper gedeckt, mit Brot, Früchten und einem Krug Wasser.

»Die Türen verriegeln sich selbsttätig, sobald sie geschlossen werden«, erklärte der Elf verlegen. »Bitte nehmt es nicht übel. Wir tun dies auch mit unseren Brüdern und Schwestern, nicht aus Mangel an Vertrauen, sondern damit die Würde der heiligen Gemächer gewahrt bleibt. Niemand hat Dispens, sich zu allen Zeiten in der Kathedrale zu bewegen, außer mir selbst oder meinem Gehilfen, dem Hüter der Seelen und der Hüterin des Buches.«

»Wir verstehen schon. Vielen Dank.« Hugh nickte ihm zu, dann trug er Iridal ins Zimmer und legte sie behutsam aufs Bett. Sie hielt seine Hand fest, als er gehen wollte.

»Bitte, Hugh, laß mich noch nicht allein. Bleib und rede mit mir. Nur ein paar Minuten.«

Ein Schatten fiel über Hughs Gesicht. Er warf einen fragenden Blick auf den Kenkari, der zustimmend die Lider senkte.

»Ich lasse Euch allein, damit Ihr ungestört speisen könnt. Wenn Ihr bereit seid, Euer eigenes Zimmer aufzusuchen, läutet die kleine Glocke dort, neben dem Bett, und ich komme, um Euch hinzubringen.«

Der Hüter zog sich mit einer Verbeugung zurück.

»Setz dich«, drängte Iridal. Sie hielt immer noch Hughs Hand umklammert.

»Ich bin sehr müde, Mylady.« Er wich ihrem Blick aus. »Wir unterhalten uns morgen früh . . .«

»Nein, jetzt.« Iridal stand auf, trat dicht vor ihn hin und berührte mit den Fingerspitzen sein Gesicht. »Tu das nicht, Hugh. Laß dich nicht auf diesen schrecklichen Handel ein.«

»Ich muß aber«, beschied er sie schroff, den Blick über ihren Scheitel hinweg zur Wand gerichtet. »Es gibt keinen anderen Weg.«

»Doch, es gibt einen. Es muß einen geben. Die Kenkari wünschen den Frieden ebenso wie wir. Sehnlicher vielleicht. Du hast sie gesehen, hast sie gehört. Sie haben Angst, Hugh, Angst vor der Willkür des Kaisers. Wir reden vernünftig mit ihnen, treffen eine andere Vereinbarung. Dann befreien wir Gram, und ich helfe dir, Alfred zu finden, wie ich es versprochen habe . . .«

»Nein«, fiel Hugh ihr ins Wort. Er umfaßte ihr Handgelenk und drückte ihren Arm nach unten. Nachdem er bisher vermieden hatte, sie anzusehen, schaute er ihr jetzt ins Gesicht.

»Nein, es ist besser so.«

»Hugh!« Iridal versagte die Stimme, Tränen rannen über ihre hochroten Wangen. »Hugh, ich liebe dich!«

»Wirklich?« Hugh musterte sie mit einem sardonischen Lächeln. Er hielt ihr die rechte Handfläche vor die Augen. »Die Narbe, sieh sie dir an. Nein, wende nicht den Kopf ab. Sieh hin, Iridal. Stell dir vor, wie meine Hand deine zarte Haut streichelt. Was würdest du fühlen? Meine liebevolle Berührung? Oder diese Narbe?«

Iridal schlug die Augen nieder.

»Du liebst mich nicht, Iridal.« Hugh seufzte. »Du hast dir ein Bild von mir gemacht, und das liebst du.«

Sie warf den Kopf in den Nacken und funkelte ihn an. »Vielleicht hast du dir ein Bild von dir selbst gemacht, das du verachtest!«

»Du lebst in einem Traum, Iridal.«

Sie schüttelte den Kopf, aber es war zwecklos, weiterzureden.

»Dein Sohn. Er ist dir das Wichtigste. Du hast eine Chance, ihn zu retten. Nicht mich. Meine Seele ist längst vor die Hunde gegangen.«

Iridal wandte sich von ihm ab, sank auf die Bettkante und starrte auf ihre im Schoß gefalteten Hände.

Sie weiß, daß ich recht habe, dachte Hugh. Auch wenn sie sich noch gegen die Einsicht wehrt, die Vernunft wird siegen. Sie ist eine erwachsene Frau, kein liebeskrankes junges Mädchen. Am Morgen, wenn sie darüber nachgedacht hat, wird sie keine Einwände mehr erheben.

»Gute Nacht, Lady Iridal.«

Er nahm die kleine silberne Glocke und läutete.

Hugh hatte Iridal richtig beurteilt, wenigstens sah es so aus. Am Morgen waren ihre Tränen getrocknet. Sie trat Hugh mit einem gefaßten Lächeln entgegen und mit den leisen Worten: »Du kannst auf mich zählen. Ich werde dich nicht im Stich lassen.«

»Du wirst deinen Sohn nicht im Stich lassen«, berichtigte er sie.

Sie nickte, als wäre ihr tatsächlich nur das wichtig. Und das war es natürlich – Gram sollte ihre Wiedergutmachung sein, ihre und Sinistrads. Die Schuld der Eltern – war sie durch ihr tatenloses Dulden nicht mitschuldig geworden? – sollte getilgt werden durch ihr Kind. Aber das beeinflußte nur zum Teil ihre Entscheidung, den Widerstand gegen Hughs Plan aufzugeben.

Am Abend, bevor sie einschlief, hatte Iridal sich wieder an den Orakelspruch jener körperlosen Stimme erinnert. (Was es mit dieser Stimme auf sich hatte, woher sie kam, von wem sie stammte, war ihr ein Rätsel, denn in ihrem Weltbild existierte kein Konzept einer höheren Macht.)

Der Mann, der tot ist und doch nicht tot.

Es war vorbestimmt, daß Hugh hierherkommt, sagte sie sich. Ich will das als ein hoffnungsvolles Zeichen nehmen und darauf vertrauen, daß alles sich zum Guten wendet.

Das war der wirkliche Grund, weshalb Iridal nicht länger gegen das Opfer protestierte, das Hugh bringen wollte. Sie war überzeugt, daß es nie dazu kommen würde.

Sie und Hugh trafen sich später am Vormittag mit den drei Hütern, Schwester Buch, Bruder Pforte und Bruder Seele, in der kleinen Kapelle des Aviariums.

»Wir wissen nicht, inwieweit Ihr Euch schon Gedanken gemacht habt über Wege, ins Imperanon hineinzugelangen«, begann der Hüter der Seelen mit einem herablassenden Blick auf Hugh. »Falls nicht, hätten wir einige Vorschläge zu machen.«

Der Assassine schüttelte den Kopf und gab zu verstehen, daß er interessiert wäre zu hören, was der Hüter zu sagen hatte.

»Werdet Ihr Mordhand begleiten, Magicka?« fragte Bruder Seele Iridal. »Es ist gefährlich. Sollte dem Kaiser ein Mensch mit Euren Fähigkeiten in die Hände fallen . . .«

»Ich begleite ihn«, antwortete Iridal entschlossen. »Es geht um meinen Sohn.«

»Damit haben wir gerechnet. Wenn alles nach Plan geht, müßte das Unternehmen gelingen. Ihr betretet den Palast zu sehr später Stunde, wenn alles schläft.

Heute abend findet ein Ball statt, wie jeden Tag, aber dieser wird gehalten zur Feier des Anniversariums des Friedensschlusses der Clans. Jeder im Imperanon wird daran teilnehmen, und es kommen Besucher aus fernen Gegenden des

Reichs. Die Festlichkeiten werden dauern bis spät in die Nacht, mit dem entsprechenden Wirrwarr und einer Vielzahl fremder Gesichter.

Ihr begebt Euch zum Quartier Eures Sohnes, holt das Kind und bringt es her. In der Kathedrale ist er in Sicherheit, Madame, glaubt mir«, betonte Bruder Seele. »Auch falls Agah'ran herausfinden sollte, daß der Junge sich hier befindet, würde er nicht wagen, das Heiligtum anzugreifen. Seine eigenen Truppen würden ihm den Gehorsam verweigern.«

»Ich verstehe.« Iridal nickte.

Hugh, der an der kalten Pfeife saugte, nickte ebenfalls.

Der Hüter machte ein zufriedenes Gesicht. »Für Euch, Magicka, und Euren Sohn werden wir eine sichere Reisemöglichkeit in die Heimat besorgen. Ihr, Sir« – er verneigte sich leicht in Hughs Richtung – »bleibt hier bei uns.«

Iridal preßte die Lippen zusammen und sagte nichts.

»Das klingt alles sehr schön«, Hugh nahm die Pfeife aus dem Mund, »aber *wie* kommen wir in den Palast hinein und wieder hinaus? Trotz der Feierlichkeiten stehen bestimmt überall Wachen.«

Der Hüter der Seelen wies den Hüter der Pforte mit einem Blick an, die Einzelheiten darzulegen.

Bruder Pforte wandte sich an Iridal. »Wir haben gehört, daß Zauberkundige Eures hohen Grades über die Gabe verfügen – wie soll ich sagen –, das Auge des Betrachters zu verwirren.«

»Ihr meint, Illusionen erschaffen, Trugbilder«, sagte Iridal. »Ja, doch es gibt gewisse Einschränkungen. Derjenige, der das Trugbild sieht, muß bereit sein, daran zu glauben oder darf keinen Grund haben, an der Echtheit zu zweifeln. Zum Beispiel könnte ich hier und jetzt eine Illusion erschaffen, die bewirkt, daß ich aussehe wie diese Frau.« Iridal zeigte auf die Hüterin des Buches. »Aber die Illusion könnte nicht überzeugen, einfach, weil der Augenschein dagegen spricht. Dieselbe Frau kann nicht zweimal vorhanden sein, zur selben Zeit im selben Raum.«

»Aber wenn«, forschte Bruder Pforte, »ich Euch im Gang

begegnete, allein. Ich würde glauben, meine Ordensschwester zu sehen, oder nicht?«

»Ja. Denn Ihr hättet keinen Grund daran zu zweifeln, daß sie es ist.«

»Und ich könnte stehenbleiben und mit Euch reden, Euch berühren?«

»Das wäre gefährlich. Ich kenne Eure Freundin nicht gut genug, um ihre Stimme und ihre Bewegungen nachzuahmen. Auf Dauer vermöchte ich Euch nicht zu täuschen. Dennoch begreife ich, was Ihr im Sinn habt. Der Gedanke ist gut – ich könnte als Elfenfrau getarnt an den Wachen vorbei in den Palast gelangen. Aber was ist mit Hugh?«

»Für ihn haben wir etwas anderes vorgesehen. Ihr, Sir, habt Kenntnis von denen, die wir die Unsichtbaren nennen.«

»Was man so hört«, antwortete Hugh.

»Andernfalls wärt Ihr bereits auf Nimmerwiedersehen verschwunden.« Bruder Pforte lächelte matt. »Wißt Ihr auch von der magischen Kleidung, die sie tragen?«

»Nein.« Hugh ließ die Pfeife sinken; sein Interesse war erwacht. »Nein, erzählt mir davon.«

»Der Stoff besteht aus einem besonderen Garn, das sich in Farbe und Beschaffenheit der jeweiligen Umgebung anpaßt. Einer ihrer Tarnanzüge liegt dort auf dem Boden, neben dem Tisch. Seht Ihr?«

Hugh schaute hin, runzelte die Stirn, hob die Augenbrauen. »Ich will verdammt sein.«

»Ihr seht sie jetzt, weil ich Eure Aufmerksamkeit darauf gelenkt habe. Es verhält sich ungefähr wie bei Lady Iridals Trugbildern. Ein wirkliches Kleidungsstück, fester Stoff, greifbar, und doch wart Ihr geraume Zeit hier im Zimmer, ohne es wahrzunehmen – Ihr, ein Mann, dem so leicht nichts entgeht.

Mit dieser Kleidung können die Unsichtbaren überall hingehen, zu jeder Tages- und Nachtzeit, ohne entdeckt zu werden. Nur dem wachsamen Auge verraten sie sich durch ihre Bewegungen und – Substanz, in Ermangelung eines besseren Ausdrucks. Außerdem dauert es eine gewisse Zeit, bis der Stoff sich einem neuen Hintergrund angepaßt hat. Deshalb werden die Unsichtbaren darin geschult, sich langsam zu bewegen, gleitend, lautlos, um nicht aufzufallen. All das müßtet auch Ihr lernen, Hugh Mordhand. Bevor Ihr Euch heute abend in den Palast wagt.«

Hugh bückte sich und befühlte den Stoff. Er hob das Kleidungsstück auf, hielt es vor den Tisch und beobachtete staunend, wie die Farbe sich vom hellen Grün des Teppichs zum dunklen Braun des Holzes wandelte. Wie der Kenkari gesagt hatte, veränderte sich auch die Textur des Gewebes, es paßte sich der Maserung und Struktur des Holzes an, bis es in seiner Hand tatsächlich unsichtbar zu werden schien.

»›Die Wände bewegen sich.‹ Was hätte ich früher nicht dafür gegeben«, murmelte er.

Die Bruderschaft hatte immer gerätselt, wie es den Unsichtbaren gelang, so effektiv zu operieren; weshalb nie jemand sie zu Gesicht bekam oder beschreiben konnte, wie sie aussahen. Aber die Elitetruppe des Elfenkaisers hütete ihre Geheimnisse nicht weniger eifersüchtig als die Bruderschaft.

Man einigte sich darauf, daß Elfenmagie etwas mit dieser bemerkenswerten Kunstfertigkeit zu tun haben mußte, aber was oder wie blieb ungeklärt. Die Elfen besitzen nicht die Gabe, Illusionen zu erschaffen wie die Menschenzauberer der höheren Ränge. Aber sie verstanden einen Zauberfaden zu spinnen, schien es.

Dieses Gewand, das Hugh in der Hand hielt, konnte ihm zu einem Vermögen verhelfen. In Verbindung mit seiner eigenen Geschicklichkeit, seinem Wissen und seiner Erfahrung . . .

Hugh lachte bitter auf und warf das Kleidungsstück auf den Boden, wo es gleich wieder die Farbe des Teppichs anzunehmen begann. »Wird es mir passen? Ich bin größer und kräftiger als ein Elf.«

»Die Gewänder sind weit geschnitten, um die Bewegungen des Trägers zu kaschieren. Dann sind sie auch nicht auf Maß gearbeitet, sondern haben eine ungefähre Durchschnittsgröße. Wie Ihr Euch denken könnt, sind diese Kleidungsstücke unglaublich rar und wertvoll. Es dauert hundert Zyklen, allein den Faden für das Hemd herzustellen, und noch einmal hundert Zyklen, den Stoff zu weben. Die Arbeiten werden ausschließlich von besonders kundigen Magi ausgeführt, die Jahre damit zugebracht haben, diese geheime Kunst zu lernen. Die Hose hat einen Zugbund. Schlupfschuhe für die Füße gehören zu dem Anzug, eine Maske für den Kopf und Handschuhe.«

»Mal probieren, wie ich darin aussehe«, meinte Hugh und sammelte die Teile vom Boden auf. »Oder wie ich *nicht* aussehe.«

Die Kleidungsstücke paßten tatsächlich, wenn auch das Hemd um die Schultern etwas spannte und er die Kordel am Hosenbund ganz auslassen mußte. Glücklicherweise hatte er während seiner freiwilligen Gefangenschaft einiges an Gewicht verloren. Die Schlupfschuhe waren so gearbeitet, daß man sie über die Stiefel ziehen konnte, und stellten kein Problem dar. Nur die Handschuhe erwiesen sich als zu klein.

Die Kenkari gerieten darüber in helle Aufregung. Hugh zuckte mit den Schultern. Mußte er die Hände eben versteckt halten, hinter dem Rücken oder in den Falten des weiten Hemdes.

Er betrachtete sich in dem kristallenen Spiegel. Sein Körper verschmolz zusehends mit der Wand, nur seine Hände waren noch deutlich zu erkennen, der einzige Teil von ihm, der real zu sein schien, aus Fleisch und Blut.

»Wie zutreffend«, bemerkte er.

Hugh breitete seinen Plan des Imperanon auf der Tischplatte aus. Die Hüter unterzogen ihn einer Prüfung und befanden ihn für brauchbar.

»Tatsächlich«, meinte Bruder Seele anzüglich, »bin ich überrascht von seiner Genauigkeit. Nur ein Elf – und zwar einer, der geraume Zeit im Palast gedient hat – kann diesen Plan angefertigt haben.«

Hugh enthielt sich eines Kommentars.

Auch Bruder Seele verzichtete darauf, das Geplänkel fortzuführen, und deutete mit dem knochigen Finger auf einen bestimmten Punkt. »Ihr, Lady Iridal, betretet den Palast durchs Hauptportal. Ihr sagt den Wachen, man hätte Euch zu dieser späten Stunde gerufen, um einer plötzlich erkrankten Verwandten beizustehen. Solche Ausreden sind üblich. Viele Mitglieder der kaiserlichen Familie haben ihre Villen in den umliegenden Bergen und kommen im Schutz der Dunkelheit zum Palast, um Vergnügungen oder Geschäften nachzugehen, von denen nicht jeder wissen muß. Die Torwächter sind daran gewöhnt und werden die vornehm gekleidete Dame einlassen, ohne Fragen zu stellen.«

»Würde nicht ihre Weesham sie begleiten?« gab Schwester Buch zu bedenken.

»Von Rechts wegen«, gab Bruder Seele zu, »aber es kommt durchaus vor, daß Prinz oder Prinzessin sich unbemerkt fortgestohlen haben, besonders für ein heimliches Stelldichein. Während die Wachen mit Lady Iridal beschäftigt sind, werdet Ihr, Sir, Euch im Hintergrund halten, um vorbeizuschlüpfen, sobald das Tor sich öffnet. Wie ich befürchte, wird das überhaupt der einfachste Teil des ganzen Unternehmens sein. Wie Ihr seht, ist der Palast ein wahrer Irrgarten, riesengroß, mehrere Stockwerke hoch, mit zahlreichen Seitenflügeln. Der Junge könnte überall sein. Aber einer der Weesham, der erst vor kurzem dort war, hat mir erzählt, ein Menschenjunge wäre in den Gemächern ganz in der Nähe der Kaiserlichen Gärten untergebracht. Das könnte in diesem Trakt sein . . .«

»Ich weiß, wo er ist«, sagte Iridal leise.

Die Hüter schwiegen. Hugh, über die Karte gebeugt, richtete sich auf und schaute sie zornig an.

»Woher?« fragte er in einem Ton, der verriet, daß er die Antwort schon kannte und mißbilligte.

»Mein Sohn hat es mir gesagt.« Mit erhobenem Kopf hielt

sie seinem Blick stand. Sie griff in den Ausschnitt ihres Gewandes und zog eine Falkenfeder hervor. »Er hat mir dies gesandt. Ich habe mit ihm gesprochen.«

»Verdammt!« grollte Hugh. »Ich nehme an, er weiß, daß wir kommen?«

»Selbstverständlich. Wie könnte er sich sonst bereithalten? Ich weiß, was Ihr denkt, daß wir ihm nicht trauen können . . .«

»Ich frage mich, wie Ihr auf die Idee kommt!« spottete Hugh.

Iridal errötete vor Zorn. »Aber Ihr seid im Irrtum. Er fürchtet sich. Er möchte fort. Dieser Mann Haplo war derjenige, der ihn den Elfen ausgeliefert hat. Das alles ist Haplos Plan gewesen. Er und sein Fürst – ein schrecklicher alter Mann namens Xar – wollen, daß der Krieg weitergeht. Frieden zwischen Elfen und Menschen würde ihre Pläne zunichte machen.«

»Xar. Haplo. Fremdartige Namen. Wer sind diese Leute?«

»Es sind Patryn, Hüter.« Iridal wandte sich an die Kenkari.

»Patryn!« Die drei Hüter starrten sie fassungslos an, tauschten verstörte Blicke. »Die alten Widersacher der Sartan?«

»Ja.«

»Wie ist das möglich? Nach den von ihnen zurückgelassenen Schriften haben die Sartan den Feind vernichtet, bevor sie uns hierher brachten.«

»Ich weiß nicht, wie es möglich ist. Ich weiß nur, daß die Patryn nicht getötet wurden. Man sperrte sie in ein Gefängnis oder so ähnlich. Jetzt sind sie wieder frei und wollen die Herrschaft über die Welt an sich reißen.«

Sie sah Hugh an. »Wir müssen Gram befreien, doch ohne Haplos Wissen. Das sollte nicht allzu schwierig sein. Mein Sohn hat mir gesagt, daß Haplo von den Unsichtbaren gefangengehalten wird, in einem unterirdischen Verlies. Ich habe nachgesehen, aber nichts dergleichen in dem Plan eingezeichnet gefunden . . .«

»Nein«, warf der Hüter ein, »das käme einem Wunder gleich. Nicht einmal die sehr gut unterrichtete Person, von der dieser Plan stammt, konnte wissen, wo sich die Verliese der Unsichtbaren befinden. Aber stellt das ein Problem dar, Sir?«

»Ich hoffe nicht. Um unser aller willen«, sagte Hugh finster. Er beugte sich wieder über die Karte. »Nehmen wir an, soweit ist alles gutgegangen und wir haben den Jungen. Welches ist der beste Weg nach draußen?«

»Patryn«, murmelte Bruder Seele ehrfürchtig. »Wohin soll das alles führen? Das Ende der Welt...«

»Hüter«, mahnte Hugh geduldig.

»Vergebt mir. Wie war Eure Frage? Ein Fluchtweg? Hier. Ein Seitenausgang, häufig benutzt von denen, die in der Morgendämmerung unauffällig den Palast verlassen möchten. Angetan mit einem Umhang und einer Mädchenhaube, könnte das Kind für Lady Iridals Zofe gelten.«

»Nicht gut, aber unter den gegebenen Umständen wohl das bestmögliche«, brummte Hugh mißgestimmt. »Habt Ihr je von einem Elfen namens Sang-drax gehört?«

Die Kenkari schauten sich an und schüttelten die Köpfe.

»Aber das ist nicht ungewöhnlich«, meinte Bruder Seele. »Es herrscht ein ständiges Kommen und Gehen. Weshalb fragt Ihr?«

»Man hat mir gesagt, falls wir in Bedrängnis kämen, könnte man diesem Elfen vertrauen.«

»Beten wir, daß es nicht notwendig sein wird«, sagte Bruder Seele feierlich.

»Amen«, sagte Hugh.

Er und die Kenkari fuhren fort zu planen, zu diskutieren, mögliche Schwierigkeiten und Gefahren zu durchdenken und nach Lösungen zu suchen oder nach Wegen, sie zu vermeiden. Iridal hörte nicht mehr zu. Sie wußte, was sie zu tun hatte, welche Rolle ihr zugedacht war. Sie hatte keine Angst. Im Gegenteil, sie war voller Erwartung und wünschte nur, die Zeit möge schneller vergehen. Bis jetzt hatte sie nicht gewagt, sich große Hoffnungen zu machen, um das Schicksal nicht herauszufordern und wieder enttäuscht zu werden, wie schon so oft.

Aber jetzt war der Erfolg zum Greifen nahe. Unvorstellbar, daß im letzten Moment noch alles zunichte wurde. Nein, diesmal erfüllte sich ihr Traum. Wie sie sich sehnte nach ihrem Sohn, dem kleinen Jungen, den sie nach der langen Trennung endlich wiedergefunden hatte.

Sie umklammerte die Falkenfeder, schloß die Augen und sandte ihre Gedanken nach ihm aus. »Mein Sohn, ich komme, um dich zu holen. Heute abend schon werden wir vereint sein, du und ich. Und niemand wird dich mir je wieder entreißen. Von nun an bleiben wir zusammen.«

Kapitel 33

Imperanon, Aristagon, Mittelreich

»Meine Mutter kommt heute nacht, um mich zu holen«, sagte Gram. Er spielte mit dem Federamulett in seiner Hand. »Ich habe eben mit ihr gesprochen.«

»Ausgezeichnete Neuigkeiten, Prinz«, meinte Sang-drax. »Kennt Ihr die Einzelheiten?«

»Sie kommt durchs Hauptportal, in der Gestalt einer Elfenfrau. Ein Trugbildzauber. Kinderleicht. Ich könnte das auch, wenn ich wollte.«

»Ich bin überzeugt, es wäre für Euch eine Kleinigkeit, Prinz.« Sang-drax verbeugte sich. »Ist der Assassine bei Ihr?«

»Ja, Hugh Mordhand. Ich dachte, er wäre tot.« Gram zog fröstelnd die Schultern hoch, der selbstgefällige Triumph auf seinem Gesicht wich einem Ausdruck des Unbehagens. »Er hat *ausgesehen* wie tot. Aber Mutter sagt, nein, er war nur schwer verwundet.«

»Der äußere Anschein kann täuschen, Prinz, besonders wo Sartan im Spiel sind.«

Gram verstand die Anspielung nicht, dachte nicht darüber nach. Er hatte den Kopf voll mit eigenen Ideen, Plänen und Intrigen. »Ihr werdet Graf Tretar Bescheid sagen? Damit er aufpaßt?«

»Ich werde mich augenblicklich zu ihm verfügen, Prinz.«

»Ihr werdet allen Bescheid sagen, die es wissen müssen?« beharrte Gram.

»*Allen*, Prinz«, bestätigte Sang-drax lächelnd und mit einer Verbeugung.

»Gut«, sagte Gram fröhlich und wirbelte das Amulett um den Zeigefinger.

»Immer noch da?« fragte Sang-drax und spähte durch die vergitterte Öffnung.

»Ruhig, alter Junge.« Haplo beschwichtigte den Hund, der sich fast heiser gebellt hatte. »Verschwende nicht deinen Atem.« Der Patryn lag auf dem Bett, die Hände unter dem Kopf gefaltet.

»Ich bin aufrichtig erstaunt. Vielleicht haben wir dich überschätzt. Wir hielten dich für tatkräftig. Entschlossen. Begierig, der Sache deines Volkes zu dienen. Haben wir dir schon das Rückgrat gebrochen? So schnell?«

Geduld, ermahnte sich Haplo und ballte die Hände zu Fäusten.

Er will dich aus der Reserve locken.

»Ich dachte«, fuhr Sang-drax fort, »du hättest mittlerweile die Flucht der Zwergin in die Wege geleitet.«

»Und Jarre wird unglückseligerweise auf der Flucht getötet, der Kaiser bedauert zutiefst, aber es ist nicht zu ändern. Und die Zwerge bedauern zutiefst, aber sie müssen leider unter diesen Umständen die Maschine zerstören.« Haplo kreuzte bequem die Füße. »Geh und spiel Runenschach mit deinem Goldjungen, Sang-drax. Ein Kind fällt vielleicht auf deine Tricks herein.«

»Oh, für heute rechne ich mit einer interessanten Partie«, meinte Sang-drax freundlich. »Und du wirst, glaube ich, einer der Hauptakteure sein.«

Haplo starrte unverwandt an die Decke. Der Hund hatte

aufgehört zu bellen, aber ein unablässiges tiefes Grollen klang aus seiner Kehle.

»Gram erwartet Besuch. Seine Mutter.«

Haplo lag still. Er kannte die Zellendecke – rauher Putz, weißgetüncht – mittlerweile auswendig.

»Iridal ist eine Frau mit einem starken Willen. Sie kommt nicht, um ihr Herzblatt mit Keksen zu füttern und mütterliche Tränen zu vergießen. Nein, sie kommt mit der Absicht, ihn mitzunehmen. Ihn *deinem* verderblichen Einfluß zu entziehen. Es wird ihr gelingen. Und wo wirst du dann nach deinem kleinen Prinzen Ausschau halten, dem Augapfel deines Herrn und Gebieters? Mittelreich? Hohes Reich? Niederreich? Wie lange wird deine Suche dauern, Verehrtester? Und was wird Gram derweil alles anstellen? Er ist so ein ungezogener Junge und durchaus imstande, sowohl dir als auch ›Großväterchen‹ eine lange Nase zu drehen.«

Haplo zog eine Hand unter dem Kopf hervor und streichelte den Hund.

»Nun ja«, Sang-drax zuckte mit den Schultern, »ich dachte, es interessiert dich vielleicht. Nein, keinen Dank. Du sollst dich in meiner Obhut nicht langweilen, das ist alles. Können wir dann heute zu späterer Stunde mit deiner geschätzten Gegenwart rechnen?«

Haplo konterte mit einer passenden Bemerkung.

Sang-drax drohte ihm verschmitzt mit dem Finger. »Na, na, lieber Freund, etwas mehr Originalität bitte. *Das* stammt von *uns*!«

Er schob ein Stück Papier unter der Zellentür hindurch. »Nur für den Fall, daß du nicht weißt, wo das Zimmer des Jungen liegt, habe ich dir einen Plan gezeichnet. Jarres Zimmer liegt gleich daneben. Oh, bevor ich's vergesse, der Kaiser weigert sich, Limbecks Bedingungen zu erfüllen. Er wird Jarre hinrichten lassen und eine Armee nach Drevlin verschiffen, um mit dem Kroppzeug dort kurzen Prozeß zu machen. Ein unterhaltsamer Mann, dieser Agah'ran. Er ist uns richtig ans Herz gewachsen.«

Der Schlangenelf vollführte einen eleganten Kratzfuß.

»Bis später, Verehrtester. Wir freuen uns darauf, das Vergnügen Eurer Gegenwart genießen zu dürfen. Das Fest wäre einfach nicht dasselbe ohne Euch.«

Immer noch lachend ging er davon, während Haplo von hilfloser Wut geschüttelt, auf der Pritsche lag und zur Decke starrte.

Die Fürsten der Nacht breiteten ihre Mäntel über Arianus, doch im Imperanon verwehrte ein Lichtermeer dem nächtlichen Dunkel sein Recht. Künstliche Sonnen strahlten, unzählige Kerzen in Kandelabern, Flambeaus und Kronleuchtern erhellten Flure, Gemächer und den großen Ballsaal. Die Elfen schmausten, tranken, tanzten und waren so vergnügt wie nur möglich – in Anbetracht der allgegenwärtigen Weesham mit ihren kleinen Schatullen. Was die Gir nach der Schließung der Kathedrale mit den Seelen taten, darüber wurde viel spekuliert, doch es tat der Stimmung keinen Abbruch, die heute besonders ausgelassen war. Seit der Weigerung der Kenkari, Seelen aufzunehmen, war die Sterblichkeitsrate unter den jungen Elfen von Geblüt rapide gesunken.

Die Lustbarkeiten dauerten bis spät in die Nacht, aber irgendwann muß auch die Jugend schlafen oder sich wenigstens in lauschige Ungestörtheit zurückziehen. Die Kerzen in den Flambeaus brannten nieder, man zog den Kronleuchter wieder zur Decke hinauf und verteilte die Kandelaber an die Gäste, damit sie den Weg nach Hause fanden oder zu ihren Gemächern.

Eine Stunde war vergangen, seit die letzten paar Unentwegten den Palast verlassen hatten, Arm in Arm, ein frivoles Liedchen auf den Lippen und gefolgt von den geduldigen, stocknüchternen Weesham, denen beim Gehen schon die Augen zufielen. Das Haupttor stand immer offen: Es war außerordentlich schwer, wurde über einen Mechanismus betrieben und bewegte sich mit einem gräßlichen Kreischen, das man bis nach Paxaua hören konnte. Aus Ennui hatte der

Kaiser einmal befohlen, es zu schließen – er brauchte einen vollen Zyklus, um sich von der schrecklichen Erfahrung zu erholen.

Das Tor stand also offen, aber die Wachen dort waren aufmerksam und pflichtbewußt, wenn ihre Aufmerksamkeit auch in erster Linie dem Himmel galt. Man wußte, daß eine feindliche Invasion aus der Luft erfolgen würde. Auf den Türmen hielten Posten Ausschau nach Marodeuren, deren Drachen es gelingen konnte, den Abwehrring der Elfenflotte zu durchbrechen.

In einem kostbaren und farbenfrohen Kleid, nach Elfenmode mit hoher Taille, gebauschten Ärmeln und langen Röcken aus duftiger Seide, darüber einen Umhang aus königsblauem Satin, trat Iridal aus dem Schatten der Umfassungsmauer und ging mit raschen, festen Schritten auf das Wächterhaus zu.

Die Posten auf den Zinnen oben streiften sie nur mit einem flüchtigen Blick, dagegen musterten die Wachen im Torweg sie schon genauer, machten aber keine Anstalten, sie aufzuhalten. Es war Aufgabe des diensthabenden Pförtners, sie zu befragen.

Er öffnete auf ihr Klopfen die Tür.

»Ihr wünscht, Mylady?«

Iridal verstand ihn kaum, so rauschte ihr das Blut in den Ohren. Das Herz schlug ihr bis zum Hals, trotzdem fror sie bis ins Mark.

Das Verhalten des Mannes, der sie ohne sonderliches Interesse ansah und geduldig auf eine Antwort wartete, gab ihr Mut. Die Illusion überzeugte. Er sah nicht eine Menschenfrau in zu engen Kleidern, die ihr nicht gehörten, er sah ein Elfenmädchen mit aparten Zügen, mandelförmigen Augen und porzellanweißer Haut.

»Man hat mich in den Palast gerufen«, sagte Iridal in der Elfensprache und hoffte, man würde ihre Angst für jungfräuliche Verwirrung halten. »Meine – meine Tante ist sehr krank.«

Die Wachen in Hörweite warfen sich vielsagende Blicke zu

und grinsten, einer flüsterte von den netten Überraschungen, die ›kranke Tanten‹ unter der Bettdecke bereithielten. Iridal, die zwar die Worte nicht verstand, aber das Flüstern hörte, hielt es für angebracht, sich würdevoll aufzurichten und den Lästerer mit einem herrischen Blick aus dem Schatten ihrer Kapuze zu strafen. Gleichzeitig nutzte sie die Gelegenheit, sich unauffällig umzusehen.

Hugh – wo versteckte er sich? Was tat er? Vielleicht stahl er sich – eben jetzt – durchs Tor, unter den Augen der Wachposten. Er war ein Meister in der Kunst, sich unauffällig zu bewegen und hatte schnell gelernt, den Tarnanzug der Unsichtbaren perfekt zu nutzen. Die Kenkari zeigten sich beeindruckt.

Das Kichern hinter Iridal verstummte. Sie war gezwungen, ihre Aufmerksamkeit wieder dem Pförtner zuzuwenden.

»Habt Ihr einen Passierschein, Mylady?«

Sie hatte einen, ausgestellt von den Kenkari. Der Pförtner fand nichts daran auszusetzen, studierte ihn flüchtig und gab das Papier zurück.

»Der Name Eurer Tante?«

Iridal nannte ihn. Auch damit hatten die Kenkari sie präpariert.

Der Mann verschwand in seiner Stube, um den Namen in ein dafür bestimmtes Buch einzutragen. Die Kenkari hatten ihr versichert, es bestünde deswegen kein Grund zur Sorge, das wäre eine reine Formalität. Der Wächter hätte viel zu tun gehabt, wollte er das Woher und Wohin all der vielen überprüfen, die in einer einzigen Nacht Zutritt zum Palast begehrten.

»Ihr dürft passieren, Mylady. Ich hoffe, die Gesundheit Eurer Frau Tante wird sich bessern«, sagte der Wächter höflich.

»Vielen Dank.« Iridal neigte den Kopf und rauschte an ihm vorbei.

Die Schritte der Posten auf der Mauerkrone hallten dumpf im Torweg wieder. Vor ihr ragte gewaltig der Hauptkomplex des Imperanon empor, flankiert von Seitengebäuden, die sich am Fuß des Berges entlangzogen. Sie fühlte sich eingeschüchtert und winzig klein angesichts der atemberaubend imposanten Residenz des Elfenkaisers.

Iridal dachte an die vielen Wachen im Palast; in ihrer Phantasie standen sie alle vor dem Zimmer ihres Sohnes, und plötzlich sank ihr der Mut. Hatte sie wirklich geglaubt, dieses vermessene Wagnis könne gelingen?

Aber es wird gelingen, sagte sie zu sich selbst. Es muß gelingen!

Sie nahm ihr Herz in beide Hände und ging weiter. Hugh hatte sie gewarnt, sich keine Unsicherheit anmerken zu lassen, deshalb zwang sie sich, Ruhe zu bewahren, auch als ein Soldat, der im Fackelschein einen Blick auf ihr Gesicht erhascht hatte, plump vertraulich kundtat, er habe in einer Stunde dienstfrei.

Immer den Plan vor Augen, bog Iridal nach rechts ab, auf einen Weg, der am Hauptgebäude vorbeiführte, zu einem weiter zurückgelegenen Trakt. Sie ging unter Torbögen hindurch, an Baracken und Wirtschaftsgebäuden vorüber. Hinter einer Biegung fand sie sich im grünen Zwielicht einer Allee wieder und passierte auf halbem Weg einen protzigen Springbrunnen, ungenierte Zurschaustellung immensen Reichtums, jetzt aber ›wegen Reparaturarbeiten außer Betrieb‹. Ihr wurde beklommen zumute. Nichts von dem hatte sie auf dem Plan eingezeichnet gesehen. Sie fühlte sich versucht umzukehren und auf demselben Weg ein Stück zurückzugehen, als sie endlich etwas erblickte, an das sie sich von Hughs Plan her erinnerte.

Die Allee hatte sie zu den Kaiserlichen Gärten geführt. Der terrassenförmige Park war prachtvoll, wenn auch nicht so schwellend und üppig wie vor der Wasserknappheit. Für Iridal war es jedenfalls ein willkommener Anblick, sie blieb erleichtert stehen.

Unterkünfte für die Gäste des Kaisers begrenzten die Grünanlagen, ein Halbkreis aus acht Pavillons, jeder mit einem eigenen Eingang. Iridal zählte bis sechs, Gram befand sich im siebten. Sie konnte fast in sein Fenster sehen. Das Federamulett in der geballten Faust an die Brust gedrückt, hastete Iridal den von Blumenrabatten gesäumten Pfad entlang.

Ein Bediensteter öffnete und fragte nach ihrer Legitimation. Iridal förderte umständlich das Papier zutage – ließ es fallen. Der Lakai bückte sich.

Iridal fühlte, wie ein Luftzug den Saum ihres Rocks bewegte, als wäre jemand an ihr vorbei durch die offene Tür geschlüpft. Sie nahm den Passierschein – der Mann hatte kaum einen Blick darauf geworfen, und hoffentlich bemerkte er auch nicht, wie ihre Hand zitterte. Er trat zur Seite, um sie einzulassen und bot ihr die Dienste eines Kerzenjungen an. Als sie ablehnte, reichte er ihr ein kleines Windlicht.

Während sie den langen Korridor hinunterging, spürte sie förmlich die Blicke des Lakaien im Nacken, obwohl der längst wieder dabei war, mit dem Pagen den neuesten Hofklatsch durchzuhecheln. Iridal stieg eine mit Teppichläufern ausgelegte Treppe hinauf und stand im Flur des nächsten Stockwerks, leer, spärlich erleuchtet von Kerzen in mehrarmigen Leuchtern an den Wänden. Grams Zimmer lag ganz am Ende des Ganges.

»Hugh?« flüsterte sie, blieb stehen und schaute sich nach allen Seiten um.

»Ich bin hier. Pst. Geh weiter.«

Iridal atmete auf, aber gleich darauf erschrak sie furchtbar, als eine Gestalt sich aus den Schatten löste und auf sie zukam.

Es war ein Elf, ein Mann in der Uniform eines Armeeoffiziers. Sie ermahnte sich, daß es ihr gutes Recht war, sich hier aufzuhalten, und der Mann hatte vermutlich am Tor ebenfalls angegeben, zu seiner ›armen kranken Tante‹ gerufen worden zu sein. Mit einer Kaltblütigkeit, deren sie sich nie für fähig gehalten hätte, zog sie die Kapuze über den Kopf und wollte an dem Fremden vorbei, als er die Hand ausstreckte und ihr den Weg versperrte.

Empört richtete Iridal sich hoch auf. »Wirklich, Sir, ich . . .«

»Lady Iridal?« unterbrach er sie mit gedämpfter Stimme.

Trotz ihrer Überraschung und aufkeimenden Angst bewahrte Iridal ihre hoheitsvolle Miene. Hugh war in der Nähe, auch wenn sie mit Schaudern daran dachte, was er womöglich tun könnte. Er ließ sie nicht lange im Zweifel. Seine Hände materialisierten sich in der Luft hinter dem Elfen. Ein Dolch blitzte.

Iridal brachte kein Wort heraus, ihre Magie zerrann.

»Ihr seid es tatsächlich.« Der Elf lächelte. »Jetzt kann ich das Trugbild durchschauen. Habt keine Angst, ich komme von Eurem Sohn.« Er hielt ein Federamulett in die Höhe, das genaue Gegenstück zu Iridals. »Ich bin Hauptmann Sang-drax . . .«

Die Dolchklinge senkte sich etwas, Hughs Hand gab ihr ein Zeichen, sie solle versuchen herauszufinden, welche Absichten der Mann hatte.

Sang-drax. Sie erinnerte sich an den Namen, offenbar jemand, dem sie vertrauen konnten, falls sie in Bedrängnis kamen. Waren sie in Bedrängnis?

»Ich habe Euch erschreckt. Das tut mir leid, aber ich wußte nicht, wie ich sonst mit Euch Verbindung aufnehmen sollte. Ihr schwebt in großer Gefahr. Der Mann mit den Tätowierungen . . .«

»Haplo!« entfuhr es Iridal.

»Ja, Haplo. Er war es, der Euren Sohn den Elfen in die Hände lieferte. Habt Ihr das gewußt? Bestimmt erhofft er sich Vorteile für seine eigenen verbrecherischen Pläne davon. Er hat von Eurer Absicht erfahren, Gram zu befreien, und will es verhindern. Jeden Moment kann er hier sein. Wir dürfen keine Zeit verlieren!«

Sang-drax griff nach Iridals Hand und zog sie mit sich. »Rasch, Mylady, wir müssen vor Haplo bei Eurem Sohn sein.«

»Wartet!« Iridal riß sich los.

Immer noch funkelte die Dolchklinge hinter dem Elfen im

Kerzenlicht. Hughs andere Hand war erhoben und mahnte sie zur Vorsicht.

»Wie konnte er das erfahren? Niemand wußte davon, nur mein Sohn . . .«

Sang-drax' Miene wurde ernst. »Haplo hegte einen Verdacht. Euer Sohn ist tapfer, Madame, aber selbst starke Männer sind schon unter der Folter zerbrochen . . .«

»Foltern! Ein Kind!« Iridal rang nach Atem.

»Dieser Haplo ist ein Ungeheuer. Er macht vor nichts Halt. Glücklicherweise konnte ich eingreifen und das Schlimmste verhindern. Der Junge ist verstört, aber sonst unversehrt. Kommt jetzt. Ich werde leuchten.« Sang-drax nahm ihr das Windlicht aus der Hand und schob sie sanft vor sich her. Die Hand und der Dolch waren beide nicht mehr zu sehen.

»Bedauerlich«, meinte Sang-drax, »daß wir niemanden haben, der Wache steht, während Euer Sohn sich für die Reise bereitmacht. Haplo könnte unbemerkt auftauchen. Aber ich wollte keinen von meinen Männern ins Vertrauen ziehen, man weiß nie . . .«

»Macht Euch keine Gedanken«, sagte Iridal kühl. »Ich habe einen Begleiter.«

Sang-drax mimte Erstaunen, Bewunderung. »Jemand mit ebensolchen magischen Kräften, wie Ihr sie habt. Nein, sagt mir nichts. Je weniger ich weiß, desto besser. Da ist das Zimmer. Ich bringe Euch zu ihm, aber dann muß ich Euch für einen Moment verlassen. Der Junge hat eine Freundin, ein Zwergenmädchen namens Jarre. Sie soll hingerichtet werden, und er will nicht ohne sie fliehen. Ihr bleibt bei Eurem Sohn, ich hole die Zwergin.«

Iridal war einverstanden. Sie kamen zu der Tür am Ende des Ganges, und Sang-drax gab ein Klopfzeichen.

»Ein Freund«, rief er halblaut. »Sang-drax.«

Die Tür ging auf. Das Zimmer lag im Dunkeln, ein merkwürdiger Umstand, wenn man darüber nachdachte. Doch im selben Moment hörte Iridal einen erstickten Jubelruf.

»Mutter! Mutter, ich wußte, du würdest kommen!«

Iridal sank auf die Knie und breitete die Arme aus. Gram warf sich ihr an die Brust.

Goldene Locken und eine tränenfeuchte Wange schmiegten sich an ihr Gesicht.

»Ich bin gleich wieder da«, versicherte Sang-drax, aber Iridal hörte ihn gar nicht, merkte auch nicht, wie er die Tür lautlos ins Schloß zog.

Es war Nacht in den Verliesen der Unsichtbaren. Hier unten brannte kein Licht, nur eine einzige Glühlampe spendete dem diensthabenden Soldaten etwas Helligkeit. Für Haplo, ganz am anderen Ende des Ganges, war sie nur ein heller Fleck, kaum größer als eine Kerzenflamme. Kein Laut unterbrach die Stille, außer dem stoßweisen Husten irgendeines armen Wichts in einem anderen Zellentrakt und dem Stöhnen eines sicheren Todeskandidaten, dessen politische Ansichten höheren Orts nicht konvenierten. Haplo war so gewöhnt an diese Geräuschkulisse, daß er sie nicht mehr zur Kenntnis nahm.

Er starrte auf die Zellentür.

Neben ihm stand erwartungsvoll, mit gespitzten Ohren der Hund. Das Tier spürte, daß etwas Entscheidendes bevorstand, und winselte leise.

Haplo streckte die Hand aus und berührte die Tür, die er in der Dunkelheit nur schattenhaft erkennen konnte. Seine Finger strichen über das kalte, rostschuppige Metall. Er zeichnete eine Rune, sprach das Wort, und die Linien flammten auf, erst blau, dann rot. Das Eisen schmolz. Haplo sah auf das entstandene Loch, bis die magische Glut erlosch. Noch zwei, drei Sigel. Die Öffnung wurde größer, er war frei.

Frei . . .

Er war eine Marionette an den Fäden der Schlangendämonen, manipuliert, zum Handeln gezwungen.

»Ich habe mich ausmanövrieren lassen«, sagte er vor sich hin. »Irgendwie muß ich wieder ins Spiel kommen – ein interessantes Vorhaben, wenn man bedenkt, daß ich die Regeln nicht kenne!«

Er betrachtete das Loch in der Zellentür.

Dies war der Moment, seinen ersten Zug zu machen.

»Ein Zug, mit dem sie rechnen«, sagte er bitter.

Er befand sich allein an diesem Ende des Zellentrakts. Keine Wachen, nicht einmal die Unsichtbaren in ihren schmucken Tarnanzügen.

Haplo hatte sie gleich am ersten Tag entdeckt und dem Erfindungsreichtum der Nichtigen mäßigen Beifall gezollt. Aber sie waren nicht da. Weshalb auch, es bestand nicht die Notwendigkeit, ihm zu folgen. Die ganze Bande wußte, wohin er gehen würde. Verflucht, man hatte ihm sogar einen Plan gegeben!

»Ich bin überrascht, daß der Schlüssel nicht steckt«, knurrte er.

Der Hund kratzte winselnd an der Tür. Haplo zeichnete noch zwei Runen, sprach die Worte. Das Eisen schmolz, er trat durch die mannshohe Öffnung. Der Hund sprang begeistert hinterher.

Der Patryn warf einen prüfenden Blick auf die Tätowierungen an Händen und Armen. Sie waren dunkel, wie die Nacht, die ihn umhüllte. Sang-drax war nicht in der Nähe, und sonst existierte in diesem Palast nichts, das ihm gefährlich werden konnte. Gefolgt von dem Hund schritt er zum Ausgang, vorbei an dem Wachhabenden, der ihn nicht bemerkte.*

Hugh Mordhand bezog Grams Zimmer gegenüber Posten. In diesem Stockwerk bildeten zwei Gänge ein großes T, mit Grams Zimmer am Kreuzungspunkt und der Treppe, die sie heraufgekommen waren, am Fuß des Längsbalkens. Von sei-

* Haplos Magie macht ihn nicht unsichtbar, aber sie beeinflußt die Wahrscheinlichkeit, daß Leute, die nicht eigens nach ihm Ausschau halten, ihn nicht sehen.

nem Platz aus hatte Hugh die Treppe im Blickfeld und alle drei Abschnitte des Korridors.

Sang-drax führte Iridal in das Zimmer ihres Sohnes, kam aber selbst gleich wieder heraus und schloß leise die Tür. Hugh wurde eins mit den Schatten und der Wand in seinem Rücken. Unmöglich, daß der Elf ihn sehen konnte, doch Hugh bemerkte unbehaglich, wie dessen Augen sich fast sofort auf ihn richteten. Sie hatten einen merkwürdigen rötlichen Glanz – Ernest Twist fiel ihm ein und Ciangs Äußerung, Twist – ein Mensch – hätte diesen Sang-drax empfohlen.

Ernest Twist war zufällig bei Ciang gewesen. Und Sang-drax war zufällig Grams Verbündeter. Zufällig ... Hugh glaubte an Zufälle ebensowenig wie an Glück. Irgend etwas war faul an der Sache!

»Ich hole die Zwergin«, sagte der Elf, und wider besseres Wissen hätte Hugh fast geschworen, daß die Worte für ihn bestimmt waren. Sang-drax deutete nach links den Gang hinunter. »Wartet hier. Haltet die Augen offen. Haplo wird kommen.« Der Elf drehte sich um und lief behende den Gang hinunter.

Hugh sah ihm nach, dann in die entgegengesetzte Richtung. Er hielt inne. Ein Mann kam auf ihn zu, fast, als hätten die Worte des Elfen ihn herbeigezaubert.

Und der Mann war Haplo.

Hugh erkannte den Patryn sofort wieder – die täuschend unprätentiöse Art, die ruhige, bestimmte Haltung, die gelassene Wachsamkeit. Doch als Hugh Haplo das letztemal gesehen hatte, waren dessen Hände bandagiert gewesen. Jetzt wußte Hugh, aus welchem Grund. Iridal hatte von blauen Tätowierungen gesprochen, aber nichts davon erwähnt, daß sie im Dunkeln leuchteten. Magie, vermutete Hugh, aber darüber konnte er sich jetzt nicht den Kopf zerbrechen. Seine Hauptsorge galt dem Hund. Er hatte den Hund vergessen.

Das Tier sah ihn an. Schweifwedelnd spitzte es die Ohren und öffnete das Maul zu einem hechelnden Grinsen, als hätte es einen alten Freund wiedergefunden.

»Was ist los mit dir?« fragte Haplo. »Komm her, bei Fuß.«

Der Hund gehorchte, doch sein ganzes Gebaren drückte aus; er wisse zwar nicht, was dies für ein neues Spiel sei, wäre aber zu jedem Schabernack bereit.

Haplo ging weiter. Obwohl er Hugh mit einem Blick aus den Augenwinkeln streifte, schien der Patryn nach etwas – oder jemand – anderem Ausschau zu halten.

Hugh zückte den Dolch und war mit zwei lautlosen, geschmeidigen Schritten hinter ihm.

Haplo bewegte leicht die Hand. »Faß!«

Der Hund schnellte durch die Luft, scharfe Fänge schlossen sich um Hughs rechten Arm, die Wucht des Ansprungs warf ihn zu Boden. Haplo trat ihm die Waffe aus der Hand, während der Hund schweifwedelnd anfing, dem Assassinen das Gesicht abzuschlecken.

Hugh wehrte ihn ab und wollte sich aufrichten.

»Das würde ich bleibenlassen, Elf«, warnte Haplo. »Er wird dich zerfleischen.«

Aber die Bestie, die ihn zerfleischen sollte, beschnupperte Hugh freundschaftlich und stupste ihn mit der Pfote.

»Laß das! Laß das sein!« Haplo zerrte den Hund zurück. »Hör auf damit.« Er fixierte Hugh, dessen Gesicht von der Maske der Unsichtbaren verborgen war. »Wenn es nicht völlig ausgeschlossen wäre, würde ich sagen, er kennt dich. Wer, zum Henker, bist du überhaupt?«

Der Patryn bückte sich, griff nach der Maske und riß sie dem vermeintlichen Elfen vom Kopf. »Hugh Mordhand!« Er wich zurück, fassungsloses Staunen malte sich auf seinen Zügen. »Aber du bist tot!«

»Nein, du bist es!« zischte Hugh. Er nutzte die Verwirrung des Gegners aus und rammte Haplo den Fuß in die Leistengegend.

Blaues Feuer hüllte ihn ein. Es war, als hätte er einen der Lektrozinger des Allüberall berührt. Er wurde zurückgeschleudert und blieb halb betäubt liegen.

Haplo beugte sich über ihn. »Wo ist Iridal? Gram wußte, daß sie kommt. Hat der Junge auch von dir gewußt? Verdammt, natürlich hat er«, beantwortete er seine Frage selbst. »So war's geplant! Ich ...«

Eine gedämpfte Explosion am Ende des Ganges unterbrach ihn, hinter der verschlossenen Tür von Grams Zimmer.

»Hugh! Hilf ...«, schrie Iridal. Sie verstummte mit einem erstickten Röcheln.

Hugh raffte sich mühsam vom Boden auf.

»Es ist eine Falle«, warnte Haplo ruhig.

»Dein Werk!« fuhr Hugh ihn an und spannte kampfbereit die Muskeln, obwohl jeder Nerv in seinem Körper protestierte.

»Nicht mein Werk.« Haplo schüttelte den Kopf. »Grams.«

Hugh starrte ihn durchdringend an, der Patryn hielt seinem Blick gelassen stand. »Du weißt, daß ich recht habe. Du hast es schon die ganze Zeit geahnt.«

Hugh wandte sich ab und lief steifbeinig auf die Tür zu.

Kapitel 34

Imperanon, Aristagon, Mittelreich

Haplo schaute Hugh hinterher, in der Absicht, ihm zu folgen, doch erst suchte er mit den Blicken seine Umgebung ab. Sang-drax steckte hier irgendwo, die Runen auf der Hand des Patryn zeigten die Nähe der Schlange an. Unzweifelhaft lauerte der falsche Elf in Grams Zimmer. Und das bedeutete . . .

»Haplo!« schrie eine wohlbekannte Stimme. »Haplo, komm mit uns!«

Haplo fuhr herum. »Jarre?«

Sang-drax umklammerte die Hand der Zwergin und zog sie mit sich den Korridor entlang zur Treppe.

Hinter sich hörte der Patryn Holz splittern. Hugh hatte die Tür eingetreten. Haplo hörte, wie er aufbrüllend ins Zimmer stürzte, dann Rufe, Befehle in der Elfensprache, das Klirren von Stahl auf Stahl.

»Komm mit, Haplo!« Jarre streckte die Hand nach ihm aus. »Wir fliehen!«

»Wir dürfen nicht stehenbleiben, meine Liebe«, drängte Sang-drax. »Wir müssen fort sein, bevor wieder Ruhe eingekehrt ist. Ich habe Limbeck versprochen dafür zu sorgen, daß Ihr sicher nach Hause kommt.«

Bei seinen Worten schaute Sang-drax nicht Jarre an, sondern Haplo. Seine Augen glühten rot.

Jarre würde Drevlin nicht lebend erreichen.

Sang-drax und die Zwergin eilten die Treppe hinunter. Jarre stolperte in der Hast, ihre schweren Stiefel polterten dumpf auf den Stufen.

»Haplo!« rief sie noch einmal.

Er stand unschlüssig mitten im Gang und fluchte vor sich hin. Wäre es möglich gewesen, hätte er sich zweigeteilt, aber das überstieg die Kräfte selbst eines Halbgottes. Er tat das nächstbeste.

»Hund, geh zu Gram! Gib auf Gram acht!« befahl er.

Vorsorglich wartete er ab, bis er sicher sein konnte, daß der Vierbeiner nicht wieder kehrtmachte, um ihm nachzulaufen, dann beeilte er sich, Sang-drax und Jarre zu folgen.

Eine Falle!

Haplos Warnung tönte Hugh in den Ohren.

Du hast es die ganze Zeit schon geahnt.

Verdammt richtig. Hugh erreichte Grams Zimmer, fand die Tür verschlossen. Ein Tritt gegen das wenig stabile Tikholz genügte, um sie aufzusprengen. Er hatte keinen Plan, dazu war keine Zeit gewesen, doch aus Erfahrung wußte er, daß kühnes, unerwartetes Handeln einem oft Vorteile bescherte, besonders wenn der Feind sich einbildete, den Sieg schon in der Tasche zu haben. Hugh hatte sich entschlossen, auf Tarnung und Taktik zu pfeifen und soviel Wirbel zu machen wie nur möglich.

Die Elfensoldaten, die im Zimmer lauerten, wußten, daß Iridal einen Komplizen hatte, ihr Hilferuf war ein deutlicher Hinweis gewesen. Also warteten sie ab und warfen sich auf ihn, als er mitsamt den Trümmern der Tür ins Zimmer stürzte. Doch nach ein paar Sekunden begannen die Elfen sich zu fragen, ob sie es mit *einem* Mann oder einer Legion Dämonen zu tun hatten.

Im Zimmer war es dunkel gewesen, aber jetzt fiel etwas

Licht von den Kerzen im Flur durch das leere Rechteck der Tür. Die vage Helligkeit trug jedoch nur zur allgemeinen Verwirrung bei. Hughs Kopf und Hände waren sichtbar, Rumpf und Beine immer noch von dem Tarnanzug verhüllt. Den verdutzten Elfen kam es vor, als schwebte der körperlose Kopf eines Menschen über ihnen und Hände, die den Tod brachten, zuckten aus dem Nichts hervor.

Hughs Dolch schlitzte einem Gegner das Gesicht auf, einem anderen die Kehle. Ein Tritt in den Leib und ein Fausthieb fällten einen dritten und vierten.

Die Elfen, von der Wildheit des Angriffs auf dem falschen Fuß erwischt und nicht ganz sicher, ob sie gegen einen lebenden Menschen oder ein Phantom kämpften, wichen verstört zurück.

Hugh schenkte ihnen keine Beachtung. Gram – blaß, große Augen, wirre Locken – kniete neben seiner Mutter, die bewußtlos auf dem Boden lag. Der Assassine fegte Möbelstücke und Soldaten links und rechts aus dem Weg. Fast hatte er Mutter und Kind erreicht, fast sah es aus, als wäre sein dreistes Wagestück von Erfolg gekrönt, da meldete sich eine arrogante Stimme.

»Unglaublich. Er ist ein einzelner Mann. Haltet ihn auf!«

Die Soldaten schüttelten ihre Lähmung ab und drangen erneut auf Hugh ein. Drei stürzten sich von hinten auf ihn, packten seine Arme und hielten sie fest. Ein anderer schlug ihm die flache Schwertklinge ins Gesicht, zwei weitere rissen ihm die Füße weg. Der Kampf war entschieden.

Hugh wurde an Ellenbogen, Hand- und Fußgelenken mit Bogensehnen gefesselt. Er lag auf der Seite, benommen, die Knie an die Brust gezogen; Blut rann von seiner Schläfe, füllte seinen zerschlagenen Mund. Zwei Elfen standen neben ihm Wache, während die anderen gingen, um Licht herbeizuschaffen oder sich um ihre verletzten Kameraden kümmerten.

Flackernde Kerzen, blakende Fackeln illuminierten ein Bild der Zerstörung. Hugh hatte keine Ahnung, mit was für einer Zauberformel Iridal sich zur Wehr gesetzt hatte, bevor man sie überwältigte, aber die Wände waren von Flammen versengt, einige prächtige Gobelins schwelten noch, und zwei Elfen mit schweren Brandwunden wurden aus dem Zimmer getragen.

Iridal lag auf dem Boden, die Augen geschlossen, regungslos. Doch sie atmete. Sie lebte. Hugh konnte keine Verletzung entdecken und fragte sich, was man ihr angetan hatte. Sein Blick wanderte zu Gram, der neben seiner Mutter kniete. Haplos Warnung fiel ihm ein. Dem mysteriösen Patryn war nicht zu trauen, aber dem Jungen ebensowenig. Hatte Gram sie hintergangen?

Hugh fixierte Gram durchdringend. Der Junge starrte zurück, seine Miene verriet weder Unschuld noch schlechtes Gewissen. Aber je länger die Musterung dauerte, desto unruhiger wurde er. Sein Blick irrte von Hughs Gesicht zu einem Punkt über dessen Schulter. Plötzlich wurden Grams Augen riesengroß, er stieß einen leisen Schrei aus.

»Alfred!«

Unwillkürlich wollte Hugh den Kopf wenden, aber noch rechtzeitig wurde ihm klar, daß das Bürschchen versuchte, ihn zu foppen, seine Aufmerksamkeit von Iridal abzulenken.

Doch falls Gram Theater spielte, gab er eine großartige Vorstellung. Er zuckte zurück und hob abwehrend beide Hände.

»Alfred! Was machst du hier? Geh weg! Ich will dich hier nicht haben. Ich brauche dich nicht ...« Seine Stimme wurde schrill.

»Beruhigt Euch, Prinz«, sagte die arrogante Stimme. »Da ist niemand.«

Gram stampfte mit dem Fuß auf. »Jawohl! Alfred steht da, neben Hugh! Ich sehe ihn doch ...«

Plötzlich blinzelte er, kniff die Lippen zusammen, schluckte und setzte ein schiefes, verschlagenes Lächeln auf.

»Ich wollte ihm eine Falle stellen, um herauszufinden, ob er noch einen Helfershelfer hat. Ihr habt es verdorben. Ihr habt meinen schönen Plan verdorben, Graf.« Grams Schmollen verriet lange Übung, doch er konnte den Blick nicht von Hugh abwenden, und in der Tiefe seiner Augen flackerte – täuschte er sich? – Angst.

Hugh wußte nicht, was Gram vorhatte, und es ließ ihn auch kalt. Wieder so ein Trick. Seinerzeit hatte Gram behauptet, einen Kirmönch neben Hugh stehen zu sehen.* Der Assassine leckte sich das Blut von der aufgeplatzten Lippe und schaute sich nach dem Mann um, der hier das Kommando hatte.

Ein hochgewachsener, gutaussehender Elf trat in sein Blickfeld. Irgendwie hatte er das Kunststück fertiggebracht, wie aus dem Ei gepellt das Kampfgetümmel zu überstehen. Er musterte Hugh mit gelangweiltem Interesse, wie vielleicht ein bis dato unbekanntes Insekt.

»Ich bin Graf Tretar, Oberhaupt des Clans der Tretarelfen. Und wenn mich nicht alles täuscht, habe ich die Ehre mit Hugh, genannt Mordhand.«

»Ich nix sprechen Elfensprache«, knurrte Hugh.

»Nein?« Tretar lächelte. »Aber an unsere Kleidung habt Ihr Euch recht schnell gewöhnt. Kommt, Verehrtester, das Spiel ist zu Ende. Nehmt Eure Niederlage mit Anstand hin. Ich weiß eine ganze Menge über Euch – daß Ihr fließend unsere Sprache beherrscht, daß Ihr verantwortlich seid für den Tod etlicher meiner Landsleute und eins von unseren Drachenschiffen gestohlen habt. Auf meinem Tisch liegt ein vom Kaiser persönlich unterzeichneter Haftbefehl, mit dem Zusatz ›tot oder lebendig‹.«

Hugh schaute wieder zu Gram, der ihn mit großen Unschuldsaugen ansah – altbewährte Taktik fast aller Kinder im Umgang mit Erwachsenen.

Hugh verzog das Gesicht und rollte sich halb auf den

* ›Himmelsstürmer‹, Die vergessenen Reiche, Band 1. (Bastei-Lübbe 28158) Gram besitzt aufgrund seiner hellseherischen Fähigkeiten die Gabe, bildhaft wahrzunehmen, wer oder was zur Zeit einen starken Einfluß auf eine Person ausübt. Im allgemeinen sind die Erscheinungen symbolisch, und Gram betrachtet sie entweder als selbstverständlich oder schweigt darüber, weil er sein Wissen benutzen will, um Macht über die Person zu gewinnen. Der Kirmönch, schemenhafter Begleiter Hughs, mußte den Jungen so erschreckt haben, daß er mit seiner Beobachtung herausplatzte.

Rücken, als versuchte er, eine bequemere Lage zu finden, in Wirklichkeit prüfte er die Stärke seiner Fesseln. Die Bogensehnen waren fest angezogen und verknotet. Je mehr er daran zerrte, desto tiefer schnitten sie ihm ins Fleisch.

Dieser Tretar war kein Narr. Sich dumm zu stellen, brachte ihn nicht weiter, aber vielleicht ließ er mit sich handeln.

»Was ist mit der Mutter des Jungen geschehen?« verlangte Hugh zu wissen. »Was hat man ihr angetan?«

Der Graf warf einen kurzen Blick auf Iridal und hob die Augenbrauen. »Ein vergifteter Pfeil. Oh, keine Sorge. Ein mildes Gift, mit betäubender Wirkung, das sie wehrlos macht, so lange wir es für angebracht halten. Die einzige Methode, sich dieser ›Mysteriarchen‹ zu versichern, ohne sie zu töten, was ...«

Der Graf verstummte mitten im Satz. Er war auf einen Hund aufmerksam geworden, der unschuldig ins Zimmer spazierte.

Haplos treuer Begleiter. Der Assassine fragte sich, wo der Patryn abgeblieben war, welche Rolle er in dieser undurchsichtigen Verschwörung spielte, doch er hütete sich, das Thema zur Sprache zu bringen, falls die Elfen vergessen haben sollten, den Patryn in ihre Kalkulation mit einzubeziehen.

Tretar musterte stirnrunzelnd seine Männer. »Das ist der Hund Eures Bediensteten, Prinz. Wie kommt er hierher? Ihr da, schafft das Tier hinaus!«

»Nein!« rief Gram. »Er gehört mir!« Der Junge sprang auf und schlang dem Hund die Arme um den Hals.

Der Vierbeiner leckte ihm dafür die Wange und ließ keinen Zweifel daran, daß er einen alten Freund wiedergefunden hatte.

»Er mag mich lieber als Haplo«, behauptete Gram. »Ich will ihn behalten.« Der Graf betrachtete Kind und Hund gedankenvoll. »Also gut, das Tier kann bleiben.« An einen Untergebenen gerichtet, fügte er halblaut hinzu: »Schau nach, wie es kommt, daß der Köter sich hier herumtreibt. Und was mit seinem Besitzer geschehen ist.«

Gram zog den Hund neben sich auf den Boden. Dort lag das Tier, hechelte und schaute sich mit wachen Augen um.

Graf Tretar fuhr fort, sein neues Forschungsobjekt zu studieren.

»Ihr habt mich gefangengenommen«, sagte der Assassine. »Ich bin in Eurer Hand. Sperrt mich ein, tötet mich. Was aus mir wird, ist nicht wichtig. Aber laßt die Frau und den Jungen gehen.«

Tretar wirkte erheitert. »Wirklich, Verehrtester, haltet Ihr uns für dermaßen unbedarft? Ein Assassine mit dem Ruf, der Beste seiner Zunft zu sein, und eine mächtige Zauberin gehen uns ins Netz, und Ihr erwartet, daß wir uns so einen guten Fang wieder durch die Finger schlüpfen lassen? Die reine Unvernunft. Verschwendung!«

»Was wollt Ihr dann?« grollte Hugh.

»Euch einen Kontrakt anbieten, heißt es nicht so?«

»Ich bin nicht käuflich.«

»Jeder Mann hat seinen Preis.«

Hugh lachte kurz auf. »Es gibt nicht genügend Barls in Eurem erbärmlichen Reich, um mich zu bezahlen.«

»Ich dachte nicht an Geld.« Tretar zog einen Stuhl heran, staubte ihn mit einem fliederfarbenen Kavalierstüchlein ab, setzte sich und schlug die von seidenen Culottes umhüllten, wohlgeformten Beine übereinander. »Vielmehr an ein Leben. *Ihr* Leben.«

»Das nennt man ja wohl Erpressung.« Hugh wälzte sich hin und her, mit aller Kraft stemmte er sich gegen die Fesseln. Blut – warm und klebrig – strömte über seine Hände.

»Guter Mann, beruhigt Euch. Ihr werdet Euch noch ernsthaft verletzen.« Tretar stieß einen gekünstelten Seufzer aus. »Ich gebe zu, daß meine Männer keine sehr beeindruckenden Kämpfer sind, aber von Knoten verstehen sie etwas. Flucht ist unmöglich, und wir sind nicht dumm genug, Euch bei dem Versuch zu töten, wie Ihr vielleicht hofft. Schließlich ist es nicht so, daß wir Euch etwas zumuten, das gegen Eure moralischen Prinzipien verstößt. Wir bieten Euch einen Preis dafür, daß Ihr jemanden tötet. Ganz einfach.«

»Und wen?« Hugh hätte gar nicht fragen zu brauchen, er war überzeugt, die Antwort zu kennen.

»König Stephen und Königin Anne.«

Hugh gelang es nur unvollkommen, sein Erstaunen zu verbergen. Der Graf nickte verstehend. »Ihr habt erwartet, daß ich Prinz Rees'ahn nenne, nicht wahr? Wir zogen es in Erwägung, als wir hörten, daß Ihr kommt. Aber der Prinz hat bereits einige solcher Anschläge überlebt. Man sagt, daß übernatürliche Kräfte ihn beschützen. Während ich nicht unbedingt an derartigen Schwachsinn glaube, denke ich, daß Ihr – ein Mensch – weniger Schwierigkeiten haben dürftet, die menschlichen Partner der unerwünschten Allianz aus dem Weg zu räumen. Ihr Tod erfüllt mehr oder weniger denselben Zweck. Wenn Stephen und Anne tot sind und ihr allerliebster Sprößling auf dem Thron sitzt, hat es ein Ende mit der Gesinnungskungelei. Ganz auf sich allein gestellt, wird Rees'ahn über kurz oder lang die Luft ausgehen.«

Hugh warf Gram einen verächtlichen Blick zu. »Das hast wahrhaftig *du* ausgeheckt.«

»Ich will König sein«, maulte Gram und streichelte den Hund.

»Und Ihr traut dem kleinen Bastard?« fragte Hugh den Grafen. »Er würde seine eigene Mutter ans Messer liefern.«

»Das sollte ein Scherz sein, habe ich recht? Vergebung, aber die Feinheiten des menschlichen Humors erschließen sich mir nicht so ganz. Prinz Gram ist ein gescheiter junger Herr, der seine Interessen zu wahren versteht.«

Hughs Blick wanderte zu Iridal. Er war dankbar, daß sie nicht hörte, was gesprochen wurde. Fast hätte er – um ihretwillen – gewünscht, sie wäre tot.

»Wenn ich einwillige, den König und die Königin zu töten, laßt Ihr sie frei? So lautet die Abmachung?«

»Ja.«

»Woher weiß ich, ob Ihr Wort haltet?«

»Ihr werdet's glauben müssen; eine Wahl habt Ihr nicht, oder? Doch in der Güte meines Herzens will ich mich zu einem Zugeständnis bereitfinden. Der Junge soll Euch begleiten. Er wird mit seiner Mutter in Verbindung bleiben. Durch ihn erfahrt Ihr, daß sie gesund und munter ist.«

»Und Ihr erfahrt, ob ich Euren Auftrag ausgeführt habe.«

Tretar zuckte mit den Schultern. »Selbstverständlich. Und wir werden der Mutter berichten, wie es ihrem Sohn geht. Sie wäre, möchte ich annehmen, außer sich, wenn ihm etwas zustieße. Oh, das Mutterherz würde bluten . . .«

»Ihr sollt ihr nicht weh tun«, meldete sich Gram in befehlendem Ton. »Durch sie habe ich die Unterstützung der Mysteriarchen. Sie liebt mich«, fügte er mit einem schelmischen Lächeln hinzu. »Sie wird alles tun, was ich will.«

Ja, und sie würde mir nicht glauben, wenn ich ihr die Augen zu öffnen versuchte. Nicht, daß ich die Gelegenheit haben werde, dachte Hugh. Gram kann nicht wagen, mich am Leben zu lassen. Sobald ich meinen Zweck erfüllt habe, wird er meine ›Gefangennahme‹ befehlen und mich hinrichten lassen. Aber verflucht, was ist mit Haplo? Und *wo* ist er?

»Nun, guter Freund, können wir Eure Antwort haben?« Tretar stieß Hugh mit der Fußspitze an.

»Wozu eine Antwort? Ihr habt mich am Haken und wißt es genau.«

»Ausgezeichnet.« Der Graf erhob sich forsch und gab einigen seiner Männer ein Zeichen. »Bringt die Gefangene ins Verlies. Haltet sie unter Betäubung, ansonsten ist sie pfleglich zu behandeln.«

Die Elfen stellten Iridal auf die Füße. Sie schlug die Augen auf, schaute sich benommen um, sah ihren Sohn und lächelte. Dann begannen ihre Lider zu flattern, ihr Kopf fiel zur Seite, sie sank in den Armen ihrer Bewacher zusammen. Tretar zog ihr die Kapuze über den Kopf und ins Gesicht.

»So, falls jemand euch sieht, wird er glauben, die Kleine hätte ein Glas zuviel gehabt. Nun geht.«

Die Elfen trugen die stolpernde Iridal halb aus der Tür und den Gang hinunter. Gram, einen Arm um den Hund gelegt, sah gleichgültig zu. Dann wandte er sich munter an Hugh.

»Wann brechen wir auf?«

»Möglichst bald«, riet Tretar. »Rees'ahn ist bereits bei den Sieben Feldern eingetroffen. Stephen und Anne sind unterwegs. Wir werden Euch mit allem versorgen, was Ihr braucht . . .«

»Erst werdet Ihr Euch entschließen müssen, mir die Fesseln abzunehmen. So kann ich nicht reisen«, meldete sich Hugh von dort, wo er lag.

Tretar musterte ihn nachdenklich, dann nickte er knapp. »Macht ihn los. Er weiß, selbst wenn es ihm gelänge zu entkommen und den Weg ins Verlies zu finden, wäre die Frau tot, bis er dort ist.«

Die Elfen zerschnitten Hughs Fesseln und halfen ihm aufzustehen.

Er rieb sich die Arme, um die Durchblutung wieder in Gang zu bringen. »Ein kurzes Schwert«, fing er an aufzuzählen. »Meinen Dolch und das Stilett zurück. Gift, für die Klingen. Es gibt da ein ganz bestimmtes. Habt Ihr einen Alchimisten am Hof? Gut. Ich werde selbst mit ihm reden. Dann Geld. Eine große Summe. Falls wir ein paar Türen ölen müssen. Und zu guter Letzt – einen Drachen.«

Tretar schnalzte mit der Zunge. »Das ist schwierig. Aber nicht unmöglich.«

»Außerdem brauchen wir Reisekleidung. Einfache Kleidung, wie ein fliegender Händler sie vielleicht tragen würde. Dazu eine Handvoll Juwelen. Nichts Kostbares. Schön bunt und protzig.«

»Das läßt sich machen. Aber wo sind Eure eigenen Kleider?« Tretar sah ihn scharf an.

»Die habe ich verbrannt«, antwortete Hugh gleichmütig.

Tretar sagte nichts mehr, auch wenn es ihn ärgerte, nicht zu wissen, wie und von wem Hugh sich den magischen Tarnanzug der Unsichtbaren beschafft hatte, doch man konnte davon ausgehen, daß Hugh in diesem Punkt eisern Schweigen bewahrte. Ohnehin wäre es nur die Bestätigung einer ziemlich sicheren Vermutung gewesen, denn selbstverständlich hatten seine Spione inzwischen Hugh und Iridal mit den beiden Kirmönchen in Verbindung gebracht, die in Paxaua von Bord gegangen waren. Und wo sollten Kirmönche in Feindesland schon hingehen, außer zu ihren Brüdern im Geiste, den Kenkari?

»Ich nehme den Hund mit«, verkündete Gram und sprang unternehmungslustig auf. »Nur wenn du ihm beibringen kannst, ruhig auf dem Rücken eines fliegenden Drachen zu sitzen«, sagte Hugh.

Gram war niedergeschlagen, aber nur einen kurzen Moment, dann lief er dorthin, wo sein Bett stand, und rief den Hund zu sich.

»Also, das ist ein Drache«, erklärte er und zeigte auf das Bett. Er klopfte mit der flachen Hand auf die Matratze. »Nun komm, spring. So ist gut. Und jetzt – sitz. Nein, sitz! Runter mit dem Hinterteil.«

Der Hund schien das Spiel unterhaltsam zu finden, wußte aber nicht recht, was man von ihm erwartete, und hob die Vorderpfote als Zeichen guten Willens.

»Nein, nein, nein.« Gram drückte dem Hund das Hinterteil nach unten. »Sitz!«

»Bezauberndes Kind«, bemerkte Tretar. »Man könnte denken, es ginge in die Ferien . . .«

Hugh sagte nichts, er dachte über den Hund nach. Das Tier hatte magische Eigenschaften, wenigstens war er Zeuge gewesen, wie es einige bemerkenswerte Kunststücke vollbrachte. Es folgte Haplo auf Schritt und Tritt, wenn sie getrennt waren, gab es einen guten Grund dafür. Aber Hugh wollte verdammt sein, wenn er sich vorstellen konnte, welchen. Andererseits – was interessierte es ihn. So weit er sehen konnte, gab es nur einen einzigen gangbaren Weg aus diesem Dilemma.

Ein Elf trat ins Zimmer, kam zu Tretar und sprach leise auf ihn ein. Hugh hatte scharfe Ohren.

»Sang-drax . . . geht nach Plan . . . Zwergin . . . unversehrt in Drevlin eintreffen . . . abenteuerliche Flucht . . . Gesicht des Kaisers bleibt gewahrt . . . Allüberall gerettet . . . Junge kann den Hund behalten . . .«

Anfangs war es für Haplo eine Kleinigkeit, Sang-drax und der Zwergin zu folgen. Mit ihren kurzen Beinen und behindert von den schweren Stiefeln, ging Jarre bald die Puste aus, man hörte sie japsen und schnaufen, dazu ihre polternden Schritte.

Um so rätselhafter, weshalb Haplo den Anschluß verlor. Er war ihnen durch den Flur gefolgt und die Treppe hinunter, doch als er im Erdgeschoß ankam, waren die beiden nirgends zu sehen. Und nicht zu hören.

Fluchend lief er den Korridor entlang (derselbe, durch den er hereingekommen war), musterte den Boden, die Wände, die geschlossenen Türen zu beiden Seiten. Er hatte fast das Portal erreicht, als ihm zu Bewußtsein kam, daß hier einiges äußerst merkwürdig war.

Lichter brannten, wo es vorhin dunkel gewesen war. Kein Lakai stand gähnend und schwatzend in der Portiersloge, auch die gab es nicht. Wo die Tür hätte sein müssen, stand Haplo vor einer nackten Wand. Zwei neue Gänge führten in entgegengesetzte Richtungen. Sie waren endlos, viel zu lang in Anbetracht der Größe des Gebäudes. Haplo hatte keinen Zweifel, auch sie mündeten wieder nur in andere Flure.

Er befand sich in einem Labyrinth, wieder in einem Labyrinth, diesmal erschaffen von den Schlangen, ein auswegloses, alptraumhaftes Gebilde, das nirgends hinführte, außer in den Wahnsinn.

Der Patryn blieb stehen. Er streckte tastend die Hände aus, um vielleicht zu fühlen, was sich hinter der Illusion verbarg und den Bann zu brechen. Die Situation barg ihre Gefahren: Während er glaubte, in einem leeren Korridor zu stehen, befand er sich in Wirklichkeit vielleicht draußen im Freien, umringt von einer Hundertschaft bewaffneter Elfen.

Seine Lage war schlimmer, viel schlimmer, als wenn man ihn plötzlich mit Blindheit geschlagen hätte. Seines Augenlichts beraubt, wären ihm die anderen Sinne geblieben, auf die er vertrauen konnte. So aber tat er einen Schritt und setzte den Fuß ins Leere – der Boden, den er spürte, war nicht der, den er sah. Seine Finger griffen durch Wände hindurch, dennoch berührte er festes Mauerwerk. Er fühlte sich schwindelig, verwirrt.

Er schloß die Augen, um sich ganz auf die Geräusche zu konzentrieren, aber auch das half ihm nicht. Die einzigen Laute, die er hörte, vernahm er durch die Ohren des Hundes. Er hätte mit Hugh und Gram im selben Zimmer sein können.

Ein Prickeln lief über seine Haut, die Runen erwachten. Etwas, jemand kam. Und er stand da, mit geschlossenen Augen, hilflos ausgestreckten Armen. Jetzt hörte er Schritte, aber näherten sie sich ihm ...? Oder dem Hund ...? Haplo bekämpfte den instinktiven Impuls, einfach um sich zu schlagen. Ein Lufthauch streifte seine Wange. Haplo wirbelte herum.

Der Gang war immer noch leer, aber verflucht, Haplo wußte, da war jemand, ganz dicht hinter ihm. Er schöpfte Kraft aus seiner Magie, die Tätowierungen leuchteten blau, hüllten ihn in eine schützende Aura.

Sie bewahrte ihn vor einem Angriff der Nichtigen. Aber nicht vor ...

Schmerz explodierte in seinem Kopf. Er fiel, schwerelos, wie in einem Traum, bis der harte Aufprall ihn in die Wirklichkeit zurückschleuderte. Blut lief in seine Augen, verklebte die Lider. Er bemühte sich, sie zu öffnen, aber dann gab er auf. Es tat weh, in das grelle Licht zu sehen. Seine Magie zerbröckelte, löste sich auf.

Noch ein Schlag ...

Kapitel 35

Kathedrale d'Albedo, Aristagon, Mittelreich

»Meister«, sagte der Akolyth, Gehilfe des Hüters der Pforte, »ein Weesham verlangt nach Euch. Graf Tretars Weesham, um genau zu sein.«

»Sag ihm, wir nehmen keine . . .«

»Vergebung, Meister, aber das habe ich ihm bereits gesagt. Er ist sehr beharrlich und besteht darauf, mit Euch persönlich zu sprechen.«

Bruder Pforte seufzte, nahm noch einen Schluck Wein, tupfte sich mit der Serviette den Mund ab und stand vom Tisch auf, um sich mit diesem aufdringlichen Weesham zu befassen.

Es wurde eine lange Unterhaltung, und nachdem der Besuch gegangen war, überlegte Bruder Pforte einen Moment, bevor er seinen Adlatus rief und ihm mitteilte, daß er in der Kapelle zu finden sein werde.

Der Hüter der Seelen und die Hüterin des Buches knieten in der kleinen Kapelle vor dem Altar. Bruder Pforte trat leise ein, schloß die Tür und kniete ebenfalls nieder. Andächtig faltete er die Hände und neigte den Kopf.

Bruder Seele blickte über die Schulter. »Du bringst Neuigkeiten?«

»Ja, aber ich wollte nicht . . .«

»Nein, du tust recht daran, uns zu stören. Sieh.«

Bruder Pforte hob den Kopf und sah bestürzt, was im Aviarium geschah. Als suchte ein Sturm den beschaulichen Garten heim, neigten Bäume sich ächzend, Zweige knackten und brachen, Blätter rauschten in dem Aufruhr Tausender gefangener Seelen.

»Was hat das zu bedeuten?« flüsterte Bruder Pforte, ohne in seiner Bangigkeit daran zu denken, daß die Ordensregel von ihm verlangte zu warten, bis der Superior das Wort an ihn richtete. Als es ihm siedendheiß einfiel, zog er den Kopf zwischen die Schultern und wartete auf den unvermeidlichen Tadel.

»Vielleicht kannst du es uns erklären.«

Kein Tadel. Bruder Pforte schüttelte verwirrt den Kopf. »Ein Weesham war eben hier, derselbe, der uns von dem Menschenkind Gram erzählt hat. Er hat unsere Warnung erhalten und teilt uns dieses mit. Sein Anbefohlener, Graf Tretar, hat Lady Iridal und Hugh Mordhand gefangengenommen. Die Mysteriarchin wurde ins Verlies der Unsichtbaren verschleppt. Der Weesham weiß nicht genau, was aus Mordhand geworden ist, vermutet aber, daß man ihn und den Jungen woanders hingebracht hat.«

Der Hüter der Seelen erhob sich.

»Wir müssen handeln. Schnell handeln.«

»Aber weshalb befinden sich die Seelen in solcher Erregung?« fragte Bruder Pforte mit brüchiger Stimme. »Was hat sie aufgestört?«

»Ich verstehe es nicht.« Bruder Seele machte einen sorgenvollen, ratlosen Eindruck. »Ich glaube fast, wir werden es – in diesem Leben – nie verstehen. Aber sie.« Mit einem Ausdruck von Ehrfurcht und sehnsüchtigem Verlangen sah er durch das Fenster aus Kristall ins Aviarium. »Sie verstehen. An uns ist es zu handeln. Wir müssen hinausgehen.«

»Hinausgehen!« Bruder Pforte erbleichte. Er hatte nie, in

all den Jahren seines Dienstes am Tor, selbst die Schwelle überschritten. »Wohin?«

»Vielleicht«, antwortete Bruder Seele mit einem schmalen Lächeln und lauschte mit zur Seite geneigtem Kopf den stimmlosen Rufen der Toten im Aviarium, »zu ihnen.«

In der kalten, dunklen Stunde vor Anbruch der Morgendämmerung schloß der Hüter der Seelen die Tür am Aviarium und versiegelte sie mit einem Zauber, wie es in der gesamten Geschichte der Kathedrale d'Albedo nie geschehen war. Nicht einmal in der ganzen langen Zeit hatte der Hüter seinen heiligen Posten verlassen.

Der Hüter der Pforte und die Hüterin des Buches tauschten ernste Blicke, als die Tür ins Schloß fiel und die magischen Worte gesprochen wurden. Sie fühlten sich von der plötzlichen Unruhe in ihrem geregelten Leben mehr geängstigt als von der verschwommenen Gefahr, die ihnen drohte, denn sie ahnten im kleinen den Samen erheblich größeren Wandels, der ganz Arianus verändern würde.

Der Hüter der Seelen verließ das Aviarium und ging den Korridor hinunter. Ihm folgten in zwei Schritt Abstand der Hüter der Pforte zur Linken und die Hüterin des Buches zur Rechten. Keiner der drei sprach, nur Bruder Pforte wäre fast eine Bemerkung entschlüpft, als sie, statt in den Gang zum großen Portal einzubiegen, geradeaus weitergingen, zu den inneren Bezirken der Kathedrale. Offenbar hatte er sich geirrt, als er annahm, ›hinausgehen‹ bedeutete nach draußen gehen und ins Imperanon.

Er wagte nicht zu fragen, weil der Hüter der Seele beharrlich schwieg. Bruder Pforte konnte nur Blicke stummer Ratlosigkeit mit Schwester Buch tauschen, während sie ihrem Superior die Treppe hinunter zu den Quartieren der Weeshams folgten, vorbei an Studierzimmern und Vorratskammern, bis zur großen Bibliothek der Kenkari.

Der Hüter sprach ein Wort. Leuchtlampen flammten auf, erfüllten das Gewölbe mit weicher Helligkeit. Bruder Pforte glaubte jetzt mit Recht vermuten zu können, daß sie gekommen waren, um in Büchern und Schriften Aufschluß zu suchen.

Die Bibliothek der Kenkari enthielt das gesamte Wissen der Elfen von Arianus sowie – weniger ausführlich – die Geschichte auch der beiden anderen Rassen. (Während das Material über die Menschen umfangreich war, gab es über die Zwerge nur wenig; die Elfen betrachteten sie eben mal als Fußnote.) Hierher brachte Schwester Buch auch jeden mit Namen und Lebensläufen vollgeschriebenen Folianten und stellte ihn an seinen Platz auf den sich immer weiter ausbreitenden Regalen des Archivs der Seelen. Außerdem wurden hier die von den Sartan zurückgelassenen Bücher und Schriften aufbewahrt; eine wertvolle Sammlung, wenn auch nicht so groß wie die im Hohen Reich.

Die Elfen konnten das meiste von den Werken der Sartan nicht lesen. Nur wenige der Bände ließen sich überhaupt aufschlagen, denn das Geheimnis der Runenmagie der Sartan – für die Elfen waren sie Götter – ließ sich nicht entschlüsseln. Man verehrte die Bücher ungeachtet dessen als geheiligte Reliquien, und kein Kenkari betrat je die Bibliothek ohne eine achtungsvolle Verbeugung vor den Artefakten jener, die vor langer Zeit vom Angesicht der Welt verschwunden waren. Daher war Bruder Pforte nicht überrascht, den Hüter der Seelen vor dem Kristallschrein innehalten zu sehen, der die Schriftrollen der Sartan und mehrere ledergebundene Werke enthielt. Schwester Buch hielt es ebenfalls für selbstverständlich, beide neigten dem Beispiel ihres Superiors folgend, den Kopf, dann aber sahen sie verwundert zu, wie er die Hand auf den Schrein legte und die Zauberformel sprach. Der Kristall löste sich unter seiner Berührung auf. Er griff in den Kasten und nahm ein schmales, unscheinbares Bändchen heraus, das ganz zuunterst lag. Ein Schatten fiel über sein Gesicht.

»Ich fange an zu glauben, daß wir einen furchtbaren Fehler gemacht haben. Aber« – er hob die Augen zum Himmel – »wir hatten Angst.« Er senkte den Kopf und seufzte. »Die

Menschen und Zwerge sind anders als wir. So grundlegend anders. Aber wer weiß? Vielleicht hilft uns dies hier zu gegenseitigem Verstehen.«

Er schob das Büchlein in den weiten Ärmel seiner vielfarbigen Kutte und ging vor den beiden anderen her zwischen den Regalreihen hindurch, bis er vor einer kahlen Mauer stehenblieb. Etwas in seiner Haltung veränderte sich, seine Miene wurde zu Stein. Er drehte sich herum, und zum erstenmal, seit sie zu ihrer Expedition aufgebrochen waren, sah er Schwester Buch und Bruder Pforte ins Gesicht.

»Wißt ihr, weshalb ich euch hergeführt habe?«

»Nein, Vater Superior«, murmelten sie – wahrheitsgemäß, denn keiner von beiden hatte eine Ahnung, weshalb man hier stehen und auf eine nackte Wand starren sollte, während in der Welt draußen große und bedeutungsvolle Ereignisse sich ankündigten.

»Aus diesem Grund«, sagte Bruder Seele. Seine gewöhnlich sanfte Stimme klang hart. Er legte die flache Hand gegen einen Teil der Wand und drückte.

Der Teil gab nach, drehte sich glatt und geräuschlos um eine Mittelachse und gab den Blick frei auf eine primitive Stiege, die ins Dunkel hinunterführte.

Schwester Buch und Bruder Pforte sprachen gleichzeitig.

»Wie lange . . .?«

»Wer . . .?«

»Die Unsichtbaren«, antwortete Bruder Seele grimmig. »Die Treppe führt zu einem Stollen, durch den man geradewegs zu ihren Verliesen gelangt. Ich weiß es, ich bin da gewesen.«

Die beiden anderen sahen ihren Superior sprachlos an, bestürzt von der Entdeckung und voller böser Vorahnungen.

»Wie lange dieser Stollen schon existiert, weiß ich nicht. Ich habe selbst erst seit ein paar Zyklen Kenntnis davon. Eines Nachts konnte ich nicht schlafen und dachte, meine Nerven durch Lesen zu beruhigen. Ich kam zu später Stunde her, wenn gewöhnlich nicht mehr damit zu rechnen ist, daß noch jemand wacht. Dennoch waren sie auf der Hut. Ich nahm aus den Augenwinkeln eine huschende Bewegung wahr. Womöglich hätte ich geglaubt, meine Augen müßten sich erst an das helle Licht gewöhnen, nur hörte ich gleichzeitig ein merkwürdiges Geräusch, das meine Aufmerksamkeit auf diese Wand lenkte. Die Umrisse der Tür verschwanden eben.

Drei Nächte hielt ich mich versteckt und wartete darauf, daß sie wiederkamen. Vergebens. Dann, in der vierten Nacht, wurde meine Geduld belohnt. Ich sah sie kommen, sah sie gehen. Ich spürte den Zorn von Krenka-Anris über dieses Sakrileg. Erfüllt von ihrer Macht, folgte ich ihnen bis zu ihrem Schlupfwinkel – dem Verlies der Unsichtbaren.«

»Aber weshalb?« wollte Schwester Buch wissen. »Haben sie gewagt, uns zu belauschen?«

»Ja, davon bin ich überzeugt«, nickte der Hüter der Seelen ernst. »Und vielleicht hatten sie noch Schlimmeres vor. Die beiden, die ich beobachten konnte, suchten zwischen den Büchern und zeigten besonderes Interesse an denen der Sartan. Sie versuchten den Schrein aufzubrechen, vermochten es jedoch nicht. Aber mir ist etwas Merkwürdiges an ihnen aufgefallen.«

Während er wachsam die Mauer im Auge behielt, senkte der Hüter die Stimme. »Sie bedienten sich einer Sprache, die ich nie zuvor in dieser Welt gehört habe. Ich konnte nicht verstehen, was sie redeten.«

»Vielleicht haben die Unsichtbaren eine eigene, geheime Sprache entwickelt«, äußerte Bruder Pforte. »Ähnlich dem Rotwelsch der Menschen ...«

»Vielleicht.« Bruder Seele schien nicht überzeugt zu sein. »Was auch immer, es war furchtbar. Ihnen zuzuhören erfüllte mich mit Entsetzen. Die Seelen der Toten erbebten und erhoben klagend ihre Stimmen.«

»Und doch seid Ihr ihnen gefolgt«, meinte Bruder Pforte bewundernd.

»Es war meine Pflicht«, erwiderte der Hüter der Seelen schlicht. »Krenka-Anris befahl es mir. Und nun ist es unsere Aufgabe, erneut ins Dunkel hinabzusteigen, um den Frevlern ihr Handwerk zu legen.«

Bruder Seele stand in der Türöffnung und breitete die Arme aus. Der feuchte, klamme Luftzug aus dem unterirdischen Gang bauschte die Regenbogenseide, blähte sie wie schillernde Segel, von denen der schlanke Körper des Elfen emporgetragen wurde. Er begann zu schrumpfen, bis er nicht größer war als das Insekt, das man in seinem Orden verehrte.

Mit anmutigen Flügelschlägen gaukelte der Kenkari durch die Tür und in die Tiefe. Seine zwei Begleiter wirkten gleichfalls ihre Magie und folgten ihm. Ihre Roben verbreiteten einen opalisierenden Schimmer, der ihnen den Weg erleuchtete, aber erlosch, als sie ihr Ziel erreichten.

Unbemerkt betraten die drei das Verlies der Unsichtbaren.

Gigantische Vögel – gräßliche Kreaturen mit ledernen Schwingen und rasiermesserscharfen, zahnbewehrten Schnäbeln – griffen Haplo an. Er floh, aber sie stießen auf ihn nieder. Ihre Flügel trafen seinen Körper wie Peitschenhiebe. Er setzte sich zur Wehr, auch wenn er seine Peiniger nicht sehen konnte. Sie hatten ihm die Augen ausgepickt.

Er versuchte ihnen zu entkommen, schleppte sich blind über den rauhen, steinigen Grund des Labyrinths. Sie schwebten herab, spitze Krallen zerfetzten seinen bloßen Rücken. Er stürzte, und schon waren sie über ihm. Sein Gesicht mit den blutigen Augenhöhlen wandte sich den Geräuschen zu, die sie von sich gaben – heiseres Krächzen niederträchtiger Freude und hämisches, sattes Glucksen.

Er schlug und trat nach ihnen, sie wichen flügelschlagend aus, gerade so weit, daß er sie nicht erreichen konnte, und wenn er entkräftet am Boden lag, hüpften sie auf seinen Körper, gruben die Krallen in seine Haut und labten sich an seinem Fleisch und seiner Qual, seinem Grauen.

Sie wollten ihn töten, aber langsam, Stück um Stück. Sobald sie gesättigt waren, flatterten sie träge davon und überließen ihn seinem Elend, doch hatte er seine Kräfte zurückgewonnen, seine Wunden geheilt und versuchte erneut zu fliehen, hörte er wieder das furchtbare Schlagen ihrer Flügel. Und jedesmal ging ein wenig mehr seiner Macht verloren.

Unwiederbringlich verloren.

Im Verlies der Unsichtbaren angelangt, nahmen die Elfen ihre normale Gestalt an, nur waren ihre Roben jetzt tiefschwarz, schwärzer als die Finsternis, die sie umgab.

Der Hüter der Seelen blieb stehen und schaute zu seinen Begleitern zurück – stumme Frage, ob sie fühlten, was er fühlte.

Die Antwort stand ihnen ins Gesicht geschrieben.

»Hier ist etwas ungeheuer Böses am Werk«, sagte der Hüter mit gedämpfter Stimme. »Wie mir dergleichen noch nie begegnet ist.«

»Und doch«, flüsterte Schwester Buch ängstlich, »atmet es Ewigkeit, als wäre es unsagbar alt.«

»Älter als wir«, stimmte Bruder Pforte zu. »Älter als unser Volk.«

»Wie können wir es bekämpfen?« fragte Schwester Buch verzagt.

»Wie könnten wir nicht?« entgegnete Bruder Seele.

Er schritt zwischen den Zellen hindurch auf einen Lichtschein zu. Die Nachtwache war eben gegangen, die Ablösung hatte übernommen. Der Mann griff nach einem Schlüsselbund, um seine erste Runde zu machen und nachzusehen, wer in der Nacht gestorben war.

Eine Gestalt löste sich aus dem Halbdunkel und trat ihm in den Weg.

Der Unsichtbare blieb stehen, seine Hand fuhr zum Schwert.

»Was zum ...« Er riß die Augen auf und wich unwillkürlich einen Schritt vor dem näherkommenden schwarzgewandeten Elfen zurück. »Kenkari?«

Der Wächter nahm die Hand vom Schwertgriff, er hatte seine Verblüffung überwunden und besann sich auf seine Pflicht.

»Ihr Kenkari habt keine Rechte«, sagte er barsch, wenn auch mit dem Respekt, den er gegenüber diesen mächtigen Zauberern für angebracht hielt. »Es existiert ein Nichteinmischungspakt. Haltet Euch daran. Im Namen des Kaisers fordere ich Euch auf zu gehen.«

»Die Vereinbarung, die wir mit seiner Kaiserlichen Majestät getroffen haben, wurde gebrochen, aber nicht von uns. Wir werden gehen, sobald wir haben, weswegen wir gekommen sind«, beschied ihn der Hüter der Seelen ruhig. »Laß uns passieren.«

Der Unsichtbare zog sein Schwert und öffnete den Mund, um Verstärkung zu rufen. Bruder Seele hob gebieterisch die Hand, und der Mann erstarrte mitten in der Bewegung. Er konnte sich nicht rühren, keinen Laut von sich geben.

»Dein Körper ist eine Hülle«, sagte der Kenkari, »die du eines Tages verlassen wirst. Ich spreche zu deiner Seele, die ewig lebt und sich vor den Ahnen für ihre Taten dereinst wird rechtfertigen müssen. Wenn du nicht völlig verstockt und dem Bösen anheimgefallen bist, hilf uns bei unserem Werk.«

Der Unsichtbare begann an allen Gliedern zu zittern, geschüttelt von einem inneren Widerstreit. Er ließ das Schwert fallen und griff nach dem Schlüsselbund. Wortlos reichte er ihn dem Hüter.

»Welches ist die Zelle der Menschenfrau?«

Die Augen des Unsichtbaren richteten sich auf einen unbeleuchteten, allem Anschein nach nicht mehr benutzten Gang. »Geht nicht dorthin«, sagte er mit einer dumpfen, hohlen Stimme. »*Sie* bringen einen Gefangenen.«

»Wer sind *sie*?«

»Ich weiß es nicht, Hüter. Sie sind erst seit kurzem bei uns. Auf den ersten Blick war nichts Besonderes an ihnen, neue Kameraden eben, Elfen wie wir. Aber sie sind keine Elfen. Wir wissen es *alle*, aber keiner wagt etwas zu sagen. Was immer sich hinter ihrer Maske verbirgt, es ist schrecklich.«

»Welche Zelle?«

Der Unsichtbare duckte sich zusammen und wimmerte. »Ich – ich kann nicht ...«

»Eine Furcht, die sogar die Seele in ihrem Bann hält«, murmelte der Hüter. »Nun gut. Wir finden sie auch so. Was immer geschieht, du wirst nichts hören und nichts sehen, bis wir gegangen sind.«

Der Hüter der Seele ließ die Hand fallen. Der Unsichtbare blinzelte, als wäre er just von einem Nickerchen erwacht. Er setzte sich an den Tisch, zog das Wachbuch heran und begann die letzten Eintragungen zu studieren.

Der Hüter schritt mit dem Schlüsselbund in der Hand entschlossen den dunklen Zellengang hinunter. Schwester Buch und Bruder Pforte folgten ihm getreulich, auch wenn ihnen das Herz bis zum Halse schlug und sie vor Angst froren bis ins Mark.

Erst war es still, unheimlich still, aber plötzlich hörten die Elfen Schritte und ein schleifendes Geräusch, als würde etwas Schweres über den Boden gezogen.

Vier Gestalten traten aus der Wand am anderen Ende des Ganges, als hätte die Finsternis sie ausgespien. Zwischen sich trugen sie eine reglose fünfte Person.

Für den unbeteiligten Beobachter hätten sie ausgesehen wie gewöhnliche Elfensoldaten, die Kenkari aber blickten tiefer als das sterbliche Auge. Hinter der Fassade aus Fleisch und Blut forschten sie nach der Seele, fanden aber nur Leere. Und auch wenn sie die Schlangen nicht in ihrer wahren Form zu sehen vermochten, erkannten sie sie als das absolut Böse – grausam, namenlos, alt wie die Zeit und furchtbar wie deren Ende.

Die Schlangenelfen spürten die Anwesenheit der Kenkari – ihre lichte Aura – und ließen von dem Gefangenen ab, um sich ihnen zuzuwenden.

»Was wollt ihr alten Gerippe?« fragte einer erheitert. »Zusehen, wie wir diesen Mann töten?«

»Vielleicht seine Seele einheimsen«, meinte ein anderer.

»Spart euch die Mühe«, fügte der dritte lachend hinzu. »Er ist wie wir. Er hat keine.«

Die Kenkari konnten nichts entgegnen, das Entsetzen hatte sie stumm gemacht. So lange sie in der Welt lebten, länger als jeder andere Elf, waren sie nie mit solcher Verderbtheit konfrontiert gewesen.

Oder doch?

Der Hüter der Seelen blickte sich um, ließ die Augen durch das Verlies wandern. Er schaute in sein eigenes Herz. Dann empfand er keine Furcht mehr, nur noch Scham.

»Gebt den Patryn frei«, sagte er. »Dann hebt euch hinweg.«

»Du weißt, wer er ist.« Seine Worte schienen die Schlangenelfen zu überraschen. »Aber vielleicht hast du keine Vorstellung davon, über welche Macht er verfügt. Nur wir sind imstande, ihn zu bezwingen. *Ihr* solltet euch hinwegheben – solange ihr's noch könnt.«

Der Hüter der Seelen faltete die schmalen Hände und trat einen Schritt vor.

»Gebt ihn frei«, wiederholte der Hüter im Ton ruhiger Autorität. »Und geht.«

Die vier Schlangenelfen ließen Haplo zu Boden fallen, aber nicht, um dem Befehl des Kenkari Folge zu leisten. Sie entledigten sich der geliehenen Gestalt und zerflossen zu formlosen Schemen. Nur die rote Glut ihrer Augen war zu sehen. Sie näherten sich den Kenkari.

»Lange habt ihr uns in die Hände gearbeitet.« Die Finsternis zischte wie tausend Furien. »Ihr habt uns gut gedient. Dies ist eine Angelegenheit, die euch nicht betrifft. Die Frau ist ein Mensch, euer Todfeind. Die Patryn haben vor, euch und euer ganzes Volk zu unterjochen. Kehrt um. Geht zurück und lebt weiter in Frieden.«

»Ich höre und sehe euch jetzt zum erstenmal«, erwiderte der Hüter der Seelen mit bebender Stimme, »und ich fühle große Scham. Ja, ich habe euch gedient – aus Furcht, Unwissenheit, Haß. Nachdem ich euch als das gesehen habe, was ihr seid, nachdem ich mich selbst erkannt habe, sage ich mich von euch los. Ich diene euch nicht länger.«

Der schwarze Samt seiner Kutte begann zu schimmern,

das Farbenspiel der Schmetterlingsflügel leuchtete strahlend auf. Der Hüter breitete die Arme aus, die schillernde Seide umwallte seinen hageren Leib. Er trat dem Bösen entgegen, beschwor seine Magie, beschwor die Magie der Toten, rief Krenka-Anris um Beistand an.

Die Finsternis bäumte sich hoch über ihm auf, einschüchternd, gewaltig.

Der Kenkari sah ihr entgegen, unerschrocken, mit festem Mut.

Die Finsternis brodelte und zischte, sank zu Boden und glitt davon wie Rauch. Schwester Buch und Bruder Pforte waren fassungslos.

»Ihr habt sie vertrieben!«

»Weil ich keine Angst mehr hatte«, sagte der Hüter der Seelen.

Er senkte den Blick auf den bewußtlosen Patryn, der kein Lebenszeichen mehr von sich gab. »Aber ich fürchte, es ist zu spät.«

Kapitel 36

Imperanon, Aristagon, Mittelreich

Hugh Mordhand wurde bei Tagesanbruch von dem Gefühl geweckt, daß jemand neben ihm stand. Er richtete sich auf und entdeckte Graf Tretar.

»Bemerkenswert«, meinte der Graf. »Was man von Euch erzählt, ist nicht übertrieben. Gefühllos, kaltblütig, abgebrüht. Ich könnte mir vorstellen, nicht viele Männer würden ruhig schlafen in der Nacht vor dem Mord an einem König.«

Hugh streckte sich ausgiebig. »Mehr als Ihr glaubt. Übrigens, wie habt Ihr geschlafen?«

Tretar lächelte. »Schlecht. Doch ich rechne damit, daß mir ab morgen eine erholsamere Nachtruhe beschieden sein wird. Es freut mich, Euch berichten zu können, daß ein Drache zur Verfügung steht. Sang-drax hat einen Verbindungsmann bei den Menschen, der in solchen Dingen hilfreich ist . . .«

»Er heißt nicht zufällig Ernest Twist?«

»Ja, das ist sein Name.«

Hugh nickte. Er durchschaute das Netz der Intrigen immer noch nicht ganz, aber zu erfahren, daß Ernest Twist seine Finger im Spiel hatte, überraschte ihn nicht.

»Der Drache befindet sich allerdings nicht hier, sondern

oben in den Bergen. Es ging nicht anders. Der Kaiser würde eine Woche mit nervösen Anwandlungen darniederliegen, sollten wir ihm zumuten, mit einem Drachen dieselbe Luft zu atmen. Ich werde Euch und den Jungen persönlich hinbegleiten. Der Prinz kann es kaum erwarten.«

Tretar schaute zu Gram, der bereits reisefertig war und vor Ungeduld fast zu platzen schien. Der Hund lag neben ihm. Hugh betrachtete das Tier und fragte sich, was mit ihm nicht stimmte. Es machte einen traurigen Eindruck. Plötzlich hob es den Kopf und schaute hoffnungsvoll zur Tür, als erwartete es einen Ruf, doch als nichts geschah, ließ es schnaufend den Kopf wieder auf die Vorderpfoten sinken. Kein Zweifel, der Hund wartete auf seinen Herrn.

Er könnte, dachte Hugh, unter Umständen lange warten.

»Hier sind die Kleider, die Ihr gewünscht habt«, sagte Tretar. »Wir haben sie einem der Sklaven abgenommen.«

»Und meine Waffen?« Hugh musterte die lederne Hose, die weichen Stiefel, den geflickten Kittel und abgetragenen Umhang. Schließlich nickte er zufrieden und zog sich an.

Tretar schaute ihm mit hochgezogenen Brauen und naserümpfend zu.

»Eure Waffen erwarten Euch bei dem übrigen Gepäck, und das befindet sich dort, wo der Drache ist.«

Hugh ließ sich seine Enttäuschung nicht anmerken. Es war ein Hoffnungsschimmer gewesen, ein unausgegorener Plan, entstanden, bevor die Erschöpfung ihn übermannte. Er hatte nicht wirklich damit gerechnet, daß die Elfen ihm einfach seine Dolche in die Hand drückten, aber wenn . . .

Zum Henker, es war nichts draus geworden.

Er zuckte unwillig mit den Schultern. Einen Ausweg hast du, sagte er sich. Besser als nichts.

In der Nacht hatte er die Elfen noch überredet, ihm etwas Stregno zu bringen. Er nahm seine Pfeife vom Tisch neben der Liege, auf der er geschlafen hatte, steckte sie zu sich und gab zu verstehen, er sei bereit.

»Etwas zu essen?« Tretar deutete einladend auf Honigkuchen und Früchte.

Hugh warf einen Blick darauf und schüttelte den Kopf. »Was ihr Elfen essen nennt, hat mit einer vernünftigen Mahlzeit nichts zu tun.« In Wirklichkeit war ihm dermaßen flau im Magen, daß er keinen Bissen hinuntergebracht hätte.

»Gehen wir endlich?« quengelte Gram. Er zerrte den Hund am Nackenfell vom Boden hoch. Das Tier rappelte sich widerstrebend auf und schaute trübsinnig drein. »He, sei ein bißchen fröhlicher«, befahl der Junge und versetzte dem Hund einen spielerischen Klaps auf die Nase.

»Wie geht es deiner Mutter heute morgen?« fragte Hugh.

»Fein«, antwortete Gram und sah mit einem gewinnenden Lächeln zu ihm auf. Er hob das Federamulett hoch, das er an einer Lederschnur um den Hals trug. »Sie schläft.«

»Dasselbe würdest du sagen, mit demselben falschen Lächeln, wenn sie tot wäre.« Hugh hielt seinen Blick fest. »Aber du kannst mir nichts vormachen, ich werde es wissen, sollte ihr etwas zustoßen. Ich werde es wissen, du kleiner Bastard.«

Grams Lächeln gefror, die Mundwinkel zuckten. Dann schüttelte er die seidigen Locken zurück. »So darfst du mich nicht nennen«, sagte er schlau. »Du beleidigst meine Mutter.«

»Nein«, antwortete Hugh. »Du bist nicht ihr Kind. Du bist der Sproß deines Vaters.« Er ging an Gram vorbei aus der Tür.

Auf einen Wink des Grafen umringten drei schwerbewaffnete Wachen den Assassinen und eskortierten ihn zum Ausgang. Gram und Tretar folgten ihnen, Seite an Seite.

»Ihr müßt dafür sorgen, Prinz, daß er öffentlich für das Attentat angeklagt wird und hingerichtet, bevor er plaudern kann«, sagte Tretar halblaut. »Die Menschen dürfen keinen Verdacht schöpfen, daß wir Elfen irgend etwas mit der unerquicklichen Sache zu tun gehabt haben.«

»Man wird keinen Verdacht schöpfen«, antwortete Gram. Zwei hochrote Flecken brannten auf seinen blassen Wangen. »Sobald ich keine Verwendung mehr für ihn habe, lasse ich ihn exekutieren. Und diesmal sorge ich dafür, daß er tot bleibt. Er kann schlecht wieder zum Leben erwachen, nachdem man ihn gevierteilt hat, was glaubt Ihr?«

Tretar hatte keine Ahnung, wovon Gram redete, doch er hielt es auch nicht für wichtig. Er sah auf den jungen Prinzen nieder, der mit glänzenden Augen und leicht geöffneten rosigen Lippen zu ihm aufschaute, und beinahe regte sich Mitleid im Herzen des Grafen, für die Bedauernswerten, denen ein grausames Geschick bestimmte, in Bälde Grams Untertanen zu sein.

Graf Tretars persönliches Drachenschiff sollte Hugh und Gram in die Berge tragen, wo ihr Drache wartete.

Im Kaiserlichen Hafen wurde ein zweites Drachenschiff – ein großer Orlog für die Reise durch den Mahlstrom nach Drevlin – in aller Eile segelfertig gemacht.

Eine lange Reihe Menschensklaven in Ketten wurde an Bord getrieben. Matrosen schwärmten über das Deck, prüften die Takelage und die Segel. Der Kapitän stürzte aus seiner Kajüte und knöpfte hastig die Uniformjacke zu. Ein Schiffsmagier, der sich noch den Schlaf aus den Augen rieb, eilte hinterher.

Hugh beobachtete unterdessen das Hin und Her an Bord des Orlogs; als er sich gelangweilt abwenden wollte, stutzte er und sah genauer hin.

Eine bekannte Gestalt. Nein, zwei bekannte Gestalten. Bei der ersten handelte es sich um Sang-drax. Die zweite, neben dem Elfen, war ausgerechnet eine Zwergin.

»Jarre«, sagte Hugh und schnippte mit den Fingern. »Limbecks Freundin. Ich wüßte zu gerne, wie zum Henker sie in die Sache hineingeraten ist.«

Sein Staunen währte nur kurz, eigentlich hatte er kein Interesse an der Zwergin. Doch Sang-drax starrte er aus schmalen Augen an und wünschte sich, die Zeit zu haben, seine Rechnung mit dem Verräter zu begleichen. Nun ja, es war ihm nicht vergönnt.

Das Schiff des Grafen hob sich in die Lüfte, empor zu den

Berggipfeln. Tretar ging mit dem Assassinen kein Risiko ein. Ein Elfensoldat stand während des ganzen kurzen Flugs neben ihm und hielt ihm das Schwert an die Kehle, für den Fall, daß es Hugh einfallen sollte, eine Verzweiflungstat zu wagen.

Die Elfen hätten sich keine Sorgen zu machen brauchen. Jeder Fluchtversuch war zum Scheitern verurteilt, brachte Iridal in Gefahr, und das alles für nichts und wieder nichts. Hugh hatte es zähneknirschend begriffen, hätte es schon in der Nacht begreifen sollen, als er im Halbschlaf undurchführbare, tollkühne Pläne schmiedete.

Es gab nur einen Weg, Stephen auf die Gefahr aufmerksam zu machen, in der er schwebte und gleichzeitig zu erreichen, daß Gram dem König in die Hände fiel, *lebend*, damit die Elfen nicht an Iridal Vergeltung übten. Für letzteres gab es keine Garantie, doch er mußte das Risiko eingehen, es war unvermeidlich. Und wichtiger als alles andere, was er vorhatte, würde es Iridal die Augen öffnen für die Wahrheit.

Hugh hatte seinen Plan gründlich durchdacht und war zufrieden. Zum erstenmal seit langer Zeit fühlte er sich im Einklang mit sich selbst.

Er wartete auf die Nacht.

Eine – für ihn – endlose Nacht.

Kapitel 37

Verliese der Unsichtbaren, Mittelreich

Haplo schloß den Zirkel seines Ichs, sammelte seine verbliebene Kraft, heilte die Wunden. Zum letztenmal. Er konnte sich nicht länger wehren, wollte nicht. Zu schwach, zu müde. Der Kampf war vergeblich. Was er auch tat, er war verloren. Er lag in der Finsternis und wartete auf das Ende.

Dann wurde Finsternis zu Licht.

Haplo machte die Augen auf, erinnerte sich, daß er keine Augen hatte. Er tastete mit der Hand nach den leeren Höhlen, *sah* die Hand und begriff, daß der Bann gebrochen war. Ruckartig setzte er sich auf, musterte seinen Körper. Er war heil, unversehrt, bis auf einen pochenden Schmerz im Hinterkopf und ein leichtes Schwindelgefühl von der zu hastigen Bewegung.

»Geht es Euch besser?« fragte eine Stimme.

Haplo fuhr auf, blinzelte heftig, um besser sehen zu können.

»Keine Angst. Ihr habt von uns nichts zu befürchten. Eure Peiniger sind fort.«

Haplo mußte nur auf seine Hände und Arme sehen, um festzustellen, daß die Stimme nicht log. Die Tätowierungen waren dunkel. Ihm drohte keine unmittelbare Gefahr. Er legte sich zurück und schloß die Augen.

Iridal irrte durch eine schreckliche Welt, eine verzerrte Welt, wo jeder Gegenstand sich immer gerade außerhalb ihrer Reichweite befand; eine Welt, in der Leute sich in einer Sprache unterhielten, deren Worte sie zwar verstand, die aber keinen Sinn ergaben. Sie bewegte sich wie in einem Wachtraum, der Welt ausgeliefert, ohne die Geschehnisse beeinflussen, kontrollieren zu können.

Dann brach Dunkelheit über sie herein – Dunkelheit und die Erkenntnis, daß sie gefangen war, daß man ihr das Kind genommen hatte. Sie versuchte sich mit Hilfe ihrer Magie zu befreien, aber die Worte des Zaubers waren in der Dunkelheit verborgen. Sie konnte sie nicht sehen, und sie konnte sich nicht daran erinnern. Dann fiel Licht in die Dunkelheit. Starke Hände geleiteten sie auf festen Boden. Sie hörte Stimmen und verstand, was gesprochen wurde. Sie streckte die Hand aus, zaghaft, um die Person zu berühren, die sich über sie neigte, und ihre Fingerspitzen berührten die Umrisse eines schmalen, knochigen Gesichts. Iridal stöhnte vor Erleichterung auf und wäre fast in Tränen ausgebrochen.

»Nun, Mylady«, sagte Schwester Buch beschwichtigend, »alles ist gut. Ruht Euch aus. Liegt still. Laßt das Antidoton wirken.«

Iridal tat, was man ihr sagte, zu schwach und immer noch zu verwirrt, um aufzubegehren, obwohl sie keinen anderen Gedanken hatte, als Gram zu retten. *Das* war kein Traum gewesen. Man hatte ihn ihr geraubt. Aber mit Hilfe der Kenkari würde sie ihn wiederfinden.

Während sie sich mühte, den Rest der Benommenheit aus ihrem Kopf zu vertreiben, hörte sie Stimmen in der Nähe – eine Stimme, die ihr vertraut vorkam. Bestürzend vertraut. Iridal beugte sich vor, um besser hören zu können und schob ärgerlich die Hand von Schwester Buch zur Seite, die sie niederhalten wollte.

»Wer seid ihr?« fragte die Stimme.

»Ich bin ein Kenkari, der Hüter der Seelen. Dies ist mein Stellvertreter, der Hüter der Pforte. Auch wenn ich fürchte, daß diese Titel Euch nicht viel sagen.«

»Was geschah mit den Schlangen – ich meine, mit den Elfen, die mich gefangengenommen hatten?«

»Sie sind fort. Was haben sie Euch angetan? Wir hielten Euch für tot. Solltet Ihr nicht liegenbleiben und erst wieder zu Kräften kommen?«

Iridal hielt den Atem an. Haplo! Der Patryn! Der Mann, der ihr damals den Sohn entrissen hatte, als Sinstrad starb und das Hohe Reich in Trümmer fiel.

»Helft mir!« flehte Iridal leise die Kenkari an. »Ich – ich ... Er darf mich nicht finden ...« Sie versuchte aufzustehen, aber ihre Beine gaben nach, und sie sank wieder zurück.

Die Kenkari musterte sie erstaunt, beunruhigt. »Nein, Mylady, Ihr seid noch zu schwach ...«

»Was sie mit mir gemacht haben, ist nicht so wichtig«, sagte Haplo schroff. »Was habt *ihr* ihnen getan? Wie habt ihr sie vertrieben?«

»Wir boten ihnen die Stirn«, erwiderte Bruder Seele ernst. »Wir traten ihnen entgegen ohne Furcht. Unsere Waffen sind Mut, Ehre, die Entschlossenheit, dafür zu kämpfen, was Recht ist. Spät entdeckt, vielleicht«, fügte er mit einem Seufzer hinzu, »aber sie ließen uns nicht im Stich, als wir ihrer bedurften.«

Iridal stieß die Kenkari beiseite. Sie hatte jetzt Kraft genug, um zu stehen, schwankend zwar, aber sie konnte sich aufrecht halten. Welche Drogen ihr die Elfen auch verabreicht hatten, ihre Wirkung ließ rapide nach, ausgemerzt von der Angst, Haplo könnte sie finden – sie und Gram. Sie trat an die Zellentür und lugte hinaus. Sofort zuckte sie wieder zurück und barg sich in den Schatten.

Haplo lehnte an der Wand, keine vier Schritte von ihr entfernt. Er sah hager aus, blaß, als hätte er Furchtbares erduldet, aber Iridal erinnerte sich gut an seine magischen Kräfte, die ihren um ein Vielfaches überlegen waren. Er durfte sie nicht finden.

»Vielen Dank für – was immer«, sagte er widerwillig zu den Elfen. »Wie lange bin ich bewußtlos gewesen?«

»Es ist Morgen«, antwortete Bruder Pforte.

Der Patryn fluchte. »Ihr habt nicht zufällig einen Elfenhauptmann gesehen. Mit einer Zwergin im Schlepptau?«

»Wir wissen, von wem Ihr sprecht, aber gesehen haben wir die beiden nicht. Graf Tretars Weesham hat uns informiert. Sie sind bei Tagesanbruch auf einem Drachenschiff nach Drevlin ausgelaufen.«

Haplo fluchte wieder, dann schob er sich mit einer gemurmelten Entschuldigung an den Nichtigen vorbei. Er war hinter einer Zwergin und hinter einem Elfenhauptmann her. Von Gram hatte er nicht ein Wort gesagt. Iridal drückte erleichtert die Hand auf ihr Herz. *Geh!* drängte sie ihn stumm. *Laßt ihn gehen!* beschwor sie stumm die Kenkari. Aber zu ihrer Enttäuschung legte einer von ihnen die Hand auf Haplos Schulter, der zweite trat ihm in den Weg.

»Wie wollt Ihr ihnen folgen?« fragte Bruder Seele.

»Laßt das meine Sorge sein«, entgegnete der Patryn ungeduldig. »Euch Elfen mag das egal sein, aber man wird die Zwergin ermorden, wenn ich nicht . . .«

»Ihr tadelt uns.« Bruder Seele schloß die Augen und neigte den Kopf. »Zu Recht. Wir sind uns bewußt, was wir getan haben oder versäumt haben zu tun und möchten Wiedergutmachung leisten, soweit es möglich ist. Ruht Euch aus. Ihr habt Zeit – Zeit, Eure Verletzungen zu heilen, denn ich glaube, Ihr habt die Macht dazu. Schont Eure Kräfte. Wir müssen die Mysteriarchin befreien.«

»Mysteriarchin?« Haplo blieb tatsächlich stehen. »Was für eine Mysteriarchin?«

Iridal beschwor ihre Magie, um ihr einen Fluchtweg durch die Mauern zu bahnen. Sie wollte den Kenkari kein Leid zufügen, nach aller Hilfe, die ihr zuteil geworden war, aber sie standen im Begriff, Haplo ihre Anwesenheit zu verraten, und das konnte sie nicht zulassen . . .

Eine Hand legte sich über die ihre. »Nein, Mylady«, sagte Schwester Buch sanft. »Laßt ab. Wartet.«

»Lady Iridal«, antwortete Bruder Seele, wandte den Kopf und sah zu ihr hin.

»Gram – Grams Mutter. Sie ist hier?« Haplo folgte dem Blick des Kenkari.

»Schwester Buch«, rief Bruder Seele. »Ist die Lady Iridal wohl genug, um uns begleiten zu können?«

Iridal funkelte Schwester Buch zornig an und riß sich von ihr los. »Was ist die – eine Falle? Ihr Kenkari habt versprochen, mir bei der Suche nach meinem Sohn zu helfen! Und nun finde ich Euch mit diesem Mann, einem Patryn – demjenigen, der mir meinen Sohn weggenommen hat! Ich werde nicht . . .«

»Doch, Ihr werdet.« Haplo trat auf sie zu. »Ihr habt recht, dies ist eine Falle, aber Ihr seid es, die hineingetappt ist. Und gestellt hat sie Euer lieber Sohn.«

»Ich glaube Euch nicht!« Iridal umklammerte das Federamulett. Die drei Kenkari standen beisammen, wechselten beredte Blicke, schwiegen aber.

»Natürlich, das Amulett.« Haplo nickte grimmig. »Genau wie das, welches er trug, wenn er mit Sinistrad kommunizierte. Daher hat Gram gewußt, daß Ihr kommt. Ihr habt es ihm gesagt. Ihr habt ihm gesagt, daß Hugh Mordhand bei Euch ist. Gram hat euch beide in eine Falle gelockt. Er und der Assassine sind zur Zeit unterwegs, um König Stephen und Königin Anne zu ermorden. Hugh hat in den Plan eingewilligt, weil er glaubt, daß man Euch sonst töten wird.«

Iridal hielt das Federamulett an ihre Wange.

»Gram, mein Sohn«, rief sie. Haplo log, sie würde es ihm beweisen. »Kannst du mich hören? Bist du in Sicherheit? Hat man dir weh getan?«

»Mutter? Nein, mir geht es gut, Mutter. Wirklich.«

»Hält man dich gefangen? Ich werde dich befreien. Wie kann ich dich finden?«

»*Ich* bin kein Gefangener. Mach dir keine Sorgen meinetwegen, Mutter. Ich bin bei Hugh Mordhand. Wir reiten auf einem Drachen durch die Luft. Der Hund auch! Erst wollte er nicht, ich glaube, er mag Drachen nicht besonders. Aber ich liebe sie. Bald werde ich einen haben, der mir ganz allein gehört.« Eine kurze Pause, dann wieder die kindliche

Stimme, aber mit einem lauernden Unterton: »Aber was meinst du damit, du wirst mich retten, Mutter? Wo bist du?«

Haplo beobachtete Iridal. Er konnte nicht hören, was Gram sagte, sie vernahm die Worte ihres Sohnes auf magischem Weg durch das Federamulett. Aber er brauchte Gram nicht zu hören, um Bescheid zu wissen.

»Sagt ihm nicht, daß Ihr kommt!« raunte er ihr zu.

Wenn Haplo recht hat, dann habe ich dies alles zu verantworten, dachte Iridal. Meine Schuld, wieder einmal. Sie machte die Augen zu, schloß Haplo aus, die mitfühlenden Gesichter der Kenkari. Aber sie befolgte Haplos Rat, auch wenn sie sich dafür haßte.

»Ich bin – ich bin in einer Gefängniszelle, Gram. Die Elfen haben mich hier eingesperrt und – und sie geben mir eine Droge . . .«

»Mach dir keine Sorgen, Mutter.« Gram hörte sich wieder ganz vergnügt an. »Sie werden dir nichts tun. Niemand wird dir etwas tun. Wir werden bald wieder zusammen sein. Ich darf den Hund doch behalten, nicht wahr, Mutter?«

Iridal ließ das Amulett los und strich glättend über die Federn. Dann schaute sie in die Runde, nahm ihre Umgebung wahr, sich selbst in der Gefängniszelle.

Ihre Hand begann zu zittern, Tränen verschleierten den trotzigen Glanz ihrer Augen.

»Was soll ich tun?« fragte sie leise, ohne Haplo anzusehen. Sie hielt den Blick auf die Zellentür gerichtet.

»Folgt ihnen. Hindert Hugh daran, das Attentat zu verüben. Wenn er weiß, daß Ihr frei seid, wird er den König und die Königin nicht ermorden.«

»Ich werde Hugh und meinen Sohn finden«, sagte sie mit schwankender Stimme, »aber nur, um Euch Lügen zu strafen! Gram ist getäuscht worden. Rücksichtslose Männer wie Ihr . . .«

»Es ist mir gleichgültig, weshalb Ihr geht«, unterbrach Haplo sie brüsk. »Nur geht. Vielleicht können diese Elfen« – er sah die Kenkari an – »Euch helfen.«

Iridal maß ihn mit einem haßerfüllten Blick, dann musterte sie die Kenkari mit gleicher Bitterkeit. »Ihr werdet mir helfen. Selbstverständlich werdet Ihr mir helfen. Ihr wollt Hughs Seele. Wenn ich ihn rette, gehört Euch seine Seele!«

»Das liegt bei ihm«, sagte Bruder Seele. »Ja, wir können Euch helfen. Wir können Euch beiden helfen.«

Haplo schüttelte den Kopf. »Ich brauche keine Hilfe von . . .« Er stockte.

»Nichtigen?« beendete der Hüter der Seelen für ihn den Satz. »Und wie wollt Ihr das Drachenschiff erreichen, das die Zwergin ins Verderben führt? Kann Eure Magie Euch das Mittel dazu beschaffen?«

Haplo sah ihn finster an. »Und Eure?« entgegnete er.

»Ich glaube schon. Aber erst müssen wir in die Kathedrale zurückkehren. Bruder Pforte, geh voran.«

Haplo zögerte. »Was ist mit den Wachen?«

»Sie werden uns nicht aufhalten. Wir haben ihre Seelen in Gewahrsam. Kommt mit uns. Schätzt uns nicht gar zu gering ein. Ihr müßt Euch wenigstens die Zeit nehmen, Euch zu heilen. Wenn Ihr dann immer noch alleine ausziehen wollt, seid Ihr stark genug, Euren Feinden entgegenzutreten.«

»Also gut!« fauchte Haplo. »Ich komme mit. Spart Eure Worte.«

Sie betraten einen finsteren Stollen, erleuchtet nur vom Schimmer der seltsamen Gewänder der Kenkari. Iridal schenkte ihrer Umgebung wenig Aufmerksamkeit, ließ sich widerstandslos führen, ohne darauf zu achten, wohin. Sie wollte Haplo nicht glauben, wollte ihm nicht glauben. Es mußte eine andere Erklärung geben.

Es mußte eine andere Erklärung geben.

Haplo beobachtete Iridal genau. Sie sprach kein Wort zu ihm, als sie in der Kathedrale anlangten. Als wäre er für sie überhaupt nicht vorhanden. Allem Anschein nach hatte sie sich ganz in sich selbst zurückgezogen. Auch den Kenkari, wenn sie das Wort an sie richteten, antwortete sie höflich, aber einsilbig.

Weiß sie die Wahrheit? War Gram selbstgefällig genug, ihr alles zu erzählen oder spielt er weiter seine Rolle? Macht Iridal sich immer noch etwas vor? Haplo musterte sie aus den Augenwinkeln, aber ihr verschlossenes Gesicht gab ihm keinen Hinweis.

Sie haßte ihn, soviel stand fest. Haßte ihn, weil er ihr das Kind weggenommen hatte; weil er sie dazu brachte, ihrem Sohn zu mißtrauen.

Sie wird mich noch mehr hassen, wenn sich herausstellt, daß ich recht habe, dachte Haplo. Nicht, daß ich es ihr verdenken könnte. Wer weiß, wie Gram sich entwickelt haben würde, wenn ich ihn bei ihr gelassen hätte. Wer weiß, was aus ihm geworden wäre, ohne Einfluß seines ›Großvaters‹. Aber dann hätten wir nie erfahren, wie das Allüberall funktioniert, wir hätten nie den Androiden entdeckt. Merkwürdig, wie alles zusammenhängt.

Und es hätte womöglich gar nichts geändert. Gram ist und bleibt Sinistrads Sohn. Iridals Sohn auch, nicht zu vergessen. Ja, auch Ihr hattet Anteil an seiner Erziehung – allein durch Eure vornehme Zurückhaltung. Ihr hättet Eurem Gemahl Einhalt gebieten können. Den Kleinen zurückholen. Aber das habt Ihr inzwischen eingesehen, oder nicht? Und genaugenommen – vielleicht hättet Ihr doch nichts tun können. Vielleicht hattet Ihr zuviel Angst.

Angst, wie ich sie habe. Angst davor, ins Labyrinth zurückzukehren, um meinem eigenen Kind zu helfen . . .

»Ich glaube, wir sind gar nicht so verschieden, Lady Iridal«, sagte er in Gedanken zu ihr. »Haßt mich ruhig, wenn Ihr Euch dann besser fühlt. Andere zu hassen ist verdammt viel leichter, als sich selbst hassen zu müssen.«

»Was ist dies hier für ein Ort?« fragte er laut. »Wo befinden wir uns?«

»In der Kathedrale d'Albedo«, antwortete der Hüter.

Sie waren aus dem Stollen in einen hohen Raum getreten, ein Gewölbe, an dessen Bestimmung es keinen Zweifel geben konnte. Haplo betrachtete die Reihen der vollgestellten Bücherregale, seine besondere Aufmerksamkeit erregten einige Bände mit goldgeprägten Sartanrunen auf dem Einbandrücken. Er mußte an Alfred denken, und ihm fiel eine Frage ein, die er Iridal hatte stellen wollen, aber das mußte warten bis später, wenn sie Gelegenheit hatten, allein miteinander zu sprechen. Falls sie sich bereit fand, mit ihm zu sprechen.

»Die Kathedrale d'Albedo«, wiederholte Haplo nachdenklich. Wo hatte er das schon gehört? Dann erinnerte er sich. Das gekaperte Elfenschiff auf Drevlin, der tödlich verwundete Kapitän, ein Magier, der ihm eine kleine Schatulle an die Lippen hielt. Das Bannen einer Seele im Diesseits. Allmählich ergab einiges von dem, was die Kenkari erzählten, wenigstens halbwegs einen Sinn. Oder es lag daran, daß der Schmerz in seinem Kopf nachließ.

»Hier bewahrt ihr Elfen die Seelen eurer Toten«, sagte Haplo. »Ihr glaubt, sie stärken eure Magie.«

»Ja, das ist unser Glaube.«

Sie waren die Treppe aus den unteren Stockwerken hinaufgestiegen und standen jetzt in der eigentlichen Kathedrale, durch deren kristallene Mauern man das Temenos im Sonnenschein liegen sah. Alles war friedvoll, feierlich, ruhig. Andere Kenkari huschten auf weichbeschuhten Füßen vorbei und neigten im Vorübergehen ehrerbietig den Kopf vor den drei Hütern.

»Da wir von Seelen sprechen«, meinte Haplos Begleiter. »Wo ist Eure?«

»Wo ist mein *was*?« Haplo glaubte nicht recht gehört zu haben. »Eure Seele. Wir wissen, daß Ihr eine habt«, fügte der Hüter hinzu, weil er Haplos ungläubige Miene als Ausdruck der Indignation mißverstand.

»Ja? Na, dann wißt ihr mehr als ich«, brummte Haplo.

Er massierte sich den schmerzenden Schädel. Gar nichts ergab einen Sinn. Die seltsamen Nichtigen – und ein kurioseres Völkchen war ihm noch nicht untergekommen – hatten recht. Er mußte sich die Zeit nehmen, seine Verletzungen auszukurieren.

Und sobald er wieder bei Kräften war, mußte er versuchen, auf die eine oder andere Weise ein Schiff zu stehlen . . .

»Hier könnt Ihr Euch ausruhen.«

Die Kenkari öffneten die Tür zu einem kleinen Gelaß, eine Kapelle offenbar. Ein Fenster erlaubte den Blick in einen wunderschönen, üppigen Garten. Haplo sah nur flüchtig hin, uninteressiert. Ihm war daran gelegen, den Heilungsprozeß zu vollenden und seiner Wege zu gehen.

Bruder Seele deutete mit einer höflichen Gebärde auf zwei gepolsterte Stühle. »Soll man Euch etwas bringen? Essen? Getränke?

»Ja. Ein Drachenschiff«, knurrte Haplo.

Iridal sank auf einen Stuhl, schloß die Augen und schüttelte den Kopf.

Der Kenkari nickte. »Wir müssen Euch jetzt alleine lassen. Es gibt noch einige Vorbereitungen zu treffen. Aber wir kommen wieder. Wenn Ihr etwas braucht, läutet mit der Glocke ohne Klöppel.«

Wie konnte er Jarre erreichen? Es mußte einen Weg geben. Ein Schiff stehlen – das dauerte viel zu lange. Bis er sie eingeholt hatte, konnte sie längst tot sein.

Haplo fing an, in dem kleinen Raum auf und ab zu gehen. Von seinen Gedanken in Anspruch genommen, vergaß er Iridals Gegenwart und war überrascht, als sie ihn ansprach. Er war noch überraschter, als ihm klar wurde, daß sie ähnliche Überlegungen angestellt hatte.

»Ihr verfügt über bemerkenswerte Fähigkeiten, wie ich mich erinnere«, sagte sie. »Ihr habt meinen Sohn durch Magie aus dem zerstörten Schloß entführt. Dasselbe könntet Ihr wieder tun, oder nicht? Mit dieser Gabe – was hält Euch hier?«

»Ich könnte es wieder tun«, sagte Haplo, drehte sich zu ihr herum und sah sie an, »wenn ich einen festen Bezugspunkt hätte, einen Ort, an dem ich schon einmal gewesen bin. Es ist schwer zu erklären, aber ich könnte die Möglichkeit etablieren, daß ich dort bin und nicht hier. Ich könnte mich nach Drevlin versetzen, weil ich in Drevlin gewesen bin. Ich könnte uns beide ins Imperanon zurückbringen. Aber ich kann mich nicht auf ein fremdes Drachenschiff zaubern, das irgendwo zwischen hier und Drevlin unterwegs ist. Aus demselben Grund kann ich Euch nicht zu Eurem Sohn bringen, wenn das das ist, worauf Ihr hofft, Lady Iridal.«

Iridal musterte ihn kalt. »Dann scheint es, daß wir uns auf diese Elfen verlassen müssen. Eure Wunde ist wieder aufgegangen. Sie blutet. Falls Ihr tatsächlich in der Lage seid, Euch selbst zu heilen, Patryn, wäre es klug, das jetzt zu tun.«

Haplo mußte zugeben, daß sie recht hatte. Mit dem fruchtlosen Grübeln und Hin- und Herlaufen vergeudete er nur Kraft. Er setzte sich hin, legte die Hand auf die Verletzung im Nacken, schloß den Zirkel seines Ichs und ließ die Wärme seiner Magie den Riß im Knochen heilen, die Erinnerungen auslöschen, an die scharfen Krallen, die hackenden Schnäbel . . .

Er sank in einen heilsamen Schlaf, als ein Ausruf ihn hochfahren ließ. Im ersten Moment wußte er beim besten Willen nicht, was er getan hatte, um Iridal zu erschrecken. Dann schaute er auf seine Hände und sah den blauen Schimmer der Runen langsam verblassen. Die Nichtigen dieser Welt waren an so etwas nicht gewöhnt.

»Ihr *seid* ein Gott«, flüsterte Iridal ehrfürchtig.

»Das habe ich auch lange Zeit geglaubt«, meinte er trocken, tastete behutsam über seinen Hinterkopf und fühlte den Knochen heil und unbeschädigt unter seinen Fingerspitzen. »Aber ich bin eines Besseren belehrt worden. Stärkere Kräfte als die meinen und die meines Volkes existieren im Universum.«

»Ich verstehe nicht . . .«, murmelte Iridal.

Haplo zuckte mit den Schultern. »Genau das ist der Punkt.«

Sie schaute ihn nachdenklich an. »Ihr habt Euch verändert. Als ich Euch damals sah, wart Ihr selbstsicher, alle Fäden in der Hand . . .«

»Ich glaubte, ich hätte alle Fäden in der Hand. Inzwischen hat sich manches ereignet.«

»Jetzt seid Ihr mehr wie wir – *Nichtige*, glaube ich, hat

Alfred gesagt, ist der Ausdruck für uns. Ihr wirkt . . .« Sie zögerte.

»Angreifbar?« schlug Haplo sarkastisch vor.

»Ja.« Sie nickte. »Angreifbar.«

Eine kleine Tür öffnete sich. Einer der Kenkari kam herein und verneigte sich. »Alles ist bereit. Ihr dürft das Aviarium betreten.«

Mit einer Handbewegung deutete er auf den Garten. Haplo war im Begriff zu protestieren; es lag ihm auf der Zunge, gereizt einzuwenden, dies sei nicht die Zeit für Tee und Kuchen auf dem Rasen, als sein Blick auf Iridal fiel. Sie starrte mit einem Ausdruck von Grauen auf das satte Grün und hatte abwehrend die Arme vor der Brust verschränkt.

»Wir müssen dort hinein?«

»Habt keine Angst«, beruhigte der Kenkari. »Sie verstehen. Sie möchten helfen. Ihr seid willkommen.«

»Wer?« fragte Haplo. »Wer versteht? Wer möchte helfen?«

»Die Toten«, antwortete der Kenkari.

Haplo fühlte sich an die zweite Welt erinnert, die er besucht hatte – Pryan. Es sah tatsächlich aus, als hätte man einen Teil des wuchernden Dschungels dort ausgegraben und unter dieser Kuppel wieder eingepflanzt. Dann merkte er, daß hier mit viel Geschick und Liebe der Eindruck von ungeordnetem Wachstum erweckt wurde. Ein künstlich angelegter Urwald.

Er war überrascht von den Ausmaßen der Kuppel. Durch das Fenster in der Kapelle hatte das Aviarium nicht so groß ausgesehen. Ein Drachenschiff – zwei Drachenschiffe – hätten nebeneinander darin Platz gefunden. Aber was ihn noch mehr erstaunte, war die Vegetation. Solche Bäume und Farne und Pflanzen wuchsen nicht im wasserarmen Mittelreich.

Auch Iridal blickte sich staunend um. »Diese Bäume sehen aus wie die im Hohen Reich. Als das Hohe Reich noch in Blüte stand.« Sie streichelte einen der weichen, gefiederten Farne. »Jetzt ist es eine Wüste. Alles verwelkt, verdorrt, gestorben.«

»Nicht alles. Diese Pflanzen hier stammen tatsächlich aus dem Hohen Reich«, erklärte der Hüter der Seelen. »Bei dem großen Exodus brachten die Unseren sie mit. Einige dieser Bäume sind so alt, daß ich mich jung fühle in ihrem Schatten. Und die Farne . . .«

»Schluß mit den verdammten Farnen! Kommen wir zur Sache, was immer das für eine sein mag«, fiel Haplo ihm ins Wort. Er begann sich unbehaglich zu fühlen. Erst war das Aviarium ihm vorgekommen wie ein Hort der Ruhe und des Friedens. Jetzt spürte er Zorn, Erregung und Angst. Heiße Luftwirbel berührten seine Wangen, bauschten sein Hemd. Seine Haut juckte und kribbelte, als streiften ihn Hunderte samtiger Flügel.

Die Seelen der Toten, hier gefangen wie Vögel im Käfig. Doch er hatte auf seinen Reisen Merkwürdigeres erlebt; viel schlimmer als dies waren die lebenden Toten von Abarrach. Die Nichtigen sollten eine Chance haben, ihre Nützlichkeit zu beweisen, dann war er entschlossen, die Sache selbst in die Hand zu nehmen. Die Kenkari hoben die Augen zum Himmel und fingen an zu beten.

»Krenka-Anris, wir rufen zu dir«, sagte der Hüter der Seelen. »Hohepriesterin, Gründerin unseres Ordens, höre unser Gebet und erleuchte uns mit deinem Rat. So sprechen wir:

Krenka-Anris, Hohepriesterin,
Drei Söhne, von Herzen geliebt,
sandtest du in die Schlacht,
gabst einem jeden – geschaffen von deiner Hand –
zum Schutz ein magisches Amulett.
Der Drache Krishach, Feuer sein Atem und Gift,
brachte Verderben den Tapferen, bittere Not;
die Seelen entflohen dem toten Leib,
gebannt vom Zauber der Amulette,
riefen sie stumm nach dir.

Krenka-Anris, Hohepriesterin,
rate uns in dieser Stunde der Not.

Eine Macht des Bösen, finster und unheilig,
droht unsere Welt zu vergiften.
Sie kam auf unseren Wunsch, wir erschufen sie,
im Namen von Angst und Haß.
An uns ist es deshalb, Buße zu tun;
an uns, das Böse zu vertreiben,
doch es mangelt uns die Kraft.
Erhöre uns, Krenka-Anris, Hohepriesterin,
gewähre uns deinen Beistand,
wir rufen zu dir.

Der Wind wurde stärker, böig. Die Bäume schwankten und ächzten, Zweige brachen, Blätter rauschten. Haplo bildete sich ein, Stimmen zu hören, einen stummen Chor, der in das Gebet der Kenkari einfiel und über Büsche und Bäume empor zur Wölbung der Kuppel aufstieg.

Iridal rang nach Atem und umklammerte seinen Arm. Sie hatte den Kopf in den Nacken gelegt und sah in die Höhe.

»Seht!« hauchte sie.

Das stimmlose Raunen und Wispern des Chores wogte unter der Kuppel wie ein Nebel, der sich zu bizarren Wolken verdichtete. Mehr und mehr nahmen sie die Gestalt eines riesigen Drachen an.

Nicht übel, aber was für eine Verschwendung kostbarer Zeit. Wieder lag Haplo eine spöttische Bemerkung auf der Zunge, was sie wohl glaubten, wie eine Wolke in Gestalt eines Drachen irgend jemandem helfen sollte, als die Tätowierungen auf seiner Haut warnend aufglühten.

»Der Drache Krishach«, sagte Bruder Seele.

»Gekommen, um uns zu retten«, sagte Schwester Buch.

»Gesegnet sei Krenka-Anris«, sagte Bruder Pforte.

»Aber er ist nicht wirklich!« protestierte Haplo – wider besseres Wissen. Die Runen an seinem Körper strahlten blau, bereit, ihn zu schützen.

Und dann erkannte er, die Kreatur war doch wirklich, ein Geschöpf aus Wolken und Schatten, ein Phantom und doch greifbar. Durch die fahlweiße, lose über den Knochen hängende Haut schimmerte das Skelett des Drachen, die Augenhöhlen waren leer, schwarz, bis auf eine schwelende Flamme, die in der Tiefe aufleuchtete und verglomm, aufleuchtete und verglomm, wie glosende Scheite, die man neu zu entfachen versucht.

Der Phantomdrache schwebte unter der Wölbung der Kuppel, getragen vom Hauch der Seelen. Dann stieß er plötzlich herab.

Unwillkürlich duckte sich Haplo und legte die Hände zusammen, um den Runenkreis zu schließen.

Der Hüter der Seelen drehte sich zu ihm herum und sah ihn aus seinen dunklen, unergründlichen Augen an. »Krishach wird dir nichts tun. Nur unsere Feinde haben Grund, ihn zu fürchten.«

»Ach ja? Ihr erwartet, daß ich das glaube?«

»Krenka-Anris hat Eure Bitte vernommen und gewährt Euch ihre Hilfe.«

Der Phantomdrache landete neben ihnen auf dem Boden. Er hielt nicht einen Moment still, sondern befand sich in ständiger, unablässiger Bewegung – hob die Flügel, schlug mit dem Schweif. Der Knochenschädel, umhüllt von dem durchscheinenden, toten Fleisch, schwang hierhin und dorthin, behielt alles im Blickfeld der leeren Augenhöhlen.

»Und darauf soll ich reiten«, meinte Haplo.

»Das könnte eine List sein, um mich in den Tod zu locken.« Iridals aschgraue Lippen bebten. »Ihr Elfen seid meine Feinde!« Der Kenkari nickte. »Ja, Ihr habt recht, Magicka. Aber irgendwann, irgendwo, muß irgend jemand das Vertrauen haben, einem Feind die Hand zu reichen, auch wenn es bedeuten könnte, daß sie ihm abgeschlagen wird.«

Der Hüter griff in den weiten Ärmel seiner Kutte und zog ein kleines, unscheinbares Buch hervor. »Wenn Ihr Drevlin erreicht«, sagte er und reichte es Haplo, »gebt dies unseren Brüdern, den Zwergen. Bitte sie, uns zu vergeben, wenn sie können. Wir wissen, es wird nicht leicht sein. Wir selbst werden uns nicht so leicht vergeben können.«

Haplo nahm das Buch, schlug es auf und blätterte ungeduldig ein paar Seiten um. Es schien von Sartan verfaßt zu sein, aber in der Nichtigensprache. Er gab vor zu lesen, während er es in Wirklichkeit als Vorwand benutzte, um seinen nächsten Zug zu planen. Er . . .

Er starrte auf das Buch, hob langsam den Kopf und sah die Kenkari an, einen nach dem anderen.

»Wißt ihr, was dies ist?«

»Ja«, bestätigte der Hüter der Seelen, »und ich glaube, das ist, was die Bösen in unserer Bibliothek gesucht haben. Nur suchten sie am falschen Platz. Sie nahmen an, es müsse sich bei den Werken der Sartan befinden, geschützt und bewahrt von Sartanrunen. Aber die Sartan haben es für uns geschrieben. Sie haben es zu unserem Nutzen hier zurückgelassen.«

»Wie lange wißt ihr schon davon?«

»Lange«, antwortete Bruder Seele bekümmert. »Zu unserer großen Schande.«

»Es könnte den Zwergen, den Menschen – jedem – ungeheure Macht über euer Volk verschaffen.«

»Dessen sind wir uns bewußt.«

Haplo schob das Büchlein in den Gürtel. »Es ist keine Falle, Lady Iridal. Ich werde es Euch unterwegs erklären, falls auch Ihr mir einige Dinge erklärt, zum Beispiel, wie Huhg Mordhand es fertiggebracht hat, sich von den Toten auferwecken zu lassen.«

Iridals Blicke irrten von den Elfen zu dem furchteinflößenden Phantom eines Drachen und von da zu dem Patryn, der ihr den Sohn geraubt hatte. Haplos magische Aura verblaßte in dem Maß, wie es ihm gelang, sein Erschrecken und seinen Abscheu zu überwinden. Der blaue Schimmer der Runen wurde schwächer und verging. Mit dem ihm eigenen ruhigen Lächeln streckte er ihr die Hand entgegen.

Langsam, zögernd, griff sie danach.

Kapitel 38

Tiefer Himmel, Mittelreich

Die Sieben Felder, auf dem schwebenden Kontinent Ulyndia gelegen, waren der Gegenstand von Sagen und Liedern – hauptsächlich Liedern, denn ein Lied war es gewesen, dem die Menschen in der berühmten Schlacht der Sieben Felder den Sieg verdankten. Vor elf Jahren – nach menschlicher Zeitrechnung – hörten der Elfenprinz Rees'ahn und seine Gefolgsleute das Lied, das ihr Leben veränderte, indem es Erinnerungen weckte an eine Ära, als die Paxarelfen ein großes Königreich errichteten, gegründet auf Frieden.

Agah'ran (damals noch König, inzwischen Kaiser von eigenen Gnaden) hatte Rees'ahn, seinen Sohn, des Hochverrats bezichtigt, ihn in die Verbannung geschickt und seither mehrfach versucht, ihn ermorden zu lassen. Die Versuche schlugen fehl. Rees'ahns Macht wuchs. Mehr und mehr Elfen – entweder unter dem Einfluß des Liedes oder des despotischen Regimes überdrüssig – scharten sich um das Banner des Prinzen.

Der Aufstand der Zwerge von Drevlin hatte sich als ›Geschenk der Ahnen‹ für die Rebellen erwiesen. In Rees'ahns neuerbauter Festung auf Kirikari hatte ein Dankesfest stattgefunden. Der Kaiser war gezwungen, seine Streitkräfte aufzuteilen und einen Zweifrontenkrieg zu führen. Die Rebellen hatten sofort ihre Angriffe verstärkt, und mittlerweile erstreckte sich ihr Einflußbereich weit über die Grenzen des Kirikari-Hinterlandes hinaus.

Während König Stephen und Königin Anne froh waren, das Tribusimperium wanken zu sehen, beobachteten sie andererseits das Näherrücken der Rebellen mit Sorge. Ein Elf ist ein Elf, wie das Sprichwort sagt, und wer konnte wissen, ob die schönen Worte dieser Elfenrebellen nicht Lug und Trug waren?

König Stephen hatte Prinz Rees'ahn Verhandlungen angeboten und war bisher äußerst zufrieden mit der Entwicklung. Rees'ahn sicherte den Menschen nicht nur zu, bestehende Grenzen zu respektieren, sondern bot an, weitere Kontinente des Mittelreichs menschlicher Besiedelung zu öffnen. Außerdem versprach er, auf seinen Drachenschiffen nicht länger Sklaven einzusetzen, sondern Menschen anzuheuern, die als Mitglieder der Besatzung einen Anteil am Wasser erhalten sollten, mit der Erlaubnis, es auf den Märkten von Ulyndia und Volkaran zu verkaufen.

Stephen seinerseits honorierte das Entgegenkommen mit dem Zugeständnis, Kaperfahrten gegen die Wasserkoggen der Elfen einzustellen, und versprach, den Rebellen Truppen, Magier und Flugdrachen zu schicken, um ihre Kampfkraft zu verstärken.

Bei diesem Stand der Verhandlungen wurde entschieden, daß die Vertreter beider Seiten an einem Tisch zusammenkommen sollten, um die endgültigen Bedingungen und Klauseln festzulegen. Wenn man einen vereinten Vorstoß gegen die Armeen des Kaisers vornehmen wollte, dann am besten zum jetzigen Zeitpunkt. Risse zeigten sich in dem anscheinend uneinnehmbaren Bollwerk des Tribusimperiums. Risse, die sich – falls die Gerüchte der Wahrheit entsprachen – ausbreiteten, erweiterten. Der Abfall der Kenkarielfen war der Rammbock, der es Rees'ahn erlaubte, die Tore des Imperanon aufzubrechen und den Kaiser vom Thron zu stürzen.

Um siegen zu können, brauchte der Prinz die Unterstützung der Menschen. Nur als Verbündete konnten beide hoffen, den kaiserlichen Truppen eine Niederlage zu bereiten. Rees'ahn war sich dessen bewußt, ebenso König Stephen und Königin Anne. Sie waren zu einer Allianz bereit. Leider existierten mächtige Gruppen bei den Menschen, die ein unausrottbares Mißtrauen gegen die Elfen hegten. Diese Barone sprachen öffentlich gegen Stephens geplantes Bündnis, schürten alten Groll und erinnerten daran, wie die Menschen in der Vergangenheit unter der Tyrannei der Elfen gelitten hatten.

Elfen sind hinterlistig und verschlagen, sagten die Barone. Das ist alles ein Trick. König Stephen *verkauft* uns nicht an die Elfen, er macht uns ihnen zum *Geschenk*!

Gram erklärte die politische Situation – wie Graf Tretar sie ihm dargestellt hatte – einem grimmig schweigenden und uninteressierten Hugh.

»Das Treffen zwischen Rees'ahn und meinem Vater, dem König, ist furchtbar wichtig. Wenn irgend etwas schiefgeht, kommt die Allianz nicht zustande.

»Der König ist *nicht* dein Vater«, sagte Hugh – die ersten Worte, die er seit Beginn der Reise sprach.

»Das weiß ich.« Gram lächelte herzig. »Aber ich muß mich daran gewöhnen, ihn so zu nennen. Damit ich keinen Fehler mache. Graf Tretar hat es mir geraten. Und bei der Beerdigung soll ich weinen – nicht zuviel, sonst werden die Leute glauben, ich wäre eine Heulsuse, aber ein paar Tränen wird man von mir erwarten, glaubt Ihr nicht auch?«

Der Assassine gab keine Antwort. Gram saß vor ihm, hielt sich am Knauf des Drachensattels fest und genoß die Aufregung des Flugs von Aristagon – dem Reich der Elfen – in das von Menschen besiedelte Ulyndia. Hugh mußte unwillkürlich daran denken, wie bei seinem letzten Flug Iridal – Grams Mutter – dort gesessen hatte, fest in seine Arme geschmiegt. Es war diese Erinnerung, die ihn davon abhielt, den Jungen zu packen und in die Tiefe zu stürzen.

Gram schien zu ahnen, was in ihm vorging, denn hin und wieder drehte er sich herum und hielt Hugh das Federamulett vor die Augen.

»Mutter läßt Euch grüßen«, sagte er höhnisch.

Der einzige Haken an Hughs Plan war, daß die Elfen ihre Wut an ihrer Geisel ausließen, an Iridal. Blieb nur zu hoffen, daß die Kenkari, die inzwischen erfahren haben mußten, daß sie gefangen war, einen Weg fanden, ihr zu helfen.

Daß es ihm gelungen war, ihnen diese Nachricht zuzuspielen, hatte Hugh dem Hund zu verdanken.

Kaum war dem Tier ein Hauch der Witterung des Drachen in die Nase geraten, stieß es ein Jaulen aus, klemmte den Schwanz zwischen die Beine und floh.

Graf Tretar war dafür, ihn laufen zu lassen, aber Gram lieferte eine Probe seines Temperaments, indem er mit den Füßen aufstampfte, knallrot im Gesicht wurde und aus Leibeskräften brüllte, er ginge ohne den Hund nirgendwohin. Tretar blieb nichts anderes übrig, als ein paar Männer loszuschicken, um den ›Köter‹ einzufangen.

Der Assassine nutzte das Durcheinander, um dem allgegenwärtigen Weesham des Grafen ein paar Worte zuzuflüstern. Vorausgesetzt, der Weesham fühlte sich seinen alten Lehrern mehr verpflichtet als dem Grafen, wußten die Kenkari jetzt, daß Iridal sich in der Hand des Kaisers befand.

Der Weesham hatte nichts gesagt, aber Hugh einen bedeutungsvollen Blick zugeworfen, der auszudrücken schien, er werde die Nachricht weitergeben.

Die Elfen hatten einige Zeit gebraucht, um den Hund zu fangen. Erst nachdem man ihm einen improvisierten Maulkorb angelegt und ein Tuch um den Kopf gewickelt hatte, gelang es, ihn auf den Rücken des Drachen zu hieven, wo er zwischen den Bündeln und Packen hinter dem Sattel festgebunden wurde.

Während der ersten Hälfte des Fluges hatte der Hund seinem Unbehagen durch lautes Heulen Ausdruck verliehen, um schließlich erschöpft einzuschlafen, wofür Hugh zutiefst dankbar war.

»Was ist das da unten?« fragte Gram aufgeregt und deutete auf eine in den Wolken schwebende Landmasse schräg vor ihnen.

»Ulyndia.«

»Dann sind wir bald da?«

»Ja, Hoheit« – mit höhnischer Betonung – »wir sind bald da.«

»Hugh«, meinte Gram etwas später, »wenn Ihr diesen Auftrag ausgeführt habt, wenn ich König bin, will ich, daß Ihr noch etwas für mich tut.«

»Ich fühle mich geschmeichelt, Hoheit. Wen soll ich für Euch ermorden? Wie wäre es mit dem Elfenkaiser? Dann wärt Ihr der Herrscher der ganzen Welt.«

Gram ignorierte den Sarkasmus. »Ich will, daß Ihr Haplo tötet.«

Hugh stieß ein Knurren aus. »Er ist wahrscheinlich längst tot. Die Elfen dürften ihn erwischt haben.«

»Nein, das glaube ich nicht. Haplo ist zu schlau für sie. Aber Ihr könntet es schaffen. Besonders, wenn ich Euch seine geheimen Fähigkeiten verrate. Und ich gebe Euch viel Geld.« Gram drehte sich im Sattel herum und sah dem Assassinen ins Gesicht. »Werdet Ihr's tun? Werdet Ihr Haplo für mich töten?«

Hugh überlief es eiskalt. Menschen aller Sorten hatten ihn bezahlt, um andere zu töten, aus den unterschiedlichsten Gründen, doch nie hatte er je solche Niedertracht, solchen giftigen, eifersüchtigen Haß gesehen, wie jetzt in den himmelblauen Augen dieses zehnjährigen Kindes.

Hugh konnte nicht antworten.

»Eins ist ganz wichtig«, fuhr Gram fort. Sein Blick wanderte zu dem schlafenden Hund. »Wenn er stirbt, müßt Ihr Haplo sagen, daß es Xar ist, der ihn tot sehen will. Könnt Ihr das behalten? Xar will Haplo tot sehen.«

»Kein Problem.« Hugh zuckte mit den Schultern. »Der Kunde ist König.«

»Dann nehmt Ihr den Auftrag an?« Gram strahlte.

»Ja, ich nehme ihn an.« Hugh hätte allem zugestimmt, nur um das kleine Scheusal zum Schweigen zu bringen.

Hugh ließ den Drachen langsam tiefer kreisen. Er spekulierte darauf, von den Patrouillen, die den Luftraum sicherten, gesehen zu werden.

»Da kommen Drachenreiter.« Gram spähte mit zusammengekniffenen Augen voraus.

Hugh sagte nichts.

Gram beobachtete sie eine Zeitlang, dann blickte er mißtrauisch über die Schulter auf den Assassinen. »Sie kommen hierher. Wer sind die?«

»Vorposten. Sie werden uns aufhalten und befragen. Ihr wißt noch, was Ihr tun sollt? Zieht die Kapuze über den Kopf. Irgendeiner von denen könnte Euch erkennen.«

»Ja.« Gram tat, wie ihm geheißen. »Ich weiß.«

Wenigstens, dachte Hugh, brauche ich mir keine Gedanken zu machen, daß er sich verplappert. Er ist der geborene Schwindler.

Tief unten konnte Hugh die Küste Ulyndias ausmachen und die Sieben Felder, eine trostlose, unfruchtbare Einöde. Jetzt aber herrschte auf der weiten Koralitebene geschäftiges Leben. Exakt zum Karree ausgerichtete Reihen kleiner Zelte bildeten ein buntes Schachbrettmuster – die Elfen auf der einen Seite, die Menschen auf der anderen.

Zwei große, farbenfrohe Pavillons standen in der Mitte. Über einem wehte die Fahne von Prinz Rees'ahn – ein Rabe, eine Lilie und eine Lerche *volant*, zu Ehren der Bardin, Rabenlerche, die den Elfen das magische Lied gesungen hatte. Über dem anderen flatterte König Stephens Banner – das Geflügelte Auge. Hugh prägte sich die Lage des Zeltes ein, die Anordnung der in der Nähe campierenden Truppen und den kürzesten Weg dorthin. Über einen Fluchtweg brauchte er sich keine Gedanken zu machen.

Elfenschiffe lagen weit draußen vor Anker; die Drachen der Menschen waren landeinwärts angepflockt, entgegen der Windrichtung – eine unabdingbare Vorsichtsmaßnahme, denn zum Bau ihrer Schiffe verwendeten die Elfen Haut und Schuppen erlegter Drachen, und die Witterung konnte eine Raserei unter deren lebendigen Vettern auslösen, die womöglich den Zauberbann abschüttelten, der sie gefügig machte, und blutige Verwüstungen anrichteten.

Die Palastgarde, Stephens persönliche Leibwache, stellte

die Vorposten. Zwei gewaltige Kampfdrachen, deren jeder ein kleines Truppenkontingent auf dem Rücken trug, zogen weite Kreise über der Ebene; die kleineren, wendigen Reitdrachen patrouillierten am Himmel. Zwei von diesen hatten Hugh erspäht und hielten auf ihn zu.

Hugh zog die Zügel straff und wies den Drachen an, mit ausgebreiteten Flügeln zu verharren, getragen von der Thermik über dem Kontinent. Natürlich wachte ausgerechnet der Hund auf und fing an zu heulen.

Obwohl Hughs Verhalten von friedlicher Absicht zeugte, gingen die Soldaten kein Risiko ein. Die beiden auf dem vorderen Drachen hatten den Bogen gespannt, der Pfeil des einen zielte auf Hugh, des anderen auf den Drachen. Der Mann auf dem zweiten Drachen, ein Offizier, näherte sich erst, als er sicher sein konnte, daß seine Männer Hugh im Visier hatten. Der Assassine bemerkte aber, daß ein Lächeln über das strenge Gesicht des Offiziers huschte, als er den Hund sah und hörte.

Hugh nahm eine demütige Haltung ein und führte als respektvolle Begrüßung die Hand zur Stirn.

»Was ist Euer Begehr?« fragte der Offizier. »Was wollt Ihr?«

»Ich bin ein einfacher Händler, Exzellenz.« Hugh mußte schreien, um sich bei dem Geheul des Hundes und dem Rauschen der Drachenschwingen Gehör zu verschaffen. Er deutete auf die hinter dem Sattel festgeschnallten Gepäckstücke. »Mein Sohn und ich bringen wunderbare und herrliche Dinge, um die tapferen, ruhmreichen Mannen Eurer Exzellenz zu erfreuen.«

»Um ihnen mit Eurem schäbigen Ramsch den Sold aus der Tasche zu ziehen, meint Ihr wohl.«

Hugh hob tief gekränkt beide Hände. »Nein, Herr General, auf Ehre. Meine Ware ist die feinste und beste – Töpfe und Pfannen fürs Kochfeuer; Ketten und Broschen, um Glanz in die Augen der Schönen zu zaubern, die beim Abschied um Euch geweint haben.«

»Schert Euch mit Euren Töpfen und Pfannen, Eurem

Sohn, Eurem Hund und Eurer geschmeidigen Zunge sonstwohin, guter Mann. Hier findet kein Markt statt. Und ich bin auch kein General.«

»Ich weiß, daß hier kein Markt stattfindet«, sagte Hugh unterwürfig. »Und wenn Ihr nicht General seid, dann nur, weil Eure Vorgesetzten Euch nicht gebührend zu schätzen wissen. Aber ich sehe, daß viele meiner Zunftbrüder dort unten bereits ihre Zelte aufgeschlagen haben. König Stephen wird doch einem ehrlichen Mann wie mir, der zwölf Mäuler zu stopfen hat, ganz zu schweigen von der Aussteuer für meine Töchter, nicht verwehren, sich seinen Lebensunterhalt zu verdienen?«

Der Offizier kannte die gleiche Geschichte in unzähligen Variationen und glaubte kein Wort davon, doch er wußte, er hatte verloren. Hatte es gewußt, bevor das erste Wort gesprochen wurde. Die Nachricht vom friedlichen Aufeinandertreffen zweier Heere auf der Ebene der Sieben Felder wirkte wie der süße Geruch faulender Puafrüchte, der Schwärme von Fliegen anzieht. Huren, Spieler, Marketender, Waffenschmiede – alle fanden sich ein, um an dem süßen Saft zu nippen. Der König konnte sie entweder vertreiben lassen, was Blutvergießen bedeutete und Unmut bei der Bevölkerung, oder er konnte sie dulden und versuchen, ein Auge auf das Treiben zu haben.

»Nun gut.« Der Offizier machte eine auffordernde Handbewegung. »Ihr dürft landen. Meldet Euch im Zelt des Aufsehers mit einem Muster Eurer Waren sowie zwanzig Barls für die Marktlizenz.«

»Zwanzig Barls! Eine Unverschämtheit!« murrte Hugh.

»Was habt Ihr gesagt?«

»Daß ich Euch danke für Eure große Güte, Exzellenz. Auch mein Sohn sagt Euch Dank. Bedanke dich bei dem Herrn General, mein Sohn.«

Grams Wangen färbten sich rosig, er neigte artig den Kopf und hob die Hände vors Gesicht, wie es sich ziemte für einfacher Leute Kind in Gegenwart von Herrschaften gehobenen Standes. Der Offizier schenkte ihm ein freundliches

Lächeln, dann winkte er die Bogenschützen zurück, zog den Drachen herum und hielt auf einen weiteren Neuankömmling zu, ein Kesselflicker anscheinend, der eben in Sicht gekommen war.

Hugh gab dem Drachen den Kopf frei. Gemächlich sanken sie dem Festland entgegen.

»Wir haben's geschafft!« jubelte Gram und warf die Kapuze zurück.

»Das war nicht anders zu erwarten«, knurrte Hugh. »Und zieht die Kapuze wieder über. Von jetzt werdet Ihr sie tragen, bis ich Euch sage; daß Ihr sie abnehmen dürft. Wir können nicht riskieren, daß jemand Euch erkennt und unseren ganzen Plan verdirbt.«

Gram wollte aufbegehren, doch er war klug genug einzusehen, daß Hugh recht hatte. Verdrossen zog er die Kapuze seines geflickten Umhangs über den Kopf. Die nächste Zeit saß er schweigend da, stützte das Kinn auf die Hand und starrte auf das farbenfrohe Panorama, das sich unter ihnen ausbreitete.

»Wahrscheinlich schwelgt er in Phantasien, wie er mich auf möglichst unerquickliche Weise vom Leben zum Tode befördern kann«, sagte Hugh zu sich selbst. Er empfand eine grimmige Genugtuung. »Nun, Hoheit, mein letztes Vergnügen in diesem Leben wird darin bestehen, Euch einen Strich durch die Rechnung zu machen.«

Noch eine zusätzliche Freude war ihm vergönnt. Der Hund hatte sich heiser geheult und brachte nur noch ein heiseres Blaffen zustande.

Tief unter dem Mittelreich, auf anderem Kurs, eilte der Phantomdrache seinem Ziel entgegen, fast zu schnell für das Wohlbefinden seiner Passagiere. Da beiden die Zeit auf den Nägeln brannte, duckten Haplo und Iridal sich vor dem Wind, der ihnen um die Köpfe pfiff, klammerten sich fest und schauten mit zusammengekniffenen, tränenden Augen ungeduldig voraus.

Krishach bedurfte keiner Zügel, oder vielleicht vermochte er die Gedanken seiner Reiter zu lesen. Es gab keinen Sattel, keinen Zaum. Sobald die beiden sich überwunden hatten aufzusteigen, sprang der Phantomdrache mit einem gewaltigen Satz in die Luft und schwang sich durch die Kuppel des Aviariums in den Himmel. Der Kristall hatte sich nicht geteilt, sondern zerfloß zu einem glitzernden Vorhang aus Wasser, um hinter ihnen wieder zu erstarren, wie von einem eisigen Hauch gestreift.

Krishach flog über das Imperanon hinweg. Elfensoldaten starrten verwundert und entsetzt zu ihnen herauf, doch bevor einer von ihnen den Bogen spannen konnte, war der Drache schon weit fort und pflügte mit gewaltigen Flügelschlägen durch den weiten Himmel.

Haplo und Iridal mußten dicht zusammenrücken, um sich verständigen zu können. Iridal wollte auf dem kürzesten Weg zu den Sieben Feldern fliegen. Haplos Ziel war das Drachenschiff.

»Das Leben der Zwergin ist in höchster Gefahr. Hugh plant die Ermordung des Königs erst für heute abend. Zeit genug, um mich auf Sang-drax' Schiff abzusetzen, dann könnt Ihr weiterfliegen zu den Sieben Feldern. Ich will diese gespenstische Kreatur nicht am Hals haben.«

»Da besteht keine Gefahr.« Iridal fröstelte. Es kostete sie größte Überwindung, sich an der grabeskalten Schuppenhaut festzuhalten, so gräßlich verschieden von der atmenden Wärme lebender Drachen. »Sobald wir seiner nicht mehr bedürfen, wird Krishach sich nur allzu gern wieder zur Ruhe begeben.«

Iridal schwieg einen Moment, dann schaute sie Haplo an. »Wenn ich Gram finde und ihn mit mir ins Hohe Reich nehme, werdet Ihr uns verfolgen?«

»Nein«, antwortete Haplo ruhig. »Ich brauche ihn nicht mehr.«

»Warum nicht?«

»Das Buch, das mir die Kenkari gegeben haben.«

»Was steht darin?« fragte sie.

Haplo sagte es ihr.

Iridal lauschte, erst staunend, dann verwirrt, dann ungläubig.

»Das haben sie gewußt? Die ganze Zeit? Und nichts getan? Weshalb? Wie konnten sie?«

»Wie sie sagten – Haß, Furcht.«

Iridal dachte nach, ihr Blick verlor sich in der Weite des Himmels. »Und Euer Gebieter – was wird er tun, wenn er nach Arianus kommt? Wird er Gram zurückfordern?«

»Ich weiß es nicht«, erwiderte Haplo kurzangebunden. Er fühlte sich unbehaglich. »Ich weiß nicht, was mein Gebieter vorhat. Er bespricht seine Pläne nicht mit mir. Er gibt mir Befehle und erwartet, daß ich sie ausführe.«

Iridals Blick kehrte zu ihm zurück. »Aber Ihr tut es nicht, oder?«

Nein, ich tue es nicht, gab Haplo zu, aber nur vor sich selbst. Er verspürte nicht das Bedürfnis, mit einer Nichtigen darüber zu sprechen. Xar wird es verstehen. Er wird es verstehen müssen.

»Ich bin an der Reihe, Fragen zu stellen.« Haplo wechselte das Thema. »Hugh Mordhand wirkte ausgesprochen tot, als ich ihn das letztemal sah. Wie kommt es, daß er wieder lebt? Habt Ihr Mysteriarchen einen Weg gefunden, die Toten aufzuwecken?«

»Wir *Nichtigen?* Nein.« Iridal lächelte schwach. »Es war Alfred.«

Hab' ich's mir gedacht! Haplo schüttelte den Kopf.

Alfred hat den Assassinen ins Leben zurückgeholt. Ha! Und das von dem Sartan, der geschworen hat, er würde nie und nimmer in Versuchung geraten, die schwarze Kunst der Nekromantie zu praktizieren. »Hat er Euch gesagt, weshalb er es tat?« fragte er laut.

»Nein, aber ich bin sicher, es war meinetwegen.« Iridal seufzte. »Alfred wollte nicht darüber sprechen. Er hat sogar geleugnet, es überhaupt getan zu haben.«

»Das kann ich mir vorstellen. Er ist groß im Leugnen. ›Für jeden, der ins Leben zurückgeholt wird, muß ein anderer unzeitig sterben.‹ Das glauben die Sartan. Und Hughs wiedergeschenktes Leben bedeutet König Stephens unzeitigen Tod, außer es gelingt Euch, rechtzeitig dort zu sein und ihn aufzuhalten. Und vor allen Dingen, Eurem Sohn Einhalt zu gebieten.«

»Es wird mir gelingen«, sagte Iridal. »Ich habe wieder Hoffnung.«

Sie schwiegen; es war zu mühsam, gegen das Brausen des Windes anzuschreien.

Nirgend war Land zu sehen, Haplo hatte schon seit längerem die Orientierung verloren. Um sie herum nichts als leerer blauer Himmel ohne irgendwelche Anhaltspunkte. Dunstschleier verdeckten das Glitzern des Firmaments, und sie waren noch zu weit entfernt, um die brodelnden, grauschwarzen Wolkenmassen des Firmaments zu sichten. Iridal war von ihren eigenen Gedanken in Anspruch genommen, den Plänen und Hoffnungen für ihren Sohn. Haplo blieb wachsam und suchte aus schmalen Augen den Himmel ab. Er bemerkte als erster den schwarzen Punkt in der Ferne, doch gleich wandte auch Krishach die leeren Augenhöhlen in diese Richtung.

Es dauerte einige Minuten, aber dann konnte Haplo das aufgebäumte Haupt und die ausgebreiteten Flügel eines Drachenschiffs ausmachen. »Ich glaube, wir haben sie gefunden«, sagte er.

Iridal folgte mit dem Blick seiner ausgestreckten Hand. »Ja, das ist ein Drachenschiff«, bestätigte sie. »Aber woher wollt Ihr wissen, ob es das richtige ist?«

»Ich werde es wissen«, meinte Haplo grimmig, mit einem Blick auf die eintätowierten Runen an seinen Händen. »Können sie uns sehen, was meint Ihr?«

»Das bezweifle ich. Und selbst wenn, aus der Entfernung sieht es aus, als ritten wir auf einem gewöhnlichen Drachen. Und ein Schiff dieser Größe sieht in einem einzelnen Drachen keine Gefahr.«

Das Schiff machte keinen alarmierten Eindruck, es schien auch keine Eile zu haben, sondern trieb gemächlich auf der

Dünung immer heftiger werdender Luftströmungen. Tief unter ihnen kündete die dunklere Färbung des Himmels von der Nähe des Mahlstroms.

Man konnte jetzt Einzelheiten erkennen – die Schnitzereien am Drachenhaupt, die bemalten Schwingen. Winzige Gestalten bewegten sich an Deck. Und am Bug war ein Blason aufgemalt.

»Das kaiserliche Wappen«, sagte Iridal. »Ich glaube, dies ist das Schiff, das Ihr sucht.«

Haplos Haut fing an zu prickeln und zu brennen. Die Sigel verströmten ein schwaches blaues Leuchten.

»Es *ist* das Schiff«, sagte er.

Die Überzeugung in seiner Stimme veranlaßte Iridal, ihm einen verwunderten Blick zuzuwerfen. Ihre Augen weiteten sich beim Anblick der leuchtenden Tätowierungen, aber sie sagte nichts dazu, sondern beobachtete weiter das Drachenschiff.

Sie müssen uns mittlerweile gesichtet haben, dachte Haplo. Und genau wie ich weiß, daß Sang-drax da unten ist, weiß er, daß ich ihm im Nacken sitze.

Vielleicht war es Einbildung, aber Haplo hätte fast geschworen, die buntgekleidete Gestalt des Schlangenelfen an Deck stehen zu sehen, wie er zu ihm heraufstarrte. Er glaubte auch Schreie zu hören, leise und weit entfernt; Schreie von jemandem, der große Schmerzen litt.

»Wie dicht kommen wir heran?« fragte Haplo.

»Auf einem gewöhnlichen Drachen – nicht besonders«, antwortete Iridal. »Die Luftwirbel wären zu gefährlich, abgesehen davon, daß man sich bald gefechtsbereit machen wird. Aber mit Krishach? . . . Sie hob zweifelnd die Schultern. »Ich glaube, weder Luftströmungen noch Pfeile oder Magie können Krishach viel anhaben.«

»Dann bringt mich so dicht heran wie möglich«, meinte Haplo. »Ich werde springen.«

Iridal nickte, obgleich es der Phantomdrache war, der reagierte. Sie waren inzwischen nahe genug gekommen, daß Haplo sehen konnte, wie man an Deck Waffen austeilte und

Vorkehrungen traf, den Kurs zu ändern. Ein Elf stand allein, regungslos, inmitten der Geschäftigkeit – die Runen an Haplos Körper loderten auf, das blaue Licht durchdrang seine Kleidung und hüllte ihn in eine flimmernde Aura.

»Dieses Böse, das ich spüren kann, hat die Kenkari bewogen, Euch das Buch zu geben, nicht wahr?« fragte Iridal plötzlich und erschauerte. »Dem haben sie sich in den Verliesen gegenüber gesehen.«

Krishach war für die Elfen auf dem Schiff jetzt deutlich zu sehen. Sie mußten erkennen, daß es sich nicht um einen gewöhnlichen, lebendigen Drachen handelte. Viele schrien vor Entsetzen. Die Bogenschützen ließen ihre Waffen fallen. Manche verschränkten die Arme über dem Kopf und flüchteten zu den Niedergängen.

»Aber woher stammt dieses Böse?« rief Iridal durch den tosenden Wind und das Knattern der Segel. »Was ist es, das ich sehe?«

»Was wir alle sehen, sofern wie den Mut haben, den Blick nach innen zu wenden«, antwortete Haplo, der sich zum Sprung bereit machte. »Das Böse in uns selbst.«

Kapitel 39

Tiefer Himmel, Arianus

Der Phantomdrache schwebte dicht an das Elfenschiff heran, viel zu dicht. Krishachs Schwinge streifte eins der Lenkseile am Steuerbordsegel. Das Seil riß mit einem Peitschenknall, der Flügel knickte ab wie bei einem verletzten Vogel. Die Elfen, halb von Sinnen über den Anblick der grausigen Erscheinung, liefen blindlings durcheinander. Es sah aus, als würde Krishach das krängende Schiff mit seinem gewaltigen Leib zerschmettern. Haplo, der gefährlich auf dem Rücken des Drachen balancierte, versuchte, den richtigen Augenblick abzupassen, und sprang. Seine Magie dämpfte den Fall. Er kam auf, überschlug sich und schnellte hoch, in der Angst, jeden Moment den Hauptmast brechen zu hören, erleben zu müssen, wie der Drache das Schiff zerstörte. Unwillkürlich duckte er sich, als der gewaltige, leichenfahle Bauch über ihn hinwegglitt. Der scharfe Luftzug eines Flügelschlags blähte das übriggebliebene Segel und katapultierte das Schiff in einen trudelnden Sinkflug. Haplo blickte in die Höhe, er sah die bleichen Flammen in dem Knochenschädel wabern und darüber Iridals verängstigtes Gesicht. Krishach stieß ein dumpfes Brüllen aus und glitt wieder auf das Schiff zu.

»Fliegt!« schrie Haplo zu Iridal hinauf. »Nach den Sieben Feldern! Verliert keine Zeit!«

Sang-drax war nirgend zu sehen, wahrscheinlich war er nach unten gegangen, zu seiner Gefangenen.

Iridal zögerte, ihn allein zu lassen. Krishach schwebte nahezu bewegungslos an einem Punkt dicht bei dem havarierten Schiff. Doch Haplo war nicht in Gefahr – die Elfen an Deck waren entweder nach unten geflohen oder in wahnwitziger Angst über Bord gesprungen.

Haplo schwenkte die Arme. »Ihr könnt hier nichts tun! Sucht Gram!«

Iridal hob zum Abschied die Hand. Krishach schlug mit den Flügeln und stob wie ein Pfeil durch die Luft, seinem nächsten Bestimmungsort entgegen.

Haplo schaute sich um. Die wenigen Elfen, die sich noch auf dem Oberdeck befanden, waren fast gelähmt vor Entsetzen und wie betäubt. Die Runen auf der Haut des Patryn glühten, er war auf den Schwingen des Todes gekommen. Haplo packte den Nächstbesten an der Kehle.

»Wo ist die Gefangene? Wo ist Sang-drax?«

Der Elf verdrehte die Augen, bis nur noch das Weiße sichtbar war, er sank im Griff des Patryn zusammen. Doch jetzt drangen von unten schrille, gequälte Schreie herauf. Jarres Stimme. Haplo stieß den ohnmächtig gewordenen Nichtigen zur Seite, stürmte zu einer der Luken und versuchte sie zu öffnen.

Der Deckel ließ sich nicht hochheben, vermutlich wurde er von der verschreckten Besatzung festgehalten. Irgend jemand da unten gab laut Befehle. Haplo lauschte einen Moment und fragte sich, ob es Sang-drax war. Da er die Stimme nicht erkannte, mußte es wohl der Kapitän sein oder einer der Offiziere, der sich bemühte, die Ordnung wieder herzustellen.

Haplo trat mit dem Fuß nach dem Lukendeckel. Er konnte von seiner Magie Gebrauch machen und ihn aufsprengen, aber dann mußte er sich den Weg durch einen Pulk von Nichtigen in Todesangst erkämpfen, die sich vermutlich gerade gegenseitig aufputschten, einen Ausbruch zu wagen. Und er hatte nicht die Zeit, sich lange herumzuprügeln. Jarres Schreie waren verstummt. Und verflucht, wo steckte Sang-drax? Lauerte irgendwo, im Hinterhalt...

Leise fluchend hielt Haplo nach einem anderen Zugang Ausschau. Er kannte sich auf Drachenschiffen aus, bei seinen Fahrten zu den anderen Welten hatte er selbst eins gesegelt. Dies hier bekam Schlagseite, das Gewicht des gebrochenen Flügels zog es zur Seite. Nur die Magie des Schiffszauberers hielt es noch in der Luft.

Eine Bö traf das Schiff und brachte es zum Schlingern. Ein Beben lief durch den Rumpf. Der Sog des Mahlstroms machte sich bemerkbar. Offensichtlich begriff der Kapitän, welche Katastrophe sich anbahnte, seine Stimme erhob sich zu einem Brüllen.

»Bringt die Sklaven backbord wieder auf Trab. Nehmt die Peitsche, wenn's sein muß. Was soll das heißen, sie haben die Tür zur Segelkammer verriegelt? Jemand soll unseren Magier holen. Brecht die Tür auf. Ihr anderen – zurück mit euch auf eure Posten oder, bei den Ahnen, ihr findet euch demnächst strafversetzt auf Drevlin wieder! Wo, zum Henker, steckt dieser Idiot von einem Magier?«

Der Backbordflügel bewegte sich nicht mehr, die Trosse hing lose. Vielleicht waren die Galeerensklaven zu verschreckt, um ihre Arbeit zu tun. Sie hatten bestimmt durch die Klüse hinausgesehen...

Die Klüse!

Haplo lief nach backbord und spähte über die Reling. Der Mahlstrom lag noch immer tief unter ihnen, aber das Schiff sank ihm beunruhigend schnell entgegen. Er schwang sich außenbords und kletterte, krabbelte und rutschte an der Außenhülle hinunter, bis er die Trosse zu fassen bekam.

Der Länge nach an das dicke Tau geschmiegt, schob er sich auf die Klüse zu, aus deren Rahmen ihm erstaunte Gesichter – Menschengesichter – entgegenstarrten. Haplo fixierte sie unverwandt, um nicht in die Versuchung zu kommen, nach unten zu sehen. Er bezweifelte sehr, daß seine Magie ausreichte, ihn vor einem Sturz in den Mahlstrom zu bewahren.

Über den Drachenflügel gehen, hatte Hugh Mordhand dies Manöver genannt, ein Ausdruck, der in Arianus zum Synonym für jede Art von tollkühner, wagemutiger Tat geworden war.

»Was ist das für einer?«

»Weiß nicht. Ein Mensch, wie's aussieht?«

»Mit blauer Haut?«

»Ich weiß nur, er hat keine Schlitzaugen und keine spitzen Ohren, und damit ist er gut genug für mich«, machte einer der Zuschauer im Tonfall des anerkannten Wortführers der Diskussion ein Ende. »Ihr da, helft ihm mal.«

Haplo erreichte die Klüse, griff nach den Händen, die sich ihm entgegenstreckten, und ließ sich hineinziehen. Jetzt konnte er sehen, weshalb der Backbordflügel nicht mehr funktionierte. Die Galeerensklaven hatten die Verwirrung ausgenutzt, um sich ihrer Geschirre zu entledigen und die Wärter zu überwältigen. Sie waren mit Schwertern und Entermessern bewaffnet. Einer hielt seinen Dolch an die Kehle eines jungen Elfen im Magiergewand.

»Wer bist du? Woher kommt du? Du hast auf dem Rücken von dem Untier gesessen . . .« Die Menschen umringten ihn, argwöhnisch, furchtsam, halb neugierig, halb drohend.

»Ich bin ein Mysteriarch«, sagte Haplo.

Angst wandelte sich zu Ehrfurcht, dann zu Hoffnung. »Ihr seid gekommen, um uns zu retten?« fragte einer und ließ das Schwert sinken.

»Ja, selbstverständlich«, antwortete Haplo. »Außerdem will ich eine Freundin von mir retten – eine Zwergin. Werdet ihr uns helfen?«

»Eine Zwergin?« Der Argwohn erwachte auf neue.

Der Wortführer bahnte sich einen Weg nach vorn. Er war älter als die übrigen, groß und muskulös, mit den mächtigen Schultern und Armen jener, die ein Leben lang an den gigantischen Schwingen des Drachenschiffs gearbeitet haben.

»Was geht uns ein verdammtes Zwergenweib an?« fragte er grob und musterte Haplo unter finster zusammengezogenen Brauen hervor. »Und was tut ein Mysteriarch hier?«

Großartig. Was Haplo jetzt am nötigsten brauchte war der berühmte ›gesunde Menschenverstand‹. Schläge donnerten gegen die Tür. Holz splitterte. Eine Axtklinge brach hindurch, wurde zurückgerissen und schlug gegen das nächste Brett.

»Was habt *ihr* denn vor?« erkundigte sich Haplo. »Was wollt ihr tun, nachdem ihr euch befreit habt?« Die Antwort lautete so, wie er es erwartet hatte.

»Elfen töten.«

»O ja. Und derweil wird das Schiff in den Mahlstrom gezogen.«

Wie um seine Worte zu unterstreichen, neigte sich plötzlich der Boden unter ihren Füßen, und alle fielen durcheinander.

Haplo hielt sich an einem Deckenbalken fest. »Könnt ihr es fliegen?« rief er.

Die Menschen warfen sich zweifelnde Blicke zu. Der Anführer reckte entschlossen das Kinn vor.

»Dann sterben wir. Aber erst schicken wir die Seelen dieser Memmen winselnd zu ihrem Kaiser zurück.«

Sang-drax. Das war Sang-drax' Werk. Haplo wußte jetzt, woher die Menschen ihre Waffen hatten. Chaos, Zwietracht, Mord und Totschlag – Speis und Trank für die Schlangendämonen.

Unglücklicherweise war jetzt nicht der geeignete Moment, den Menschen zu erklären, daß sie auf einen Meister des komischen Spiels hereingefallen waren, noch konnte er ihnen ernsthaft predigen, jene zu lieben, von denen die frischen Peitschenstriemen stammten, die er auf manchem Rücken sah.

Es ist zu spät! raunte Sang-drax' hämische Stimme in seinem Kopf. *Zu spät, Patryn. Die Zwergin ist tot, ich habe sie umgebracht. Jetzt werden die Menschen die Elfen töten, die Elfen werden die Menschen erschlagen, während das Schiff unaufhaltsam in die Tiefe stürzt und alle mit in den Tod reißt. So wird es bald auf dieser ganzen Welt aussehen, Patryn. Schau's dir an, Patryn, dann weißt du, was deinem Volk bevorsteht.*

Stell dich mir, Sang-drax!« schrie Haplo zornig und schüttelte die Fäuste. »Komm aus deinem Versteck und kämpfe!«

Du bist nicht anders als diese Nichtigen, Patryn, habe ich recht? Ich mäste mich an deiner Furcht. Wir werden uns gegenüberstehen, du und ich, aber ein andermal.

Die Stimme verstummte. Sang-drax war fort, Haplo merkte es daran, wie das Prickeln an seinem Körper nachließ. Und er konnte nichts tun. Er war hilflos, machtlos, wie der Schlangenelf gesagt hatte.

Die Tür fiel in Trümmer, Elfen stürmten herein. Die Menschen vergaßen Haplo und stürzten sich auf sie. Der Mann, der den Schiffszauberer gepackt hielt, wollte ihm das Messer durch die Kehle ziehen.

»Ich habe gelogen!« knirschte Haplo und griff nach dem ersten Nichtigen, der in seine Reichweite kam. »Ich bin kein Mysteriarch!«

Blau und rot flammten die Runen auf, das Licht durchdrang seine Kleider und hüllte ihn in eine flimmernde Aura. Knisternde Feuerschlangen wanden sich blitzschnell um den Leib des entsetzten Mannes, griffen von ihm auf den Elfen über, mit dem er rang. Der gleißende Funkenbogen sprang weiter zum nächsten und zum nächsten und lief wie ein Rinnsal flüssiger Glut durchs ganze Schiff.

Es herrschte plötzlich völlige Stille.

»Ich bin ein Gott«, verkündete Haplo grimmig. Sein Zauber lähmte die Nichtigen, sie waren mitten in der Bewegung erstarrt. Das Messer ritzte die Haut an der Kehle des Magiers, aber die Hand, die den Griff umklammert hielt, konnte nicht zustoßen. Nur die Augen der Männer lebten in den versteinerten Gesichtern.

Bei Haplos Worten sahen sie ihn mit dem Ausdruck namenloser Angst an.

»Wartet schön, bis ich wiederkomme«, befahl er ihnen und ging zwischen den reglosen, von einem schwachen bläulichen Schimmer umhüllten Gestalten hindurch zur Tür.

Ein Gott? Nun ja, warum nicht? Limbeck hatte Haplo bei der ersten Begegnung auch für einen Gott gehalten.

Der Gott, der keiner ist, hatte der Geg ihn getauft. Wie zutreffend.

Haplo eilte im Laufschritt durch das Geisterschiff, das schlingerte und krängte und erschauerte wie in Angst vor dem Strudel der schwarzen Wolken, der es zu verschlingen drohte. Er stieß die Türen auf, trat verschlossene Türen ein, spähte in jeden Winkel, bis er fand, was er suchte: Jarre, als blutiges, lebloses Bündel auf dem Boden einer Kabine.

»Jarre, Jarre«, flüsterte er. »Tu mir das nicht an.« Behutsam drehte er sie auf den Rücken. Ihr Gesicht war zerschlagen, die Augen zugeschwollen. Doch er merkte, als er sie vorsichtig untersuchte, daß ihre Lider zuckten. Und ihre Haut fühlte sich warm an.

Einen Puls konnte Haplo nicht ertasten, doch als er sein Ohr an ihre Brust legte, hörte er ganz schwach ihr Herz schlagen. Sang-drax hatte gelogen. Sie war nicht tot. »Tapferes Mädel!« sagte er leise zu ihr und hob sie auf. »Halte durch. Nur noch ein bißchen.«

Er konnte ihr hier und jetzt nicht helfen. Seine Kraft reichte nicht aus, sie zu heilen und gleichzeitig den Bann über dem Schiff aufrechtzuerhalten. Er mußte sie woanders hinbringen, wo es ruhig und sicher war.

Jarre auf den Armen, ging er langsam durch das ganze Schiff.

Die Augen starrten ihn an, hefteten sich auf die jammervolle, furchtbar zugerichtete Gestalt des Zwergenmädchens.

»Habt ihr sie schreien gehört, ja?« fragte er die Nichtigen. »Was habt ihr getan? Gelacht? Könnt ihr sie immer noch hören? Gut. Ich hoffe, sie klingen euch noch lange Zeit in den Ohren. Nicht, daß ihr noch viel Zeit hättet, euer Schiff stürzt nämlich in den Mahlstrom.

Und was werdet Ihr dagegen unternehmen, Kapitän?« fragte er den Elfen, mitten im Schritt erstarrt, als er eben von der Brücke stürmen wollte. »Die Menschen töten, die als einzige die Flügel bedienen können? Ja, das scheint mir eine vernünftige Idee zu sein.

Und ihr Narren«, sagte er zu bewegungslosen Menschen

in der Segelkammer. »Los doch, ermordet den Magier, dessen Zauberkraft allein euch noch in der Luft hält.«

Haplo begann die Runen zu skandieren. Der blaue Schimmer glitt von den Nichtigen ab wie Wasser, strömte heran und sammelte sich um Haplo. Die lodernden Runen fügten sich zu einem Feuerring um ihn und die sterbende Jarre. Der blendende Glanz zwang die Nichtigen zurückzuweichen und die Augen zu beschirmen.

»Ich verlasse euch«, teilte er ihnen mit. »Nun könnt ihr ungestört weitermachen, wo ihr aufgehört habt.«

Kapitel 40

Sieben Felder, Mittelreich

Die Fürsten der Nacht breiteten ihre Mäntel aus, das Glitzern des Firmaments wurde matter, erstarb. Der silbrige, weiße Schimmer des Koralits ging im Licht Hunderter von Lagerfeuern unter. Rauch stieg auf, mit ihm der Wohlgeruch von Schmorfleisch und Braten am Spieß, dazu Lachen, Rufen und Gesangfetzen. Es war ein historisches Ereignis, ein Grund zum Feiern.

Prinz Rees'ahn und König Stephen hatten an diesem Tag ihr Einverständnis mit den Bedingungen des Vertrages bekundet. Jeder hatte seiner tiefen Befriedigung darüber Ausdruck verliehen, daß nun ein Band geknüpft wurde zwischen zwei Völkern, die seit Jahrhunderten in erbitterter Fehde lagen.

Zu erledigen blieben nur noch die Formalitäten, das Abfassen der Dokumente (Scholaren und Schreiber arbeiteten fieberhaft beim Licht von Leuchtlampen) und deren Unterzeichnung, um alles rechtsgültig zu machen. Die Zeremonie sollte am übernächsten Zyklus stattfinden, um vorher beiden Seiten Gelegenheit zu geben, den Text zu studieren, beziehungsweise – was König Stephen und Königin Anne betraf – ihn den Baronen zur Durchsicht vorzulegen.

Die Majestäten hegten keinen Zweifel, daß die Barone für

die Unterzeichnung stimmen würden, wenn auch ein paar ewig Unzufriedene nur unter Protest und mit dräuenden Blicken zur Elfenseite des Lagers. Jeder Baron spürte den ehernen Griff von entweder König Stephen oder Königin Anne an der Gurgel, und jeder brauchte nur eine Abteilung der Leibgarde an seinem Zelt vorbeimarschieren zu sehen – kampfstark, furchtlos, unbeirrbar loyal –, um sich vorzustellen, wie der Schatten ihrer Kampfdrachen auf seine Baronie fiel.

Offener Widerstand war also nicht zu erwarten, aber während die Mehrheit den Beginn einer neuen Ära feierte, hockten ein paar vergrämt abseits und trösteten sich mit der Vorfreude auf den Tag, wenn der eherne Griff sich einmal lockerte.

Stephen und Anne kannten die Namen der Dissidenten, man hatte sie mit einem Hintergedanken herbeordert – die widerspenstigen Barone sollten gezwungen sein, ihr ›Ja‹ in aller Öffentlichkeit zu sprechen, vor ihrer eigenen Leibgarde und im Angesicht ihrer Standesgenossen. Die Majestäten wußten von dem Murren im Lager, denn Trian befand sich nicht unter den Feiernden im königlichen Pavillon. Hätten die Möchtegernumstürzler einen schärferen Blick in die dunklen Winkel ihres Zeltes geworfen, wäre ihnen eine unangenehme Überraschung zuteil geworden.

Auch die Leibgarde blieb auf ihrem Posten, obwohl Stephen und Anne die Männer aufgefordert hatten, auf ihr Wohl zu trinken und ihnen Wein bringen ließ. Die Wache am Pavillon mußte sich mit der Vorfreude begnügen, doch ihre glücklichen Kameraden kamen der Aufforderung gerne nach. Im Lager ging es hoch her, mit viel Jubel, Trubel, Heiterkeit. Soldaten scharten sich um die Feuer, prahlten mit Heldentaten, erzählten sich die abenteuerlichsten Erlebnisse. Hausierer und Händler machten ein gutes Geschäft.

»Juwelen, Juwelen, Schmuck aus Aristagon!« rief Hugh Mordhand, der von Lagerfeuer zu Lagerfeuer wanderte.

»Hierher! Hier drüben!« rief eine laute Stimme.

Hugh gehorchte und trat in den Lichtkreis des Feuers.

Die Soldaten unterbrachen ihre Gespräche und sammelten sich um ihn.

»Laß mal sehen, was du hast.«

»Gewiß, die hohen Herrschaften«, sagte Hugh mit einer schwungvollen Verbeugung. »Junge, zeig ihnen unsere Schätze.«

Der Sohn des Händlers trat nach vorn und präsentierte eine aufgeklappte Lade. Das Gesicht des Kindes war schmutzig und halb verdeckt von einer übergroßen Kapuze, die ihm weit in die Stirn hing. Die Soldaten sahen ihn kaum an. Was interessierte sie der Bengel eines fliegenden Händlers? Ihr Blick hing an den bunten, glitzernden Edelsteinen.

Der Hund setzte sich, gähnte und beäugte hungrig eine Kette brutzelnder Würste über dem Feuer.

Hugh spielte seine Rolle gut; es war nicht das erstemal, und bei seinem Geschick, um Preise zu feilschen, hätte er als wirklicher Händler ein Vermögen gemacht. Während er unaufhörlich redete, huschte sein Blick durchs Lager, schätzte die Entfernung zum königlichen Pavillon und suchte den unauffälligsten Weg dorthin.

Hugh besiegte den Handel mit Handschlag, gab den Käufern ihre Ware und steckte die Barls ein, unter wortreichen Klagen, man hätte ihn übervorteilt, ruiniert, übers Ohr gehauen.

»Komm weiter, Sohn«, sagte er brummig und legte eine Hand auf Grams Schulter.

Der Junge klappte die Lade zu und trabte gehorsam hinter ihm her. Auch der Hund, nach einem letzten, wehmütigen Blick auf die Würste, folgte ihnen.

Den königlichen Pavillon hatte man in der Mitte des Lagers errichtet, freistehend auf einem großen Platz. Ein breiter Streifen Koralit trennte ihn von den Zelten der Garde. Der Pavillon war groß, quadratisch, mit einem Baldachin an der Vorderseite. An jeder Ecke war eine Wache postiert, zwei weitere standen – unter dem Befehl eines Sergeanten – am Eingang. Wie es der Zufall wollte – der Hauptmann war ebenfalls anwesend. Er unterhielt sich mit dem Sergeanten leise über die Ereignisse des Tages. »Laß mich sehen, Junge, was wir noch übrig haben«, sagte Hugh laut, für die Ohren der Umstehenden bestimmt. Er suchte sich eine Stelle, wo der Feuerschein nicht hinreichte, unmittelbar gegenüber dem Eingang des Pavillons.

Gram öffnete die Lade. Hugh beugte sich über den funkelnden Inhalt, schob die Stücke hin und her und murmelte dabei vor sich hin. In Wirklichkeit musterte er Grams Gesicht, ein weißes Oval im Schatten der Kapuze. Er forschte nach Spuren von Schwäche, Ängstlichkeit, Nervosität.

Doch es war, kam ihm erschüttert zu Bewußtsein, als blickte er in einen Spiegel.

Die blauen Augen des Jungen waren kalt, hart, ausdruckslos, obwohl er im Begriff stand, Zeuge des Mordes an zwei Menschen zu sein, die ihm zehn Jahre lang Mutter und Vater gewesen waren. Sein Blick begegnete dem Hughs, er lächelte.

»Was tun wir jetzt?« fragte er in aufgeregtem Flüsterton.

Hugh mußte erst nach Worten suchen. Nur das Federamulett um den Hals des Jungen hielt ihn davon ab, den Kontrakt zu erfüllen, den er vor so langer Zeit abgeschlossen hatte. Um Iridals willen würde ihr Sohn am Leben bleiben.

»Ist der König im Zelt?«

»Anne und Stephen sind beide drinnen. Ich weiß es genau. Sonst stünde kein Posten da. Die Leibwache geht immer dahin, wo der König hingeht.«

»Seht Euch die Männer an, die am Eingang stehen«, befahl Hugh schroff. »Kennt Ihr einen von ihnen?«

Gram betrachtete sie mit gerunzelten Brauen. »Ja«, sagte er nach einem Moment. »Den einen da kenne ich – den Hauptmann. Ich glaube, den Sergeanten kenne ich auch.«

»Wird einer von ihnen Euch wiedererkennen?«

»O ja. Beide sind oft im Palast gewesen. Der Hauptmann hat mir einmal ein Spielzeugschwert gemacht.«

Hugh empfand die ruhige Zuversicht und Gelassenheit, die ihn manchmal überkamen, wenn er mit absoluter Sicherheit wußte, daß alles richtig war, daß er das Glück auf seiner Seite hatte, daß einfach nichts mißlingen konnte, nicht diesmal.

Niemals mehr.

»Gut«, sagte er. »Perfekt. Haltet still.«

Hugh umfaßte das Kinn des Jungen, drehte sein Gesicht in den Feuerschein und wischte ihm den Schmutz ab, der als Tarnung gedient hatte. Er ging nicht sanft mit ihm um, dafür war nicht die Zeit. Gram schnitt Grimassen, beschwerte sich aber nicht. Nach vollbrachter Tat musterte Hugh prüfend das Kindergesicht – die Wangen gerötet vom Schrubben und der Aufregung, die goldenen Locken wirr im Schatten der Kapuze.

»Jetzt sollte man Euch erkennen können«, brummte Hugh. »Wißt Ihr noch, was Ihr sagen und tun sollt?«

»Natürlich! Wir haben das schon hundertmal durchgekaut. Tut Ihr das Eure« – Gram bedachte ihn mit einem hochmütigen, feindseligen Blick – »und ich tue das meine.«

»Oh, ich werde das meine tun, Hoheit«, sagte Hugh Mordhand leise. »Gehen wir, bevor der gute Hauptmann sich entschließt, seine Runde fortzusetzen.«

Er tat einen Schritt und stolperte über den Hund, der die Pause genutzt hatte, um sich auf den Boden fallen zu lassen und zu dösen. Das Tier sprang mit einem schrillen Kläffen zurück. Hugh war ihm auf die Pfote getreten.

»Zum Henker mit dem Viech! Sei ruhig!« zischte er. »Sagt dem verdammten Hund, er soll hierbleiben.«

»Das werd' ich nicht«, widersprach Gram und umarmte den Vierbeiner, der vorwurfsvoll seine wunde Pfote in die Höhe hielt. »Er gehört jetzt mir. Er wird mich beschützen, wenn ich in Gefahr bin. Man kann nie wissen. Euch könnte etwas zustoßen, und dann bin ich ganz allein.«

Hugh starrte den Jungen an; Gram starrte dreist zurück. Es lohnte nicht der Worte.

»Dann kommt«, sagte der Assassine und ging voran.

Der Hund trottete hinter dem Mann und dem Jungen her.

Im Inneren des Pavillons genossen Stephen und Anne die wenigen Minuten ungestörten Zusammenseins, die ihnen auf dieser Reise vergönnt waren, während sie sich für die wohlverdiente Nachtruhe fertigmachten. Sie waren eben vom Diner bei Prinz Rees'ahn im Lager der Elfen zurückgekehrt.

»Eine bemerkenswerte Persönlichkeit, dieser Rees'ahn«, bemerkte Stephen und schickte sich an, die Rüstung abzulegen, die er als Zugeständnis an Sicherheit und Zeremoniell getragen hatte.

Er hob die Arme und gestattete seiner Frau, die Lederschnallen am Brustharnisch zu lösen. In einem Militärlager war das gewöhnlich die Pflicht des Leibdieners, aber man hatte die Lakaien fortgeschickt, wie an jedem Abend, wenn Stephen und Anne gemeinsam reisten.

Böse Zungen behaupteten, der Grund wäre, daß das Herrscherpaar bei seinen Zankereien keine Lauscher gebrauchen könne. Mehr als einmal war Anne aus dem Zelt gestürmt, und bei mehr als einer Gelegenheit hatte Stephen wutschnaubend desgleichen getan. Staatserhaltendes Theater, aber das sollte nun bald ein Ende haben. Jedem nationalistischen Baron, der auf ein endgültiges Zerwürfnis hoffte, stand eine herbe Enttäuschung bevor.

Anne öffnete flink die Schnallen und Riemen und half Stephen, das schwere Eisenzeug von Brust und Rücken zu heben. Die Königin entstammte einem Clan, der sich seinen Reichtum mit dem Schwert erobert hatte. Sie war bei mehr als einem Feldzug dabeigewesen und hatte viele Nächte in einem erheblich weniger komfortablen Zelt als diesem campiert. Allerdings war das in ihrer Jugend gewesen, vor der Hochzeit mit Stephen. Sie genoß diesen Ausflug sehr, der einzige Wermutstropfen war, daß sie ihren kleinen Schatz zurücklassen mußte, in der Obhut einer Kinderfrau.

»Du hast recht mit Rees'ahn, Lieber. Mancher, ob Mensch oder Elf, wäre zerbrochen an den Widrigkeiten, denen er sich gegenübersah.« Anne hatte sein Nachtgewand über dem Arm und wartete darauf, daß er sich fertig auskleidete. »Gejagt wie ein Tier, hungernd, von Freunden verraten, der eigene Vater schickt Meuchelmörder, die ihn töten sollen. »Sieh her, Lieber, da ist ein Ring gebrochen. Du mußt die Stelle ausbessern lassen.«

Stephen warf sein Kettenhemd achtlos in die Ecke und ließ sich von ihr in den Hausmantel helfen (es stimmte nicht, wie ein anderes Gerücht besagte, daß der König in seiner Rüstung schlief!). Dann nahm er seine Frau in die Arme.

»Aber du hast es dir nicht einmal angesehen«, beschwerte sich Anne und sah auf das Kettenhemd am Boden.

»Morgen früh«, sagte er und schaute ihr mit einem verschmitzten Lächeln ins Gesicht. »Oder vielleicht auch nicht. Wer weiß? Vielleicht ziehe ich es gar nicht mehr an. Nicht morgen, nicht übermorgen. Vielleicht nehme ich alles und werfe es von den Klippen am Rand von Ulyndia. Wir befinden uns am Vorabend des Friedens, mein liebstes Eheweib. Meine Königin.«

Er zog ihr den Kamm aus dem langen Haar und bauschte es locker um ihre Schultern. »Was würdest du zu einer Welt sagen, wo kein Mann und keine Frau je wieder das Gewand des Krieges tragen müßten?«

»Ein schöner Traum«, sagte sie und schüttelte seufzend den Kopf. »Wir sind weit entfernt von einer solchen Welt, mein Gemahl, selbst heute. Agah'ran mag geschwächt sein, in die Enge getrieben, wie Rees'ahn uns versichert, aber er ist verschlagen und umgeben von loyalen Fanatikern. Der Kampf gegen das Tribusimperium wird lang und blutig sein. Und die Sektierer in unserem Volk . . .«

»Nein, nicht heute abend!« Stephen verschloß ihr den Mund mit seinen Lippen. »Nicht heute nacht. Heute nacht werden wir nur von Frieden sprechen, von einer Welt, die wir vielleicht nicht mehr erleben, die aber unserer Tochter zugute kommen wird.«

»Ja, das wäre schön«, sagte Anne und legte den Kopf an die breite Brust ihres Mannes. »Sie wird nicht gezwungen sein, ein Kettenhemd unter ihrem Hochzeitskleid zu tragen.«

Stephen warf den Kopf zurück und lachte. »Was für ein Schock! Das werde ich nie vergessen. Ich umarme meine holde Braut und mir ist, als hätte ich einen meiner altgedienten Sergeanten im Arm. Wie lange hat es gedauert, bis du aufgehört hast, mit einem Dolch unter dem Kopfkissen zu schlafen?«

»In etwa so lange, bis du dich entschließen konntest, auf den Vorkoster zu verzichten, der alle Speisen probieren mußte, die ich dir auftischte«, erwiderte Anne spitz.

»Unser Liebesleben hatte eine spezielle Würze. Ich war nie ganz sicher, ob ich es überlebe.«

»Soll ich dir sagen, wann ich das erstemal wußte, daß ich dich liebe?« fragte Anne, plötzlich ernst geworden. »Es war der Morgen, als unser kleiner Sohn verschwand. Wir erwachten und fanden ein Wechselbalg an seiner Statt.«

»Sprich nicht davon.« Stephen drückte seine Frau fester an sich. »Wir wollen's nicht berufen. All das ist vorbei, vergangen.«

»Nein, das ist es nicht. Wir haben keine Nachricht . . .«

»Wie auch? Aus dem Elfenreich? Um dich zu beruhigen, werde ich Trian bitten, diskrete Erkundigungen einzuholen.«

»Ja, tu das bitte.« Anne wirkte erleichtert. »Und nun, Euer Majestät, falls ihr geruht mich loszulassen, werde ich einen heißen Würzwein bereiten, gegen die Kälte.«

»Vergiß den Wein«, murmelte Stephen in ihr Haar. »Wir werden unsere Hochzeitsnacht wiederholen.«

»Mit den Posten draußen?« Anne war schockiert.

»Das hat uns damals auch nicht gestört, mein Herz.«

»Und auch nicht, daß du das Zelt über uns zum Einsturz gebracht hast und mein Onkel glaubte, du hättest mich ermordet und dich mit dem Schwert durchbohren wollte. Du kannst von Glück sagen, daß es mir gelungen ist, ihn aufzuhalten. Aber mittlerweile sind wir ein gesetztes altes Ehepaar. Nimm deinen Schlaftrunk und geh zu Bett.«

Stephen entließ sie lachend aus seinen Armen und sah liebevoll zu, wie sie die Gewürze in den gewärmten Wein mischte. Er ging zu ihr, setzte sich hin, nahm eine Locke ihres langen Haares und drückte einen Kuß darauf.

»Ich wette, ich könnte immer noch das Zelt zum Einsturz bringen«, sagte er neckend.

»Ich nehme die Wette an«, antwortete sie, reichte ihm den Becher und sah ihm tief in die Augen.

Kapitel 41

Sieben Felder, Mittelreich

»Halt!« Die Posten kreuzten ihre Speere vor zwei vermummten Fremden – der eine groß, der andere klein – , die dem Ring aus Stahl zu nahe gekommen waren, der die Majestäten umgab. »Kehrt um. Ihr habt hier nichts zu suchen.«

»Doch!« antwortete eine helle Stimme. Gram warf die Kapuze zurück und trat in den Lichtkreis der Wachfeuer. »Hauptmann Miklovich! Ich bin es. Der Prinz. Ich bin zurückgekehrt! Erkennt Ihr mich nicht?«

Der Junge steckte den Kopf unter dem Kreuz der Speere hindurch. Beim Klang der Stimme drehte der Hauptmann sich erstaunt herum und runzelte die Stirn. Beide, er und der Sergeant, spähten ins Dunkel. Der Feuerschein, widergespiegelt von Schwertklingen, Speerblättern und Rüstungen, machte es schwer, etwas zu erkennen. Zwei Wachen hatten sich des Bürschchens bemächtigen wollen, doch bei Grams Worten hielten sie inne, schauten sich an und warfen dann über die Schulter fragende Blicke auf ihren Hauptmann.

Miklovich kam heran, seine Lippen waren schmal, der Ausdruck seines Gesichts verriet Unglauben. »Ich weiß nicht, was du für ein Spiel treibst, Frechdachs, aber du . . .« Die restlichen Worte blieben unausgesprochen. Der Hauptmann holte zischend Atem, dann musterte er den Jungen durchdringend.

»Ich will verdammt sein. Könnte das . . . ? Komm her, Junge. Ich will dich bei Licht besehen. Wachen, laßt ihn passieren.«

Gram ergriff Hughs Hand und wollte ihn mit sich ziehen, aber die Posten verwehrten ihm mit vorgehaltenen Speeren den Durchgang. Niemand achtete auf den Hund, der zwischen den Beinen der Soldaten hindurchlief und hechelnd von einem zum anderen schaute.

»Dieser Mann hat mein Leben gerettet!« rief Gram. »Er hat mich gefunden. Ich war allein, am Verhungern. Er hat sich um mich gekümmert, obwohl er nicht glaubte, daß ich der Prinz bin.«

»Ist es wahr, Euer Hochwohlgeboren?« fragte Hugh, in Haltung und Sprechweise ganz der einfältige Hinterwäldler. »Vergebt mir, wenn ich ihm nicht geglaubt habe. Ich dachte, er wäre verrückt. Die weise Frau im Dorf hat gesagt, der einzige Weg, ihn zu heilen, wäre, ihn herzubringen, damit er sieht . . .«

»Aber ich bin nicht verrückt! Ich bin der Prinz!« Gram schüttelte die goldenen Locken, sein unschuldiges Gesicht glühte, die blauen Augen strahlten. Der verlorene Sohn war heimgekehrt. »Sagt es ihm, Hauptmann Miklovich. Sagt ihm, wer ich bin. Ich habe versprochen, ihn zu belohnen. Er ist sehr gut zu mir gewesen.«

»Bei den Ahnen!« stieß der Hauptmann hervor. Er konnte den Blick nicht von Gram abwenden. »Es ist der junge Prinz!«

»Wahrhaftig?« Hugh riß die Kappe vom Kopf und knetete sie zwischen den Händen, während er sich unauffällig an den Posten vorbeischob. »Ich wußte es nicht, Euer Hochwohlgeboren. Vergebt mir. Ich dachte wirklich, der Junge wäre verrückt.«

»Dir vergeben!« Der Hauptmann lächelte breit. »Du hast soeben dein Glück gemacht. Du wirst der reichste Bauer in Volkaran sein.«

»Was geht da draußen vor?« ertönte König Stephens Stimme aus dem Innern des Pavillons. »Ist etwas geschehen?«

»Allerdings, Majestät, ein Wunder!« rief der Hauptmann. »Kommt und seht!«

Die Soldaten grinsten, nahmen die Hände von den Waffen.

Gram hatte Hughs Anweisungen genau befolgt und ihn mit in den Kreis gezogen. Jetzt ließ er Hughs Schwertarm los und trippelte ein Stück zur Seite, um dem Assassinen nicht im Weg zu stehen. Keiner beachtete den ›Bauern‹. Aller Augen ruhten auf dem goldhaarigen Prinzen und dem Zelteingang. Man hörte Stephens und Annes hastige Schritte. Bald würden Eltern und Kind glücklich vereint sein.

Der Hauptmann ging ein Stück vor Hugh und ein, zwei Schritte hinter Gram, der aufgeregt zum Zelteingang hüpfte. Der Hund trabte unbeachtet hinterdrein.

Der Sergeant schlug die Zeltklappe zur Seite und band sie fest. Er befand sich links von Hugh.

Ausgezeichnet, dachte Hugh. Seine Hand stahl sich im Schutz des Umhangs und des weiten Kittels zum Gürtel, die Finger schlossen sich um das Heft eines Kurzschwerts – eine miserable Waffe für einen Assassinen. Die breite, flache Klinge fing das Licht ein und wurde zum Fanal in der Hand des Unachtsamen. Stephen erschien in der Öffnung, er kniff die Augen zusammen, um sich an die Helligkeit der Wachfeuer zu gewöhnen. Anne, das Gewand vor der Brust zusammengerafft, blickte über seine Schulter.

»Was gibt's? . . .«

Gram sprang vor und breitete die Arme aus. »Mutter! Vater!« jubelte er glückstrahlend.

Stephen erbleichte, ein Ausdruck des Entsetzens flog über sein Gesicht. Er wich taumelnd zurück.

Gram agierte untadelig. An diesem Punkt sollte er sich umdrehen, nach Hughs Hand greifen und den Assassinen nach vorn ziehen, sich dann zur Seite werfen, damit Hugh den Todesstoß führen konnte. So war es abgesprochen.

Aber Hugh hatte andere Pläne. Er war entschlossen zu sterben. Vielleicht zwei, drei Atemzüge blieben ihm noch. Wenigstens konnte er damit rechnen, daß der Tod diesmal schneller kam. Ein Schwert durch den Hals oder die Brust. Man würde kein Risiko eingehen bei einem Mann, der versuchte, den König zu ermorden.

»Das ist der Mann, dem ich mein Leben verdanke, Vater«,

rief Gram. Er drehte sich herum, wollte nach der Hand des Assassinen greifen.

Hugh zog sein Schwert, langsam, ungeschickt. Er hob es hoch über den Kopf, ließ es im Feuerschein blitzen und stieß einen wilden Schrei aus. Dann stürzte er sich auf Stephen.

Die Gardesoldaten reagierten augenblicklich. Sie sahen die funkelnde Klinge, hörten den Schrei, ließen die Speere fallen und warfen sich auf den Mörder. Der Hauptmann schlug ihm die Waffe aus der Hand, zog sein eigenes Schwert und stand im Begriff, Hugh den raschen Tod zu geben, nach dem es ihn verlangte, als ein schwerer, bepelzter Körper gegen ihn prallte.

Die Ohren gespitzt und mit glänzenden Augen hatte der Hund das Geschehen verfolgt und fand es sehr unterhaltend. Plötzliches Hin und Her, laute Worte und Verwirrung erschreckten das Tier. Männer rochen nach Angst, Gewalt, Gefahr. Der Hund wurde geknufft und getreten. Und dann sah er den Hauptmann Hugh angreifen, einen Mann, den der Hund als Freund betrachtete.

Der Ansprung stieß den Mann zu Boden, scharfe Zähne schnappten nach seinem Schwertarm; mit bloßen Händen setzte er sich verzweifelt gegen die knurrenden, geifernden Attacken seines vierbeinigen Gegners zur Wehr.

Die Wachen hielten Hugh fest gepackt. Der Sergeant eilte mit gezücktem Schwert herbei, um den Assassinen unschädlich zu machen.

»Halt!« befahl Stephen laut. Er hatte sich von dem ersten Schock erholt und erkannte Hugh.

Der Sergeant blieb stehen, schaute sich zu seinem König um. Der Hauptmann lag auf dem Boden, der Hund schüttelte ihn wie eine Ratte. Stephen, verständnislos und fasziniert von dem Ausdruck auf des Assassinen Gesicht, trat langsam auf ihn zu.

»Was . . .?«

Niemand, außer Hugh, achtete auf Gram. Der Junge hatte Hughs Schwert vom Boden aufgehoben und schlich auf Zehenspitzen von hinten an den König heran.

»Majestät . . .« Hugh versuchte sich loszureißen, der Sergeant versetzte ihm mit der flachen Klinge einen Schlag gegen den Kopf. Benommen sackte der Assassine im Griff seiner Überwältiger zusammen, doch Anne war durch seinen Ruf aufmerksam geworden. Sie erkannte die Gefahr, stand aber zu weit entfernt, um eingreifen zu können. »Stephen!« rief sie.

Gram umklammerte den Griff des Schwertes mit beiden kleinen Händen.

»Ich will König sein!« schrie er haßerfüllt und stieß die Klinge mit aller Kraft Stephen in den Rücken.

Der König stieß einen Wehlaut aus und wankte. Ungläubig griff er mit der Hand zum Rücken und fühlte das eigene Blut über die Finger rinnen. Gram riß die Klinge zurück, Stephen taumelte, stürzte zu Boden. Anne kam angelaufen.

Der Sergeant, unfähig zu begreifen, was sich vor seinen Augen abgespielt hatte, starrte auf das Kind mit den blutigen Händen. Gram hob das Schwert zu einem zweiten, tödlichen Stoß. Anne warf sich schützend über ihren verwundeten Gemahl. Gram schwang die Waffe gegen sie.

Plötzlich durchfuhr den schmächtigen Körper ein Ruck, die Augen des Jungen wurden groß. Das Schwert entfiel seiner Hand, er griff sich an die Kehle, als könnte er nicht atmen. Langsam, angstvoll, drehte er sich herum.

»Mutter?« Die Stimme versagte ihm, er formte das Wort mit den Lippen. Iridal trat aus der Dunkelheit. Ihr Gesicht war totenbleich, die Züge wie aus Stein gemeißelt. Sie bewegte sich mit einer schrecklichen, gelassenen Zielstrebigkeit. Ein unheilvolles Raunen wehte mit ihr aus der Nacht heran.

»Mutter!« röchelte Gram, sank auf die Knie und streckte ihr flehend die Hand entgegen. »Mutter, nicht . . .«

»Es tut mir leid, mein Sohn«, sagte sie. »Vergib mir. Ich kann dich nicht retten, und ich darf dich nicht schonen. Du hast selbst den Stab über dich gebrochen. Ich tue, was ich tun muß.«

Sie hob die Hand.

Gram starrte sie in ohnmächtiger Wut aus hervorquellenden Augen an, dann wurde sein Blick starr, und er fiel zur Seite. Ein Zittern überfiel ihn, dann lag er still.

Niemand sprach, niemand wagte, sich zu rühren. Der Verstand bemühte sich, das Unfaßbare zu fassen. Nur der Hund, der spürte, daß die Gefahr vorüber war, ließ von seinem Opfer ab, tappte zu Iridal hinüber und stieß mit dem Kopf gegen ihre kalte Hand.

»Ich verschloß die Augen vor dem, was sein Vater war«, sagte Iridal mit einer tonlosen Stimme, die furchtbar anzuhören war. »Ich verschloß die Augen vor dem, was aus Gram geworden war. Es tut mir leid. Ich habe nie gewollt, daß es so weit kommt. Ist er – ist er – tot?«

Ein nahebei stehender Soldat kniete neben dem Kind nieder und legte ihm die Hand auf die Brust. Dann hob er den Kopf und nickte Iridal wortlos zu.

»Es ist gerecht. Auf dieselbe Art ist Euer Sohn gestorben, Majestät.« Iridals Blick ruhte auf Gram, ihre Worte waren für Anne bestimmt. »Das Kind konnte die Luft im Hohen Reich nicht atmen. Ich tat, was in meinen Kräften stand, aber der Kleine erstickte.«

Anne schluchzte auf, schlug die Hände vors Gesicht und wandte den Kopf ab. Stephen raffte sich unter Schmerzen auf, bis er am Boden kniete, und legte die Arme um seine Frau. Er sah erschüttert auf den kleinen Leichnam.

»Laß diesen Mann frei«, verlangte Iridal und richtete den erloschenen Blick auf Hugh. »Er hatte nicht die Absicht, den König zu ermorden.«

Die Soldaten schienen nicht überzeugt zu sein, sie musterten Hugh argwöhnisch. Der Assassine hielt den Kopf gesenkt. Sein Schicksal war ihm gleichgültig.

»Hugh Mordhand richtete es so ein, daß sein Anschlag von vorneherein zum Scheitern verurteilt war«, erklärte Iridal. »Er wollte Euch und mir die Augen öffnen für die Heimtücke meines Sohnes. Es ist ihm gelungen«, schloß sie leise.

Der Hauptmann, der sich staubig, aber sonst unversehrt, vom Boden aufgerappelt hatte, warf einen fragenden Blick auf den König.

»Tut, was sie sagt, Hauptmann«, ordnete Stephen an, während er sich mit schmerzverzerrtem Gesicht erhob.

Seine Frau stützte ihn. »Laßt diesen Mann los. Gleich, als

ich ihn sah, wußte ich . . .« Er wollte einen Schritt gehen, aber die Beine versagten ihm den Dienst.

»Helft mir!« rief Königin Anne, die ihn umschlungen hielt. »Holt Trian! Wo ist Trian? Der König ist schwer verletzt!«

»Nur ein Kratzer, mein Herz«, wehrte Stephen mit einem schwachen Lächeln ab. »Ich habe Schlimmeres überstanden . . .« Sein Kopf fiel auf die Brust, er sank gegen die Schulter seiner Frau.

Der Hauptmann eilte, um seinem König zu helfen, doch im selben Moment stieß einer der Posten einen scharfen Ruf aus. Ein Schatten bewegte sich vor dem Feuer. Klirrend zuckten die Schwerter empor; des Königs Leibgarde wollte sich nicht ein zweitesmal überrumpeln lassen. Hauptmann und Sergeant traten schützend vor die Majestäten. Stephen war zu Boden gesunken, Anne kniete neben ihm.

»Keine Aufregung, ich bin es, Trian«, sagte der junge Hofmagus und löste sich aus der Dunkelheit.

Ein Blick auf Hugh, das tote Kind und dessen Mutter genügten ihm, um die Situation zu begreifen. Er vergeudete keine Zeit mit überflüssigen Fragen, sondern nickte nur knapp und übernahm das Kommando.

»Beeilt euch. Tragt den König ins Zelt und schließt den Eingang. Rasch, bevor irgend jemand aufmerksam wird.«

Der Hauptmann, dem sichtlich ein Stein vom Herzen fiel, gab die entsprechenden Befehle. Wachen trugen den König hinein. Der Sergeant schloß die Zeltklappe und nahm davor Aufstellung. Der junge Magus ließ es sich nicht nehmen, zu Anne ein paar beruhigende Worte zu sagen, bevor er sie hineinschickte, um für heißes Wasser und Verbände zu sorgen.

Schließlich wandte er sich an die Wachen. »Kein Wort hiervon, zu niemandem. Bei eurem Kopf!« Die Soldaten nickten und salutierten.

»Sollen wir die Posten verdoppeln, Magicka?« fragte der immer noch blasse Sergeant.

»Auf keinen Fall!« Trian winkte ab. »Alles muß sein wie immer, verstanden? Blutgeruch lockt die Wölfe an.« Er schaute zu Iridal, die regungslos neben ihrem toten Sohn stand. »Jemand soll das Feuer löschen. Deckt den Leichnam zu. Keiner verläßt den Platz, bis ich wiederkomme. Und benehmt euch rücksichtsvoll, Männer«, fügte er noch hinzu, mit einem erneuten Blick zu Iridal.

Anne erschien im Zelteingang und hielt besorgt nach ihm Ausschau. »Trian . . .«

»Ich komme, Majestät. Geht wieder hinein. Alles wird gut.« Der Hofmagus verschwand im Pavillon.

»Du da, komm mit.« Der Sergeant und ein Posten setzten sich in Bewegung, um Trians Anweisungen auszuführen. »Gib mir einen Umhang.«

Hugh hob den Kopf.

»Laßt mich das machen«, sagte er.

Der Sergeant schaute in das hagere Gesicht des Mannes, aschgrau hinter der Maske aus geronnenem und frischem Blut, das aus einem tiefen Schnitt in der Wange quoll. In den schwarzen Augen, überschattet von der vorspringenden, gefurchten Stirn und finsteren Brauen, loderten zwei kleine Flammen – reflektiertes Licht der Wachfeuer. Er trat dem Sergeanten in den Weg.

»Ich habe gesagt, ich mache das.«

Der Sergeant sah auf die Zauberin – bleich und starr. Er blickte auf den kleinen Jungen zu ihren Füßen, dann auf die düstere Gestalt des Assassinen.

»Also gut«, sagte er, im tiefsten Herzen sogar erleichtert. Je weniger er mit diesem seltsamen Volk zu tun hatte, desto besser. »Braucht Ihr – irgendwas?«

Hugh schüttelte den Kopf. Er ließ den Unteroffizier stehen und ging zu Iridal. Der Hund saß still neben ihr, er begrüßte Hugh mit leichtem Schwanzwedeln.

Hinter ihm gossen die Soldaten Wasser auf das Lagerfeuer. Es zischte, Funken wirbelten durch die Luft. Dunkelheit kroch näher an den königlichen Pavillon heran. Der Sergeant und seine Männer zogen ihren Kreis enger.

Der opalisierende Schimmer des Koralits beleuchtete Grams Gesicht. Wie er so mit geschlossenen Augen dalag, sah er aus wie jeder schlafende Junge, der einem neuen Tag kindlicher Spiele und Streiche entgegenträumt. Nur die blutigen Hände straften diesen Eindruck Lügen. Hugh nahm seinen zerschlissenen Umhang ab und breitete ihn über Gram. Er sprach kein Wort, Iridal machte keine Bewegung. Die Soldaten schlossen den Ring aus Stahl um das Zelt des Königs, als wäre nichts vorgefallen. Aus dem Lager tönte Gesang herüber, die Feier war im vollen Gange.

Trian kam aus dem Pavillon. Die Hände vor der Brust gefaltet, ging er mit schnellen Schritten zu der Stelle, wo Hugh und Iridal allein bei dem Toten standen.

»Seine Majestät wird leben«, sagte er.

Hugh knurrte, er preßte den Handrücken an die blutende Wange. Iridal erschauerte und hob den Blick zum Gesicht des Magiers.

»Die Wunde ist nicht schwer«, fuhr Trian fort. »Die Klinge wurde von den Rippen abgelenkt, es sind keine lebenswichtigen Organe verletzt. Der König hat viel Blut verloren, doch er ist bei Bewußtsein und fühlt sich den Umständen entsprechend gut. Er wird an der Vertragsunterzeichnung morgen teilnehmen. Seine Blässe und langsamen Bewegungen wird man den Nachwirkungen des Elfenweins zuschreiben. Ich brauche nicht zu betonen, daß all dies geheimgehalten werden muß.«

Der Magus schaute von einem zum anderen und befeuchtete sich die Lippen. Nach einem Blick auf die verhüllte Gestalt am Boden vermied er es, nochmals hinzusehen.

»Die Majestäten bitten mich, ihre Dankbarkeit zu übermitteln – und ihr Mitgefühl. Worte vermögen nicht auszudrücken . . .«

»Dann haltet den Mund«, sagte Hugh.

Trian wurde rot, doch er schwieg.

»Darf ich meinen Sohn mit mir nehmen?« fragte Iridal ruhig.

»Selbstverständlich, Lady Iridal«, erwiderte Trian freundlich. »Das wäre das beste. Wenn ich fragen darf, wohin . . .«

»Ins Hohe Reich. Dort werde ich den Scheiterhaufen für ihn errichten. Niemand wird es erfahren.«

»Und Ihr, Hugh Mordhand?« Trian wandte sich an den Assassinen. »Werdet Ihr sie begleiten?«

Hugh schien unschlüssig zu sein, ob er antworten sollte oder nicht. Er strich wieder mit der Hand über die Wange und starrte auf das Blut an seinen Fingern, dann wischte er es langsam an seinem Kittel ab.

»Nein«, sagte er endlich. »Ich habe noch einen Kontrakt zu erfüllen.«

Iridal regte sich, schaute ihn an. Er wich ihrem Blick aus, und sie seufzte leise. Trian lächelte mit schmalen Lippen. »Selbstverständlich, ein Kontrakt. Wobei mir einfällt, Ihr seid noch nicht bezahlt worden. Ich glaube, Seine Majestät wir mir zustimmen, daß Ihr Euren Lohn verdient habt. Wohin soll ich das Geld schicken?«

Hugh bückte sich und hob Grams in den Umhang gehüllten Leichnam vom Boden auf. Eine kleine Hand, blutbefleckt, glitt schlaff unter dem provisorischen Leichentuch hervor. Iridal nahm sie, drückte einen Kuß darauf und bettete sie wieder auf die Brust des Kindes.

»Sagt Stephen«, antwortete Hugh, »er soll das Geld seiner Tochter geben. Mein Beitrag zu ihrer Mitgift.«

Kapitel 42

Wombe, Drevlin, Mittelreich

Limbeck setzte die Brille ab und rieb sich die Augen. Er warf die Brille vor sich auf den Tisch, sank auf einen Stuhl und sah sie an. Er hatte sie selbst gemacht. Er war stolz darauf. Zum erstenmal im Leben, mit dieser Brille auf der Nase, konnte er klar sehen – alles deutlich und genau, keine verschwommenen Flecken mehr, keine zerfließenden Umrisse. Limbeck starrte auf die Brille (oder das, was er ohne Brille davon sehen konnte), voller Bewunderung und voller Widerwillen.

Er haßte das Ding, verabscheute es. Und wagte doch nicht, einen Schritt ohne Brille zu tun. In letzter Zeit verursachte sie ihm scheußliche Kopfschmerzen, die irgendwo hinter den Augen ihren Anfang nahmen und etwas wie kleine Lektrozinger in seine Stirn schossen. Die Lektrozinger setzten einen gewaltigen Wummwammer in Bewegung, der in gleichmäßigem Takt von innen gegen seinen Schädel dröhnte.

Aber die Brille half ihm auch, die Gesichter seines Volkes zu sehen, eingefallen, verhärmt, gezeichnet von der Angst, die mit jedem Tag größer wurde; mit jedem Tag, an dem das Allüberall sich nicht rührte und kein Lebenszeichen von sich gab. Und wenn Limbeck durch die Brillengläser sein Volk betrachtete, wenn er Verzweiflung umschlagen sah in dumpfe Hoffnungslosigkeit, dann überkam ihn Haß.

Haß auf die Elfen, die daran schuld waren. Haß auf die Elfen, die Jarre verschleppt hatten und jetzt drohten, sie zu ermorden. Haß auf die Elfen oder was immer das Allüberall getötet hatte. Und wenn er haßte, krampfte sein Magen sich zusammen und rutschte nach oben in seine Brust und drückte ihm die Luft ab. Dann plante er große und ruhmreiche Schlachten und hielt vor seinem Volk tönende, flammende Reden. Und eine Zeitlang haßten sie auch und vergaßen Hunger und Kälte und die Angst vor der schrecklichen Stille. Doch irgendwann mußte Limbeck schweigen, und die Zwerge gingen nach Hause, zu ihren weinenden Kindern.

Der Schmerz wurde manchmal so arg, daß er sich übergeben mußte. Wenn er damit fertig war, rutschten seine sämtlichen Innereien wieder an ihren angestammten Platz. Er dachte daran zurück, wie das Leben vor der Revolution gewesen war, bevor er anfing zu fragen ›Warum?‹, bevor er den Gott fand, der keiner war, sondern Haplo. Limbeck dachte an Jarre und wie er sie vermißte. Wie sehr ihm fehlte, daß sie ihn am Bart zog und einen ›Schlurch‹ nannte.

Er wußte, ›Warum‹ war eine gute Frage gewesen. Aber vielleicht hatte er nicht die ganz richtige Antwort gefunden.

»Es gibt zu viele Warums«, murmelte er vor sich hin. Dieser Tage war er gezwungen, Selbstgespräche zu führen, weil die meisten Zwerge ihm neuerdings aus dem Weg gingen, was er ihnen nicht übelnahm; wenn er gekonnt hätte, wäre er sich selbst aus dem Weg gegangen. »Und es gibt keine Antworten. Dumm von mir, überhaupt zu fragen. Inzwischen bin ich schlauer geworden. Ich kenne jetzt Dinge wie: ›Das gehört mir!‹, ›Hände weg!‹, ›Gib mir das, oder ich schlage dir den Schädel ein!‹ und ›Ach ja? Selber einer!‹«

Der Schlurch hatte es weit gebracht.

Er seufzte. Alles war Jarres Schuld. Weshalb mußte sie weglaufen und sich von den Elfen gefangennehmen lassen? Wäre sie vernünftig gewesen, säße er nicht in dieser Klemme. Er könnte damit drohen, das Allüberall zu zerstören . . .

»Alles Quatsch!« knurrte er. »Diese Gegs würden ihrer kostbaren Maschine nie ein Schräubchen krümmen. Die Elfen wissen das genau. Sie nehmen meine Drohung nicht ernst. Ich ...« Limbeck verstimmte entsetzt.

Gegs. Er hatte sein Volk als Gegs bezeichnet. Sein eigenes Volk! Und es war, als sähe er sie durch die falsche Seite der Brillengläser – weit weg und winzig klein.

»O Jarre!« stöhnte Limbeck. »Ich wünschte, ich *wäre* ein Schlurch!«

Er packte seinen Bart und zerrte daran, aber es war nicht dasselbe. Jarre machte es mit Liebe. Sie hatte ihn geliebt, wenn er sich wie ein Schlurch aufführte.

Limbeck nahm die Brille und schleuderte sie auf den Tisch, in der Hoffnung, sie zu zerbrechen. Sie zerbrach nicht. Er schaute blinzelnd im Zimmer umher und machte sich kurzsichtig, aber wild entschlossen auf die Suche nach einem Hammer. Er hatte gerade etwas aufgehoben, das für ihn wie ein Hammer aussah, dann war es aber doch der Staubwedel, als von draußen jemand mit beiden Fäusten an die Tür trommelte.

»Limbeck, Limbeck«, heulte eine Stimme, die er als Lofs erkannte.

Limbeck tastete auf der Tischplatte nach seiner Brille, klemmte die Bügel hinter die Ohren und riß – den Staubwedel gezückt – die Tür auf.

»Nun? Was gibt's? Kannst du nicht sehen, daß ich zu tun habe?« fragte er mit seiner gewichtigen Stimme, die ein gutes Mittel war, sich die Leute vom Hals zu halten.

Lof merkte nichts. Er befand sich im Zustand völliger Auflösung, sein Bart sträubte sich nach allen Richtungen, die Haare standen ihm zu Berge, seine Kleider waren zerknittert. Dazu rang er die Hände, und wenn ein Zwerg die Hände ringt, muß etwas wirklich Schlimmes passiert sein. Lange Minuten konnte er nicht sprechen, schüttelte nur den Kopf, rang die Hände und wimmerte.

Limbeck rutschte die Brille auf die Nasenspitze. Er nahm sie ab, steckte sie in die Westentasche und klopfte Lof beruhigend auf die Schulter. »Mit der Ruhe, alter Knabe. Was ist los?«

Lof schluckte und holte tief Atem. »Jarre«, brachte er heraus. »Es ist Jarre. Sie ist tot. Die Elfen haben sie umgebracht. Ich – ich h-h-habe sie gesehen, Limbeck!« Er ließ den Kopf in die Hände sinken und fing an zu weinen.

Es war still. Die Stille ging von Limbeck aus, prallte von den Wänden ab und kehrte zu ihm zurück. Er hörte nicht einmal Lofs Schluchzen. Er hörte gar nichts mehr. Das Allüberall schwieg seit langem. Jetzt schwieg auch Jarre, für immer. Eine Welt voller Stille.

»Wo ist sie?« fragte er und wußte, er hatte gefragt, obwohl er auch seine eigene Stimme nicht hören konnte.

»In – in der Farbick«, schniefte Lof. »Haplo ist bei ihr. Er – er sagt, sie ist nicht tot, aber ich weiß – ich hab's doch gesehen . . .«

Limbeck sah, wie Lofs Mund sich bewegte, die Lippen formten lautlose Worte. Eins verstand er – ›Farbick‹.

Er zog die Brille aus der Tasche, setzte sie energisch auf die Nase und vergewisserte sich, daß sie nicht rutschen konnte. Dann machte er sich – Lof im Schlepptau – auf zu den geheimen Stollen, durch die man in die Farbick gelangte. Unterwegs sammelte er alle Zwerge um sich, die er finden konnte. »Kommt mit«, rief er ihnen zu, »wir wollen Elfen töten.«

Haplos Magie teleportierte ihn in die Farbick, der einzige Ort auf Drevlin – ausgenommen sein Schiff –, von dem er sich ein genügend deutliches Bild zu machen vermochte. Erst hatte er das Schiff in Erwägung gezogen, das ihm die Möglichkeit bot, Jarres Leben zu retten, sie zu ihrem Volk zu bringen und anschließend zu seinem eigenen Volk zurückzukehren. Er konnte nach Abarrach segeln und noch einmal versuchen, seinen Gebieter zu überzeugen, daß die Schlangen keine Verbündeten waren, daß sie mit allen vier Welten ein grausames Spiel trieben.

Er verwarf die Idee gleich wieder. Sang-drax und die Drachenschlangen heckten etwas aus – etwas Großes, etwas besonders Schreckliches. Ihre Pläne auf Arianus drohten zu scheitern. Sie hatten nicht damit gerechnet, daß Haplo oder Iridal ihnen durch die Finger schlüpfen könnte – die Kenkari waren in ihrer Kalkulation nicht enthalten gewesen. Ihr nächster Zug mußte darauf abzielen, zunichte zu machen, was Iridal an Gutem im Mittelreich zu bewirken gelang. Haplo hatte eine ziemlich genaue Vorstellung davon, wie dieser Zug beschaffen sein würde. Er fand sich im Innern der Farbick wieder, bei dem Standbild des Mangers. Haplo legte Jarre sanft auf den Sockel der Statue und schaute sich prüfend um. Seine Haut schimmerte mattblau, ein Überbleibsel der Magie, die er aufgewendet hatte, um sie beide herzubringen, aber gleichzeitig eine Warnung. Die Schlangen waren in der Nähe. Unter seinen Füßen, vermutete er, in ihren geheimen Höhlen. Was die akuteren Gefahren anging, er war auf die Elfen vorbereitet, die in der Farbick kampierten und auch bereit, sich derer anzunehmen, die eventuell bei der Statue Wache hielten. Er rechnete mit ihrer Verblüffung, wenn sie ihn aus dem Nichts auftauchen sahen.

Doch es stand keine Wache da. Der Sockel verschloß wieder den Eingang zu den unterirdischen Stollen. Zwar hatten die Elfen die Farbick nicht geräumt, aber sie hielten sich im vorderen Bereich des großen Gebäudes auf, so weit entfernt von dem Standbild wie möglich.

Die Glimmerlampen waren dunkel, der Teil der Farbick blieb unbeleuchtet.

Haplo blickte zu dem wohlwollenden Gesicht der Statue auf, über dessen Züge der blaue Schimmer der Runen irrlichterte. Hatten sie nicht Ähnlichkeit mit Alfreds? »Diese Angst vor euren Artefakten würde dich schmerzen, nicht wahr, mein tolpatschiger Freund?« fragte der Patryn. Dann veränderten sich die Schatten, und Haplo erkannte Samahs strenges Gesicht unter der steinernen Kapuze. »Aber in *deinen* Augen wäre ihre Furcht ein Zeichen gebührenden Respekts.«

Jarre stöhnte und regte sich. Haplo kniete neben ihr nieder. Das Standbild gab ihnen Deckung. Sollte einer von den Elfen in diese Richtung schauen, was er für nicht wahrscheinlich hielt, sah er nur einen blauen Schimmer, matt und transparent, so transparent, daß er wahrscheinlich glaubte, seine Augen hätten ihm einen Streich gespielt und nicht mehr daran dachte. Doch andere Augen beobachteten ihn; Augen, an die Haplo nicht gedacht hatte.

»J-Jarre!« stöhnte eine entsetzte Stimme.

»Verdammt!« fluchte Haplo und wirbelte herum.

Zwei Gestalten kamen zum Vorschein – aus dem Loch im Boden, das zu den geheimen Tunnels der Zwerge führte.

Natürlich! Natürlich hatte Limbeck einen Ausguck hier oben postiert, um über die Bewegungen der Elfen unterrichtet zu sein. Die Zwerge konnten die Leiter hinaufsteigen und gefahrlos im Schutz der Dunkelheit das Kommen und Gehen der Elfen verfolgen. Der einzige Nachteil war nur die Furcht, die von den Schlangen ausgehend, unter dem Sockel der Statue hervorströmte.

Haplo merkte, daß die Zwerge nur zögernd näherkamen, allein der Schreck und die Sorge um Jarre trieben sie weiter.

»Es geht ihr bald wieder gut«, sagte Haplo und bemühte sich um einen beschwichtigenden Tonfall, damit sie ruhig blieben. Ein Jammerschrei aus im Wettstreit mit dem Allüberall gestählten Zwergenkehlen, und alles war vorbei, dann hatte er die gesamte Elfenarmee auf dem Hals. »Sie sieht noch schlimm aus, aber ich...«

»Sie ist tot!« wiederholte der Zwerg und starte Jarre an wie gebannt. »Die Elfen haben sie getötet.«

»Limbeck!« stieß sein Gefährte hervor. »Wir müssen Limbeck Bescheid sagen.«

Ehe Haplo noch ein Wort sagen konnte, hatten die beiden kehrtgemacht und stürmten zurück zum Tunneleingang. Er hörte ihre schweren Stiefel auf der Leiter poltern; sie hatten vergessen, die Metallplatte über die Öffnung zu schieben.

Prachtvoll. Einfach prachtvoll. Wie er Limbeck kannte, dauerte es nicht lange, bis die Hälfte der Zwergenbevölkerung Drevlins hier oben auftauchte. Nun, damit mußte er sich befassen, wenn es soweit war.

Er beugte sich über Jarre, nahm ihre Hände in die seinen und öffnete den Kreis seines Ichs, machte sie zu einem Teil davon. Das Leuchten der Sigel verstärkte sich, sprang von Haplos rechter Hand auf Jarres linke über. Seine Gesundheit und Kraft strömten zu ihr, er nahm ihre Qualen und Schmerzen in sich auf.

Er wußte, was kam, war darauf vorbereitet. In Chelestra, als er Devon, den jungen Elfen, heilte, hatte er das gleiche erlebt. Aber dies war schlimmer, der Schmerz war größer und – als hätten die Schlangen Jarre nur als Botin benutzt, um *ihn* zu quälen – er versetzte ihn ins Labyrinth zurück.

Wieder labten sich die gräßlichen Vögel mit den scharfen Krallen und grausamen Schnäbeln an seinem Fleisch, hackten ihm den Leib auf, peitschten ihn mit ihren ledrigen Schwingen. Haplo biß die Zähne zusammen, schloß die Augen, sagte sich wieder und wieder, ›es ist nicht wirklich, es ist nicht wirklich‹ und hielt Jarres Hände fest umklammert. Etwas von ihrer Stärke – der Stärke und dem Mut, die sie am Leben gehalten hatten – gingen auf ihn über.

Haplo stöhnte und zitterte, sehnte sich danach zu sterben, Schmerz und Angst waren so unerträglich. Aber tröstende Hände umfaßten die seinen, und eine Stimme sagte: »Ist schon gut. Sie sind fort. Ich bin hier.«

Es war die Stimme einer Frau, einer Patryn. Er wußte es. *Ihre* Stimme. Nach langem Suchen hatte sie ihn endlich gefunden. Sie hatte die Schlangen vertrieben. Er war in Sicherheit, wenigstens vorerst. Aber die Schlangen würden zurückkommen, und sie mußten das Kind schützen – ihrer beider Kind.

»Unser Kind?« fragte er sie. »Wo ist unser Kind?«

»Haplo?« Die Stimme klang jetzt verwirrt. »Haplo, erkennst du mich nicht? Ich bin es, Jarre . . .«

Haplo richtete sich auf und hielt den Atem an. Er sah genau in das ängstliche und besorgte, von zitternden Backenlocken umrahmte Gesicht einer Zwergin. Seine Enttäuschung war beinahe so unerträglich wie der Schmerz. Er schloß die Augen, seine Schultern sanken herab. Es war doch alles hoffnungslos. Wie konnte er weiterleben? Wozu sollte er weiterleben? Er hatte versagt, hatte sie im Stich gelassen, ihr Kind, sein Volk, Jarres Volk . . .

»Haplo!« Es klang streng. »Sei kein Schlurch. Komm zu dir!«

Er machte die Augen auf und sah sie an. Ihre Hand zuckte; vielleicht, hätte er einen Bart gehabt, wäre er der Kur teilhaftig geworden, mit der sie Limbeck auf den Boden der Tatsachen zurückzuholen pflegte.

Haplo lächelte sein stilles Lächeln und stand auf. »Tut mir leid«, sagte er.

»Wo bin ich gewesen. Was ist passiert? Was hast du mit mir gemacht?« erkundigte sich Jarre und beäugte ihn mißtrauisch. Dann wurde sie blaß. »Der ... der Elf ... er hat mir weh getan.« Ihr Gesicht bekam einen nach innen gekehrten Ausdruck. »Nur er war kein Elf. Er war ein gräßliches Ungeheuer mit roten Augen ...«

»Ich weiß.«

»Ist er weg? Er ist weg, nicht wahr?« Sie schaute hoffnungsvoll zu ihm auf. »Du hast ihn vertrieben.«

Haplo sah sie schweigend an.

Sie schüttelte den Kopf, der Hoffnungsfunke erlosch. »Er ist nicht weg?«

»Nein. Er ist hier, unter unseren Füßen. Und er ist nicht allein. Es gibt viele von ihnen, sehr viele. Sie können auf demselben Weg in diese Welt eindringen wie ich.«

»Aber wie ...«

»Pst!« Haplo gebot mit einer Handbewegung Schweigen. Das Geräusch von Schritten, schweren Schritten in genagelten Stiefeln drang von unten herauf, aus den geheimen Stollen der Zwerge. Aufgebrachte, zornige Baßstimmen hallten in dem Schacht, dann polterten die Schritte die Leiter herauf.

Ein Geräusch wie von den Stürmen, die Drevlin heimsuchten, ertönte unter dem Boden der Farbick und schwoll unheilverkündend an. Nach einem raschen Blick in Richtung der Elfen stürmte Haplo zum Schachtausstieg. Die Elfen waren alarmiert, sie griffen zu den Waffen. Offiziere brüllten Befehle. Der Angriff kam nicht unerwartet, man war vorbereitet.

Haplo erreichte den Ausstieg und wurde fast von dem Schwarm ergrimmter Zwerge überrannt, die herausquollen. Die Elfen errichteten Barrikaden aus umgekippten Feldbetten. Die Türen der Farbick flogen auf, eine regenfeuchte Sturmbö wehte herein. Blitze zuckten, und der Donnerschlag übertönte beinahe das Kriegsgeschrei der Zwerge. Jemand rief in der Elfensprache, die gesamte Bevölkerung Drevlins stünde unter Waffen. Ein Offizier brüllte zurück, darauf hätte er nur gewartet, jetzt könne man den kleinen ›Gegs‹ den Garaus machen.

Limbeck stürmte an Haplo vorbei. Wenigstens glaubte Haplo, daß es Limbeck war. Das Gesicht des Chefmechnikers war verzerrt vor Haß, Wut und Rachedurst. Haplo erkannte ihn nur an der Brille, hoch auf die Nase geschoben und mit einem langen Bindfaden festgebunden. Er trug in einer Hand eine gefährlich aussehende Streitaxt und in der anderen – rätselhafterweise – einen Staubwedel. Limbeck führte seine Streitmacht zu einem regellosen Sturmangriff gegen die diszipliniert vorrückenden Reihen der Elfen.

»Rache für Jarre!« schrie Limbeck.

»Rache für Jarre!« antworteten die Zwerge wie mit einer einzigen dumpfen, grollenden Stimme.

»Ich brauche nicht gerächt zu werden!« rief Jarre schrill. »Es waren nicht die Elfen! Limbeck!« Sie rang die Hände. »Sei kein Schlurch!«

Nun, es hatte schon einmal gewirkt, dachte Haplo und streckte den Arm aus, um den Bann zu schleudern, der jeden einzelnen an seinen Platz fesseln würde. Aber die Worte erstarben auf seinen Lippen. Er schaute auf seinen Arm, sah die Runen auflodern, blau und rot vermischt, fühlte das Feuer der Magie warnend seinen Körper überlaufen.

Die Statue des Mangers erwachte zum Leben, bewegte sich.

Jarre stand auf, verlor das Gleichgewicht und rollte von dem Podium der Statue. Limbeck hatte sie nicht rufen gehört, aber ihren Schrei hörte er und schaute in ihre Richtung. Er sah Jarre sich vom Boden aufraffen und die Statue des Mangers, die sich behäbig drehte. Furcht, Entsetzen, Grauen, die vor den Schlangen her aus dem unterirdischen Gang strömten, waren besser geeignet als jeder von Haplos Zaubern, um den Ansturm der Zwerge zum Stehen zu bringen. Sie starrten auf die schwarze Öffnung. Kampfeslust und Rage verpufften; zurück blieben vor Angst fröstelnde, kleinlaute Gegs. Die Elfen, weiter vom Stolleneingang entfernt, konnten nicht genau erkennen, was geschah, aber sie sahen, wie das riesige Standbild sich auf dem Sockel drehte. Und auch sie spürten die Woge der Furcht. Sie verschanzten sich hinter ihren Barrikaden, umklammerten ihre Waffen und blickten ratsuchend zu ihren Offizieren, die selber unbehaglich dreinschauten.

»Du wirst scheitern, Sang-drax«, rief Haplo. Durch die Ohren des Hundes vernahm er Hughs und Trians Stimme, Iridals kummervolle Worte. »Du hast verloren! Gram ist tot. Die Allianz ist besiegelt. Es wird bald Frieden herrschen. Du kannst nichts mehr tun!«

O doch, ich kann, wisperte Sang-drax in Haplos Bewußtsein. *Sieh hin!* Jarre lief stolpernd auf Limbeck zu.

»Wir müssen fliehen!« schrie sie und prallte so heftig gegen ihn, daß sie beide fast umgefallen wären. »Sag es allen. Wir müssen weg hier. Ein furchtbares Ungeheuer kommt. Es lebt da unten! Haplo sagt . . .«

Limbeck wußte, daß ein furchtbares Ungeheuer kam, etwas Finsteres und Böses und Gräßliches. Flucht, sie mußten fliehen, um ihr Leben laufen, aber er brachte kein Wort heraus. Vor Angst war ihm die Kehle zugeschnürt. Und er sah nichts! Die Brillengläser waren beschlagen von dem Schweiß, der von seiner Stirn tropfte. Abnehmen konnte er sie nicht, die Schnur war am Hinterkopf verknotet, und er wagte nicht, die Streitaxt aus der Hand zu legen, um den Knoten aufzumachen.

Dunkle Gestalten, Schreckensgestalten, strömten aus der Öffnung.

Es waren . . . Es waren . . .

Limbeck blinzelte und wischte mit dem Hemdsärmel über die Gläser.

»Was – was ist das, Jarre?« fragte er verstört.

»O Limbeck!« Sie holte stockend Atem. »Limbeck – das sind *wir!*«

Kapitel 43

Wombe, Drevlin, Mittelreich

Eine Armee von Zwergen marschierte aus der Öffnung unter dem Standbild.

»Nicht übel, Sang-drax.« Haplo nickte in grimmiger Anerkennung. »Gar nicht übel. Eine bewährte Taktik – Verwirrung stiften.«

Die Schlangen glichen den Zwergen von Drevlin genau – in Kleidung, Aussehen, Bewaffnung. Sie schrien Hetzparolen und drängten ihre Vettern, die Elfen anzugreifen. Die echten Zwerge wurden unsicher. Sie hatten Angst vor den Neugekommenen, aber diese Angst begann sich mit der Angst vor den Elfen zu vermischen, und es war abzusehen, wann sie das eine nicht mehr vom anderen unterscheiden konnten.

Und nicht einen Zwerg vom anderen.

Haplo konnte sie unterscheiden. Er sah den verräterischen roten Glanz in den Augen der Schlangen, aber wie das den echten Zwergen erklären, wie sie warnen, überzeugen? Nur noch wenige Schritte trennten die beiden Gruppen. Gemeinsam waren sie stark genug, die Elfen zurückzudrängen, von Drevlin zu vertreiben, und dann konnten sich die Schlangen in aller Ruhe der Zerstörung des Allüberalls widmen, der Maschine, ohne die auf Arianus kein Leben möglich war.

Ein brillanter Zug. Menschen und Elfen verbünden sich? Rees'ahn und Stephen gelang es, das Tibusimperium zu stürzen? Ah, wenn sie erfuhren, daß die Zwerge das Allüberall zerstörten und im Begriff waren, das Mittelreich von der Wasserversorgung abzuschneiden, hatten Menschen und Elfen keine andere Wahl, als wieder Krieg zu führen, diesmal gegen die Zwerge, wenn sie nicht untergehen wollten.

Chaos. Blutvergießen. Haß. Bis die Schlangen irgendwann – bald -- unüberwindlich waren.

»Glaubt ihnen nicht! Fallt nicht auf sie herein!« rief Jarre schrill. »Das sind keine Zwerge. Und es sind auch keine Elfen. Es sind die, die mich gequält haben! Sieh sie dir an, Limbeck. Sieh sie dir an!«

Limbeck bemühte sich, die Feuchtigkeit von den Brillengläsern zu wischen. Jarre platzte der Kragen, sie griff nach der Brille, riß sie Limbeck mit einem heftigen Ruck von der Nase und warf sie zu Boden.

»Was hast du getan?« empörte er sich.

»Jetzt kannst du sehen, du Schlurch! Sieh sie dir an! Sieh doch!«

Limbeck spähte kurzsichtig dorthin, wo sich etwas bewegte. Die Streitmacht der fremden Zwerge verschwamm zu einem schwarzen Fleck, zu einer langgezogenen, fließenden Masse. Die Masse wogte und wand sich, und zahllose rotglühende Augenpaare starrten ihn an.

»Eine riesige Schlange!« rief Limbeck und hob die Streitaxt. »Wir werden von einer riesigen Schlange angegriffen!«

»Tatsache?« fragte Lof verwundert und blickte nach oben, nach unten, nach vorn und über die Schulter. »Wo?«

»Hier«, sagte Haplo.

Der Patryn zog das den Unsichtbaren entwendete Schwert und stürzte sich auf den zunächststehenden Zwerg mit roten Augen. Die Runen auf der Klinge leuchteten, das Metall glühte. Eine Kaskade blauer und roter Flammen sprang von der Schwertspitze auf den Zwerg über.

Nur, daß es kein Zwerg war.

Ein gewaltiger, walzenförmiger Leib – uralt und grauenvoll – bäumte sich aus dem Wirtskörper wie eine monströse Pflanze aus einem Samenkorn. Die Schlange materialisierte sich schneller, als das Auge folgen konnte. Ein peitschender Schwanzhieb, und das Schwert flog davon. Die Runenmagie der Waffe zerbrach, das Gefüge der Sigel löste sich auf – Glieder eines Kettenhemdes, zerbrochen und zerrissen.

Haplo sprang zurück, um nicht auch getroffen zu werden, und wartete auf eine Gelegenheit, seine Waffe zurückzuholen. Sein Vorstoß war zu überhastet erfolgt, zu unüberlegt. Er hatte keine Zeit gehabt, sich auf seine Magie zu konzentrieren. Trotzdem war er zufrieden. Die Schlange zu verwunden oder zu töten war nicht seine Absicht gewesen. Er hatte sie zwingen wollen, ihre wahre Gestalt zu zeigen, wollte *ihren* magischen Schild zerstören. Wenigstens sahen die Zwerge jetzt, mit was für einem anmutigen Gegner sie es zu tun hatten.

»Sehr klug von *dir,* Patryn«, lobte Sang-drax. Die anmutige Gestalt des Schlangenelfen schritt durch die Reihen der falschen Zwerge auf ihn zu. »Aber was hast du erreicht – außer ihrem Verderben.«

Unter lautem Wehgeschrei drängten die Zwerge zurück, in panischer Angst vor dem entsetzlichen Geschöpf, das jetzt über ihnen aufragte.

Haplo duckte sich unter dem zustoßenden Haupt hinweg, ergriff sein Schwert, sprang zurück und stellte sich Sang-drax. Ein paar Zwerge, beschämt wegen der Feigheit ihrer Kameraden, kamen dem Patryn zu Hilfe; andere folgten, schwenkten Stücke von Leitungsrohren, Streitäxte, was sie an Waffen hatten finden können. Doch ihr Mut verließ sie bald wieder, angesichts der Schlangen, die sich nun alle ihrer Nichtigenkörper entledigten. Die Dunkelheit war erfüllt von ihrem Zischeln, dem Fäulnis- und Verwesungsgeruch ihrer unreinen Leiber. Die Glut der roten Augen flammte auf. Ein keilförmiger Schädel zuckte herab, gewaltige Kiefer ergriffen einen Zwerg, hoben ihn unter das Dach der Farbick empor und ließen den Unglücklichen von dort in den Tod stürzen. Eine andere Schlange zermalmte einen Zwerg in ihren Schlingen. Die beste Waffe der Ungeheuer – Furcht – durchströmte die Reihen der Zwerge wie Pesthauch.

Die Zwerge schrien vor Angst, ließen die Waffen fallen. Die weiter vorn machten kehrt, um zu fliehen, stießen aber gegen die Mauer der Hinterbliebenen, die nicht schnell genug auszuweichen vermochten. Die Schlangen wählten sich mit Muße ihre Opfer aus und bereiteten ihnen einen qualvollen, grausamen Tod.

Die Masse der Zwerge wurde in den vorderen Teil der Farbick abgedrängt, wo sie auf die Barrikaden der Elfen stießen. Letztere hatten Verstärkung angefordert, aber die neuen Truppen wurden draußen – nach dem Kampfeslärm zu urteilen – von Zwergen attackiert. Vor der Farbick bekämpften sich Elfen und Zwerge erbittert zwischen den Rädern und Kesseln des Allüberall, während in der Farbick Chaos herrschte.

Die Elfen schrien, die Schlangen wären von den Zwergen konstruierte Maschinen. Die Zwerge brüllten, die Schlangen wären ein Zaubertrick der Elfen. Beide wandten sich gegeneinander, aufgehetzt von den Geschöpfen des Bösen.

Nur Sang-drax hatte seine Gestalt beibehalten. Er stand vor Haplo, ein Lächeln auf den feingeschnittenen Zügen.

»Du kannst nicht wollen, daß sie sterben.« Haplo hielt das Schwert stoßbereit, er ließ seinen Gegner keine Sekunde aus den Augen und versuchte, seinen nächsten Zug vorauszuberechnen. »Wenn sie sterben, sterbt auch ihr.«

»Wahr«, gab Sang-drax zu, zog ein Schwert und näherte sich Haplo. »Wir haben nicht die Absicht, sie zu töten, nicht *alle,* jedenfalls. Aber du, Patryn. Du spendest uns keine Nahrung mehr. Du bist eine Belastung geworden, eine Gefahr.«

Haplo riskierte einen schnellen Rundblick. Weder Limbeck noch Jarre waren zu sehen, vermutlich mitgerissen von der panikerfüllten Menge.

Er stand allein bei der Statue des Mangers, die mit einem

absurden Ausdruck von ernstem Mitleid auf das Blutvergießen niedersah.

»Deine Bemühungen sind vergeblich, mein Freund«, sagte Sang-drax. »Sieh sie dir an. Das ist ein Vorgeschmack auf das Chaos, das schon bald das Universum beherrschen wird. Bis in alle Ewigkeit. Denke daran, während du stirbst . . .«

Sang-drax führte einen gewaltigen Hieb. Das Metall der Klinge verströmte die düstere rote Glut der Schlangenmagie. Auch der magische Runenschild, der den Patryn schützte, konnte dem nicht auf Dauer standhalten.

Haplo parierte den Schlag, Stahl klirrte gegen Stahl. Ein Energiestrom floß vom Schwert des Dämons in Haplos Klinge, durch den Griff in die Handfläche – wie Fußsohlen und Gesicht nicht von Runen geschützt – und von dort weiter in seinen Arm. Seine Magie war erschüttert. Er bemühte sich, die Waffe festzuhalten, doch ein zweiter Energiestoß versengte seine Haut und lähmte die Muskeln in seinem Arm. Die Finger gehorchten ihm nicht mehr, das Schwert fiel zu Boden.

Er umklammerte den nutzlosen Arm und taumelte rücklings gegen das Standbild.

Sang-drax näherte sich Schritt um Schritt. Haplos Körpermagie reagierte instinktiv, aber die Klinge des Schlangenelfen überwand mühelos den geschwächten Schild und zog eine blutige Spur über Haplos Brust.

Das Schwert zerschnitt die Herzrune, die Quelle von Haplos Macht, die Wurzel seines Ichs.

Es war eine tiefe, stark blutende Wunde, aber nicht unbedingt tödlich – für einen gewöhnlichen Mann. Doch Sang-drax' magische Klinge hatte mehr zerschnitten als Fleisch. Sie hatte Haplos Magie zerstört, ihn verwundbar, wehrlos gemacht. Wenn er nicht Zeit fand, zu ruhen, sich zu heilen, das Gefüge der Runen wiederherzustellen, bedeutete der nächste Angriff des Schlangenelfen für ihn den Tod.

»Und ich sterbe zu Füßen eines Sartan«, murmelte Haplo benommen und blickte an der Statue hinauf.

Blut strömte aus der Wunde, tränkte das Hemd, lief an

den Armen hinunter, über seine Hände. Der blaue Schimmer der Tätowierungen verblaßte. Er sank auf die Knie, zu müde, um weiterzukämpfen, zu resigniert. Sang-drax hatte recht. Es war hoffnungslos.

»Mach schon, töte mich!« knirschte Haplo. »Worauf wartest du?«

»Das weißt du, Patryn«, antwortete Sang-drax mit seiner einschmeichelnden Stimme. »Ich will deine Angst!«

Die Elfengestalt veränderte sich, zerfloß zu einem Schlangenleib mit faltiger, schleimiger Haut. Haplo fühlte die glutroten Augen auf seinem Körper brennen, er wußte auch ohne hinzusehen, daß ein gigantisches Reptilhaupt über ihm pendelte, um auf ihn niederzustoßen, sein Fleisch zu zerreißen, seine Knochen zu zermalmen, ihn zu vernichten.

Er dachte an das Labyrinth, als er dort im Kampf mit Chaodyn tödlich verwundet worden war. Wie er sich hingelegt hatte, um zu sterben, müde, schicksalsergeben ...

»Nein«, sagte er.

Er griff nach seinem Schwert – mit der linken Hand – und erhob sich schwerfällig. Keine Runen leuchteten auf der Klinge, die Magie war erloschen. Das Schwert war jetzt nur noch eine schmucklose Nichtigenwaffe, schartig und zerkratzt. Außer dem Schwert besaß er noch seinen Zorn, und wenn er dem Tod entgegenlief, gelang es ihm vielleicht, die Furcht hinter sich zu lassen.

Haplo sprang auf Sang-drax zu, das Schwert zu einem Hieb erhoben, von dem er wußte, daß er ihn nie führen würde.

Zu Beginn des Kampfes kroch Limbeck Schraubendreher auf Händen und Knien über den Boden und versuchte seine Brille zu finden.

Er hatte die Streitaxt fallen lassen, achtete nicht auf das Rufen und Schreien um ihn herum. Er achtete nicht auf das Zischen der Schlangen (sie waren für ihn ohnehin nur formlose Flecken), achtete nicht auf das Kampfgetümmel und nicht auf Lof, der vor Angst wie festgewurzelt dastand. Schon gar nicht achtete er auf Jarre, die ihm den Staubwedel auf den Kopf schlug.

»Limbeck! Bitte! Tu was! Die Unsrigen sterben! Die Elfen sterben! Die Welt geht unter! Tu was!«

»Ja, verdammt noch mal!« schnauzte Limbeck, während seine Hände verzweifelt über den Boden tasteten. »Aber erst muß ich was sehen können!«

»Du konntest früher auch nie was sehen!« schrie Jarre ihn an. »Deshalb habe ich dich geliebt!«

Zwei runde Glasscheiben funkelten rot im Glanz der Schlangenaugen. Limbeck hechtete darauf zu, aber seine Finger griffen ins Leere.

Lof, von Jarres lautem Geschimpfe wieder zu sich gebracht, schüttelte die Lähmung ab, wandte sich zur Flucht und war aus Versehen gegen die Brille getreten.

Limbeck sauste bäuchlings hinterher, schlitterte einem Zwerg zwischen den Beinen hindurch, krabbelte einem anderen um die Füße. Die verflixte Brille schien zu einem lebenden Wesen geworden zu sein, das es böswillig darauf anlegte, immer gerade eben außerhalb seiner Reichweite zu bleiben. Genagelte Stiefel traten auf seine grabschenden Finger, bohrten sich in seine zum Glück wohlgepolsterten Seiten. Lof stieß einen Schrei aus, fiel hin und verfehlte die Brille nur um Zentimeter. Limbeck kletterte über ihn hinweg, wobei er dem Ärmsten ein Knie ins Gesicht rammte und warf sich mit Schwung und ausgestreckten Händen nach vorn.

Weil sein ganzes Sinnen und Trachten nur der Brille galt, sah Limbeck nicht, was Lof so erschreckt hatte. Zugegeben, Limbeck hätte auch sonst nicht viel gesehen, nur eine riesige, graue, schuppige Masse, die sich auf ihn niedersenkte. Seine Fingerspitzen berührten tatsächlich das Drahtgestell der Brille, als er sich plötzlich von hinten gepackt fühlte. Kräftige Hände faßten seinen Kragen und schleuderten ihn aus dem Gefahrenbereich. Er war gerettet, jedoch nicht die Brille. Der Leib der Drachenschlange wuchtete herab. Der

Boden erbebte, Glas knirschte. Schon bäumte das Ungeheuer sich wieder auf und hielt mit roten Augen Ausschau nach neuen Opfern.

Limbeck lag auf dem Bauch und schnappte mit ebensowenig Erfolg nach Luft wie vorher nach der Brille. Jarre hatte nur einen Gedanken – sie beide vor den suchenden Augen der Drachenschlangen in Sicherheit zu bringen. Wieder packte sie Limbeck beim Kragen und zerrte ihn (zum Tragen war er zu schwer) zur Statue des Mangers hinüber.

Einmal, während eines lange zurückliegenden Kampfes in der Farbick (was für eine harmlose Prügelei war das gewesen!), hatte Jarre Zuflucht im Innern der Statue gesucht. Das wollte sie wieder tun, aber sie hatte nicht mit Limbeck gerechnet.

»Meine Brille!« schrie er mit dem ersten Atemzug, den er in seine Lungen zu pumpen vermochte.

Er riß sich von Jarre los – und wäre beinahe von Sang-drax' Schwert enthauptet worden.

Limbeck sah nur einen Fleck aus rotem Feuer, doch er hörte das Pfeifen der Klinge und spürte den Luftzug an der Wange. Er stolperte entsetzt hinterrücks, gegen Jarre, die ihn neben sich zu Boden zog.

»Haplo!« wollte sie rufen, biß sich aber noch rechtzeitig auf die Lippe. Die Aufmerksamkeit des Patryn war auf seinen Feind gerichtet, jede Ablenkung konnte gefährlich sein.

Weder Haplo noch sein Gegner bemerkten die beiden Zwerge, die neben dem Sockel der Statue kauerten und nicht wagten, sich zu rühren.

Limbeck hatte nur eine vage Vorstellung davon, was eigentlich vor sich ging. Für ihn war alles ein Ineinanderfließen von Licht und Schatten und Bewegung. Haplo kämpfte gegen einen Elfen, und dann verschluckte dieser Elf eine Schlange oder vielleicht umgekehrt.

»Sang-drax!« hauchte Jarre, und Limbeck hörte das Entsetzen und die Angst in ihrer Stimme.

Sie drückte sich an ihn. »O Limbeck«, flüsterte sie beklommen. »Haplo ist verloren. Er wird sterben.«

»Wo?« rief Limeck frustriert. »Ich kann nichts sehen!«

Und dann war auch noch Jarre plötzlich verschwunden.

»Er hat mich gerettet. Ich darf ihn nicht im Stich lassen!«

Der sich aufbäumende Schlangenleib warf Haplo zu Boden, das Schwert entfiel seiner kraftlosen Hand. Er blieb liegen, schmerzgepeinigt, nach Atem ringend, von dem enormen Blutverlust geschwächt. Er wartete auf das Ende, den Gnadenstoß. Nichts geschah.

Haplo öffnete mühsam die Augen. Ein Zwergenmädchen stand schützend über ihm. Trotzig, furchtlos, mit bebenden Backenlocken, eine Streitaxt in beiden Händen, sah Jarre herausfordernd zu dem Ungeheuer auf.

»Geh weg«, sagte sie. »Geh weg und laß uns in Ruhe.«

Die Schlange schenkte ihr keine Beachtung. Sang-drax' Blick und Aufmerksamkeit war allein auf den Patryn gerichtet.

Jarre sprang nach vorn und schwang die Axt gegen den gewaltigen Leib der Schlange. Die Schneide drang tief in das ekle Fleisch, eine stinkende Flüssigkeit sickerte aus der Wunde.

Haplo stemmte sich vom Boden hoch. Sang-drax, erzürnt von dem dreisten Angriff, wandte sich Jarre zu, um sich von dem Quälgeist zu befreien, bevor er mit dem Patryn abrechnete.

Der Reptilschädel stieß herab. Jarre rührte sich nicht vom Fleck. Der zahnlose Rachen klaffte weit. Jarre schwang die Axt, die sich tief in den Unterkiefer der Schlange grub.

Sang-drax heulte auf vor Schmerz und Wut und versuchte, das schmerzende Ding abzuschütteln, aber Jarre hielt fest. Er bäumte sich hoch auf, um die Zwergin auf dem Boden zu zerschmettern.

Haplo nahm das Schwert. »Jarre!« schrie er. »Genug! Laß los!«

Sie gehorchte und fiel wie ein Stein aus der Luft, glücklicherweise nicht aus großer Höhe.

Sang-drax gelang es, die Axt loszuwerden. Außer sich vor Wut über die unbedeutende Kreatur, die ihm solch große Schmerzen zugefügt hatte, ließ er den Kopf niedersausen, um sie zu packen und in Stücke zu reißen.

Haplo stieß die Klinge tief in das glutrote Auge des Reptils.

Blut spritzte. Halb blind, rasend vor Haß und Zorn, nicht länger fähig, aus der Furcht seiner Opfer neue Kraft zu schöpfen, wand sich der Schlangenleib in mörderischer Wut.

Haplo taumelte, wäre beinahe gefallen. »Jarre! Die Treppe hinunter!« stöhnte er.

»Nein! Ich muß Limbeck helfen!« Und fort war sie. Haplo wollte ihr folgen. Er glitt in einer Blutlache aus, stürzte und rutschte die Stufen hinunter, zu schwach, um sich zu halten.

Es war ein Sturz ins Bodenlose.

Blind und taub für das, was um ihn herum passierte, suchte Limbeck nach Jarre und stolperte fast in ein Loch, das sich plötzlich vor seinen Füßen auftat. Er blieb stehen und schaute hinein. Vor seinem inneren Auge (das keiner Brille bedurfte) sah er Blut und Dunkelheit und den Gang, der zu seinem aufgeribbelten Socken führte, zu dem Androiden und dem Zimmer, wo er Elfen und Menschen und Zwerge friedlich vereint gesehen hatte. Er blickte sich um und sah auf dem Boden Elfen und Zwerge nebeneinander liegen, tot.

Ein verzweifeltes ›Warum?‹ drängte sich ihm auf die Lippen, doch es blieb unausgesprochen. Zum erstenmal in seinem Leben sah Limbeck alles ganz deutlich. Er sah, was er tun mußte.

Nachdem er in allen Taschen gesucht hatte, förderte er endlich das große weiße Tuch zutage, das er benutzte, um seine Brille zu putzen und schwenkte es durch die Luft. »Aufhören!« rief er, und seine Stimme füllte unüberhörbar die Stille, die das Allüberall hinterlassen hatte. »Hört auf zu kämpfen. Wir ergeben uns.«

Kapitel 44

Farbick, Niederreich

Elfen und Zwerge hielten lange genug inne, um Limbeck anzustarren. Manche verdutzt, einige ergrimmt, die meisten argwöhnisch, alle erstaunt. Limbeck machte sich den Moment der Unschlüssigkeit zunutze und erklomm den Sockel der Statue.

»Seid ihr alle blind?« rief er. »Könnt ihr nicht sehen, wohin das führt? Zu unser aller Tod. Zum Untergang der Welt, außer wir kommen zur Vernunft.« Er streckte den Elfen die Hände entgegen. »Ich bin der Chefmechniker. Mein Wort ist Gesetz. Laßt uns verhandeln. Ihr Elfen könnt das Allüberall haben, und ich werde euch beweisen, daß ich meine, was ich sage. Da unten ist ein Raum.« Er deutete in den unterirdischen Gang. »Ein Raum, von dem aus man die Maschine steuern kann. Ich werde euch zeigen . . .«

Jarre schrie auf. Limbeck ahnte plötzlich eine ungeheure Masse, die über ihm aufragte, spürte einen giftigen Atemhauch wehen, verderblicher als die Stürme des Mahlstroms.

»Es ist zu spät!« verkündete Sang-drax mit gewaltiger Stimme. »Kein Frieden für diese Welt! Nur Chaos und Schrecken, während ihr um euer Überleben ringt. Blut sollt ihr trinken statt Wasser! Zerstört die Maschine!«

Der keilförmige Schlangenkopf schnellte gegen das Standbild des Mangers. Ein tiefes Dröhnen hallte durch die Farbick. Die Statue, das ehrfurchtsgebietende Abbild eines Sartan, das seit Generationen über die Zwerge von Drevlin gewacht hatte, erbebte auf ihrem Sockel. In wahnwitzigem Zorn stieß die Schlange erneut zu. Wieder ertönte das hallende Dröhnen, das Standbild wankte und stürzte. Der gewaltige Glockenklang des Aufpralls rollte wie der Urteilsspruch des Schicksals durch die Farbick.

In ganz Drevlin begannen die Schlangen damit, die Lektrozinger zu zerschmettern, die Trötepfeifen abzureißen, das Metall der wunderbaren Maschine in Stücke zu schlagen. Die Elfen sahen, was geschah, und hatten eine plötzliche Vision von ihren Wasserkoggen, wie sie zum Mittelreich aufstiegen – leer.

Die Zwerge hielten in ihrem Rückzug inne, hoben ihre Waffen auf und stellten sich dem Feind. Die Elfen schossen ihre magischen Pfeile in die roten Augen der Schlangen. Im Innern der Farbick und draußen, geeint von dem furchtbaren Anblick des Zerstörungswerks der Ungeheuer, kämpften Zwerge und Elfen Seite an Seite, um das Allüberall zu retten.

Hilfe wurde ihnen zuteil durch das rechtzeitige Eintreffen eines havarierten Drachenschiffs, dem es gelungen war – durch den gemeinsamen Einsatz der Elfen und Menschen an Bord – den Mahlstrom zu bezwingen. Ein Trupp kräftiger Menschen, unter dem Befehl des Elfenkapitäns und ausgerüstet mit Waffen, über die ein Elfenmagier seinen Zauber gesprochen hatte, griff in den Kampf ein. Die Nichtigen attackierten die Schlangen mit solcher Wildheit, daß sie nicht standhalten konnten, sondern die Flucht ergriffen.

Zum erstenmal in der Geschichte von Arianus geschah es, daß Menschen und Elfen und Zwerge nebeneinander in die Schlacht zogen, nicht gegeneinander.

Der Anblick hätte das Oberhaupt der UFF mit Stolz erfüllt, aber bedauerlicherweise kam er nicht in den Genuß. Limbeck war verschwunden, begraben unter der zerschmetterten Statue des Mangers.

Jarre, vor Tränen blind, hob die Streitaxt und machte sich bereit, die Schlange anzugreifen, deren blutiger Kopf witternd über der Statue pendelte, vielleicht Haplo suchte, vielleicht Limbeck. Mit trotzigem Kriegsgeschrei, die Axt in beiden Händen, stürzte Jarre sich auf den übermächtigen Gegner – und konnte ihn nicht finden.

Die Schlange war verschwunden.

Jarre stolperte, der Schwung des ins Leere geführten Hiebs brachte sie aus dem Gleichgewicht. Die Axt rutschte ihr aus den blutigen Händen. Sie fiel auf Hände und Knie.

»Limbeck?« rief sie verzweifelt und kroch auf die Mitteltrümmer zu.

Eine Hand wurde sichtbar. Sie bewegte sich schwach. »Hier bin ich. Ich – ich glaube ...«

»Limbeck!« Jarre stürzte sich auf die Hand und bedeckte sie mit Küssen, dann siegte ihr praktisches Naturell, und sie begann zu ziehen.

»Autsch! Langsam! Ich stecke fest! Aua! Mein Arm! Hör auf ...«

Jarre ignorierte Limbecks Proteste, es war nicht der Augenblick, auf Empfindlichkeiten Rücksicht zu nehmen. Kurzentschlossen stemmte sie einen Fuß gegen den jetzt leeren Sockel und zog. Nach einer kurzen, aber erheblichen Kraftanstrengung, gelang es ihr, Limbeck zu befreien.

Das ehrenwerte Oberhaupt der UFF kam unter der Statue zum Vorschein, derangiert und zerzaust, erschüttert und verstört und ganz allgemein reichlich außer Fasson, aber sonst wohlbehalten.

»Was – was ist passiert?« fragte er, kniff die Augen zusammen und schaute myopisch in die Runde.

»Wir kämpfen für das Allüberall«, erklärte Jarre und schloß ihn flüchtig, aber liebevoll in die Arme. Dann hob sie die blutige Streitaxt auf und machte Miene, sich ins Getümmel zu stürzen.

»Warte, ich komme mit!« rief Limbeck, ballte die Fäuste und schaute martialisch drein.

»Sei kein Schlurch«, antwortete Jarre zärtlich. Sie streckte die Hand aus und zog an seinem Bart. »Du kannst nicht die Hand vor Augen sehen. Du wirst dich nur selbst verletzen. Bleib schön hier.«

»Aber – was soll ich tun?« fragte Limbeck enttäuscht. »Irgendwas muß ich doch tun?«

Jarre hätte ihm sagen können (und tat es auch, später, als sie allein waren), daß er schon alles Nötige getan hatte. Daß er ein Held war, der Retter des Allüberall und nicht nur seines eigenen Volks, sondern aller Völker von Arianus. Jetzt aber war dafür nicht die Zeit.

Sie schlug das erstbeste vor, das ihr in den Sinn kam. »Warum hältst du keine Rede? Ja, ich glaube, eine von deinen Reden wäre jetzt genau das richtige.«

Limbeck überlegte. Wahrhaftig, es war lange her, seit er eine Rede gehalten hatte. Nicht eingerechnet die Kapitulationserklärung, die so rüde unterbrochen worden war. Er konnte sich auch nicht mehr so genau erinnern, worauf er damit hinausgewollt hatte.

»Aber – ich habe kein Manuskript zur Hand ...«

»Aber ja doch, Lieber. Hier.«

Jarre griff in eine von Limbecks ausgebeulten Taschen, brachte zwei, drei tintenfleckige Blätter zum Vorschein, schüttelte die Butterbrotkrümel ab und reichte Limbeck eine seiner Reden.

Mit dem ausgestreckten Arm malerisch gegen die Statue gestützt, hielt Limbeck sich die Blätter dicht vor die Augen und hub mit donnernder Stimme an: »Arbeiter von Drevlin! Erhebt euch vereint aus den Sesseln ... Nein, das kann nicht stimmen. Arbeiter von Drevlin! Erhebt euch und sprengt eure Fesseln!«

Und so marschierten die Zwerge in den Kampf, der später als ›die Schlacht um das Allüberall‹ in die Annalen einging, begleitet von den gelegentlich etwas wirren, aber stets anfeuernden Worten des ehrenwerten Oberhaupts der UFF – Union für Frieden und Freiheit – und baldigen Nationalhelden von Arianus, Limbeck Schraubendreher.

Kapitel 45

Wombe, Drevlin, Niederreich

Haplo saß auf den Stufen der Treppe, die vom Sockel der umgestürzten Statue in die geheimen, unterirdischen Gänge der Sartan führte. Über ihm öffnete Limbeck die Schleusen seiner Beredtsamkeit, die Nichtigen kämpften gegen die Schlangen, um ihre Welt zu retten, und das Allüberall harrte schweigend seiner Stunde. Haplo lehnte sich gegen die Mauer, matt und schwindelig von Anstrengung und Blutverlust.

Der Hund saß bei ihm. Haplo wußte nicht, wann er gekommen war, und fühlte sich zu ausgelaugt, um sich darüber Gedanken zu machen, oder was sein Auftauchen bedeuten könnte. Er war auch nicht in der Lage, den Nichtigen zu helfen, war kaum fähig, sich selbst zu helfen.

»Es hört sich aber nicht an, als bräuchten sie Hilfe«, meinte er zu dem Hund, der ihn sorgenvoll betrachtete.

Er hatte die tiefe Wunde in seiner Brust geschlossen, doch er brauchte Zeit, viel Zeit, um sich vollständig zu heilen. Die Herzrune, der Mittelpunkt seines Ichs, war zerstört.

Er schloß die Augen, dankbar für die kühle Dunkelheit. Seine Gedanken wanderten. Das kleine Buch – er nahm das kleine Buch in die Hand, das die Kenkari ihm anvertraut hatten. Nicht vergessen, es Limbeck zu geben. Er blätterte die Seiten um - vorsichtig – keine Blutflecken auf die Zeichnungen, Diagramme, Anweisungen ...

»Die Sartan haben die Welten nicht im Stich gelassen«, erzählte er Limbeck – oder dem Hund, der mal ein Hund war und mal Limbeck. »Die Sartan von Arianus sahen ihr Schicksal voraus. Alfreds Volk. Sie wußten, sie würden keine Gelegenheit haben, ihren großen Plan zur Vereinigung der Welten zu verwirklichen, deshalb schrieben sie alles nieder, schrieben es auf für jene, die sie zurücklassen mußten, auf sich selbst gestellt.

Es steht alles hier drin, in diesem kleinen Buch. Die Worte, um den Androiden zu programmieren, das Allüberall in Gang zu setzen, die Kontinente auszurichten und sie alle mit lebensspendendem Wasser zu versorgen. Die Worte, die durch das Todestor ein Signal zu den anderen Welten senden. Es steht alles hier drin, aufgeschrieben in vier Sprachen: der Sartan, der Elfen, der Zwerge, der Menschen.

Alfred wäre glücklich«, sagte Haplo zu Limbeck, der mal Limbeck war und mal der Hund. »Er kann aufhören, sich dauernd zu entschuldigen.«

Aber der Plan war fehlgeschlagen.

Die Sartan, die erwachen sollten und von dem Buch Gebrauch machen, starben in ihren Kristallsarkophagen. Alfred, der einzige Überlebende, wußte entweder nichts von dem Buch oder hatte danach gesucht, es aber nicht gefunden. Die Kenkari fanden es. Fanden es und schwiegen.

»Und wären es nicht die Elfen gewesen«, sagte Haplo, »dann eben die Menschen oder die Zwerge. Einer wie der andere unfähig, Haß und kleinliches Mißtrauen zu überwinden ...«

»Arbeiter aller Welt!« Limbeck kam in Fahrt. »Vereinigt euch!«

Diesmal machte er alles richtig.

»Vielleicht machen sie es ja diesmal auch richtig«, sagte Haplo müde lächelnd. Er seufzte. Der Hund rückte winselnd näher an seinen Herrn heran und beschnüffelte ängstlich das Blut an seinen Händen und Armen. Sein Fell zuckte.

»Ich könnte dir das Buch wegnehmen«, ertönte eine Stimme. »Könnte es deinen toten Händen entwinden, Patryn.«

Haplo riß die Augen auf. Angst weckte all seine Sinne, schärfte sie zu höchster Wachsamkeit.

Sang-drax stand am Fuß der Treppe. Der Schlangenelf hatte seine frühere Gestalt wieder angenommen, doch er sah blaß und elend aus, und nur ein rotes Auge funkelte in seinem Gesicht. Die andere Höhle war leer, als hätte er das verletzte Auge ausgerissen und weggeworfen.

Als von oben das Triumphgebrüll der Zwerge herunterdrang, verstand Haplo.

»Sie gewinnen die Oberhand. Tapferkeit, Einigkeit – der Schmerz ist bitterer, als von einem Schwert durchbohrt zu werden, nicht wahr, Sang-drax? Hau ab, verschwinde. Du bist so schwach wie ich. Du kannst mir nichts anhaben.«

»Wenn du dich nur nicht täuschst. Aber ich *werde* dir nichts anhaben. Es widerspräche meinen neuen ›Befehlen‹.« Sang-drax lächelte, er sprach das letzte Wort gedehnt, als fände er es amüsant. »Du sollst am Leben bleiben, scheint's. Oder vielleicht sollte ich mich anders ausdrücken. Nicht *ich* bin es, dem bestimmt ist, dich zu töten.«

Haplo neigte den Kopf, schloß die Augen, lehnte den Kopf gegen die Mauer. Er war müde, so furchtbar müde ...

»Was deine Freunde, die Nichtigen betrifft«, fuhr Sang-drax fort, »noch ist es ihnen nicht gelungen, die Maschine in Gang zu setzen. Es könnte sich als ›erschütternde‹ Erfahrung herausstellen. Für sie – und für die anderen Welten. Lies das Buch, Patryn. Lies es sorgfältig.«

Die Umrisse des falschen Elfen begannen zu verschwimmen, der Körper zerfloß. Einen Augenblick lang war er in seiner wahren Gestalt zu sehen, aber auch diese Manifestation hatte er nicht die Kraft aufrechtzuerhalten. Er war schwach, wie Haplo gesagt hatte. Schließlich blieben von ihm nur noch die Stimme und das funkelnde rote Auge in der Finsternis der unterirdischen Gänge.

»Du hast dich selbst verurteilt, Patryn. Dein Kampf wird vergeblich sein. Außer du lernst, dich selbst zu besiegen.«

Kapitel 46

Kathedrale d'Albedo, Mittelreich

Das Portal der Kathedrale d'Albedo blieb verschlossen. Die Weesham, die gelegentlich noch kamen, blieben verloren draußen stehen und starrten das goldene Fallgitter an, bis der Hüter der Pforte sich erbarmte.

»Ihr müßt gehen«, sagte er zu ihnen. »Es ist nicht die Zeit.«

»Aber was sollen wir tun?« riefen sie und drückten die Lapislazulikästchen an die Brust. »Wann sollen wir wiederkommen?«

»Wartet«, lautete sein einziger Rat.

Die Weesham fühlten sich wenig getröstet, doch blieb ihnen nichts anderes übrig, als zum Imperanon zurückzukehren, in ihre Grafschaften oder Herrenhäuser und zu warten. Ganz Paxaria wartete.

Darauf, wie der Wind sich drehte.

Nachrichten von der Allianz zwischen den Rebellen und den Menschen verbreiteten sich wie ein Lauffeuer. Die Unsichtbaren berichteten, daß die Streitkräfte beider sich zur Entscheidungsoffensive sammelten. Die Kaisertreuen begannen, sich aus Ortschaften an der Grenze zu Volkaran zurückzuziehen, um einen massiven Verteidigungsring um Aristagon zu bilden. Die sich selbst überlassenen Siedlungen machten sofort Pläne, sich Prinz Rees'ahn zu ergeben, unter der Bedingung, keine menschliche Besatzung zu bekommen. (Die Elfen erinnerten sich an ihre eigene tyrannische Okkupation menschlicher Gebiete und fürchteten Vergeltung. Ihre Sorge war unzweifelhaft gerechtfertigt. Manche klugen Leute fragten sich, ob jahrhundertealte schwärende Wunden je heilen würden.)

Irgendwann begann im Imperanon ein seltsames Gerücht zu kursieren, dessen Ursprung man später zu Graf Tretar zurückverfolgte. Agah'ran klopfte während eines Diners aufmerksamkeitsheischend an sein Glas und gab bekannt, König Stephen wäre einem Attentat zum Opfer gefallen. Die Barone befanden sich im Aufstand gegen Königin Anne. Prinz Rees'ahn wäre geflohen, die Allianz stünde vor dem Zerfall.

Man feierte die frohe Kunde gebührend. Als der Rausch verflog, mußte Agah'ran feststellen, daß der Bericht nicht der Wahrheit entsprach. Die Unsichtbaren versicherten ihm, König Stephen wäre munter und wohlauf, auch wenn man beobachtet hätte, daß er sich etwas steif und ungelenk bewegte – Folge eines Sturzes bei einem Trinkgelage.

Graf Tretar ward bei Hofe nicht mehr gesehen. Doch Agah'ran blieb zuversichtlich. Er gab noch mehr Bälle, jede Nacht einen oder zwei, jeder noch glänzender, noch ausgelassener als der vorige. Die Gäste (deren Zahl sich von Mal zu Mal verringerte) mokierten sich über gewisse Mitglieder der kaiserlichen Familie, von denen man erzählte, sie hätten ihre Besitzungen aufgegeben, an Reichtümern zusammengerafft, was sich tragen ließ, und wären geflohen.

»Sollen die Rebellen und der menschliche Abschaum kommen. Wir werden sie zu Paaren treiben«, sagte Agah'ran.

Die Zeit bis dahin vertrieben er, die übrigen Prinzen, Prinzessinnen und Fürsten sich damit, zu tanzen, zu trinken und zu schlemmen.

Ihre Weeshams saßen schweigend in den Ecken und warteten.

Der silberne Gong ertönte. Der Hüter der Pforte seufzte und erhob sich. Als er durch das Gitter blickte, in der Erwartung, wieder einen Gir zu sehen, verließ ihn für einen Moment der Gleichmut. Er öffnete das Tor mit zitternden Händen.

»Kommt herein, Sir. Kommt herein«, sagte er halblaut und feierlich. Hugh Mordhand betrat die Kathedrale.

Der Assassine trug wieder die Kutte eines Kirmönchs, wenn auch diesmal nicht, um unerkannt durch feindliches Gebiet zu reisen. Ein Kenkari begleitete ihn, mit der Aufgabe betraut, Hugh Mordhand vom Lager Prinz Rees'ahns zurück zur Kathedrale in Aristagon zu eskortieren. Unnötig zu sagen, daß kein Elf gewagt hatte, sie anzuhalten.

Hugh trat über die Schwelle. Er schaute nicht zurück, warf keinen letzten Blick auf die Welt, der er für immer Lebewohl sagte. Sie war für ihn ein Ort ohne Freude gewesen. Er kehrte ihr ohne Bedauern den Rücken.

»Ich übernehme von hier«, sagte Bruder Pforte mit gesenkter Stimme zu Hughs Begleiter. »Mein Adlatus wird Euch zu Eurem Quartier führen.«

Hugh stand abseits, schweigend, den Blick starr geradeaus gerichtet. Der Kenkari, der ihn begleitet hatte, flüsterte ihm einige Segensworte zu und drückte ermutigend seinen Arm mit den langen, feinknochigen Fingern. Der Assassine dankte mit einem leichten Neigen des Kopfes.

»Wir werden uns gleich ins Aviarium begeben«, sagte Bruder Pforte, nachdem sie alleine waren. »Wenn das Euer Wunsch ist.«

»Je schneller ich es hinter mich bringe, desto besser«, antwortete Hugh.

Nebeneinander gingen sie durch den Korridor, der zum Aviarium führte und der kleinen Kapelle. »Wie wird es gehandhabt?« erkundigte sich Hugh.

Bruder Pforte zuckte zusammen. Er hatte eigenen Gedanken nachgehangen. »Wird was gehandhabt, Sir?« Er wußte nicht recht.

»Die Exekution. Entschuldigt die Frage, aber ich habe ein persönliches Interesse daran.«

Bruder Pforte wechselte die Farbe. »Vergebt mir. Ich – ich kann nicht antworten. Der Hüter der Seelen . . .« Er kam ins Stottern, verstummte.

Hugh zuckte mit den Schultern. Halb so wichtig. Das Schlimmste war der Übergang, das qualvolle Aufbegehren der Seele, die sich nicht vom Körper trennen wollte. Waren alle Bande durchtrennt, stand ihm der Weg in die Heimat offen.

Sie betraten die Kapelle, ohne anzuklopfen; offenbar wurden sie erwartet. Die Hüterin des Buchs stand hinter ihrem Tisch, der Hüter der Seelen neben dem Altar.

Bruder Pforte schloß die Tür und lehnte sich mit dem Rücken dagegen.

»Hugh Mordhand, tretet vor«, befahl der Hüter der Seelen.

Hugh gehorchte. Durch das Fenster hinter dem Altar konnte er ins Aviarium sehen. Nichts regte sich, kein Blatt, kein Lufthauch. Auch die Seelen der Toten warteten.

Nur wenige Augenblicke noch und Hugh war bei ihnen.

»Macht schnell«, sagte er. »Keine Gebete, kein Singen. Kurz und schmerzlos.«

»Es soll geschehen, wie Ihr es wünscht, Sir«, antwortete der Hüter der Seelen. Er hob die Arme, die regenbogenfarbigen Schmetterlingsflügel seines Gewandes entfalteten sich. »Hugh Mordhand, Ihr habt zugestimmt, uns Eure Seele zu überlassen, im Austausch für die Hilfe, die wir Euch und Lady Iridal zugesagt haben. Die Hilfe wurde gewährt. Euer Bemühen, das Kind zu retten, war erfolgreich.«

»Ja«, sagte Hugh mit heiserer Stimme, wie zu sich selbst. »Er ist jetzt in Sicherheit.« Wie ich bald in Sicherheit sein werde, fügte er in Gedanken hinzu. Geborgen im Tode.

Der Hüter der Seelen warf einen kurzen Blick auf Schwester Buch und Bruder Pforte, dann richtete er seine ungeteilte Aufmerksamkeit wieder auf Hugh.

»Und Ihr, Hugh Mordhand, seid nun gekommen, um Euren Teil des Kontrakts zu erfüllen. Ihr bringt uns Eure Seele.«

»Das tue ich.« Hugh kniete nieder. »Sie gehört Euch.« Er verschränkte die Hände auf den Knien und holte ein letztesmal tief Atem. »Ich kann sie nicht annehmen«, antwortete der Hüter mit strenger Miene. »Ihr habt nicht das Recht, Eure Seele wegzugeben.«

»Was?« Hugh stieß den Atem aus und sah den Hüter finster an. »Was soll das heißen? Ich bin zurückgekommen. Ich erfülle meinen Teil der Abmachung . . .«

»Ja, doch Ihr seid nicht frei von allen weltlichen Bindungen. Ihr habt einen weiteren Auftrag angenommen. Ihr habt zugesagt, einen Mann zu töten.«

Hugh wurde zornig. »Was sind das für Ausflüchte? Welchen Mann habe ich zugesagt zu töten?«

»Den Mann namens Haplo.«

»Haplo?« Hugh hatte tatsächlich nicht die mindeste Ahnung, wovon die Rede war. Dann aber . . .

Eins ist ganz wichtig. Wenn er stirbt, müßt Ihr Haplo sagen, daß es Xar ist, der ihn tot sehen will. Könnt Ihr das behalten? Xar will Haplo tot sehen.

Der Hüter der Seele beobachtete Hughs Mienenspiel. Er nickte, als der Assassine in plötzlichem Begreifen zu ihm aufblickte. »Ihr habt es Gram zugesichert. Ihr habt den Kontrakt akzeptiert.«

»Aber – ich hatte nie vor . . .«

»Ihr hattet nicht vor, lange genug zu leben, um ihn zu erfüllen. Doch Ihr lebt. Und Ihr habt den Kontrakt akzeptiert.«

»Und Gram ist tot«, sagte Hugh barsch.

»Wäre das eine Rechtfertigung in den Augen der Bruderschaft? Der Kontrakt ist geheiligt . . .«

Mit versteinertem Gesicht erhob sich Hugh und trat auf den Hüter zu. »Geheiligt!« Er stieß ein bitteres Lachen aus. »Ja, er ist geheiligt. Offenbar das einzige Heilige in diesem verfluchten Leben. Ich dachte, ihr Kenkari wärt anders. Ich dachte, endlich hätte ich etwas gefunden, woran ich glauben könnte, etwas . . .

Aber was schert das euch? Bah!« Hugh spuckte dem Hüter vor die Füße. »Ihr seid auch nicht besser als alle anderen.«

Im Aviarium wisperten die Blätter und seufzten. Der Hüter betrachtete Hugh schweigend. Schwester Buch stöhnte auf. Bruder Pforte wandte das Gesicht ab.

Endlich sagte der Hüter der Seelen ruhig: »Ihr schuldet uns ein Leben. Anstelle des Euren fordern wir seins.«

Schwester Buch hielt den Atem an und starrte fassungslos auf ihren Superior. Bruder Pforte machte den Mund auf, um das Undenkbare zu tun – zu sprechen, zu protestieren. Der Hüter warf beiden einen strengen Blick zu, und sie neigten stumm den Kopf.

»Warum? Was hat er euch getan?« wollte Hugh wissen.

»Wir haben unsere Gründe. Findet Ihr diese Vereinbarung akzeptabel?«

Hugh verschränkte die Arme vor der Brust und zupfte gedankenvoll an seinem geflochtenen Bart. »Damit ist alles abgegolten?«

Der Hüter lächelte milde. »Nicht alles. Aber nahezu.«

Während Hugh überlegte, musterte er den Kenkari mißtrauisch. Dann zuckte er mit den Schultern. »Na gut. Wo finde ich Haplo?«

»Auf der Insel Drevlin. Er ist schwer verwundet und schwach.« Der Hüter senkte den Blick, eine leichte Röte stieg in sein Gesicht. »Ihr solltet keine Mühe haben . . .«

Schwester Buch gab einen erstickten Laut von sich und schlug die Hand vor den Mund.

Hugh schaute sie spöttisch an. »Zimperlich? Keine Sorge, ich werde Euch die blutigen Einzelheiten ersparen. Außer natürlich, Ihr besteht darauf zu hören, wie er gestorben ist. Das liefere ich als kostenlose Dreingabe. Ausführliche Schilderung seines Todeskampfs . . .«

Schwester Buch stützte sich kraftlos auf ihr Pult. Bruder Pforte war aschgrau im Gesicht, er zitterte am ganzen Leib. Der Hüter der Seelen allein blieb unbewegt.

Hugh machte auf dem Absatz kehrt und ging zur Tür. Bruder Pforte warf einen fragenden Blick auf den Superior.

»Begleite ihn«, wies der Kenkari seinen Ordensbruder an. »Sorge für Passage nach Drevlin. Und laß dir von ihm sagen, was er an – an Waffen braucht . . .«

Bruder Pforte nickte bedrückt. Bevor er die Tür öffnete, schaute er noch einmal zurück, wie um den Hüter der Seelen anzuflehen, sich zu besinnen. Bruder Seele ließ mit keiner Miene erkennen, daß er seinen Entschluß zu ändern gedachte. Seufzend trat Bruder Pforte vor dem Assassinen aus der Kapelle.

»Hugh Mordhand«, rief Bruder Seele.

Hugh blieb in der Tür stehen und drehte sich halb um. »Ja, was?«

»Denkt daran zu tun, was Ihr versprochen habt. Sagt Haplo, Xar ist derjenige, der ihn tot sehen will. Ihr werdet daran denken? Es ist von größter Wichtigkeit.«

»Ja, ich werd's ihm sagen. Ganz wie der Kunde es wünscht.« Hugh verbeugte sich höhnisch. Dann wandte er sich an Bruder Pforte. »Das einzige, was ich brauche, ist ein Dolch mit einer guten, scharfen Klinge.« Der Kenkari schrak zusammen. Bleich und verstört warf er noch einen letzten Blick auf Bruder Seele. Da ihm keine Ermutigung zuteil wurde, führte er Hugh hinaus und schloß hinter ihnen die Tür.

»Hüter, was habt Ihr getan?« rief Schwester Buch, unfähig, sich länger zu beherrschen. »Niemals, in all den Jahrhunderten unseres Bestehens, haben wir ein Leben genommen. Niemandes Leben! Nun werden unsere Hände mit Blut befleckt sein. Warum? Aus welchem Grund?«

Der Hüter der Seelen schaute ins Leere. »Ich weiß es nicht«, sagte er mit hohler Stimme. »Es ist nicht an mir zu fragen. Ich tat nur, was mir befohlen wurde.« Sein Blick fiel auf das Kristallfenster hinter dem Altar.

Die Blätter an den Bäumen im Aviarium raschelten leise.

Appendix I

Die Bruderschaft der Hand

Ursprung und Geschichte

Keiner weiß mehr genau, wann die Gilde der Assassinen gegründet wurde oder wer dafür verantwortlich war. Sie existierte schon, bevor die Sartan Arianus verließen, nach Schriften zu urteilen, die die Aktivitäten der Gilde beklagen und Wege suchen, dem Unwesen einen Riegel vorzuschieben. Gelehrte Sartan spekulieren, daß die Ursprünge der Bruderschaft aus der Zeit datieren, als man sich in der erfolgenden Regierungsära der Paxar-Elfen allenthalben in Gilden und Zünften organisierte. Die Paxar propagierten den freien Handel und förderten so die Entwicklung einer vermögenden und einflußreichen Kaufmannsklasse.

Während also die braven Silberschmiede, Brauer und Bäcker sich zu Interessengemeinschaften zusammenschlossen, war es vielleicht nur logisch, daß die dunkleren Elemente der Gesellschaft erwogen, ihrem Beispiel zu folgen. Möglicherweise dachte man die Bruderschaft anfänglich nur als Parodie auf die legitimen Gilden, doch bald erkannte man die Vorteile eines solchen Bundes: Rückhalt, Sicherheit, Selbstbestimmung und die Möglichkeit, Preise festzusetzen und zu kontrollieren.

Wahrscheinlich gegründet von Elfen, mit einer nur aus Elfen bestehenden Mitgliedschaft, wurden schon bald auch Menschen aufgenommen. Man würde auch Zwerge akzeptiert haben, entsprechend dem Credo der Bruderschaft, daß eines jeden Mannes Geld dieselbe Farbe hat, genau wie sein Blut. Aber die meisten Zwerge waren zu dieser Zeit bereits nach Drevlin deportiert worden und befanden sich damit außerhalb des Interessenbereichs und der Jurisdiktion der Gilde.

Wechselfälle des Schicksals und Krieg warfen die alte Ordnung über den Haufen, aber diese Stürme dienten nur dazu, die Macht der Bruderschaft zu festigen. Eine Reihe starker, intelligenter, skrupelloser und kaltblütiger Führer, gipfelnd in Ciang höchstpersönlich, wahrten nicht nur den Zusammenhalt der Organisation, sondern vergrößerten noch ihren Reichtum und Einfluß.

Kurz nach dem Fall der Paxar und dem Aufstieg der Tribus-Elfen, eignete die Gilde sich die Insel Skurvash an, errichtete ihre Festung dort und hat seither ein scharfes Auge auf alle zwielichtigen Unternehmungen im Mittelreich.

Gegenwärtiger Status

Die Macht der Bruderschaft ist gegenwärtig enorm. Kriege und regionale Aufstände bilden den idealen Deckmantel für ihre Operationen. Obwohl nicht direkt beteiligt an dem blühenden Schmuggel zwischen Skurvash und dem Festland (wie auch bisher ›direkt beteiligt‹ an anderen illegalen Aktionen), erhebt die Bruderschaft einen ›Zoll‹ für Konterbande oder gestohlene Ware, als Vergütung für den Schutz, den sie gewährt. Dieser ›Zoll‹ plus die Einkünfte aus Mitgliedsbeiträgen machen die Bruderschaft zur wohlhabendsten aller Gilden. Zuzuschreiben ist dieser Erfolg unzweifelhaft dem Genie von Ciang, derzeitige Führerin der Bruderschaft.

Ciang, der Arm

Ciangs Wort ist Gesetz. Sie genießt einen an Verehrung grenzenden Respekt bei allen Mitgliedern. Der grausamste, abgebrühteste Meuchelmörder duckt sich wie ein gescholtenes Kind unter Ciangs tadelndem Blick. Man weiß nichts über ihre Jugend, doch es wird erzählt, daß sie die schönste Elfenfrau war, die es je gab, und aus Andeutungen, die sie selbst fallen ließ, geht hervor, daß eine Verwandtschaft mit dem Herrscherhaus besteht. Sie ist sehr charmant, amoralisch und kennt nicht die geringsten Skrupel. Als höchste Instanz bestimmt sie, wann ›das Messer herumgeht‹ und zögert nicht, das verhängnisvolle Wort auszusprechen. Obwohl jedes Mitglied den Antrag stellen kann, muß Ciang persönlich den Befehl geben.

›Das Messer herumgehen lassen‹

... ist der Ausdruck für das gefürchtetste Ritual in der Bruderschaft der Hand. Verstöße gegen bestimmte Regeln werden mit dem Tode bestraft und wie nicht anders zu erwarten, üben die Mitglieder selbst die Exekutive in ihrer Organisation aus. Wird über einen von ihnen das Todesurteil gesprochen, gibt Ciang Anweisung, daß hölzerne Messer, beschriftet mit dem Namen des Übeltäters, in Umlauf gebracht werden. Die Messer werden von einem zum anderen weitergereicht, bis die Nachricht sich verbreitet hat (was sie mit alarmierender Geschwindigkeit tut). Wer als erster mit dem Verurteilten zusammentrifft, ist verpflichtet, das Urteil zu vollstrecken, oder für ihn geht ebenfalls das Messer herum. Es zählt nicht, ob es sich um Freund, Geliebte, Ehegatte, Geschwister oder Elternteil handelt. Loyalität gegenüber der Bruderschaft kommt vor allen anderen Verpflichtungen und Schwüren.

Mitgliedsbeiträge

Ursprünglich waren die Mitgliedsbeiträge niedrig angesetzt, hauptsächlich dazu bestimmt, die Ausgaben der Gilde zu decken. Es war Ciang, die verfügte, daß die Beiträge auf das heutige, außerordentlich hohe Niveau angehoben wurden – eine Maßnahme, die viele aus der Fraktion der ›Apfel und Ei‹-Assassinen zum Austritt zwang (solche, die sich für ein besseres Trinkgeld anheuern ließen, jemanden zu ermorden). Die Neuerung löste eine ziemliche Kontroverse aus; zahlreiche Mitglieder prophezeiten (allerdings nicht in Ciangs Hörweite), es werde das Ende der Bruderschaft sein. Doch bald wurde Ciangs Klugheit offenbar.

Anfangs war es so, daß jedes Mitglied einen bestimmten Prozentanteil pro Kontrakt bezahlte, aber das Verfahren erwies sich mit der Zeit als zu aufwendig. Nach Ciangs Reform muß nun ein jährlicher Obolus entrichtet werden, dessen Höhe variiert, je nach Rang, basierend auf der Annahme: Ein guter Assassine ist ein reicher Assassine.

Gerät jemand in finanzielle Schwierigkeiten, hat er selber schuld. Die Bruderschaft legt Wert nur auf fähige, disziplinierte Mitglieder und verzichtet gern auf Trunkenbolde, Spieler und sonstige unzuverlässige Elemente, die weder ideell noch in klingender Münze einen Gewinn darstellen.

Zahlung der Jahresbeiträge wird ausgesetzt nur bei jemandem, der in der Erfüllung seiner Pflicht eine Wunde davongetragen hat. Verletzte Mitglieder finden Zuflucht in der Festung auf Skurvash und können dort die ausgezeichnete (vielleicht die beste im ganzen Mittelreich) medizinische Versorgung in Anspruch nehmen, um sich auszukurieren. Während der Genesungszeit werden keine Beiträge erhoben.

Das Hospital der Bruderschaft

Nicht jeder verwundete Assassine findet Aufnahme dort. Die Blessur muß ehrenhafter Art sein und ehrenhaft empfangen, bei der Erledigung eines Auftrags. (In einer Kneipenschlägerei von hinten einen Stuhl über den Schädel gezogen bekommen qualifiziert nicht für die Aufnahme. Auch nicht ein tückischer Dolchstoß aus Eifersucht). Bleibt der Kontrakt infolge einer vorübergehenden Kampfunfähigkeit unerfüllt, muß der Assassine das Blutgeld zurückerstatten und die Arbeit auf eigene Rechnung zu Ende bringen – eine Frage der Ehre.

Erklärung einiger Termini

›*Die Narben sind noch frisch*‹ . . .

. . . bezieht sich auf das Ritual der Initiation und drückt aus, daß die betreffende Person noch nicht lange Mitglied der Bruderschaft ist. Ciang gebraucht diese Formulierung im Zusammenhang mit Ernest Twist.

Anmerkung: Wir verdanken diese Information Haplo, dem Hugh Mordhand seine Begegnung mit Twist schilderte. Hughs Erwähnung des rötlichen Schimmers in den Augen des Mannes sowie die Verbindung zwischen Twist und Sangdrax brachte Haplo auf den Gedanken, daß er es mit Drachen zu tun hatte.

Angesichts der Tatsache, daß letztere sich erst vor kurzem auf Arianus eingenistet haben konnten, fand Haplo es bemerkenswert, wie weit Twist innerhalb der kurzen Zeitspanne in der Bruderschaft aufgestiegen war. Er nimmt an, die Drachen hätten sogleich das ungeheure Potential der Gilde im Hinblick auf ihre eigenen ehrgeizigen Pläne erkannt und größte Anstrengungen unternommen, die Organisation zu infiltrieren.

Haplo berichtet von einem Gerücht (vermutlich von Hugh Mordhand gehört), daß ein Anschlag auf Ciang von den

Drachen selbst inszeniert wurde, um einem der Ihren Gelegenheit zu geben, den Lebensretter zu mimen. Falls es tatsächlich so war, existieren keine Aufzeichnungen darüber. Ciang wäre viel zu stolz gewesen, etwas an die Öffentlichkeit dringen zu lassen. Allerdings bleibt die Tatsache, daß Twist einen rapiden Aufstieg bewerkstelligte, der – wie man hört – noch nicht beendet ist.

»... *von fourreau* zu *pointe* aufgestiegen ... wird *l'épée* erreichen ...«

Diese Ausdrücke beziehen sich auf die verschiedenen Rangabstufungen derer, die der Bruderschaft beitreten. Ein neues Mitglied – ›einer, dessen Wunden bluten‹ – wird *fourreau* genannt, denn wie das eines Schwertes in der Scheide ist das Potential des neuen Assassinen noch ungewiß. Die nächste Stufe ist *pointe* – Spitze, es folgen *l'épée* – Klinge, *croisière* – Parierstange, *poignée* – Heft. Der Aufstieg kann Jahre dauern. Nach welchen Gesichtspunkten Beförderungen erfolgen, das ist streng geheim, aber wahrscheinlich hat Ciang das letzte Wort. Hughs Rang, ›Mordhand‹, ist der zweithöchste. Über ihm steht nur Ciang, ›der Arm‹.

Fürsprecher

Von Ausnahmen abgesehen, müssen alle Bewerber um die Aufnahme in die Bruderschaft einen Fürsprecher haben. Der Fürsprecher ist eine Person, bereit und willens, im wahrsten Sinne des Wortes den Hals für ihren/seinen Schützling hinzuhalten, denn verstößt der Novize gegen eine der Regeln der Organisation, erfolgt die Strafe rasch und blutig und trifft nicht nur den Neuling, sondern auch dessen Fürsprecher.

Man sollte meinen, ein solcher Usus würde langjährige Mitglieder davon abhalten, neue Bewerber vorzuschlagen, doch es gibt einen erklecklichen Bonus für jeden, der ›frisches Blut‹ in die Gilde einbringt.

Im Falle, daß für ein Mitglied des Paares ›das Messer herumgeht‹, kann der andere das Recht für sich beanspruchen, die Todesstrafe auszuführen. Diese Tat rettet ihm/ihr nicht das Leben, aber wenigstens ist in den Augen der Bruderschaft die Ehre wiederhergestellt.

Häufig arbeiten Paare zusammen, aber es besteht kein Zwang dazu. Manche gehen getrennte Wege und begegnen sich nur selten einmal wieder.

Gelegentlich werden besonders talentierte Individualisten eingeladen, der Bruderschaft beizutreten. Hugh Mordhand war einer von diesen. Von Natur ein Einzelgänger, würde Hugh niemand aus eigenem Antrieb um Aufnahme ersucht haben. Es wird gemunkelt, Ciang persönlich hätte als seine Fürsprecherin fungiert. Andere sagen, es wäre der Mann gewesen, den man nur als den Uralten kennt. Hugh selbst spricht nie darüber.

Die Zukunft der Bruderschaft

Ein friedliches Arianus wird unzweifelhaft Veränderungen in der Gilde bewirken, doch ihr Fortbestand ist nicht gefährdet. Die Pläne der Drachen, den Untergang von Arianus herbeizuführen, wurden vereitelt, aber Gefahr besteht weiterhin. Wie Sang-drax uns ermahnt, ist der Einfluß der Drachen spürbar seit Anbeginn der Zeit und wird bestehen bleiben bis zu ihrem Ende. Ebensolange wird die Bruderschaft der Hand blühen und gedeihen.

Todestor-Rotation

Abbildung 1

Transversale Rotation

(variable Rotation)

Abbildung 2

Phasen der Todestor-Rotation

Geschlossenes Tor
(Langsame Rotation)

Abbildung 3

Offenes Tor
(Schnelle Rotation)

Abbildung 4

Ruhende Rotation
(keine Rotation)

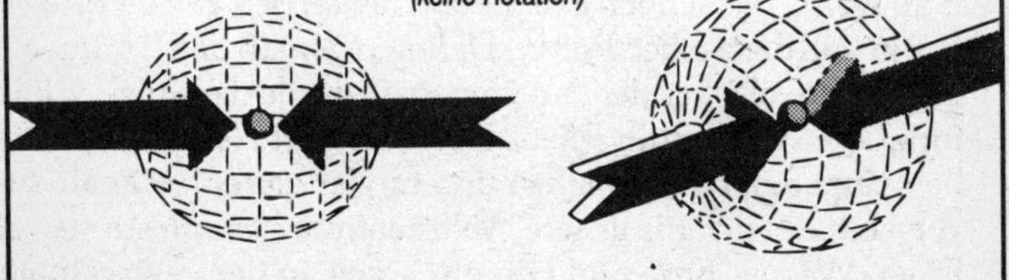

Abbildung 5

Appendix II
Transversalen und Todestore

– Ein Rapport, abgefaßt von Haplo für seinen Fürsten, während des Transits. Nie übergeben. –

Jrandin Rheus, wie die Sartan das Ereignis nennen, teilte die einige Schöpfung in vier autonome, jedoch nicht autarke Reiche. Die meisten mit den Plänen der Sartan von der Großen Teilung vertrauten Patryn scheinen einen weitgehend falschen Eindruck von der endgültigen Struktur der neuen Welten gewonnen zu haben, nämlich als eine Aneinanderreihung von Globen, in irgendeinem nebulösen Raum schwebend und hübsch akkurat verbunden von Pfeilen und Linien. Nicht verwunderlich. Die Sartan liebten Symmetrie und Ordnung über alles und fanden Trost darin, sich Jrandin Rheus als etwas wunderbar Adrettes und Harmonisches vorzustellen. Die Einzelheiten waren erheblich komplizierter und chaotischer, wie man weiß. Tatsächlich existierten theoretisch alle vier Reiche an ein und demselben Punkt. Definiert gemäß den Parametern der Omniwelle aus der Patrynmagie, wurde die einige Schöpfung, die vor Jrandin Rheus existierte, mittels harmonischer Schwingungen aufgespalten und in vier getrennte Realitäten versetzt, die sich für unsere Wahrnehmung manifestierten als Feuer, Wasser, Erde und Himmel sowie in den Subrealitäten Vortex, Nexus und Labyrinth.

Die Harmonien der einzelnen Ebenen sind allerdings nicht gänzlich isoliert. Die ursprünglichen Schwingungen, die die Teilung auslösten, vibrieren noch zwischen den Welten und schaffen spezielle Berührungspunkte, die sich unserem Verständnis als harmonische Pfade darstellen. Es existieren zweierlei Arten dieser Pfade: Transversalen und Todestore.

Transversalen und Todestore sind sehr ähnlich, was ihre Grundstruktur betrifft, aber radikal verschieden in der Form. Die Grundstruktur wird gebildet von einer in Rotation befindlichen Singularität – einer sich drehenden Masse von derart enormer Gravität, daß alle Gesetze von Zeit, Raum und Existenz dort aufgehoben sind. Es ist ein Ort, wo nichts existiert und alles. Ein Ort des absoluten Chaos und der absoluten Ordnung. Gerade diese Widersprüche sind es, die ermöglichen, daß die Phänomene in der disparaten Realität verschiedener Reiche existieren. Die Rotation bestimmt ihre Form (Todestor oder Transversale) sowie den Status (geschlossen, offen oder ruhend).

Form

Die Form des harmonischen Pfades wird bestimmt durch die Richtung und Komplexität der Rotation im Verhältnis zu der Wahrscheinlichkeitsgrenze zwischen den beiden Reichen. Es ist diese Rotation, die den Probabilitätshorizont um die Singularität komprimiert und das Todestor bzw. die Transversale justiert. Todestoren gab man eine einfache Rotationsrichtung (Abb. 1). Es entstand eine abgeflachte Scheibe, an deren beiden Seiten sich bei zunehmender Geschwindigkeit eine Einbuchtung bildet. (Abb. 3). Die Entwicklung dieses symmetrischen Probabilitätshorizonts verlieh den Todestoren eine stabile Achse und ermöglichte schließlich den Transit von einem Reich ins andere – ideale Verbindungswege für die Sartan wie für die Nichtigen, sobald sie sich an Jran-kri* auftun.

Von Transversalen spricht man, wenn eine Singularität ein

* Sartanausdruck für die dritte Phase ihres Plans.

komplexes Bewegungsmuster erhält oder selbst entwickelt. Ist mehr als eine Rotationsachse gegeben (Abb. 2), entsteht ein Feld, das nach einer Richtung stabil ist, aber nicht die Rückkehr auf demselben Weg erlaubt. Transversalen sollten dem Transport von Rohmaterial, Energie, Nahrungsmitteln und sonstigen Gütern dienen, sobald Jran-kri etabliert war. Man gebrauchte sie aber auch noch zu anderen Zwecken – ich vermute, durch eine Transversale wurden nicht nur wir Patryn ins Labyrinth verbannt, sondern auch jene Sartan, die es wagten, sich gegen die Beschlüsse des Rats unter Samah aufzulehnen.

Phasen

Jrandin Rheus sollte in drei Stufen ablaufen, dementsprechend die drei Phasen der harmonischen Pfade: geschlossen, offen, ruhend. Je höher die Rotationsgeschwindigkeit, desto flacher der Probabilitätshorizont; je dünner die Achsmembran, desto präziser und leichter der Transit.

Geschlossen

Erste Phase. Bei ›langsamer‹ Rotation – immer noch unglaublich schnell für die Begriffe zum Beispiel eines Müllers in seiner Mühle, aber langsam verglichen mit der Phase *Offen*. Geschlossen erscheint die Singularität als Scheibe mit einer Einbuchtung auf jeder Seite (Abb. 3). Durch diese Einbuchtung – die dünnste Stelle der Scheibe, ›Achsmembran‹ – gelangt der Reisende von einem Reich ins andere. Ein solcher Transit fordert allerdings einen hohen Tribut von dem Betreffenden. Ich selbst passierte das Todestor in dieser Phase – eine Erfahrung, die ich nicht unbedingt wiederholen möchte, denn man wird konfrontiert mit Einsichten und Erkenntnissen, von denen man sich wünscht, sie wären einem erspart geblieben.

Transversalen in geschlossenem Zustand ermöglichen den Transit von Personen oder Gütern in einer Richtung, wie bereits erwähnt, es gelten aber die gleichen Einschränkungen wie bei den Todestoren. Ohne voll funktionsfähige Transversalen ist es für die Reiche unmöglich, sich gegenseitig zu unterstützen.

Offen

Der Status Offen sollte an Jran-kri erreicht sein. Bei erheblich verstärkter Rotation der Todestore und Transversalen stellt sich der Probabilitätshorizont als Torus dar und die Achse als leuchtende Öffnung der Realität zwischen den Reichen (Abb. 4). Im Feld dieser überbrückenden Realität sind alle Welten zu erreichen. Es scheint, daß die Gedanken des Reisenden zum Zeitpunkt des Transits von entscheidender Bedeutung sind für das sichere Erreichen des gewünschten Ziels. Konzentration ist unerläßlich, um den Durchgang erfolgreich zu bewerkstelligen.

Bei geöffneten Transversalen kommt die Interaktion der Welten in Gang. Die Realitätsbrücken erweitern sich und erlauben den Transport von beträchtlich größeren Mengen an Gütern und Energie. Die von den Sartan geplante besondere Ordnung der Reiche begünstigt den reibungslosen Austausch von Produkten. Innerhalb weniger Monate sollte der Versorgungskreislauf einwandfrei funktionieren, für die Reiche ein goldenes Zeitalter anbrechen. Welche Ironie, daß die Sartan untergingen, bevor sie die Früchte ihrer Arbeit ernten konnten. Samahs Machtstreben, das ihn bewog, die Tore zu öffnen, bringt den schönen neuen Welten nur Verderben: die Pest der Drachenschlangen und schließlich die alten Freunde als Eroberer.

Ruhend

Im Text wird noch eine dritte Phase erwähnt: bei völligem Stillstand der Rotation (Abb. 5). In dieser Phase ist natürlich kein Transit von Waren oder Personen zwischen den Welten möglich – ein Zustand mit katastrophalen Folgen.

Appendix III

Das Allüberall – entmystifiziert

Auszug aus einem Monograph, abgefaßt von dem Geg Limbeck Schraubendreher als Entwurf zu einer Rede. Limbeck, intelligent und mit unverdrossenem Forschergeist begabt, ließ sich durch nichts davon abhalten, dem wahren Sinn und Zweck des Allüberall nachzuspüren. Diese Aufzeichnungen sind ziemlich sicher eine Verquickung meiner eigenen Beobachtungen mit den genauen Kenntnissen der imposanten Maschine, die die Gegs sich im Lauf der Zeit erworben haben. Trotz mancher falschen Schlußfolgerung gelingt es Limbeck besser als jedem anderen, auf Geg-Art die übergeordnete Funktion des Allüberall (wie es bei seinem Volk heißt) zu erklären.

Haplo

Am Beginn der Zeit und Schöpfung war das Allüberall. Auch vorher gab es schon eine Menge Dinge, aber die waren nicht so wichtig. Erst das Allüberall gab unserem Leben Sinn. Die Manger, große und schreckliche Wesen vom Himmel Hoch, erschufen diesen wundervollen Ort und brachten uns Gegs hierher. Dann ließen sie uns allein. Und es wurde schlimm.

Von damals bis heute dienen wir dem Allüberall im

Schweiße unseres Angesichts, mit unserem Leben und unserem Blut. Ohne zu wissen, warum. Niemand erklärte uns, was passiert, wenn man diesen Hebel umlegt, oder weshalb Schraubenanziehen so wichtig ist. Mein alter Freund Balin Kippschütter – ein ehrbarer und arbeitsamer Geg bis zu seinem tragischen Unfall – hatte keine Ahnung, was er schüttete, wenn er kippte.

Ihr, meine lieben jungen Gegs, seid hineingeboren in eine Ära der Erleuchtung, da wir nicht länger Sklaven der Elfen und Menschen sind, auch nicht der Manger, die uns hier vergessen haben wie überflüssiges Gepäck. Wir kriechen nicht mehr auf dem Bauch. Wir leben nicht mehr von den Brosamen, die man uns gnädig zuwirft. Heute tragen wir den Kopf hoch und stehen als Gleiche neben unseren Elfennachbarn und Menschenvettern.

Eine der großen Segnungen dieses Zeitalters der Erleuchtungen ist, daß wir jetzt genauer Bescheid wissen über das Allüberall und seinen höheren Zweck. Gegs jeder Schicht fragen mich oft: »Was ist das Allüberall?« und »Woher ist es gekommen?« und »Was für eine Bedeutung haben all diese Teile?« und »Wann essen wir?« Gescheiter wäre die Frage: »Warum gibt es ein Allüberall?«, aber da wir gerade dabei sind, werde ich alle Fragen beantworten – auch die, die ihr vergessen habt zu stellen.

1. Was ist das Allüberall?

Das Allüberall ist eine *Maschyn.* Eine *Maschyn* ist eine Ansammlung von Rädern und Rädchen und Knöpfen und Hebeln, die alle zusammen etwas TUN! Das ist eine *Maschyn.* Wenn du an deinem Posten ein Rädchen drehst oder einen Hebel hebelst, hilfst du der *Maschyn,* etwas zu tun.

Was genau, hängt davon ab, in welchem Teil des Allüberall man arbeitet. Der Plan des Allüberall – von mir selbst angefertigt und hier zum erstenmal abgebildet – soll als Hilfe dienen, die Geheimnisse zu enträtseln. Wenn ihr die Karte aufmerksam betrachtet, werdet ihr die Teile des Allüberall erkennen, wo ihr und eure Familien seit Generationen Dienst tut.

Auf den einfachen Nenner gebracht, nimmt eine Maschine etwas, das *Matrijal* heißt und verwandelt es in *Produktse.* Matrijal ist im Grunde genommen ziemlich nutzloses Zeug, wie zum Beispiel das Erz, das die Grabgreifer von Terrel Fen heraufholen. Wir glaubten immer, das sei Matrijal für Produktse, bis wir erfuhren, damit baute das Allüberall sich neue Gliedmaßen und besserte die alten aus!

Als eigentliche Quelle für Matrijal war Wombe vorgesehen, das traditionelle Heim der Schichtführer und des Chefmechnikers. Viele von euch haben vielleicht auch über die Chefmechniker gelästert, daß sie nicht ihre Pflicht tun und dem Allüberall dienen wie wir. Immer hat man sie deswegen scheel angesehen – zu Unrecht! Erst nachdem die Welten geordnet waren, konnten sie *ihre* Aufgabe erfüllen – das Fördern von Matrijal aus dem Lexas*, durch geheimnisvolle Methoden, von Generation zu Generation getreulich überliefert, obwohl längst keiner mehr wußte, was es damit auf sich hatte. Da alle Länder der Schöpfung nunmehr in Harmonie gebracht sind**, hat der Chefmechniker seine Arbeit aufgenommen, und endlich tun alle Mitglieder unserer Gemeinschaft ihre gebührende Pflicht.

Von Wombe aus wird das Matrijal durch ein System namens *Trantzport* auf verschiedenen Wegen zu unseren größten Städten befördert. Alles – Fauchwagen, Saugerohre, Schienenstraßen, Schütter und Flitzer – wird benutzt, um das Matrijal an seinen Bestimmungsort zu bringen. Während unserer gesamten Geschichte hat man

* Das Weltverständnis der Gegs beschränkt sich auf das Reich Arianus. Sie haben kaum einen Begriff von ›draußen‹ oder von anderen Realitäten, bis auf den verschwommenen und oft widersprüchlichen Mythos von einem Ort ›Lexax‹ – wahrscheinlich eine Verballhornung von ›Nexus‹. Bei dem Versuch, ihnen das Konzept des Imports von Rohstoffen aus den anderen Welten begreiflich zu machen, griff man auf diesen Mythos als einzige Referenz zurück.

** Wieder zeigt sich, das Weltbild der Gegs beschränkt sich auf ihre Heimat.

diesen Fluß von Rohmaterial durch das Allüberall wahrgenommen, aber den Zweck nicht verstanden. Es gab die unterschiedlichsten Theorien. Die vom Groth Skalenäuger, obwohl unausgegoren, kam der Wahrheit ziemlich nahe*. Die von unserem verstorbenen Freund Throtin Drückzieher aufgestellte Gegentheorie, Trantzport sei ein Personenbeförderungssystem, wurde erst im letzten Jahr durch einen Selbstversuch tragisch widerlegt. Wenn auch zu spät für Throtin, wissen wir nun, daß Trantzport ausschließlich für Matrijal bestimmt ist und nicht für lebendige Gegs.

Während der Chefmechniker in Wombe den Schichten das Matrijal zuteilt, ist ein zweites System mit dem magischen und mystischen Namen *Tramis-jond* an der Arbeit. Das war nicht immer so. Am Anfang schuf das Allüberall seine eigene *'Nergie,* mittels eines *Spinnerators,* der Wasser in große *Tanks* pumpte. Die Menge 'Nergie die der Spinnerator erzeugte, reichte jedoch nicht aus, um den Hunger des Allüberall zu stillen. Heute, nach der Ordnung der Welten, kommt die 'Nergie von anderswoher. Wie, wissen wir nicht, aber ein *Enput* in Lexax leitet die 'Nergie von da zu einem geheimnisvollen Ort. Er ist nur den Mangern bekannt und heißt *Raum der Trolle.*

Für die jüngeren unter euch möchte ich hinzufügen, daß der Raum der Trolle nichts mit wirklichen Trollen zu tun hat. Es gibt keine Trolle im Allüberall, obwohl ich habe sagen hören, daß in entfernten Gegenden des Mittelreichs welche vorkommen sollen. Kein Grund also zur Panik!

Der Raum der Trolle verwandelt die ›'Nergie und schickt sie als *Tramis* durch das Tramis-jond. Diese Art von 'Nergie nimmt ganz verschiedene Formen an, von dem Gas in euren Lampen bis zu der Kraft, die die Räder im Allüberall antreibt. In welcher Form auch immer, 'Nergie ist es, die unsere Welt in Gang hält.

Wenn genug Matrijal und genug 'Nergie zusammengebracht werden, erschafft das Allüberall – mit unserer Hilfe

* Nach Skalenäugers Theorie entspricht der Fluß des Rohmaterials durch das Allüberall dem Blutstrom in den Adern der Gegs. Limbeck, einer der ersten Anhänger dieser Theorie, fiel es schwer, sie aufzugeben.

und Unterstützung – eine Vielzahl von Produktsen. Produktse sind Reichtümer, mehr als man braucht. Hemden, Hosen, Lampen, Gabeln. Kopfkissen. Hämmer, kleine und große. Stühle, Werkzeuge, Nahrung und Wasser. Alles das – und viele Dinge, die man gar nicht aufzählen kann – sind Produktse des Allüberall.

Doch laßt euch nicht zu der falschen Schlußfolgerung verleiten, diese Reichtümer wären umsonst! ›Alles hat seinen Preis, auch wenn's manchmal nicht so aussieht.‹* Die Bewohner des Lexax verlangen Bezahlung für das Matrijal und die 'Nergie, die sie uns liefern. Sie bezeichnen den Tribut, den sie verlangen als *Esport.* Wenn die Produktse fertig sind, nehmen wir uns, was wir brauchen und schicken den Überschuß durch das Esport außerhalb von Het zurück in den Lexax.

Und warum schicken wir Esport, fragt ihr. Nun, ihr fragt vielleicht nicht, aber ich tu's. Warum schicken wir Esport? Ganz einfach, kann ich da nur sagen: wenn kein Esport, dann auch kein Emport und keine 'Nergie. Und keine neuen Produktse mehr, anstelle der Amelmosen von den Elfen früher.

Das Allüberall tut aber noch viel mehr, außer Wasser aus den Tanks mit den Hebenauffern nach Droben zu befördern und die Kontinente durch eine Reihe von *Appraten* am Himmel festzuhalten.

Ich will jetzt nicht näher darauf eingehen, dafür ist die Sache zu kniffig.**

2. Wo kommt es her?

Die Manger haben es gemacht. Sie brachten auch die ersten Gegs, angeführt von dem legendären Dunk Zündstarter,

* Ein Sprichwort der Gegs, das viel zu oft im Munde geführt und viel zu wenig beachtet wird.

** Die Wahrheit ist, daß Limbeck einfach nicht fähig war, die Theorie der Runenstatik zu begreifen oder welch immense Bedeutung Wasser – auf seinem eigenen Kontinent im Überfluß vorhanden – für die oberen Reiche hat. Natürlich mag er das nicht zugeben und hat als geübter Redner die entsprechenden Floskeln parat, um dem Thema auszuweichen.

nach Drevlin und siedelten sie hier an. Dunk waltete seines Amtes, und das Allüberall fing an zu arbeiten.

Ein weitverbreiteter Irrtum ist, daß das Allüberall schon immer so riesig war wie heute. Das stimmte nicht. Anfänglich war es ziemlich klein – manche behaupten, nicht größer als der Sektor einer Schicht – und tat nichts anderes als wachsen. So hatten es die Manger geplant. Erst mußte das Allüberall sich ausbreiten und absichern, um schließlich seine zweite und wichtigere Aufgabe zu erfüllen, nämlich den Gegs und Elfen und Menschen zu dienen und jenen, die im Lexas wohnen.

3. Was für eine Bedeutung haben all diese Teile?

Ich weiß es nicht. So wenig wie ihr. Wir wissen es nicht, weil das Allüberall so unermeßlich groß ist, so kompliziert und unüberschaubar, daß wir es nicht mehr verstehen können. Ohne Manger und Troller, die es regieren, hat das Allüberall selbst getan, was für sein Überleben notwendig war.

4. Wozu haben wir das Allüberall?

Wir dienen dem Allüberall, damit es uns dient. Das ist die zweite Aufgabe der großen Maschine, die wir seit Geggedenken warten, ohne zu wissen, warum. Wenn wir für das Allüberall sorgen, sorgt es für uns, und das sollte Grund genug sein für jeden Geg. Für mich ganz bestimmt.

5. Wann essen wir?

Seit das Allüberall funktioniert, wie es von Anfang an hätte funktionieren sollen – wann immer uns danach zumute ist. Damit schließt meine Rede und beginnt die Mittagspause. Zu Tisch!

ENDE